44° E
Al Amādīyah
soul
34° N
IRAN
Bagdad
Tigre
30° N
KOWEÏT
Koweït
Golfe
Persique

RIENT

ETERNALIS

Raymond Khoury

ETERNALIS

Traduit de l'anglais
par Jacques-Hubert Martinez

ÉDITIONS DE NOYELLES

Titre original : *The Sanctuary*
publié par Dutton, a member of Penguin Group (USA) Inc.

Éditions de Noyelles,
123, boulevard de Grenelle, Paris.
www.franceloisirs.com

Une édition du Club France Loisirs,
avec l'autorisation des Presses de la Cité.

© 2007 by Raymond Khoury. Tous droits réservés.
© Presses de la Cité, un département de Place des Éditeurs, 2007,
pour la traduction française.

ISBN :
Version reliée : 978-2-298-00905-7
Version brochée : 978-2-298-00906-4

À mes fabuleuses filles,
mes élixirs personnels.
Aucun père ne saurait être plus fier.

Lorsqu'un éminent... scientifique affirme qu'une chose est possible, il a presque assurément raison. Lorsqu'il affirme qu'une chose est impossible, il est très probable qu'il ait tort.

ARTHUR C. CLARKE

Tempus edax, homo edacior.
(Le temps dévore ; l'homme dévore plus encore.)

Dicton romain

PROLOGUE

I

Naples – Novembre 1749

Un bruit à peine audible le réveilla. Cela n'aurait sans doute pas suffit à le tirer d'un sommeil profond, mais depuis des années il dormait mal.

Un raclement de métal contre la pierre.

Ce n'était peut-être pas grand-chose. Un son anodin, familier. Un serviteur entamant sa journée tambour battant.

Peut-être.

Il pouvait aussi signaler une menace imminente, comme une épée qui aurait heurté accidentellement un mur.

On vient.

Il s'assit, aux aguets. Un silence de mort plana un moment sur la chambre. Puis il entendit autre chose.

Des pas.

Montant furtivement l'escalier.

D'abord lointains, mais indiscutables.

Puis de plus en plus proches.

Il bondit hors du lit et se précipita vers la porte-fenêtre, qui donnait sur un petit balcon. Il écarta les lourds rideaux, actionna silencieusement la crémone et se faufila dehors dans la bise nocturne. L'hiver arrivait. Sentant sous ses pieds nus la morsure glacée du dallage, il se pencha au-dessus de la balustrade et regarda en bas. Un suaire de ténèbres enveloppait la cour de son palazzo. Il aiguisa son regard, guettant un reflet, un mouvement, un signe de vie. Pas de chevaux, ni d'attelage, ni de laquais. Le long du trottoir d'en face, les silhouettes des maisons étaient à peine visibles, effleurées par les premières lueurs de l'aube qui venaient de surgir derrière le Vésuve. Il avait assisté plusieurs fois au lever du soleil au-dessus de ce volcan à l'inquiétant panache de fumée grise. Un spectacle aussi grandiose que poétique qui, d'habitude, lui procurait ses rares moments de réconfort.

Mais, cette nuit, rien de tel. L'air lui semblait chargé d'ondes maléfiques.

Il se replia en hâte à l'intérieur, enfila sa culotte et une chemise qu'il ne prit même pas la peine de boutonner. Il y avait plus urgent à faire. Il se précipita vers la table de toilette et en ouvrit le tiroir supérieur d'un geste sec. À peine ses doigts eurent-ils trouvé le manche de sa dague que la porte de la chambre pivota violemment sur ses gonds. Trois hommes s'engouffrèrent dans la pièce, l'épée au poing. À la lueur rougeoyante des dernières braises de l'âtre, il vit briller un pistolet dans la main de celui qui se tenait au centre.

Il n'eut aucune peine à le reconnaître. Et comprit sur-le-champ le motif de l'irruption.

— Pas de geste inconsidéré, Montferrat ! tonna l'intrus au pistolet.

L'homme qui se faisait appeler le marquis de Montferrat leva calmement les bras et s'écarta de la table de toilette. Ses assaillants se déployèrent en éventail, pointant leurs lames vers son visage.

— Que faites-vous ici ? demanda-t-il.

Après avoir rengainé son épée, Raimondo di Sangro déposa son arme sur la table. Il saisit une chaise par le dossier et la poussa d'un coup de botte vers le marquis. La chaise buta sur un interstice du dallage et se renversa avec fracas.

— Asseyez-vous ! ordonna-t-il. Nous risquons d'en avoir pour un moment.

Les yeux toujours rivés sur di Sangro, Montferrat redressa la chaise et s'assit après un moment d'hésitation.

— Que me voulez-vous ?

Di Sangro se pencha sur la cheminée pour enflammer la mèche d'une chandelle qui lui servit ensuite à allumer une lampe à huile. Il plaça la lampe sur la table et récupéra son pistolet, qu'il agita distraitement pour congédier ses spadassins. Avec un signe de tête, ceux-ci se retirèrent en refermant la porte derrière eux. Di Sangro tira une deuxième chaise et s'assit à califourchon, face à sa proie.

— Vous savez très bien ce que je veux, Montferrat, répondit-il en braquant sur lui les deux canons de son pistolet à silex.

Il dévisagea quelques secondes son vis-à-vis avant d'ajouter, cinglant :

— Vous pourriez commencer par me donner votre vrai nom.

— Mon vrai nom ?

— Assez tourné autour du pot, *marchese*, riposta l'autre avec un rictus condescendant, en appuyant ironiquement sur le titre. J'ai fait vérifier vos lettres de noblesse. Elles sont fausses. Et d'ailleurs, de toutes les bribes d'information que vous avez daigné donner sur votre passé depuis votre arrivée, aucune ne semble avoir le moindre fondement de vérité.

Montferrat connaissait assez son accusateur pour savoir qu'il disposait de toutes les ressources nécessaires à une enquête de ce genre. Raimondo di Sangro avait hérité du titre de *principe di San Severo* – prince de San Severo – dès l'âge de seize ans, après le décès de ses deux frères aînés. Il comptait le jeune Charles VII, roi espagnol de Naples et de Sicile, au nombre de ses amis et fervents admirateurs.

Comment ai-je pu me méprendre à ce point sur cet homme et sur cette ville ? songea Montferrat avec un frisson d'horreur.

Après des années de tourments et de doutes, il avait renoncé à sa quête en Orient pour regagner l'Europe un peu moins d'un an plus tôt, ce qui l'avait mené à Naples, après un passage par Constantinople, puis par Venise. Jamais il n'avait eu l'intention de s'établir ici. Son projet consistait à poursuivre sa route jusqu'à Messine, d'où il pourrait cingler vers l'Espagne et, si possible, rentrer chez lui au Portugal.

Il s'arrêta un instant sur cette pensée.

Chez moi.

Une expression faite pour les autres, mais pas pour lui. Un terme vide, qui sonnait creux, son écho ayant été totalement absorbé par le passage des ans.

Naples avait mis un terme provisoire à ses idées de capitulation. Sous la houlette des vice-rois espagnols, la ville s'était épanouie jusqu'à devenir la deuxième d'Europe, derrière Paris. Elle symbolisait d'ailleurs une Europe nouvelle, bien différente de celle qu'il avait quittée. C'était la capitale d'un pays que la philosophie des Lumières semblait orienter vers un avenir neuf – une philosophie adoptée et appliquée à Naples par Charles VII, qui s'était érigé en protecteur de la raison, de l'enseignement et du débat culturel. Le roi avait créé une Bibliothèque nationale, ainsi qu'un musée archéologique destiné à accueillir les reliques récemment découvertes dans les cités ensevelies d'Herculanum et de Pompéi. Plus séduisante encore était l'hostilité du monarque envers l'Inquisition, qui, par le passé, avait été un fléau pour Montferrat. Inquiet de l'influence des Jésuites, Charles VII avait discrètement entrepris de les mettre à l'écart, ce qu'il avait réussi à faire sans s'attirer les foudres du pape.

Ainsi le faux marquis de Montferrat avait-il décidé de reprendre une identité déjà endossée à Venise bien des années auparavant. Il n'avait eu aucune peine à se fondre dans la masse des visiteurs de cette cité bouillonnante. Plusieurs pays avaient en effet fondé des académies à Naples pour héberger le flot régulier de savants venus étudier les cités antiques exhumées depuis peu. Montferrat y avait très vite rencontré des érudits originaires des quatre coins de l'Europe, des hommes comme lui, à l'esprit curieux.

Des hommes comme Raimondo di Sangro.

À l'esprit effectivement très curieux.

— Un tissu de mensonges, poursuivit di Sangro, observant Montferrat avec une lueur de convoitise au fond des yeux. Et pourtant, chose étrange, pour ne pas dire stupéfiante, cette chère vieille comtesse de Cergy affirme vous avoir connu sous le même nom – Montferrat – à Venise… il y a combien de temps ? Trente ans ? Davantage ?

La référence à la comtesse fit au faux marquis l'effet d'un coup de poignard. *Il sait. Non, il ne peut pas savoir. Mais il se doute.*

— Naturellement, notre amie n'a plus toute sa tête. Les ravages du temps finissent toujours par nous rattraper un jour ou l'autre, n'est-ce pas ? Mais, à votre propos, elle soutient, avec une telle constance, une telle clarté, une telle détermination, qu'elle ne peut vous avoir confondu avec un autre, que j'ai du mal à balayer ses dires comme les élucubrations d'une vieille femme gâteuse. Et, sur ces entrefaites, j'apprends que vous parlez l'arabe avec l'aisance d'un indigène. Que vous connaissez Constantinople comme votre poche et que vous avez sillonné l'Orient de fond en comble, en vous faisant passer – de manière très convaincante, me dit-on – pour un cheikh arabe. Tant de mystères pour un seul homme, *marchese*... Voilà qui défie la logique... ou la crédulité.

Montferrat se maudit en son for intérieur d'avoir pu voir en cet homme un esprit frère, un possible allié. De l'avoir discrètement sondé et mis à l'épreuve.

Oui, il l'avait entièrement méjugé. Mais, songea-t-il, peut-être était-ce un signe du destin. Peut-être était-il temps pour lui de se délivrer de son fardeau et d'informer le monde de son secret. Peut-être ses contemporains parviendraient-ils à l'assumer de manière noble et magnanime.

Di Sangro le dévorait toujours du regard, à l'affût de la moindre altération de sa physionomie.

— Allons, *marchese*. Je me suis forcé à quitter mon lit à cette heure indue pour entendre votre histoire. Et, pour être tout à fait franc avec vous, je ne me soucie pas particulièrement de savoir qui vous êtes, ni d'où vous venez. Il n'y a que votre secret qui m'intéresse.

Montferrat soutint sans ciller son regard.

— Mieux vaut ne pas le connaître, *principe*. Croyez-moi. Ce n'est un cadeau pour personne. Une véritable malédiction. Qui ne vous laisserait aucun répit.

Sa réponse n'émut pas Di Sangro.

— Laissez-moi en juger par moi-même.

— Vous avez une famille, insista Montferrat d'une voix sourde. Une épouse. Des enfants. Le roi est votre ami. Que peut-on désirer de plus ?

— On peut toujours désirer plus, rétorqua di Sangro sans l'ombre d'une hésitation.

Montferrat secoua la tête.

— Vous devriez renoncer.

Di Sangro se pencha en avant. Une ferveur quasi messianique illuminait ses prunelles.

— Écoutez-moi, *marchese*. Cette ville, son enfant-roi de pacotille... tout cela n'est rien. Si vous savez effectivement ce que je vous soupçonne de savoir, nous pourrions régner sur un empire. Ne comprenez-vous pas ? N'importe qui vendrait son âme pour un tel secret.

Le faux marquis n'en doutait pas une seconde.

— C'est bien ce qui m'inquiète.

Di Sangro, le souffle de plus en plus court, cherchait à mesurer sa détermination. Son regard dériva vers la poitrine de Montferrat, attiré par un objet qui l'intriguait manifestement. Il se pencha et, par-dessus la table, empoigna le médaillon que le faux marquis portait autour du cou, entre les pans de sa chemise ouverte. La main de celui-ci jaillit pour bloquer le poignet de di Sangro, qui leva son pistolet et arma le silex. Petit à petit, Montferrat desserra sa prise. Après avoir gardé quelques secondes le médaillon au creux de son poing, le prince l'arracha d'un geste sec, brisant la chaînette. Il l'approcha de ses yeux, l'examina.

C'était un bijou grossier, de forme circulaire, moulé dans le bronze et rappelant une grosse pièce de monnaie, d'un diamètre légèrement supérieur à deux doigts. Il ne se distinguait que par le serpent qui dessinait, sur l'avers, un anneau dont la tête occupait le sommet.

Ce serpent se mordait la queue.

Le prince interrogea Montferrat du regard, sans obtenir la réponse qu'il cherchait.

— J'en ai assez d'attendre, *marchese*. Assez d'essayer de comprendre *ça* ! siffla-t-il en brandissant rageusement le médaillon. Assez de vos remarques sibyllines, assez de devoir interpréter vos allusions ésotériques. Je ne supporte plus d'entendre dire que vous posez toujours les mêmes questions aux voyageurs érudits, ni de me voir réduit à deviner ce que je crois connaître de vous. Je veux savoir. J'exige de savoir ! Le choix vous appartient. Soit vous me révélez votre secret, ici et maintenant... soit vous l'emporterez dans la tombe.

Il approcha son pistolet de la tête de Montferrat, jusqu'à ce que les deux canons superposés lui frôlent le front.

— Mais si vous deviez faire le choix de mourir cette nuit en le gardant pour vous seul, ajouta-t-il, je vous suggère tout de même de réfléchir : qu'est-ce qui vous autorise à nous priver d'un tel savoir, à mépriser le reste du monde en le laissant dans l'ignorance ? Qu'avez-vous fait pour mériter le privilège de décider pour tous vos semblables ?

Cette question, le faux marquis se l'était posée bien des fois. Elle avait même hanté son existence.

Dans un passé lointain, un autre homme, un homme âgé qu'il avait regardé mourir, un homme dont il avait même – pensait-il – précipité la mort, s'était chargé de faire le choix pour lui. À l'heure de rendre son dernier souffle, cet ami l'avait sidéré en lui expliquant qu'en dépit du comportement haineux et déplorable de Montferrat, il avait toujours vu de la réticence et des doutes dans son regard. Le vieil homme semblait avoir la certitude que la valeur, la noblesse et l'honnêteté de son jeune disciple existaient encore, mais profondément enfouies, étouffées par un sens du devoir mal placé. Au seuil des ténèbres, cet ami avait réussi à lui montrer les promesses et le sens de sa vie, tout ce à quoi le faux marquis avait depuis longtemps renoncé. Il s'était ensuivi une confession, une révélation et une mission qui allaient consumer le reste de son existence.

Le choix avait été fait à sa place. Le droit de décider lui avait été transmis, par un homme tellement valeureux que, jamais, il n'aurait imaginé pouvoir lui arriver à la cheville.

Il s'était surpris lui-même.

Il avait fait tout son possible, il s'était démené pour tenter de retrouver les pages manquantes du traité et forcer l'antique manuscrit à lui livrer ses secrets.

Il était parvenu à échapper à ses accusateurs au Portugal. Il avait poursuivi ses recherches en Espagne, à Rome. Il s'était aventuré à Constantinople puis au-delà, en Orient. Sans jamais découvrir l'objet de sa quête.

Il avait échoué.

Il s'était dit qu'un retour dans son pays natal pourrait l'aider à décider de la marche à suivre. Or, l'intervention de di Sangro risquait d'y couper court. Et dans le brouillard qui commençait à lui noyer l'esprit, seule une certitude affleurait encore : il devait maintenir dans l'ignorance le sinistre personnage qui lui faisait face.

Quant au reste du monde… c'était une autre histoire.

— Alors ? s'impatienta di Sangro, dont la main droite commençait à trembler imperceptiblement sous le poids de son pistolet tenu à bout de bras.

L'homme qui se faisait appeler Montferrat bondit de sa chaise et se précipita sur son adversaire. Il lança le bras en avant pour détourner le canon double, à la seconde même où di Sangro appuyait sur la détente. La charge de poudre explosa dans un fracas assourdissant tandis que les deux hommes se disputaient la maîtrise de l'arme, et la balle de plomb jaillie du canon supérieur frôla l'oreille de Montferrat avant de s'enfoncer dans un lambris du mur derrière lui. Ils venaient de tomber pêle-mêle sur un guéridon voisin de l'âtre, se disputant toujours le pistolet de di Sangro, lorsque la porte se rouvrit à la volée. Les spadassins du prince se ruèrent dans la chambre, l'épée brandie. Montferrat profita d'une seconde de distraction de la part de son adversaire pour lui expédier un violent coup de coude à la gorge. La douleur fit reculer di Sangro, qui desserra imperceptiblement sa prise sur la crosse de l'arme. Montferrat en profita pour la lui arracher. Repoussant le prince, il pointa le pistolet sur le premier de ses acolytes, déjà en train de charger, fit basculer le canon rotatif, réarma le silex, et tira. La balle frappa l'homme en pleine poitrine ; il tournoya sur lui-même et s'effondra aux pieds du faux marquis.

Celui-ci jeta son pistolet vide à la figure du deuxième spadassin et s'empressa de ramasser l'épée de celui qu'il venait d'abattre. Le prince avait déjà repris ses esprits. Encore vacillant sur ses jambes, il tira son épée.

— Ne le tue pas, grommela-t-il à son comparse en se portant à sa hauteur. Il me le faut vivant... pour le moment.

Montferrat brandit l'épée à deux mains et l'agita vivement, de gauche à droite, pour tenir ses adversaires en respect. Les deux hommes qui lui faisaient face piaffaient d'impatience et, il le savait d'expérience, le calme pouvait être une arme aussi efficace que toute autre. Il attendrait donc qu'ils commettent une erreur. Aspirant à prouver son courage, le spadassin se fendit imprudemment. Montferrat dévia l'attaque d'un coup de lame et, de toutes ses forces, projeta son pied nu dans la cuisse de l'homme. Celui-ci hurla de douleur. Du coin de l'œil, Montferrat vit que le prince avait eu la sagesse de rester en retrait. Il décida de se concentrer sur son assaillant et, d'un ample mouvement circulaire, frappa de plein fouet l'épée du spadassin, lame contre lame, pour l'obliger à lâcher prise. Le prince hurla de colère et fit un bond en avant, obligeant Montferrat à interrompre le duel. Le faux marquis réussit néanmoins à éloigner le spadassin d'un nouveau coup de pied avant de pivoter sur lui-même pour faire face à di Sangro. Le spadassin partit à la renverse, s'affala en travers du guéridon et bascula dans le foyer de la grande cheminée. Dans une gerbe de braises et d'étincelles, il hurla de douleur et agita frénétiquement sa main, qu'il avait brûlée en voulant amortir sa chute. Montferrat vit sa manche prendre feu ; au même instant, la lampe à huile, qui venait de rouler à bas de la table, fit naître sur le tapis un sillon de flammes.

Tandis que le faux marquis se démenait pour parer les offensives répétées de di Sangro, les flammes envahirent le tapis. Après avoir léché un bref instant le bas des lourds rideaux de velours, elles se mirent à les dévorer. Malgré la chaleur et la fumée, le prince se battait toujours avec acharnement, et surprit son adversaire par une attaque féroce qui lui fit tomber l'épée des mains. Montferrat recula en esquivant comme il pouvait la lame de son adversaire, qui lui frôla la gorge. À travers la fumée, il constata que le spadassin survivant avait réussi à éteindre son habit et s'apprêtait à revenir dans la mêlée. Il s'était posté devant la porte de la chambre pour lui interdire tout espoir de fuite.

Montferrat, désarmé et isolé, jetait des coups d'œil nerveux de droite et de gauche. Entrevoyant une issue possible, il décida de saisir sa chance. Les mains levées, il marcha en crabe vers les rideaux embrasés, sans quitter di Sangro des yeux.

— Nous devons éteindre cet incendie avant qu'il se propage aux autres étages, cria-t-il en contournant les flammes.

— Au diable les étages, rugit di Sangro, du moment que votre savoir ne part pas en fumée !

Montferrat avait réussi à atteindre le premier rideau. La veste que le spadassin avait précipitamment enlevée gisait au sol à demi calcinée et encore fumante. C'était le moment. Il la ramassa afin de protéger ses mains, plongea ses bras dans les flammes et arracha le rideau à sa tringle pour le jeter vers di Sangro et son acolyte. L'étoffe en feu retomba lourdement sur ce dernier, qui hurla d'horreur et se contorsionna avec l'énergie du désespoir pour échapper à son linceul ardent. Dès qu'il eut réussi à rejeter le rideau, les flammes formèrent une barrière infranchissable entre les deux alliés et leur proie. Montferrat ne demanda pas son reste. Il ouvrit la porte-fenêtre et se glissa sur le balcon.

Après la fournaise de la chambre, le vent glacial de la baie le frappa comme une gifle. Il se retourna vers la fenêtre : di Sangro et son spadassin tentaient en vain de piétiner les flammes ou de les contourner pour le rejoindre. Le prince, levant les yeux, croisa brièvement son regard. Montferrat secoua la tête puis, le cœur serré, enjamba la balustrade et se jeta dans le vide.

Il atterrit sur le balcon d'une des chambres de l'étage inférieur. La douleur de l'impact irradia dans ses mâchoires et résonna dans son crâne. Reprenant ses esprits, il se releva d'un bond, escalada la rambarde de fer forgé, et sauta sur un toit en saillie deux étages plus bas au moment où di Sangro atteignait enfin le balcon.

— Attrapez-le ! cria le prince aux ténèbres, immobile sur un fond de flammes tel un démon de l'enfer.

Montferrat baissa les yeux vers l'entrée du palazzo et vit deux hommes courir vers l'ombre de la cour, faiblement éclairés par la lanterne que brandissait l'un d'eux. Il longea la pente à quatre pattes puis bondit sur le toit du bâtiment mitoyen, provoquant la chute de quelques tuiles. Étudiant minutieusement la ligne des toits hérissés de cheminées qui se profilait devant lui, il planifia son itinéraire. Sous le couvert de la nuit, et dans une ville aussi labyrinthique, il se savait capable de semer ses poursuivants et de disparaître.

L'avenir, en revanche, l'inquiétait davantage.

Sitôt qu'il aurait récupéré l'inestimable trésor qu'il avait pris soin – comme toujours – de cacher à bonne distance de son palazzo, il devrait reprendre la route.

Il devrait se trouver un nouveau nom, un nouveau toit.

Se réinventer. Une fois de plus.

Il l'avait déjà fait.

Il recommencerait.

Entendant di Sangro hurler son nom sous le ciel noir, avec la rage d'un possédé, Montferrat comprit qu'il était loin d'en avoir fini avec lui. Le prince n'était pas homme à renoncer aussi aisément. Il était sous l'empire d'une fièvre qui, une fois installée, ne retombait jamais.

Poursuivi par cette pensée, Montferrat se perdit dans la nuit.

II

Bagdad – Avril 2003

— Les dix minutes sont écoulées, mon capitaine.

Le capitaine Eric Rucker, du premier bataillon du septième régiment de cavalerie, jeta un coup d'œil à sa montre, puis il passa en revue les visages qui l'entouraient, crasseux, tendus, luisants de sueur. Il n'était pas encore dix heures du matin et le soleil les accablait déjà. La lourdeur de leur équipement de protection ne leur faciliterait pas la tâche, surtout par quarante-quatre degrés à l'ombre. Mais il n'était pas question de s'en passer.

L'ultimatum venait d'expirer.

Il fallait y aller.

Par une coïncidence irréelle, un appel à la prière lancé d'un minaret voisin déchira l'air chauffé à blanc. Rucker entendit dans son dos un grincement et leva les yeux sur une vieille femme aux cheveux mi-grisonnants, mi-teints au henné, qui venait d'apparaître à une des fenêtres de la maison située face à la cible, sur le trottoir opposé. Elle le regarda d'un œil morne avant de fermer ses volets.

Après avoir attendu quelques secondes pour lui laisser le temps de se réfugier au fond de sa maison, il fit signe à son second de lancer l'assaut.

Une grenade Mark 19 tirée depuis le Humvee de tête traversa la rue en sifflant et fit voler en éclats le portail principal de la propriété. Les chefs de section s'engouffrèrent à l'intérieur de la cour, suivis d'une vingtaine de soldats, et essuyèrent aussitôt un feu nourri d'armes légères. Sous une grêle de balles, ils se déployèrent et foncèrent se mettre à couvert. Deux hommes s'affaissèrent avant que les autres aient eu le temps d'assurer leur position de part et d'autre de la porte de la villa. Ils firent aussitôt pleuvoir un déluge de projectiles sur la façade afin de couvrir l'évacuation des blessés, lesquels furent prestement ramenés vers la relative sécurité de la rue par plusieurs camarades. Ces gars-là, songea Rucker, avaient au moins autant de cœur que de muscles.

La porte de la villa était barricadée, les fenêtres calfeutrées. Dans les vingt-deux minutes qui suivirent, plusieurs milliers de cartouches furent tirées de part et d'autre, sans amener de progrès notable. Un troisième soldat fut atteint quand la voiture derrière laquelle il s'était accroupi essuya une rafale venue de la villa.

Rucker ordonna le repli. La cible était cernée. Les hommes retranchés à l'intérieur n'iraient nulle part.

Le temps jouait en sa faveur.

Comme souvent à l'époque, tout avait commencé par une dénonciation spontanée.

Dans la fournaise d'une soirée de printemps, un homme d'âge mûr, aux vêtements en lambeaux et au crâne ceint d'un turban sale, s'était approché des soldats américains qui défendaient l'entrée de la base d'opérations avancées de Camp Headhunter. Sans doute par peur d'être accusé de pactiser avec l'ennemi, il leur avait parlé bas et à toute vitesse. Les gardes l'avaient tenu en respect, le temps d'appeler à la rescousse un Irakien qui leur servait d'interprète. Celui-ci entendit l'inconnu, puis expliqua aux soldats qu'ils pouvaient le laisser entrer après la fouille réglementaire, destinée à vérifier qu'il ne portait pas de charge explosive. L'interprète courut ensuite prévenir le commandant du camp.

L'inconnu disposait apparemment d'informations susceptibles de permettre la localisation d'une « personne d'intérêt ».

La chasse était ouverte.

Retrouver les ba'assistes purs et durs de la bande à Saddam Hussein constituait désormais la priorité numéro un des militaires américains stationnés en Irak. Le « raid urbain » avait été expéditif, la capitale étant tombée plus vite et beaucoup plus facilement que prévu, mais la plupart des gros poissons avaient pris le large. Sur les cinquante-cinq dignitaires les plus recherchés du jeu de cartes émis par le Pentagone, très peu avaient été capturés ou abattus – l'as de pique et ses deux fils, notamment, couraient toujours.

L'homme au turban avait été conduit dans une salle d'état-major ultrasécurisée du camp, et pourtant il se montra extrêmement fébrile lorsqu'on l'interrogea. Plus que fébrile. Littéralement terrorisé. L'interprète en fit la remarque au commandant de la base, qui ne s'y arrêta guère. De son point de vue, rien n'était plus normal. Ces gens-là avaient vécu plusieurs décennies sous le joug d'une dictature impitoyable. Livrer un de leurs tortionnaires n'avait pour eux rien d'anodin.

L'interprète n'en était pas aussi sûr.

Le commandant de la base fut déçu d'apprendre que le dignitaire du régime dénoncé par l'homme au turban ne figurait pas sur le jeu du Pentagone. Au demeurant, personne ne semblait avoir entendu parler de lui. Aucun renseignement n'était disponible à son sujet.

L'homme au turban ne connaissait même pas son identité. Il ne le désignait que sous le titre de « *hakim* ».

Le docteur.

Et même à l'abri des murs blindés d'une base d'opérations avancées, il ne prononçait ce mot que d'une voix craintive, à peine audible.

Il n'avait aucun nom à donner. Il n'avait pas grand-chose à apporter non plus en matière de détails concrets, sinon qu'avant l'invasion, des berlines sombres, officielles, avaient souvent été vues franchissant de nuit le portail de la villa. Le raïs en personne s'était selon lui déplacé à plusieurs reprises pour rendre visite au hakim.

Il n'avait pas non plus de signalement précis à fournir, mais il mentionna tout de même un fait qui intrigua toutes les personnes présentes : le hakim n'était pas irakien. Il n'était même pas arabe.

C'était un Occidental.

Et le jeu de cartes n'en comportait aucun.

Sur les cinquante-cinq personnalités de la liste, une seule n'appartenait ni à l'armée ni au gouvernement. Par coïncidence, c'était aussi la seule dame du jeu – biologiquement parlant. La carte à la valeur la moins élevée représentait en effet une scientifique affectueusement surnommée « Mme Anthrax » : Houda Ammash, fille d'un ancien ministre de la Défense, que la rumeur désignait à l'époque comme la patronne du programme d'armement biologique irakien.

Tous les éléments étaient réunis. Un médecin. Proche de Saddam Hussein. Occidental. Un autochtone épouvanté. Largement de quoi mettre la machine en branle.

Des renseignements furent sollicités, et obtenus le soir même.

Un plan d'action fut arrêté.

Dès les premières lueurs de l'aube, Rucker et ses hommes avaient bouclé le périmètre extérieur de la zone d'intervention avec des forces terrestres et des blindés. La cible, selon leur informateur, était localisée dans une villa en béton bâtie sur trois niveaux au cœur de Saddamiya, un quartier autrefois mal famé. C'était là, dans un écheveau de rues sordides, que Saddam Hussein avait grandi, été à l'école, et forgé son destin unique. Une fois au pouvoir, il avait fait raser le quartier par une armée de bulldozers afin d'y créer un ensemble exclusif d'imposantes villas modernes en brique et en béton, bordées d'arcades et partiellement isolées par un mur du reste de la ville.

Rebaptisé du nom du dictateur, ce nouveau quartier était strictement réservé aux proches de celui-ci. Le bataillon de Rucker, responsable de la sécurité du secteur depuis la prise de Bagdad, y était toujours intervenu avec précaution, étant donné l'évidente aversion des loyalistes encore présents pour les forces d'invasion.

Les escouades d'armes lourdes avaient pris position, les tireurs d'élite étaient en place. Tout était prêt pour l'assaut.

Rucker avait mis en œuvre, selon la nouvelle procédure standard adoptée dans ce type d'opération, l'approche dite « du cordon et de la sonnette ». Une fois le périmètre bouclé, des soldats s'étaient avancés jusqu'au portail de la villa pour informer ses occupants de leur présence. Un interprète muni d'un porte-voix leur avait ensuite annoncé qu'ils disposaient de dix minutes pour sortir les mains en l'air.

Au bout de ces dix minutes, l'enfer avait éclaté.

Pendant que des infirmiers militaires administraient les premiers soins aux blessés, Rucker donna l'ordre de « préparer l'objectif » pour minimiser les pertes que ne manquerait pas d'entraîner la deuxième tentative d'assaut. Deux hélicoptères OH-58D Kiowa arrivèrent en grondant et pilonnèrent le site avec des roquettes de 70 mm et des tirs de mitrailleuse, pendant que les troupes terrestres balançaient des Mark 19 et quelques puissants missiles AT-4 tirés par un lance-roquettes portatif.

Le silence finit par retomber sur la villa.

Rucker ordonna à ses hommes de l'investir, mais, cette fois, deux Humvee chargèrent en tête, sans cesser de faire crépiter leurs mitrailleuses de calibre 50. Les hommes entrèrent sans difficulté dans la place, où ils découvrirent un certain nombre de cadavres et trois gardes républicains encore en vie, mais complètement sous le choc, qui furent embarqués illico.

Le soulagement du capitaine augmenta lorsqu'il entendit sur sa radio que l'ensemble du site était sous contrôle.

Il pénétra à son tour dans la cour de la villa du hakim, où ses hommes avaient entrepris d'aligner les cadavres à des fins d'identification. Il fronça les sourcils en étudiant leurs visages barbouillés de suie et de sang. À l'évidence, c'étaient tous des Irakiens, des fantassins depuis longtemps abandonnés par leurs chefs. Il demanda à voir l'homme au turban. Celui-ci fut amené sous bonne escorte et prié d'examiner les morts. Il secoua la tête devant chacun d'eux, de plus en plus paniqué.

Le hakim restait introuvable.

Rucker faisait grise mine. L'opération avait mobilisé des moyens considérables, trois de ses hommes étaient blessés, dont un gravement, et tout cela pour rien. Il s'apprêtait à ordonner une nouvelle fouille approfondie des lieux, quand sa radio crachota une voix curieusement tremblante, mais qu'il reconnut néanmoins comme étant celle du sergent Jess Eddison.

— Mon capitaine… bafouilla Eddison, visiblement troublé. Je crois que vous devriez venir voir ça.

Rucker et son second suivirent un chef d'escouade jusqu'au vestibule, d'où un grand escalier de marbre s'élançait vers les chambres de l'étage. Une petite porte aménagée dans son flanc permettait d'accéder au sous-sol. Ayant allumé leurs torches pour éclairer la cage obscure, les trois hommes descendirent avec circonspection et rejoignirent au pied des marches Eddison, flanqué de deux première classe du deuxième peloton. Le sergent braqua le faisceau de sa torche sur les ténèbres et les entraîna dans un couloir.

L'installation qu'ils découvrirent n'avait pas grand-chose à voir avec une salle de jeu.

À moins de s'appeler Mengele.

La cave couvrait toute la surface de la villa et se prolongeait sous la cour. Les premières pièces qu'ils visitèrent n'avaient rien de particulièrement effrayant. Ils commencèrent par traverser un bureau qui semblait avoir été vidé de son contenu en toute hâte. Des confettis de documents passés au broyeur jonchaient le sol, un petit amas de livres calcinés gisait dans un angle. Ce bureau jouxtait une grande salle de bains, laquelle était contiguë à une pièce meublée de banquettes et d'un gros téléviseur.

Dans la salle suivante, nettement plus vaste, ils trouvèrent un bloc opératoire en parfait état de marche, doté d'appareils et d'instruments chirurgicaux dernier cri. Sa propreté contrastait avec l'état de délabrement du reste de la villa. Les gardes chargés de la défendre n'avaient vraisemblablement jamais mis les pieds ici. Peut-être par choix. Ou peut-être par peur.

Le sol était recouvert d'un liquide bleuâtre. Rucker et son équipe reprirent leur exploration derrière Eddison, avec force couinements de semelles sur le carrelage poisseux. Le couloir menait ensuite à un laboratoire contre un des murs duquel, sur une paillasse en formica, s'alignaient des bocaux transparents emplis d'une solution bleu-vert. Quelques-uns avaient été brisés, ce qui évoquait une tentative d'élimination de preuves, menée dans la plus grande précipitation. La plupart étaient intacts.

Rucker et son chef d'escouade s'approchèrent pour les examiner. Des tubes étaient plongés dans le liquide, où baignaient des organes humains : des cerveaux, des yeux, des cœurs, et d'autres parties du corps, plus petites, que Rucker ne parvint pas à identifier. Le plan de travail voisin était jonché de boîtes de Petri minutieusement étiquetées en caractères arabes qu'ils étaient incapables de déchiffrer. Deux puissants microscopes trônaient juste à côté. Les câbles qui les avaient sans doute reliés à des ordinateurs pendaient dans le vide. Tout le matériel informatique avait disparu.

Derrière le laboratoire, Rucker découvrit une autre salle, étroite et longue. À son entrée, une batterie d'énormes réfrigérateurs en inox alignés contre un mur s'offrit à son regard. Devait-il les ouvrir lui-même, ou attendre une équipe de décontamination ? L'absence de système de verrouillage et de symbole de danger l'incita à penser qu'il ne risquait pas grand-chose : il tira la porte du premier d'entre eux. D'énormes bocaux contenant un épais liquide rouge occupaient tout l'espace intérieur, soigneusement entreposés. Rucker comprit, avant même d'avoir examiné les dates et les noms inscrits sur les étiquettes, qu'il s'agissait de sang.

Du sang humain.

Mais rien à voir avec les petites poches à usage médical qu'il était habitué à voir.

Il y avait là des dizaines de litres.

Eddison les mena ensuite à la partie du sous-sol qui l'avait incité à alerter son chef. Accessible par un étroit corridor, elle semblait avoir été creusée sous la cour, même si Rucker, désorienté par l'écheveau de pièces aveugles où ils venaient de circuler, n'en était pas certain. Ils se trouvaient désormais dans une espèce de prison. Une enfilade de cellules bordait les deux côtés du corridor. L'intérieur de ces cellules bénéficiait d'un équipement assez correct : deux couchettes, des toilettes, un lavabo. Rucker avait vu pire. À la limite, il aurait pu se croire dans un service d'hôpital en sous-sol.

Sans les cadavres.

Deux par cellule.

Exécutés d'une balle en pleine tête, dans un geste de folie meurtrière.

Il y avait là des hommes et des femmes. Des jeunes et des vieux. Des enfants, une bonne dizaine, garçons et filles. Tous vêtus de la même combinaison blanche.

Le spectacle de la dernière cellule allait marquer Rucker jusqu'à la fin de ses jours.

À même le carrelage blanc et nu, les corps de deux petits garçons reposaient sur le dos. On leur avait rasé la tête. Tous deux soutenaient son regard sans ciller, le front percé d'un petit orifice circulaire, la nuque baignant dans une flaque de sang onctueux, luisant, épais comme une peinture acrylique.

Sur un des murs de la cellule, un dessin grossier avait été gravé dans la pierre à l'aide d'une fourchette ou d'un autre ustensile du même genre.

L'œuvre d'une âme désespérée, le cri muet d'un enfant frappé d'horreur à l'intention d'un monde indifférent.

L'image circulaire d'un serpent qui se dévorait la queue.

1

Zebqine, Sud-Liban – Octobre 2006

En se retournant vers les ruines de la mosquée, Evelyn Bishop l'aperçut en contrebas, seul, à moitié caché derrière un mur criblé d'éclats d'obus, avec son éternelle cigarette coincée entre le pouce et l'index. Cette vision la renvoya à son lointain passé.

— Farouk ?

Malgré les années, ce ne pouvait être que lui. Un début de sourire fit pétiller les yeux de l'homme, confirmant l'intuition d'Evelyn.

La tête de Ramez, l'ex-étudiant hyperactif qu'elle avait fini par prendre comme assistant – et qui offrait l'avantage précieux dans cette partie du pays d'être de confession chiite –, surgit tout à coup du cratère qui avait mis à nu une partie des fondations de la mosquée. Après lui avoir annoncé qu'elle revenait tout de suite, Evelyn descendit vers le pan de mur au pied duquel son visiteur imprévu semblait décidé à l'attendre.

Elle n'avait pas revu Farouk depuis qu'ils avaient travaillé ensemble sur des fouilles dans la fournaise irakienne, plus de vingt ans auparavant. Elle était en ce temps-là *Sitt* Evelyn, c'est-à-dire « Dame Evelyn », jeune, infatigable et débordante d'énergie, passionnée par son métier d'archéologue, une véritable force de la nature, responsable d'excavations sur le site du palais de Sennachérib à Ninive mais aussi à

Babylone, à une centaine de kilomètres au nord de Bagdad. Farouk, lui, faisait partie de l'entourage local habituel des fouilles ; ce marchand d'antiquités trapu et pansu, qui fumait des cigarettes à la chaîne, jouait aussi et surtout un rôle de « facilitateur », sorte d'intermédiaire apparemment indispensable dans la région. Il avait toujours fait preuve de courtoisie, d'honnêteté et d'efficacité : un personnage discret, presque effacé, qui livrait sans plastronner ce qu'il s'était engagé à livrer et jamais ne se dérobait face à une demande difficile. Mais, à en juger par ses épaules tombantes, son front sillonné de rides et les seules mèches grises qui restaient de son épaisse tignasse noire d'autrefois, la vie n'avait pas été clémente avec lui. Evelyn se rappela que l'Irak ne traversait pas précisément un âge d'or.

— Farouk, lui lança-t-elle, radieuse. Comment allez-vous ? Ça alors, depuis combien de temps... ?

— Très longtemps, *Sitt* Evelyn.

Si Farouk n'avait jamais été un moulin à paroles, il s'exprimait à présent d'une voix presque inaudible. Evelyn eut du mal à décrypter son expression. Son malaise visible était-il simplement dû à la douloureuse conscience du temps passé, ou y avait-il autre chose ?

— Que faites-vous ici ? s'enquit-elle, embarrassée à son tour. Vous êtes installé au Liban ?

— Non, j'ai quitté l'Irak il y a deux semaines, répondit-il d'un air sombre. Pour venir vous trouver.

— Me trouver ? répéta-t-elle, surprise.

Farouk lui fit signe qu'ils devaient s'éloigner de la mosquée et l'entraîna à l'abri des regards.

Elle le suivit en surveillant où elle mettait les pieds, le sol de la région étant jonché d'éclats de bombes à fragmentation. En voyant Farouk lancer des coups d'œil furtifs vers le bas de la colline, où passait l'artère principale du village, elle sentit qu'il redoutait un tout autre type de menace. Chaque fois qu'ils dépassaient une des ruelles plongeant vers la grand-rue, elle avait un bref aperçu de l'intense activité qui agitait le bourg : les camions chargés de livrer des produits de première nécessité, les tentes artisanales dressées un peu partout, les véhicules qui traversaient le chaos ambiant à un train d'escargot, le tout ponctué de-ci de-là par une explosion solitaire qui venait rappeler que la guerre, bien qu'ayant officiellement pris fin au bout de trente-quatre jours avec l'instauration d'un cessez-le-feu, était encore loin d'être terminée. Mais Evelyn ne parvenait toujours pas à comprendre ce qui inquiétait à ce point Farouk.

— Que se passe-t-il ? demanda-t-elle. Ça ne va pas ?

Après avoir promené sur les environs un regard nerveux, comme pour s'assurer une fois de plus que personne ne les observait, Farouk jeta son mégot d'une chiquenaude et sortit de la poche intérieure de sa veste une enveloppe brune et froissée, qu'il tendit à Evelyn.

— Je vous ai apporté ça.

Elle ouvrit l'enveloppe et en retira un petit paquet de photographies. Des polaroïds écornés, légèrement rayés.

Evelyn releva vivement la tête pour interroger le marchand du regard, mais son instinct avait déjà tiré la sonnette d'alarme. À peine eut-elle jeté un coup d'œil aux premières images que ses pires craintes furent confirmées.

Elle s'était établie au Liban en 1992, à une époque où le pays émergeait d'une guerre civile aussi longue que vaine. Elle avait mis le cap sur le Proche-Orient peu après l'obtention de son diplôme à Berkeley, à la fin des années soixante. Alors qu'elle avait déjà travaillé sur un certain nombre de fouilles en Jordanie, en Irak et en Égypte, un poste d'enseignant s'était libéré au département d'archéologie de l'Université américaine de Beyrouth. Elle pouvait d'autant moins laisser échapper une telle occasion que cela lui ouvrait des perspectives de participation active aux fouilles qui venaient d'être lancées dans les quartiers centraux de la capitale libanaise, accessibles depuis peu aux archéologues – une possibilité plus qu'alléchante étant donné la richesse du passé phénicien, grec et romain de la ville. Evelyn avait posé sa candidature et obtenu le poste.

Quinze ans plus tard, elle se sentait totalement et définitivement chez elle à Beyrouth, où elle était déterminée à finir ses jours. À ce pays qui s'était toujours montré généreux à son égard, elle avait fait mieux que rendre la pareille. Son petit groupe d'étudiants enthousiastes et passionnés en était une des plus belles preuves, de même que le musée archéologique de la capitale, qu'elle avait contribué à revitaliser. Pendant la reconstruction du centre-ville, elle avait vaillamment tenu tête aux bulldozers des promoteurs immobiliers tout en exerçant des pressions constantes sur le gouvernement avec les inspecteurs internationaux de l'Unesco. Evelyn n'avait pas connu que des victoires, mais elle avait activement participé à la renaissance de la ville, voire du pays entier. Elle avait été confrontée à l'optimisme et au cynisme, à l'altruisme et à la corruption, à la générosité et à la convoitise, à l'espoir et au désespoir, à toute une gamme de comportements humains, d'autant plus affirmés que le contexte ne favorisait guère les sentiments tels que la pudeur ou la honte.

Jusqu'au désastre des derniers mois.

Le Hezbollah aussi bien que les Israéliens avaient commis une grossière faute de calcul dont le prix, comme il fallait s'y attendre, avait été payé par d'innocents civils. Cet été-là, à peine quelques semaines plus tôt, Evelyn avait assisté, la gorge serrée, au ballet des hélicoptères Chinook et des cuirassés qui évacuaient les étrangers pris au piège, sans que jamais l'idée ne l'effleure de se joindre à eux. Elle était ici chez elle.

Du coup, le travail ne manquait pas. La reprise des cours était prévue dans un peu plus d'une semaine, c'est-à-dire avec un mois de retard sur la date habituelle. Le programme de la prochaine session d'été avait été revu. Certains membres de la faculté ne reviendraient pas. Les prochains mois s'annonçaient comme un véritable défi en termes d'organisation avec, de temps à autre, une petite diversion intéressante, comme celle qui l'avait conduite ici, à Zebqine, bourgade assoupie des collines du Sud-Liban, à moins de dix kilomètres de la frontière israélienne.

Le village en soi n'existait plus que de nom. La plupart des maisons avaient été réduites à des amas de gravats, de fer tordu et de verre brisé. D'autres avaient purement et simplement été rayées de la carte, englouties au fond des cratères creusés par les bombes au laser. Les pelleteuses et les camions étaient prestement intervenus pour évacuer les décombres, sans doute destinés à servir de remblai pour un futur complexe hôtelier du front de mer. Les corps de ceux qui avaient péri sous les ruines de leur habitation avaient été enterrés, et le bourg commençait prudemment à reprendre vie. Les survivants qui avaient réussi à fuir avant le carnage revenaient petit à petit et réfléchissaient, installés sous des tentes de fortune, à la façon dont ils allaient reconstruire. L'électricité ne serait pas rétablie avant longtemps mais, du moins, un camion-citerne avait-il été envoyé sur place afin de ravitailler les habitants en eau potable. Quelques villageois attendaient patiemment leur tour à l'arrière de la remorque, les bras chargés de bidons et de bouteilles en plastique, tandis que d'autres s'affairaient à déballer la cargaison de deux camions de la FINUL chargés de distribuer des vivres et autres produits de première nécessité. Des gamins couraient un peu partout, jouant à… la guerre.

C'était Ramez qui, ce matin-là, l'avait amenée ici dans sa voiture. Lui-même était originaire de la région. Un vieil habitant, l'un des rares villageois à être restés sur place pendant les bombardements – lesquels l'avaient rendu à demi sourd – les avait guidés à travers les gravats jusqu'aux vestiges de la petite mosquée. Bien que prévenue par son assistant, Evelyn avait été choquée par le spectacle qu'elle avait découvert du sommet de la colline.

Le dôme vert de la mosquée avait miraculeusement survécu aux bombes, qui avaient anéanti le reste de la petite structure de pierre. Il trônait bizarrement au milieu des ruines, sorte d'installation surréaliste comme seule la guerre était capable d'en créer. Des lambeaux déchiquetés du tapis rouge de la mosquée ondulaient étrangement sous les branches nues des arbres voisins.

En soufflant les murs de la mosquée, les bombes avaient aussi éventré une partie du sol ; une crevasse s'était formée le long de la façade arrière, révélant la présence, sous l'édifice, d'une crypte jusqu'alors inconnue. Les fresques bibliques qui en ornaient les murs, bien que pâlies et dégradées par le passage des siècles, ne laissaient planer aucun doute : il s'agissait d'une église préislamique, enfouie sous la mosquée. Les côtes libanaises, qui selon la Bible avaient été fréquemment visitées par Jésus et ses disciples, abondaient en reliques des premiers temps de l'ère chrétienne. L'église Saint-Thomas, à Tyr, était bâtie sur le site de ce qu'on considérait comme le plus ancien lieu de culte chrétien connu au monde, fondé dès le Ier siècle par saint Thomas à son retour de Chypre. Mais lorsque l'islam s'était imposé dans la région à la fin du VIIe siècle, de nombreuses églises avaient été saisies, puis transformées par les disciples de la nouvelle foi.

Fouiller les ruines d'une mosquée chiite pour exhumer les vestiges d'un culte antérieur risquait de poser des problèmes, surtout en cette période où les plaies de la guerre étaient encore à vif, et les émotions plus exacerbées qu'à l'ordinaire.

Evelyn s'attendait donc à rencontrer des difficultés. Mais pas de cet ordre-là.

Désemparée, elle regarda l'Irakien sans chercher à masquer sa tristesse.

— Qu'est-ce qui vous arrive, Farouk ? demanda-t-elle à mi-voix. Vous devriez me connaître mieux que ça.

Les polaroïds qu'elle avait en main montraient une série de pièces archéologiques, de trésors d'une époque lointaine, de reliques du berceau de la civilisation : tablettes cunéiformes, sceaux cylindriques, figurines d'albâtre et de terre cuite, poteries. Elle avait vu défiler des images similaires depuis l'invasion de Bagdad par les troupes américaines et le tollé international qu'avait suscité leur impuissance à défendre le musée archéologique de la ville et les autres sites importants. Les pillards s'en étaient donné à cœur joie. Toutes sortes d'accusations de félonie et de machination politique avaient été proférées, retirées, puis réitérées, et les estimations quant au nombre d'objets volés avaient fusé de toutes parts, souvent en dépit du bon sens. Une seule chose était sûre : des trésors plusieurs fois millénaires avaient été dérobés, et la majeure partie d'entre eux demeurait introuvable.

— S'il vous plaît, *Sitt* Evelyn...

— Non, coupa-t-elle en lui rendant brusquement les photos. Voyons, Farouk. Pourquoi me montrer ça ? Vous avez vraiment cru que j'allais acheter ces pièces ou vous aider à les vendre ?

— Je vous en prie, insista-t-il à voix basse. Il faut que vous m'aidiez. Je ne peux pas retourner là-bas. Tenez, ajouta-t-il en faisant défiler nerveusement les clichés. Regardez ça...

Evelyn remarqua que ses doigts jaunis tremblaient fortement. Elle étudia sa physionomie, ses gestes : il avait peur, ce qui en soi était logique. La contrebande de pièces archéologiques en provenance d'Irak faisait l'objet de punitions extrêmement sévères, allant jusqu'à la peine capitale selon le côté de la frontière où l'on se faisait prendre. Quelque chose, pourtant, la tracassait. Elle était loin de connaître intimement cet homme, qu'elle n'avait pas revu depuis plusieurs décennies, mais elle s'estimait plutôt douée pour sentir ce que les gens avaient dans le ventre. Or, le fait que quelqu'un comme Farouk se soit abaissé à participer au pillage de sa propre patrie, lui qui à l'époque semblait tellement la vénérer, était étrange. Il est vrai qu'elle n'avait pas vécu comme lui une succession de coups d'État sanglants et trois terribles guerres, sans parler des innombrables horreurs qui s'étaient produites entre chacune de ces tragédies. Force lui était d'admettre qu'elle n'avait pas la moindre idée de la vie qu'avait menée Farouk depuis leur dernière rencontre. Ni à quelles extrémités les gens se trouvaient parfois réduits pour survivre.

Il choisit deux images et leva les yeux sur Evelyn.

— Tenez.

Soutenant son regard, elle inspira profondément, hocha la tête et accepta de reprendre les photos qu'il lui tendait.

La première représentait un lot de vieux livres – des codex – posés à plat sur ce qui semblait être une table. Evelyn l'examina de plus près. Il était difficile d'évaluer l'ancienneté de ces ouvrages sans les ouvrir. Le passé du Proche-Orient était tellement riche qu'il constituait, sur plusieurs millénaires, un défilé quasi ininterrompu de civilisations. Quelques détails révélateurs livraient néanmoins des indices sur leur âge : les couvertures de cuir fendillé, certaines ornées de dorures et d'autres de motifs géométriques gravés, de médaillons ovales, ou de sautoirs. D'autres craquelures apparaissaient sur les lanières de cuir de la tranche, indiquant une fabrication antérieure au XIVe siècle. Cela faisait de ces livres des pièces très intéressantes pour un musée ou un collectionneur.

En posant les yeux sur la deuxième image, Evelyn se figea. Elle approcha la photo de son visage et la contempla intensément, la frôla du bout des doigts dans l'espoir vain de la rendre plus nette, en même temps que son esprit s'efforçait d'endiguer le déluge de souvenirs qui venait de se réveiller en elle. Cette photo représentait elle aussi un codex, posé entre deux autres volumes anciens. Sa couverture de cuir était abîmée, poussiéreuse. Le rabat de cuir du dos de reliure était déplié – un trait distinctif des ouvrages islamiques de l'époque médiévale : glissé entre la couverture et la page de garde lorsque le livre était fermé, ce rabat protégeait l'ensemble de ses feuilles et pouvait aussi servir de signet.

A priori, ce vieil ouvrage n'avait rien de remarquable, hormis le symbole gravé sur sa couverture : le motif circulaire, en forme d'anneau, d'un serpent se mordant la queue.

Evelyn redressa vivement la tête pour regarder Farouk dans les yeux et posa la question qui lui brûlait les lèvres :

— Où avez-vous trouvé ceci ?

— Ce n'est pas moi, mais Abou Barzan, un vieil ami. Il tient une petite boutique à Mossoul, expliqua Farouk. Rien d'illégal, rassurez-vous, uniquement ce qu'on était autorisé à vendre, sous Saddam Hussein.

L'exportation des antiquités les plus précieuses était, avant le renversement du régime, la chasse gardée des officiels du parti Ba'as. La racaille – le reste de la population – n'avait qu'à se disputer les miettes.

— Saddam Hussein avait des informateurs partout, comme vous le savez, reprit Farouk. Aujourd'hui, ce n'est plus la même chose, évidemment. Bref, mon ami est venu me trouver à Bagdad, voilà peut-être un mois. Il a pris l'habitude de sillonner le nord du pays, les vieux villages, pour y chercher des objets antiques. Il est à moitié kurde, et quand il monte là-haut, il oublie opportunément son côté sunnite. Du coup, ces gens-là lui ouvrent leurs portes. C'est ce qui lui a permis de tomber sur ce lot. Vous savez ce qui se passe en ce moment. C'est un immense désordre. Le chaos absolu. Les attentats, les assassinats, les escadrons de la mort... Les gens ont peur, ils font ce qu'ils peuvent pour rester indemnes et nourrir leur famille. Ils vendent tout ce qui leur tombe sous la main, surtout maintenant qu'ils ont le droit de le faire au grand jour. Mais les acheteurs ne courent pas les rues, pas en Irak. Bref, Abou Barzan s'est procuré ces pièces et cherchait à les revendre. Il rêvait de quitter le pays et de s'installer en lieu sûr – comme nous tous –, mais, pour ça, il faut de l'argent. Il s'est donc mis à en parler autour de lui, discrètement, dans l'espoir de trouver une personne intéressée. Il savait que j'avais des contacts à l'étranger. Il m'a proposé de partager les bénéfices.

Farouk alluma une cigarette en jetant autour de lui des coups d'œil furtifs.

— J'ai pensé à vous dès que j'ai vu l'Ouroboros, ajouta-t-il en avançant le bras pour tapoter l'image du codex au serpent. J'ai passé quelques coups de téléphone pour voir si quelqu'un savait où vous étiez. Et Mahfouz Zacharia...

— Je vois, coupa Evelyn.

Elle avait toujours gardé le contact avec le conservateur du Musée national d'antiquités de Bagdad. Surtout après l'invasion, lorsque le scandale des pillages avait éclaté.

— Farouk, poursuivit-elle, vous savez bien que ça ne peut pas m'intéresser. Nous ne devrions même pas tenir cette conversation.

— Il faut m'aider, *Sitt* Evelyn. Je vous en supplie. Je ne peux pas rentrer en Irak. C'est encore pire que vous l'imaginez ! Vous voulez ce livre, non ? Je peux vous l'avoir. Aidez-moi juste à rester ici, par pitié. Vous auriez sûrement l'usage d'un chauffeur, non ? D'un assistant ? Je suis prêt à faire n'importe quoi. Je sais me rendre utile, rappelez-vous. S'il vous plaît... Je ne peux pas retourner là-bas.

— Farouk, répondit Evelyn en secouant la tête. Ce n'est pas aussi simple.

Son regard s'échappa au-delà de la mosquée, vers les collines dévastées. Le long d'un muret de pierre, plusieurs couches superposées de feuilles de tabac brun, mises à sécher des mois plus tôt sur un fil de fer, pourrissaient lentement et avaient fini par virer au gris sous l'épaisse couche de poussière qui semblait s'être abattue sur la région tout entière. Dans le ciel, le vrombissement étouffé d'un drone israélien diminuait ou augmentait au gré du vent, rappel constant de la tension qui couvait encore.

Farouk se rembrunit. Son souffle était court, ses mains tremblaient.

— Vous vous rappelez Hadj Ali Salloum ?

Encore un nom surgi du passé. Lui aussi antiquaire, si la mémoire d'Evelyn ne la trahissait pas – et elle la trahissait rarement. Établi à Bagdad. Une boutique à trois portes de celle de Farouk. Deux amis proches, mais qui n'hésitaient pas à se livrer à une concurrence acharnée dès qu'il s'agissait de vendre une pièce ou d'attirer un client.

— Il est mort, annonça l'Irakien d'une voix tremblante. Et je crois que c'est à cause de ce livre.

Une ombre glissa dans le regard d'Evelyn.

— Que lui est-il arrivé ? demanda-t-elle.

— De quoi parle ce livre, *Sitt* Evelyn ? interrogea Farouk avec une lueur effrayée dans les yeux. Qui d'autre cherche à l'avoir ?

— Je l'ignore, répondit-elle, désemparée.

— Et M. Tom ? Il a travaillé là-dessus avec vous. Peut-être qu'il le sait, lui. Il faut lui poser la question, *Sitt* Evelyn. C'est très grave, ce qui se passe. Vous ne pouvez pas me renvoyer là-bas.

Evelyn sentit l'émotion la gagner. Avant qu'elle ait eu le temps de répondre, la voix de Ramez résonna parmi les ruines.

— Evelyn ?

Farouk la regardait avec angoisse. Elle pivota sur elle-même et vit son jeune assistant s'approcher, venu de la mosquée. Elle fit de nouveau face à l'Irakien, qui scrutait les profondeurs d'un passage donnant sur la grand-rue. Au moment où il se retourna vers elle, son visage blême semblait s'être vidé de son sang et exprimait une terreur sans nom. Il lui mit précipitamment la liasse de polaroïds et l'enveloppe dans les mains.

— Neuf heures ce soir, dans le centre, au pied de la tour de l'Horloge. Je vous en prie, venez.

Ramez les rejoignit à cet instant, visiblement intrigué.

— Farouk est un ancien compagnon de travail, s'empressa d'expliquer Evelyn. Nous nous sommes connus en Irak, il y a longtemps.

Le malaise ambiant n'avait visiblement pas échappé à son assistant. Sentant Farouk sur le point de prendre ses jambes à son cou, elle crut bon d'ajouter :

— Tout va bien. Ramez est un collègue. À l'université.

Farouk, affolé, se contenta de saluer le jeune homme d'un hochement de tête furtif avant de s'adresser à Evelyn.

— S'il vous plaît, dit-il d'une voix implorante, venez.

Avant qu'elle ait pu émettre la moindre objection, il détala en trébuchant sur le sentier rocailleux qui s'élevait vers le sommet de la colline, en direction de la mosquée.

— Farouk, attendez !

Evelyn s'éloigna de quelques pas de Ramez pour réitérer son appel, mais sans succès. Farouk était déjà loin.

Elle se retourna vers son assistant, lequel affichait une expression médusée. Elle s'aperçut soudain que les polaroïds étaient toujours dans sa main, parfaitement visibles, et qu'il ne pouvait pas ne pas les avoir vus. D'ailleurs, il l'interrogeait du regard. Elle remit les clichés dans l'enveloppe qu'elle empocha tout en essayant de se composer un sourire désarmant.

— Excusez-moi. C'est juste qu'il... c'est une longue histoire. On retourne à la crypte ?

Ramez acquiesça poliment et la précéda sur le sentier.

Elle le suivit, le regard lointain, l'estomac noué, trop perturbée par les paroles de l'Irakien pour prêter attention à la scène fugace qui se déroulait au même instant en aval : deux hommes plantés au bord de la grand-rue du village, le regard froid comme la pierre – un regard qui en soi n'avait rien de bien extraordinaire dans un tel contexte, la guerre y ayant habitué Evelyn –, deux hommes apparemment indifférents à l'intense activité qui les entourait, étaient tournés vers la colline où elle venait de se remettre en marche. Tandis que l'un d'eux montait à l'intérieur d'une berline qui démarra sur les chapeaux de roue, l'autre réapparut une fraction de seconde dans le champ de vision d'Evelyn avant de s'éclipser derrière un bâtiment en ruine.

2

— Ça y est ? Vous l'avez ?

Il avait beau avoir quitté Bagdad depuis plus de quatre ans, son arabe, malgré l'aisance indéniable dont il avait toujours fait preuve dans le maniement des langues étrangères, restait fortement influencé par son séjour en Irak, sur le plan tant du vocabulaire que de l'accent. C'était la raison pour laquelle les hommes qui travaillaient pour lui – sous les ordres d'Omar, avec qui il était en ligne – étaient tous originaires de l'est de son nouveau pays d'accueil : une région voisine de la frontière irakienne, où ils s'étaient auparavant adonnés au trafic d'armes et de combattants, dans un sens comme dans l'autre. Car si les deux langues étaient similaires dans leurs grandes lignes – un peu comme l'américain et l'anglais – elles présentaient des différences ponctuelles susceptibles d'engendrer des inexactitudes et d'alimenter des malentendus.

Ce qu'il jugeait inadmissible.

Il tirait une grande fierté de son goût de la précision. Il n'admettait pas le flou et était exaspéré par les informations dénuées de fondement. Et il avait senti au ton penaud de son lieutenant, dès l'instant où il avait dû s'interrompre en pleine activité pour prendre son appel, que sa patience allait une nouvelle fois être mise à rude épreuve.

Après un silence hésitant, la réponse d'Omar tomba froidement dans l'écouteur de son téléphone portable.

— Non.

— Comment, non ? s'emporta le hakim en ôtant rageusement ses gants chirurgicaux. Et pourquoi ça ? Où est-il ?

Bien qu'Omar ne fût pas homme à se laisser intimider facilement, son ton était plus respectueux que jamais lorsqu'il expliqua :

— Il a fait preuve d'une grande prudence, *mu'allimna.*

Des deux côtés de la frontière, les hommes affectés à son service l'appelaient toujours ainsi. *Notre maître.* La marque de respect des humbles élèves à leur professeur. Il ne leur avait pourtant pas appris grand-chose, sinon à faire exactement, et sans jamais poser de questions, ce qu'on exigeait d'eux. C'était d'ailleurs moins une affaire d'apprentissage que d'entraînement, où la peur était la motivation principale.

— L'occasion ne s'est pas présentée, enchaîna Omar. On l'a suivi jusqu'à l'Université américaine. Il est entré dans le bâtiment du département d'archéologie. On l'a attendu dehors, mais il est ressorti comme un voleur, par une porte de service. Un de mes hommes surveillait l'accès côté front de mer ; il a tout juste eu le temps de le voir sauter dans un taxi.

— Ce qui veut dire qu'il se sait suivi, observa le hakim avec un froncement de sourcils.

— Oui, admit Omar à contrecœur. Mais ce n'est pas un problème. Vous l'aurez d'ici demain soir.

— Je l'espère pour vous !

Le hakim s'efforça de ravaler sa rage. Omar n'avait pas encore échoué. C'était un homme conscient des enjeux de sa mission, qui avait toujours fait preuve d'une efficacité implacable. Il avait reçu des consignes claires en entrant à son service : veiller sur lui et satisfaire tous ses besoins. Omar savait pertinemment que l'échec n'était pas admis dans son métier. Cette idée réconforta quelque peu le hakim.

— Et maintenant, où est-il ?

— On l'a suivi jusqu'à Zebqine, dans le sud, près de la frontière. Il y est allé pour parler à quelqu'un.

— Qui ? demanda aussitôt le hakim, intrigué.

— Une femme. Une Américaine. Elle s'appelle Evelyn Bishop. Elle est professeur d'archéologie à l'Université américaine. C'est une dame d'un certain âge. La soixantaine. Il lui a montré le contenu d'une enveloppe. On n'a pas pu s'approcher assez pour voir ce que c'était, mais je pencherais pour des photos de la collection.

Intéressant, songea le hakim. À peine arrivé à Beyrouth, le marchand irakien s'empresse d'en repartir pour aller trouver une femme – une archéologue. Il se promit de revenir ultérieurement sur les conséquences de cette information.

— Et ?

— On l'a perdu, murmura Omar après une nouvelle hésitation. Il nous a repérés et il s'est enfui. On l'a cherché partout dans le bourg, sans résultat. Mais on surveille la femme. Je me trouve devant son immeuble en ce moment même. Leur transaction a été interrompue par l'arrivée de quelqu'un. Il faudra donc qu'ils se revoient.

— Et vous comptez sur elle pour vous mener jusqu'à lui, fit le hakim avec un petit coup de menton approbateur.

Il leva sa main libre et massa un instant son front plissé, ses lèvres sèches. Un nouvel échec était exclu. Il attendait depuis trop longtemps.

— Ne la lâchez pas d'une semelle, ajouta-t-il froidement. Et quand ils se retrouveront, amenez-les-moi tous les deux. Je la veux elle aussi. Compris ?

— Oui, *mu'allimna.*

Une réponse claire. Sans trace d'hésitation.

Comme les aimait le hakim.

Après avoir éteint son portable, il se repassa mentalement la conversation en accéléré, rangea l'appareil au fond d'une de ses poches et retourna à son activité du moment.

Il se lava les mains, enfila une paire de gants neufs, puis s'approcha du lit sur lequel était sanglé un petit garçon au bord de l'inconscience, dont le blanc des yeux en partie visible sous ses paupières lourdes dessinait deux croissants de porcelaine ; de plusieurs points de son corps sortaient des tubes par où s'échappaient les infimes quantités de liquide qui étaient en train de le vider de sa vie même.

3

Il était plus de dix-huit heures quand Evelyn, de retour à Beyrouth, poussa la porte de son appartement, au troisième étage d'un immeuble de la rue Commodore.

Cette journée, remarquable sur bien des plans, l'avait épuisée. Après le départ précipité de Farouk, Ramez – qui, dans ce qui était apparu à Evelyn comme une belle démonstration de tact, n'avait posé aucune question sur l'Irakien ni fait la moindre allusion à son étrange réapparition – avait réussi à leur organiser un entretien particulier avec le maire de Zebqine, lequel avait évidemment en tête des affaires plus urgentes que l'exhumation éventuelle d'un monument religieux du début de l'ère chrétienne. Evelyn et son jeune protégé avaient néanmoins réussi à l'amadouer suffisamment pour obtenir que sa porte leur reste ouverte dans la perspective d'une prochaine visite.

Une prouesse d'autant plus remarquable qu'Evelyn avait eu la tête ailleurs d'un bout à l'autre de la discussion.

Depuis l'instant où Farouk avait sorti ces quelques polaroïds de leur vieille enveloppe, les souvenirs qu'ils avaient ravivés en elle occupaient toutes ses pensées. De retour chez elle, elle avait commencé par prendre une longue douche chaude. Elle était à présent assise à sa table de travail, les yeux fixés sur un épais dossier qui l'avait suivie comme une ombre dans tous ses déménagements depuis trente ans. Le cœur lourd, elle écarta les élastiques qui l'attachaient et entreprit de feuilleter son contenu. Les vieux clichés, les notes jaunies et les photocopies ramenèrent à la lumière une part d'elle-même enfouie depuis longtemps. En défilant sous ses yeux les unes après les autres, les pages de ce dossier soulevèrent un tourbillon d'émotions violentes qui la renvoya à une époque, à un lieu qu'elle n'était jamais parvenue à oublier.

À Hilla, en Irak. À l'automne 1977.

Elle se trouvait au Proche-Orient depuis un peu plus de sept ans et avait passé la majeure partie de cette période sur des sites archéologiques à Pétra, en Jordanie, et en haute Égypte. Bien que ces fouilles lui aient énormément appris – son amour pour la région datait de cette époque –, elles n'étaient pas placées sous son autorité. L'envie n'avait pas tardé à la démanger de poser ses valises aux abords d'un site qu'elle pourrait considérer comme le sien. Et au terme de laborieuses recherches doublées d'un certain nombre de démarches visant à recueillir les fonds nécessaires, elle avait obtenu ce qu'elle voulait. Les fouilles en question concernaient une cité qui la fascinait depuis toujours mais que l'archéologie moderne avait tendance à négliger : Babylone.

L'histoire de cette ville légendaire remontait à plus de quatre mille ans – mais ses édifices, construits en briques de boue séchée plutôt qu'en pierre, étaient fort peu nombreux à avoir survécu aux ravages du temps. Les rares monuments rescapés avaient fini par être déménagés par les diverses puissances coloniales qui avaient successivement exercé leur domination sur cette région troublée au cours du dernier demi-siècle. Entre les méfaits de dame Nature et ceux des Ottomans, des Français et des Allemands qui s'étaient tous servis comme des vautours, le berceau de la civilisation n'avait pas eu l'ombre d'une chance.

Evelyn, dans la mesure de ses moyens, nourrissait l'espoir de réparer une partie de cette injustice.

Les fouilles avaient enfin commencé. Les conditions de travail paraissaient d'autant moins pénibles à la jeune archéologue qu'elle était déjà habituée à la chaleur et aux insectes. Elle fut surprise de la prévenance des autorités locales. Les ba'assistes avaient pris le pouvoir cinq ans auparavant après une décennie de coups d'État, et elle les trouva pragmatiques et courtois – le film *L'Exorciste* était en tournage dans les environs lors de sa première visite, et le putsch sanglant de Saddam Hussein ne devait intervenir que quelques années plus tard. La région des fouilles avait beau être pauvre, ses habitants se montraient aimables et hospitaliers. Les deux petites heures de route qui la séparaient de Bagdad permettaient à Evelyn de se nourrir correctement, de prendre un bon bain de temps à autre et même de goûter les menus plaisirs d'une vie sociale dont elle avait longtemps été privée.

La découverte était survenue par le plus grand des hasards. Un chevrier local qui creusait le sol en espérant trouver de l'eau avait exhumé un véritable petit trésor de tablettes cunéiformes – renvoyant à l'une des plus anciennes formes d'écriture connues – dans une chambre souterraine voisine d'une vieille mosquée d'Hilla. Sa proximité géographique avait permis à Evelyn d'être la première sur place ; elle avait aussitôt décidé que le site méritait une exploration plus approfondie.

Quelques semaines plus tard, en effectuant un sondage dans un garage désaffecté contigu à la mosquée, elle avait à son tour fait une trouvaille, quoique beaucoup moins ancienne et exceptionnelle que la précédente. Peut-être même ne méritait-elle pas d'être qualifiée de spectaculaire : Evelyn venait de découvrir une enfilade souterraine de petites chambres à voûte, ensevelies depuis des siècles. Les premières pièces étaient nues, à l'exception de deux ou trois meubles en bois grossiers et de quelques urnes, vases et ustensiles de cuisine. Intéressant, mais rien de précieux. Toutefois, dans la chambre la plus profondément enfouie, une caractéristique avait quasiment fait à Evelyn l'effet d'un coup de poing à l'estomac : dans le mur principal, une gravure circulaire de grande dimension représentait un serpent autophage.

L'Ouroboros.

L'un des plus anciens symboles mystiques du monde. Ses origines remontaient à plusieurs millénaires, en Chine avec les dragons-cochons de la culture de Hongshan, mais aussi en Égypte, d'où il était passé chez les Phéniciens puis chez les Grecs, lesquels lui avaient donné son nom, *ouroboros*, « qui se mord la queue ». On le retrouvait ensuite dans la mythologie nordique, la tradition hindoue et le symbolisme aztèque, pour n'en citer que quelques déclinaisons. L'Ouroboros avait également occupé une place de choix dans les arcanes de l'alchimie au fil des siècles. Le serpent autophage constituait un archétype puissant, capable de revêtir des sens très différents selon les peuples : signe positif pour certains, maléfique pour d'autres.

Une exploration plus méticuleuse des chambres permit à l'équipe d'Evelyn d'effectuer un certain nombre de constatations curieuses. Des objets pris dans un premier temps pour de simples ustensiles de cuisine se révélèrent de nature nettement moins triviale : du matériel de laboratoire primitif. Les éclats de verre, après examen, provenaient de fioles et de cornues. Des morceaux de tubes et de bouchons de liège furent également recueillis, ainsi que des outres en peau et plusieurs jarres supplémentaires.

Il émanait de ces chambres une ambiance lugubre qui fascinait Evelyn. Elle avait l'impression d'avoir exhumé l'ancien lieu de réunion d'un groupe clandestin inconnu à ce jour, d'une secte soucieuse de se rassembler loin des regards indiscrets, sous l'œil froid du serpent. Elle consacra les semaines suivantes à passer au peigne fin les chambres souterraines et fut récompensée par une nouvelle découverte : une grosse jarre en terre cuite, fermée par un bouchon de peau, enfouie dans un recoin sombre. Un Ouroboros semblable à celui du mur était gravé sur son flanc. À l'intérieur de cette jarre, Evelyn découvrit une liasse de manuscrits sur papier – ce matériau avait supplanté le parchemin et le vélin dans la région dès le VIIIe siècle, c'est-à-dire bien avant d'atteindre l'Europe. Ils réunissaient du texte, des motifs géométriques d'une fascinante sophistication, des reproductions scientifiques diverses et des études anatomiques aussi colorées qu'étranges.

En passant en revue les diverses représentations du symbole qu'elle avait regroupées à l'époque dans son dossier – eaux-fortes, gravures sur bois, estampes –, elle tomba sur une série de vieilles photos aux couleurs défraîchies. Elle mit le dossier de côté pour les examiner. Il y avait là plusieurs clichés des chambres souterraines, puis d'autres où elle posait devant le site avec l'équipe de fouilles, dont Farouk. Il avait bien changé, songea-t-elle. *Nous avons tous changé*. Ses doigts se posèrent ensuite sur un instantané qui déclencha en elle un léger frisson et la fit se raidir imperceptiblement. Elle y apparaissait nettement plus jeune – une femme de trente ans, au regard pétillant d'ambition –, auprès d'un homme qui devait avoir son âge. Ils posaient côte à côte sur un autre site de fouilles dans le désert, tels deux aventuriers d'un temps révolu. Ces images ne brillaient pas par leur netteté – il s'agissait de petits formats qu'elle avait fait tirer sur place, et qui portaient en outre les stigmates d'un séjour de près de trente ans dans son dossier. Le soleil tapait dur ce jour-là, et tous deux avaient le visage masqué par des lunettes de soleil et l'ombre dense d'un chapeau de safari. Ce qui n'empêcha nullement Evelyn de revoir les traits de l'homme dans leurs moindres détails. Une vision qui, même après tant d'années, parvenait encore à lui chavirer le cœur.

Tom.

Elle s'abîma dans sa contemplation, et les échos de la ville chaotique se fondirent dans le silence. La photo fit naître sur ses lèvres un sourire doux-amer, tandis que des émotions conflictuelles se bousculaient en elle.

Jamais elle n'avait compris ce qui s'était passé à l'époque.

Tom Webster avait surgi à Hilla sans crier gare quelques semaines après la découverte d'Evelyn. Il s'était présenté comme un archéologue-historien du Haldane Institute, un centre de recherches affilié à l'Université Brown, de Rhode Island. Il lui avait expliqué qu'il se trouvait en Jordanie quand un collègue lui avait parlé de l'intérêt d'Evelyn pour l'Ouroboros. La recherche en ces temps obscurs – c'est-à-dire avant l'avènement d'Internet – impliquait la fréquentation assidue des bibliothèques et la consultation d'experts qu'il fallait souvent se donner la peine de rencontrer en chair et en os. Tom ajouta qu'il avait traversé le pays en voiture pour la voir et en apprendre un peu plus sur sa découverte.

Ils avaient passé quatre semaines ensemble.

Plus jamais un homme ne lui inspirerait de tels sentiments.

Ils consacraient leurs journées à fouiller les chambres, à analyser le texte et les illustrations des manuscrits retrouvés par Evelyn, à visiter des bibliothèques et des musées à Bagdad ou ailleurs, à rencontrer des érudits, des historiens.

La calligraphie renvoyait indiscutablement à l'ère abbasside, c'est-à-dire aux environs du Xe siècle de notre ère. La datation au carbone d'une des lanières de cuir qui réunissaient les feuillets confirma leur hypothèse sur ce point. Les textes, splendidement écrits et illustrés, traitaient d'une grande variété de sujets : philosophie, logique, mathématiques, chimie, astrologie, astronomie, musique, spiritualité. Ils ne comportaient en revanche aucune information ni sur leurs auteurs, ni sur la signification du symbole du serpent.

Evelyn et Webster travaillèrent ensemble avec une passion partagée, et une étincelle aussi prometteuse que fugace vint brièvement illuminer leurs recherches lorsqu'ils découvrirent des informations sur une obscure organisation de la même époque, les Frères de la Pureté. L'identité précise des Frères faisait l'objet de conjectures. On ne savait pas grand-chose d'eux, sinon qu'ils étaient des philosophes néo-platoniciens, se réunissaient en secret tous les douze jours, et avaient légué à la postérité un remarquable corpus d'enseignements scientifiques, spirituels et ésotériques, inspiré de diverses traditions et considéré comme une des plus anciennes encyclopédies connues.

Par certains aspects, les écrits retrouvés dans la chambre à l'Ouroboros faisaient écho à ceux des Frères, en termes de style et de contenu. Toutefois, aucun d'eux n'évoquait la spiritualité des anciens occupants du lieu. Malgré leur ancrage islamique, les textes des Frères incorporaient des enseignements issus des Évangiles et de la Torah. Les Frères étaient considérés comme des libres-penseurs qui refusaient de souscrire à une foi spécifique, préférant chercher la part de vérité de toutes les religions et ériger le savoir en seule vraie nourriture de l'âme. Mus par l'espoir de créer un vaste sanctuaire spirituel ouvert à tous, ils aspiraient à une réconciliation, à la fin des divisions sectaires qui ravageaient la région.

Evelyn et Webster s'étaient demandé si la secte des chambres souterraines pouvait être une ramification des Frères, sans rien trouver qui vienne confirmer ou infirmer cette thèse. La géographie jouait cependant en sa faveur : il était communément admis que les Frères avaient exercé à Bassora et à Bagdad. Or, Hilla se trouvait entre les deux.

Tout au long des semaines où elle l'avait côtoyé, Evelyn s'était émerveillée de l'inépuisable énergie que mettait Webster à tenter d'élucider le petit mystère qu'elle avait mis en évidence. Par ailleurs, pour quelqu'un dont elle n'avait jamais entendu parler jusque-là, il semblait en savoir terriblement long sur l'Ouroboros et l'histoire du Proche-Orient.

Elle avait la quasi-certitude qu'il était tombé amoureux d'elle – comme elle de lui –, ce qui avait rendu son brutal départ d'autant plus dur à supporter. Surtout en raison du petit cadeau qu'il lui avait laissé en souvenir. Et du mensonge avec lequel elle avait été contrainte de vivre en permanence depuis lors.

Le souvenir de leur séparation fit descendre une ombre de chagrin sur ses traits. Mais le fatalisme qui était devenu sa ligne de conduite l'emporta peu à peu sur la mélancolie, et elle reporta son attention sur son problème du moment.

Quelques-unes des illustrations découvertes dans la chambre au serpent, aussi belles que mystérieuses, la toisaient depuis leur cadre sous verre accroché au mur face à son bureau. Elle s'obligea à cesser de les regarder et ressortit de leur enveloppe les photos de Farouk. Elle commença par celle du codex à l'Ouroboros, et un frisson lui parcourut la nuque lorsqu'elle se remémora la triste nouvelle annoncée par l'antiquaire.

Quelqu'un qu'elle avait connu autrefois était mort. À cause de ce livre.

Où l'ami kurde de Farouk l'avait-il déniché ? Et que contenait-il ? Les recherches approfondies auxquelles elle s'était autrefois livrée avec Tom n'avaient rien donné. En quoi ce livre pouvait-il représenter aujourd'hui un enjeu important ?

L'ultime question de Farouk fit irruption dans ses pensées : *Qui d'autre cherche à l'avoir ?*

Dans un contexte aussi troublé, elle se serait bien passée de ce genre de souci. Sauf qu'il n'y avait pas d'échappatoire. Malgré son peu d'enthousiasme à honorer le rendez-vous fixé par Farouk, elle ne pouvait se permettre de le décevoir. Il comptait sur elle. Il avait besoin d'aide. Il mourait de peur. Et plus elle revoyait son visage, plus elle se sentait gagnée par l'appréhension.

Une autre pensée la taraudait.

Il fallait prévenir Tom.

Si toutefois elle parvenait à le joindre. Ils n'étaient pas franchement restés en contact. À dire vrai, ils ne s'étaient ni revus ni reparlé depuis son brusque départ d'Irak.

Pas même quand Evelyn avait appris qu'elle était enceinte.

Elle reposa la photographie et ouvrit son agenda personnel, un gros Filofax à reliure de cuir qui la suivait depuis des lustres, tellement gonflé de papiers, de cartes de visite et de notes diverses glissées au fil des ans sous ses rabats de couverture qu'il fermait difficilement. Elle explora les strates de ce capharnaüm jusqu'à dénicher un vieux bristol sur lequel étaient imprimés en taille-douce le nom et les coordonnées de Tom Webster, ainsi que le logo de son institut. Elle avait toujours résisté à l'envie de s'en servir, et cette carte avait fini par se retrouver reléguée dans les profondeurs de son agenda – et de sa mémoire.

Trente ans. À quoi bon ?

La supplique de Farouk résonna à nouveau sous son crâne. *Il faut lui poser la question,* Sitt *Evelyn.* Une petite voix intérieure l'exhorta à tenter sa chance.

Le signal mit quelques secondes à retentir, relayé de satellite en satellite, avant que la sonnerie familière d'une ligne fixe américaine ne se fasse entendre, promptement suivie par l'irruption d'une voix de femme qui, sur un ton excessivement amical, informa Evelyn qu'elle était à présent en communication avec le Haldane Institute.

— Je cherche à joindre un vieil ami, répondit l'archéologue après une seconde d'hésitation. Il s'appelle

Tom Webster. Il m'a laissé un numéro de téléphone, mais… eh bien, ça ne date pas d'hier.

— Un instant, je vous prie.

Le cœur d'Evelyn s'emballa pendant que la standardiste consultait son annuaire interne.

— Je regrette infiniment, annonça celle-ci avec un entrain assez incongru. Je n'ai personne ici à ce nom.

Evelyn se tassa sur son fauteuil.

— Vous êtes sûre ? Je veux dire… ça vous ennuierait de vérifier, s'il vous plaît ?

La standardiste la pria d'épeler le nom de Tom et regarda à nouveau sa liste, sans plus de succès. Evelyn laissa échapper un soupir désabusé que son interlocutrice dut entendre :

— Si vous le souhaitez, proposa-t-elle, je pourrais jeter un œil aux archives du personnel et vous rappeler ultérieurement. Peut-être votre ami a-t-il laissé ses nouvelles coordonnées au moment de son départ.

Après lui avoir donné son nom et son numéro de portable à Beyrouth, Evelyn la remercia, puis raccrocha. Elle ne s'attendait pas réellement à trouver Tom à ce numéro – cela faisait trop longtemps – mais l'éclatement de la bulle d'excitation créée par son appel la laissa néanmoins dans un état de forte tension.

Elle consulta sa montre et fronça les sourcils. Presque dix-neuf heures. Elle avait prévu de rejoindre Mia à son hôtel pour l'apéritif, ce qui tombait très mal. Elle faillit l'appeler pour annuler, mais la perspective d'affronter en solitaire les deux heures à venir, prisonnière des souvenirs qui galopaient frénétiquement dans sa mémoire, en attendant un rendez-vous qu'elle redoutait un peu plus à chaque minute, lui paraissait insupportable.

Elle décida que boire un verre avec sa fille, entourée de bonne musique et de visages souriants, ne pouvait que l'aider à supporter cette attente. Elle s'appliquerait à éviter le sujet, du moins tant qu'elle ignorerait de quoi il retournait.

Laissant le dossier refermé sur son bureau, elle glissa les photos de Farouk et son téléphone portable dans son sac à main, puis elle se dirigea vers l'hôtel, situé juste en face de son immeuble.

4

Les téléscripteurs avaient été mis au rancart. Le médiocre restaurant chinois d'autrefois n'était plus là, supplanté par un grill japonais flambant neuf. L'ancienne salle circulaire du News Bar – le bien nommé – avait depuis longtemps cédé la place au Lounge, une appellation à peu près aussi convenue que tout le reste : les boiseries en wengé sombre, l'ambiance musicale à base de compilations instrumentales feutrées, et la spécialité de cocktails au fruit de la Passion. Coco, le perroquet de la maison, avait également disparu et, avec lui, ses imitations d'une perfection quasi surnaturelle du sifflement des obus d'artillerie – lesquelles avaient incité plus d'un visiteur néophyte à se jeter à quatre pattes sous une table.

Le quart d'heure de célébrité de l'hôtel s'était prolongé durant une bonne partie des années quatre-vingt, lorsqu'il était le repaire habituel de la « bande » de Beyrouth : Dan Rather, Peter Jennings et toutes les autres stars du journalisme occidental étaient descendus ici. À une époque où le comportement des milices rivales avait fait de Beyrouth-Ouest la référence moderne en termes de chaos urbain – avant que cet honneur ne soit ravi à la capitale libanaise par Mogadiscio, puis par Bagdad –, le Commodore s'était imposé comme le sanctuaire du filet mignon, de l'électricité, et des téléscripteurs en état de marche, sans parler de la réputation de son bar qui, grâce à son intrépide directeur et aux copieux dessous-de-table visant à assurer la protection de l'établissement, n'était jamais à sec. À dire vrai, le directeur avait peut-être même un peu trop bien fait son travail : la plupart des reporters descendus en ville pour couvrir le conflit s'aventuraient rarement hors de la confortable sécurité de l'hôtel, préférant décrire les combats sur le zinc plutôt qu'en première ligne.

Ces temps troublés étaient heureusement révolus pour l'essentiel. Et le lifting qui avait permis à la ville de retrouver une seconde jeunesse avait épargné l'hôtel, devenu entre-temps le Méridien Commodore. Malgré de spectaculaires efforts de rénovation et le départ de Coco, il demeurait le point de rencontre privilégié des journalistes de passage à Beyrouth. La « bande » lui était restée fidèle – une fidélité confirmée lors de l'éruption soudaine de la guerre courte, mais violente, qui avait fait les manchettes du monde entier pendant l'été 2006. Le Commodore avait alors brièvement retrouvé sa gloire d'antan à grand renfort d'alcool, d'adrénaline et de gigaoctets (ses connexions à haut débit passaient pour être les meilleures de la ville), tout en gardant ce charme intangible qui donnait immanquablement à ses hôtes l'impression d'appartenir à un clan sicilien – ce que Mia Bishop trouvait d'autant plus rassurant qu'elle n'avait aucune expérience des zones de guerre.

Une lacune qu'elle ne tenait d'ailleurs pas particulièrement à combler.

Elle n'avait pas choisi la génétique pour se lancer à corps perdu dans une vie d'aventures.

— Ça ne me regarde sans doute pas, mais… tu es sûre que ça va ?

Après avoir décrit à sa mère les progrès de ses travaux et échangé avec elle quelques anecdotes et observations sur la myriade d'effets secondaires que la guerre n'allait pas manquer d'avoir sur leur quotidien dans l'avenir proche, Mia se décidait enfin à formuler la question qui lui brûlait les lèvres depuis l'instant où elles s'étaient assises. Cela n'avait pas été facile, mais il lui aurait paru encore plus pénible de ne pas tendre cette perche à sa mère si elle en avait besoin.

Evelyn changea imperceptiblement de position sur la moelleuse banquette, puis sirota une gorgée de vin qu'elle fit traîner en longueur.

— Ça va très bien, répondit-elle avec un sourire un peu forcé avant que son regard se perde dans les flamboyants reflets du vin. Ne t'en fais pas.

— Tu es sûre ?

Evelyn hésita.

— C'est juste que… j'ai retrouvé quelqu'un tout à l'heure. Quelqu'un que je n'avais pas vu depuis très longtemps. Vingt ans, peut-être plus.

— Je vois, fit Mia en décochant à sa mère un sourire appuyé.

— Tu n'y es pas du tout. Je te parle simplement d'un antiquaire qui nous servait d'intermédiaire sur des fouilles. En Irak. Avant Saddam. Je suis descendue ce matin dans le Sud avec Ramez, tu l'as rencontré, non ?

Mia hocha la tête.

— Je crois. La semaine dernière, dans ton bureau ? Un jeune type haut comme trois pommes, c'est ça ?

C'était même le seul collègue que sa mère lui avait présenté. Mia n'était arrivée à Beyrouth que trois semaines plus tôt, à bord d'un des premiers avions à avoir atterri à l'aéroport après la destruction éclair des pistes, dès l'ouverture du conflit, par l'aviation israélienne.

Son initiation au Beyrouth de l'immédiat après-guerre avait démarré tambour battant : le gros Airbus avait freiné des quatre fers jusqu'à l'arrêt complet quelques secondes après avoir touché le sol, puis il était sorti de la piste après un virage à angle droit pour éviter le bulldozer, la bétonneuse et les terrassiers tranquillement occupés à reboucher un gigantesque cratère de bombe en plein milieu du tarmac. Mia n'était pas près d'oublier les saluts des ouvriers aux passagers stupéfaits.

Cratères ou non, les affaires avaient déjà repris à Beyrouth. Elle-même allait enfin pouvoir s'atteler, avec quelques mois de retard sur la date prévue, au grand projet phénicien qu'elle préparait depuis le début de l'année.

Elle avait été approchée alors qu'elle travaillait au sein d'une petite équipe de généticiens de Boston qui s'était fixé la tâche prodigieuse de reconstituer le mouvement de dispersion de l'humanité à travers le monde. Leur étude, qui exigeait entre autres de prélever et d'analyser l'ADN de milliers d'individus appartenant à des communautés isolées de tous les continents, avait confirmé avec une aveuglante clarté qu'ils descendaient tous d'une seule et même petite tribu de chasseurs-cueilleurs ayant vécu en Afrique quelque soixante mille ans plus tôt – une découverte qui n'avait pas été particulièrement bien accueillie dans certaines sphères dites « sensibles ». Mia ayant intégré l'équipe en question juste après l'obtention de son diplôme, c'est-à-dire assez peu de temps avant la divulgation des résultats d'ensemble de l'étude, son travail s'était avéré répétitif, pour ne pas dire fastidieux, puisqu'il consistait essentiellement à recueillir et analyser un nombre toujours plus important d'échantillons d'ADN afin de confirmer les conclusions de ses collègues. Elle avait un temps envisagé de se diriger vers un autre secteur de pointe, mais les recherches les plus intéressantes, en génétique, étaient hélas paralysées par l'aversion du président des États-Unis pour tout ce qui touchait à l'étude des cellules souches. Elle était donc restée en place, jusqu'à ce que l'offre se présente.

Elle avait été contactée par un représentant de la fondation Hariri, une organisation charitable d'une formidable puissance financière, créée par le milliardaire et ancien Premier ministre libanais Rafic Hariri avant son assassinat en 2005. La proposition qu'il avait faite à Mia était aussi alléchante que vague. En résumé, ces gens-là lui demandaient de les aider à découvrir qui étaient vraiment les Phéniciens.

Ce qui l'avait laissée pour le moins perplexe.

Curieusement, et en dépit du fait qu'ils étaient cités dans nombre de textes antiques écrits par ceux avec qui ils avaient été en relation, on ne disposait que de très peu d'informations de première main sur les Phéniciens. Ce peuple, à qui l'on attribuait l'invention du premier alphabet et dont le rôle d'« entremetteur culturel » avait offert à la Grèce un renouveau qui à son tour allait donner naissance à la civilisation occidentale, n'avait guère laissé de traces. Aucun texte n'avait survécu, littéraire ou autre, et tout ce qu'on savait des Phéniciens était issu de recoupements d'informations fournies par d'autres. Même leur nom leur avait été attribué par des tiers, en l'occurrence les Grecs – qui les appelaient *Phoinikes*, les « hommes rouges », en raison des luxueuses étoffes de couleur pourpre qu'ils fabriquaient à l'aide d'une teinture extrêmement recherchée, extraite des glandes de certains mollusques. On n'avait jamais retrouvé aucune bibliothèque phénicienne, aucun rouleau de papyrus caché au fond d'une jarre d'albâtre. Il ne restait plus rien de deux mille ans d'une histoire mystérieuse, violemment interrompue par une vague d'invasions dirigée contre les cités-États des Phéniciens. La plus importante, en 146 avant J.-C., était l'œuvre des Romains, qui avaient incendié Carthage de fond en comble, répandu du sel sur les ruines de la ville et interdit son repeuplement pendant vingt-cinq ans, rayant ainsi de la carte le dernier centre majeur de la culture phénicienne. Toute trace de ce peuple semblait avoir été effacée de la surface de la terre.

Après la guerre civile qui avait ravagé le Liban pendant les années soixante-dix et quatre-vingt, certains militants chrétiens s'étaient empressés de récupérer l'histoire des Phéniciens pour établir une subtile distinction entre eux-mêmes et leurs compatriotes musulmans, et présenter ces derniers comme des immigrants tardifs, arrivés de la péninsule Arabique après l'essor de l'islam – et donc moins fondés qu'eux-mêmes à se revendiquer comme les légitimes héritiers du Liban. Toutes les querelles de la région semblaient se réduire en dernière instance à la même formule : « Nous étions là les premiers. » Les passions s'étaient exacerbées au point que le mot « phénicien » avait fini par devenir tabou dans les cercles officiels. Il n'apparaissait plus nulle part dans les salles du Musée national de Beyrouth, dont les légendes désignaient dorénavant la période correspondante par le terme politiquement correct d'« âge du bronze ancien ».

Ce qui était non seulement une honte mais aussi, très probablement, une grave entorse à la vérité historique. D'où le projet.

Mia était consciente de s'aventurer sur un champ de mines politique. Ce projet poursuivait un objectif incontestablement altruiste : si l'on parvenait à démontrer par l'analyse scientifique d'échantillons d'ADN que tous les habitants du pays, chrétiens et musulmans, descendaient d'une seule et même culture, d'un seul et même peuple, d'une seule et même tribu, peut-être cela permettrait-il d'éradiquer des préjugés ancrés depuis trop longtemps et d'inspirer aux Libanais un réel sentiment d'unité. Deux experts locaux avaient été recrutés pour travailler avec Mia : un généticien, chargé de l'assister, et un historien de renom, qui enseignait à l'université. Le premier était musulman, le second chrétien. Mais, comme Mia n'avait pas tardé à s'en apercevoir, l'appartenance religieuse revêtait une importance capitale aux yeux des habitants de la région, qui ne voyaient pas nécessairement d'un bon œil l'idée de redéfinir l'histoire.

Cela étant, entre son trentième anniversaire qui se profilait à l'horizon, l'absence de mari et d'enfants, son carnet d'adresses aussi vide qu'un magasin d'alcools du centre de Kaboul, et l'attrait d'un projet richement doté qu'elle serait en droit de considérer comme le sien, elle n'avait pas hésité une seconde à accepter, sans compter que cette proposition lui fournirait une occasion de connaître enfin sa mère.

De la connaître vraiment.

Elle avait donc apposé sa signature en bas de page et fait ses valises. Pour les défaire dans la foulée : elle avait passé les deux mois suivants à regarder CNN jusqu'à l'annonce de la fin des combats, l'accord de cessez-le-feu, et la levée du blocus.

— Elle est sous la mosquée, expliquait Evelyn à sa fille. Il se pourrait bien qu'on ait affaire à l'une des plus anciennes chapelles recensées. C'est sidérant. Je t'y emmènerai si tu veux. Ramez est originaire d'un village des environs, c'est lui qui en a entendu parler.

— Et ce type a surgi de nulle part ?

Evelyn acquiesça.

Mia la dévisagea. La voix de sa mère tremblait légèrement.

— Je n'ose pas imaginer ce qu'ils sont en train de subir en Irak, dit-elle. Il cherchait du travail ?

— Oui, répondit Evelyn avec une moue embarrassée. Si on veut. C'est... compliqué.

Comme elle ne semblait pas vouloir développer, Mia décida d'en rester là. Elle accueillit la réponse de sa mère avec un petit hochement de tête, lui rendit son demi-sourire et but une gorgée de vin. Dans le pesant silence qui s'ensuivit, un serveur s'approcha sans bruit, sortit la bouteille presque vide du seau à glace, remplit le verre de Mia et leur demanda si elles en prendraient une autre.

Evelyn sursauta, arrachée à sa rêverie.

— Quelle heure est-il ?

Elle consulta sa montre pendant que sa fille secouait la tête à l'intention du serveur. Celui-ci s'éloigna et, en le suivant des yeux, Mia remarqua un homme aux cheveux de jais coupés ras, aux orbites creuses et à la peau grêlée, debout au bar, qui fumait une cigarette en les observant du coin de l'œil – un œil froid, peut-être un tout petit peu trop attentif, qu'il s'empressa de détourner. Elle n'était pas à Beyrouth depuis longtemps mais savait déjà que dans cette ville, les hommes la remarquaient plus qu'ailleurs, le charme de son allure juvénile étant amplifié par le caractère exotique de sa peau claire, légèrement parsemée de taches de rousseur, et de ses cheveux blond miel. Elle aurait été malvenue de nier qu'elle appréciait leurs regards séducteurs et se serait volontiers contentée de prendre celui de ce type pour un compliment, s'il avait été mignon, sauf qu'il ne serait sûrement jamais venu à l'idée de personne de le qualifier de « mignon », et qu'il n'y avait strictement rien de séducteur dans son regard. Il était plutôt du genre à donner la chair de poule. Ce qui en soi n'avait rien d'original, surtout dans cette ville, le revers de la médaille du charme oriental de Beyrouth étant que beaucoup de ses habitants, depuis la guerre qui leur était tombée dessus sans préavis, n'éprouvaient plus que méfiance et colère vis-à-vis des étrangers. Mais cet homme-là ne semblait pas à sa place ici. Il n'avait pas l'air de s'amuser, et son expression était tellement impassible, tellement lointaine, qu'on aurait dit un androïde.

Evelyn se leva, dissipant d'un seul coup la paranoïa dans laquelle était en train de s'enfoncer Mia.

— Il faut que j'y aille. Je me demande où j'avais la tête, dit-elle en ramassant sa veste et son sac à main sur la banquette. Excuse-moi, je ne peux pas me permettre d'arriver en retard à... J'ai rendez-vous avec quelqu'un. On demande l'addition ?

— Vas-y, dit Mia. Je m'en occupe.

Evelyn plongea une main dans son sac.

— Laisse-moi au moins...

— Ne t'en fais pas pour ça. Tu paieras la prochaine fois.

Evelyn lui adressa un sourire chargé d'intenses signaux – de la gratitude, de la préoccupation, de l'embarras et peut-être aussi de la peur, songea Mia avec un pincement au cœur – avant de s'éclipser en coup de vent.

Elle regarda sa mère se faufiler entre les clients qui encombraient l'entrée de leur box, puis disparaître dans la masse indistincte et bruyante des gros buveurs et des fumeurs invétérés qui commençaient à prendre le bar d'assaut. Elle se laissa aller en arrière sur les coussins de la banquette, un peu perplexe, et balaya la salle du regard. L'androïde du comptoir était en train de se frayer lui aussi un chemin vers la sortie.

Il avait l'air pressé.

Trop pressé.

Ce détail provoqua un véritable court-circuit dans l'esprit déjà en alerte de Mia. Elle tenta de le suivre des yeux, de se grandir en prenant appui sur l'accoudoir. Mais elle eut beau tendre le cou, l'homme avait disparu, avalé par la foule qui faisait écran entre elle et la sortie.

De sombres pensées l'assaillirent, issues des profondeurs de son imagination, et les contours de la salle se brouillèrent. Ses deux – ou étaient-ce trois ? – verres de vin n'arrangeaient rien. Mia se laissa retomber sur la banquette, un peu ahurie, espérant se calmer. Et c'est alors qu'elle le vit.

Le portable de sa mère.

Coincé dans un angle de la banquette. Seul le haut affleurait, à peine visible.

Elle se repassa en accéléré les images de leur conversation et revit sa mère sortir l'appareil de son sac à main au moment de s'asseoir puis le déposer sur la banquette, à côté d'elle, comme si elle espérait l'entendre sonner.

Mia n'hésita plus.

Elle récupéra l'appareil et se lança à la poursuite d'Evelyn.

5

Mia émergea de l'hôtel à l'instant où un taxi Mercedes de couleur grise disparaissait au bout de la rue Commodore. À travers la lunette arrière, elle eut tout juste le temps de reconnaître sa mère. Plusieurs chauffeurs de taxi qui rôdaient devant l'hôtel à l'affût d'un client lui fondirent aussitôt dessus, ce qui faillit l'empêcher de voir passer une autre voiture, une BMW noire avec quatre hommes à bord. Assis sur le siège avant droit, Mia aperçut l'androïde du bar, qui parlait dans un portable les yeux fixés sur le taxi d'Evelyn.

Il n'y avait plus aucun doute possible. Sa mère était suivie.

Ça se corse.

Une idée creva brièvement le voile de torpeur dû au sauvignon – appelle-la sur son portable, préviens-la – avant qu'elle se souvienne que le téléphone d'Evelyn se trouvait dans sa main.

Génial.

Elle regarda de droite et de gauche, s'efforçant de garder la tête claire malgré le flot d'adrénaline qui la submergeait, partagée entre l'urgence de la situation et l'absurdité de ses soupçons – et totalement déconcentrée par les offres cacophoniques des chauffeurs de taxi qui se pressaient autour d'elle.

— Où est votre voiture ? s'écria-t-elle en attrapant le plus proche par la manche.

Dans un anglais haché, celui-ci répondit que son taxi était à deux pas et tendit le bras vers une autre Mercedes – apparemment plus nombreuses ici qu'à Francfort, s'était dit Mia à son arrivée au Liban – stationnée un peu plus loin le long du trottoir d'en face.

Mia lui montra du doigt la BMW qui s'éloignait. Deux autres véhicules s'étaient engagés dans son sillage.

— Vous voyez cette voiture ? Suivez-la. Il faut qu'on la rattrape. D'accord ?

Le chauffeur ne semblait pas comprendre. Il haussa les épaules en glissant un coup d'œil narquois à ses collègues. Mia l'entraîna par le coude.

— Venez, on y va, *yalla*, insista-t-elle, il faut qu'on suive cette voiture. Suivre cette voiture ?

Elle martelait chaque syllabe en gesticulant furieusement, comme si cela pouvait l'aider à se faire comprendre.

Le chauffeur finit par saisir que cette Occidentale agitée le sollicitait pour une affaire urgente. Il escorta Mia jusqu'à son taxi et lui ouvrit la portière arrière avant de se glisser lui-même derrière le volant. Quelques secondes plus tard, la Mercedes démarrait en trombe pour se lancer dans le chaos du trafic du soir.

Mia était tellement penchée en avant que son front touchait quasiment la nuque du chauffeur lorsque le taxi s'engouffra dans l'écheveau de ruelles encombrées de Beyrouth-Ouest. Ils descendirent jusqu'au bout la rue Commodore, Mia fouillant du regard les voies perpendiculaires à chaque carrefour afin de s'assurer que le taxi d'Evelyn n'avait pas bifurqué. Elle finit par repérer la Mercedes, loin devant, au moment où elle tournait à droite pour remonter vers le jardin Sanayeh.

La BMW noire, qui la filait à distance, fit de même.

Mia avait la tête qui tournait. Elle se démena pour faire comprendre au chauffeur qu'il devait respecter un équilibre précaire consistant à ne pas perdre de vue le taxi d'Evelyn tout en évitant d'être repéré par l'androïde et ses petits camarades – ce qui n'était pas facile à exprimer pour une personne réduite à mimer ses instructions dans un rétroviseur.

Un véritable tir de barrage de questions lui pilonnait le crâne. Pourquoi sa mère était-elle suivie ? Et par qui ? S'agissait-il d'une simple surveillance de routine ? Après tout, elles se trouvaient dans un pays propice aux polices secrètes. Et avec la guerre qui venait d'avoir lieu, les étrangers étaient forcément suspects – même si Mia voyait mal quelle sorte de menace pouvait représenter une femme de soixante ans. À moins que les poursuivants d'Evelyn n'aient eu l'intention de lui faire du mal, voire de l'enlever ? Même si les enlèvements d'étrangers avaient cessé à Beyrouth après la pagaille des années quatre-vingt – Mia s'était renseignée à la suite de son premier contact avec le représentant de la fondation Hariri – le Proche-Orient dans son ensemble paraissait désormais lancé dans une incontrôlable fuite en avant, les extrémistes des deux principaux camps rivalisant d'imagination pour concevoir de nouveaux moyens d'infliger chaque jour davantage de souffrance. Dans ces conditions, on pouvait tout imaginer.

Bon, tu deviens carrément ridicule. Calme-toi. Ta mère est professeur d'archéologie. Elle vit ici depuis des années. Il doit s'agir d'une opération de routine. Tu vas lui rendre son portable, elle ira tranquillement à son rendez-vous, et toi, tu seras rentrée juste à temps pour l'émission de Jon Stewart.

Elle n'y croyait pas elle-même.

Cette histoire commençait à sentir le roussi.

Avec le recul, et même si Mia ne connaissait que très imparfaitement sa mère, elle avait remarqué son malaise et sa feinte décontraction à la seconde où elles s'étaient assises à leur table.

En vérité, le lien relativement fort qu'elles avaient réussi à entretenir frisait le miracle.

À partir de l'âge de trois ans, Mia avait été élevée par la sœur de sa mère, Adelaide, et par son mari

Aubrey, à Nahant, un îlot situé au nord de Boston et relié au continent par une digue. Elle ne voyait sa mère qu'à Noël, période où celle-ci venait leur rendre visite, et pendant les vacances d'été, lorsque c'était son tour de rejoindre Evelyn dans le bled où elle grattait la terre.

Après avoir accouché à Bagdad, Evelyn s'était rapidement aperçue qu'élever Mia en Irak risquait de ne pas être une sinécure. Une mère célibataire, dans le Proche-Orient de l'époque, n'avait rien d'autre à espérer que des murmures de mépris. D'autant que la situation politique n'était pas fameuse : un an après la naissance de sa fille, Saddam Hussein s'empara du pouvoir à la faveur d'un coup d'État sanglant, plongeant le pays dans la peur. L'Irak rompit ensuite ses relations diplomatiques avec la Syrie, et une série d'escarmouches sur sa frontière avec l'Iran mena en 1980 à une guerre longue de dix ans. Les fouilles d'Evelyn étant une source de fierté pour le nouveau régime, elle n'était pas directement menacée. Mais son environnement ne cessait de se dégrader, et elle se retrouva bientôt à bord d'un avion en partance pour Le Caire.

L'Égypte accueillit la jeune femme à bras ouverts en lui offrant des possibilités de travail très gratifiantes. L'école et les conditions sanitaires étaient une autre histoire. La première année, Evelyn jongla entre ses fouilles et ses obligations maternelles, tâchant d'offrir à Mia une vie décente tout en sachant que, tôt ou tard, elle devrait faire un choix douloureux. L'épidémie de choléra qui s'abattit sur le pays alors que sa fille venait d'avoir trois ans acheva de la convaincre qu'elle ne pouvait la garder auprès d'elle. Les médicaments étaient en rupture de stock, et des enfants mouraient. Elle décida d'envoyer Mia en lieu sûr.

L'idée de quitter la région la mettait à la torture. Sa sœur, Adélaïde, lui proposa alors une solution. Son mari et elle avaient une fille, de cinq ans plus âgée que Mia. À la suite de complications survenues pendant l'accouchement, il lui était interdit d'avoir un autre enfant, ce qui était pourtant son rêve et celui de son mari. Ils envisageaient d'adopter quand Evelyn vint les voir ce Noël-là. Et un soir, tandis que la neige recouvrait la plage au bord de laquelle se dressait leur maison, Adélaïde se décida à formuler sa suggestion. C'était un couple aimant, solide – tous deux enseignaient à l'université –, capable d'offrir à Mia une sœur et un foyer.

Ils avaient tenu parole et merveilleusement élevé Mia. La jeune femme était ensuite partie terminer ses études à l'université et avait pris ses distances vis-à-vis d'Evelyn, comme cela se produisait souvent au seuil de l'âge adulte.

Jusqu'au lancement de ce projet.

Les analyses d'ADN de Mia étaient étroitement liées à un faisceau de recherches plus traditionnelles, mobilisant les techniques d'investigation des historiens et des archéologues. Deux spécialistes locaux des Phéniciens étaient donc associés au projet, mais Evelyn connaissait sur le bout des doigts une bonne partie des informations dont sa fille allait avoir besoin dans les mois à venir. Ce qui expliquait aussi qu'elles se soient retrouvées dès le jour de l'arrivée de Mia à Beyrouth, plus comme deux amies qui se découvraient, qu'en tant que mère et fille.

Mia aurait aimé se dévoiler un peu plus, mais Evelyn lui donnait du fil à retordre. Malgré la curiosité d'exploratrice qui la poussait d'instinct à se pencher sur la vie des autres, elle ouvrait rarement les portes de la sienne. Mia partageait cette fascination pour ses semblables mais se montrait bien plus spontanée – trop, même, selon sa mère. Au départ, donc, Mia l'avait trouvée distante et en avait retiré l'impression que leurs rapports n'iraient sans doute guère au-delà d'une collaboration cordiale. Pourtant, après plusieurs trajets vers de lointains sites archéologiques et quelques dîners traditionnels arrosés d'arak dans la montagne, Mia eut l'agréable surprise de découvrir que l'efficace et froide archéologue avait aussi un cœur tendre et sensible.

Un cœur tendre et sensible suivi de près par des hommes aux intentions douteuses.

Mia combattit son malaise en se concentrant sur la route. Pendant quelques secondes, elle perdit de vue la Mercedes, qui finit par réapparaître dix ou douze véhicules plus loin, roulant toujours aussi vite et toujours talonnée par son ombre furtive.

Le taxi d'Evelyn fut le premier à sortir du Ring pour descendre vers le centre. Anéanti pendant la guerre civile, le cœur de la vieille ville avait été rebâti à grands frais, et ses arcades regorgeaient de nouveaux restaurants et boutiques. La Mercedes et la BMW réussirent à franchir un carrefour juste avant que le trafic ne se referme sur le taxi de Mia, lequel se retrouva brutalement cerné de véhicules venus de trois directions à la fois et lancés dans un chacun pour soi frénétique.

Mia assaillit son chauffeur de supplications et de gesticulations pendant qu'ils progressaient par soubresauts dans un inextricable imbroglio de pare-chocs. Après une bonne dizaine de bordées de jurons et quelques gestes menaçants, ils reprirent leur progression.

La circulation se densifia à nouveau aux abords du quartier piétonnier. Une centaine de mètres plus loin, Mia vit Evelyn descendre de son taxi et disparaître sous l'arcade d'une rue commerçante.

— Là, c'est elle ! s'écria-t-elle en désignant la silhouette de sa mère.

Son exaltation cessa net lorsqu'elle constata que son taxi était de nouveau à l'arrêt. Un océan de véhicules paralysés la séparait d'Evelyn, à touche-touche et sur trois files, tenus en respect par un agent de police solitaire aux allures de Moïse, tandis que plusieurs voitures émergeaient d'une rue perpendiculaire et tentaient de traverser le carrefour.

Mia jetait des coups d'œil éperdus à droite et à gauche, cherchant une issue, quand elle vit l'androïde et un autre homme quitter la BMW – elle aussi prisonnière de l'embouteillage – et se faufiler entre les automobiles en direction d'Evelyn. Le quartier était noir de monde – on ne dînait jamais à Beyrouth avant neuf heures du soir, souvent plus tard, et par une douce soirée d'octobre comme celle-ci, les sandwicheries et les grandes places piétonnes du centre exerçaient un fort pouvoir d'attraction, d'autant plus que les commerces restaient ouverts bien au-delà de minuit. Le choix auquel se trouvait confrontée Mia était simple : soit elle continuait à suivre sa mère depuis la relative sécurité d'un taxi piloté par un chauffeur peu sensible à ses admonestations ; soit elle la rattrapait pour de bon, au risque d'obliger ses poursuivants à tomber le masque.

Il n'y avait plus à hésiter.

Elle sortit de sa poche un billet de dix dollars qu'elle fourra dans la main du chauffeur – les billets verts restaient une devise très prisée au Liban – et, le cœur battant, bondit hors de la voiture. Elle entreprit alors de remonter le flot de véhicules, priant pour que son intuition soit fausse, et se demandant ce qu'elle ferait dans le cas contraire.

6

Toutes sortes de questions se bousculaient dans l'esprit d'Evelyn depuis que Farouk était réapparu à Zebqine. Fidèle à sa parole, celui-ci l'attendait en tirant nerveusement sur une cigarette au pied de la tour de l'Horloge, plantée au centre de la place de l'Étoile.

Vieille d'un peu plus d'un siècle, cette tour avait remarquablement survécu aux pires heures de la guerre civile, bien que située sur le tracé de la célèbre Ligne verte qui séparait alors Beyrouth-Est de Beyrouth-Ouest. Près de quinze ans après la minutieuse restauration dont ce chef-d'œuvre de l'architecture ottomane avait fait l'objet, elle veillait aujourd'hui comme une sentinelle sur une ville qui grondait à nouveau de colère et d'indignation. Des drapeaux libanais et des banderoles pacifistes ondulaient le long de ses flancs, et des images stylisées des horreurs du récent conflit avaient été placardées sur la façade.

Farouk avait bien choisi son endroit. La place grouillait de monde ; certains contemplaient l'exposition dans un silence pétrifié, d'autres allaient et venaient avec insouciance, chargés d'achats ou un portable à l'oreille. Rien n'était plus facile que de passer inaperçu dans une telle foule. La proximité du Parlement, défendu par une poignée de soldats de l'autre côté de la place, offrait également une garantie.

Il écrasa sa cigarette au moment où Evelyn le rejoignait et, après avoir jeté un regard inquiet derrière elle, l'entraîna vers une des rues à arcades qui rayonnaient depuis la place.

Evelyn coupa court aux préambules.

— Que se passe-t-il, Farouk ? Qu'avez-vous voulu me dire au juste quand vous avez laissé entendre qu'Hadj Ali était mort à cause de ce livre ? Que lui est-il arrivé ?

Farouk s'arrêta au coin d'une rue relativement tranquille, devant le rideau baissé d'une galerie d'art. Il se retourna vers elle, sortit puis alluma d'une main tremblante une nouvelle cigarette. Une ombre passa sur ses traits, indiquant qu'il était aux prises avec un souvenir douloureux.

— Le jour où Abou Barzan – mon ami de Mossoul – m'a montré pour la première fois ce lot qu'il avait à vendre, j'ai pensé à vous dès que j'ai vu le livre à l'Ouroboros. Pour le reste… ce sont de jolies pièces, pas de doute, mais je savais que vous refuseriez de participer à une transaction de ce genre. Ce que vous devez comprendre, *Sitt* Evelyn, c'est que ces autres pièces sont justement celles dont la valeur marchande était la plus évidente, et que, comme je vous l'ai dit tout à l'heure, j'avais besoin d'argent, le plus d'argent possible, pour pouvoir quitter enfin ce pays maudit. J'ai d'abord essayé de joindre mes clients les moins scrupuleux, mais je n'en ai pas beaucoup. Je suis donc allé trouver Ali. Lui disposait de quelques contacts intéressants – une clientèle différente de la mienne, posant moins de questions… Et puis j'étais pressé, il fallait absolument que je trouve preneur avant Abou Barzan, quitte à partager mon bénéfice. La moitié de quelque chose vaut toujours mieux que rien du tout, comprenez-vous, et si Abou Barzan réussissait à écouler ces pièces avant moi, je risquais de me retrouver les mains vides. En allant proposer l'affaire à Ali, j'ai eu l'idée de lui confier un double des photos que m'avait remises Abou Barzan, ajouta Farouk en secouant la tête comme s'il se reprochait d'avoir commis une effroyable erreur. De toutes les photos.

Il tira longuement sur sa cigarette avant d'aborder la partie la plus pénible de son récit.

— J'ignore à qui il les a montrées, mais il est revenu me voir moins d'une semaine plus tard en me disant qu'il avait un acheteur, au prix convenu, pour l'ensemble du lot. Je tenais à laisser le livre en dehors de la transaction. Connaissant votre intérêt pour le symbole du serpent, je me disais que vous accepteriez peut-être de m'aider à le vendre, ou que vous m'aideriez au moins à trouver un travail ici, à Beyrouth. J'ai donc prié Ali d'expliquer à son client qu'il pouvait acquérir toutes les pièces photographiées, sauf le livre, mais que nous étions prêts à lui consentir une remise en échange. Ali a jugé cette contre-proposition raisonnable, les deux figurines en albâtre valant à elles seules nettement plus que le prix que nous avions fixé pour l'ensemble, et quant au livre, ma foi… Cela n'aurait pas été une grosse perte pour lui. Je me trompais sur toute la ligne. Je n'ai pas eu de nouvelles de la semaine, et puis sa femme m'a téléphoné un matin, hystérique. Elle m'a dit que des hommes étaient venus le chercher. À la boutique. Pas des Irakiens, selon elle. Plutôt des Syriens, qu'elle soupçonnait d'être des...

Farouk se pinça l'arête du nez, comme si ce mot suffisait en lui-même à susciter une douleur physique.

— ... des *moukhabarat*.

Les *moukhabarat*.

Un terme récurrent dans la région, souvent prononcé à mi-voix, dans un souffle – un des tout premiers mots appris par Evelyn lorsqu'elle avait posé le pied à Bagdad bien des années plus tôt. Au sens littéral, il signifiait simplement « information » ou « communication », mais personne ne l'employait dans cette acception-là. Plus maintenant. Plus depuis qu'il en était venu à désigner en raccourci les agents de la police secrète, les impitoyables « pourvoyeurs d'informations » dont aucun tyran ne pouvait se passer. Certes, l'existence de ce type de service de sécurité intérieure ne se limitait pas au Proche-Orient. Dans le nouvel ordre mondial d'une inquiétante brutalité qui caractérisait le début du XXIe siècle, quasiment tous les pays – excepté, peut-être, le Liechtenstein – maniaient allègrement ce genre d'outil, et tous les services concernés faisaient preuve vis-à-vis de leurs victimes d'une barbarie auprès de laquelle les pratiques sanguinaires d'Ivar le Désossé auraient fait pâle figure.

— Ces deux hommes l'ont obligée à sortir pendant qu'ils parlaient à Ali, reprit tristement Farouk, puis elle a entendu des cris. Ils exigeaient de savoir où étaient les objets. Ils l'ont frappé à plusieurs reprises, l'ont traîné hors du magasin et jeté dans une voiture, puis ils sont repartis. Les incidents de cette sorte sont quotidiens en Irak par les temps qui courent, mais celui-là n'avait rien de politique. Avant leur départ, la femme d'Ali les a entendus parler des photos. Celles dont je lui avais remis des doubles. Ces hommes étaient les acheteurs, *Sitt* Evelyn – ou plutôt, ils représentaient l'acheteur. Et c'est alors que l'un d'eux a dit à l'autre : « Il n'y a que le livre qui l'intéresse. On n'aura qu'à revendre le reste nous-mêmes. » *Que le livre*. Vous comprenez, *Sitt* Evelyn ?

Evelyn fut prise de nausée.

— Et ils l'ont tué ?

Farouk semblait avoir de plus en plus de peine à trouver ses mots.

— Son cadavre a été retrouvé le soir même, dans un fossé, au bord d'une route. Il était…

Il secoua la tête en grimaçant, hanté par le souvenir de son ami, et exhala un douloureux soupir.

— Ils l'avaient torturé avec une perceuse.

— Qu'avez-vous fait ?

— Que pouvais-je faire ? Je n'avais jamais prononcé le nom d'Abou Barzan devant Ali. Je ne lui avais même pas dit d'où venaient les objets. Je le connaissais bien, mais nous vivons une époque terriblement troublée, dans un état de terreur et de paranoïa permanente. Je l'avoue à ma grande honte, je n'ai pas voulu lui parler d'Abou Barzan pour éviter qu'il ne fasse affaire avec lui dans mon dos.

Evelyn comprit aussitôt ce que cela signifiait.

— Donc, Ali n'a pu leur donner qu'un seul nom : le vôtre.

— Exactement. C'est pourquoi j'ai fui. Aussitôt après avoir raccroché, j'ai jeté quelques affaires dans un sac et je suis parti de chez moi. Je disposais d'un petit pécule – nous gardons tous à la maison le peu que nous avons, les banques ne sont plus sûres. Pas grand-chose, mais tout de même de quoi fuir Bagdad et soudoyer quelques gardes-frontières. J'ai pris mon argent et j'ai filé. Je me suis d'abord caché chez un ami, et ce soir-là, après la découverte du corps d'Ali, j'ai compris qu'ils allaient se lancer à mes trousses. Et j'ai quitté le pays. En car, en camion, tout ce qui se présentait. Je suis passé par Damas – pour éviter la route d'Amman, trop évidente, et aussi pour me rapprocher de mon objectif, Beyrouth. Il fallait que je vous voie. Je me suis renseigné à l'université, et on m'a dit que vous passiez la journée à Zebqine. Je ne pouvais pas attendre votre retour.

Une question brûlait les lèvres d'Evelyn. Malgré l'écœurement que lui inspirait le calvaire d'Ali et la peine qu'elle ressentait pour Farouk – pas seulement à cause de son épouvantable situation, mais aussi pour tout ce qu'il avait dû endurer ces dernières années –, elle ne parvenait pas à chasser de son esprit la photo du codex à l'Ouroboros. Réprimant les émotions qui s'affrontaient en elle, elle finit par lâcher :

— Et le livre ? Vous l'avez vu ? Vous savez où il est ?

Farouk ne parut pas offusqué.

— Quand Abou Barzan est venu me trouver, je l'ai prié de me montrer sa collection, mais il n'avait rien sur lui. Il aurait été trop dangereux de voyager avec ces objets. Trop de barrages routiers, trop de milices. J'imagine qu'il les gardait dans sa boutique, ou chez lui, en lieu sûr. Rien ne l'obligeait à les déplacer avant d'avoir trouvé un acheteur et il préférait effectuer la transaction à l'extérieur du pays, en Turquie ou en Syrie – sans doute en Turquie, plus proche de Mossoul – plutôt que de se risquer à apporter les objets à Bagdad.

D'autres questions se bousculaient dans l'esprit d'Evelyn.

— Mais comment s'est-il procuré ce livre ? Il ne vous a pas dit où il l'avait découvert ?

Farouk ne répondit pas. Il regardait ailleurs, au-delà d'Evelyn, et ses prunelles s'embrasèrent brusquement de terreur. Il lui saisit la main.

— Partons. *Vite.*

Evelyn ne réagit pas tout de suite. Pendant une fraction de seconde, les mots de l'Irakien restèrent en suspens dans l'air, comme s'ils relevaient d'une conversation parallèle, entendue de loin, où elle n'avait aucune part. Puis elle sentit sa propre tête pivoter par réflexe, presque malgré elle, et vit deux hommes râblés, à l'épaisse moustache noire qu'il lui sembla avoir déjà aperçus quelque part, marcher droit sur eux en fendant hardiment la foule. L'un d'eux avait des yeux tellement sombres et inexpressifs qu'ils évoquaient les fentes d'un heaume.

Farouk tira sur le bras d'Evelyn à lui démettre l'épaule et l'entraîna à pas vifs dans la masse indifférente des passants.

7

Mia s'engagea le plus discrètement possible sous l'arcade grouillante, scrutant la foule dans l'espoir d'y repérer sa mère. Elle avait perdu de précieuses secondes à zigzaguer entre les véhicules. Quand elle atteignit enfin la zone piétonne, l'androïde et son comparse n'étaient nulle part visibles.

Parvenue au bout du passage, elle fut bien obligée d'abandonner la relative protection de la colonnade pour s'aventurer à découvert sur la place, laquelle descendait en pente douce jusqu'à la tour de l'Horloge. L'atmosphère autour d'elle était chargée d'un troublant mélange d'esprit festif irréductible et de mélancolie tenace. Priant pour ne pas se faire remarquer, elle se faufila entre les rangées de tables des restaurants, les paumes moites, toujours à l'affût d'un signe d'Evelyn ou de ses poursuivants.

La foule s'entrouvrit un instant devant elle, et son cœur cessa de battre quand elle aperçut sa mère, une centaine de mètres plus loin, discutant avec un inconnu. Une vague de soulagement la submergea. Tout allait bien : sa mère était là, en conversation avec quelqu'un qu'à l'évidence elle connaissait. Puis l'homme en question changea brusquement d'attitude, empoignant le bras d'Evelyn avant de prendre la fuite avec elle.

Sa réaction fit à Mia l'effet d'une décharge électrique. Balayant la place du regard, elle repéra l'androïde et son camarade, à mi-chemin entre Evelyn et elle. S'ils ne couraient pas vraiment, ils marchaient aussi vite qu'il était possible de le faire sans attirer l'attention.

Une terreur telle qu'elle n'en avait jamais éprouvé dans sa vie protégée d'universitaire transperça Mia. Elle eut envie de demander de l'aide, mais ne voyait autour d'elle aucun visage familier, aucun uniforme à appeler à la rescousse – et il n'était plus temps de réfléchir.

Oubliant sa peur, elle obligea ses jambes à se remettre en mouvement et s'élança dans le sillage des deux hommes.

Farouk et Evelyn couraient à travers la foule, sans itinéraire précis, jetant de-ci de-là des coups d'œil terrorisés à leurs poursuivants et s'efforçant de maintenir leur avance.

— Farouk, arrêtez! cria Evelyn avec un mélange de colère et de panique dans la voix. Il y a du monde partout! Ils ne peuvent rien faire!

— Je crois qu'ils s'en moquent, riposta l'Irakien sans ralentir.

Peut-être aurait-il pris ce risque si les soldats qui montaient la garde devant le Parlement avaient été à leur portée, mais au moment où il les avait repérés, leurs poursuivants se trouvaient déjà entre les soldats et eux, leur interdisant tout retour en arrière.

Quelqu'un attira tout à coup son regard parmi la foule. Un troisième homme – les mêmes lèvres pincées, le même regard glacial – s'avançait calmement vers eux, une main glissée sous sa veste, où Farouk était sûr d'avoir vu briller la crosse nacrée d'un pistolet dans son holster.

Farouk vit une ruelle s'ouvrir sur leur gauche et s'y engouffra aussitôt. Elle s'étirait sur une centaine de mètres, en montée, jusqu'à une mosquée construite à la lisière du quartier piéton.

Ce brusque changement de cap fit trébucher Evelyn, qui se rétablit comme elle put. Elle commençait à s'essouffler et ses mollets lui faisaient mal. Il était évident qu'elle ne pourrait pas continuer longtemps à cette cadence. Elle était plutôt en forme pour son âge, mais elle n'avait jamais autant couru.

Ils s'enfoncèrent dans la ruelle, abandonnant le vacarme et les lumières éclatantes de la place, accompagnés par l'écho de leurs pas dans l'obscurité grandissante. Une pensée assaillit Evelyn. Farouk ne savait pas où il allait. Il n'avait pas dû venir souvent à Beyrouth – peut-être même n'y avait-il jamais mis les pieds – et se laisser guider par lui n'avait donc aucun sens. Evelyn avait beau connaître le centre de la capitale libanaise, cette ruelle ne lui évoquait rien. Ils auraient sûrement mieux fait de rester au milieu de la foule. Sans compter que le fait de courir en montée constituait pour eux un handicap supplémentaire, même si la pente était relativement faible.

— Farouk, écoutez-moi ! fit-elle, haletante. Il faudrait prévenir la police, quelqu'un qui puisse vous protéger…

— Personne ne peut nous protéger contre ces gens-là, vous comprenez ? Nous allons essayer d'intercepter un taxi, une voiture, n'importe quoi…

Sa voix se brisa lorsque, derrière eux, un triple staccato de pas précipités s'éleva dans les ténèbres, résonnant de mur en mur. L'homme au pistolet avait rejoint ses deux complices, et tous trois venaient de s'élancer vers leurs proies, sans plus avoir à craindre d'attirer les regards.

Evelyn avait de plus en plus de mal à tenir le rythme et elle s'apprêtait à jeter l'éponge quand un étroit passage apparut sur leur droite, bordant le mur arrière de la mosquée. Il menait à la rue Weygand, une artère extrêmement fréquentée le soir, en particulier par les taxis.

Cette découverte la revigora et parut avoir le même effet sur Farouk.

— Venez ! hurla-t-il en l'entraînant vers le passage désert.

Ils avaient parcouru la moitié du chemin qui les séparait des lumières de la rue lorsque Evelyn vit un véhicule s'engager dans le passage face à eux.

Une BMW noire.

Pendant que Farouk se précipitait vers la voiture en agitant les bras et en lançant des appels à l'aide en arabe, Evelyn ralentit l'allure, saisie d'une soudaine inquiétude. À l'intérieur de la BMW, un homme dont la silhouette lui apparaissait à contre-jour venait de porter un téléphone à son oreille.

Son instinct lui souffla que cette voiture n'était pas là par hasard.

— Farouk, lança-t-elle, attendez !

Farouk stoppa net. Il se retourna vers elle, hors d'haleine et visiblement désemparé. Evelyn surveillait toujours l'automobile avec méfiance quand celle-ci s'immobilisa, le moteur ronflant. Son conducteur alluma tout à coup ses phares, qui inondèrent le passage d'une lumière froide et crue.

Evelyn venait de reculer, une main en visière devant les yeux, quand un bruit s'éleva derrière elle. Elle fit volte-face et vit leurs trois poursuivants se ruer dans le passage, éclairés par le halo des phares. Ils s'arrêtèrent dès qu'ils la virent. L'un d'eux tenait un portable à la main ; il le referma et le glissa dans sa poche. S'étant assuré que personne ne venait, il adressa un signe de tête à ses complices. Une portière s'ouvrit avec un déclic et Evelyn vit le conducteur émerger de la BMW.

Elle chercha le regard de Farouk. Il ne bougeait plus, aussi pétrifié qu'elle-même. Les quatre prédateurs resserrèrent leur cercle tandis que la BMW, portière grande ouverte, ronronnait à l'arrière-plan tel un spectre affamé attendant sa pâture.

Evelyn hurla.

8

Mia entendit Evelyn crier alors qu'elle venait d'atteindre le mur d'angle de la mosquée. Elle courut vers l'entrée du passage et vit sa mère aux prises avec deux hommes, à une cinquantaine de mètres. Dans l'aveuglante lumière des phares, elle crut reconnaître une calandre de BMW.

Evelyn se débattait en hurlant pendant que le complice de l'androïde tentait de lui plaquer une main sur la bouche. Elle le mordit et lui assena un grand coup de sac à main, ce qui ne fit que redoubler son ardeur. Lui arrachant le sac des mains, il le jeta au sol avant de frapper violemment Evelyn au visage ; elle partit en arrière en titubant.

Plus près de Mia, Farouk était adossé au mur extérieur de la mosquée qui longeait le passage, figé comme un animal pris dans les phares d'une auto. Deux hommes – l'androïde et un qu'elle n'avait pas encore vu – s'avançaient vers lui. L'androïde avait le bras tendu et pointait sur l'Irakien un index menaçant.

Mia sentit ses muscles se tétaniser. Son intuition lui soufflait de se replier en lieu sûr derrière l'arête du mur. Il s'agissait d'une simple question de bon sens : le rapport des forces était trop déséquilibré pour lui laisser la moindre chance.

Il n'y avait rien à faire – à part peut-être une chose.

Basique. Primaire. Ni très créative, ni particulièrement audacieuse.

Peut-être dangereuse.

Et même sûrement dangereuse, à la réflexion, mais il fallait bien réagir.

Elle se mit à hurler à pleins poumons.

D'abord « Maman ! », puis « Au secours ! ».

La frénésie qui s'était emparée du passage s'interrompit net – comme si un doigt, dans le ciel, venait d'actionner la touche pause du grand film cosmique. Toutes les têtes se tournèrent vers la nouvelle venue ; les hommes la toisèrent avec un mélange de surprise et de colère, et Evelyn porta brièvement sur sa fille un regard où brillait une lueur d'espoir et de reconnaissance que Mia n'oublierait jamais.

L'arrêt sur image ne dura pas : les deux agresseurs d'Evelyn l'embarquèrent à l'arrière de la BMW, tandis que l'androïde abandonnait Farouk à son comparse et courait vers Mia.

Elle alors recula d'abord de quelques pas, puis son instinct de survie prit les rênes. Sans cesser de crier comme une damnée, elle détala vers la mosquée en tirant le maximum de ses jambes douloureuses. Un bref coup d'œil par-dessus son épaule lui permit de voir le compagnon d'Evelyn échapper à la brute qui cherchait à le maîtriser et la repousser sur le côté avant de s'élancer hors du passage, en contournant la BMW par le côté passager.

L'androïde lança à Mia une salve de mots rageurs en arabe qui lui glacèrent les veines. Le bruit de ses pas se rapprochait dangereusement lorsqu'elle tourna l'angle de la mosquée et faillit heurter deux soldats de l'armée libanaise qui accouraient, sans doute depuis la guérite installée près de l'entrée principale de l'édifice. Elle attrapa l'un d'eux par le bras et, luttant pour reprendre son souffle, leur montra du doigt l'androïde émergeant à son tour du passage.

Celui-ci freina des quatre fers, stupéfait, à la vue des uniformes.

— Ma mère ! Ils sont en train de la kidnapper ! S'il vous plaît, aidez-la ! bafouilla Mia, cherchant désespérément une lueur de compréhension dans les yeux du soldat.

Il la gratifia d'un regard suspicieux avant de lui indiquer froidement de s'écarter. Faisant mine de dégainer son revolver, il adressa alors à l'androïde ce qui avait toutes les apparences d'une sommation. Ce dernier leva la main gauche d'un geste ferme et aboya quelques mots à l'intention du militaire avec une autorité qui sidéra Mia – à peu près comme s'il était son sergent instructeur et lui passait un savon. Plus inquiétant encore, elle vit qu'il cachait sa main droite derrière son dos. Elle se retourna vers le soldat, paniquée, et constata avec soulagement que celui-ci n'avait pas mordu à l'hameçon. Il beugla un nouvel ordre à l'androïde tout en sortant son arme. Au même moment, une gerbe de sang fusa de sa poitrine. Il bascula en arrière contre le mur de la mosquée, pendant que l'écho assourdissant de deux détonations résonnait jusqu'au fond des tympans de Mia.

Elle se força à quitter des yeux le soldat à terre et pivota sur elle-même juste au moment où l'androïde levait à nouveau son revolver ; l'autre militaire la jeta au sol tout en visant l'androïde de sa main libre. Plusieurs balles jaillies de l'arme s'écrasèrent avec fracas contre le mur tout près de Mia, projetant des éclats de pierre qui retombèrent en pluie sur le sol autour d'elle. Le soldat rescapé tira à son tour une série de cartouches, apparemment sans résultat, car elle vit l'androïde faire feu encore à deux reprises avant de disparaître dans le passage.

Le soldat se releva d'un bond et courut vers son camarade. Mia le rejoignit péniblement et découvrit un spectacle qui lui retourna l'estomac. Le soldat blessé paraissait mort. Son visage était éclaboussé de sang, ses yeux regardaient dans le vide. Vociférant quelques mots rageurs, l'autre fit signe à Mia de ne pas bouger et se lança aux trousses de l'androïde. Mia le suivit des yeux, hébétée, et regarda à nouveau le cadavre ensanglanté. Il n'était pas question pour elle de rester seule. Elle se mit à courir dans le sillage du soldat.

Un crissement de pneus se fit entendre à l'instant où elle s'enfonçait dans le passage. Le soldat, qui la précédait d'une dizaine de mètres, l'arme au poing, n'eut pas l'ombre d'une chance. La BMW était déjà quasiment sur lui. Il lâcha deux ou trois balles au hasard avant d'être fauché par la puissante berline et s'envola au-dessus du capot comme une poupée de chiffon. Il tournoya en l'air, s'écrasa sur le pare-brise qui s'étoila sous le choc, rebondit sur le toit, puis sur la malle arrière, et retomba sur le bitume avec un bruit mat.

C'était au tour de Mia.

Elle se replia derrière le coin de la mosquée une fraction de seconde avant que la BMW ne jaillisse du passage comme une fusée. Le pare-chocs racla le bas du mur à quelques centimètres de ses jambes, dans une tonitruante explosion de pierre et d'acier. Puis l'auto vira brutalement à droite, vers l'entrée de la mosquée. Quand elle passa en trombe à sa hauteur, Mia eut tout juste le temps d'apercevoir ses passagers, l'androïde et le chauffeur à l'avant, sa mère coincée à l'arrière entre leurs deux complices.

Elle ne vit aucune trace du compagnon d'Evelyn.

La jeune femme s'éloigna du mur, les jambes en coton. Un silence de mort régnait à nouveau sur la rue, comme s'il ne s'était rien passé. Elle ne savait absolument pas de quel côté aller. Son regard se posa sur le deuxième soldat, qui gisait en travers du passage. Un peu plus loin, elle aperçut le sac à main de sa mère, dont le contenu s'était répandu sur le sol, et, plus loin encore, une de ses chaussures. En s'approchant du soldat, elle prit soudain conscience des violents tremblements qui l'agitaient des pieds à la tête. Il avait les membres disloqués, et une rigole de sang s'écoulait du coin de sa bouche. Il leva sur elle ses yeux noyés de souffrance et cligna des paupières.

Mia sentit ses jambes se dérober ; elle tomba à genoux à côté du soldat et fondit en larmes.

9

Les deux heures suivantes s'écoulèrent dans une sorte de brouillard.

Mia, assise dans une austère salle d'interrogatoire du commissariat de Hobeich, rue Bliss, avait la nausée et tremblait violemment. Le froid humide qui régnait dans la pièce aux murs de parpaing brut n'arrangeait rien, même si ses frissons étaient surtout dus à l'émotion et à la peur.

Elle s'efforçait de rester concentrée sur la seule chose qui comptait pour le moment : retrouver sa mère. Mais elle n'était pas certaine que les deux inspecteurs assis de l'autre côté de la table – et les policiers nerveux qui passaient leur temps à entrer et sortir – avaient bien capté le message.

Elle avait fini par quitter le soldat pour descendre le passage jusqu'à la rue Weygand et se planter au bord de la chaussée, face au trafic, le visage baigné de larmes et les bras en croix. Quelque chose dans son regard égaré avait dû impressionner les automobilistes, car ils s'étaient arrêtés les uns après les autres pour lui venir en aide. La cavalerie était arrivée peu après sous la forme de plusieurs 4x4 Durango remplis d'agents du Fouhoud, une sorte de groupe d'intervention paramilitaire. Le passage silencieux eut tôt fait de se métamorphoser en un zoo chaotique et bruyant. Le soldat abattu par l'androïde venait de mourir. Celui qui avait été renversé par la BMW s'accrochait encore à la vie, et fut prestement évacué à bord d'une ambulance. Les enquêteurs recueillirent la chaussure et le sac à main d'Evelyn. Mia fut bombardée de questions par une succession de policiers auxquels elle tenta d'expliquer que sa mère avait oublié son portable au bar de l'hôtel et qui la prièrent de leur remettre non seulement le téléphone d'Evelyn, mais aussi le sien, ce qui la surprit. Elle embarqua ensuite à bord d'un des 4x4 et fut transférée sous bonne escorte au commissariat.

Elle changea de position sur la chaise de métal froid et but une gorgée au goulot de la bouteille d'eau que quelqu'un lui avait apportée.

— S'il vous plaît... commença-t-elle d'une voix rauque.

Sa gorge semblait avoir été frottée au papier de verre. Les cris éperdus de sa mère résonnaient encore à ses oreilles. Elle déglutit, essaya encore.

— Écoutez-moi. Il faut que vous la retrouviez. Ils l'ont enlevée. Faites quelque chose avant qu'il soit trop tard.

L'un des inspecteurs qui lui faisaient face hocha la tête et débita dans un anglais haché, à la place de la réponse qu'elle aurait voulu entendre, une énième litanie de platitudes aussi évasives que condescendantes. Plus inquiétant encore, son collègue, un homme maigre et sec à tête de furet qui jusque-là s'était contenté de fouiller en silence le sac à main de sa mère et d'en étaler le contenu sur la table, semblait tout à coup vivement intéressé par un jeu de photos qu'il venait d'y trouver, à l'intérieur d'une enveloppe. Après les avoir étudiées, il braqua sur Mia un regard qui n'augurait rien de bon. Il décocha un léger coup de coude à son voisin et lui tendit les clichés. Mia ne comprit rien aux propos des deux hommes, pas plus qu'elle ne vit les photos, mais elle se retrouva soudain sous le feu croisé de leurs regards soupçonneux.

Ses tremblements redoublèrent.

Après avoir palabré un moment en aparté, les deux inspecteurs parurent tomber d'accord. Le furet ramassa les affaires d'Evelyn et les remit dans le sac à main, pendant que son collègue, le spécialiste des platitudes, faisait signe à Mia de patienter, en lui expliquant de son mieux qu'ils n'allaient pas tarder à revenir. Les réactions de la jeune femme étaient ralenties. Avant qu'elle ait pu formuler la moindre question ou objection, les deux hommes avaient quitté la pièce. Quand la porte se fut refermée, elle entendit la clé tourner dans la serrure.

Elle s'affala sur sa chaise et ferma les yeux, en espérant que son cauchemar allait se dissiper et qu'elle pourrait enfin reprendre le cours normal de sa journée.

Une heure plus tard, les deux inspecteurs étaient de retour, à cette différence près qu'un troisième larron les accompagnait, un homme en costume gris, sans cravate, dont le faciès rose et fripé évoquait un bouledogue tout juste arraché à la confortable solitude de sa niche. Mia avait désormais les idées un peu plus claires – on lui avait servi une tasse de café turc, spécialité locale aussi épaisse que sirupeuse à laquelle elle avait mis du temps à s'habituer, mais qu'elle appréciait de plus en plus – et elle sentit son espoir renaître quand le nouveau venu se présenta sous le nom de John Baumhoff, de l'ambassade américaine.

La conversation qui s'ensuivit se révéla hélas nettement moins prometteuse.

Baumhoff tapota du bout des doigts les polaroïds qu'il venait d'étaler sur la table de manière à ce qu'elle les voie.

— Donc, vous me dites que vous ne savez rien là-dessus ? insista-t-il, d'une voix un tout petit peu trop aiguë pour un homme.

Mia soupira.

— Je vous ai déjà expliqué ce qui s'est passé, répondit-elle en s'efforçant de rester calme. Je ne sais rien de ces objets. On venait de prendre un verre, ma mère et moi. Elle a oublié son portable. J'ai eu l'impression qu'elle était suivie. J'ai cherché à l'avertir. Ces types l'ont poussée dans leur voiture, et ils ont filé…

— … en tuant un soldat et en en blessant grièvement un autre au passage, interrompit Baumhoff avec un regard entendu à l'adresse des deux inspecteurs qui, debout derrière lui, acquiescèrent solennellement.

— Exactement, riposta-t-elle, et c'est pour ça qu'il serait peut-être temps de vous mettre à leur recherche, bon sang ! Si ça se trouve, elle est déjà en train de croupir au fond d'une cave pendant que vous jouez au bridge avec ces photos !

Après l'avoir dévisagée un moment d'un air blasé, Baumhoff entreprit lentement de rassembler les photos, en les soulevant une par une entre ses doigts boudinés.

— Mademoiselle, euh... (il semblait avoir déjà oublié son nom, qu'il avait pourtant noté sur le carnet ouvert devant lui)... Bishop, si votre mère a effectivement été kidnappée, on n'aurait pas pu y faire grand-chose, de toute façon.

— Vous auriez pu organiser des barrages routiers, protesta Mia. Vous auriez pu mobiliser l'armée, elle est partout ! Il y a toujours quelque chose à faire.

Baumhoff lui décocha un coup d'œil oblique.

— Nous ne sommes pas aux États-Unis, mademoiselle Bishop. Ce n'est pas ainsi que cela marche. Quand ces types veulent vraiment quelqu'un, vous pouvez être sûre qu'ils l'auront. Ils connaissent tous les chemins de traverse. Ils savent où se cacher sans courir le moindre risque d'être inquiétés. Ils ont tout préparé à l'avance. Nous ne sommes pas non plus en Irak. Aucun étranger n'a été enlevé ici depuis, oh, une bonne quinzaine d'années, voire plus. Les assassinats politiques mis à part, Beyrouth est une ville étonnamment sûre, surtout pour les étrangers. Ce qui explique, poursuivit-il en regardant à nouveau les photos qu'il tenait à la main, que je sois d'accord avec ces messieurs pour penser qu'il s'agit sans doute d'autre chose. Votre mère s'est peut-être mise elle-même dans une situation délicate.

Il haussa les sourcils, écarta les mains en se mordillant la lèvre et vrilla sur elle un regard impénétrable, un peu comme s'il s'attendait à des aveux.

— Qu'est-ce que vous racontez ? fit-elle, éberluée, sans détourner les yeux.

Il la scruta une fraction de seconde supplémentaire – son cynisme commençait à porter sérieusement sur les nerfs de Mia – avant d'agiter le petit paquet de photos.

— Ça, répondit-il. Ce sont des pièces volées, mademoiselle Bishop.

Mia resta bouche bée de stupeur.

— Quoi ?

— Volées, répéta Baumhoff. En Irak. Vous devez avoir entendu parler des petits soucis que connaît actuellement ce pays ?

— Oui, mais...

Le brouillard se refermait à nouveau sur Mia.

— Des milliers de trésors archéologiques en tout genre ont été volés dans les musées irakiens. Certains circulent toujours, et finissent tôt ou tard par tomber aux mains de collectionneurs peu soucieux de leur provenance. Ils valent des fortunes... à condition de réussir à les exporter en fraude et de trouver le bon acheteur, dit-il en appuyant sur chaque syllabe.

Une ombre passa sur les traits de Mia.

— Et... vous soupçonnez ma mère d'avoir trempé là-dedans ?

Il brandit les photos.

— Elles étaient dans son sac, non ?

— Comment savez-vous qu'il s'agit d'objets volés ? Leur origine pourrait aussi bien être légale, non ?

Baumhoff secoua la tête.

— L'exportation de toutes les pièces archéologiques mésopotamiennes a été interdite dès le début de ce vaste merdier. Je ne peux pas encore vous affirmer catégoriquement que ces objets sont volés, je n'ai pas eu le temps de le vérifier – je saurai ça demain, après m'être renseigné auprès de mes collègues de Bagdad –, mais il y a toutes les chances qu'ils le soient. Ça pourrait expliquer ce qui s'est passé tout à l'heure. Il n'est pas recommandé de frayer avec ces gens-là.

Une phrase d'Evelyn revint tout à coup à l'esprit de Mia.

— Attendez ! s'exclama-t-elle. Elle m'a parlé de quelqu'un qui avait repris contact avec elle aujourd'hui. Un type avec qui elle avait travaillé il y a longtemps. En Irak.

Cette remarque éveilla l'intérêt des inspecteurs, qui demandèrent à Baumhoff des éclaircissements. Mia répéta aux trois hommes ce que lui avait dit Evelyn, et ils prirent avidement des notes. Puis Baumhoff rangea les polaroïds dans son attaché-case.

— Bon, dit-il, je ne vois rien de plus à faire ici. Ils vont vous garder jusqu'à ce qu'un agent administratif ait enregistré votre déposition officielle. Ce sera fait demain matin, ajouta-t-il en se levant.

— Quoi ?! s'écria Mia, hors d'elle. Je viens d'assister à l'enlèvement de ma mère, et vous me laissez ici ?

— Ils ne vous relâcheront pas tant qu'ils n'auront pas leur déposition, répondit Baumhoff d'une voix traînante. C'est un héritage de la bureaucratie française, et il est trop tard pour que ça puisse se faire ce soir. Ne vous inquiétez pas. Vous allez passer la nuit ici même, dans cette salle – vous y serez bien mieux qu'en cellule, croyez-moi. On va vous apporter à manger, un oreiller, et des couvertures. Je repasserai dans la matinée.

— Vous ne pouvez pas me laisser croupir ici ! protesta-t-elle en se levant précipitamment.

Le furet écarta les mains, un geste destiné à la fois à la calmer et à lui bloquer le passage.

— Vous n'avez pas le droit !

— Je regrette, fit Baumhoff avec un détachement clinique, mais un homme a été tué, un autre se trouve entre la vie et la mort, et, que ça vous plaise ou non, vous y avez été mêlée. Nous tirerons tout ça au clair demain matin. Ne vous inquiétez pas. Vous devriez essayer de dormir un peu.

Au moment où il la gratifiait d'un demi-sourire désolé, la stridulation d'un téléphone mobile retentit dans la pièce.

Baumhoff et les inspecteurs eurent tous le même réflexe de mettre la main à leur poche avant de constater que ce n'était pas un de leurs appareils qui sonnait. Le furet ouvrit le sac d'Evelyn et en ressortit deux portables, celui de Mia et celui de sa mère. La sonnerie n'évoquait rien à Mia : c'était donc le téléphone d'Evelyn.

Le furet appuya sur le bouton vert pour prendre l'appel, mais à peine eut-il ouvert la bouche qu'il parut se raviser et leva les yeux sur Baumhoff.

— Passez-moi ça, lâcha à mi-voix l'envoyé de l'ambassade.

Le furet consulta du regard son collègue, qui murmura quelques mots d'un air approbateur. Baumhoff, craignant de perdre le contact, s'empara du combiné et le colla à son oreille.

— Allô, risqua-t-il d'une voix faussement décontractée.

Mia vit son expression se teinter de sérieux alors qu'il écoutait. Seuls lui parvenaient les échos étouffés d'une voix au bout de la ligne, une voix indiscutablement masculine, et qui semblait américaine.

— Non, Mme Bishop n'est pas joignable pour le moment, lâcha Baumhoff au bout de quelques secondes. Qui est à l'appareil ?

Mia entendit son interlocuteur formuler une brève réponse qui ne fut pas du goût de Baumhoff, car celui-ci déclara :

— Je suis un collègue de Mme Bishop. C'est de la part de qui ?

L'homme au bout du fil prononça alors une phrase qui eut l'air de surprendre Baumhoff.

— Naturellement, elle va bien. Pourquoi voudriez-vous qu'il en aille autrement ? Qui êtes-vous ?

Et il ajouta en haussant le ton, à bout de patience :

— J'aimerais que vous me disiez qui vous êtes, monsieur.

Un silence glacial s'abattit sur la pièce. Mia vit Baumhoff froncer les sourcils, puis éloigner le combiné de son oreille. Il le fixa d'un œil noir avant de s'adresser aux inspecteurs.

— Je ne sais pas qui c'était. Il a raccroché, et aucun numéro d'appel n'est affiché, dit-il en s'aidant de ses mains pour faire passer son message.

Il se tourna alors vers Mia, qui soutint son regard, aussi décontenancée que lui. Le furet tendit la main et Baumhoff lui restitua l'appareil.

— Je reviens demain matin, reprit l'Américain à l'intention de Mia.

Sur ce, il s'éclipsa.

Mia foudroya la porte du regard. Les inspecteurs sortirent à leur tour, en refermant à clé derrière eux. La jeune femme se mit à arpenter la pièce en étudiant ses murs gris et tristes. La colère qui l'avait envahie – et provisoirement soulagée de son malaise physique – était en train de retomber, la fatigue et la nausée revenaient à la charge.

Elle se laissa glisser au sol et resta prostrée au pied du mur, le visage dans ses mains.

Son plan en or commençait à ressembler à *Midnight Express*.

10

À chaque cahot, un élancement vrillait le crâne d'Evelyn.

Les couvertures pliées qui tapissaient le coffre de la voiture n'y changeaient pas grand-chose. Non seulement la route était mal goudronnée et criblée d'ornières qui ressemblaient parfois à de véritables crevasses – ce devait être une piste de montagne, supposa Evelyn dans un instant de lucidité –, mais elle avait l'impression d'être soumise depuis le début de son voyage à une succession sans fin de virages en épingle à cheveux, de descentes vertigineuses et de montées abruptes, qui la secouaient dans tous les sens comme une bouteille ballottée par la tempête et la précipitaient contre les parois du coffre.

Son supplice était encore accru par l'adhésif plaqué sur sa bouche et le sac de toile qui lui recouvrait la tête. L'isolement sensoriel était assez pénible en soi sans ces innombrables secousses. Evelyn devait déployer de gros efforts pour respirer par le nez un peu d'air rance. Elle redoutait par-dessus tout de se laisser envahir par la nausée. Elle mourrait alors étouffée par ses vomissures, sans qu'on l'entende. Cette vision multiplia son angoisse. Ses os lui faisaient mal, et les entraves en nylon qui serraient ses poignets et ses chevilles commençaient à lui entailler la peau.

Elle aurait aimé perdre connaissance pour bénéficier d'un peu de soulagement. Elle se sentait régulièrement glisser dans une spirale de ténèbres mais, au moment où le rideau semblait sur le point de tomber, un cahot la réveillait en sursaut, provoquant une nouvelle décharge de douleur.

Peu après avoir quitté le centre de Beyrouth, la BMW avait fait halte sur le parking désert d'un immeuble en partie détruit, à la lisière sud de la ville. Evelyn avait été forcée d'en descendre puis avait été prestement ligotée, bâillonnée, encapuchonnée, et jetée dans le coffre arrière d'une autre voiture. Elle avait entendu ses ravisseurs discuter brièvement, sans parvenir, dans l'état d'hébétude où elle se trouvait, à comprendre leurs paroles. Puis des portières avaient claqué et l'auto s'était lancée dans son périple mouvementé. Elle aurait été bien en peine d'évaluer la durée du trajet, mais ils roulaient depuis des heures.

Son esprit était assailli par un fouillis d'images troubles. Elle se revit courant éperdument sous les arcades du centre, hors d'haleine, les jambes en feu, avec un Farouk au visage déformé par la terreur.

Farouk. Qu'était-il devenu ? Avait-il réussi à s'enfuir ? Il n'était pas monté avec elle dans la voiture. Il lui semblait l'avoir vu échapper à son agresseur et courir vers la sortie du passage en contournant la BMW. Juste après qu'une voix familière eut crié « Maman ! ».

Mia. Elle n'avait pas rêvé. Était-il possible que sa fille se soit trouvée là ? Elle la revit s'époumoner à l'extrémité du passage. Elle était à peu près sûre de l'avoir vraiment vue. Mais pourquoi ? Que faisait-elle là ? Comment avait-elle pu intervenir aussi vite ? Elle se souvenait d'avoir pris un verre avec sa fille. De l'avoir quittée à son hôtel. Pourquoi avait-elle atterri dans ce passage ? Et, plus important, avait-elle réussi à s'en tirer ?

Une bouffée de chagrin l'envahit. Il y avait eu des morts. C'était une certitude. Les coups de feu résonnaient encore à ses oreilles. Elle revoyait le soldat fauché par la voiture. Son corps qui s'écrasait sur le pare-brise avec un bruit sourd. Elle fit de son mieux pour rassembler ses souvenirs, mais chaque nouveau choc l'ébranlait au plus profond d'elle-même et anéantissait ses efforts de raisonnement.

Elle tenta en vain de se détendre, de surmonter les ténèbres. Mais la douleur et l'inconfort de sa position dominaient tout. Avec une horreur grandissante, elle entreprit d'analyser sa situation. Des heures. Ils roulaient depuis des heures. Et ça n'augurait rien de bon. Surtout dans un aussi petit pays. Où l'emmenait-on ? Elle se replongea dans une mer de souvenirs hétéroclites, revit des manchettes lues des années plus tôt, aux heures les plus sombres du Liban. Les enlèvements. Les journalistes, les otages raflés au hasard en pleine rue. Elle se remémora les récits qu'ils avaient faits de leur voyage : entourés d'adhésif comme des momies, enfermés dans des tonneaux, cachés au fond de camions. Une indicible épouvante la gagna lorsque la description des cellules où certains d'entre eux avaient été jetés lui revint à l'esprit. Des cachots nus. Froids. Les captifs enchaînés, nourris de restes avariés. Puis une pensée plus effroyable encore surgit de ses ténèbres intérieures.

Personne n'avait jamais su où ils étaient détenus.

Des années de captivité. L'échec des services de renseignement les plus efficaces au monde. Aucun indice. Aucune information. Aucune demande de rançon. Aucune tentative de libération. Rien. Comme s'ils avaient été rayés de la surface de la planète pour ne reparaître, pour les plus chanceux, que des années plus tard.

Sans doute la voiture roula-t-elle à cet instant sur un nid-de-poule particulièrement profond, car la tête d'Evelyn partit soudain en arrière et heurta la tôle du coffre. La douleur, cette fois, fut assez intense : Evelyn sombra dans la paix consolatrice d'un sommeil sans rêves.

11

Farouk promena un regard éteint sur le patchwork chaotique d'abris et de tentes de fortune. Le silence ambiant était saturé de souffrance et de désespoir, dans une obscurité oppressante que venait rompre, ici et là, le faible halo d'une lampe à gaz. Les murmures étouffés de quelques postes de radio flottaient encore entre les arbres, mais la plupart des réfugiés avaient succombé au sommeil.

Le jardin Sanayeh était un des rares espaces verts rescapés du labyrinthe de béton qu'était devenu Beyrouth – « vert » étant au demeurant un adjectif trop flatteur pour l'état de déshérence de ses pelouses calcinées, même en temps de paix. Quand le conflit avait éclaté dans le sud du pays, des centaines de réfugiés y avaient élu domicile. C'était aussi le cas de Farouk, depuis son arrivée dans cette ville où il ne connaissait personne. À part Evelyn.

Il tira une dernière bouffée de son mégot avant de l'écraser par terre. Il palpa ses poches. Le paquet qu'il y trouva était vide. Il le froissa et le jeta au loin avec un haussement d'épaules. Relevant le col de sa veste, il se blottit contre le muret qui bordait le parc.

Voilà à quoi se ramenait son existence. Il se retrouvait seul, dans un autre pays déchiré par la guerre. Sans abri. Accroupi sur un coin de terre craquelée. Sa matinée s'annonçait encore plus désespérante que celle des pauvres âmes qui encombraient avec lui le camp de fortune.

Il noua ses mains tremblantes derrière sa nuque et s'efforça d'oublier le monde extérieur, mais les turbulences des dernières vingt-quatre heures ne se laissaient pas facilement éliminer. Il se massa le visage en se maudissant de s'être souvenu de l'intérêt d'Evelyn pour l'Ouroboros, d'avoir accepté de se mêler d'une vente qui était tout sauf acquise, d'avoir été l'instigateur d'un tel désastre... Il redressa la tête et fouilla les ombres du regard en se demandant ce qu'il allait bien pouvoir faire.

Partir ? Rentrer chez lui, en Irak ? Pour retrouver quoi ? Une nation démolie, ravagée par une guerre civile sanglante. Le pays des enlèvements de masse, des escadrons de la mort et des voitures piégées, un lieu de chaos et de souffrances. Rien ni personne ne l'attendait là-bas. Son pays n'existait plus. Et il était un étranger en terre étrangère, dont le seul contact, la seule amie venait de se faire kidnapper.

À cause de lui.

Parce qu'il l'avait entraînée dans cette histoire.

Cette pensée le mit à la torture. Il secoua la tête, encore et encore. Comment avait-il pu laisser survenir une telle catastrophe ? C'était sa faute, sans l'ombre d'un doute. Il savait que ces gens-là étaient sur ses traces et il les avait néanmoins menés jusqu'à elle. Il les avait laissés enlever Evelyn à sa place. Le souvenir du corps torturé d'Hadj Ali lui arracha un frisson. Sa vieille amie, *Sitt* Evelyn, aux mains de ces monstres. L'idée lui parut insupportable.

Il devait tenter de lui venir en aide. D'une manière ou d'une autre. Expliquer la situation dans laquelle il l'avait mise. Prêter main-forte à ceux qui seraient le mieux à même de la retrouver, en leur montrant la voie. Et aussi les mettre en garde contre les redoutables individus auxquels ils s'attaqueraient. Mais comment ? À qui s'adresser ? Pas à la police. Il était entré clandestinement dans le pays. Pour essayer de revendre des objets volés. Les policiers n'accueilleraient pas à bras ouverts un contrebandier irakien en situation irrégulière, même porteur des meilleures intentions.

Il repensa à la jeune femme du passage. Sans son intervention, il aurait connu le même sort qu'Evelyn.

Et il serait en ce moment… L'image d'une mèche de perceuse en train de lui crever la peau lui traversa soudain l'esprit. Il s'empressa de la chasser, se concentra à nouveau sur la jeune femme. Il avait cru dans un premier temps que son arrivée relevait du hasard. Qu'il s'agissait d'une inconnue qui s'était retrouvée au mauvais endroit au mauvais moment. Puis il s'était rappelé ses cris. Il croyait l'avoir entendue hurler « Maman ! », ce qui l'avait laissé pantois. La fille d'Evelyn ? Comment se faisait-il qu'elle soit arrivée à ce moment-là ? Evelyn lui avait-elle donné rendez-vous ? Ou s'agissait-il d'une simple coïncidence ?

La question était purement théorique. Il ne connaissait pas cette fille et ignorait où la joindre. Il n'avait pas traîné dans les parages après s'être enfui. Il ne savait même pas ce qu'elle était devenue. Peut-être l'avaient-ils enlevée elle aussi.

Un autre visage émergea de la brume de ses souvenirs. Celui de l'homme en compagnie duquel il avait trouvé Evelyn à Zebqine. Ramez – c'était bien ainsi qu'elle l'avait appelé, non ? Qu'avait-elle dit ? Qu'ils travaillaient ensemble. À l'université.

Il devait pouvoir le retrouver. Il connaissait le département d'archéologie de l'Université américaine. Post Hall, sur le campus. Ramez l'avait vu parler avec Evelyn. Il n'aurait qu'à lui expliquer ce qu'il savait. Peut-être même lui avait-elle déjà tout raconté. Ramez s'inquiétait certainement du sort de sa collègue. Il l'écouterait.

C'était la chose à faire. Plus Farouk y réfléchissait, plus cette idée lui plaisait. Il avait besoin d'argent. Ses réserves de liquide diminuaient à vue d'œil, sa situation était de plus en plus désespérée. Il ne s'agissait plus de se construire une vie meilleure dans un environnement plus sain que son pays natal. Il s'agissait tout simplement de survivre. Farouk avait besoin de disparaître, ce qui coûtait cher. Il fallait qu'il trouve preneur pour la collection d'Abou Barzan. Il n'avait plus eu le moindre contact avec lui depuis son départ d'Irak. Cette crapule risquait de trouver un client de son côté et, si cela se produisait, Farouk n'aurait plus rien à négocier. L'assistant d'Evelyn connaissait forcément des gens. Des collectionneurs libanais fortunés. Peut-être pourrait-il lui proposer un intéressement s'il l'aidait à vendre les objets. Une part du gâteau. La ligne de démarcation entre riches et pauvres était dans cette ville un gouffre béant. L'argent ne courait pas les rues. Et on avait beau avoir des principes et de la vertu, il fallait bien payer son loyer.

Ivre d'épuisement, il se laissa glisser sur le sol et se coucha en chien de fusil, dans l'espoir que le sommeil viendrait. Il se rendrait à l'université dès le lendemain matin. Localiserait Ramez. Lui parlerait. Et avec de la chance, peut-être cette affaire se terminerait-elle mieux pour lui que pour son ami Ali.

Ce à quoi il ne croyait pas une seconde.

12

Tom Webster rempocha son téléphone portable et se tourna vers la baie vitrée de son bureau du quai des Bergues. Un froid vif étreignait Genève en ce début de soirée. Le soleil, en passe de basculer derrière les pics déchiquetés des Alpes, répandait sur les eaux calmes du lac une myriade flamboyante de reflets d'or rose. La neige n'était pas encore là mais ne tarderait plus.

Ce coup de fil avait fait naître en lui un profond malaise.

Il se repassa mentalement la brève conversation qu'il venait de tenir et en analysa chaque moment, chaque nuance. Elle s'était ouverte sur un silence. Une hésitation palpable au bout de la ligne. Puis quelques mots indistincts, proférés dans une langue qui était très vraisemblablement de l'arabe. Jusqu'à ce qu'un homme se décide enfin à lui répondre en se présentant comme un collègue d'Evelyn. Tom avait perçu une pointe de raideur dans sa voix. Et l'insistance de son interlocuteur à lui demander de se présenter indiquait à coup sûr qu'il ne parlait pas à quelqu'un qui aurait décroché plus ou moins par hasard le téléphone d'une amie.

Evelyn était, à présent, impliquée dans cette histoire. Une pensée plus inquiétante encore l'assaillit : *que lui était-il arrivé ?*

Le message de la standardiste du Haldane l'avait pris au dépourvu. Cela faisait… combien de temps ?

Trente ans.

Il s'interrogea sur ce qui avait bien pu pousser Evelyn à le contacter après tant d'années.

Il s'en doutait un peu.

Les deux événements – le coup de téléphone inattendu d'un de ses contacts en Irak, une semaine plus tôt, et celui d'Evelyn au standard du Haldane Institute – ne pouvaient qu'être liés. Cela, au moins, semblait acquis. Mais à aucun moment il n'avait anticipé un problème de ce genre. Lui et les siens avaient toujours opéré dans l'ombre. La discrétion était pour eux une nécessité vitale, mais ils n'avaient a priori aucune raison de s'attendre à des complications.

Il s'efforça de ravaler ses inquiétudes. En vain. Cet appel ne lui disait rien qui vaille. Il avait appris depuis longtemps à se fier à son instinct, et celui-ci était en train de tirer la sonnette d'alarme. Il fallait qu'il sache ce qui se passait. Il devrait ensuite contacter les deux autres. Les mettre au courant. Et s'accorder avec eux – comme ils l'avaient toujours fait – sur la meilleure façon de faire face à la situation.

Il jeta un coup d'œil à sa montre. À Beyrouth, il était une heure plus tard qu'à Genève, un décalage qui l'empêcherait d'obtenir sur-le-champ les réponses indispensables. Il allait devoir rester éveillé de manière à pouvoir passer ses premiers appels avant l'aube. Ce qui ne le dérangeait pas.

Comme les autres avant lui, il avait voué sa vie à cette entreprise.

Et si son instinct ne le trahissait pas, Evelyn s'y trouvait également mêlée.

Encore une fois.

Il poussa un profond soupir et revint vers son bureau. Le codex était dessus. Posé là, innocemment. Il l'avait ressorti tout à l'heure du coffre-fort. Après l'avoir considéré un moment, il le souleva en secouant la tête.

Innocent.

Tu parles.

Ce manuscrit l'avait emprisonné, comme d'autres au fil des siècles, dans une fascinante toile d'araignée. Il était irrésistible, à juste titre. Inestimable.

Il l'ouvrit à la première page, et repensa à la façon dont tout avait commencé.

13

Tomar, Portugal – Août 1705

Sebastian sentit l'humidité glaciale, qui suintait des murs, le transpercer jusqu'aux os, lorsqu'il descendit l'étroit escalier en colimaçon dans le sillage du geôlier.

Il avançait les yeux baissés, loin des flammes de la torche. Dans leur lumière vacillante et dorée, il remarqua qu'une espèce de gros sillon d'usure creusait la partie centrale de chaque marche. Après un moment de désarroi, il finit par comprendre que ce sillon était dû au frottement des chaînes.

Bien des prisonniers avaient croupi ici, à Tomar. Et bien d'autres y croupiraient.

Il suivit son guide dans les interminables profondeurs d'un étroit passage, de chaque côté duquel s'alignaient de grossières portes en bois munies d'impressionnants verrous d'acier. Le garde finit par s'arrêter devant l'une d'elles. Il agita un gros trousseau de clés et l'ouvrit. Elle bascula vers l'extérieur en grinçant sur ses gonds et fit apparaître ce qui ressemblait à l'entrée d'une cave ou à la bouche d'un gouffre. Sebastian regarda le geôlier. Le visage en sueur, celui-ci hocha la tête avec une étrange indifférence. Sebastian se prépara au pire, détacha un flambeau éteint de son support mural, l'alluma à la flamme du geôlier, et s'avança à l'intérieur.

Malgré les ténèbres sépulcrales qui l'enveloppaient, il reconnut instantanément la silhouette blottie dans un coin. Il s'arrêta net, saisi d'une infinie tristesse.

— N'aie pas peur, dit le vieillard. Approche.

Sebastian ne pouvait plus bouger. Ses pieds étaient ancrés dans le dallage froid.

— Je t'en prie, murmura à nouveau le vieillard d'une voix rauque et sèche. Viens. Assieds-toi près de moi.

Sebastian fit timidement un pas en avant, puis un autre, en évitant de poser les yeux sur l'affligeante vision qui s'imposait à lui.

Le prisonnier enchaîné leva un bras noueux pour l'inviter à approcher. Deux de ses doigts, remarqua Sebastian, ne bougeaient plus du tout. Et le pouce n'était plus là.

Isaac Montalto était un homme de bien. Il avait été l'ami intime du père de Sebastian. Aussi instruits l'un que l'autre, ils avaient été enseignants et précepteurs des enfants de l'aristocratie de la grande ville de Lisbonne ; des années durant, ils avaient aussi travaillé ensemble à l'étude et à la traduction de textes arabes et grecs depuis longtemps oubliés. Un minuscule envahisseur y avait mis un terme. Le virus – vecteur de ce que la médecine d'aujourd'hui aurait certainement considéré comme une grippe sans gravité – s'était impitoyablement acharné sur la capitale portugaise cet hiver-là, emportant toute la famille de Sebastian, alors bébé. Seul l'enfant y avait survécu – son père ayant eu la présence d'esprit de l'emmener chez son ami Isaac, dans la ville de Tomar, dès que les premiers symptômes du mal s'étaient manifestés au sein de la famille. Isaac et son épouse avaient pris soin du nourrisson pendant quelques semaines, jusqu'à ce que cette dernière tombe à son tour malade. Le vieil homme n'avait alors eu d'autre choix que de confier

Sebastian aux moines du prieuré de Tomar. Son épouse ayant à son tour succombé à la grippe, Isaac ne fut pas en mesure de garder l'enfant sous son toit. Les frères du prieuré se chargèrent donc de l'élever, parmi d'autres orphelins. Mais Isaac n'était jamais bien loin. Mélange d'ami et de mentor, il resta attentif à l'évolution de l'enfant jusqu'à ce que celui-ci devienne un jeune homme. Ce fut donc le cœur serré qu'il lui fit ses adieux juste après que Sebastian eut été désigné pour continuer à servir le Seigneur au cloître de la cathédrale de Lisbonne. Mais ce jour-là remontait à trois longues années. Victime de l'Inquisition, Isaac n'était plus aujourd'hui que l'ombre de lui-même.

— Isaac, dit Sebastian, fou de chagrin et de remords. Mon Dieu…

— Oui, s'esclaffa le vieillard avec une grimace de douleur. Ton Dieu… Il doit être extrêmement fier. De voir jusqu'où Ses serviteurs sont prêts à aller pour veiller à ce que Sa parole soit respectée.

— Je suis certain qu'Il n'a jamais souhaité ceci, souffla Sebastian.

Un début de sourire embrasa les prunelles d'Isaac.

— Prends garde, mon cher garçon. Ces propos pourraient te mener au cachot voisin.

La folie de l'Inquisition s'était emparée de la péninsule Ibérique plus de deux siècles auparavant. Sa fonction principale, au Portugal comme en Espagne, consistait à débusquer les convertis des autres religions – musulmans et juifs – qui, tout en affirmant avoir embrassé la foi catholique, continuaient en secret à pratiquer leur culte d'origine.

Il n'en avait pas toujours été ainsi. La Reconquista, entamée au XIe siècle pour reprendre aux Maures l'Espagne et le Portugal, avait donné naissance à une société tolérante, multiraciale, très éclectique sur le plan religieux. Les chrétiens, les juifs et les musulmans avaient vécu, travaillé et prospéré ensemble. Dans des villes comme Tolède, ils s'étaient même associés pour traduire des textes conservés pendant des siècles à l'ombre de murs d'églises ou de mosquées. Les enseignements de la culture grecque, oubliés depuis longtemps en Occident, avaient ainsi été redécouverts, et les universités de Paris, de Bologne et d'Oxford s'inspiraient toutes de leurs travaux communs. C'était là qu'avaient véritablement commencé la Renaissance et la révolution scientifique.

Mais cette permissivité religieuse avait fini par déplaire à Rome. La remise en question de la foi aveugle en un Dieu et en un culte uniques devait cesser. Les rois d'Espagne décidèrent d'exploiter cette intolérance à leur profit. L'Inquisition y fut instaurée en 1478, et le Portugal suivit le mouvement cinquante-trois ans plus tard. Comme dans tous les conflits fondés sur la différence religieuse, la véritable motivation était davantage la cupidité que la foi. La Reconquista et l'Inquisition n'étaient pas fondamentalement différentes. Il s'agissait dans les deux cas d'une lutte de territoire.

Les baptêmes forcés avaient aussitôt commencé. La péninsule devait être purifiée – et mise à sac. Les juifs et les musulmans restés en Espagne et au Portugal se virent offrir le choix entre la conversion et l'expulsion. Les convertis furent appelés « néo-chrétiens ». La plupart de ceux qui décidèrent de rester étaient soit des propriétaires terriens, soit de riches marchands. Ayant beaucoup à perdre, ils acceptèrent de se rallier à la Croix, certains adoptant cette nouvelle foi de mauvaise grâce, d'autres refusant d'abandonner leur religion originelle et continuant à la pratiquer à l'abri des murs de leur maison et même, pour les marranes, c'est-à-dire les plus déterminés d'entre eux, fréquentant des synagogues clandestines.

Vite surpeuplées, les prisons de l'Inquisition ne tardèrent pas à déborder sur d'autres édifices publics. Les personnes interrogées étaient soumises au supplice du chevalet, parfois jusqu'à l'écartèlement. Les inquisiteurs semblaient également avoir un faible pour la plante des pieds de leurs victimes. Certaines d'entre elles se faisaient rouer de coups de masse d'arme, d'autres étaient incisées de la tête aux pieds avant que leurs plaies soient recouvertes de beurre puis exposées aux flammes. De fausses décisions de justice et des dénonciations calomnieuses les poussaient à des aveux forcés. Ceux qui parlaient volontairement étaient autorisés à payer une amende et à se repentir par un *auto da fé*, c'est-à-dire un « acte de foi » – une cérémonie publique d'expiation ; ceux qui avouaient sous la torture se retrouvaient dépossédés de tous leurs biens et condamnés soit à l'emprisonnement – souvent à perpétuité –, soit au bûcher.

Les néo-chrétiens envoyaient à Rome des émissaires chargés de toutes sortes de richesses pour supplier le pape et sa cour de refréner les ardeurs des inquisiteurs. Les rois dépensaient encore davantage pour garder le pontife dans leur camp. Et tandis que l'argent coulait à flots au Vatican, les marranes continuaient de vivre dans la terreur, contraints de choisir entre un exil qui leur ferait tout perdre et le risque de finir dans une chambre de torture.

Isaac avait décidé de rester. La chambre de torture à laquelle il était parvenu à échapper pendant des années serait son ultime demeure.

— Je ne savais pas, Isaac, dit le jeune homme. Je ne savais pas qu'ils en avaient après toi.

— Ce n'est pas grave, Sebastian.

— Si ! Ils disent avoir retrouvé des livres en ta possession. Ils prétendent disposer de preuves écrites, d'aveux signés par certains de tes proches et qui confirment leurs accusations. Que puis-je faire, Isaac ? S'il te plaît. Dis-moi quelque chose, n'importe quoi, pourvu que cela me permette de corriger cette affreuse injustice !

Sebastian Guerreiro avait mis tout son cœur à suivre la voie du Seigneur. Jamais il n'aurait cru qu'elle le mènerait à cela. Il était au service de l'Inquisition depuis un peu plus d'un an, après avoir été nommé par le grand inquisiteur en personne, Francisco Pedroso, un homme plein de charisme et de poigne. Mais à chaque jour qui passait, à chaque nouvelle horreur dont il était le témoin, les questions s'accumulaient dans la conscience du jeune homme, qui ne parvenait plus à concilier un enseignement qu'il avait adopté de toute sa foi avec les actes de ses maîtres.

— Silence, souffla le vieil homme. Tu sais bien qu'il n'y a rien à faire. D'ailleurs, ces accusations sont fondées. Je tiens ma religion de mon père, qui lui-même la tenait du sien. Et quand bien même elles ne le seraient pas, mes trente hectares de terre à Tomar constitueraient un motif amplement suffisant.

Isaac s'éclaircit la gorge et posa sur Sebastian un regard pétillant de vie, qui semblait démentir l'état de son corps brisé.

— Mais ce n'est pas pour cette raison que j'ai demandé à te voir. S'il te plaît. Assieds-toi près de moi, insista-t-il en tapotant le sol jonché de paille. J'ai quelque chose à te demander.

Sebastian acquiesça faiblement et s'assit.

— J'espérais ne pas avoir à t'en parler avant de nombreuses années, Sebastian. Il s'agit d'une affaire dont j'ai toujours eu l'intention de t'entretenir, mais… Je crains de ne plus pouvoir attendre.

Un mélange de surprise et de confusion se peignit sur les traits du jeune homme.

— De quoi s'agit-il, Isaac ?

— J'ai quelque chose à te confier. Quelque chose qui pourrait devenir un monstrueux fardeau. Susceptible de te mener à la mort, ou à l'enfermement dans un décor aussi somptueux que celui où tu me vois.

Isaac marqua un léger temps d'arrêt, probablement pour étudier la réaction de Sebastian, avant d'ajouter :

— Dois-je poursuivre, ou me suis-je trompé en croyant que tu es toujours le Sebastian que j'ai connu ?

Sebastian baissa les yeux, gagné par la honte.

— Je suis tel que tu te souviens de moi, mais je ne suis pas certain de mériter ta confiance, répondit-il d'un air lugubre. J'ai vu des choses, Isaac. Des choses qu'aucun homme digne de ce nom ne devrait laisser faire. Et pourtant je suis resté en retrait, sans rien dire.

Il releva la tête, s'attendant à voir briller une flamme de réprobation dans les yeux du vieillard. Mais ce dernier le dévisageait toujours avec chaleur et compassion.

— J'ai fait honte à la mémoire de mon père, poursuivit-il. Je t'ai fait honte à toi.

Isaac posa sa main mutilée et tremblante sur l'avant-bras du jeune homme.

— Nous vivons une époque cruelle. Tu n'as pas à t'accuser de crimes commis par ceux qui auraient eu le pouvoir d'agir autrement.

Sebastian hocha la tête, toujours aussi plein de regrets.

— Aucun fardeau ne saurait être trop lourd, Isaac, répondit-il. Pas après tout ce à quoi j'ai participé.

Le vieil homme parut soupeser une dernière fois sa décision.

— Ton père souhaitait que tu sois mis dans la confidence, finit-il par lâcher. Je lui ai promis de tout te révéler en temps utile. Et si je ne le fais pas maintenant, j'ai bien peur que l'occasion ne se représente plus jamais. Auquel cas tout cela serait… perdu.

Une lueur apparut dans les yeux de Sebastian.

— Mon père… ?

Isaac acquiesça d'un battement de cils.

— Nous avons fait une découverte, lui et moi, il y a bien des années. Ici, à Tomar. Dans une crypte du prieuré, précisa-t-il en dardant sur son ancien protégé un regard empli de ferveur. Un livre, Sebastian. Un livre tout à fait prodigieux. Un livre qui pourrait bien avoir contenu jadis un legs immense.

— Jadis ? répéta Sebastian, fronçant les sourcils.

— Le prieuré, comme tu le sais, renferme au fond de ses cryptes un véritable trésor de connaissances : des malles, des coffres entiers de codex et de rouleaux anciens, vestiges des croisades et autres expéditions à l'étranger, tous en attente d'être traduits et catalogués. C'est là une tâche ardue, et sans fin. Ton père et moi avons eu la chance d'être invités à y participer avec les moines, mais les textes à traduire sont extraordinairement nombreux, et la plupart d'entre eux se réduisent à des discours polémiques sans importance, à de futiles correspondances personnelles... bref à des banalités.

« À l'intérieur d'un coffre aux gonds rouillés, un volume a éveillé notre intérêt dès l'instant où nos yeux sont tombés dessus. Il était perdu au milieu d'ouvrages apparemment plus précieux et de rouleaux antiques. Les dernières pages manquaient, de même que le dos de la reliure, et il avait été partiellement endommagé par l'eau à un moment donné de sa longue histoire. Sa couverture, en revanche, apparaissait relativement préservée. Elle était ornée d'un symbole que nous n'avions encore jamais vu : un serpent, retourné sur lui-même, qui se mordait la queue. Le texte, écrit en arabe ancien, était assez difficile à traduire. Son titre, en revanche, était limpide.

Il s'interrompit pour s'éclaircir la gorge et jeter un coup d'œil inquiet vers la porte du cachot afin de s'assurer que personne ne l'écoutait.

— Il s'appelait *Kitab al Wazifa* – le Livre des prescriptions, chuchota-t-il en se penchant vers Sebastian. Ton père et moi avons décidé de dissimuler son existence aux moines. Un soir, nous l'avons clandestinement sorti du prieuré. Il nous a fallu des mois pour le traduire. La calligraphie naskhî était fort ancienne. Et même s'il était écrit en arabe, il regorgeait de tournures et de mots persans, ce qui n'avait rien d'inhabituel, pour un texte scientifique, mais rendait néanmoins sa lecture plus difficile. Nous en sommes tout de même venus à bout. Et tous les quatre – tes parents, ma regrettée Sarah, et moi-même – nous avons scellé un pacte. Nous nous engagions à expérimenter ses enseignements par nous-mêmes. Afin de vérifier s'ils fonctionnaient. Et si tel était le cas, nous informerions le monde de notre découverte.

Dans un premier temps, le livre nous a paru tenir toutes ses promesses. Nous avions mis la main sur un fabuleux savoir, Sebastian. Ce n'est qu'ensuite, avec le temps, que nous avons pris conscience de la faille qui l'entachait. Une faille qui, tant qu'elle ne serait pas comblée, nous interdisait de révéler ce savoir à quiconque, un savoir risquant de provoquer un bouleversement qui mettrait le monde dans un état de désordre qu'aucun homme raisonnable ne pouvait souhaiter. Il nous a donc fallu garder le secret, ajouta-t-il avec mélancolie. Et le destin s'est acharné sur nous avec une impitoyable cruauté.

Le vieillard se tut, vraisemblablement assailli par le souvenir de l'hiver funeste qui, en lui ravissant à la fois son épouse et ses amis, avait privé son existence de toute saveur.

— Qu'y avait-il dans ce livre ? interrogea Sebastian.

Isaac releva la tête et, avec une soudaine lueur dans le regard, murmura simplement :

— La vie. »

Plusieurs jours durant, la révélation d'Isaac tortura l'esprit de Sebastian jusqu'à l'obsession. Il était incapable de penser à autre chose. Il ne parvenait plus à trouver le sommeil. Il faisait preuve de distraction dans son travail. La nourriture et le vin n'avaient plus aucun goût.

Son existence, il le savait, ne serait plus jamais la même.

Il réussit enfin à trouver dans son emploi du temps une occasion de s'absenter, sans éveiller les soupçons, et partit dans les collines aux environs de Tomar. Il connaissait bien les terres d'Isaac. Elles avaient été saisies au moment de l'incarcération du vieil homme, et ses vignes pourrissaient sur pied en attendant que le tribunal de l'Inquisition ait rendu son trop prévisible verdict.

Sebastian partit à cheval vers la butte que lui avait précisément décrite Isaac. Il l'atteignit alors que les derniers feux du soleil s'accrochaient obstinément à un ciel de plus en plus noir. L'olivier fut facile à trouver. Isaac l'avait appelé l'« arbre du chagrin ». En d'autres lieux, en d'autres temps, songea Sebastian, il lui aurait donné un tout autre nom.

Il mit pied à terre au pied de l'olivier et fit vingt pas en direction du couchant. L'amas rocheux était bien là où l'avait dit le vieillard. Tremblant d'impatience, Sebastian s'agenouilla et, à l'aide d'une fine dague, entreprit de creuser le sol desséché.

Au bout de quelques instants, sa lame heurta le coffret.

Il continua à mains nues, écartant fiévreusement la terre qui recouvrait le coffret avant de soulever celui-ci avec mille précautions, comme s'il risquait de se désagréger entre ses doigts. C'était une boîte de métal grossier, large de trois mains et profonde de deux. Un vol de corneilles décolla soudain en contrebas, tournoya quelque temps au-dessus de lui avec force croassements, puis disparut dans la vallée voisine. Sebastian regarda tout autour de lui pour s'assurer qu'il était bien seul puis, avec un frisson d'excitation, il souleva le couvercle.

Conformément à la description d'Isaac, il trouva deux objets à l'intérieur du coffret. Une sacoche de cuir patiné. Et une petite boîte en bois. Sebastian mit la boîte de côté et ouvrit la sacoche qui contenait le livre.

Il contempla longuement sa couverture, buvant du regard l'étrange et hypnotique symbole qui l'ornait. Puis il l'ouvrit. Le papier des premières pages était lisse, ferme, luisant. Elles regorgeaient d'illustrations aussi splendides que détaillées de l'anatomie humaine et de ses rouages internes, accompagnées de nombreuses légendes calligraphiées. Les pages suivantes étaient couvertes de paragraphes en naskhî, tracés à l'encre noire et ponctués d'élégantes enluminures. Il s'obligea à cesser de les parcourir, retourna le volume et découvrit ce sur quoi Isaac avait particulièrement mis l'accent. Le dos de couverture avait disparu. La tranche déchirée indiquait qu'il manquait également plusieurs feuillets. Les deux dernières pages étaient gonflées, cartonneuses, et leur encre délavée ne formait plus qu'un barbouillage bleuâtre et illisible.

Une pointe de douleur vrilla le cœur de Sebastian.

Ce livre était amputé d'une part essentielle de son contenu. Du moins était-ce l'espoir qu'avaient nourri Isaac, sa femme et les parents de Sebastian : que les pages manquantes aient contenu la solution, la clé permettant de surmonter la faille terrible qui leur était apparue. Mais rien ne le prouvait avec certitude. Peut-être n'existait-il pas de remède. Auquel cas le livre représenterait un immense danger et leur entreprise serait vouée à l'échec.

Il reposa l'ouvrage et prit la petite boîte. Le même symbole était gravé sur son couvercle. D'une main hésitante, il souleva le fermoir de cuivre et l'ouvrit.

Son contenu était toujours là.

Et sur cette colline solitaire, Sebastian comprit quel destin l'attendait.

Il allait reprendre le flambeau.

Il tenterait de combler la faille.

Malgré les menaces qu'une telle décision risquait de faire peser sur sa vie.

Retrouver l'origine du livre ne fut pas facile. Isaac et le père de Sebastian s'y étaient efforcés des années durant. Tout ce qu'ils avaient réussi à prouver, c'était qu'il provenait d'un ensemble de codex et de rouleaux arrivés à Tomar après la chute de Saint-Jean-d'Acre en 1291.

Les textes en question avaient été réunis par les Templiers au fil de leurs incursions en Terre sainte, en un temps où les chevaliers s'intéressaient de très près à la mystique et au savoir de leurs ennemis musulmans, c'est-à-dire bien avant la suppression de l'ordre par le pape Clément V en 1312. À la suite de l'arrestation massive des Templiers de France, il fut ordonné que toutes leurs possessions à travers l'Europe soient transférées aux chevaliers de l'ordre de Saint Jean de l'Hôpital – les Hospitaliers. Des conciles régionaux furent toutefois autorisés à juger localement les chevaliers du Temple et, en Espagne, le concile de Tarragone, présidé par l'archevêque Guillaume de Rocaberti, ami notoire des moines-soldats, conclut à l'innocence des Templiers de Catalogne-Aragon, de Majorque et du royaume de Valence. La dissolution de l'ordre fut tout de même décrétée, mais les frères se virent accorder la permission de demeurer dans leurs monastères, assortie d'une pension à vie.

Jacques II, le roi d'Aragon, peu enclin à voir tomber les richesses des Templiers dans les coffres des Hospitaliers, dont il redoutait la puissance croissante, fonda un nouvel ordre, l'ordre de Montesa, censé absorber l'ancienne structure du Temple. Les membres du nouvel ordre, connus sous le nom de *montesinos*, devraient se soumettre à la règle de l'ordre de Calatrava, lui aussi cistercien et régi par des principes similaires à ceux des Templiers. Ils conserveraient leurs biens et seraient chargés de défendre le royaume contre les musulmans de Grenade, derniers représentants de l'islam dans la péninsule Ibérique.

Au Portugal, le roi Dinis, qui n'avait pas oublié l'immense contribution des Templiers à la victoire sur les Maures, organisa habilement la transition. Après avoir confisqué dans le calme les biens des moines-soldats, il attendit l'élection du successeur de Clément V et convainquit celui-ci d'autoriser la création d'un nouvel ordre, qu'il souhaitait appeler, en toute simplicité, l'ordre du Christ. Les Templiers venaient de changer de nom. Ceux de Castille et du Portugal ne furent même pas interrogés, et encore moins jugés. Ils intégrèrent le nouvel ordre, acceptèrent à leur tour de se soumettre à la règle de Calatrava, et poursuivirent leur existence sans encombre.

Le château de Tomar, qui avait été le siège des Templiers au Portugal, conserva son statut à la création du nouvel ordre. Ce formidable édifice, d'une stupéfiante beauté architecturale, n'avait rien perdu de sa splendeur et restait célèbre dans toute la péninsule Ibérique pour l'élégance de ses ornements romans, gothiques et manuélins, ainsi que pour son église ronde, typiquement templière, sous laquelle étaient enterrés de nombreux maîtres de l'ordre. Un couvent et un prieuré, connus sous le nom de Convento de Cristo, y avaient été adjoints par la suite.

Isaac avait expliqué à Sebastian que, d'après les archives du Temple, la malle à l'intérieur de laquelle était arrivé le codex abîmé provenait du Levant. Il n'était guère possible de se montrer plus précis quant à son origine, compte tenu des difficultés d'accès aux archives portugaises des Templiers. Un effort concerté avait en effet été mis en œuvre pour occulter le fait que ceux-ci s'étaient tout bonnement regroupés au sein de l'ordre du Christ. Les Templiers portugais – et, par la suite, les chevaliers de l'ordre du Christ – avaient également absorbé la plupart de leurs frères français qui étaient parvenus à échapper aux persécutions du roi Philippe le Bel, en modifiant au passage leurs patronymes trop français pour éviter d'éveiller les soupçons du Vatican.

Il existait néanmoins des cryptes et des bibliothèques que le père de Sebastian et Isaac n'avaient jamais pu visiter. En sa qualité de membre de l'Inquisition, Sebastian était en revanche autorisé à s'y rendre. Ainsi le jeune homme entreprit-il, avec prudence et discrétion, d'explorer les archives secrètes de l'Église afin de découvrir les mystérieuses origines du traité.

Il passa de longues heures à compulser les documents de la tour du Tombo, à Lisbonne. Il se rendit dans des châteaux et églises ayant appartenu au Temple à Longroiva et à Pombal, décortiqua toutes sortes de textes anciens où il était question de donations, de concessions, de querelles et de codes juridiques, toujours à l'affût d'un indice susceptible de l'aider soit à lever le mystère du contenu des pages manquantes, soit à localiser un autre exemplaire du même livre. Il visita le château d'Almourol, bâti par les Templiers sur un îlot rocheux au milieu du Tage, et qu'on disait hanté par le fantôme d'une princesse en attente du retour de son amant, un esclave maure.

Il ne trouva rien.

Il faisait de son mieux pour tenir Isaac informé de ses allées et venues, mais l'état du vieil homme empira progressivement. Il souffrait d'une infection pulmonaire, et Sebastian comprit qu'il ne passerait pas l'hiver. Et pour ne rien arranger, ses recherches avaient fini par attirer l'attention de ses supérieurs.

Il fut convoqué devant le grand inquisiteur. Francisco Pedroso était au fait des visites répétées du jeune homme au marrane moribond et avait entendu parler de ses voyages d'étude à travers le pays. Sebastian mit ceux-ci sur le compte d'un excès de zèle à débusquer les textes hérétiques, et prétendit que ses visites à Isaac ne relevaient que d'une ultime – et vaine – tentative pour sauver son âme corrompue.

Le grand inquisiteur avertit Sebastian, sans desserrer ses lèvres exsangues et fripées, que Dieu tenait à l'œil chacun de ses sujets, et il lui rappela que prendre la défense des victimes était plus grave encore que de se retrouver sur le banc des accusés.

Sebastian comprit à cet instant que ses recherches au Portugal n'iraient pas plus loin. Qu'il ferait dorénavant l'objet d'une surveillance constante. Que le moindre faux pas le mènerait tout droit au cachot. Et à la mort d'Isaac, cet hiver-là, il constata que plus rien ne le retenait sur la terre de ses ancêtres.

Le legs de ses parents et de son mentor devait être préservé. Plus important encore, leur œuvre méritait d'être poursuivie, et leur serment respecté.

Par une fraîche matinée de printemps, Sebastian engagea son cheval sur le ponte Velha pour gagner les forêts d'eucalyptus des montagnes environnantes. Il avait décidé de partir vers l'Espagne et les commanderies templières de Tortosa, Miravet, Monzón, Gardeny, et Peñíscola. Si nécessaire, il se sentait prêt à poursuivre sa quête jusqu'au cœur même de l'enseignement et de la traduction des textes anciens : Tolède.

Par la suite, confronté à l'insuccès de ses recherches, il n'hésiterait pas à rechercher les traces du symbole du serpent sur l'autre rive de la Méditerranée, en passant par Constantinople, jusqu'à l'ultime berceau des civilisations antiques, creuset de tous les mystères.

14

Venu d'une mosquée voisine, le lancinant appel à la prière de l'aube traversa les parpaings de la salle d'interrogatoire, arrachant Mia à son sommeil.

Elle jeta un coup d'œil à sa montre et fronça les sourcils. Elle commençait à peine à s'habituer à l'inconfort de sa literie – deux couvertures rêches qu'elle avait elle-même étalées sur le carrelage – ainsi qu'aux alertes et autres bruits de verrous qui n'avaient cessé de déchirer le silence du commissariat tout au long de la nuit.

Son horizon s'éclaircit quelque peu deux heures plus tard, lorsqu'un policier solitaire au comportement affable se présenta à la porte de la salle muni d'une bouteille d'eau et d'un *man'oushi* – une fine galette saupoudrée d'un savoureux mélange de thym, de grains de sésame et d'huile d'olive. Dans un élan de courage suprême, elle demanda à retourner aux toilettes, consciente que cette seconde confrontation avec l'état de saleté médiéval des sanitaires du commissariat risquait de la poursuivre pendant des années dans ses cauchemars – et l'obligerait peut-être à recourir à une dose carabinée d'antibiotiques. Ayant retrouvé sa cellule improvisée, elle y attendit encore plusieurs heures, exaspérée, en faisant les cent pas et en s'efforçant de réprimer ses idées les plus noires. Puis, vers l'heure du déjeuner, la porte s'ouvrit, en grinçant, sur un personnage porteur d'un regain d'espérance.

Il s'appelait Jim Corben. Après s'être présenté comme étant un conseiller économique de l'ambassade, il lui demanda comment elle se sentait. Le furet et l'inspecteur Platitudes l'accompagnaient, mais Mia sentit immédiatement qu'une dynamique très différente était à l'œuvre. Corben avait une réelle prestance, ce dont les deux inspecteurs semblaient être pleinement conscients. Sa posture, sa poignée de main, la fermeté de sa voix, l'assurance avec laquelle il établissait le contact visuel... Une autre espèce d'homme, songea-t-elle en le comparant à Baumhoff et ce, avant même de s'être arrêtée sur les différences physiques qui séparaient les deux émissaires de l'ambassade. Baumhoff était battu à plate couture sur ce plan-là aussi, un quinquagénaire porcin, dégarni, livide, alors que Corben, la trentaine, affichait une silhouette élancée, un léger hâle, et d'épais cheveux courts. L'impression qu'il fit à Mia fut en outre favorisée par le fait que, juste après s'être enquis de son état, le jeune homme proféra une formule magique qui dissipa d'un seul coup son désespoir – six petits mots qu'elle n'oublierait pas de sitôt :

— Je viens vous sortir d'ici.

Une vague de félicité la submergea aussitôt. Prenant les choses en main, Corben l'aida à quitter la salle. Les inspecteurs n'émirent aucune objection, bien que la déposition officielle de leur pensionnaire n'ait toujours pas été enregistrée. Corben ayant visiblement invoqué une loi supérieure, ils se contentèrent d'assister à son départ. Dans un état second, Mia suivit son sauveur jusqu'au fond du commissariat, où ils franchirent une porte et retrouvèrent la clarté aveuglante du monde extérieur sans qu'on leur ait demandé de signer le moindre procès-verbal, la moindre décharge.

Il la guida à grandes enjambées jusqu'à son véhicule, une Jeep Grand Cherokee anthracite aux vitres fumées, munie de plaques diplomatiques, garée parmi les voitures de patrouille et autres 4x4 du Fouhoud. Après l'avoir aidée à monter, il se glissa derrière le volant. Il manœuvra jusqu'à la sortie du parking, adressa un bref signe de tête au factionnaire et rejoignit le trafic de la mi-journée en jetant des coups d'œil dans son rétroviseur.

— Deux ou trois journalistes rôdaient autour de l'entrée, dit-il. Je ne tenais pas à ce qu'ils vous voient.

— Ils savent qui je suis ?

Corben acquiesça.

— Ce ne sont pas les témoins qui ont manqué, hier soir. Mais ne vous inquiétez pas. Jusqu'ici, nous avons réussi à faire en sorte que le nom de votre mère n'apparaisse pas – et vous n'avez pas été citée non plus, ce que je trouve préférable. Les policiers ont reçu des consignes. Ils savent ce qu'ils peuvent dire et ce qu'ils doivent garder pour eux.

Mia eut l'impression d'émerger d'une longue hibernation.

— Citée… par les médias, vous voulez dire ?

— L'enlèvement de votre mère est à la une des journaux du matin. Pour le moment, il n'est question que d'une ressortissante américaine non identifiée, mais les journalistes apprendront sûrement son nom dans le courant de la journée, ce qui obligera l'ambassade à se fendre d'un communiqué. Nous faisons de notre mieux pour calmer le jeu, mais la pression est en train de monter. Le gouvernement ne tient pas non plus à ce que l'affaire s'ébruite. Ce serait une mauvaise publicité pour le pays, qui traverse déjà, comme vous n'êtes pas sans le savoir, une phase délicate. Ils ne vont pas se gêner pour invoquer une sombre histoire d'objets archéologiques volés, un règlement de comptes entre trafiquants, ce genre de chose.

— C'est n'importe quoi ! protesta Mia. Maman n'est pas une trafiquante.

Le conseiller de l'ambassade n'eut pas l'air convaincu.

— Vous la connaissez bien ?

Soit parce qu'elle mourait de faim et de fatigue, soit parce que la question de Corben n'était peut-être pas entièrement infondée, Mia ne sut comment y réagir.

— C'est ma mère, dit-elle.

— Vous ne répondez pas à ma question.

— Je ne suis ici que depuis trois semaines, d'accord ? Jusque-là, je vivais à Boston. Je ne prétendrai pas que nous sommes très proches, mais c'est quand même ma mère. Vous avez déjà eu affaire à elle ? Elle s'illumine dès qu'on lui parle d'archéologie. C'est quelqu'un de bien, conclut Mia avec un soupir.

Quelqu'un de bien. La formule avait beau sonner creux, elle y croyait.

— Et votre père ? Où est-il ?

Un voile de tristesse passa dans les yeux de la jeune femme.

— Je ne l'ai pas connu. Il est mort peu après ma naissance. Un accident de voiture. Sur la route de la Jordanie.

Corben accueillit sa réponse d'un léger hochement de tête.

— Excusez-moi, dit-il.

— Il n'y a pas de mal. C'était il y a longtemps.

Mia se tourna en silence vers la portière. Il y avait du monde sur les trottoirs, des gens tranquillement plongés dans leur routine quotidienne. Elle envia un instant leur insouciance, avant de se rappeler que leur vie n'était probablement pas aussi légère qu'ils le laissaient voir, étant donné la fragilité de leur pays et les épreuves qu'ils avaient subies ces derniers mois. Elle ignorait tout de ce qui se cachait derrière leurs masques affables. D'ailleurs, peut-être était-il impossible de connaître les autres aussi parfaitement qu'on se l'imaginait. Avec une pointe de culpabilité, Mia se surprit à penser que Baumhoff et Corben pouvaient avoir raison. Elle ne connaissait pas bien sa mère. Elle ne savait pas réellement de quoi sa vie était faite. Ce qui laissait place à un possible décalage entre ses impressions profondes et la vérité.

La Jeep ralentit jusqu'à l'arrêt complet, empêtrée dans la circulation d'une rue à sens unique. Mia se tourna vers Corben.

— Vous ne pensez pas sérieusement qu'elle ait pu tremper dans un trafic d'objets archéologiques, si ?

Il soutint son regard sans ciller.

— Si j'ai bien compris, ces individus ne s'en sont pas pris à votre mère par hasard et, à moins qu'elle ne soit la première victime d'une campagne d'enlèvements d'étrangers, ce qui d'après nos sources de renseignements est hautement improbable, c'est notre seule piste de travail plausible pour le moment.

Sa réponse ayant visiblement porté un sérieux coup au moral de Mia, Corben l'observa d'un air pensif.

— Vous savez, reprit-il sur un ton nettement plus rassurant, les motivations de ses ravisseurs nous importent peu. Le fait est que quelqu'un a enlevé une femme, une citoyenne des États-Unis, et le mobile de ses ravisseurs ne nous intéresse que dans la mesure où il peut nous aider à la retrouver. C'est là notre unique objectif. Pour le reste, on verra plus tard.

Mia parvint à esquisser un demi-sourire. Une étincelle d'espoir venait de réapparaître au fond de ses prunelles.

— Je sais que vous êtes fatiguée, ajouta Corben. Je suppose que vous rêvez de rentrer chez vous et de prendre une bonne douche pour oublier tout ça, mais il est impératif qu'on fasse le point ensemble sur ce qui est arrivé hier soir. Vous avez tout vu. Ce que vous allez me dire se révélera peut-être décisif pour notre enquête. Le temps joue toujours en notre défaveur dans ce genre d'affaire. Vous vous sentez prête à affronter cette épreuve tout de suite ?

— Bien sûr, acquiesça Mia.

15

Une violente odeur, âcre, ramena Evelyn à la conscience.

Elle sursauta brutalement, s'ébroua. À peine ouverts, ses yeux furent éblouis par le violent éclairage fluorescent qui inondait la pièce et semblait jaillir de partout à la fois. Elle les referma.

Petit à petit, un embryon de lucidité lui revint. Pour commencer, elle n'était plus recroquevillée dans un coffre de voiture mais assise sur une chaise rigide, métallique. Elle voulut changer de position et ressentit aussitôt une douleur lancinante aux poignets et aux chevilles. Elle comprit qu'elle était attachée.

Elle perçut un mouvement et rouvrit craintivement les yeux. Une main floue envahit son champ de vision ; elle s'éloignait de son visage et tenait entre ses doigts un minuscule objet cylindrique. Une capsule, comprit Evelyn. Sans doute venait-on de lui faire respirer des sels. L'odeur l'effleura une dernière fois tandis qu'elle suivait du regard le bras qui commandait cette main. Un homme se tenait debout face à elle.

La première chose qu'elle remarqua, ce furent ses yeux. D'un bleu inhabituel, et absolument vides d'émotion. Le mot « arctique » lui traversa l'esprit. Ils la sondaient avec une froide curiosité, attentifs au moindre tressaillement de son corps.

Sans jamais ciller.

Il devait avoir la cinquantaine. Son visage était harmonieux, distingué. Ses traits – les arcades sourcilières, les pommettes, le menton et le nez – étaient saillants mais parfaitement ciselés. Un léger hâle parait sa peau d'une agréable teinte dorée. Il arborait une ondulante crinière de cheveux poivre et sel rabattus en arrière à l'aide d'un gel et il était très grand, bien au-dessus d'un mètre quatre-vingts. Sa maigreur, surtout, frappa Evelyn. Même si elle n'avait rien à voir avec celle d'un anorexique ou d'un affamé, sa haute stature ne faisait que l'accentuer. Cet homme prenait soin de lui, veillait visiblement à refréner ses appétits et ne donnait pas pour autant une impression de faiblesse. Son maintien suggérait au contraire l'assurance, et ses prunelles froides rayonnaient d'une détermination inflexible qu'Evelyn trouva immédiatement inquiétante.

Son instinct lui souffla d'emblée qu'il n'était pas arabe. Ce que lui confirma son accent lorsqu'il se décida enfin à prendre la parole. En s'adressant non pas à Evelyn, mais à quelqu'un qu'elle n'avait pas encore vu, derrière elle.

— Faites-lui boire un peu d'eau, ordonna-t-il calmement dans un arabe qui se caractérisait par une pointe d'accent irakien.

Un deuxième homme apparut alors aux côtés d'Evelyn et approcha de ses lèvres une bouteille d'eau minérale glacée. Il avait le teint et la mine sombres ; son regard mort lui rappela celui de ses ravisseurs, à Beyrouth. Le commanditaire de son enlèvement disposait apparemment d'une armée de gorilles. Elle chassa cette pensée et but avidement quelques gorgées. Puis l'homme sombre battit en retraite et disparut à nouveau de sa vue comme un fantôme.

L'autre s'était approché d'un plan de travail qui courait le long du mur et ouvrit un des tiroirs aménagés dessous. Sans voir ce qu'il faisait, Evelyn perçut un son de plastique déchiré. Son regard se mit à errer à travers la pièce, de plus en plus inquiet. Les murs étaient aveugles et entièrement recouverts d'une peinture d'un blanc éclatant. Les rangements, tout aussi blancs, occupaient toute la longueur du mur. L'ordre parfait qui régnait dans cette pièce dégageait une impression d'efficacité implacable. De cruauté, songea soudain Evelyn. À l'image de son propriétaire.

D'autres pensées, tout aussi angoissantes, se faufilèrent dans son esprit.

D'abord, elle n'avait plus les yeux bandés. Ses ravisseurs de Beyrouth l'avaient eux aussi attaquée à visage découvert. Mais, dans leur cas, la chose allait de soi. Ils n'auraient certainement pas pu s'amuser à la poursuivre encagoulés sous les arcades grouillantes du centre de la capitale. Alors qu'ici… c'était très différent. D'autant que l'homme qui à présent lui tournait le dos n'avait rien d'un sous-fifre. C'était visiblement le chef. Et le fait qu'il ne craigne pas de lui montrer ses traits n'augurait rien de bon.

Ensuite, il y avait sa tenue. Un pantalon de toile kaki, une chemise légère, un veston bleu marine. Mais le problème n'était pas là. Le problème, c'était plutôt la blouse blanche de médecin qu'il portait par-dessus. Dans cette salle blanche. Avec ses tiroirs, ses placards, son plan de travail tout aussi blancs. Et dont la lumière crue, s'aperçut-elle en levant les yeux, rappelait l'éclairage d'un bloc opératoire.

Evelyn déglutit péniblement.

Elle n'osa pas regarder derrière elle pour étudier le reste de la pièce, mais des visions de matériel chirurgical prêt à l'emploi se bousculaient déjà dans sa tête.

— Pourquoi est-il venu vous trouver ? demanda l'homme sans se retourner.

Il parlait l'anglais comme un Européen du Sud. Un Italien, se dit Evelyn, ou peut-être un Grec. Mais l'heure n'était pas aux devinettes.

Son instinct la pressait de demander à cet homme qui il était et pourquoi il avait chargé ses gorilles de l'enlever et de l'amener jusqu'à lui, mais elle s'efforça de juguler son indignation. Elle remonta mentalement le cours du temps et tenta d'analyser la succession d'événements qui l'avait conduite ici. Tout cela, elle le savait, était lié à la visite de Farouk et au meurtre de son ami. Aux objets venus d'Irak. Et plus précisément, si ses souvenirs étaient exacts, à l'Ouroboros. L'homme à la blouse devait donc savoir très exactement ce qu'il voulait. Elle n'avait pas intérêt à le faire sortir de ses gonds.

— Pourquoi suis-je ici ?

Il pivota sur lui-même et la fusilla du regard, une seringue et un garrot de caoutchouc à la main. Il adressa un signe à l'homme qui était passé derrière Evelyn ; celui-ci approcha d'elle un tabouret et une petite table à roulettes. L'homme à la blouse s'assit sur le tabouret et déposa sa seringue et son garrot sur la table. Il se tourna vers Evelyn et, d'un geste nonchalant, lui empoigna les mâchoires d'une main. Il serra de plus en plus fort, jusqu'à la douleur, sans que ses traits trahissent la moindre crispation :

— Si vous voulez qu'on s'entende, dit-il d'une voix toujours aussi calme, il va falloir respecter quelques règles de base. Règle numéro un : ne jamais répondre à une de mes questions par une autre question. Compris ?

Il la regarda dans le blanc des yeux jusqu'à ce qu'elle acquiesce, puis relâcha ensuite son étau ; ses lèvres fines dessinèrent une ombre de sourire.

— Donc, poursuivit-il, pourquoi, au juste, est-il venu vous trouver ?

Evelyn fut gagnée par la chair de poule en le voyant se pencher sur elle et lui retrousser la manche. Elle perçut alors l'arôme subtil de son après-rasage musqué. Odieusement agréable.

— Je suppose que vous parlez de Farouk, dit-elle en s'efforçant d'éliminer de sa voix toute trace d'interrogation.

Le sourire de l'homme à la blouse s'élargit. Comment un visage aussi harmonieux pouvait-il exprimer autant de menace ?

— Je vous accorde cette question, répondit-il en recouvrant le bras d'Evelyn. En effet, je parle de Farouk.

Elle l'observa, sans trop savoir par où commencer.

— Il avait besoin d'argent, dit-elle. Il essayait de revendre un lot d'objets venus d'Irak. Mésopotamiens.

Elle hésita avant d'ajouter :

— Ai-je le droit de poser des questions ?

Il fit une moue pensive.

— Voyons d'abord s'il y a moyen de s'entendre.

Sans la quitter des yeux, il lui pressa délicatement le pli du coude, du bout des doigts, pour faire saillir une veine.

16

L'hôtel de Mia étant tout proche du commissariat, il leur parut logique d'y tenir leur conversation.

Le bar – pardon, le Lounge – était quasiment désert à cette heure de la journée. Mia, qui souhaitait s'installer aussi loin que possible du box qu'elle avait occupé la veille au soir avec sa mère, entraîna Corben dans le patio. Octobre était un mois particulièrement doux et agréable à Beyrouth – un compromis entre la fournaise des mois d'été et les lancinantes pluies hivernales. Le moment rêvé pour une petite causerie en terrasse, sauf quand la causerie en question vous imposait de revivre, avec une poignée d'heures de recul, le drame le plus traumatisant de votre existence.

Mia dut donc prendre son courage à deux mains pour relater à Corben l'enchaînement des faits ayant mené au kidnapping, en commençant par l'humeur soucieuse de sa mère et l'allusion qu'elle avait faite à ses récentes retrouvailles avec un personnage « de son passé », un intermédiaire irakien croisé bien des années plus tôt, et qui avait resurgi pour lui parler d'une histoire « compliquée ». Elle évoqua ensuite, non sans un frisson, l'androïde au visage grêlé vu au bar. À cet instant, dans un éclair de lucidité, l'image de l'homme qui accompagnait Evelyn au moment de l'enlèvement fit irruption dans son esprit, et l'idée lui vint qu'il s'agissait peut-être de l'intermédiaire irakien.

Corben l'écouta avec une attention totale, concentré sur les moindres nuances de son récit. Il griffonna quelques notes sur un petit carnet noir et se permit de l'interrompre à plusieurs reprises pour poser des questions sur un certain nombre de points de détail dont Mia s'étonnait elle-même d'avoir conservé le souvenir, tout en doutant qu'ils pussent servir à grand-chose. Les images gravées au fer rouge dans sa mémoire – les traits de l'androïde, la calandre de la BMW, la course effrénée de l'homme avec qui sa mère avait rendez-vous – lui semblaient trop vagues pour être parlantes. Ce n'était pas comme si l'un des truands avait eu la joue barrée d'une vilaine balafre ou un crochet à la place de la main droite, par exemple. Dans l'ensemble, rien ne distinguait les ravisseurs d'Evelyn du reste de la foule d'où ils avaient surgi. Incapable d'imaginer en quoi son récit pourrait être utile à Corben, Mia sentit s'étioler progressivement sa foi en la capacité de son interlocuteur à retrouver sa mère.

Elle mentionna le téléphone oublié par Evelyn et se rendit compte à cet instant que son propre portable ne lui avait pas été restitué. Elle se remémora aussi l'étrange coup de fil reçu au commissariat sur le portable de sa mère, celui auquel avait répondu Baumhoff. L'incident intrigua Corben, qui l'invita à se montrer aussi précise que possible dans sa description de ce qu'elle avait entendu et observé. Il nota également qu'il lui faudrait récupérer le téléphone de Mia, examiner celui d'Evelyn, et se renseigner auprès de Baumhoff. Il semblait accorder de l'importance à ce détail, ce qui remit un peu de baume au cœur de Mia.

Corben la questionna ensuite sur les polaroïds, et elle lui répéta ce qu'elle avait déjà déclaré à Baumhoff et aux inspecteurs, à savoir qu'elle ne les avait jamais vus auparavant, pour la simple raison qu'Evelyn ne les lui avait pas montrés. La dernière partie de son histoire – l'entrée en scène des deux soldats, la fusillade et la voiture – fut plus douloureuse à relater. Corben sut faire preuve de patience et d'empathie. Ses regards encourageants et chargés de compassion aidèrent Mia à aller jusqu'au bout.

En revanche, il ne parut pas particulièrement rassuré par ses propos. Elle le vit jeter des coups d'œil nerveux sur le patio, puis sur les murs de l'hôtel.

— Qu'y a-t-il ? interrogea Mia.

Corben choisit ses mots avec soin avant de répondre.

— J'aimerais que vous changiez d'hôtel.

— Pourquoi ?

— Je crois qu'il vaut mieux prendre quelques précautions. Juste au cas où.

— Au cas où quoi ?

Il fronça les sourcils, visiblement gêné de devoir aborder un sujet qu'il aurait préféré éviter.

— Ce type du bar vous a vue en grande conversation avec votre mère, répondit-il lentement. Et dans la foulée, vous débarquez dans ce passage et vous essayez de leur mettre des bâtons dans les roues. À mon avis, il y a de bonnes chances pour que le contact d'Evelyn ait été lui aussi dans leur collimateur, sans quoi ils n'auraient pas essayé de lui mettre la main dessus – même si, d'après ce que vous me dites, il semblerait qu'il ait réussi à leur échapper. Dans ce cas, ils ont en partie échoué, et c'est à cause de – ou plutôt grâce à – vous. Sauf que ça ne doit pas leur plaire du tout, et qu'ils vont tout mettre en œuvre pour essayer de savoir pourquoi vous êtes intervenue, quelles sont vos relations avec Evelyn, et si vous jouez ou non un rôle dans la transaction à laquelle elle s'est retrouvée mêlée.

— Vous voulez dire qu'ils pourraient essayer de s'en prendre à moi ? souffla Mia en réprimant un frisson.

— Ils ne sauront pas qui vous êtes tant qu'ils ne vous auront pas retrouvée. Ce qui n'arrivera pas, je vous rassure, s'empressa-t-il d'ajouter. Mais nous allons quand même devoir être prudents.

— Prudents ? Comment ça, prudents ? Ces types n'ont apparemment aucun problème pour embarquer les gens en pleine rue ! s'écria Mia, sentant les murs du patio se refermer sur elle.

— Écoutez, loin de moi l'idée de vous effrayer, mais vous avez raison. Nous n'avons pas affaire à des enfants de chœur. Je vais affecter deux de mes hommes à votre protection, mais vous devez comprendre que nous ne sommes pas maîtres de ce qui se passe ici. Selon la manière dont la situation évoluera dans les deux prochains jours, vous aurez peut-être intérêt à remettre votre projet à plus tard et à quitter le Liban en attendant que ça se tasse.

Mia le fixa d'un œil incrédule, puis secoua la tête, de plus en plus effarée par la tournure des événements.

— Je ne partirai pas. Ma mère a été enlevée, bon sang !

Elle guetta l'apparition sur les traits de Corben d'un sourire, d'un hochement de tête, de n'importe quel signe susceptible de lui prouver que le torrent de scènes violentes qui venait d'envahir son imagination n'était que le fruit d'un délire paranoïaque. En vain. Ce n'était pas un cauchemar.

Elle se sentait sur le point de vomir quand la voix de Corben lui parvint, presque lointaine.

— Vous dites que votre mère habite juste en face ?

— Oui. C'est un peu pour ça que je suis descendue ici.

— Bon. Il faudrait que vous me montriez où c'est. Allons-y tout de suite. Je jetterai un coup d'œil, et nous repasserons ensuite par ici pour récupérer vos affaires.

Corben quitta sa chaise et lui tendit la main. En se levant à son tour, Mia sentit ses jambes se dérober. Elle s'accrocha au bras du conseiller, le temps de retrouver un minimum d'aplomb.

Il lui offrit un sourire rassurant.

— Ça va aller, murmura-t-il. Soyez tranquille. On vous la ramènera.

— Je ne manquerai pas de vous rappeler ce que vous venez de dire.

Et elle se promit de ne pas le lâcher d'une semelle avant qu'il ait tenu parole et que sa mère soit en lieu sûr sur un autre continent.

17

L'homme à la blouse inclina le buste en arrière, scrutant toujours Evelyn de ses yeux de faucon. Quelque chose semblait le perturber.

— Et donc, cet homme si pressé de vendre son lot d'antiquités a pris le risque de franchir deux frontières éminemment dangereuses pour venir vous trouver, alors même que, selon vos propres dires, vous ne l'aviez pas revu depuis plusieurs décennies et ne lui aviez jamais acheté le moindre objet. Vous voyez où je veux en venir ? Ce qui nous ramène directement à ma question initiale, à savoir : pourquoi est-il venu vous voir ?

Evelyn frissonna. Il ne servirait à rien de lui mentir ou de tourner autour du pot, pensa-t-elle. Sans trop savoir si elle se rendait service ou si elle creusait sa propre tombe, elle répondit d'une voix tremblante :

— Il se doutait qu'un de ces objets m'intéresserait.

L'expression de l'homme à la blouse s'adoucit, comme si un important obstacle venait d'être franchi. Il haussa les sourcils.

— De quel objet voulez-vous parler ?

— D'un livre.

— Ah !

Il acquiesça lentement, l'air satisfait, et joignit les doigts devant sa bouche.

— Et pourquoi pensait-il que ce livre vous intéresserait ?

Evelyn lui raconta ce qui s'était passé à Hilla en 1977. Son intervention sur le site d'une découverte fortuite. Les chambres souterraines. Les vestiges de ce qu'elle avait supposé être une société secrète. Elle parla de l'Ouroboros. Gravé dans le mur d'une des chambres, et aussi sur la couverture du livre que Farouk cherchait à vendre.

Tout en parlant, elle étudia le visage de son inquisiteur. Bien que visiblement très intrigué par son récit, elle sentit qu'il connaissait déjà l'existence du symbole. Il lui demanda si elle s'était livrée à des recherches sur la société secrète en question, chercha à savoir ce qu'elle avait découvert à son sujet. Elle lui parla des

Frères de la Pureté, des similitudes documentaires et des discordances géographiques. En vérité, il n'y avait pas grand-chose à dire. Ses recherches s'étaient heurtées à un mur. Comme si la secte des chambres souterraines s'était purement et simplement volatilisée.

Evelyn se tut. Elle venait de lui révéler tout ce qu'elle savait, sauf sur un point. Elle n'avait pas parlé de Tom. Sans savoir elle-même pourquoi elle n'envisageait pas de le citer. Tom ne lui avait jamais spécifiquement demandé de garder secret son intérêt pour l'Ouroboros. Et pourtant, elle savait qu'il ne s'était pas confié à elle, qu'il ne lui avait pas révélé la raison profonde de sa présence sur ces fouilles, ni de son séjour à Hilla. Il ne lui avait pas fait partager tout ce qu'il savait de cette secte depuis longtemps oubliée. Et d'un seul coup, assise pieds et poings liés dans cette salle aveugle et blanche, elle comprit que l'homme à la blouse s'efforçait de trouver ce que Tom lui-même avait mis tant d'ardeur à rechercher durant toutes ces années. Et que, par conséquent, s'il entendait parler du rôle de Tom dans son passé, il serait fatalement tenté de lui adresser une invitation semblable à celle dont il venait de l'honorer.

Ses réflexions firent naître en elle une légère pointe de ressentiment. Jusqu'où allaient les connaissances de Tom à l'époque ? Et, plus précisément, savait-il déjà qu'ils n'étaient pas les seuls à s'intéresser à la secte ? Et que les autres parties concernées étaient peut-être, disons, nettement moins sympathiques ? Aurait-elle été protégée s'il lui avait fait partager son savoir ? Aurait-elle agi différemment ? Rien n'était moins sûr. L'affaire remontait à si longtemps…

Malgré ses doutes, et le passage des années, elle continuait d'éprouver un besoin inexplicable de protéger cet homme. C'était ainsi, voilà tout. Comme une pulsion qui défiait son instinct de survie.

Curieusement, le fait de savoir qu'elle était capable de dissimuler quelque chose à son inquisiteur l'aida à se ressaisir. D'une certaine manière, elle lui résistait. Une infime victoire.

Il parut, hélas, s'en rendre compte. Une ombre descendit sur ses traits lorsqu'il demanda :

— Et en fin de compte, vous avez fait une croix là-dessus pour vous consacrer à d'autres champs de recherche ?

— Oui, confirma-t-elle platement.

Après avoir affronté un moment son regard scrutateur avec une expression aussi candide que possible, tout en priant pour que la vague d'angoisse qu'elle sentait s'accumuler en elle ne la submerge pas, Evelyn se détourna.

— À qui avez-vous fait part de votre découverte ?

La question, quoique attendue, la déstabilisa. Elle fit de son mieux pour masquer son trouble.

— À personne.

Une réponse beaucoup trop défensive, pensa-t-elle aussitôt. Et un mensonge criant.

— Je veux dire, en dehors des gens qui ont travaillé avec moi sur ces fouilles, bien sûr. Les autres archéologues, les bénévoles, ajouta-t-elle maladroitement. Je me suis aussi renseignée à l'université de Bagdad, et auprès de quelques autres contacts.

L'homme à la blouse dardait toujours sur elle un regard étrangement pénétrant. Comme s'il s'était introduit à l'intérieur de son cerveau et fouillait librement dans ses pensées. Il finit par rapprocher son tabouret roulant avec un hochement de tête.

— Vous permettez ? dit-il en reprenant son garrot de caoutchouc.

— Que faites-vous ?

Il leva les mains en signe d'apaisement.

— C'est juste une petite prise de sang. Vous n'avez rien à craindre.

Elle écarta vivement le bras.

— Non, s'il vous plaît, ne...

La main de l'homme à la blouse jaillit, s'empara à nouveau de la mâchoire inférieure d'Evelyn et serra de toutes ses forces. Il approcha le visage à quelques millimètres du sien, les yeux luisants comme des billes d'acier.

— Ne vous compliquez pas la vie, siffla-t-il en martelant chaque syllabe.

Il laissa s'égrener quelques interminables secondes avant de lâcher progressivement prise. Il noua ensuite son caoutchouc autour du bras d'Evelyn, au-dessus du coude.

Elle le regarda faire sans réagir, pétrifiée.

Il lui déplia le bras, lui palpa la peau de ses doigts effilés. Une veine apparut. Il tendit la main vers la seringue. Sans un regard pour Evelyn, il enfonça lentement l'aiguille dans la veine. D'un coup de pouce expert, il dénoua le garrot pour restaurer l'afflux sanguin. Et attendit un moment avant de tirer sur le piston pour effectuer son prélèvement.

Prise de nausée, Evelyn détourna les yeux vers le mur d'en face.

— Ce n'était pas trop mal pour un début, dit-il, presque badin. Malheureusement, je vais devoir vous poser des questions un peu plus pointues. Pour commencer, j'aurais besoin de savoir qui d'autre est au courant de votre intérêt pour cette secte oubliée. J'aurais aussi besoin de savoir très exactement ce que vous a dit notre ami l'antiquaire sur la provenance de ces objets et, plus important encore, sur l'endroit où il les a cachés. Enfin, j'aimerais savoir où je peux le trouver, lui. Mais avant que vous répondiez à toutes ces questions, je vous demanderai de bien vouloir être aussi coopérative et précise que possible. Les outils dont je dispose pour vous faire souffrir sont trop nombreux pour être énumérés, et je préférerais nettement ne pas avoir à les utiliser. D'autant que je ne tiens pas à vous abîmer. Votre état de santé me paraît remarquable pour une femme de votre âge. La vie d'efforts physiques raisonnables que vous avez toujours menée est sans doute le meilleur des régimes. Vous pourriez m'être fort utile dans mes travaux. Mais ces réponses me sont absolument indispensables et, dans le cas où je devrais vous arracher la vérité, j'ose espérer que les quelques petits dégâts localisés qui s'ensuivront n'affecteront pas trop votre efficacité.

Evelyn ne sut comment interpréter ces paroles, qui résonnèrent longtemps dans son esprit. « Votre efficacité » ? Qu'est-ce que cela pouvait bien signifier ? Sa tête se mit soudain à tourner sous l'effet de la prise de sang. Plusieurs secondes s'écoulèrent avant que l'aiguille soit enfin retirée de sa veine.

L'homme se leva, porta sa seringue à la lumière et la gratifia d'une pichenette. Apparemment satisfait, il remit le capuchon, alla la déposer sur le plan de travail, et choisit un autre objet dans un tiroir. Il revint sur ses pas et se rassit. Evelyn le vit placer sur la tablette une deuxième seringue, plus fine que la précédente, ainsi qu'un minuscule flacon de verre contenant un liquide jaune paille. Il tenait aussi à la main une boule de coton imprégnée d'alcool, dont il fit un pansement pour recouvrir le point rouge qu'elle avait au pli du coude. Il reprit ensuite le flacon et la seringue et transféra le liquide du premier à la seconde.

— Je sais déjà que vous n'avez pas été totalement coopérative quand vous m'avez répondu que vous n'aviez confié à personne l'objet de votre fascination, dit-il. Nos yeux et notre voix nous trahissent plus facilement que nous ne le pensons.

Il expulsa une bulle d'air de l'aiguille avant de poser à nouveau sur Evelyn ses yeux luisants de cruauté et de lui immobiliser le bras.

— Voici un petit avant-goût de ce à quoi vous devez vous attendre si j'ai l'impression que vous n'êtes pas sincère avec moi, ajouta-t-il en la piquant.

Une peur brutale étreignit le cœur d'Evelyn lorsqu'elle vit le liquide jaune disparaître dans son bras. Elle leva les yeux sur son tortionnaire, le souffle de plus en plus court. Sa bouche s'ouvrit pour former une question qui resta en suspens, effacée d'un seul coup par la sensation de brûlure qui était en train de se diffuser à partir du point d'entrée de l'aiguille. La douleur resta un instant localisée avant de s'étendre dans toutes les directions à la fois, dévalant jusqu'au bout de ses doigts et remontant vers sa poitrine, à la vitesse du sang qui courait dans ses veines. Elle gagna en intensité et devint en quelques secondes un supplice insoutenable, comme si tous les vaisseaux de son corps avaient pris feu, comme si son système cardio-vasculaire tout entier n'était plus qu'un pipeline dévoré par les flammes.

Elle se mit à trembler. Ses muscles étaient tétanisés, sa vue se brouillait, ses lèvres frémissaient, son visage ruisselait de sueur.

Elle était en train de cuire de l'intérieur.

L'homme à la blouse resta tranquillement assis à la regarder. Il lui mit le flacon devant les yeux.

— Une petite substance assez fascinante, dit-il sur un ton admiratif. De la capsaïcine. Extraite de certains piments, même si une bouchée d'enchilada n'a pas exactement le même effet qu'une injection intraveineuse de ce concentré, vous êtes d'accord ?

Son rictus devint trouble ; Evelyn cilla à plusieurs reprises pour chasser ses larmes de douleur.

— Le piment est un petit fruit tout à fait formidable, poursuivit-il. Il nous apprend un tas de choses sur la nature humaine. Réfléchissez-y un instant. Le fait qu'il brûle si fort quand on mord dedans est, sur le strict plan de l'évolution, un mécanisme de défense. C'est ainsi que la plante dissuade les prédateurs et évite de se faire dévorer. Cela fonctionne à merveille avec tous les animaux, sauf les humains. Nous sommes différents. Nous cueillons ce petit fruit rouge au lieu de garder nos distances. Nous le recherchons, nous le cultivons, nous en tirons du plaisir. De notre plein gré. Par choix. Nous savourons la douleur qu'il nous procure. Mais ce n'est rien comparé au plaisir pervers que nous éprouvons à l'utiliser pour infliger de la douleur à autrui. Saviez-vous que les Mayas s'en servaient pour punir les filles rétives en leur frottant les yeux avec – et même les parties génitales quand ils doutaient de leur virginité ? Que les Incas avaient coutume de se positionner entre leurs ennemis et la direction d'où soufflait le vent, puis d'allumer d'énormes feux de piments avant la bataille ? Les Chinois l'utilisent aujourd'hui encore pour torturer des moines tibétains. Ils les attachent à proximité d'un brasier où ils jettent ensuite des piments pour augmenter la douleur des brûlures, sans même parler de l'effet sur leurs yeux. Poivre moulu ou chili con carne ? Le piment est le fugu des fruits. Et vous savez le plus étonnant ? On est en train de se rendre compte qu'il possède un immense potentiel pour soulager la douleur. Que le piment peut aussi être un analgésique. L'ingéniosité humaine n'a pas de limites.

Ses paroles glissèrent sur Evelyn sans l'atteindre. Elle voyait sa bouche remuer et captait de-ci de-là des bribes de phrases, mais son cerveau avait perdu toute aptitude à les interpréter. L'onde de souffrance avait frappé ses neurones et faisait rage jusqu'au tréfonds de son être. Elle voulut se raccrocher à un espoir quelconque, à une image ou une idée capable de faire écueil à la douleur, et son esprit choisit de se fixer sur les traits de Mia, non pas comme elle l'avait vue la dernière fois, c'est-à-dire hurlant à l'entrée du passage, mais sur la Mia souriante, radieuse, qu'elle connaissait depuis toujours. Elle était sur le point de tourner de l'œil quand, aussi soudainement qu'elle l'avait submergée, sa souffrance reflua. Elle inspira profondément, plusieurs fois de suite, prête pour une nouvelle vague, l'anticipant, l'appréhendant, mais rien ne vint. La douleur s'éteignit comme une flamme soufflée.

L'homme à la blouse l'observait avec une froide curiosité, comme un rat de laboratoire en cage. Ses prunelles arctiques n'exprimaient aucune compassion. Il jeta un coup d'œil distrait à sa montre et hocha légèrement la tête, pour lui-même, comme s'il prenait acte de l'intensité et de la durée de sa réaction.

Les derniers mots qu'il avait prononcés avant l'injection resurgirent brusquement des profondeurs de la mémoire d'Evelyn. Il avait parlé d'un petit avant-goût de ce à quoi elle devait s'attendre.

Elle frissonna.

Un *petit* avant-goût.

Elle n'osait même pas imaginer l'effet provoqué par une dose massive de ce produit.

Il la laissa reprendre ses esprits et adressa un signe de tête au fantôme toujours debout derrière elle. Sans un mot, celui-ci lui fit boire une gorgée d'eau puis recula dans l'ombre. L'homme à la blouse inclina la tête et chercha le regard d'Evelyn.

— Je suppose que vous avez des choses à me dire ? lâcha-t-il d'une voix cassante.

18

Mia se sentit étrangement vulnérable dès que Corben et elle ressortirent de son hôtel et traversèrent la rue Commodore. Jamais elle n'avait rien éprouvé de semblable. Le malaise suintait de chaque pore de sa peau. Elle se surprit à sonder avec méfiance les visages des passants qui défilaient sur les trottoirs et des chauffeurs de taxi postés devant l'hôtel, comme si chacun d'eux recelait une menace potentielle.

Elle prit soin de rester près de Corben lorsque celui-ci fit un détour par sa Jeep garée non loin de là pour sortir de la boîte à gants une petite trousse en cuir.

En l'observant du coin de l'œil, Mia s'aperçut qu'il était lui aussi très attentif aux mouvements des personnes qui les entouraient. Ne sachant trop s'il fallait y voir un motif d'inquiétude ou de soulagement, elle décida de le serrer d'encore plus près quand tous deux firent demi-tour sur le trottoir pour rejoindre l'immeuble d'Evelyn.

À l'époque où celle-ci était arrivée à Beyrouth, la ville n'avait pas encore fini de s'épousseter après des années de ce que les gens du pays appelaient stoïquement les « troubles ». Le gouvernement central n'existait que de nom, et les services de première nécessité comme l'électricité et les lignes de téléphone étaient un luxe. Vivre à deux pas de l'hôtel Commodore était alors une véritable aubaine. Les riverains bénéficiaient eux aussi de la longue liste de prestations que l'établissement offrait à ses clients. L'université avait réussi à fournir à Evelyn un appartement décent au troisième étage d'un immeuble en stuc gris qui faisait face au Commodore, et elle n'en avait jamais bougé depuis. Elle n'y jouissait certes pas d'une des meilleures vues de Beyrouth – ni sur les flamboyants couchers de soleil qui embrasaient régulièrement la Méditerranée, ni sur l'imposante barrière montagneuse qui se dressait à l'est – mais du moins n'avait-elle jamais été réduite à se pencher sur le halo d'une petite lampe à gaz pour lire une fois que les susdits couchers de soleil avaient fini de se consumer sous l'horizon. Sans compter que les barmen du Commodore n'avaient pas leur pareil pour préparer les cocktails, et que la carte des vins y était correcte, à des prix raisonnables.

Mia avait fait plusieurs séjours à Beyrouth au fil des années. Cet appartement avait même été pour elle une sorte de résidence secondaire jusqu'à son départ pour l'université. Elle y était revenue à deux ou trois reprises depuis qu'elle avait elle-même pris un poste à Beyrouth, mais sans jamais retrouver les sensations d'autrefois. Il n'y avait donc aucune raison qu'il en aille autrement ce jour-là.

Elle attendit qu'ils soient presque devant l'immeuble pour le montrer du doigt à Corben. Il étudia calmement les deux côtés du trottoir avant de pousser la lourde porte de verre et de métal qui donnait sur le hall. Typique de l'architecture des années cinquante, l'immeuble déployait sur six niveaux une façade barrée de balcons massifs qui n'était pas sans rappeler le style Bauhaus, avec pour corollaire l'absence de système de sécurité de type portier électronique. La porte principale était verrouillée le soir mais restait ouverte toute la journée. Le concierge qui veillait ordinairement sur le hall, jouant au jacquet ou fumant son narguilé entre deux conversations forcément politiques, demeurait invisible.

Ils entrèrent dans le vieil ascenseur, dont il fallait refermer à la main la grinçante grille de fer, et s'élevèrent poussivement jusqu'au troisième étage. La pénombre régnait sur le palier, à peine éclairé par une petite fenêtre percée en hauteur et donnant sur le puits central de l'immeuble. Mia s'empressa d'actionner l'interrupteur à minuterie. Il y avait deux appartements par étage. Elle précéda Corben vers celui de gauche. Il se planta face à l'entrée et examina la serrure un bref instant avant de se diriger vers l'appartement d'en face en entraînant Mia par le bras.

— Soyez gentille, dit-il en la plaçant dos à la porte, ne bougez pas d'ici, d'accord ?

— Je reste comme ça ?

— Parfait.

Il attendit une seconde ou deux, le temps de s'assurer qu'ils étaient seuls, puis repartit vers la porte d'Evelyn.

Mia ne comprenait pas l'intérêt de sa requête. Elle le regarda ouvrir sa trousse en cuir, d'où il retira plusieurs outils effilés. Il entreprit alors, très tranquillement, de forcer la serrure.

Tournant lentement la tête, elle remarqua qu'il l'avait placée de façon que sa nuque masque le judas de la porte devant laquelle elle se tenait. Elle regarda Corben avec un mélange de curiosité et de stupeur.

— Si mes souvenirs sont exacts, vous m'avez dit que vous étiez conseiller économique, lâcha-t-elle à mi-voix.

Il lui décocha un coup d'œil et haussa les épaules.

— C'est ce qui est écrit sur ma carte de visite.

— D'accord. Et dans quelle fac d'économie apprend-on à s'introduire chez les gens par effraction ?

Elle le vit plisser le front en un ultime effort de concentration. La serrure céda avec un léger clic, en même temps que le plafonnier s'éteignait. Il lui adressa un sourire en coin.

— C'était en option, répondit-il.

Elle lui rendit son sourire et oublia un instant sa tension. Dans l'état de nervosité où elle se trouvait, toute diversion était bonne à prendre.

— Et moi qui croyais que tout ce qu'on apprenait à la fac était voué à l'oubli…

— Il faut juste choisir les bonnes matières.

Elle l'observa d'un œil hésitant, et le déclic se fit.

— Vous êtes de la CIA, n'est-ce pas ?

Corben ne répondit pas.

Elle attendit un instant avant d'ajouter d'une voix amère :

— Pourquoi ai-je tout à coup l'impression que la situation est vraiment grave ?

L'expression de Corben s'assombrit d'un seul coup.

— Vous le saviez déjà.

Ces mots, et surtout la façon dont il venait de les prononcer, frappèrent Mia. Sans doute sentit-il son émoi car il s'empressa d'ajouter, sur un ton apaisant :

— Vous êtes entre de bonnes mains. On va procéder étape par étape.

Il attendait un acquiescement ; elle réussit à hocher la tête.

Il ouvrit lentement la porte. Elle donnait sur une petite entrée, au-delà de laquelle on devinait le séjour. Il jeta un coup d'œil à l'intérieur. L'appartement, cerné de hauts immeubles et donnant sur une rue étroite, n'était pas très clair. Il y régnait un silence morbide.

Il entra en faisant signe à Mia de le suivre.

Le séjour, spacieux, était percé d'une fenêtre et d'une baie vitrée coulissante ouvrant sur un balcon qui surplombait la rue. Il était tel que dans les souvenirs de Mia, confortablement meublé de divans moelleux et de tapis persans. Il symbolisait une vie de voyages et d'explorations : gravures et manuscrits encadrés aux murs, objets d'art anciens disséminés sur les étagères et les meubles, piles de livres un peu partout. Mia balaya la pièce du regard, s'imprégnant des moindres détails. Tout, ici, témoignait de la vie intense d'Evelyn, de sa passion pour la voie qu'elle avait choisie. Un cocon douillet, presque trop fermé, mais si puissamment chargé de l'histoire personnelle de sa mère que le dernier domicile de Mia – un appartement à peine meublé qu'elle avait loué à Boston – ne pouvait qu'apparaître sinistre par comparaison. Quant à sa chambre au Commodore, mieux valait ne pas en parler.

Elle traversa le séjour dans un état second, étourdie par les souvenirs qui se bousculaient dans sa mémoire. Elle venait de s'arrêter devant une série de manuscrits anciens encadrés, attirée à la fois par la représentation inhabituelle du corps humain que proposaient les dessins, et par les tourbillonnantes arabesques qui les légendaient, lorsqu'elle vit Corben s'enfoncer dans les profondeurs de l'appartement. Elle décida de le suivre et le vit sortir de la chambre de sa mère, jeter un coup d'œil à la chambre d'amis et à la salle de bains, puis revenir sur ses pas, en la croisant au passage, vers le séjour.

Après avoir marqué un temps d'hésitation sur le seuil, Mia pénétra dans la chambre d'Evelyn. La lumière de l'après-midi transperçait les voilages, répandant sur la pièce une agréable douceur. Elle n'y avait pas mis les pieds depuis des lustres. À peine fut-elle à l'intérieur qu'une odeur à nulle autre pareille l'assaillit, chaude et entêtante. Elle se revit à dix ans, en pleine nuit, traversant cette chambre sur la pointe des pieds, puis se glissant dans le lit de sa mère pour se blottir contre elle. Elle s'approcha timidement de la coiffeuse. Des photos d'elle, à tous les âges, étaient glissées dans le cadre du miroir. Ses yeux s'arrêtèrent sur celle qui la montrait, au tout début de son adolescence, avec Evelyn, souriant au milieu des ruines de Baalbek. Elle se souvenait très bien de cette journée. L'envie la prit d'emporter la photo, mais, prise de honte, elle n'y toucha pas.

Elle éprouva une soudaine tristesse à s'être ainsi introduite sans y avoir été conviée dans le sanctuaire maternel, et son inquiétude en profita pour revenir à la charge. Elle quitta la pièce le cœur serré et retourna dans le séjour, où elle trouva Corben en train d'inspecter les étagères. Mia se faufila jusqu'à la fenêtre et laissa tomber son regard sur la rue populeuse, suivant des yeux le va-et-vient des passants et priant pour que sa mère réapparaisse parmi eux, libre et indemne.

Au lieu de quoi elle vit une Mercedes série E bleu marine passer au ralenti devant l'immeuble puis s'immobiliser juste après l'hôtel.

19

Corben évalua la pièce d'un œil expert et comprit qu'une seconde inspection de l'appartement, plus longue, plus approfondie, s'imposerait dès qu'il aurait mis Mia en lieu sûr.

Il aurait aussi besoin, le plus tôt possible, de visiter le bureau d'Evelyn sur le campus. Les inspecteurs de la police locale ne tarderaient pas à effectuer eux aussi leurs perquisitions, mais il disposait d'une avance qu'il allait devoir exploiter.

Cette histoire avait surgi de façon inattendue et, en temps normal, il aurait dû s'en désintéresser. Il n'avait pas vocation à intervenir sur des affaires d'enlèvement dès lors qu'il les estimait exemptes de ramifications politiques, ce qui en l'occurrence lui apparaissait évident. Sa présence ici, dans l'appartement d'Evelyn, obéissait à une raison totalement différente. Il s'était positionné, tant vis-à-vis de l'ambassade des États-Unis que de ses confrères de la CIA, comme le spécialiste de l'Irak. Tous les dossiers ayant trait à ce pays, de près ou de loin, atterrissaient sur son bureau. Il s'était débrouillé pour que tout le monde le sache. C'était pourquoi Baumhoff lui avait montré les polaroïds après l'avoir prévenu de l'enlèvement de l'archéologue.

La piste découverte trois ans auparavant dans un laboratoire souterrain de Bagdad avait eu le temps de refroidir. Lui-même avait entre-temps changé de pays d'affectation et effectué plusieurs autres missions, mais sans jamais perdre cette affaire de vue, bien décidé à ne rien laisser passer le jour où surgirait enfin un indice ou un écho. Et son obstination venait enfin de payer. Avec un peu de chance, la piste était en train de se réchauffer.

La vie se jouait souvent sur un coup de dés. Il possédait suffisamment d'expérience pour le savoir.

Il vit Mia debout près de la fenêtre et se dirigea vers le bureau en chêne qui trônait dans l'angle opposé du séjour, encombré de dossiers, de carnets et d'ouvrages pédagogiques. Corben était surtout intéressé par l'ordinateur portable. En le débranchant, il remarqua le volumineux agenda d'Evelyn. Une carte de visite à l'ancienne, un peu écornée, était posée sur la page à laquelle il était ouvert. Corben la prit. Elle portait le nom d'un archéologue de Rhode Island. Il décida de s'en servir pour marquer la page, referma l'agenda et déposa celui-ci sur l'ordinateur en se promettant de l'étudier dès que possible.

En déplaçant l'agenda, il découvrit dessous une vieille chemise cartonnée. Intrigué, il l'ouvrit.

Sa position sur le bureau suggérait qu'Evelyn l'avait consultée juste avant de quitter son appartement, la veille. À peine l'eut-il ouverte que la photocopie d'une gravure représentant un serpent qui se mordait la queue lui sauta aux yeux, déclenchant une violente montée d'adrénaline.

La piste venait de se réchauffer d'un seul coup. Au même moment, Mia poussa un cri. L'excitation de Corben retomba aussitôt.

— Ce sont eux ! s'exclama-t-elle en pivotant sur elle-même, le regard illuminé de terreur. Là, en bas !

Corben se précipita à la fenêtre. Mia, pâle comme la mort, lui indiqua trois hommes qui se dirigeaient à pied vers l'entrée de l'hôtel.

— Ils sont déjà à mes trousses, bredouilla-t-elle.

— Ce sont les mêmes qu'hier soir ?

Elle acquiesça.

— Celui du milieu était au bar de l'hôtel. Il me semble que le premier l'accompagnait quand ils ont poursuivi maman dans le centre. L'autre, je ne suis pas sûre.

Corben jaugea les trois hommes à toute vitesse. Son œil exercé lui permit de repérer dans leur attitude un certain nombre de signes désignant celui du milieu, aux cheveux d'un noir de jais, comme le chef de la bande. Ils avançaient avec fluidité sur l'étroit trottoir, l'un derrière l'autre, en lançant de discrets coups d'œil autour d'eux, extrêmement attentifs à leur environnement. Même du troisième étage, Corben n'eut aucune peine à repérer sous la veste de l'homme de tête un renflement qui trahissait la présence d'une arme.

— Ils vont entrer à la réception et demander le numéro de ma chambre ? demanda Mia, incapable de les quitter des yeux. Ils peuvent faire ça ? En plein jour ?

— Si l'un d'eux sort une carte d'agent de la Sécurité intérieure, oui. Ce qui ne serait pas surprenant. Toutes les milices ont droit à leur quota. Il est possible qu'ils soient liés à l'une d'elles.

Un scénario plus inquiétant encore commençait à se dessiner dans l'esprit de Corben. Il sortit son téléphone portable et composa un numéro abrégé.

Il disposait d'une douzaine de contacts locaux – un panel représentatif d'ex-miliciens ayant chacun leur « cercle de confiance », plus quelques officiers du renseignement militaire libanais, à la retraite ou en activité – qu'il avait la possibilité d'appeler à la rescousse en cas de besoin. Chacun de ces contacts se distinguait des autres par sa sphère d'influence et pouvait s'avérer utile dans certains cas spécifiques.

Une voix d'homme prit son appel après deux sonneries.

— Ici Corben, annonça-t-il froidement. Il me faut du renfort au Commodore. J'ai trois types en approche, peut-être plus. Armés.

Il se pencha au-dessus de la fenêtre avant d'ajouter :

— Ne quittez pas.

Mia et lui regardèrent en silence les tueurs parcourir les derniers mètres qui les séparaient de l'hôtel. Corben sentit ses muscles se raidir. Dans quelques secondes, ce serait le moment de vérité.

En bas, les trois hommes avaient atteint le seuil du Commodore.

Ils ne le franchirent pas. Ils ne tournèrent même pas la tête.

Ils poursuivirent sur leur lancée, longèrent deux voitures en stationnement, contournèrent la Jeep de Corben et traversèrent la rue.

Il avait vu juste.

Ces types venaient droit vers eux.

20

En voyant les tueurs descendre sur la chaussée, Mia comprit avec horreur qu'ils se dirigeaient vers l'immeuble de sa mère. Soudain, ils disparurent de son champ de vision, masqués par l'avancée du balcon. Elle n'osa pas s'aventurer sur celui-ci pour suivre leur progression.

— Comment peuvent-ils savoir que nous sommes ici ? demanda-t-elle à Corben.

— Ça m'étonnerait qu'ils soient là pour vous. C'est trop tôt. Ils veulent fouiller l'appartement.

Et, collant à nouveau son portable contre son oreille :

— Envoyez-moi du monde tout de suite. Nous sommes dans l'immeuble en face de l'hôtel. Troisième étage. L'appartement d'Evelyn Bishop. Ne traînez pas, ils viennent d'entrer.

Après avoir refermé son appareil, il glissa le dossier d'Evelyn sous sa ceinture, dans son dos, rabattit sa veste par-dessus et attrapa Mia par le bras.

— Suivez-moi, dit-il en l'entraînant vers la porte d'entrée.

Ils sortirent précipitamment sur le palier et se retrouvèrent nez à nez avec la voisine, qui venait de quitter son domicile. Elle se figea en voyant deux inconnus jaillir de l'appartement d'Evelyn. Après une seconde d'hésitation, elle commença à dire quelque chose en arabe, mais Corben l'interrompit sèchement :

— Rentrez chez vous, fermez à clé et ne vous mêlez de rien. Vous me comprenez ?

Les yeux affolés de la femme firent un rapide aller-retour entre Mia et Corben.

— Tout de suite, ordonna Corben en s'avançant pour la repousser vers son appartement.

La voisine hocha la tête et disparut derrière sa porte dont le verrou fit entendre un déclic.

Le voyant ambré de l'ascenseur s'illumina, suivi d'un bourdonnement sonore de machinerie. La cabine, qui se trouvait alors au dernier étage, entama sa descente vers le rez-de-chaussée. Les tueurs seraient bientôt là.

Corben s'approcha de l'escalier, qui tournait autour du puits de l'ascenseur, et tendit l'oreille. Il recula d'un pas, leva les yeux vers l'étage supérieur, et grimaça. Cette option-là ne lui plaisait guère. L'accès au toit était peut-être condamné. Des voisins risquaient d'intervenir. Trop d'inconnues.

— Alors ? dit Mia. Qu'est-ce qu'on fait ?

— On rentre, répondit-il en la ramenant dans l'appartement de sa mère.

Corben referma soigneusement la porte et donna un tour de clé. Il y avait aussi une chaînette de sûreté. Il leva la main pour la mettre en place, mais se ravisa. Autant prévenir tout de suite les tueurs qu'il y avait du monde à l'intérieur.

Il ne lui restait que quelques secondes pour échafauder un plan d'action.

Corben décocha un bref coup d'œil à la baie vitrée coulissante qui donnait sur le balcon, prit sa décision, et se tourna vers Mia.

— Fermez-moi ces rideaux. Aussi hermétiquement que possible. Je ne veux aucune lumière. Et fermez aussi les portes des chambres.

Elle s'exécuta, plongeant le séjour dans une suffocante obscurité. Entre-temps, Corben avait raflé une têtière d'étoffe sur le dossier d'un divan et allait d'une lampe à l'autre, brisant les ampoules entre ses doigts avec une froide dextérité. Ayant fait un sort au plafonnier, il répéta l'opération dans l'entrée.

Mia courut fermer les portes des chambres puis, rebroussant chemin, retrouva Corben dans la cuisine, en train de farfouiller dans les tiroirs. Il en sortit deux couteaux, examina leur lame, sélectionna celui qui lui paraissait le plus solide et le plaça sous sa ceinture, le long de sa hanche.

Elle le regarda faire, sidérée.

— Je vous en supplie, dites-moi que vous avez un flingue fixé à la cheville, ou quelque chose comme ça.

Elle ne plaisantait qu'à demi.

— J'ai tout laissé dans ma voiture, répondit-il d'un air sombre.

Les citoyens des États-Unis faisaient l'objet d'une méfiance croissante dans l'actuel climat de tension qui prévalait au Liban, et le titre de « conseiller économique » était désormais presque aussi souvent considéré comme un synonyme d'agent de la CIA que celui d'« attaché culturel ». Le renflement d'une arme de poing sous sa veste – renflement que les Beyrouthins étaient au moins aussi rapides à repérer que, disons, les Siciliens de Corleone – n'aurait donc pu qu'aggraver le cas de Corben. C'était la raison pour laquelle son Glock et son Ruger séjournaient en permanence dans un compartiment fermé à clé de sa Jeep, sauf dans les situations où l'usage de l'un d'eux – voire des deux à la fois – lui paraissait inévitable. Ce qu'il n'avait pas jugé être le cas.

Un mauvais point pour son intuition.

Corben étudia la cuisine. Elle était orientée vers la façade latérale de l'immeuble, contrairement au séjour, et flanquée d'un petit balcon accessible par une étroite porte-fenêtre. Un énorme réfrigérateur à l'ancienne se dressait juste à côté de la porte, et une batterie de placards en formica, avec plan de travail incorporé, occupait la totalité d'un des deux autres murs. Corben s'approcha de la porte-fenêtre et regarda dehors. Elle n'était équipée ni de rideaux, ni de store, ce qui d'ailleurs n'avait guère d'importance. Il avait d'ores et déjà décidé d'y établir leur position de repli. Il sortit le dossier d'Evelyn de sa ceinture et le tendit à Mia. Elle posa brièvement les yeux dessus avant de l'interroger du regard.

— Restez ici et prenez soin de ça pour moi, dit-il. Fermez la porte dès que je serai sorti, et ne l'ouvrez sous aucun prétexte tant que je ne serai pas revenu.

Il franchit le seuil de la cuisine et se retourna pour pointer un doigt autoritaire sur la porte-fenêtre du balcon.

— Et celle-ci, ajouta-t-il, laissez-la ouverte.

Elle essaya en vain d'émettre une objection : les mots restèrent coincés dans sa gorge.

Corben perçut son désarroi et marqua un temps d'arrêt.

— On va s'en sortir, ajouta-t-il fermement.

Mia eut tout juste le temps d'esquisser un hochement de tête avant qu'il disparaisse. Elle referma la porte, le cœur battant. Pivotant sur elle-même, elle regarda la cuisine, le balcon, puis le dossier qu'elle avait entre les mains.

Ayant examiné la couverture avec un mélange de curiosité et d'inquiétude, elle se décida à l'ouvrir.

À quelques mètres de là, après avoir retraversé le séjour en coup de vent, Corben venait d'atteindre la porte d'entrée. Il colla un œil au judas au moment où l'ascenseur émettait un clac à peine audible, annonçant l'ouverture de la grille. L'obscurité qui régnait dans l'appartement empêcherait les tueurs de repérer un quelconque mouvement à travers la lentille.

Il entendit grincer la grille intérieure de la cabine, d'où sortirent deux des hommes aperçus dans la rue. Il comprit que le troisième était resté en bas pour faire le guet. Ces types étaient des pros, songea Corben en sentant sa tension monter d'un cran. Ils savaient ce qu'ils faisaient.

L'androïde au visage grêlé qu'avait repéré Mia au bar de son hôtel actionna l'interrupteur et promena sur le palier un regard circulaire.

Ayant constaté qu'ils ne risquaient pas d'être interrompus, il se retourna vers la porte de l'appartement d'Evelyn. Corben s'assouplit les doigts et sentit ses muscles se contracter en voyant chacun des deux hommes dégainer un 9 mm automatique, visser un silencieux à l'extrémité du canon, puis actionner la culasse. Le vérolé fit signe à son comparse de passer devant.

Corben inspira profondément et se plaqua contre le mur de manière à être invisible lorsque la porte s'ouvrirait. Elle grinça légèrement lorsque les hommes tentèrent en vain de l'ouvrir. Corben serra les dents et attendit la suite. Une seconde plus tard, six ou sept toussotements d'arme automatique se firent entendre, aussitôt repris en écho par le fracas des balles qui transperçaient le panneau de bois et détruisaient la serrure. Corben leva une main pour se protéger le visage tandis qu'une pluie d'échardes arrosait le vestibule. Une odeur de poudre et de bois calciné lui monta aux narines.

Il se raidit quand la porte pivota lentement vers lui, et assista à l'apparition d'un silencieux qui s'avança dans l'entrée millimètre par millimètre, suivi du reste de l'arme, d'un poing serré, puis de la manche d'une veste.

Corben bondit, et tout s'accéléra.

21

Avec une stupéfiante agilité, Corben se rua sur l'homme, lui saisit le poignet et l'entraîna à l'intérieur de l'appartement tout en refermant la porte d'un coup d'épaule.

Il pivota sur lui-même et utilisa l'élan de son adversaire pour le rejeter violemment contre la porte et la bloquer. Une balle tirée au hasard jaillit du silencieux, avec une étincelle qui éclaira une fraction de seconde un visage grimaçant, ensanglanté depuis sa brutale rencontre avec le battant de bois. Corben ne disposait que d'une seconde ou deux avant que le vérolé, resté sur le palier, réagisse. Il plaqua le poignet droit de son comparse contre la porte pour l'empêcher de relever son arme et, de sa main libre, lui décocha un puissant coup de poing dans le bas du dos, en visant le rein.

L'homme poussa un hoquet étranglé. Ses doigts lâchèrent le pistolet, qui rebondit sur le sol. Dès qu'il le sentit s'affaisser, Corben en profita pour se décaler sur le côté tout en repoussant son adversaire au centre de la porte ; au même instant, plusieurs balles transpercèrent le bois et atteignirent le tueur en plein torse. Une main toujours sur le bras de celui-ci, Corben sentit ses soubresauts successifs. Il lâcha son adversaire, qui s'écroula avec un choc sourd en travers du seuil et resta inerte, faisant entendre une espèce de gargouillis.

Corben reprit son souffle et se posta juste à côté de la porte, tendant l'oreille dans le silence.

— Faouaz ? lança l'homme du palier.

— Il est mort, abruti, riposta Corben. Et ça va être ton tour. J'ai son flingue.

Ce qui n'était pas tout à fait vrai. Du moins pas encore.

Corben s'attendait à une réaction, mais rien ne vint. Les orifices créés par les balles du vérolé laissaient désormais passer dans le vestibule des fragments de la lumière du palier, qui projetaient sur le cadavre un halo presque irréel. Corben chercha des yeux le pistolet lâché par le tueur tout en passant en revue les possibilités qui s'offraient à lui. Aucune ne lui semblait particulièrement prometteuse. D'un seul coup, le halo disparut. La minuterie du palier venait de s'éteindre, et le vérolé ne se donna pas la peine de rallumer. Corben l'entendit crier un autre nom, « Ouassim ! », suivi d'un ordre en arabe qui roula étrangement dans les profondeurs de la cage d'escalier. Le vérolé demandait sans doute au troisième homme de venir le rejoindre.

Plus on est de fous, plus on rit.

Tu parles.

Corben fouilla de nouveau les ténèbres du regard. Il mit un certain temps à repérer le pistolet du mort, assez loin de lui, au beau milieu du vestibule, face à la porte. Il prendrait forcément un gros risque en allant le chercher. Il se retrouverait à découvert.

Tandis qu'il soupesait ses chances, un bruit de pas pressés résonna dans la cage d'escalier, lui indiquant que ses adversaires bénéficieraient à nouveau de l'avantage du nombre dans une poignée de secondes, sans parler de celui des armes, puisqu'il n'avait pour l'instant à leur opposer qu'un maigre couteau de cuisine. Il était impératif d'agir. Corben s'écarta du mur et plongea vers le pistolet au moment même où le tueur du palier donnait un grand coup de pied dans la porte. Le corps de son complice empêcha celle-ci de pivoter. Le vérolé l'entrouvrit petit à petit, repoussant le cadavre à l'intérieur. Il glissa son arme dans l'entrebâillement et tira au hasard une salve de balles qui ricochèrent autour de Corben. Celui-ci effleura du bout des doigts, au milieu d'une pluie d'éclats, le pistolet tombé au sol. Il réussit à s'en emparer au moment où les balles suivantes s'enfonçaient dans le chambranle à quelques centimètres de lui.

Corben traversa l'obscurité du séjour et eut tout juste le temps de plonger derrière le bureau d'Evelyn avant qu'une gerbe de projectiles vienne s'écraser contre le chêne. Il ouvrit le feu à son tour, obligeant le tueur à se replier derrière le seuil. Cinq mètres à peine les séparaient. Les ténèbres ambiantes les empêchaient l'un et l'autre de discerner leur cible. Corben avait néanmoins un avantage : il connaissait le plan de l'appartement, ce qui lui ferait gagner les précieuses secondes dont il aurait besoin pour rejoindre Mia.

Il jeta un coup d'œil au pistolet ramassé dans l'entrée. La faible clarté que laissaient filtrer les rideaux lui permit de reconnaître un SIG-Sauer – et plus précisément un P226. Certainement pas un modèle d'élégance, mais une arme d'une efficacité et d'une fiabilité suprêmes. L'armement de ses adversaires méritait réflexion : ces types-là ne se contentaient pas des Makarov de base qu'on pouvait s'offrir pour trois fois rien dans la région. Leurs commanditaires avaient les moyens de leur offrir du bon matériel. Il évalua rapidement ses munitions. Étant donné que le chargeur à double colonne de son SIG permettait de loger quinze cartouches – plus celle de la chambre si on tenait vraiment à mettre un maximum de chances de son côté – et en supposant que le chargeur du tueur mort était plein avant qu'il se mette à arroser la porte – ce qui semblait une hypothèse assez raisonnable –, Corben jugea qu'il lui restait environ une demi-douzaine de balles à tirer.

Au mieux.

Il entendit une série de clics : le vérolé appuyait en vain sur les interrupteurs. La porte d'entrée grinça à nouveau, et d'autres pas s'avancèrent dans l'appartement. Le troisième tueur venait d'arriver. Corben capta un bref échange de chuchotements entre les deux hommes – ils planifiaient à coup sûr leur passage à l'offensive – et décida de tirer parti de ce flottement. En prenant soin de ne pas trop gaspiller ses munitions, il tira deux balles en direction de l'entrée, jaillit de derrière le bureau, traversa plié en deux les ombres du séjour et se réfugia derrière un gros canapé qui tournait le dos au balcon. Plusieurs coups de feu étouffés atteignirent un guéridon sur sa droite, renversant deux photos encadrées. Corben ne riposta pas. Il préféra patienter en tendant l'oreille, au cas où l'un des tueurs s'aventurerait dans sa zone de tir. Mais ils étaient trop expérimentés pour cela et restèrent à couvert. L'un d'eux rechargea son arme. Corben poursuivit sa lente reptation jusqu'à se retrouver face au petit couloir qui menait à la cuisine. Après avoir pris une profonde inspiration, il s'élança à découvert. Des balles sifflèrent autour de lui, mais il réussit à atteindre le couloir et se plaqua contre le mur. Il fit feu à son tour et se replia en trombe vers la cuisine, dont il ouvrit puis referma brutalement la porte.

Mia était adossée au plan de travail, paralysée de terreur. Corben remarqua qu'elle serrait convulsivement le dossier de sa mère contre sa poitrine. Son visage s'éclaira lorsqu'elle le vit revenir indemne. Mille questions se bousculaient sur ses lèvres, mais ce n'était pas le moment de les poser.

Corben empocha son arme et ceintura le gros réfrigérateur. Grognant et grimaçant sous l'effort, il entreprit de le déplacer afin de barricader la porte. L'appareil obstruait déjà une bonne moitié du seuil quand des balles venues du couloir perforèrent le panneau. Certaines se fichèrent dans le dos du réfrigérateur, d'autres dans le mur du fond de la cuisine. Mia hurla en voyant l'une d'elles étoiler avec fracas la porte-fenêtre.

— Écartez-vous de la porte ! s'écria Corben.

Avec un ultime grognement, il parvint à placer le réfrigérateur devant la porte. Les balles suivantes l'atteignirent toutes, mais sans parvenir à traverser sa carcasse de métal. Mia et Corben étaient temporairement à l'abri.

Les coups de feu cessèrent, et une série de chocs sourds ébranla la porte. Les tueurs cherchaient à l'enfoncer, et le réfrigérateur, malgré sa masse considérable, cédait du terrain centimètre par centimètre. Corben saisit une chaise et la coinça entre l'angle de l'appareil et un gros radiateur pour gagner quelques secondes supplémentaires. Sans prendre le temps de respirer, il arracha le dossier des mains de Mia et le remit dans son dos en criant :

— Venez !

Ils se précipitèrent sur le balcon, un étroit rectangle de ciment, surplombé par plusieurs cordes à linge tendues dans le sens de la longueur. Corben savait pour avoir repéré les lieux qu'il en jouxtait un autre, identique, dépendant de l'appartement voisin. Les deux balcons étaient séparés par un muret en pavés de verre nettement plus haut que la balustrade en béton, laquelle était surmontée d'une rampe métallique.

Il entraîna Mia vers le muret.

— Enjambez la balustrade, ordonna-t-il. Je vous donnerai un coup de main.

Elle ne parut pas particulièrement enchantée de cette injonction. Il se retourna vers la cuisine. Le réfrigérateur tanguait à chaque coup de boutoir, et la pression de la chaise contre le radiateur était de plus en plus violente.

— Dépêchez-vous, insista-t-il. Et ne regardez pas en bas.

Il se trouvait toujours quelqu'un pour prodiguer ce conseil dans ce type de situation mais, bien entendu, personne ne le suivait jamais.

Fidèle à la tradition, Mia se pencha sur la balustrade et regarda en bas. Le sol de la courette qui, trois étages plus bas, bordait le côté de l'immeuble, véritable dépotoir de caisses et de matériaux de construction, se mit à tanguer sous ses yeux.

Un nouveau choc venu de la cuisine la décida.

Mâchoires serrées, elle lança une jambe par-dessus la rampe.

22

En s'accrochant à la crête du mur de pavés de verre, Mia réussit à se mettre à califourchon sur la rampe ; ses pieds ne touchaient plus le sol.

Corben lui tint la main pour l'aider à glisser lentement sur le rail de métal lisse ; les mains crispées sur la rampe, elle s'abstenait à présent de regarder en bas.

— C'est bien, continuez, l'encouragea-t-il.

Un formidable craquement jailli de la cuisine la déstabilisa – la chaise venait de céder. Mia lâcha prise et se sentit partir en arrière. Elle tenta en hurlant de se rattraper au mur, mais les pavés de verre n'offraient aucune prise.

Corben bondit. Il la remit d'aplomb et la propulsa d'une ultime poussée sur le balcon voisin, où elle atterrit les quatre fers en l'air, le souffle coupé.

Il jeta un dernier regard à la cuisine avant d'enjamber à son tour la balustrade pour rejoindre Mia. La porte-fenêtre de l'autre balcon était heureusement ouverte. Au moment où il la poussait, il entendit les pieds du réfrigérateur racler furieusement le sol de la cuisine sous la poussée conjointe des deux tueurs. Corben fit entrer Mia. Ils traversèrent le petit appartement sans trouver trace de la femme qu'ils avaient rencontrée plus tôt, ce qui d'ailleurs valait mieux. Sans doute s'était-elle réfugiée dans les toilettes ou sous son lit, et Corben espérait qu'elle y resterait jusqu'à ce qu'ils aient tous quitté l'immeuble.

Il déverrouilla la porte d'entrée et l'ouvrit d'un geste sec. Le calme régnait sur le palier – les tueurs se trouvaient toujours dans l'appartement d'Evelyn. Corben fit signe à Mia de le suivre, et tous deux dévalèrent l'escalier. Alors qu'ils se rapprochaient du rez-de-chaussée, un concert de cris et de piétinements s'éleva au-dessus d'eux. Dans la foulée, plusieurs balles claquèrent presque sans bruit dans la cage d'escalier, arrachant des gerbes d'étincelles à la rampe et aux marches.

Ils accélérèrent encore, traversèrent le hall et débouchèrent sur le trottoir. La Jeep de Corben et l'hôtel se trouvaient juste en face. La Mercedes des tueurs était parquée un peu plus bas. Corben jugea qu'il n'aurait pas le temps de dégager sa voiture avant que leurs agresseurs atteignent la rue, mais qu'il avait en revanche une chance raisonnable de récupérer ses pistolets, ce qui changerait considérablement la donne. Au moment même où il s'élançait vers la Jeep avec Mia, il repéra un homme au regard dur qui venait vers eux à grandes enjambées. La main de l'homme se tendait déjà vers le renflement de sa veste. Les tueurs avaient laissé un quatrième homme dans leur voiture.

— Jim ! s'écria Mia, qui l'avait vu elle aussi.

Corben balaya la rue du regard, cherchant une issue.

— Par ici.

Il la prit par la main et l'entraîna en sens inverse, tournant le dos à l'hôtel et aux armes enfermées dans le double fond du coffre de sa Jeep.

Ils se mirent à courir sur l'étroit trottoir, bousculant des piétons stupéfaits et indignés. Mia vit Corben jeter un coup d'œil par-dessus son épaule et suivit son regard. Elle aperçut l'homme au visage grêlé et un autre tueur qui, à peine surgis de l'immeuble de sa mère, avaient déjà rejoint le quatrième homme. Tous se lancèrent à leur poursuite. Elle ne put s'empêcher d'écarquiller les yeux en croisant le regard de l'androïde. La lueur qu'elle vit alors danser dans ses prunelles lui fit l'effet d'un coup de poing à l'estomac.

Il venait de la reconnaître. Elle en était certaine.

Elle sentit ses jambes se dérober mais parvint, au prix d'un effort de volonté surhumain, à rester dans la course.

Corben connaissait suffisamment bien le quartier pour savoir que leurs options étaient limitées. La rue était bordée de boutiques et d'immeubles où ils n'avaient aucune chance de trouver refuge. Il savait aussi que ces tueurs n'étaient pas du genre à lâcher prise et qu'ils n'hésiteraient pas à le tuer pour enlever Mia au vu de tout le monde. Il savait enfin qu'il ne lui restait que deux ou trois cartouches à tirer, ce qui ne permettrait pas de les tenir longtemps en respect. Alors qu'il scrutait désespérément chaque porte, chaque interstice, réduit à espérer un miracle, il remarqua juste devant eux l'amorce d'une pente annonciatrice d'une rampe de parking souterrain. Une voiture émergea au ralenti de la bouche caverneuse du garage, s'inséra dans le trafic, et passa à leur hauteur.

— Là-dedans ! cria-t-il à Mia en lui reprenant la main.

Ils dévalèrent la rampe, cernés par l'écho tonitruant de leurs pas sur le béton nu.

Ils atteignirent le premier niveau du parking, hérissé d'une forêt de pilotis entre lesquels se blottissaient les véhicules. Corben ne vit pas trace de cabine ou de tableau de clés. Ils étaient dans une souricière.

L'éclairage au néon s'éteignit, plongeant brutalement le souterrain dans le noir. Corben se tourna vers Mia en lui montrant du doigt le fond de l'immense salle.

— Foncez le plus loin possible et planquez-vous sous une voiture. Ne faites aucun bruit, quoi que vous entendiez.

— Que comptez-vous faire ? interrogea-t-elle, le souffle court.

— Je vais les retenir de ce côté-ci. Il faudra bien qu'ils descendent la rampe à découvert. Si j'arrive à en toucher un, les autres devraient reculer. Allez-y !

Il la regarda se perdre dans les profondeurs du garage, puis se faufila entre les voitures et prit position derrière une grosse berline parquée face à l'entrée. Il sortit son automatique et le pointa en le tenant à deux mains sur l'arrivée de la rampe, parfaitement éclairée par la lumière du jour. Il espérait ne pas avoir commis d'erreur de calcul en ce qui concernait ses cartouches. Son cœur caracolait furieusement dans sa poitrine. Il se força à respirer plusieurs fois de suite par le nez, en faisant abstraction de l'odeur d'essence et d'huile qui l'enveloppait, pour se préparer à un échange de coups de feu.

Il entendit des pas dévaler la rampe, puis le parking replongea dans le silence. Il devina que les tueurs poursuivaient leur approche sur la pointe des pieds. Il s'assouplit les doigts, les noua autour de la crosse du SIG, reprit sa position de tir.

L'ombre étirée d'un homme en mouvement apparut sur un des murs de la rampe, suivie de deux autres silhouettes fantomatiques qui eurent tôt fait de se confondre avec la première. La forme de ces ombres indiqua à Corben que les tueurs descendaient pliés en deux. Tous les muscles bandés, il ferma un œil pour mieux viser, replia l'index sur la détente et se prépara à ouvrir le feu. Ses munitions étaient tellement comptées qu'il n'avait droit à aucune erreur.

Les tempes bourdonnantes, il vit l'ombre déformée glisser encore un peu plus vers le bas de la rampe puis s'immobiliser. Il relâcha et accentua aussitôt la pression de ses doigts sur la crosse du pistolet afin de stimuler leur sensibilité. Il s'efforça de filtrer les sons venus de la rue pour se concentrer sur ceux qui pouvaient le renseigner sur la progression de ses adversaires, mais n'en détecta aucun. Il chercha à deviner leur plan d'action – qui dépendrait avant tout de leur degré d'impatience. Une arrivée en force leur permettrait sans aucun doute d'avoir le dessus, mais risquait de leur faire prendre quelques balles au passage. À moins que l'arme qu'il avait dans les mains ne soit déjà vide, ce qu'il refusait d'envisager. Il chassa ses doutes pour mieux se concentrer sur l'ombre.

Elle ne bougeait plus. Mais elle était toujours là, sinistre et menaçante.

Une cascade de piétinements troua soudain le silence. Les yeux de Corben se mirent à balayer en tous sens l'étroite ouverture de la rampe, accompagnant les mouvements de son arme. Ivre d'adrénaline, il vit soudain l'ombre remonter la rampe. Les tueurs battaient en retraite, à toute vitesse. Craignant un piège, il garda sa position, toujours en état d'alerte maximale, puis entendit monter au loin la plainte d'une sirène.

Les renforts. Ils arrivaient.

Il jaillit d'un bond de l'arrière de la berline et remonta la rampe à toutes jambes. Il rejoignit la rue juste à temps pour voir la Mercedes des tueurs quitter son stationnement. À l'opposé, deux 4x4 du Fouhoud arrivaient à vive allure ; ils stoppèrent devant le Commodore. Des policiers armés de M-16 en descendirent et entreprirent aussitôt de boucler la rue, pendant que trois officiers s'engouffraient dans l'hôtel au pas de course.

Avec un profond soupir, Corben rangea son SIG, et redescendit dans le parking pour avertir Mia qu'ils ne risquaient plus rien.

Pour le moment.

23

Mia allait et venait dans sa chambre d'hôtel, bien décidée à résister au mélange de peur et d'épuisement qui assiégeait son cerveau. Il était temps de plier bagage. Elle n'était plus en sécurité au Commodore.

Elle ne voyait d'ailleurs pas trop où elle pourrait l'être. Ces hommes dont elle venait de croiser deux fois le chemin en vingt-quatre heures n'avaient apparemment aucun mal à retrouver les gens qu'ils cherchaient, et ils n'avaient pas froid aux yeux. Ils débarquaient n'importe où, au nez et à la barbe de tout le monde, et accomplissaient leur sale besogne comme s'ils bénéficiaient d'un accès illimité aux moindres recoins de la ville. Or elle leur avait mis des bâtons dans les roues. À deux reprises.

Mieux valait ne pas s'attarder là-dessus.

Elle s'efforça de calmer ses nerfs et de s'atteler à la tâche qui l'attendait. Contentez-vous de prendre le strict nécessaire, lui avait dit Corben. En vérité, elle n'avait pas grand-chose à emporter : le gros de ses affaires devait lui être expédié une fois qu'elle aurait trouvé un appartement. Il lui avait donné un quart d'heure – et cela faisait déjà vingt minutes.

Elle était en train de fourrer son ordinateur portable et quelques dossiers dans son sac à dos quand Corben revint. Il avait sous le bras un autre ordinateur portable et un épais agenda relié de cuir dont elle reconnut instantanément la provenance : elle avait vu l'un et l'autre sur le bureau de sa mère.

— Prête ?

Mia gratifia sa chambre d'un ultime regard et suivit l'agent de la CIA jusqu'à la sortie de l'hôtel.

La rue grouillait de policiers et d'hommes du Fouhoud. Des véhicules franchissaient au compte-gouttes les barrages filtrants installés à la hâte, les agents leur faisant signe de passer au terme d'un examen superficiel. Des curieux agglutinés devant les boutiques et sur les balcons commentaient l'incident et, tradition locale oblige, échangeaient les diverses théories que la fusillade suscitait déjà.

En marchant vers la Jeep de Corben, Mia jeta un coup d'œil gêné sur l'entrée de l'immeuble d'Evelyn. Elle vit plusieurs policiers repousser brutalement les badauds au moment où des ambulanciers en sortaient avec une civière. Le cadavre du tueur abattu par Corben – ce ne pouvait être que lui – était recouvert d'une vieille couverture élimée. La médecine légale ne figurait visiblement pas au nombre des priorités budgétaires du pays.

Elle s'installa côté passager et regarda Corben échanger quelques mots avec deux hommes en tenue civile, au visage dur, avant de s'asseoir derrière le volant de la Jeep. Les deux hommes montèrent ensuite dans une Range Rover poussiéreuse garée non loin de là. La veste du plus proche s'entrouvrit une fraction de seconde, révélant une poche-revolver.

Corben enclencha la première, et ils démarrèrent. Mia ne tarda pas à s'apercevoir que la Range Rover les talonnait. Quelques centaines de mètres plus loin, elle vit Corben scruter longuement son rétroviseur. La Range Rover venait de s'immobiliser en travers de la chaussée, bloquant la circulation derrière eux. Corben esquissa un hochement de tête satisfait et poursuivit sur sa lancée. Un moyen simple et efficace, songea Mia, de s'assurer que personne ne les suivrait.

— Où allons-nous ?

— Chez moi, répondit-il avec flegme. Tant qu'on ne saura pas à qui on a affaire, mieux vaut que vous évitiez les hôtels.

— Chez vous ? Vous êtes sûr que ce n'est pas pire ? demanda Mia, interloquée.

Il répondit sans l'ombre d'une hésitation.

— Pour faire court : j'habite hors du champ des radars. Et ceux qui connaissent mon adresse savent qu'elle est hors limites.

— Hors limites ?

Il s'accorda un instant de réflexion, puis :

— Les seules personnes susceptibles de connaître mes véritables activités sont les autres agents de renseignement, et il existe des ententes intergouvernementales. Des lignes rouges clairement définies. On ne les franchit pas sans s'exposer à de graves répercussions. Il faudrait que l'ordre vienne de tout en haut, et on n'en est pas là. Vous serez à l'abri chez moi, ajouta-t-il après une courte pause. Jusqu'ici, vous n'êtes pas directement concernée. C'est votre mère qui les intéresse, ils voulaient fouiller son appartement. Ils n'ont peut-être pas eu le temps de vous voir d'assez près pour se rendre compte que vous étiez aussi sur les lieux de l'enlèvement, mais mieux vaut jouer la carte de la sécurité. S'ils ont des informateurs au sein de la police, ce qui est vraisemblable, ils auront vite fait le rapprochement. Il est indispensable que vous attendiez en lieu sûr pendant que je me renseigne. D'ailleurs, vous avez besoin de repos. Je vais faire un saut à mon bureau pour passer quelques coups de fil, m'entretenir avec mes collègues. Nous déciderons ensuite de la marche à suivre.

Mia était trop sonnée, trop fourbue pour mettre en cause son choix. Elle se contenta d'en prendre acte et garda le silence jusqu'à la fin du trajet. Corben était visiblement plongé dans ses pensées, et elle-même ne se sentait pas encore prête pour une discussion de fond. Ce n'était ni le lieu ni le moment. Pas dans son état actuel. Elle avait besoin de reprendre son souffle, d'évacuer l'adrénaline des dernières heures, de s'éclaircir les idées. Alors seulement, ils discuteraient. Et cela prendrait du temps.

Farouk attendait patiemment à l'ombre face à Post Hall, l'imposant édifice de style ottoman qui abritait le département d'archéologie de l'Université américaine. Des étudiants et des professeurs circulaient devant lui sur l'étroite allée parallèle à la façade.

Il surveillait la porte, adossé à l'un des rares véhicules autorisés à stationner entre les cyprès du campus. Le sol autour de lui était jonché de mégots. Il était là depuis des heures, et les grondements de son estomac se faisaient de plus en plus sonores et de plus en plus fréquents.

Il avait lu le compte rendu de l'enlèvement d'Evelyn dans la presse du matin et s'était entouré de mille précautions pour approcher le bâtiment. À sa surprise, celui-ci lui était apparu inchangé par rapport à la veille, lors de sa première visite. Il s'était alors rappelé qu'aucun média n'avait cité le nom de la victime, ce qui suffisait certes à expliquer l'absence de journalistes et de caméras, mais pas l'absence d'agents de sécurité. Même s'il avait vu ressortir au bout d'une heure les deux enquêteurs du Fouhoud qui étaient entrés dans l'immeuble, l'idée de se risquer à l'intérieur pour rencontrer l'assistant d'Evelyn le mettait mal à l'aise. Mieux valait attendre dehors et garder un œil sur les abords du département pour éviter toute mauvaise surprise.

Sa patience finit par s'avérer payante : le minuscule Ramez se décida enfin à apparaître à l'heure du déjeuner.

Farouk scruta l'allée dans les deux sens. N'ayant rien remarqué d'inquiétant, il sortit de l'ombre des arbres et, le cœur battant, marcha droit sur lui.

À quelques pâtés de maisons de là, Omar referma sèchement son téléphone portable et se remit à observer la rue Bliss à travers le pare-brise de sa Mercedes classe E bleu marine. La circulation était étonnamment fluide. Toujours sillonnée par les anciens rails du tramway, cette artère était d'ordinaire un cauchemar pour les automobilistes. Longue de plus de trois kilomètres, elle bordait tout un côté de l'université. Le mur du campus, qui se dressait le long d'un de ses trottoirs, n'était interrompu que par les portails d'entrée. Le trottoir opposé accueillait une succession de cafés extrêmement fréquentés, de pâtisseries, et de glaciers. Les clients se garaient en double, voire en triple file avec une sidérante insouciance – une pratique très répandue à Beyrouth –, provoquant embouteillages et pugilats avec une régularité de métronome.

Ce chaos n'avait pas que des inconvénients. Il offrait aussi la meilleure des couvertures pour une conversation discrète. D'où la présence d'Omar.

Sa visite au domicile de l'archéologue avait tourné court. Il avait perdu un homme dans la fusillade qui s'était ensuivie. Et, surtout, le hakim était mécontent.

Il allait devoir rectifier le tir.

Omar scruta son rétroviseur extérieur. Plusieurs policiers se tenaient près de l'entrée du commissariat de Hobeich.

Il repéra son contact en train de quitter le bâtiment.

L'homme regarda de son côté et aperçut la Mercedes. De sa main gauche, nonchalamment posée sur la portière, Omar lui adressa un signe quasi imperceptible. Le furet capta le message, salua ses collègues d'un léger coup de tête en passant à leur hauteur, et se rapprocha à pas nonchalants.

Mia explora son nouveau logis le cœur lourd. Après avoir fini le *shawarma,* une sorte de sandwich à l'agneau qu'ils avaient acheté en coup de vent sur le trajet, elle se dirigea vers la cuisine d'une démarche de somnambule ; elle n'arrivait toujours pas à digérer les événements qui l'avaient menée jusqu'ici.

L'appartement comportait deux chambres, a priori une de trop pour Corben, qui était célibataire et vivait seul, mais les studios et deux-pièces étaient rares à Beyrouth, et les loyers relativement bas. Tout juste lui avait-il proposé une brève visite guidée – cuisine, salle de bains, chambre d'amis, serviettes propres – avant de la planter là pour filer à l'ambassade. Il avait promis d'être de retour dans quelques heures.

Elle avait du mal à se sentir à l'aise ici. Chez un homme qu'elle connaissait à peine. Et encore. Qu'elle ne connaissait pas du tout. En temps normal – à supposer, par exemple, qu'elle soit là parce qu'elle sortait avec ce type, ou parce qu'il l'intéressait d'une façon ou d'une autre –, elle aurait fureté un peu partout, en inventoriant les livres de sa bibliothèque, les CD rangés près de sa chaîne hi-fi, les magazines étalés sur la table basse. Elle aurait même pu jeter un œil à l'intérieur de la penderie de sa chambre, à sa table de chevet, ou aux placards de la salle de bains. Lamentable, mais tentant. Un grand classique de la curiosité humaine. On se livrait à ce genre de fouille pour découvrir ce que l'autre avait dans le ventre. Avec un peu de chance, on en sortait le sourire aux lèvres et on se sentait encore plus proche de la personne en question. Au pire, on en était quitte pour une bonne chair de poule et on n'avait plus qu'à détaler sans demander son reste.

Mais là, rien : ni l'un ni l'autre.

Elle n'éprouvait aucune envie de fouiner, alors que cet homme était un agent de la CIA. Ce qui ouvrait des possibilités infinies. Son imagination avait beau lui faire miroiter une véritable caverne d'Ali Baba de secrets, d'intrigues et de gadgets, Mia resta sourde. Tout au plus jeta-t-elle à l'appartement un coup d'œil superficiel, sans se donner la peine de retenir ce qu'elle voyait. Il n'y avait d'ailleurs pas grand-chose à mémoriser. Les quelques meubles, tous en cuir sombre et en chrome, s'inscrivaient dans le style typique du célibataire de sexe masculin. Purement fonctionnels. Il n'y avait rien de superflu, aucune recherche d'effet. Ce n'était pas nécessairement le signe d'un manque de personnalité. Elle supposa que les hommes qui faisaient le métier de Corben voyageaient et vivaient léger. Elle ne le voyait pas laissant traîner sur une étagère de son salon un rapport top secret sur tel ou tel régime à renverser, ni un album photos d'informateurs sur sa table basse.

Elle jeta le papier gras du sandwich à la poubelle, se lava les mains et s'adossa au plan de travail. Sa faim était apaisée, mais elle se sentait toujours au trente-sixième dessous. Sa fatigue était à la mesure de la chute d'adrénaline qu'elle venait de subir. Elle eut l'impression que ses genoux allaient la trahir et ferma un instant les paupières. Puis elle se servit un grand verre d'eau, qu'elle but d'une lampée, et retourna dans le séjour, où elle se pelotonna sur le canapé.

En quelques secondes, son corps se rendit sans combattre, et elle bascula dans un sommeil sans rêves.

24

Maintenir une ambassade à Beyrouth représentait pour le Département d'État un formidable casse-tête depuis plus de trente ans. Et même si les difficultés semblaient s'être atténuées ces derniers temps, toutes les personnes concernées s'attendaient à un répit temporaire.

Le siège de la mission américaine, bâti sur la corniche face à la Méditerranée, aurait dû être remplacé au milieu des années soixante-dix par un complexe construit sur mesure, mais la guerre civile déclenchée en 1975 avait fait capoter le projet. L'ambassadeur Francis E. Meloy avait été enlevé alors qu'il franchissait la Ligne Verte, puis assassiné en 1976. Le temps que survienne un premier cessez-le-feu, l'année suivante, les factions rivales avaient déjà remodelé la capitale libanaise. Le secteur où se trouvait le chantier n'étant plus considéré comme sûr pour les citoyens des États-Unis, les plans avaient atterri dans un tiroir, et la carcasse de béton de la nouvelle ambassade était toujours debout.

Le personnel diplomatique resta donc cantonné dans les anciens locaux jusqu'à ce qu'un attentat-suicide à la voiture piégée – premier exemple majeur d'un usage de l'arme de la terreur, qui inaugurait une longue liste d'attaques dévastatrices contre les intérêts des États-Unis à travers le monde – détruise la moitié de l'immeuble en avril 1983. Sur les quarante-neuf membres de l'ambassade tués ce jour-là, on dénombrait huit agents de la CIA, dont Robert Ames, son directeur pour le Proche-Orient. Leur disparition anéantit la capacité d'intervention de l'agence dans le pays et ouvrit la voie à une interminable série d'enlèvements de personnalités. La CIA mit plusieurs années à rétablir une présence significative au Liban, pour voir cinq de ses agents – une équipe qui commençait tout juste à comprendre le chaos qu'était devenu le Liban des années quatre-vingt – exploser en plein ciel écossais à Lockerbie, en 1988, sur le vol 103 de la Pan Am.

Les survivants de la mission diplomatique squattèrent pendant quelques mois le siège de l'ambassade britannique – un immeuble résidentiel de six étages, bizarrement recouvert d'un filet antimissile aux allures de tente géante – avant d'emménager dans deux villas situées à dix kilomètres de Beyrouth, au cœur des luxuriantes collines d'Aoukar. La zone, quoique sous contrôle chrétien, ne se révéla pas tellement plus sûre. Un nouvel attentat à la voiture piégée frappa le complexe l'année suivante, tuant onze personnes. Le Département d'État jeta l'éponge et ferma l'ambassade pour deux ans mais, les combats ayant enfin cessé au début des années quatre-vingt-dix, le personnel diplomatique revint à Aoukar en attendant la construction à l'est de la ville d'une nouvelle ambassade, puissamment fortifiée et proche du ministère de la Défense, un projet qui n'était pas encore sorti de terre.

Corben avait directement mis le cap sur Aoukar après avoir déposé Mia chez lui.

Il fit rapidement le point avec ses collègues au deuxième étage de l'annexe consulaire, qui hébergeait les bureaux du chef de poste de la CIA, Len Hayflick, et des quatre autres agents de l'équipe de Beyrouth. Ils avaient du pain sur la planche, non seulement pour mener à bien leurs missions en cours – au nombre desquelles figuraient la recherche d'Imad Moughnieh, le responsable présumé de l'attentat au camion piégé qui avait détruit la base des marines en 1983, tuant deux cent quarante et un soldats, et la surveillance de groupes radicaux en plein essor comme le Fatah al-Islam – mais aussi parce que le Liban était à nouveau en proie à une guerre sale, non déclarée. Une ambiance délétère qui était pain bénit pour l'agence mais qui, tout en offrant de belles possibilités de succès, présentait aussi des risques extrêmes. L'enlèvement d'Evelyn Bishop devait néanmoins être traité en urgence, et Corben réussit par une prompte manœuvre à souffler l'affaire à Baumhoff une fois que celui-ci lui eut montré les polaroïds.

Il passa l'après-midi dans son bureau, entre coups de fil et consultations de ses bases de données. Aucun élément nouveau n'était apparu concernant le kidnapping. Pas d'appel téléphonique, pas de revendication, pas de demande de rançon. Ce qui ne le surprenait guère, même s'il s'attendait un peu à ce qu'un groupuscule marginal quelconque s'attribue le mérite de l'opération et tente d'exploiter l'affaire. Les États-Unis ne maniaient pas que le bâton dans la région ; il leur arrivait aussi de distribuer d'énormes carottes, soit au mérite, soit, comme ici, sous la menace. Aucune carotte n'avait été exigée pour le moment.

En rappelant un officier du Fouhoud avec lequel il s'était brièvement entretenu après avoir laissé Mia dans sa chambre d'hôtel, il apprit que l'homme retrouvé mort dans l'appartement ne portait aucune pièce d'identité. Son portrait serait affiché en gros plan dans les journaux du lendemain, mais Corben ne s'attendait pas à ce qu'on réclame le corps. Il téléphona à deux autres contacts au sein des services de renseignement libanais et les sonda discrètement, sans trop s'appesantir sur sa propre implication : il enquêtait juste sur le kidnapping d'une concitoyenne. Personne n'avait de nouvelles fraîches. Corben les invita à le rappeler dès qu'ils auraient une information.

Il récupéra le téléphone portable d'Evelyn auprès de Baumhoff et fit apparaître l'historique des appels entrants, mais le numéro de son dernier correspondant était masqué, ce qui confirmait les dires de son collègue. Personne n'avait tenté de la joindre depuis. Il consulta ensuite l'historique des appels sortants. Evelyn avait passé toutes sortes d'appels locaux ces derniers jours, mais le dernier en date éveilla instantanément son intérêt. Le numéro était américain. Rhode Island, à en juger par le préfixe.

Il se rappela la carte de visite retrouvée entre les pages de l'agenda sur le bureau de l'archéologue et s'empressa d'y jeter un coup d'œil. Le numéro correspondait. Il appartenait à un certain Tom Webster, spécialiste en archéologie antique du Haldane Institute. Corben calcula le décalage horaire : la matinée commençait à peine sur la côte est des États-Unis. Il y avait peu de chances qu'on lui réponde à cette heure-ci. Il lança une recherche sur son ordinateur, visita le site Internet de l'institut. Il y apprit que celui-ci était affilié à l'Université Brown, financé par des capitaux privés, et voué à l'étude et à la promotion de l'archéologie et de l'art antique sur les rives de la Méditerranée, en Égypte et en Asie Mineure. Le nom de Webster ne figurait nulle part dans son organigramme. Il nota « Tom Webster », « Haldane / Brown » et « fondation privée » dans son carnet, se promettant d'appeler l'institut un peu plus tard.

Il apporta le téléphone d'Evelyn au PC communications et le confia au spécialiste des opérations techniques, l'agent Jake Olshansky, en le priant de mobiliser tous ses pouvoirs magiques afin d'identifier le correspondant un peu trop timide qui avait récemment cherché à joindre l'archéologue. Il demanda aussi au jeune technicien un relevé des appels entrants et sortants de la ligne sur deux semaines et, si possible, un relevé des coups de fil passés et reçus sur la ligne fixe d'Evelyn, à supposer qu'elle en possédât une. Corben récupéra ensuite le portable de Mia dans le bureau de Baumhoff et l'examina brièvement, sans rien remarquer d'inhabituel. Il retourna voir Olshansky et le pria de faire parler sa carte SIM dans les plus brefs délais, car il avait l'intention de le récupérer plus tard pour le rapporter à la jeune femme. Corben remit aussi au technicien l'ordinateur d'Evelyn. Lui-même avait buté au démarrage sur l'obstacle du mot de passe mais savait qu'Olshansky n'aurait aucun mal à le contourner.

De retour dans son bureau, il reporta son attention sur l'agenda d'Evelyn. Ses rabats de cuir regorgeaient de cartes et de notes – une mine d'informations sur toute une vie d'activité débordante. Sa première exploration ne donna pas grand-chose. Les cases correspondant aux jours de la semaine écoulée, et en particulier aux deux derniers, ne comportaient aucune allusion à l'homme apparemment surgi des profondeurs de son passé qu'Evelyn avait revu la veille. Corben décida de remettre à plus tard l'examen de l'agenda. Il n'avait pas le temps de se livrer à une étude approfondie dans l'immédiat.

Les profils d'Evelyn et de Mia obtenus à partir du recoupement de ses sources ne recelaient aucune surprise. Les deux femmes semblaient mener une vie tranquille et ne s'étaient jamais aventurées du mauvais côté de la loi, même pour se garer en zone de stationnement interdit. Il retrouva la trace de déclarations assez crues prononcées par Evelyn à l'encontre des promoteurs immobiliers avides de rebâtir le centre-ville, mais il ne les jugea pas véritablement agressives et décida de ne pas en tenir compte.

Corben se laissa aller en arrière sur son fauteuil et tenta de reconstituer le fil des événements depuis le rendez-vous de Mia avec Evelyn la veille au soir. Il réfléchit sur l'aisance avec laquelle la bande de ravisseurs avait opéré. Beyrouth avait très nettement évolué depuis l'impunité totale de ses heures sombres, et une équipe aussi bien entraînée et armée ne pouvait plus y sévir sans entretenir des liens avec une des principales milices locales. Ce qui impliquait, fatalement, une connexion occulte avec un service de renseignement gouvernemental – soit libanais, soit syrien. L'identification de l'homme abattu fournirait un indice sur le clan pour lequel il travaillait, mais Corben ne comptait pas trop dessus. Les tueurs à gages ne coûtaient pas cher, et leurs traces s'effaçaient vite. Chaque milice, chaque officine avait dans la police des alliés susceptibles de faire avancer – ou, le plus souvent, d'enterrer – une affaire.

Il devait découvrir d'où venait la menace. La bande venait de manquer son but à deux reprises. Il était peu probable qu'elle prenne le risque d'un troisième échec. Il allait donc devoir faire preuve d'une extrême prudence.

Corben ouvrit le dossier trouvé sur le bureau d'Evelyn et le feuilleta. D'autres informations étaient peut-être stockées dans le disque dur de son ordinateur, mais son intuition lui souffla d'emblée que c'était là-dessus qu'il avait intérêt à se concentrer. Il relut attentivement les notes d'Evelyn, examina à nouveau les clichés. Son séjour en Irak lui avait appris qu'Hilla n'était pas très loin de Bagdad en voiture.

Il s'imagina les chambres souterraines exhumées par Evelyn, repensa au laboratoire sur lequel il avait lui-même enquêté.

Tous deux en Irak, séparés par une centaine de kilomètres à peine.

Tous deux sous le signe de l'Ouroboros.

Il croyait à peu près autant aux coïncidences qu'aux politiciens altruistes, aux rasages gratis et à la victoire imminente de la démocratie au Proche-Orient.

Corben relut les notes qu'il avait prises lors de sa conversation avec Mia. Il s'arrêta sur l'expression « intermédiaire irakien », l'entoura d'un cercle, s'accorda un temps de réflexion, puis décida de regarder à nouveau les polaroïds retrouvés dans le sac d'Evelyn. Tout semblait correspondre. Un homme issu du passé irakien d'Evelyn, cet « intermédiaire », refait surface sans crier gare. Peu après, elle disparaît. Son sac à main contient un jeu de photos de précieuses antiquités mésopotamiennes. Corben avait la quasi-certitude que l'intermédiaire était venu la trouver pour lui revendre ces objets, et notamment le livre. Elle s'était déjà intéressée par le passé au symbole du serpent – un intérêt qu'il allait devoir étudier de près. Or sa cible, il le savait, avait survécu et continuait de sévir avec le même impitoyable acharnement qu'à Bagdad. Un acharnement tout à fait similaire à celui qui avait caractérisé l'enlèvement de l'archéologue, puis la tentative de fouille de son appartement.

Il se rapprochait.

Il sentait la présence toute proche du hakim, lancé à la poursuite de son insaisissable rêve. Pour l'éliminer, il devrait passer par l'intermédiaire irakien, qui détenait à l'évidence l'objet de la convoitise de sa cible. Il savait où trouver les antiquités et devait se terrer quelque part dans les parages. Il s'agissait donc de le retrouver. Avant le hakim.

Il allait devoir attirer l'intermédiaire hors de sa tanière, à condition que celui-ci n'ait pas déjà quitté la ville, ce qui était fort possible au vu des risques qu'il y courait. Corben réfléchit un moment avant de reprendre le dossier récupéré chez Evelyn. Celui-ci contenait plusieurs vieux instantanés – des photos – souvenirs des fouilles de Hilla – dont certains montraient l'archéologue posant en compagnie de plusieurs hommes visiblement arabes. Il y avait de bonnes chances pour que l'intermédiaire soit l'un d'entre eux, mais Corben ignorait à quoi il ressemblait.

Mia, elle, l'avait vu.

Il aurait préféré ne pas l'entraîner dans cette histoire – elle avait déjà beaucoup subi en vingt-quatre heures –, mais les enjeux étaient colossaux et, de toute façon, elle était déjà impliquée. Il devrait toutefois veiller à la ménager au maximum. Ce qui, sachant à qui il s'attaquait, risquait de ne pas être facile.

La sonnerie de son téléphone fixe l'arracha à sa méditation. Il jeta un coup d'œil à l'écran à cristaux et tendit la main vers le combiné. C'était l'ambassadeur.

25

Evelyn, assommée de désespoir, contemplait les murs de sa cellule.

La petite pièce, par son aspect, l'avait favorablement surprise dans un premier temps. Rien à voir avec le cachot crasseux, suintant et infesté de rats qu'elle s'était imaginé trouver d'après les témoignages des otages enlevés dans les années quatre-vingt. Cet endroit ressemblait à n'importe quelle chambre d'hôpital du Proche-Orient. Ou plutôt à n'importe quelle chambre de service psychiatrique.

Les murs, le sol et le plafond étaient peints en blanc. Le lit, étroit et vissé au sol, bénéficiait non seulement d'un vrai matelas, mais aussi d'un oreiller, de draps et d'une couverture. Il y avait aussi des toilettes et un lavabo, tous deux en état de marche. Le seul point faible était à chercher du côté de l'éclairage, en raison du léger bourdonnement que produisaient en permanence les deux plafonniers au néon. Deux détails avaient cependant suffi à tuer dans l'œuf le soulagement qu'aurait pu éprouver Evelyn devant son nouveau domicile. La seule ouverture visible était une sorte de petit hublot réfléchissant – très certainement une vitre sans tain à travers laquelle ses geôliers pouvaient l'observer sans être vus – percé dans l'épais blindage métallique de la porte – une porte qui, remarqua-t-elle, se distinguait aussi par l'absence de poignée. Et surtout, le relatif confort du lieu présageait un séjour prolongé, et son austérité froide, presque clinique, distillait une menace plus subtilement inquiétante que celle d'une cellule ordinaire. Il émanait de ces murs une cruauté palpable qu'Evelyn ressentait par tous ses pores.

L'effroyable douleur qui lui avait enflammé les veines n'était plus qu'un souvenir. Elle massa lentement ses bras nus, toujours sidérée par l'absence d'effets secondaires de… comment avait-il appelé ce poison ? Elle ne s'en souvenait plus. Elle repensa avec colère à l'impression qu'elle avait eue que les mots ne sortaient pas assez vite de sa bouche lorsqu'elle s'était mise à lui parler. Elle se sentait faible, impuissante et, par-dessus tout, humiliée. Maintes fois confrontée à l'adversité et à des situations délicates depuis son arrivée dans la région, elle s'enorgueillissait de posséder une force intérieure et des réserves de détermination apparemment inépuisables. Or, son ravisseur l'avait réduite sans effort à l'état de loque terrorisée, et cette idée lui causait presque autant de souffrance que le liquide démoniaque qu'il avait injecté dans ses veines.

La pire de tout étant peut-être de ne pas savoir aux mains de qui elle était tombée.

Sa découverte à Hilla n'avait débouché sur rien. La piste s'était interrompue net à l'endroit même où elle avait surgi, dans la chambre souterraine, et sa liaison avec Tom avait connu un sort identique.

Après le départ de celui-ci, et la tornade affective provoquée par leur idylle, Evelyn s'était vertement reproché de s'être laissé piéger, d'avoir négligé les indices. À sa décharge, il fallait dire que Tom s'était toujours montré totalement indéchiffrable. Tout au long de leur brève aventure, elle avait perçu chez lui un malaise profond, un conflit intérieur qui le mettait à la torture. Elle avait toujours eu la conviction qu'il lui cachait quelque chose, ce que confirmait sa propre présence aujourd'hui dans cette cellule. À l'époque, elle avait cru – ou du moins espéré – qu'il ne s'agissait pas d'une banale et sordide affaire de double vie : une épouse et une famille quelque part, une routine à laquelle il tentait brièvement d'échapper. Apparemment, quelque chose de plus profond était à l'œuvre. Mais le jour où elle avait voulu aborder la question avec lui, il s'était dérobé d'une pirouette, changeant aussitôt de sujet avec son charme habituel. Evelyn ne doutait pas de l'authenticité des sentiments que Tom lui avait avoués. Certes, les hommes étaient capables de mentir, mais au fond de son cœur elle avait la certitude de ne pas s'être trompée sur lui, et son intuition en la matière s'était toujours révélée fiable. Jamais elle n'oublierait la flamme de sincérité qui avait embrasé son regard lorsqu'il lui avait confié ce qu'il éprouvait pour elle, même si, par la suite, elle avait eu le plus grand mal à digérer la détermination quasi chirurgicale avec laquelle il avait décidé de rompre.

Ses paroles d'adieu continuaient de résonner en elle avec autant de force que s'il était toujours en train de les lui murmurer au creux de l'oreille.

Je ne peux pas rester. Nous ne vivrons jamais ensemble.

Il n'y a personne d'autre. J'aurais aimé que ce soit simple. Mais il s'agit de quelque chose dont je n'ai pas le droit de parler. Sache seulement que si j'avais eu la moindre chance de pouvoir rester avec toi, je l'aurais fait.

Sur ces mots, il s'était volatilisé.

La laissant avec la tâche peu enviable de l'oublier et de reprendre le cours de sa vie antérieure, la laissant subir seule une séparation rendue plus intolérable encore par le simple fait qu'elle était inexpliquée et – de l'avis d'Evelyn, en tout cas – injustifiée. Et surtout la laissant se débrouiller seule avec leur enfant, dont il ignorait jusqu'à l'existence. Une petite fille à qui elle avait toujours menti en lui disant que son père était mort.

Evelyn vivait avec ce mensonge depuis trente ans et, même après tout ce temps, il lui suffisait d'y penser pour que son cœur se serre dans sa poitrine. La décision avait été douloureuse, mais Mia se serait certainement lancée sur les traces de son père si elle avait su qu'il vivait encore, ce qui était hors de question. Tom avait été extrêmement clair sur le caractère irrévocable de leur séparation. Il n'aurait servi à rien d'exposer sa fille à une déception aussi cruelle.

Du moins avait-elle réussi à dérober ce secret-là au hakim. Dissimuler la vérité sur la naissance de Mia lui apparaissait plus important que tout le reste. Sinon, son tortionnaire se serait aussitôt lancé aux trousses de sa fille, ce qui lui semblait être la plus insoutenable des éventualités.

Une toute petite victoire. Elle n'avait rien d'autre à quoi se raccrocher pour le moment.

Quelque chose, derrière la porte de sa cellule, capta son attention. Du bruit. Des pas traînants sur le dallage.

Elle s'approcha de la porte et voulut regarder par le hublot, qui ne lui renvoya que son propre reflet baigné de lumière crue. Elle colla l'oreille au battant, écouta avidement. Il y eut un déclic, puis un cri qui lui glaça le sang, le cri suppliant d'un petit garçon, suivi de près par l'aboiement rageur d'un homme qui lui ordonnait de se taire – *« Khrass, oulaa ! »* – et par un bruit sec qu'Evelyn interpréta comme une gifle. À peine l'enfant eut-il le temps de geindre qu'une porte claqua et qu'une clé tourna dans une serrure.

Evelyn attendit une minute, en comptant les secondes, que l'homme soit reparti. Devait-elle tenter d'établir le contact ? Une autre question l'assaillit. Et si cet enfant et elle n'étaient pas les seuls prisonniers ? Elle n'avait aucun moyen de le savoir. Elle avait été menée à sa cellule la tête recouverte d'un tissu noir que son geôlier ne lui avait ôté qu'une fois le seuil franchi. Elle n'avait donc pas la moindre idée de ce qu'il y avait au-delà de cette porte. L'idée que d'autres personnes étaient détenues juste à côté d'elle ne faisait qu'attiser sa peur.

Evelyn décida de prendre le risque.

— Ohé ? Il y a quelqu'un ?

Son appel murmuré résonna longuement dans le silence.

Elle recommença, un peu plus fort. Toujours pas de réponse.

Il lui sembla entendre au loin un râle étouffé, mais rien n'était moins sûr : le sang lui battait aux tempes.

Elle patienta quelques secondes et essaya encore, sans rien obtenir d'autre qu'un silence de mort. Tremblante et abattue, elle se laissa glisser au sol et, la tête entre les mains, s'efforça une nouvelle fois de comprendre le sens du cauchemar qu'elle vivait.

Elle revit le visage de l'homme tandis qu'elle lui parlait. Elle avait visiblement piqué son intérêt en prononçant le nom de Tom. Il avait posé toutes sortes de questions à son sujet, comme s'il voulait tout savoir de lui. Il avait bu ses paroles et pris des notes, en hochant sans cesse la tête. L'instinct d'Evelyn ne l'avait pas trompée. Il aurait mieux valu taire l'existence de Tom, mais l'incendie qui s'était propagé à tout son corps ne lui avait guère laissé le choix.

Sa fille avait réussi à s'échapper, du moins l'espérait-elle, mais Evelyn savait que son ravisseur ne reculerait devant aucun effort pour retrouver Tom Webster. Et à cette sombre perspective vint se superposer une autre, encore plus terrifiante : Mia saurait-elle faire appel à des gens capables de lui venir en aide ? Reverrait-elle un jour sa fille ?

26

Le bureau de l'ambassadeur était situé au fond de la villa principale, aussi loin que possible de l'entrée du domaine, et isolé du monde extérieur par un ensemble de portes blindées et de vitres pare-balles sans tain. Des marines et des soldats de l'armée libanaise se relayaient en permanence pour défendre le portail et patrouiller dans la pinède qui bordait le jardin par l'arrière.

Ces précautions étaient bien entendu nécessaires, mais personne ne se faisait d'illusions quant à leur réelle efficacité. Si quelqu'un prenait la décision – vraisemblablement dans une des capitales de la région – d'attaquer l'ambassade des États-Unis dans le cadre d'un plan de déstabilisation politique, aucune barricade ne pourrait l'en empêcher. Tout le personnel le savait, à commencer par celui qui se trouvait au cœur de la cible, l'ambassadeur lui-même. L'expérience avait appris à Corben que les hommes pouvaient réagir de façon très différente une fois installés à ce poste. L'ambassadeur actuel, force était de le reconnaître, l'assumait avec un admirable stoïcisme.

À son entrée dans le bureau, Corben trouva celui-ci en compagnie d'un inconnu, lequel s'empressa de se lever et de se présenter sous le nom de Bill Kirkwood. Sa poignée de main était ferme, son regard pénétrant, son attitude cordiale. Il était aussi grand que l'agent de la CIA et semblait en bonne forme physique. Corben lui donna une quarantaine d'années.

— Bill est arrivé d'Amman tout à l'heure, expliqua l'ambassadeur. Il s'agit de l'affaire Evelyn Bishop.

Ce qui ne laissa pas de surprendre Corben. Les choses allaient un peu vite à son goût.

— En quoi est-ce qu'elle vous intéresse ? demanda-t-il au nouveau venu.

— J'ai rencontré Evelyn il y a plusieurs années. Je travaille à la division de l'héritage culturel de l'Unesco, et elle s'est battue avec nous contre les promoteurs du centre de Beyrouth. Une vraie tornade, ajouta

Kirkwood avec un sourire, le genre de personne qu'on n'oublie pas facilement. Depuis ce temps-là, nous finançons une partie de ses travaux.

Corben, ne voyant pas trop où cela pouvait mener, questionna son patron du regard.

— Bill est inquiet, expliqua l'ambassadeur. D'un point de vue personnel autant que professionnel.

Et il se tourna vers Kirkwood pour l'inviter à développer.

— Tout d'abord, poursuivit celui-ci, je me fais du souci pour Evelyn. C'est quelqu'un que nous respectons et à qui nous tenons, et je tiens à m'assurer que tout sera mis en œuvre pour qu'on la retrouve indemne le plus vite possible. Au-delà de ça, ajouta-t-il après une brève hésitation, nous sommes effectivement préoccupés à l'idée qu'une de nos meilleures spécialistes puisse être éclaboussée par une affaire que les médias ne manqueront pas de présenter comme un trafic d'antiquités, puisque, d'après ce que j'ai pu comprendre, le gouvernement libanais souhaite insister sur cet aspect-là. Or j'ai l'impression, reprit-il avec un regard interrogateur en direction de l'ambassadeur, que nous ne sommes que moyennement enclins à les contredire.

— Nous devons peser le pour et le contre, se défendit le diplomate avec le calme d'un professionnel aguerri. Le Liban se trouve actuellement dans une situation très précaire. Une Américaine, qui plus est d'un certain âge, enlevée sans motif en pleine rue, voilà qui risquerait fort d'être interprété comme un acte terroriste antioccidental. Et le moment ne saurait être plus mal choisi. Les Libanais aspirent à maintenir l'image d'une paix et d'une normalité qu'ils viennent à peine de restaurer après tant d'années de tourmente. Après les événements de cet été, le gouvernement a plus que jamais besoin de capitaux étrangers. Le Premier ministre et le ministre de l'Intérieur m'ont tous les deux appelé à propos de cette affaire. C'est la panique. Je n'ai pas besoin de vous dire que les impressions jouent un rôle clé dans les décisions d'investissement, et que si par malheur l'incident inspirait des suiveurs…

— Alors que la disparition d'une trafiquante dans le cadre d'une vente crapuleuse ne reflète en rien un climat d'instabilité politique et pourrait donc être présentée comme une simple péripétie, observa Kirkwood sur un ton légèrement sarcastique, en se tournant vers Corben. Vous voyez le tableau.

— J'imagine aussi que ça n'arrange pas votre organisation de voir Evelyn Bishop présentée partout comme une trafiquante, remarqua l'agent de la CIA.

Kirkwood s'accorda un instant de réflexion avant d'acquiescer.

— Bien sûr que non. Je ne nierai pas que nous sommes également animés par le désir d'éviter les retombées négatives. On ne peut pas dire que l'Unesco bénéficie d'un soutien inconditionnel de la part du Capitole. Notre pays vient tout juste de réintégrer l'organisation, et ça n'a pas été sans peine.

Les États-Unis avaient fait partie des trente-sept membres fondateurs de l'Unesco, l'Organisation des Nations unies pour l'éducation, la science et la culture, fondée en 1945, juste après la guerre, pour promouvoir la paix et la sécurité en encourageant la coopération entre les nations dans ses trois grands domaines de compétence. Si elle avait connu un développement spectaculaire au cours des quatre décennies suivantes, allant jusqu'à accueillir cent cinquante membres, sa politique, jugée dangereusement « à gauche », avait progressivement divergé de celle que souhaitaient mener les États-Unis, lesquels avaient consommé la rupture en quittant ses rangs en 1984. Ils ne l'avaient rejointe qu'en 2003, sur un geste du président Bush, mais point n'était besoin de creuser très profondément pour se rendre compte que l'Unesco était toujours considérée avec autant de scepticisme et de mépris que sa grande sœur l'ONU dans les cercles officiels de Washington.

— Cette affaire exige d'être traitée avec la plus grande prudence, déclara l'ambassadeur. À la fois pour retrouver Evelyn Bishop et en termes de communication.

Corben observa ses deux interlocuteurs avant de répondre.

— Pour ce qui est d'Evelyn Bishop, vous savez bien que notre objectif prioritaire est de la récupérer saine et sauve. Côté médias, ma foi... cet enlèvement n'a rien de politique. Nous en sommes presque sûrs. Je suis persuadé qu'il s'agit bel et bien d'une affaire d'antiquités irakiennes, mais le rôle d'Evelyn Bishop dans ce contexte reste peu clair.

— Que savez-vous de ces pièces ? demanda Kirkwood.

Corben hésita un instant. Il ne voulait pas en dire plus que le strict nécessaire.

— Ce sont surtout des statuettes, des tablettes, des sceaux. Nous avons quelques photos.

— Puis-je les voir ?

La question surprit Corben. Ce Kirkwood se montrait un peu plus curieux que prévu.

— Bien sûr. Elles sont dans mon bureau.

— Parfait, acquiesça le représentant de l'Unesco. En résumé, nous pensons qu'elle a croisé la route de ces trafiquants d'une manière ou d'une autre. Mais a-t-elle participé activement à la transaction, ou est-elle au contraire intervenue pour la faire capoter ? Vous voyez où je veux en venir ? C'est l'angle que nous allons devoir adopter. Evelyn a eu vent de la magouille, elle a essayé de la faire échouer ou de dénoncer les trafiquants, et ils l'ont enlevée. La connaissant, je suis sûr que c'est ce qui s'est passé.

— Ça arrangerait tout le monde, commenta l'ambassadeur.

— Le hic, intervint Corben, c'est qu'elle n'a alerté personne. Si elle avait vraiment voulu empêcher les trafiquants de nuire, elle aurait tiré la sonnette d'alarme, leur donnant une excellente raison de la réduire au silence. C'est d'ailleurs ce qui m'inquiète le plus dans cette affaire. S'il s'est vraiment passé quelque chose de cet ordre et que leur objectif est de la faire taire… ils ne viendront sûrement pas nous trouver en brandissant un ultimatum. Il va donc falloir établir nous-mêmes le contact et leur offrir quelque chose en échange de sa libération. À supposer qu'ils n'aient pas déjà commis l'irréparable, conclut-il avec un regard sombre.

— J'imagine que vous comptez utiliser vos canaux habituels pour leur faire savoir que nous souhaitons juste la récupérer, sans poser de questions ? demanda l'ambassadeur.

— C'est déjà en cours. Mais nos contacts se sont beaucoup réduits depuis cet été. Le pays est divisé en deux. L'un des camps refuse de nous dire quoi que ce soit, et l'autre ne nous sera pas d'une grande utilité dans ce dossier.

— J'ai moi-même un certain nombre de relations dans la région, dit Kirkwood à Corben. J'aimerais vraiment vous donner un coup de main. Je devrais pouvoir toucher une catégorie de personnes différente de celles auxquelles vous avez accès. Notamment pour tout ce qui concerne les antiquités irakiennes. Et cela pourra être interprété comme un effort de médiation neutre, sous l'égide de l'ONU, ce qui vaut toujours mieux que les initiatives venues en droite ligne du Grand Satan.

Corben chercha le regard de l'ambassadeur, qui semblait ne voir aucune objection à l'offre de Kirkwood. Lui était plus réservé. Il travaillait toujours seul. Par choix personnel autant que parce que le profil de son poste l'exigeait. Cela étant, et même si l'idée d'avoir ce type penché sur son épaule lui déplaisait profondément, il ne pouvait pas vraiment refuser. D'ailleurs, Kirkwood pouvait lui être utile. L'ONU ne manquait pas de contacts dans la région. Et la piste d'Evelyn avait toutes les chances de le mener en droite ligne au hakim. Ce qui était le but du jeu, même s'il n'avait aucune intention de l'avouer à ses deux interlocuteurs.

— Pas de problème, concéda-t-il.

Kirkwood posa dans la foulée une question qui l'étonna beaucoup.

— J'ai entendu dire qu'une jeune femme était également impliquée. Que pouvez-vous nous dire d'elle ?

— Elle s'appelle Mia Bishop, répondit Corben. C'est la fille d'Evelyn.

27

Le séjour baignait dans une semi-clarté crépusculaire lorsque Mia émergea de son somme sur le canapé de Corben. Elle cligna des yeux, un instant déroutée par cet environnement inconnu, puis tout lui revint en mémoire. Elle se redressa lentement, dissipa sa torpeur en se massant le visage. Ayant repris ses esprits, elle se leva, se dirigea vers la porte-fenêtre et sortit sur le balcon.

Les immeubles du trottoir d'en face, uniformément gris, semblaient aussi fatigués qu'elle. La plupart des balcons avaient été annexés aux appartements par l'installation d'une verrière illégale, et presque toutes les façades étaient criblées d'impacts de balles et d'éclats d'obus. Une forêt d'antennes râteaux hérissait les toits, et des dizaines de fils électriques et téléphoniques tissaient au-dessus de sa tête une toile d'araignée qui venait rappeler la précarité d'un pays souvent contraint à l'improvisation. D'un point de vue strictement esthétique, Beyrouth était une ville dépourvue de charme. Et pourtant, contre toute logique, elle séduisait tous ses visiteurs. Dont Mia.

Elle était en train de se sécher après une douche rapide quand un déclic lui parvint de l'entrée. Tout son corps se raidit. Tendant l'oreille, elle se drapa en hâte dans une serviette et gagna sur la pointe des pieds la porte de la salle de bains. Elle l'entrebâilla légèrement puis colla son œil à l'interstice. Impossible de voir l'entrée. Son cerveau tournait en surrégime.

Devait-elle se barricader dans la salle de bains ? Ne valait-il pas mieux foncer vers une des chambres, l'une et l'autre pourvues d'un balcon ? Ce qui n'arrangerait pas forcément les choses, puisque l'appartement était au sixième étage et qu'elle ne se voyait pas entreprendre un nouveau numéro de funambule. Elle commençait à se sentir à court d'idées lorsque le pêne de la serrure coulissa avec bruit. La porte s'ouvrit.

— Mia ?

En entendant la voix de Corben résonner de pièce en pièce, elle ferma les yeux et soupira de soulagement.

— J'en ai pour une seconde, répondit-elle sur un ton aussi décontracté que possible en se reprochant de s'être laissé entraîner par son imagination.

Elle s'habilla et retrouva son hôte dans la cuisine. Il lui avait rapporté son téléphone portable. Elle l'alluma et vit qu'elle avait deux messages. La rumeur commençait à se propager qu'Evelyn était la victime de l'enlèvement dont parlait toute la presse. Le premier message provenait du superviseur du projet de la fondation et le second de Mike Boustany, l'historien local qui l'épaulait sur son projet et qu'elle commençait à bien connaître. Elle devrait les rappeler l'un et l'autre pour les informer de ce qui se passait, mais elle décida que cela pouvait attendre le lendemain matin. Sachant que d'autres amis et collègues inquiets chercheraient également à la joindre à mesure que la nouvelle se répandrait, elle baissa au minimum le volume de la sonnerie et décida de filtrer les appels. La seule personne à qui elle ne manquerait pas de répondre, le cas échéant, était sa tante de Boston. Avant de parler aux autres, elle tenait à avoir une discussion approfondie avec Corben, lequel avait eu l'excellente idée d'acheter un repas tout fait sur le trajet du retour, car elle mourait de faim.

Ils disposèrent les kaftas de mouton enrobés de papier d'aluminium, le houmous, et les autres mezzés sur la table basse du séjour puis, assis en tailleur sur des coussins, ils picorèrent dans les plats en sirotant une bière Almaza bien fraîche. Les repas, à Beyrouth comme ailleurs sur les rives de la Méditerranée, étaient souvent des festins composés d'un riche éventail de mets préparés avec soin, ainsi que d'incontournables rites sociaux. Mia eut tôt fait de succomber aux vertus thérapeutiques de la nourriture et de la bière. Dans un premier temps, la conversation – essentiellement gastronomique – s'écoula comme un long fleuve tranquille, ce qui lui permit de profiter d'un peu de répit après la folie furieuse de ces dernières heures et aussi, s'aperçut-elle, de la compagnie de son hôte, même s'ils s'étaient jusque-là contentés d'aborder des sujets très superficiels. Elle ne s'en plaignait pas : ce genre de bavardage ne pouvait que lui être bénéfique. Mais à mesure que leurs assiettes se vidaient et que le halo d'or du crépuscule se dissolvait dans la pénombre, l'atmosphère conviviale qui avait présidé à leurs agapes finit par se dissiper.

Mia avait tiré parti de ses heures de solitude pour revenir sur tout ce qui lui était arrivé, tout ce qu'elle avait vu et entendu depuis la veille. Trop d'éléments lui échappaient encore.

— Jim, lâcha-t-elle au terme d'un lourd silence. Pouvez-vous m'expliquer ce qui se passe vraiment ?

Le regard de l'agent de la CIA se détourna une fraction de seconde avant de croiser à nouveau le sien.

— Comment ça ?

— J'ai l'impression d'être complètement à côté de la plaque.

— Je ne suis pas sûr d'en savoir tellement plus que vous, répondit-il avec une ombre dans le regard. Vous et moi avons été embarqués dans cette affaire sans y être préparés. Jusqu'ici, nous nous sommes contentés de réagir au coup par coup.

— Mais vous avez votre idée, insista-t-elle.

Elle se sentit rougir. Pousser les gens dans leurs retranchements ne lui ressemblait pas, mais jamais elle ne s'était retrouvée dans une situation aussi étrange.

— Qu'est-ce qui vous fait dire ça ?

— Voyons, Jim…

— Quoi ? interrogea-t-il en écartant les mains.

— Eh bien, le dossier, par exemple.

— Quel dossier ?

Elle lui décocha un regard franchement dubitatif.

— Celui que vous avez pris chez ma mère. J'y ai jeté un coup d'œil pendant que je vous attendais dans la cuisine.

— Et… ?

— Et de tout ce qu'il y avait chez elle, c'est la seule chose qui ait retenu votre attention. Il y est constamment question d'un symbole – un serpent qui se mord la queue. J'ai vu le même au commissariat, sur une des photos que m'ont montrées les flics, les polaroïds retrouvés dans le sac à main de maman. Il ornait la couverture d'un vieux bouquin.

Mia s'interrompit pour observer Corben. Mais sa réaction – ou plutôt son absence de réaction – ne lui livra aucun indice, ce qui d'ailleurs n'avait rien de surprenant de la part d'un agent secret. Elle sentit néanmoins qu'elle était sur la bonne voie et décida de persévérer.

— Ensuite, il y a le niveau de violence de ces types : on se croirait en pleine guerre des gangs. D'accord, je veux bien admettre que le trafic de pièces de musée ne relève pas de la criminalité en col blanc, et je ne suis spécialiste ni de la pègre, ni de ce qui est aujourd'hui considéré comme normal dans les rues de Beyrouth, mais tout ça me paraît franchement barbare : enlever quelqu'un en pleine rue, débouler chez les gens l'arme au poing…

Mia marqua une courte pause, le temps de rassembler son courage.

— Et puis il y a votre rôle, lâcha-t-elle.

Corben fronça les sourcils.

— Mon rôle ?

— J'ignorais que la CIA s'occupait de récupérer les antiquités volées.

— Une ressortissante des États-Unis a été enlevée, lui rappela Corben. Ça, c'est du ressort de l'agence.

Il but une dernière gorgée de bière et reposa tranquillement la bouteille avant de croiser à nouveau le regard de Mia.

Un vrai sphinx, pensa-t-elle, imaginant malgré elle à quel point il devait être pénible d'être assis face à lui autour d'une table de poker. Ou, pire encore, de partager la vie d'un être aussi insondable.

— Si vous le dites, concéda-t-elle du bout des lèvres. Mais tout de même… Allez, Jim. Il s'agit de ma mère. Je peux comprendre que vos collègues et vous ayez besoin de récolter un maximum d'informations, mais la vie de ma mère est dans la balance – et la mienne aussi, sans doute.

Elle chercha son regard, sentit son hésitation. Corben devait passer en revue les divers aspects de la situation et sélectionner ceux qu'il pouvait ou non lui faire partager. Après un bref silence, il se leva et alla chercher sa serviette à l'autre bout de la pièce avant de se rasseoir. Il composa la combinaison chiffrée permettant de l'ouvrir et en sortit le dossier d'Evelyn, qu'il plaça devant lui sur la table basse.

— Je n'ai pas de vue d'ensemble de la situation, d'accord ? Mais je vais vous dire ce que je sais. J'ai effectivement trouvé ceci sur le bureau de votre mère, ajouta-t-il en tapotant la chemise cartonnée. Un vieux dossier, qui à première vue ne paraît pas lié à ses travaux actuels. Mais qui traîne comme par hasard sur son bureau le jour de ses retrouvailles avec quelqu'un qu'elle a connu autrefois sur des fouilles en Irak. Je ne serais pas surpris que ce soit cet homme qui ait remis à votre mère les polaroïds qu'elle gardait dans son sac. Peut-être cherchait-il à vendre ces objets, peut-être comptait-il sur elle pour le mettre en contact avec des acheteurs. Peut-être avait-elle un intérêt personnel pour un de ces objets. À cause de ceci, dit-il en ouvrant la chemise et en poussant vers Mia la photocopie d'un Ouroboros. Comme vous l'avez très justement remarqué, les fouilles dont il est question dans ce dossier avaient permis d'exhumer un symbole identique à celui du livre.

Mia étudia avec plus d'attention que la première fois la reproduction en noir et blanc, un peu jaunie, d'une gravure sur bois extrêmement ancienne représentant un serpent. Ce n'était pas un serpent ordinaire. Avec ses écailles puissantes et ses crocs démesurés, il ressemblait plutôt à un dragon. Ses yeux froids et mornes regardaient dans le vide, comme si se dévorer soi-même était un acte naturel et indolore. Cette image renvoyait à une peur primordiale, à un maléfice issu du fond des âges.

— Qu'est-ce que c'est que ça ? interrogea-t-elle.

— Un Ouroboros. Un symbole très ancien, utilisé à différentes époques par différentes cultures.

— Que signifie-t-il ?

— Il semble qu'il n'ait pas toujours eu le même sens. Je dirais que c'est un archétype mystique qui a revêtu des significations assez diverses selon les civilisations et l'usage qu'elles avaient choisi d'en faire. J'en ai trouvé de nombreux exemples, que ce soit dans la mythologie égyptienne, dans les légendes hindoues, ou plus tard chez les alchimistes et les gnostiques – et je n'ai pas cherché longtemps.

Mia eut du mal à détacher ses yeux de l'image.

— Les autres objets ne comptent pas, murmura-t-elle. C'est le livre que recherchent les ravisseurs de ma mère.

— C'est possible. Ceci pourra peut-être nous aider, répondit Corben en tapotant la chemise. Je n'ai pas encore eu le temps de me plonger dedans. Mais là n'est pas la question. Ce dossier ne nous intéresse que dans la mesure où il pourrait être lié au mobile de l'enlèvement. Et à l'heure où je vous parle, la meilleure piste susceptible de nous mener jusqu'à votre mère est l'homme qui selon moi lui a apporté ces photos : l'intermédiaire irakien dont elle vous a parlé hier soir. Il en sait sûrement long sur ce qui se passe et sur les personnes impliquées. Nous n'avons encore aucune information sur lui, mais…

Corben marqua un temps d'arrêt. Mia sentit qu'une partie de lui-même lui enjoignait d'en rester là, mais il finit par ajouter :

— Il est très possible que vous ayez raison de penser que votre mère était en compagnie de ce même Irakien au moment de l'enlèvement. Ce qui signifierait que vous l'avez vu. Et que vous devriez pouvoir l'identifier. Et si c'est bien le même homme, dit-il en retournant le dossier pour le placer face à Mia, j'espère qu'il y a une photo de lui quelque part là-dedans. Ce qui nous aiderait beaucoup.

Après l'avoir dévisagé d'un œil hésitant, comme si elle le soupçonnait de vouloir la mener en bateau, elle hocha la tête et rouvrit le dossier. Bien qu'intéressée par l'ensemble de son contenu – les feuilles couvertes d'une écriture cursive élégante et classique qui lui rappelait les lettres reçues de sa mère tout au long de son enfance ; les photocopies de documents divers et de pages de livres en anglais, en arabe, parfois en français, dont certains passages étaient soulignés voire accompagnés d'observations inscrites en marge ; les cartes de l'Irak et du Levant dans sa totalité, émaillées de croix, de flèches, de cercles et d'une multitude de points d'interrogation –, elle se contenta d'un survol rapide, cherchant les photographies qu'on lui demandait d'examiner.

Elle entreprit ensuite de regarder la pile de vieux clichés glanés au fil des pages. En voyant sur certains d'entre eux une Evelyn plus jeune, plus mince, en pantalon de treillis, chapeau de brousse, et lunettes de soleil à grosse monture d'écaille, elle se prit à imaginer la vie formidablement anticonformiste que sa mère avait dû mener à l'époque : Occidentale, célibataire, multipliant les destinations exotiques pour aller à la rencontre des gens les plus divers, s'immerger dans leur culture et travailler avec eux à l'exhumation des trésors enfouis de leur passé. Une vie placée sous le signe de la vocation, sans aucun doute, et qui lui avait assurément permis de s'accomplir. Mais tout cela avait eu un prix, qui dans son cas s'était traduit par une solitude secrète et empreinte de mélancolie.

Ses doigts s'arrêtèrent sur une image d'Evelyn au côté d'un homme dont les traits étaient masqués à la fois par ses lunettes noires, l'ombre de son chapeau, et la position légèrement inclinée de sa tête. Mia connaissait ce cliché. On lui en avait remis un double à l'âge de sept ans, qu'elle conservait dans son portefeuille, constamment à portée de main. Cet homme était son père. Evelyn lui avait expliqué qu'elle ne possédait pas d'autre photo de lui. Ils n'avaient passé que quelques semaines ensemble. Mia avait toujours regretté de ne pas savoir à quoi il ressemblait vraiment.

Pendant qu'elle contemplait tristement son image, une pensée perturbante s'insinua dans sa rêverie. Son père avait connu Evelyn à l'époque de la découverte des chambres souterraines.

Et il était mort un mois plus tard. Dans un accident de la route.

Une douleur aiguë lui perça le cœur. Elle se sentit pâlir et crut même, l'espace d'une seconde, qu'il avait cessé de battre.

— Qu'y a-t-il ? s'enquit Corben.

Elle lui tendit la photo.

— Cet homme, répondit-elle péniblement. C'est mon père. Il était là-bas.

Corben la regardait toujours, suspendu à ses lèvres.

— Il est mort le mois suivant, reprit-elle. Dans un accident de voiture. Et s'il avait été tué ? Assassiné ? À cause de… ça ?

Une ombre d'hésitation glissa sur les traits de Corben.

— Je ne crois pas, dit-il en secouant la tête. Rien n'indique que cette découverte ait pu valoir des ennuis à Evelyn. Si la mort de votre père avait eu un rapport avec l'Ouroboros, elle aussi aurait forcément été visée. Ce qui ne me paraît pas être le cas, votre mère vivait tout à fait au grand jour.

Il lui rendit le cliché, qu'elle étudia encore un instant.

— Vous avez sans doute raison, soupira-t-elle.

— Je vais tout de même me renseigner, par acquit de conscience. Comment s'appelait-il ?

— Webster, répondit Mia. Tom Webster.

Ce nom fit à Corben l'effet d'une décharge de chevrotines.

Tom Webster.

Evelyn avait tenté de le joindre la veille au soir. Et quand quelqu'un décrochait son téléphone, en général, ce n'était pas pour entrer en contact avec un mort.

Il n'était pas mort. Du moins Evelyn le croyait-elle toujours en vie. Et elle avait menti à sa fille pendant toutes ces années.

Corben sentit grimper son taux d'adrénaline. L'information était importante. L'examen de cette piste s'imposait dès à présent comme une priorité absolue. Il allait devoir soutirer à Mia autant de détails que possible sur l'endroit où son père était censé avoir trouvé la mort et sur ce qu'Evelyn avait pu raconter d'autre à son sujet – même si, dans la mesure où elle lui avait menti sur son décès, ce que Mia croyait savoir de ce père depuis longtemps disparu n'était pas forcément vrai.

Cela pouvait attendre.

La jeune femme mit la photo de côté et étudia une par une les suivantes, jusqu'au moment où l'une d'elles parut retenir son attention.

— L'homme du passage, dit-elle. Je crois que c'est lui.

28

Le hakim ajusta la lamelle sous l'optique du microscope et pianota sur les touches de son ordinateur. Une nouvelle image amplifiée envahit l'écran plat. Il l'étudia avec une extrême attention, comme il l'avait fait pour tous ses prélèvements.

Elle est propre, songea-t-il. L'échantillon de sang de l'archéologue ne révélait rien d'inhabituel. Aucune substance étrangère, pas d'anomalie. Un bilan conforme à ce qu'on était en droit d'attendre chez une femme de son âge en bonne santé.

Tandis qu'il regardait sans les voir les cellules affichées sur l'écran, les propos d'Evelyn lui revinrent en mémoire. Aucun doute n'était permis : elle avait dit tout ce qu'elle savait. Il travaillait donc sur des bases solides.

Tom Webster. Impossible de chasser ce nom de ses pensées.

Était-il un des leurs ?

L'hypothèse l'électrisait. Il l'avait retournée dans tous les sens, à maintes reprises. Cela semblait hautement improbable, au vu du nombre d'années écoulées... Mais pouvait-il y avoir une autre explication ? Chaque fois qu'il tentait d'éliminer ce soupçon, celui-ci revenait à la charge et s'engouffrait à nouveau dans sa conscience, effilé comme une dague. Pour quel autre motif serait-il apparu comme il l'avait fait, sans crier gare, juste après la découverte d'Evelyn Bishop, pour se volatiliser dès que la piste avait mené à l'impasse ? Non, décidément, il n'y avait pas d'autre explication rationnelle.

Webster avait forcément été un des leurs.

Voué à la protection de leur secret.

Gardant toujours un œil sur les fouilles archéologiques de la région, soucieux de s'assurer que personne ne découvrirait par hasard ce que ses prédécesseurs et lui-même avaient consacré tant d'efforts à escamoter. Alors qu'eux-mêmes en bénéficiaient allègrement – et très égoïstement – depuis des siècles.

Son pouls s'accéléra.

Il repensa à la pathétique histoire d'amour qu'Evelyn Bishop lui avait confiée. L'homme en question – Tom Webster, ce nom s'était imprimé dans son esprit même s'il ne croyait pas une seconde à son authenticité – avait fait irruption dans sa vie avant d'en ressortir avec une précision d'horloger. La trouvaille d'Evelyn ne menait nulle part, c'était du moins ce qu'il l'avait incitée à croire. Qu'avait-il réellement découvert sur place ? Qu'avait-il omis de lui faire partager ? Il lui avait ensuite offert un grand numéro de prestidigitation, la laissant seule après un couplet sidérant sur le fait qu'il devait la quitter pour des raisons qu'il n'était pas autorisé à lui révéler.

Du déjà-vu.

Il avait entendu – ou plutôt lu – une réplique du même acabit quelque part.

Bien des années plus tôt. Dans son pays natal, en Italie.

À Naples.

C'était même une des raisons qui l'avaient poussé à partir.

Oh, bien sûr, il savait que certains hommes étaient enclins à proférer ce genre de boniment. Lorsque l'envie les prenait d'aller voir ailleurs. En temps normal, sa vision cynique et blasée de l'humanité se serait satisfaite de cette explication.

Mais pas cette fois. C'était différent.

Tout correspondait.

Et l'idée que ce Tom Webster puisse effectivement faire partie de quelque chose dont l'existence même n'avait rien d'avéré – de quelque chose à quoi il aspirait à croire contre toute logique – fit naître un sourire sur ses lèvres.

C'est donc vrai. Je m'en suis toujours douté.

Le prince avait vu juste.

Une vague d'exaltation monta en lui, associée à une pointe de colère contre le destin : Evelyn avait découvert les chambres souterraines en 1977 et quitté le pays trois ans après. Lui-même était arrivé en Irak deux ans plus tard.

Il maudit sa malchance.

S'il avait été sur place à l'époque, il en aurait sans doute entendu parler. Il aurait pu rencontrer ce Tom Webster. Et ce qu'il convoitait se trouverait peut-être déjà en sa possession.

Question de destin. Et de calendrier. Il s'était trouvé au bon endroit au mauvais moment. Mais il tenait peut-être enfin sa revanche.

Il devait retrouver Webster. Evelyn avait laissé ses coordonnées dans son agenda, chez elle. Omar et ses hommes le lui auraient rapporté si quelqu'un ne leur avait pas mis des bâtons dans les roues – quelqu'un avec qui il faudrait s'expliquer sérieusement. Bien sûr, rien ne l'empêchait de se procurer le numéro du Haldane Institute sur Internet, mais il n'en espérait pas grand-chose. Webster ne tenait certainement pas à être retrouvé. Il avait dû brouiller les pistes.

Le hakim devrait aussi mettre la main sur cet Irakien plus glissant qu'une anguille. Il était impératif qu'il retrouve le livre, la clé de tout. Cette archéologue et son histoire... Un vrai don du ciel – même s'il ne croyait pas à ce genre d'inepties.

Il s'était néanmoins produit des complications qu'il lui faudrait élucider.

La fille de l'archéologue, par exemple. Elle avait risqué sa vie en intervenant pendant l'enlèvement, permettant à l'Irakien de s'enfuir. Il y avait aussi la question de l'inconnu qui se trouvait avec elle dans l'appartement de sa mère. Le hakim avait chargé Omar et ses complices d'en rapporter tout ce qui leur semblait digne d'intérêt – et en particulier tout ce qui portait l'emblème du serpent. Sauf qu'ils y avaient rencontré la fille de l'archéologue, flanquée de ce nouveau venu, de toute évidence un professionnel. Un tireur émérite qui avait tenu tête à Omar – lequel n'avait généralement pas froid aux yeux dans ce type de situation – et abattu un de ses hommes. Un Américain, d'après Omar. Qui était-il ? Que faisait-il là-bas avec la fille ? S'agissait-il d'un tiers qui venait à son tour de se lancer dans la course ? Était-il aussi des leurs ? Ou s'était-il trouvé sur place pour une raison plus triviale, sans savoir ce qui était véritablement en jeu ?

Le hakim s'efforça de ravaler son excitation. Il avait attendu si longtemps, déployé tant d'efforts… Il avait consacré sa vie à cette quête. Et désormais, il le sentait avec de plus en plus de certitude, tout se mettait en place.

Enfin.

Il fallait qu'il sache pour qui travaillait le nouveau venu.

D'ici là, il continuerait à tisser sa toile avec la plus grande prudence.

Il chargerait aussi ses contacts de s'informer sur Webster, même s'il s'attendait à des difficultés pour le localiser. Omar ferait appel à ses amis de la police et des services de renseignement libanais pour tâcher d'en apprendre aussi long que possible sur l'Américain. Plus urgent encore, le hakim allait devoir retrouver l'intermédiaire irakien. Celui-là, il ne faudrait surtout pas le perdre de vue. Il n'y avait aucune garantie de succès de ce côté-là, songea-t-il amèrement. Même s'il faisait confiance à son lieutenant pour essayer à tout prix de rattraper sa bévue de la veille.

Son humeur s'éclaircit brusquement lorsqu'une certitude se détacha du marigot de questions qui lui noyait l'esprit. À supposer que l'archéologue soit autre chose qu'une victime parmi tant d'autres, et que ce Webster ait eu pour elle des sentiments sincères, peut-être y avait-il moyen de se servir d'elle pour le débusquer.

La bonne vieille ruse de la demoiselle en détresse. Au cinéma, ça fonctionnait à tous les coups.

Il devrait simplement s'assurer que ses appels à l'aide portent assez loin.

29

Mia étudia la photo de plus près.

Le visage appartenait à un Arabe posant debout, légèrement à l'écart d'un groupe de travailleurs en nage, souriants. Elle dut se concentrer pour faire le rapprochement avec l'homme aux traits déformés par la terreur qui avait bien failli être jeté à l'arrière de la BMW et embarqué, comme sa mère, vers une destination inconnue.

Elle tendit le cliché à Corben.

— C'est lui, dit-elle en désignant l'homme qu'elle croyait reconnaître.

Après avoir examiné la photo, Corben la retourna. Plusieurs noms étaient inscrits au verso au crayon à papier, de la même écriture élégante que les notes dans le dossier. Il la retourna à nouveau, associa un nom à chaque visage.

— Il s'appelle apparemment Farouk, dit-il.

— Farouk tout court ?

— Oui, marmonna Corben en notant le nom sur son carnet. Pas de nom de famille.

— Ça suffira ? demanda Mia, déçue.

— C'est mieux que rien, répondit-il, fixant le cliché comme s'il cherchait à graver le visage dans sa mémoire. Jetez quand même un œil à celles qui restent, vous voulez bien ? Il y en a peut-être une autre de lui.

Mia s'exécuta, sans succès. Ils avaient tout de même réussi à mettre un visage et un prénom sur l'inconnu, ce qui fournirait probablement une base de travail aux collègues de Corben.

Elle reposa la série de photos. Ses pensées la ramenaient sans cesse à sa mère, disparue depuis près de vingt-quatre heures. Mia connaissait le cliché – rabâché dans d'innombrables films et séries télévisées – selon lequel les quarante-huit premières heures d'enquête étaient cruciales dans les affaires de disparition. Il ne lui paraissait pas entièrement absurde – les clichés ne devenaient pas des clichés pour rien – et, à supposer qu'il contienne une part de vérité, la moitié du temps dont ils disposaient pour retrouver Evelyn s'était déjà écoulée.

— Comment comptez-vous le retrouver ? interrogea-t-elle.

— Je l'ignore. Nous n'avons pas beaucoup d'éléments. Il y a l'agenda de votre mère, même s'il ne mentionne rien de spécial pour cette semaine. Maintenant que nous avons un nom, je vais devoir le relire entièrement, au cas où elle aurait noté quelque part les coordonnées de ce Farouk. Nous avons aussi son téléphone portable. Il faudra analyser l'historique des appels, voir si un des numéros lui correspond. Même chose pour son ordinateur, sauf qu'il est protégé par un mot de passe et qu'il nous faudra sans doute un peu de temps pour y avoir accès.

Elle reprit la photo de Farouk. Une idée était en train de prendre forme dans son esprit.

— Il m'a vue, c'est sûr, dit-elle d'une voix hésitante, les yeux rivés sur le visage de l'Irakien. Quand je suis arrivée dans le passage.

Corben attendit la suite. Jusque-là, rien de nouveau.

— Il me reconnaîtrait, poursuivit-elle. Ce qui veut dire qu'il me ferait sûrement confiance s'il me revoyait. Il y a peut-être moyen d'exploiter ça. Pour le faire sortir du bois.

— En vous utilisant comme appât ? fit Corben, incrédule. Notre objectif est d'éviter que vous vous retrouviez sous le feu des projecteurs, vous vous souvenez ?

Mia acquiesça, mais sans se départir de l'impression qu'il y avait là une chance à saisir. Ce Farouk l'avait vue, il serait donc enclin à lui faire confiance. Il fallait s'en servir, d'une manière ou d'une autre. Elle repensa à sa dernière conversation avec sa mère. De qui d'autre avait-il été question ? De son assistant ! Il était présent lors des retrouvailles.

— Ramez, lâcha-t-elle à brûle-pourpoint. Un autre professeur d'archéologie. Il travaille avec ma mère. Il l'a accompagnée dans le Sud hier, pour visiter une crypte. Elle m'a dit qu'elle était avec lui quand cet homme, Farouk, s'est présenté.

— Vous ne l'avez pas cité à l'hôtel, remarqua Corben.

— Excusez-moi, j'aurais dû. Mais je réalise tout à coup qu'il sait peut-être quelque chose. Que maman lui a peut-être parlé de ce qui se passait.

Corben mit une seconde à réagir.

— Vous le connaissez ?

— Je l'ai croisé une fois dans le bureau de maman, à l'université.

Corben nota le nom dans son carnet, puis jeta un coup d'œil à sa montre avec un froncement de sourcils : il était plus de neuf heures du soir.

— Il est bien trop tard pour qu'il se trouve encore à l'université, dit-il.

Il sortit l'agenda d'Evelyn de son attaché-case, parut changer d'avis, ouvrit son téléphone portable et composa un numéro abrégé en se levant. Puis il s'éloigna vers la baie vitrée donnant sur le balcon. Mia l'entendit demander à quelqu'un de vérifier si le nom de « Ramez » figurait dans le répertoire du téléphone portable de sa mère. Il attendit quelques instants, marmonna « Ne quitte pas » et revint à la table basse. Il griffonna une série de chiffres sur son carnet, lâcha « C'est bon » à son correspondant, et forma immédiatement un autre numéro. Mia perçut une sonnerie, mais personne ne répondit. Corben laissa filer une poignée de secondes supplémentaires – les lignes mobiles, à Beyrouth, bénéficiaient hélas rarement d'un service de messagerie vocale – avant de raccrocher.

— Il ne répond pas, dit-il à Mia.

— Vous ne pensez quand même pas que Ramez aussi pourrait avoir été… ?

Elle n'osa pas aller au bout de sa phrase, craignant de se laisser une fois de plus déborder par son imagination.

— Non, je crois que j'aurais eu vent de quelque chose. Il en a peut-être simplement assez d'être inondé d'appels de gens qui viennent d'apprendre l'enlèvement de votre mère.

— Il y a moyen de savoir où il habite ?

Mia s'interrogea aussitôt sur le bien-fondé de la question qui venait de lui échapper. Ce n'était pas à elle d'apprendre à un vieux singe à faire la grimace.

Corben ne parut pas lui en tenir rigueur. Il consulta à nouveau sa montre.

— Je ne tiens pas à attirer sur lui l'attention de la police locale, expliqua-t-il, pas à cette heure-ci. Et il faudrait qu'il soit enregistré dans une de nos bases de données pour qu'on ait ce genre d'information en stock, ce qui m'étonnerait beaucoup. Je vais le rappeler dans quelques minutes.

Mia l'avait observé tout au long de sa réponse. Il arborait toujours le même masque indéchiffrable, mais elle sentait son inquiétude. Elle se revit avec lui devant la porte de l'appartement de sa mère et, cherchant son regard, elle se risqua à lui poser une nouvelle question, non sans une pointe de dureté dans la voix.

— Chez maman, vous m'avez dit que je savais déjà que la situation était grave. Ce qui était évidemment le cas, je veux bien l'admettre, mais la façon dont vous l'avez dit...

Elle hésita. Sa conviction d'avoir raison ne fit que grandir au fil des secondes, et elle se jeta à l'eau.

— Vous ne m'avez pas tout dit. Il y a autre chose, non ?

Corben se passa une main dans les cheveux, la regarda d'un air perplexe et, soudain, parut prendre une décision. Il se pencha en avant et sortit de son attaché-case un ordinateur portable, qu'il alluma. Il plaça son index droit sur le petit scanner d'empreintes avant d'enfoncer une série de touches. L'écran s'illumina. Il ouvrit plusieurs fenêtres en silence, sélectionna le dossier qu'il cherchait, et releva la tête.

— Ceci est top secret, déclara-t-il avec une gravité teintée d'incertitude, presque comme s'il regrettait son choix.

Il orienta l'écran face à Mia. Elle découvrit la photographie d'un mur, prise à l'intérieur d'une pièce minuscule qui ressemblait à une cellule. Un symbole circulaire, du diamètre approximatif d'un parapluie ouvert, était gravé dans un des murs. Mia le reconnut instantanément.

— J'étais en poste en Irak pendant les premières années de la guerre, expliqua-t-il. Une de nos unités de Bagdad a bénéficié d'une information concernant un mystérieux médecin soi-disant proche de Saddam Hussein. Mais quand nos hommes ont donné l'assaut à sa villa, l'oiseau s'était envolé.

Un flot de questions se bousculait déjà sur les lèvres de Mia, mais Corben n'avait pas fini.

— En revanche, ils ont découvert à l'intérieur quelque chose d'effrayant. Un gigantesque laboratoire, au sous-sol. Avec, entre autres, un bloc opératoire à la pointe de la technologie. Ce salaud se livrait là-dedans à des expériences, des expériences qui… Il utilisait des cobayes humains, reprit-il d'une voix vacillante. Jeunes et vieux. Hommes et femmes. Et aussi des enfants…

Mia pensa aussitôt à sa mère et sentit son sang se glacer.

— Il y avait aussi toute une série de cellules, ajouta Corben, mais tous leurs occupants avaient été exécutés peu avant l'assaut. Nous avons également retrouvé, à proximité de la villa, des dizaines de corps ensevelis dans un terrain vague. Balancés nus dans des fosses communes. La plupart avaient subi des opérations. Des ablations. Des stocks d'organes, des bidons de sang étaient entassés dans d'énormes réfrigérateurs. Certaines incisions n'avaient même pas été recousues. Il ne se donnait pas la peine de les refermer une fois qu'il avait prélevé ce qu'il voulait. Nous avons fait d'autres découvertes dans ce laboratoire, encore plus sinistres, que je vous épargnerai. Il les traitait comme des rats et jetait ceux dont il n'avait plus besoin. Il semblerait que ce soit Saddam Hussein qui lui ait fourni ses victimes, de même que les moyens dont il disposait. Ceci, ajouta Corben en désignant l'Ouroboros photographié sur l'écran, était gravé dans le mur d'une des cellules.

Au goût de rouille qui envahit soudain sa bouche, Mia comprit qu'elle s'était mordu la lèvre inférieure jusqu'au sang. Elle l'essuya du bout des doigts.

— À quel genre d'expériences se livrait-il ?

— Nous n'avons aucune certitude. Mais étant donné l'intérêt que portait Saddam Hussein au développement des techniques d'élimination de masse…

— Vous croyez que ce médecin cherchait à créer une arme biologique ?

Corben haussa les épaules.

— Le secret qui entourait ses travaux, les cadavres, le soutien de Saddam Hussein… Pour dire les choses autrement, je ne crois pas qu'il cherchait à mettre au point un médicament contre le cancer.

— Mais… pourquoi ce symbole sur le mur ?

— Nous l'ignorons. Nous avons réussi à retrouver à Bagdad quelques personnes qui avaient croisé son chemin. J'ai interrogé un antiquaire, et aussi un ancien conservateur du Musée national d'archéologie. Il semblerait que cet homme, que tous appelaient le « hakim », ait été fasciné par l'histoire irakienne, en particulier aux environs de l'an mille. Ils m'ont expliqué qu'il possédait des connaissances approfondies sur cette période et qu'il avait beaucoup sillonné le pays. Et quand ils se sont sentis un peu plus en confiance, chacun d'eux m'a confié qu'il les avait chargés de recenser pour lui toutes les références à l'Ouroboros dans les livres et manuscrits anciens du pays.

— Ce qu'ils ont fait, je suppose.

— Et comment ! Mais, en l'absence de résultat, il leur a demandé de persévérer en élargissant le champ de leurs recherches au-delà des frontières de l'Irak. Ils m'ont déclaré tous les deux que le hakim était obsédé par ce symbole et qu'il les terrorisait.

— Ils n'ont rien trouvé ?

Corben secoua la tête.

— Et à présent, reprit Mia, il veut ce livre. Donc, ce… ce médecin court toujours.

Il acquiesça.

— Et vous croyez que c'est lui qui a enlevé maman ? murmura-t-elle, la gorge sèche.

Elle espérait une réponse négative, sans trop y croire. La mine sombre de Corben confirma ses appréhensions.

— Nous avons perdu sa trace au nord de Tikrit quelques semaines après la découverte du laboratoire, et aucune autre piste n'est apparue depuis. Sachant qu'Evelyn a fait des recherches sur l'Ouroboros après l'exhumation des chambres souterraines d'Hilla, et au vu de l'incroyable détermination de ses ravisseurs, il me paraît plus que probable qu'elle soit tombée aux mains du hakim, ou aux mains de quelqu'un qui lui est lié d'une manière ou d'une autre.

Mia avait du mal à respirer. Savoir que sa mère avait été enlevée par une bande de trafiquants était déjà atroce, mais là… Elle détourna les yeux et regarda dans le vide, estomaquée par les révélations de l'agent de la CIA. La pièce s'assombrit, et tout se brouilla autour d'elle. Elle vit vaguement, à la lisière de sa conscience, Corben rouvrir son téléphone et composer un numéro. La même sonnerie se fit entendre, lancinante, jusqu'à être interrompue par un léger clic : il refermait le clapet de l'appareil. Mia mit un moment à sortir de sa torpeur et à comprendre qu'il avait à nouveau essayé, en vain, de joindre Ramez.

Une question lui vint à l'esprit.

— Compte tenu du tapage qui a été fait autour des armes de destruction massive de Saddam Hussein et de ce que vous savez de ce médecin, on aurait pu s'attendre à ce que l'enquête soit confiée à une grosse équipe. Sa capture est sûrement un objectif ultraprioritaire, non ?

— Elle l'a été, mais elle ne l'est plus. Nous avons tellement crié au loup à propos des armes de destruction massive que l'expression elle-même a fini par devenir taboue. C'est mérité, je suppose, mais du coup plus personne ne veut en entendre parler, et la tendance est au désengagement en Irak, pas au renforcement des effectifs.

— Mais cet homme est un monstre, protesta Mia en se levant.

— Vous croyez peut-être que c'est le seul ? Il y a une foule d'autres bouchers en liberté de par le monde, qu'ils viennent du Rwanda, de Serbie ou d'ailleurs – vous n'avez que l'embarras du choix –, qui vivent tranquillement dans des banlieues cossues de Londres ou de Bruxelles sous des noms d'emprunt, sans que personne songe à les importuner. Il n'y a guère que des journalistes d'investigation qui les recherchent. C'est tout. Une poignée d'émules de Simon Wiesenthal, mais ils ne sont pas nombreux à vouloir consacrer leur temps et risquer leur vie à traquer ces assassins de masse. De temps à autre, ils arrivent à en épingler un dans les colonnes d'un article publié pas trop loin de la une qui pourra éventuellement, s'il fait assez de bruit, attirer l'attention d'un procureur, mais en général ces salauds s'en tirent très bien.

C'était la vérité. Saddam Hussein et son beau-frère décapité étaient des exceptions. La règle voulait que les dictateurs déposés jouissent le plus souvent des plaisirs d'un exil doré pendant que leurs comparses, à l'origine plus ou moins directe des massacres, se perdaient dans la nature pour finir leur vie dans un tranquille anonymat.

— Il n'existe aucun effort concerté, officiel pour arrêter tout ce joli monde, ajouta Corben. La vie continue. Les politiciens tombent, d'autres prennent leur place, et les crimes du passé, aussi proche soit-il, sont vite oubliés. Personne au Département d'État ne veut entendre parler de cette affaire à l'heure actuelle. Les Irakiens eux-mêmes n'ont pas les moyens de rechercher le hakim ; ils ont des problèmes autrement urgents à résoudre. Et je ne vois pas le gouvernement libanais s'en mêler avec le désordre qui règne actuellement dans le pays.

— Vous enquêtez seul ? fit Mia, incrédule.

— À peu près. On m'autorise à utiliser les ressources de l'agence en cas de besoin, mais je ne pourrai faire appel à la cavalerie que quand je serai certain – absolument certain – d'avoir ma cible en ligne de mire.

Mia n'en revenait pas. Le tableau s'assombrissait de minute en minute, et les images que le récit de Corben avait fait naître dans son esprit refusaient de s'effacer.

— Il a utilisé des enfants comme cobayes ?

En le voyant acquiescer, elle sentit un nœud lui étreindre l'estomac.

— Il faut qu'on la sorte de là, dit-elle, luttant contre les larmes. Mais il faut aussi qu'on mette ce salaud hors d'état de nuire, n'est-ce pas ?

Il soutint son regard et hocha la tête.

— Oui.

— Il faut retrouver Farouk. Si on arrive à lui mettre la main dessus avant ce… ce monstre, et s'il a le livre, on pourra peut-être l'utiliser comme monnaie d'échange pour libérer ma mère.

— C'est aussi ce que j'espère, dit Corben.

Il rouvrit son portable et appuya sur la touche de rappel.

30

Ramez suivait d'un œil inquiet son portable qui s'était mis à vibrer et rampait latéralement, par intermittence, sur la table basse.

À chaque nouvelle vibration, l'écran à cristaux se rallumait, projetant un halo bleu-vert, fugace et spectral, dans le salon obscur de son petit appartement – ce qui faisait tiquer le jeune professeur, fasciné par les mots APPEL INCONNU qui s'affichaient brièvement et semblaient chaque fois le narguer. Tous ses muscles se tétanisaient dès que l'appareil reprenait sa reptation, comme si celui-ci était directement connecté à son cerveau.

Heureusement, au bout de huit sonneries, il finit par se taire. La pièce retrouva sa morne obscurité, rompue de temps à autre par le reflet mouvant sur les murs quasi nus d'une paire de phares qui balayaient la rue en contrebas. C'était la troisième fois que ce correspondant anonyme tentait de le joindre en une heure, et Ramez n'avait aucune intention de lui répondre. Ne recevant presque jamais ce type d'appel – s'abriter derrière un numéro caché passait au Liban pour une entorse à la courtoisie –, il se doutait de ce dont il s'agissait. Et cela l'épouvantait.

La journée avait commencé comme toutes les autres. Debout à sept heures, un petit déjeuner léger, une douche et un rasage, et vingt minutes de marche rapide jusqu'au campus. Il avait parcouru les journaux du matin avant de quitter son domicile et remarqué l'histoire de cette femme enlevée en plein centre-ville, sans s'imaginer une seconde qu'il pouvait s'agir d'Evelyn. Jusqu'à ce que la police se présente à Post Hall.

Ils étaient directement venus frapper à sa porte, et la nouvelle l'avait atterré. Chaque mot prononcé lui avait donné l'impression de s'enfoncer un peu plus dans une mare de goudron. Il aurait bien voulu s'en extirper, mais c'était impossible. Les policiers essayaient de retrouver Evelyn, il se devait de les aider. Il n'y avait pas d'échappatoire.

Quand ils lui avaient demandé s'il était au courant de l'intérêt d'Evelyn pour les antiquités irakiennes, il avait aussitôt repensé à l'homme qui était venu la trouver la veille à Zebqine. Les enquêteurs avaient dressé l'oreille en apprenant l'existence de ce Farouk dont il n'avait pu leur fournir que le prénom et un vague signalement. Leur réaction, aussi discrète fût-elle, avait permis à Ramez de comprendre que sa description correspondait à celle d'un homme aperçu avec Evelyn au moment de l'enlèvement.

Déjà secoué par sa confrontation avec les enquêteurs, il avait fait un bond en voyant Farouk surgir entre les voitures garées devant Post Hall et marcher droit sur lui quelques heures plus tard. Dans un premier temps, il avait carrément paniqué. Farouk travaillait-il pour le compte des ravisseurs ? Était-il venu l'enlever à son tour ? Ramez avait d'abord eu un mouvement de recul, mais l'attitude à la fois implorante et furtive de l'Irakien l'avait très vite convaincu qu'il ne représentait aucune menace.

Et à présent, assis dans l'ombre de son séjour, il revivait leur effarante conversation, dont chaque mot résonnait encore sous son crâne avec une sidérante netteté. Ils avaient trouvé un coin tranquille pour parler, à l'arrière de l'immeuble. Farouk avait commencé par expliquer qu'il tenait à informer les autorités de ce qu'il savait de l'enlèvement, pour le salut d'Evelyn, mais qu'il ne pouvait pas franchir le seuil d'un commissariat. Il était entré clandestinement dans le pays et, d'après ce qu'il avait lu dans la presse du matin, les pièces volées commençaient à soulever de sérieux remous. Ramez l'interrompit en déclarant que les enquêteurs étaient déjà venus l'interroger et ajouta qu'il leur avait donné son signalement, car il souhaitait lui aussi les aider à retrouver Evelyn.

La nouvelle horrifia Farouk. Non seulement les policiers connaissaient son prénom et son signalement, mais ils le soupçonnaient visiblement de trafic d'antiquités. Il vrilla sur Ramez un regard de bête aux abois et implora son aide. Il avait désespérément besoin d'argent et il cherchait effectivement à vendre ces pièces d'une grande valeur. Il avait même espéré dans un premier temps que Ramez pourrait l'y aider, mais seule comptait à présent sa survie. Il confia donc à l'assistant ce qu'il savait, ce qu'il avait vu – les tueurs lancés à ses trousses en Irak, le livre, les marques de perceuse sur le corps de son ami Hadj Ali Salloum – et, à chacune de ses révélations, le cœur de l'assistant d'Evelyn faisait un bond dans sa poitrine.

Farouk supplia Ramez de jouer un rôle d'intermédiaire. D'aller trouver les enquêteurs et de leur proposer, en son nom, un marché : il était prêt à se livrer et à les aider par tous les moyens à retrouver Evelyn, mais il ne voulait ni échouer dans une prison libanaise, ni être renvoyé en Irak. Plus encore, il réclamait leur protection. Il était conscient d'être la cible numéro un des ravisseurs d'Evelyn et n'avait aucune chance de survivre longtemps s'il restait seul.

Ramez refusa net, pour éviter d'être compromis, mais Farouk, au désespoir, plaida sa cause en le suppliant de prendre en compte la situation d'Evelyn. Ramez finit par répondre qu'il allait réfléchir. Il donna à l'Irakien son numéro de portable et lui demanda de l'appeler le lendemain, à midi.

Pas à dix heures du soir.

Pas aujourd'hui.

Les yeux toujours rivés sur son téléphone, Ramez chercha en vain à deviner qui cherchait à le joindre. Si c'était Farouk, il ne voulait pas lui répondre. Il n'avait toujours pas pris de décision. D'un côté, il avait l'impression de devoir aider Evelyn, et ce d'autant plus qu'il n'avait pas le droit de dissimuler des informations aux enquêteurs. De l'autre, la police de Beyrouth n'était pas spécialement réputée pour sa rigoureuse observance des procédures légales, et Ramez, avant toute chose, souhaitait rester en vie.

C'est pourquoi, si ce n'était pas Farouk, Ramez préférait ignorer qui se trouvait à l'autre bout de la ligne. Une vague de paranoïa le submergea lorsqu'il s'imagina un commando d'hommes armés de perceuses sur le palier, prêts à enfoncer sa porte et à lui sauter dessus. Recroquevillé sur son canapé, il vit les murs de la pièce se rapprocher de lui.

La nuit allait être longue.

31

Mia vit Corben refermer son téléphone. Il se tourna vers elle en secouant la tête et consulta sa montre.

— Ça m'ennuie d'attendre demain, dit-il, mais je crains que nous n'ayons pas le choix. Si ces types l'ont dans le collimateur, il est de toute façon déjà trop tard. Sinon, mieux vaut éviter d'attirer l'attention sur lui à une heure pareille. J'appellerai le commissariat de Hobeich demain matin à la première heure.

— On pourrait peut-être aller lui parler à l'université, suggéra Mia. Dès l'ouverture.

— On ?

— Vous ne savez pas à quoi il ressemble. Je vous le montrerai.

— Je n'aurai qu'à le demander au secrétariat du département.

— Je le connais. Il sera plus à l'aise face à un visage familier, insista-t-elle d'une voix vibrante. D'ailleurs, je n'ai aucune envie de rester seule ici. J'aurais l'impression d'être une cible de stand de tir, et… je tiens à vous aider, d'accord ?

Après un moment d'hésitation, Corben acquiesça sans enthousiasme.

— Soit, lâcha-t-il du bout des lèvres. On verra bien ce qu'il a à nous dire.

Il alla ouvrir le réfrigérateur, y prit deux bières et en tendit une à Mia.

Elle sortit la boire sur le balcon en contemplant la nuit d'un air pensif. Les fenêtres de la forêt d'immeubles, brillamment éclairées, répandaient sur la capitale un halo blanchâtre. Elle se demanda où était sa mère au même instant, puis pensa à Farouk, à Ramez. Où s'étaient-ils calfeutrés pour la nuit ? Beyrouth était une ville foisonnante, capable de préserver ses secrets. On ne savait jamais ce qui se passait derrière les portes closes, mais peut-être était-ce encore pire ici qu'ailleurs.

— Je ne comprends pas, dit-elle en se retournant brusquement vers Corben. Cette histoire de symbole, de serpent en boucle… Que cherche le hakim, au juste ? Pourquoi désire-t-il tellement ce livre, si c'est bien ce qu'il cherche ? Ça m'étonnerait qu'on ait affaire à un collectionneur maladif.

— Qu'est-ce qui vous fait dire ça ?

— Il semble prêt à tout pour mettre la main dessus. Ce livre représente forcément beaucoup pour lui, vous ne croyez pas ?

— C'est un expert de l'armement biologique. Ces types-là manipulent des virus, pas des pièces de musée. Je ne vois pas le rapport avec ses travaux.

— Il cherche peut-être à reconstituer la souche d'une ancienne forme de peste.

Elle ne plaisantait qu'à moitié.

Loin d'ignorer sa remarque, Corben se rembrunit. L'ombre de sourire qui finit par naître au coin de ses lèvres ne rassura guère Mia.

— Voilà une idée qui va nous aider à bien dormir, lâcha-t-il.

La discussion en resta là. Ils finirent leur bière et débarrassèrent la table dans un silence pesant. Voyant Corben verrouiller la porte d'entrée puis éteindre les lampes, Mia se surprit à se demander ce qui pouvait pousser quelqu'un à choisir ce style de vie : solitaire, dangereuse, pleine de secrets, placée sous le signe de la manipulation et de la méfiance. D'après ce qu'elle avait pu observer, Corben était un garçon pragmatique, aux idées claires, qui ne se prenait ni pour un justicier, ni pour un sauveur de la planète. Elle aurait eu du mal à nier le charme de son côté aventurier – elle n'avait évidemment jamais croisé d'homme comme lui dans le paisible milieu universitaire où elle évoluait d'ordinaire. Mais il y avait aussi en lui une part sombre, quelque chose de mystérieux qui l'attirait et l'effrayait à la fois.

— Je peux vous poser une question ?

Il se retourna, intrigué.

— Bien sûr.

Elle eut un sourire forcé.

— Vous vous appelez vraiment Jim ? Je veux dire, il me semble avoir lu quelque part que les types comme vous se cachent toujours derrière un pseudonyme du genre Mike, Jim ou Joe.

Il partit d'un petit rire.

— En réalité, je m'appelle Humphrey, mais… ça n'allait pas avec le profil du poste.

Percevant le désarroi de Mia, il ajouta en souriant :

— Non, c'est vraiment Jim. Vous voulez voir mon passeport ?

Elle lui rendit son sourire.

— D'accord. Mais montrez-les-moi tous.

Redevenant sérieuse, elle ajouta :

— Merci, Jim. Pour tout ce que vous avez fait aujourd'hui.

— Je regrette de vous avoir entraînée là-bas. Chez votre mère.

Mia haussa les épaules.

— Ça nous a permis de les coiffer au poteau. Ce dossier récupéré chez elle pèsera peut-être dans la balance.

Il était presque onze heures quand elle posa enfin la tête sur l'oreiller de la chambre d'amis. Elle ne parvint pas à s'endormir et resta les yeux ouverts, dans ce décor aussi étranger qu'impersonnel, à se demander comment son existence avait pu autant se compliquer en quelques heures. Elle avait été avertie des dangers de Beyrouth quand elle avait reçu la proposition de la fondation Hariri, surtout par des gens dont la connaissance de la capitale libanaise se réduisait au souvenir d'une litanie de gros titres médiatiques parlant de guerre civile, de bombardements et d'enlèvements – des gens généralement mal placés pour se rendre compte que la ville était en train de renaître de ses cendres tel un fragile phénix, même si cette renaissance avait connu un coup d'arrêt brutal quelques mois auparavant. Elle aurait pu revenir sur sa décision d'accepter le poste – sans même avoir à invoquer de prétexte, la guerre était un argument suffisant – mais elle s'était sentie poussée à aller de l'avant par le désir d'explorer de nouvelles voies et de se frotter à une existence moins routinière que celle que la plupart de ses confrères semblaient heureux de mener.

Elle fit de son mieux pour juguler le bouillonnement de ses pensées en se tournant, en se retournant et en déplaçant son oreiller dans toutes les positions, mais la bataille était perdue d'avance. Elle était parfaitement réveillée.

Elle se rassit, écouta. Aucun son ne lui parvenait. Corben devait dormir. Après avoir un temps envisagé un nouveau bras de fer contre l'insomnie, elle renonça et sortit de son lit.

Elle entra dans le séjour. La clarté blême d'un réverbère projetait des ombres étirées sur les murs. Elle se rendit sans bruit dans la cuisine, où elle se servit un verre d'eau. Alors qu'elle regagnait le séjour, ses yeux tombèrent sur le dossier d'Evelyn.

Posé sur le bureau de Corben, il semblait l'attendre.

Elle se remémora le bref coup d'œil qu'elle y avait jeté dans la cuisine de sa mère et décida qu'il méritait mieux.

Elle s'approcha du bureau et l'ouvrit.

Les images de l'Ouroboros captèrent instantanément son attention.

Elle s'assit sur le canapé et entreprit de passer en revue les photos de fouilles et les photocopies d'illustrations tirées de livres, prenant cette fois le temps de les examiner et écartant les notes manuscrites.

Au fur et à mesure, elle sélectionna toutes les représentations du symbole du serpent compilées par sa mère et les étala sur la table basse. Elles étaient très différentes : certaines – les plus anciennes, supposa Mia – offraient un aspect rudimentaire. L'une d'elles semblait aztèque ; deux autres se caractérisaient par un style nettement extrême-oriental, avec un serpent assez proche d'un dragon ; d'autres encore, plus élaborées et plus figuratives, étaient unies à des éléments issus de l'imagerie du jardin d'Éden ou du panthéon grec.

Elle s'arrêta sur la version qui lui paraissait la plus significative, celle qui ornait à la fois la couverture du livre et le mur d'une des chambres souterraines. Les deux images la mirent mal à l'aise, comme la première fois où elle les avait vues. Elle les mit alors de côté pour s'intéresser aux notes de sa mère.

Evelyn avait manifestement passé un temps considérable à étudier la question, mais elle avait fini par renoncer. La plupart des pages étant dûment datées, Mia eut tôt fait de relever que les plus anciennes remontaient à 1977, et les plus récentes à 1980. Elle constata également que les chambres souterraines découvertes par sa mère se trouvaient sur le territoire d'une ville nommée Hilla, en Irak. Intriguée, elle se leva, sortit son ordinateur portable de son sac à dos, et l'alluma. Ayant détecté un réseau sans fil non sécurisé, elle s'y connecta et ouvrit son moteur de recherche habituel. Elle localisa rapidement sur une carte la ville en question, au sud de Bagdad, et mémorisa son emplacement.

Elle lut ensuite les notes d'Evelyn concernant les manuscrits qu'elle avait retrouvés cachés dans une des chambres. Selon sa mère, le style d'écriture rappelait celui d'une secte gnostique extrêmement évoluée de la même époque, les Frères de la Pureté, elle aussi implantée dans le sud de l'Irak. Plusieurs pages étaient consacrées à cet axe de recherche, avec un certain nombre d'ajouts, de corrections et de flèches reliant les phrases entre elles. Mia nota le nom de la secte en se promettant de revenir dessus plus tard. Plusieurs mots étaient entourés ou soulignés. Ses yeux butèrent sur l'expression *Ramification des Frères ?*, ponctuée d'un énorme point d'interrogation.

Dès qu'elle passa à la page suivante, une note entourée attira son regard. Elle disait : *Concordance d'écriture, mais aucune mention ici de rituels ou de liturgie. Pourquoi ?* En marge de la page opposée, face à une série de noms et de dates, Evelyn avait inscrit : *Culte ?* Et : *Hérétiques ? Se cachaient pour cette raison ????*

Mia décida d'étudier plus attentivement la page. Evelyn y recensait un certain nombre de points communs entre les écrits des Frères et ceux de la dernière chambre, avec toutefois une différence notable : aucun des textes retrouvés dans la chambre n'évoquait les croyances religieuses de ses occupants.

Les pages suivantes détaillaient les recherches d'Evelyn au sujet de l'Ouroboros. Mia reprit les photocopies de quelques-unes des figures du serpent, dont certaines annotées par sa mère.

Les interprétations du symbole étaient apparemment aussi nombreuses que les civilisations qui l'avaient adopté. Certaines y voyaient une représentation du mal, tandis que d'autres – nettement plus nombreuses –, le considéraient comme un signe bénéfique, porteur d'espérance. Ce constat la déconcerta d'autant plus qu'il allait totalement à l'encontre de ce qu'elle éprouvait en regardant le serpent.

Evelyn avait recensé des dizaines de références au symbole à travers l'histoire, depuis l'Égypte ancienne et Platon jusqu'au chimiste allemand du XIXe siècle Friedrich Kekulé – lequel avait découvert la structure moléculaire cyclique du benzène après avoir, affirmait-il, rêvé d'un serpent autophage – et, plus récemment, à

Carl Jung, qui s'était intéressé de près à son empreinte archétypale sur le psychisme humain et à sa signification très particulière pour les alchimistes. Sa mère mentionnait même, observa Mia avec émotion, une version phénicienne de l'Ouroboros, retrouvée dans un temple : un dragon qui se mordait la queue.

Tout au long de sa lecture, Mia fut confrontée à un thème récurrent, très éloigné de ses propres convictions : le thème de la continuité, renvoyant au caractère cyclique de la nature, au cercle infini de la vie, de la mort et de la renaissance, à l'unité primordiale de toutes choses. Elle reprit une photocopie montrant une représentation quasi pastorale de l'Ouroboros, dans un jardin au centre duquel trônait un chérubin.

Mia l'examina tout en réfléchissant à ce qu'elle venait de lire. Puis elle repensa à sa conversation avec Corben, aux possibles motivations du hakim. Ce symbole ne semblait rien exprimer de particulièrement inquiétant, mais après tout, le svastika était un signe bénéfique en Extrême-Orient depuis l'âge de pierre, jusqu'à ce que Hitler s'en empare et le dénature. Un phénomène du même ordre pouvait-il être à l'œuvre ? Corben avait insisté sur la démence de cet homme. Peut-être cherchait-il bel et bien à ressusciter un virus oublié, un poison. Le livre à l'Ouroboros, si important à ses yeux, devait dans ce cas contenir un secret maléfique. Et pourtant, tout ce qu'elle avait lu sur la figure du serpent semblait aller dans le sens opposé. Elle ne voyait rien de redoutable dans ce qui apparaissait presque partout comme un symbole de continuité. Elle se demanda si sa réaction initiale était liée à l'appréhension instinctive que suscitait l'archétype chez la plupart des gens, indépendamment de sa visée symbolique, ce qui pouvait peut-être expliquer, en plus du contexte dans lequel elle l'avait découvert – talonnée par des tueurs et sous une grêle de balles –, le malaise qu'il avait fait naître en elle. Mais certaines questions demeuraient en suspens. Fallait-il redouter le symbole du serpent ? Celui-ci ne possédait-il pas aussi, aux yeux du hakim, une dimension puissamment négative ? Se pouvait-il que les membres de la société secrète qui s'était réunie au Xe siècle dans les chambres souterraines d'Hilla aient détenu un savoir que cet homme cherchait désespérément à retrouver ?

Elle reprit son ordinateur et lança une recherche sur les savants de l'époque. Quelques-uns des grands noms qu'elle avait gardés en mémoire – Avicenne, Djabir ibn Hayyan – apparurent instantanément. Naviguant d'un site à l'autre, elle glana quelques éléments utiles avant d'accéder à la version en ligne de l'*Encyclopaedia Britannica*, à laquelle elle était abonnée.

Elle fit défiler les premières pages avec facilité, rompue qu'elle était à ce type de recherches. Mais plus elle avançait, plus sa confiance s'érodait. Rien de ce qu'elle avait sous les yeux n'éclairait l'objet de la quête du hakim.

Les grands esprits étaient pourtant nombreux dans la région à l'époque des Frères de la Pureté. Elle survola deux articles biographiques consacrés à Farabi, appelé le « Second Maître » par Averroès en raison de l'étendue de ses connaissances scientifiques et philosophiques, inférieures seulement à celles d'Aristote. Elle lut aussi un texte sur Al-Razi, un médecin persan que les Européens redécouvriraient bien plus tard sous le nom de Rhazès, le père de ce qu'on appelle aujourd'hui le « plâtre », qu'il utilisa dès le Xe siècle pour réduire les fractures osseuses ; et un autre sur Al-Biruni, qui avait exploré l'Extrême-Orient et rédigé de longs essais sur les jumeaux siamois. Mia connaissait mieux Ibn Sina – ou Avicenne, comme on l'appelait en Occident –, le plus influent des médecins de son temps. Philosophe et poète accompli dès l'âge de dix-huit ans, il signa avant vingt et un ans une série de traités sur toutes les sciences connues à l'époque. Il se distingua de ses prédécesseurs par son intérêt pour le potentiel des substances chimiques en matière de traitement des maladies. Dans cette veine, il étudia de façon très détaillée des affections telles que la tuberculose et le diabète, et son œuvre maîtresse, un *Canon de la médecine* en quatorze volumes, était tellement en avance sur son temps qu'elle resta le texte médical de référence en Europe jusqu'au XVIIe siècle, plus de cinq cents ans après sa mort.

Tous ces hommes étaient à l'origine d'immenses avancées dans de nombreuses disciplines. Ils avaient étudié le corps humain, identifié des maladies, suggéré des traitements. Mais aucun d'eux ne semblait avoir entretenu quelque lien que ce fût avec l'Ouroboros, et Mia ne décela strictement rien de maléfique dans l'orientation de leurs travaux. Tout au plus avaient-ils cherché à maîtriser les forces de la nature.

Ces savants philosophes rêvaient d'améliorer l'humanité, non de la détruire.

Elle examina à nouveau les photos des chambres souterraines, s'efforçant d'imaginer ce qui avait pu se passer à l'intérieur. Somme toute, elles n'avaient rien de particulièrement sinistre. Suivant cette ligne de réflexion, elle retira du dossier une feuille sur laquelle sa mère avait dessiné un plan des chambres et dressé l'inventaire de ses découvertes. Aucun ossement n'avait été retrouvé sur place, ni aucune trace de sang séché, et pas davantage d'autel sacrificiel ou d'outil tranchant. Evelyn semblait être parvenue à la même conclusion que Mia. Sous le dessin, de son écriture si caractéristique, elle avait tracé puis souligné le mot *Sanctuaire*, suivi d'un énième point d'interrogation.

Un sanctuaire, mais sans fonction religieuse. Un refuge ? Pour se cacher de qui – ou de quoi ?

L'ordinateur de Mia tomba alors en panne de batterie. Face à l'écran noir, elle se sentit soudain écrasée de fatigue. Elle remit en place le dossier de sa mère et retrouva le chemin de son lit.

Cette fois, elle ne fut pas longue à s'endormir, malgré la persistance d'une idée confuse qui aurait dû l'empêcher de trouver le sommeil. Le sentiment qu'une terreur archaïque, symbolisée par l'image fascinante de ce serpent, risquait d'être ressuscitée pour semer la désolation dans le monde actuel se faufilait inexorablement jusqu'au tréfonds de son âme.

32

Paris – Octobre 1756

Le faux comte traversa à pas traînants la chaleur suffocante de la salle de bal, la tête farcie d'arrogants commérages, de rires stridents et de musique ininterrompue, les yeux agressés par le flamboiement tourbillonnant des roues d'artifice et la somptueuse parade de costumes de girafes, de paons et autres créatures exotiques.

Jamais l'Orient ne lui manquait autant que dans ces soirées. Mais ce temps-là, il le savait, était révolu.

Il promena un regard blasé sur l'immense salle, cruellement conscient d'être un imposteur. Des gueules animales en papier mâché le toisaient, posées en équilibre précaire sur les perruques poudrées, et de longues plumes venaient régulièrement lui chatouiller les narines : les invités du palais des Tuileries, tout autour de lui, dansaient avec extase. Où qu'il portât les yeux, des diamants et des perles scintillaient sous le feu des centaines de chandelles d'où ruisselaient sur les tapis des mottes de cire durcie. Ce n'était pas sa première fête, et ce ne serait pas la dernière. Il savait qu'il devrait encore endurer nombre de soirées semblables à ce « bal de la jungle », d'autres déploiements de pompe effrénée, d'autres vains bavardages, d'autres jeux de séduction. Tout cela faisait partie de la nouvelle vie qu'il s'était créée, et sa présence était toujours attendue – espérée, même – dans de telles occasions. Il savait également que son calvaire ne s'arrêterait pas là, qu'au fil des jours et des nuits à venir, il devrait supporter d'interminables ragots, dans toutes sortes de salons, sur les gloires publiques du moment et les basses intrigues qui se tramaient dans l'ombre.

Tel était le prix à payer pour accéder là où il voulait accéder, ce qui était indispensable pour conserver un espoir de succès. Même si, au fil des ans, ses chances semblaient s'amenuiser.

Il s'était attelé à une tâche impossible.

Souvent, comme ce soir, il s'interrogeait, perdu dans ses pensées, sur ce qu'il était vraiment, sur la raison de sa présence ici et sur le sens de sa vie.

La réponse ne lui venait pas toujours aisément.

De plus en plus fréquemment, il éprouvait des difficultés à maintenir sa création à distance et à ne pas s'égarer tout à fait dans son personnage. La tentation le guettait à chaque pas. Chaque jour, il croisait dans la rue des dizaines de pauvres hères, des hommes et des femmes qui rêvaient de goûter à la vie qu'il menait, une vie forcément délicieuse à leurs yeux. Il se demandait s'il ne s'était pas trop battu, ne s'était pas trop caché, n'était pas trop longtemps resté seul. L'envie le démangeait d'abandonner sa quête et de renoncer à la mission qui lui avait été confiée tant d'années plus tôt, dans un cachot de Tomar, pour jouir des avantages de sa position présente, s'établir, et passer le restant de ses jours dans un confort douillet, et surtout dans la normalité.

Une tentation qu'il avait de plus en plus de mal à réprimer.

Son voyage jusqu'à Paris avait été tout sauf paisible.

Il avait réussi à s'enfuir de Naples mais savait qu'il ne serait à l'abri nulle part, et surtout pas en Italie, car di Sangro n'aurait pas de repos avant de l'avoir retrouvé. Il l'avait lu dans les yeux du prince. Il savait aussi que son adversaire disposait de ressources financières et humaines suffisantes pour le traquer longtemps. Aussi entreprit-il de brouiller les pistes, s'inventant un nouveau personnage chaque fois qu'il arrivait dans un lieu, prenant soin de distiller toutes sortes de mensonges sur son passé et sa destination avant de reprendre la route.

Il avait soigneusement cultivé ses impostures à Pise, Milan et Orléans, avant d'atteindre la capitale française, changeant à chaque fois de nom et de titre : comte

Bellamare, marquis d'Aymar, chevalier Schoening. Il endosserait très vraisemblablement d'autres identités dans les années à venir. En attendant, il était confortablement installé dans ses appartements parisiens, et dans son nouveau rôle de comte de Saint-Germain.

Paris ne pouvait que lui convenir. Cette ville immense et foisonnante – la plus grande d'Europe – attirait toutes sortes de voyageurs et d'aventuriers, des plus fanfarons aux plus discrets. Son arrivée y passerait inaperçue. Il y rencontrerait d'autres explorateurs, des hommes qui comme lui étaient allés en Orient et pouvaient avoir croisé le symbole du serpent au cours de leurs périples. C'était aussi la cité des sciences et du discours, dépositaire d'un immense savoir avec ses riches bibliothèques et ses inestimables collections de manuscrits, de livres et d'objets anciens dont deux catégories l'intéressaient tout particulièrement : ceux pillés en Orient lors des croisades, et ceux confisqués aux Templiers près de cinq siècles auparavant. Ceux qui pouvaient receler la pièce manquante du puzzle qui avait fait basculer sa vie bien des années plus tôt.

Il atteignit Paris en pleine période de transition. Des penseurs radicaux défiaient la double tyrannie de la royauté et de l'Église. La ville bouillonnait de controverses et de tensions, d'idées annonciatrices des Lumières et d'intrigues – intrigues que Saint-Germain s'empressa d'exploiter.

Quelques semaines après son arrivée, il réussit à se lier d'amitié avec le ministre de la Guerre et, avec l'aide de celui-ci, se faufila dans l'entourage du roi. Impressionner la noblesse ne lui posa aucun problème. Ses compétences en chimie et en physique, accumulées tout au long de son séjour en Orient, étaient plus que suffisantes pour régaler et mystifier les pantins débauchés de la cour. Il s'arrangea pour mettre discrètement en avant sa connaissance des pays lointains et sa maîtrise de plusieurs langues – son français à Paris s'avéra aussi irréprochable que son italien à Naples, ce à quoi il fallait ajouter sa connaissance parfaite de l'anglais, de l'espagnol, de l'arabe et bien sûr du portugais, sa langue natale – chaque fois qu'il éprouvait le besoin de se distinguer. Ainsi parvint-il rapidement à se ménager une place de choix au cœur du petit groupe de courtisans dorlotés qui gravitait dans l'orbite de Louis XV.

Sitôt sa position établie, il put reprendre sa quête. Ses belles paroles lui ayant ouvert les portes des plus grandes maisons de l'aristocratie, il accéda sans peine aux collections les plus jalousement défendues. Il sut se rendre agréable au clergé afin de pouvoir circuler librement dans les bibliothèques religieuses et les cryptes monastiques. Il lut beaucoup, s'immergeant dans les récits de voyages de Jean-Baptiste Tavernier, les études du pathologiste Morgagni, les traités médicaux de Boerhaave, et autres grands ouvrages parus à l'époque. Il étudia la *Pharmacopeia Extemporanea* de Thomas Fuller et plus attentivement encore le curieux discours de Luigi Cornaro, *Sur la vie saine et tempérée* – dont l'auteur avait réussi à atteindre l'âge exceptionnel de quatre-vingt-dix-huit ans. Et cependant, si tous ces livres lui permirent d'enrichir considérablement son savoir, il ne s'en trouva pas plus avancé dans sa quête.

Le symbole du serpent n'apparaissait nulle part, et aucun savoir médical ou scientifique ne semblait en mesure de porter remède au terrible défaut de la substance.

Il oscillait entre enthousiasme et désespoir. Chaque nouvelle piste suscitait en lui un regain d'exaltation, puis, à chaque impasse, les doutes refaisaient surface et finissaient par saper sa volonté. Il aurait aimé pouvoir partager son fardeau en se choisissant un assistant, mais après avoir vu di Sangro se métamorphoser en un prédateur alors qu'il avait juste entraperçu une part infime de la vérité, il ne voulait plus courir aucun risque.

Certaines nuits, il en venait à se demander si se débarrasser de la substance et de sa maudite formule pourrait l'arracher à sa servitude. Il réussissait parfois à s'en éloigner, mais jamais plus d'une semaine ou deux. Immanquablement rattrapé par la conscience de son destin, il se résignait à reprendre le cours de la seule vie qu'il connût.

Une voix de femme le tira de sa douloureuse rêverie.

— Je vous prie de bien vouloir m'excuser, cher monsieur.

En se retournant, il vit qu'un groupe insolite faisait cercle face à lui, des invités dont les expressions allaient du ravissement à l'embarras. Une vieille dame d'environ soixante ans, au visage rond et vêtue d'un costume de mouton, se détacha du groupe et s'avança vers lui. Quelque chose en elle inquiéta immédiatement Saint-Germain. Elle l'étudia avec curiosité, avant de lui offrir sa main et de se présenter comme Mme de Fontenay, un patronyme qui ne fit qu'accroître la nervosité du faux comte. Il parvint à dissimuler son malaise et esquissa une révérence.

— Monsieur le comte, dit-elle d'une voix fébrile, auriez-vous l'obligeance de me dire si l'un de vos proches parents a séjourné à Rome il y a une quarantaine d'années ? Un oncle, peut-être, ou même... votre père ? ajouta-t-elle après un temps d'hésitation.

Rompu au mensonge, le faux comte lui offrit un sourire cordial.

— C'est fort possible, madame. Toute ma famille est semble-t-il affligée d'un insatiable appétit de voyage. Quant à mon père, je crains de ne pouvoir vous répondre avec certitude. J'ai eu bien trop de mal à suivre ses pérégrinations lorsque j'étais enfant pour vous parler de ses déplacements avant ma naissance.

La petite troupe s'esclaffa bruyamment, avec beaucoup plus d'enthousiasme que ne le méritait la tirade de Saint-Germain, lequel crut bon d'ajouter :

— Puis-je me permettre de vous demander la raison de cette question ?

Les yeux de la dame pétillaient toujours autant de curiosité.

— J'ai connu un homme à l'époque, répondit-elle. Il m'a fait la cour, comprenez-vous. Je me souviens encore de notre première rencontre. Nous avons chanté ensemble quelques barcarolles de sa composition, et...

Elle s'interrompit un instant, perdue dans ses souvenirs.

— ... ses traits, ses cheveux, sa complexion, et même son attelage... Tout en lui donnait cette impression de noblesse qui est l'apanage des grands. Et je retrouve la même, en tous points, quand je vous regarde.

Saint-Germain s'inclina avec une modestie feinte.

— Vous êtes par trop généreuse, madame.

Elle balaya sa formule d'un geste de la main.

— Je vous en prie, monsieur le comte. Je vous saurais gré d'y réfléchir et de me faire savoir si c'est bien un membre de votre famille que j'ai rencontré là-bas. La ressemblance me paraît trop frappante pour être ignorée.

— Madame, dit Saint-Germain en reculant d'un pas, vous êtes trop aimable de me faire un tel compliment. Je ne prendrai pas de repos avant d'avoir élucidé la question de l'identité de cet illustre parent qui vous a fait si forte impression.

Il conclut sa réponse avec une révérence destinée à faire comprendre à son interlocutrice qu'elle pouvait disposer. Mais elle ne bougea pas d'un pouce et continua de l'observer avec fascination.

— C'est tout à fait troublant, marmonna-t-elle comme pour elle-même, avant d'ajouter à haute voix : J'ai aussi entendu dire que vous jouiez divinement du piano-forte, monsieur. Peut-être y avez-vous été initié par le personnage que j'ai connu.

Saint-Germain sourit, mais son sourire eut du mal à atteindre ses yeux. Il allait répondre lorsqu'il remarqua un visage familier qui l'observait à l'écart de la petite ménagerie. Thérésia de Condillac paraissait prendre grand plaisir à le voir ainsi s'enliser.

— Ah, vous voici ! finit-elle par s'exclamer en approchant avec une lueur de malice dans le regard. Je vous cherchais partout.

Après un échange courtois de signes de tête, de révérences et de présentations hâtives, la nouvelle venue passa un bras sous celui de Saint-Germain et, adressant à la troupe les plus sommaires excuses, l'arracha effrontément des griffes de sa tortionnaire ébahie.

— J'espère que vous ne m'en voudrez pas de vous priver d'une admiratrice aussi ardente, cher comte, lui glissa-t-elle tandis qu'ils disparaissaient dans la foule.

— Je ne sais trop si j'aurais employé le mot « ardente ». Plutôt « sénile », peut-être ?

— Ne soyez pas désobligeant, cher comte, dit-elle en riant. Si j'en juge par le feu que j'ai vu monter à ses joues, il se pourrait fort bien qu'elle vous mène à des demi-frères dont vous ignorez jusqu'ici l'existence.

Ils atteignirent les jardins, illuminés par des bouquets de flambeaux et de roues d'artifice. La fumée des pièces pyrotechniques planait bas, masquant les berges de la Seine, pourtant toutes proches. Des éléphants, des zèbres et un bataillon de singes, tous venus de la ménagerie de Versailles, étaient exposés dans l'immense parc, symbole de l'omnipotence d'une famille royale béatement inconsciente de la métaphore d'asservissement du peuple que véhiculaient ces animaux en cage.

Ils jetèrent leur dévolu sur un banc désert, au pied d'un châtaignier qui surplombait les quais. Ils avaient fait connaissance quelques semaines plus tôt, chez l'oncle de Thérésia. Saint-Germain était allé trouver celui-ci après avoir eu vent de sa réputation d'orientaliste averti, détenteur d'une substantielle collection de manuscrits levantins. Ils s'étaient revus au salon de Mme Geoffrin – par hasard, avait-il d'abord cru, même si, au fil de la soirée et des questions de plus en plus personnelles que lui posait la jeune femme, il avait fini par en douter. Ce qui, d'ailleurs, importait peu. Objet de tous les hommages, Thérésia de Condillac était une veuve fortunée, sans enfants, que n'effarouchaient pas les assiduités de ses nombreux soupirants.

Ils contemplèrent l'armée de courtisans en échangeant des traits d'esprit, souvent aux dépens des déguisements les plus grotesques. Le costume de Thérésia était aussi minimal que celui de Saint-Germain : il se réduisait à une simple étole de plumes blanches qui, jetée sur sa robe de bal également blanche, lui conférait la grâce éthérée – et fort éloignée de la jungle – d'une colombe. Saint-Germain, sans perruque et tout de noir vêtu, ressemblait pour sa part fort peu à la panthère qu'il prétendait être.

— Mon oncle me dit que vous êtes devenu un visiteur assidu de son hôtel, déclara-t-elle finalement. Votre connaissance du Levant l'impressionne beaucoup. Il ne rêve que de retourner à Constantinople, savez-vous.

Il se tourna vers elle. Elle le dévisageait, attendant une réponse.

— Je comprends que cette ville lui manque. Il n'en est guère de plus agréable sur le plan de la… simplicité, dit-il en embrassant du regard le spectacle irréel qui se déroulait à distance.

À cet instant, comme pour le narguer, une vision fugace le fit tressaillir, surgie de la brume des pièces d'artifice, entre gorilles et autruches factices. Une paire d'yeux dardés sur lui, ceux d'un jeune homme aux joues et au front entièrement peints de rayures brunes et or, coiffé d'une perruque blonde et bouclée d'où pointaient deux oreilles de tigre, avec une longue pelisse de fourrure rayée. Tapi au milieu de la foule tel un fauve à l'affût de sa proie dans la luxuriance d'une jungle indienne.

Le prédateur fut presque aussitôt avalé par le mouvement d'une petite troupe de convives. Et lorsque ceux-ci eurent passé leur chemin, il n'était plus visible.

Saint-Germain eut beau scruter les jardins, le tigre avait disparu. Peut-être avait-il été victime d'une illusion, troublé qu'il était par l'agitation de la foule et le vacarme de l'orchestre. Il chassa l'image de ses pensées et regarda sa voisine.

Thérésia, à qui son moment de distraction n'avait pourtant pas échappé, s'abstint de lui en faire la remarque.

— C'est possible, répondit-elle. Mais je le soupçonne surtout d'éprouver une pointe de nostalgie pour les mariages « à la cabine ».

Saint-Germain comprit sans peine l'allusion à une forme de mariage temporaire alors en vigueur sur les rives du Bosphore, où certaines femmes chrétiennes pouvaient être épousées pour une durée d'un mois.

— Ce qui n'a pas dû trop vous déplaire non plus, si je ne m'abuse, ajouta-t-elle un peu plus sérieusement.

— J'imagine qu'ils déplaisent à peu d'hommes, lâcha-t-il, pris de court.

— Certes, mais il y a néanmoins quelque chose, dans le côté impersonnel et dépourvu d'engagement de ces unions, qui à mon sens devait vous convenir tout particulièrement.

Sa remarque le toucha en plein cœur, aussi prévisible fût-elle. Il avait lui-même soigneusement cultivé sa réputation d'homme secret et attaché à son indépendance qui, s'autorisant des liaisons occasionnelles, n'avait aucun goût pour les attachements durables. Mais à la façon dont Thérésia venait de la formuler, sur un ton à la fois entendu et discrètement sardonique, il se demanda si elle l'avait percé à jour.

— Je me demande si je dois y voir un compliment ou une critique, répondit-il, troublé.

— Ni l'un ni l'autre, cher comte. Simple constatation d'une observatrice intriguée.

— D'une observatrice ? Dois-je en déduire que je suis étudié comme l'un de ces malheureux fauves ? rétorqua-t-il en montrant du doigt la cage la plus proche.

Presque malgré lui, il fouilla à nouveau la foule des yeux, cherchant en vain le tigre à l'affût.

— Certes non, mon très cher comte. Même si j'imagine sans peine l'intolérable frustration de tous ceux que votre personnalité intéresse, étant donné votre tendance marquée à donner aux questions, même les plus simples, des réponses fort évasives. Y a-t-il seulement quelqu'un qui vous connaisse vraiment, au sens fort du terme ? Voilà ce que je me demande.

Saint-Germain sourit. Il faillit répliquer qu'il ne se connaissait pas – ou plus – lui-même, mais son instinct l'en dissuada.

— Quelle allure aurais-je si on lisait en moi à livre ouvert ?

— Oh, je suis d'avis que votre allure supporterait une dose mesurée d'ouverture. Ce que j'aimerais savoir, c'est si vous agissez ainsi par crainte de mettre en fuite vos admiratrices ou si, au contraire, vous redoutez qu'elles ne s'approchent de trop près ?

Ne sachant que répondre, il se contenta de soutenir son regard.

Après le dîner chez Mme Geoffrin, il s'était renseigné, discrètement, sur Thérésia. Elle avait la réputation d'apprécier les galanteries – avec des messieurs qu'elle se chargeait elle-même de choisir –

mais son comportement s'était récemment modifié. On ne lui prêtait plus aucune aventure depuis quelques mois. Saint-Germain n'était pas assez imbu de lui-même pour penser qu'il y était pour quelque chose, d'autant que ce renoncement au libertinage s'était produit bien avant leur rencontre. Et bien qu'ayant lui-même été la cible d'innombrables avances – la noblesse parisienne était alors particulièrement débauchée – il avait le sentiment que leur relation était d'une autre nature. Moins frivole. Plus substantielle.

Ce qui posait problème.

Saint-Germain se sentait irrépressiblement séduit. Thérésia de Condillac était certes désirable, mais cela même qui l'attirait en elle la rendait aussi trop dangereuse pour qu'il puisse lui ouvrir les portes de son âme.

— J'ai l'impression que vous me prêtez une vie beaucoup plus belle qu'elle n'est, finit-il par dire.

Thérésia se pencha vers lui.

— Pourquoi ne me laissez-vous pas en juger par moi-même, en me confiant les secrets tapis au fond de votre impénétrable forteresse ?

Il haussa les épaules.

— Loin de moi l'envie de vous importuner avec les banalités de ma morne existence. En revanche...

Il n'alla pas plus loin. Malgré l'ensorcelante beauté de Thérésia, il ne pouvait s'empêcher de jeter de temps à autre un coup d'œil aux jardins du palais et venait de repérer à nouveau le tigre au milieu d'un tourbillon de costumes bigarrés. Comme tout à l'heure, l'homme se tenait parfaitement immobile et le fixait. Et comme tout à l'heure, il se volatilisa presque sur-le-champ.

Le malaise de Saint-Germain s'amplifia. Il se sentit soudain exposé, vulnérable.

Cette fois, Thérésia décida d'intervenir.

— Que se passe-t-il ?

— Oh, rien, répondit-il d'une voix assurée. Mais il se fait tard, et j'ai bien peur de devoir prendre congé.

Surprise, elle réussit à ébaucher un sourire ironique.

— Vous retirez à nouveau le pont-levis, cher comte ?

— Jusqu'à ce que le siège soit levé, répondit-il avec une demi-révérence.

Et il s'en fut, sentant le regard de Thérésia l'accompagner jusqu'à ce qu'il ait été avalé par la multitude.

Il fendit en hâte la masse des invités, jetant à chaque instant des regards sur les costumes qui tournoyaient autour de lui, afin de gagner la grande porte. Le sang battait à ses tempes lorsqu'il quitta le palais. Il fit de grands signes à son cocher, réuni avec quelques autres autour d'un feu de joie. L'homme courut rejoindre leur attelage et, quelques instants plus tard, celui-ci s'élançait par la rue Saint-Honoré en direction de l'île de la Cité, où Saint-Germain avait ses appartements.

Affalé sur la moelleuse banquette de velours, le comte ferma les paupières. Le claquement cadencé des sabots du cheval l'apaisait. Il se reprocha d'avoir cédé à un affolement qui lui apparaissait à présent injustifié. Peut-être son intuition avait-elle tout bonnement été perturbée par la présence de Thérésia. De plus en plus rassuré, il comprit qu'il devrait la revoir. C'était inévitable. Il se pencha vers la portière et offrit son visage à la caresse de l'air nocturne.

L'attelage tourna à droite rue de l'Arbre-Sec et traversa le Pont-Neuf peu après. Préférant le vieux quartier de la Cité à d'autres, plus modernes, Saint-

Germain s'était établi dans une enfilade de belles pièces donnant sur la Seine et les quais de la rive droite. Le spectacle du fleuve lui faisait du bien, malgré les quantités d'immondices qui encombraient sa surface. La brise qui soufflait presque en permanence sur la Seine contribuait à atténuer la puanteur des ordures ménagères et autres excréments humains, directement déversés dans les caniveaux selon la douteuse tradition du « tout-à-la-rue ».

Saint-Germain regarda sur sa gauche pendant qu'ils franchissaient le pont. C'était une froide nuit d'automne, et la lune, aux trois quarts pleine, éclaboussait la ville d'un halo argenté. Il aimait particulièrement la vue de ce pont, surtout après le crépuscule, quand les marchands et autres colporteurs avaient plié bagage. En amont, le long du quai nord sur lequel brûlaient quelques feux de camp, des barques et des voiliers étaient amarrés bord à bord. Plus loin, les toitures d'ardoise des maisons trapues bâties sur le pont Notre-Dame luisaient sous la lune, et l'on apercevait à la plupart des fenêtres la lueur d'une chandelle. Et encore au-delà, la sublime Notre-Dame écrasait l'île de ses vertigineuses tours jumelles, debout sous la voûte étoilée – monument à la gloire de Dieu mais aussi, et peut-être surtout, preuve du génie de l'homme.

Ils atteignirent la pointe occidentale de l'île et s'engagèrent sur la chaussée étroite du quai de l'Horloge, bordé de maisons d'un côté et de l'autre par le mur qui surplombait la berge. Saint-Germain avait élu domicile dans un immeuble blanchi à la chaux à l'autre extrémité du quai. Une cinquantaine de mètres les en séparaient encore lorsqu'il entendit son cocher lancer un ordre au cheval. L'attelage ralentit et s'immobilisa.

Saint-Germain passa la tête à l'extérieur.

— Roger ? Pourquoi sommes-nous arrêtés ?

Le cocher hésita un instant puis répondit d'une voix curieusement tremblante :

— Regardez devant, monsieur le comte. La voie est bloquée.

Saint-Germain entendit un cheval hennir. Les rues de Paris étaient éclairées et, dans la pâle clarté d'une lanterne suspendue, à une trentaine de mètres de sa voiture, trois cavaliers leur barraient la route. Ils attendaient sans bouger, flanc contre flanc.

Des sabots claquèrent du côté du pont ; il tourna vivement la tête en arrière. Un quatrième cavalier venait de s'engager sur le quai. Au moment où il passait sous une autre lanterne, Saint-Germain entrevit les rayures de tigre qui zébraient son visage, plus menaçantes encore sous l'ondoyante cape noire qu'il portait à présent.

Saint-Germain observa à nouveau les trois cavaliers qui leur interdisaient le passage. Malgré la pénombre, il reconnut en celui du milieu un personnage surgi de son passé. À peine avait-il fait le rapprochement que la voix de l'homme, elle aussi familière, éclata dans la nuit comme un coup de tonnerre.

— *Buona sera, marchese !*

La voix de di Sangro n'avait pas changé. Sèche, rauque, sardonique.

— Ou peut-être préférez-vous que je vous appelle *gentile conte* ?

Saint-Germain lança un coup d'œil par-dessus son épaule au cavalier qui leur coupait la retraite, et dont sa mémoire lui restitua brusquement le visage peinturluré. Il comprit pourquoi la vision de ce jeune homme l'avait tant perturbé et se rappela l'avoir croisé, non seulement dans un café parisien quelques semaines auparavant, mais aussi dans un tout autre contexte. À Naples. Des années plus tôt. Très brièvement, lors d'une visite au palazzo de di Sangro.

C'était le fils du prince. À ceci près que l'adolescent révérencieux d'autrefois avait cédé la place à un jeune homme à l'attitude menaçante.

Il leva les yeux vers son cocher, lequel attendait nerveusement ses ordres.

— En avant, Roger ! s'écria-t-il. Force le passage !

Le cocher poussa un cri et fouetta son cheval, qui partit aussitôt au galop. Saint-Germain vit les chevaux qui leur barraient la route reculer de quelques pas, puis un des cavaliers épauler une arme qui scintilla lugubrement au clair de lune. Saint-Germain mit une fraction de seconde à comprendre qu'il s'agissait d'une arbalète, et avant qu'il ait pu réagir, le cavalier visa, puis tira. Sa petite flèche traversa l'air avec un murmure acéré et frappa le cocher en pleine poitrine. Avec un râle de douleur, Roger s'affala sur le flanc et tomba de l'attelage lancé à pleine vitesse.

Les trois hommes se déployèrent en éventail et chargèrent, hurlant et agitant les bras face au cheval qui, livré à lui-même, continuait de galoper en décrivant de furieux écarts. La voiture tanguait de plus en plus violemment sur les pavés irréguliers, obligeant Saint-Germain à s'accrocher à la portière. C'est alors qu'il vit le cavalier posté de l'autre côté de di Sangro pointer à son tour une arbalète et tirer.

Au hennissement suraigu que poussa son cheval, le faux comte comprit que la flèche l'avait atteint au plus profond de sa chair. L'animal se cabra, projetant l'attelage sur le flanc. Sans doute une des roues heurta-t-elle l'angle d'un pavé car Saint-Germain se retrouva tout à coup suspendu au bord de la fenêtre tandis que sa voiture, après un bond en l'air, retombait lourdement sur le côté puis glissait sur quelques mètres avant de s'immobiliser en grinçant.

Il reprit vite ses esprits après le choc, tendit l'oreille. Un silence total planait sur la rue, ponctué par un bruit mat de sabots qui s'approchaient au pas. Le dos contre la portière bloquée, il replia les jambes puis les lança de toutes ses forces vers la portière opposée qui s'ouvrit. Il se hissa hors de la voiture, se laissa retomber au sol, regarda en arrière. Son cocher gisait sur le pavé, inerte. Saint-Germain redressa lentement son corps meurtri, envahi d'une colère sourde.

Devant, le fils de di Sangro avait rejoint les trois cavaliers.

— *Bravo, ragazzo mio*, lui dit le prince. *Sei stato grande* – c'est très bien joué.

Les quatre cavaliers faisaient maintenant face à Saint-Germain, éclairés d'en haut par une lanterne qui oscillait imperceptiblement sous la brise.

Di Sangro éperonna sa monture et s'avança de quelques pas, les yeux toujours rivés sur sa proie.

— Vous vous étiez construit une jolie vie, *marchese*. Paris vous regrettera.

— Et Naples gagnera ce que Paris va perdre, je suppose ?

Di Sangro mit pied à terre en souriant.

— Peut-être pas tout Naples, mais moi, sans aucun doute.

Son fils l'imita ; les deux autres cavaliers restèrent en selle. Le prince s'approcha de Saint-Germain et le dévisagea comme s'il le voyait pour la première fois.

— Vous avez bonne mine, *marchese*. Très bonne mine, même. Se pourrait-il que l'air fétide de Paris vous soit salutaire ?

Saint-Germain s'abstint de répondre. Son regard chargé de colère fit la navette entre di Sangro et son fils. La ressemblance était frappante, surtout les yeux, et encore plus à présent que le fils avait atteint l'âge d'homme. Le prince avait nettement vieilli depuis leur dernière rencontre : il s'était empâté. La peau de son visage et de son cou était ridée, flasque, jaunâtre. Saint-Germain se maudit de ne pas avoir compris à la seconde où il avait posé les yeux sur lui, dans ce café, qui était ce jeune homme, d'autant qu'il s'était toujours attendu à ce que di Sangro resurgisse un jour. Son anonymat parisien venait de prendre fin, mais l'heure n'était pas aux regrets : s'il voulait avoir une chance de se construire une autre vie, il allait devoir passer à l'action.

Il étudia rapidement les possibilités qui s'offraient à lui. Elles n'étaient ni nombreuses ni réjouissantes. Une idée lui vint néanmoins, éclairant comme un phare la nuit qui l'enveloppait. Un simple constat, en vérité, qu'il avait fait à maintes reprises au fil des ans, chaque fois qu'il avait anticipé une confrontation avec di Sangro : quoi qu'il arrive, le prince aurait besoin de lui vivant. Ses menaces de mort seraient donc forcément creuses. Saint-Germain savait d'avance que son adversaire ferait tout son possible pour le garder en vie et userait de toutes les méthodes à sa disposition, aussi répugnantes fussent-elles, pour lui extorquer la vérité.

Il s'agissait toutefois d'une arme à double tranchant. La perspective de rester en vie n'avait d'attrait que dans la mesure où il continuerait d'être libre. La captivité et la torture étaient infiniment moins désirables que la mort. Surtout au vu des doutes qu'il nourrissait sur sa propre résistance.

Il était pris au piège. Placés de part et d'autre de leur maître, les cavaliers bloquaient les deux côtés de la rue. Dans son dos se dressait la façade d'un immeuble dont la porte cochère était très certainement verrouillée depuis le coucher du soleil. Et face à lui, derrière di Sangro et son fils, la rue était bordée par un parapet de pierre qui longeait le fleuve.

Saint-Germain inspira profondément.

— Vous savez bien que je ne peux pas vous suivre, lança-t-il à di Sangro en tirant son épée. Et que je n'ai rien à vous donner.

Di Sangro lui décocha un sourire froid et fit signe à ses hommes.

— Je ne crois pas que vous ayez le choix, *marchese*.

Lui aussi dégaina son épée et la pointa sur Saint-Germain, imité par son fils. Du coin de l'œil, le comte remarqua que les deux cavaliers venaient de recharger leur arbalète.

Il fit plusieurs pas de côté, sans cesser de tenir en respect le prince et son héritier. Aussi lassé fût-il du fardeau qu'il traînait depuis longtemps d'un continent à l'autre, le soulagement tant espéré ne pouvait lui venir de cette manière. L'idée de se laisser capturer, surtout par cet homme, lui paraissait inacceptable. Il se sentait prêt à lui résister jusqu'à son dernier souffle – même sachant que, s'il mourait, son secret avait toutes les chances de disparaître avec lui. Il se demanda si, tout bien considéré, cela n'aurait pas mieux valu, ou s'il devait à l'humanité de préserver à tout prix ce savoir, quitte à le laisser entre les mains d'un égoïste forcené comme di Sangro.

Non. Il devait rester libre et en vie. Il n'était pas prêt à mourir. Et il ne pouvait plus se permettre, comprit-il tout à coup, de garder son secret pour lui seul. C'était trop dangereux. S'il réussissait à se sortir de ce mauvais pas, il aurait besoin d'alliés pour poursuivre sa quête, même si cela n'allait pas sans risque. Simplement, il tâcherait de bien les choisir.

Plein de détermination, il porta une fougueuse attaque contre ses deux adversaires. Dès que leurs lames s'entrechoquèrent dans la rue déserte, il remarqua que si le prince de San Severo avait perdu en vitesse depuis leur dernière confrontation, son fils, lui, faisait mieux que compenser ce désavantage. Le jeune homme était un talentueux bretteur. Il parait les offensives de Saint-Germain avec efficacité et semblait prédire chacun de ses coups. Le prince recula progressivement pour se cantonner à un rôle de soutien, laissant son fils prendre le relais. La capuche de celui-ci avait fini par glisser et, dans la clarté de la lanterne, les sinistres rayures de tigre qui barraient son visage rehaussaient l'éclat de ses yeux de prédateur.

La lame du fils fendait l'air de plus en plus vite et de plus en plus près de son visage, obligeant Saint-Germain à se démener comme un beau diable pour esquiver et contrer. Après avoir enjambé d'un bond le ruisseau qui faisait office d'égout au centre de la chaussée, il voulut bondir sur le côté pour parer un nouveau coup mais trébucha sur un pavé et perdit l'équilibre. Le fils de di Sangro en profita pour porter une nouvelle attaque. Le comte, déjà relevé, plongea d'instinct à droite mais ne parvint pas à éviter tout à fait la lame adverse, qui lui infligea une douleur cuisante en transperçant son épaule gauche. Il eut tout juste le temps de parer le coup suivant avant de se remettre en garde.

Les deux hommes se mirent à tourner l'un autour de l'autre comme des chats sauvages, sans se quitter des yeux. Leurs halètements s'étaient substitués au cliquetis des lames. Un rictus retroussait les lèvres du jeune di Sangro ; il jeta un coup d'œil au prince, qui l'encouragea de la tête. La morgue du fils n'avait d'égale que la fierté du père, constata Saint-Germain tandis que le sang ruisselait à l'intérieur de sa manche. Sa douleur augmentait, et ses muscles n'allaient pas tarder à se raidir. Il devait réagir au plus vite, même s'il n'avait aucune chance de venir seul à bout de quatre hommes.

Il savait où frapper.

Il rassembla toute son énergie et fondit sur le fils du prince avec une ardeur décuplée, ferraillant à tout-va et contraignant son adversaire à reculer jusque dans la fange du ruisseau. Le jeune homme, déconcerté par cette offensive, le repoussa de son mieux en glissant à son père un regard empreint de doute, comme s'il avait besoin d'être rassuré. Saint-Germain profita de cet instant de faiblesse pour l'estoquer. Sa lame s'enfonça dans le flanc du jeune homme, qui poussa un cri déchirant, recula en titubant, porta une main à sa blessure puis regarda, choqué et incrédule, le sang qui inondait ses doigts. Voyant son héritier sur le point de tomber dans le ruisseau, di Sangro se précipita vers lui en criant :

— Arturo !

Surmontant sa douleur, celui-ci fit signe à son père de rester à l'écart et se tourna vers Saint-Germain. Il brandit à nouveau son épée, mais ses jambes se dérobèrent dès qu'il voulut faire un pas.

— *Prendetelo !* hurla di Sangro à ses hommes en courant vers son fils. Attrapez-le !

Saint-Germain vit les deux cavaliers sauter à bas de leur monture et converger sur lui, chacun d'un côté de la rue. Leurs arbalètes luisaient dans la pénombre. Il jeta un coup d'œil en arrière – le parapet semblait à sa portée. Il le rejoignit en courant, lança son épée par-dessus le mur et entreprit de l'escalader. Une douleur fulgurante lui traversa l'épaule pendant qu'il se hissait. Il réussit néanmoins à se rétablir au sommet.

Sous ses yeux coulait la Seine, froide et charriant toutes sortes de déchets ; loin de le rassurer, la vue de ces flots lents, que la lune parait de mille reflets, lui donna la nausée. Il inspira une longue goulée d'air nocturne et se retourna vers la rue. Di Sangro avait les yeux fixés sur lui. Comme ils s'affrontaient du regard, Saint-Germain sentit la souffrance, la colère et le profond désespoir du prince, qui hurla soudain :

— Ne soyez pas stupide, *marchese... !*

Mais avant qu'il ait pu esquisser un geste, Saint-Germain fit volte-face, ferma les yeux et sauta dans le fleuve.

Il heurta violemment la surface et se sentit couler dans un bourbier opaque. Il s'agita en tous sens, momentanément désorienté, incapable de distinguer le haut du bas. Il tournoyait à présent sur lui-même, les tempes bourdonnantes et les poumons en feu. Il tenta de se calmer, malgré le froid qui entamait déjà sa lucidité. Pris dans une inexorable spirale, il crut apercevoir un reflet peut-être venu de la surface et décida de le rejoindre, mais le poids de ses vêtements l'entraînait toujours plus bas. À force de contorsions, il parvint à se débarrasser de ses bottes gorgées d'eau. Son habit, en revanche, était fermé par plusieurs rangs de boutons, et les couches superposées de riches étoffes qu'il portait ce soir-là – justaucorps, culotte, chemise, cravate, gilet – gênaient ses mouvements en lui collant à la peau.

On eût dit que le diable en personne le guidait vers l'enfer et, un bref instant, il éprouva une sorte de soulagement pervers à se dire que tout allait finir, ici et maintenant. Mais quelque chose en lui aspirait à survivre. Il se débattit comme une bête furieuse et, à force de batailler contre les flots, parvint à rejoindre la surface.

Il se mit aussitôt à dériver, au milieu de la Seine, entre débris de bois épars et fruits pourris. Le courant l'avait entraîné loin de l'île de la Cité et le ramenait lentement vers les Tuileries. Il tenta d'y résister, avalant et recrachant d'énormes gorgées d'eau trouble, toujours empêtré dans ses vêtements, heurtant toutes sortes d'épaves et de rebuts. Il lutta comme il n'avait jamais lutté pour garder la tête hors de l'eau, s'efforçant d'atteindre la rive droite. Mètre par mètre, les quelques feux autour desquels se réchauffaient les vagabonds réunis sur la berge se rapprochèrent et, lorsqu'il réussit enfin à agripper un anneau de fer rouillé serti dans le quai de pierre, il avait perdu toute notion du temps.

Il se hissa hors de l'eau et resta là, étendu sur le dos, respirant à longs traits et laissant à ses muscles fourbus le temps de retrouver un semblant de vie. Plus tard dans la nuit, sans qu'il puisse dire s'il s'était écoulé quelques minutes ou plusieurs heures, une voix qu'il lui semblait connaître prononça son nom. Saint-Germain crut d'abord à un rêve mais, peu après, le visage angélique de Thérésia se découpa sur le ciel étoilé au-dessus de lui, en chuchotant des paroles auxquelles il ne comprit pas grand-chose.

Il sentit des mains d'homme soulever par les aisselles son corps endolori et, sur les consignes de Thérésia, l'envelopper dans une épaisse couverture puis le déposer sur le velours moelleux d'un imposant carrosse. Ainsi fut-il arraché à la compagnie des rats et des brigands pour se perdre dans les rues sombres de la Ville Lumière.

Tout au long de leur trajet vers les appartements de la jeune femme, Saint-Germain l'accabla de questions et fit de son mieux pour comprendre ses réponses.

Elle expliqua avoir perçu son inquiétude au bal et remarqué, comme il quittait le palais, un homme travesti en tigre qui lui emboîtait le pas. Elle-même avait décidé de se retirer dans la foulée, la soirée ayant perdu tout attrait à ses yeux, et son cocher lui avait confirmé que l'homme-tigre avait sauté sur un cheval pour prendre en filature la voiture du comte. Sentant qu'il se tramait quelque chose d'inquiétant, elle l'avait prié d'emprunter la même direction. C'est ainsi qu'elle avait assisté au combat depuis le Pont-Neuf, trop épouvantée pour oser intervenir. Après avoir vu Saint-Germain se jeter dans la Seine, elle l'avait cru noyé. Mais son cocher l'avait repéré peu après, dérivant au milieu du fleuve, et était finalement parvenu à mener sa maîtresse jusqu'à lui.

Saint-Germain ne retint pas tout, mais peu lui importait. Il était heureux d'être en vie et auprès d'elle. Il savait que son bonheur ne durerait pas, mais il préférait ne pas y penser. Il s'abandonna au réconfort de ses bras et tâcha d'oublier le reste le plus longtemps possible.

Elle le fit entrer dans ses appartements du Marais, le nouveau quartier en vogue, et ordonna à sa femme de chambre de lui préparer un bain chaud. Elle l'aida à se dévêtir puis à s'asseoir dans la baignoire. Plus tard, après avoir pansé et nourri son hôte, elle souffla toutes les chandelles sauf une, au chevet du lit, et ils s'aimèrent jusqu'à l'extase.

Il s'éveilla aux premières lueurs de l'aube, la vit dormir à son côté. Son épaule lui faisait toujours aussi mal, mais du moins le pansement avait-il endigué l'hémorragie. Tandis qu'il caressait le dos de Thérésia, émerveillé par la douceur de sa peau, il s'inquiéta de la nouvelle vie qu'il allait bientôt devoir s'inventer.

Bercé par le souffle paisible de sa compagne, il laissa son esprit rêver à une existence plus sereine, exempte de mensonge, où il pourrait profiter du peu de temps qu'il avait encore devant lui. Ses pensées l'amenèrent à se poser une question qui l'avait souvent taraudé dernièrement, et il s'interrogea sur le bien-fondé de la quête à laquelle il avait voué son destin. Le moment n'était-il pas venu d'y renoncer pour se contenter des joies d'une vie ordinaire ?

Alors qu'il méditait sur son existence mouvementée, il douta une fois de plus de ses chances de succès, et ce même s'il réussissait à trouver ce qu'il cherchait.

Car trouver n'était pas tout.

Il faudrait aussi annoncer son secret, le dévoiler au monde, le rendre accessible à tous, ce qui constituait un défi encore plus insurmontable.

Le monde n'était pas prêt, c'était là sa seule certitude. Des forces puissantes se ligueraient pour le réduire au silence, pour empêcher que son savoir altère – et renforce – l'humanité. L'immortalité – l'immortalité spirituelle, individuelle – était un bienfait que seule la religion avait le droit d'accorder. Il n'était pas admis que la terreur liée au spectre de l'inévitable, de l'irrésistible invitation de la mort puisse être conjurée autrement. Le don auquel il aspirait était sacrilège, impensable. Jamais l'Église ne le tolérerait. Qui était-il pour espérer venir à bout d'une aussi venimeuse hostilité ?

Une vague de confusion le submergea. Cependant, malgré ses inquiétudes et son désespoir, il voulait encore croire à un avenir radieux. Chaque année, il sentait le vent du changement souffler un peu plus fort sur les cités des hommes. Les salons et les cafés bruissaient d'idées neuves qui toutes défiaient l'ignorance, la tyrannie, la superstition. Rousseau, Voltaire, Diderot et d'autres étaient en pleine fièvre créatrice, tout en s'efforçant d'éviter la censure de leurs œuvres par les Jésuites omniprésents. Les peuples se trouvaient inspirés par les phrases de grands penseurs qui affirmaient que l'homme était essentiellement bon et que le bonheur sur terre, accessible grâce à la fraternité sociale et au progrès des sciences et des arts, représentait une aspiration plus raisonnable et plus noble que l'espoir d'accéder au paradis par la pénitence.

On commençait à accorder davantage de valeur à la vie terrestre qu'à l'au-delà.

Mais il restait nombre d'obstacles à surmonter. La pauvreté et la maladie, principalement. La mort prématurée rôdait un peu partout, et les plus brillants esprits cherchaient toujours à comprendre ce dont était fait le corps humain et comment il fonctionnait. Le savoir dont il était le dépositaire risquait de les détourner de leurs travaux, ce qui aurait des effets calamiteux. Mais la difficulté essentielle résidait dans la cupidité apparemment consubstantielle à l'homme, sa propension innée à amasser et convoiter. Comme Saint-Germain avait pu le constater, de ses yeux, chez di Sangro.

Il se remit à contempler la silhouette assoupie auprès de lui. Il caressa l'épaule nue de Thérésia. Il étudia son visage, toujours aussi radieux dans le sommeil, et crut déceler une promesse et une inspiration dans ses traits ciselés, ce qui le mit à la torture. Une déchirure se produisit au plus profond de lui-même.

Il était à bout.

Peut-être courait-il après quelque chose d'inaccessible. Peut-être était-il temps de faire preuve d'égoïsme.

Peut-être était-il temps de renoncer.

Cette idée lui apporta un certain réconfort. Il avait toutefois des problèmes plus urgents à résoudre.

Renoncement ou non, il devrait partir. Son aptitude à voyager et à se réinventer n'était plus à prouver. Il avait mené à bien des missions délicates pour le roi Louis XV, qui, dans l'espoir assez vain de s'affirmer, avait créé le « Secret du Roi », un cabinet noir d'agents diplomatiques chargés de poursuivre à l'étranger des objectifs généralement aux antipodes de ceux qu'affichait la politique officielle du royaume, comme la recherche d'un accord de paix avec la Grande-Bretagne. Rien ne l'empêchait d'utiliser le système pour disparaître et s'établir ailleurs.

C'était la seule solution, songea-t-il tristement.

Comme si elle avait deviné ses pensées, Thérésia ouvrit les yeux et s'étira. Un sourire illumina ses traits. Elle se lova contre lui, mais se rembrunit en voyant son expression.

— Tu vas quitter Paris, n'est-ce pas ?

Saint-Germain ne pouvait se résoudre à mentir. Pas à elle. Il acquiesça sans la quitter des yeux.

Soutenant son regard, Thérésia se pencha sur lui et l'embrassa voluptueusement. Quand leurs lèvres se séparèrent, elle murmura :

— Je veux partir avec toi.

Il la contempla et sourit.

33

Le campus s'animait à peine quand Ramez descendit avec précaution la calme allée ombragée menant au département d'archéologie.

Il n'avait guère dormi. Toute la nuit, il avait regardé sa montre égrener d'interminables minutes et lorsque le soleil avait enfin daigné apparaître, l'assistant n'avait plus supporté de rester enfermé. D'un pas hésitant, il était sorti de son appartement et s'était rendu à l'université, inspectant la rue par-dessus son épaule, pressant le pas, guettant tout ce qui pouvait sembler inhabituel.

Le bâtiment était désert à cette heure matinale. Les plus consciencieux des employés n'arriveraient pas avant sept heures et demie, soit dans trente minutes. Ramez, tourmenté par l'indécision et la frayeur, allait et venait dans son bureau en jetant des regards nerveux à son téléphone portable posé sur sa table de travail.

Lorsqu'il entendit ses premiers collègues pénétrer l'un après l'autre dans le bâtiment, il décida de mettre fin à l'angoisse douloureuse qui lui nouait la poitrine et saisit son portable.

Le furet observait l'autre inspecteur parlant au téléphone. Il devina ce qui se passait et ses soupçons furent confirmés quand son coéquipier raccrocha. L'homme qui avait appelé travaillait avec l'Américaine qui enseignait à l'université. Il avait été contacté par le trafiquant d'antiquités irakien qu'ils recherchaient et qui voulait passer un marché avant de se montrer. Il avait peur.

L'inspecteur lui avait ordonné de ne pas bouger : ils arrivaient. Il dit au furet de se préparer à l'accompagner à l'université et tira son téléphone de sa poche. Apparemment, il n'était pas pressé. Tant mieux. Le furet supposa qu'il appelait l'agent américain pour l'informer de la nouvelle. Il devait réagir vite ; on ne le payait pas pour rester les bras croisés. D'abord, mettre ses employeurs au courant, puis retarder suffisamment les choses au poste de police pour leur permettre d'arriver les premiers.

Alléguant un besoin pressant, il quitta la pièce, trouva une salle d'interrogatoire déserte, s'assura qu'on ne pouvait l'entendre et pressa une touche de son portable pour composer le numéro d'Omar.

La brève sonnerie du téléphone portable résonna dans l'appartement, tirant Mia d'un sommeil quasi comateux. Elle se redressa, groggy, et se frotta les yeux. Elle n'avait aucune idée de l'heure qu'il pouvait être. La chambre était totalement obscure, le monde extérieur impitoyablement oblitéré par les stores roulants. Un rai de lumière sous la porte de la salle de bains lui apprit que c'était le matin.

Étonnée d'avoir dormi si profondément étant donné les circonstances, elle se passa les mains dans les cheveux puis enfila son pantalon et sortit de la chambre d'un pas chancelant pour découvrir Corben dans la cuisine. Déjà habillé, il parlait au téléphone en fourrant dans sa serviette plusieurs dossiers, dont celui d'Evelyn.

L'urgence et la détermination de ses gestes firent naître un frisson en Mia.

Lorsqu'il la vit, Corben écarta l'appareil de sa bouche et, d'une voix basse mais ferme, déclara :

— Il faut qu'on y aille.

Son expression résolue était suffisamment éloquente : ils devaient quitter immédiatement l'appartement, les questions de Mia attendraient.

Elle eut tout juste le temps de mettre ses chaussures avant qu'ils gagnent le parking souterrain par l'ascenseur. Corben lui donna quelques explications tandis qu'ils montaient dans sa Cherokee et, cinq minutes plus tard, ils roulaient à vive allure en direction de l'université.

— Le Fouhoud envoie deux hommes là-bas, conclut l'agent, mais j'aimerais mieux que Ramez soit avec nous plutôt qu'avec eux quand il recevra le coup de fil.

Mia consulta sa montre et demanda :

— Farouk doit appeler à midi ?

Corben acquiesça.

— Ça nous laisse quatre heures.

Le cerveau de Mia tournait à plein régime.

— Alors, pourquoi Ramez n'a pas décroché hier soir quand vous avez essayé de le joindre ? Et si ça avait été Farouk ? S'il avait changé d'avis ou s'il lui était arrivé quelque chose ?

Corben haussa les épaules.

— On le saura dans quatre heures.

— Il aurait dû décrocher, persista la jeune femme.

Il se tourna vers elle.

— Au moins, il a pris contact. C'est bien.

Mia soupira et se laissa aller contre le dossier de son siège, tentant de faire taire la scientifique méthodique en elle. Mais il y avait trop d'inconnues, trop de variables possibles pour qu'elle cesse de s'interroger.

— Et si Farouk surveille Ramez ? Il ne faudrait pas l'effrayer.

— S'il le surveille, il vous verra, argua Corben. Ça devrait le rassurer, l'encourager à se montrer.

Mia hocha la tête et regarda devant elle. Elle n'aimait pas le silence car il redoublait son appréhension. Elle songea à sa mère, à ce qu'elle devait éprouver, et tenta de se calmer en imaginant un scénario idéal : ils emmènent Ramez, Farouk appelle, il les rejoint, puis soit ses informations leur permettent de retrouver le hakim et de libérer Evelyn, soit ils mettent la main sur les antiquités passées en contrebande et les échangent contre sa liberté, et tout le monde est content.

Mais son esprit rétif s'obstinait à imaginer des dénouements beaucoup moins roses, se soldant par un nombre impressionnant de morts.

Corben tourna à droite en bas de la rue Abdel-Aziz pour s'engager dans la rue Bliss, puis dans l'allée circulaire qui signalait l'entrée principale de l'université. La Porte Médicale, comme on l'appelait, était ombragée à toute heure de la journée par le feuillage envahissant d'un gigantesque banian. Corben s'arrêta juste devant la grille en fer forgé. L'accès au campus était étroitement contrôlé du fait du penchant local pour les voitures piégées, mais la Jeep de Corben avait des plaques d'immatriculation « 104 », indiquant qu'il faisait partie du personnel de l'ambassade des États-Unis et jouissait de certains privilèges. Le vigile qui gardait l'entrée ne manqua pas de les remarquer et, après un bref coup d'œil à l'intérieur de la Cherokee, il leur fit signe de passer.

Ils se garèrent le long d'une rangée de cyprès majestueux reliant la rue au bâtiment. Mia sentit ses nerfs se tendre lorsqu'elle descendit de la Jeep avec Corben. Avant d'ouvrir le hayon du 4x4, celui-ci regarda autour de lui comme pour s'assurer que personne ne les observait. Le coffre était vide. Corben tira sur une poignée intégrée au plancher et inspecta de nouveau les environs avant de soulever la trappe dissimulée par la moquette. Un petit arsenal y était logé : un fusil, une mitraillette, deux automatiques et plusieurs boîtes de cartouches. Les nerfs de Mia se tendirent plus encore quand il prit l'un des pistolets, y fourra un chargeur et le passa sous sa ceinture.

Il referma la trappe et remarqua l'expression inquiète de la jeune femme.

— Juste au cas où, la rassura-t-il.

— Bonne idée, murmura-t-elle sans savoir si elle devait se sentir soulagée qu'il soit armé.

Ils passèrent devant deux étudiants qui traînaient dehors avant leurs cours puis pénétrèrent dans le vieux bâtiment de pierre. Pas de réceptionniste dans le hall : le département d'archéologie, plutôt modeste, ne comptait qu'une douzaine de membres à temps plein. Sachant que le bureau d'Evelyn se trouvait à l'étage, Mia fit traverser l'amphithéâtre désert à Corben, puis ils franchirent l'entrée du musée et montèrent l'escalier.

Ils s'engagèrent dans le couloir, jetant un coup d'œil aux pièces qu'ils dépassaient, et parvinrent au bureau de Ramez. La porte était ouverte. Le visage de l'assistant prit une expression alarmée en les voyant, mais son inquiétude se teinta d'étonnement lorsqu'il reconnut Mia.

— Je suis la fille d'Evelyn, dit-elle en souriant pour le mettre à l'aise. Nous nous sommes déjà rencontrés, vous vous souvenez ? Dans le bureau de ma mère ?

— Bien sûr, répondit Ramez.

Son regard craintif passait de l'un à l'autre de ses visiteurs.

— Je fais partie de l'ambassade américaine, l'informa Corben. Nous essayons de retrouver Evelyn et nous espérons que vous pourrez nous aider. Les inspecteurs du Fouhoud auxquels vous avez téléphoné m'ont parlé de l'homme qui est venu vous voir hier, Farouk. Nous devons absolument l'interroger pour savoir s'il peut nous être utile.

— Il doit m'appeler à midi, répondit l'assistant d'une voix tremblante.

— Sur cet appareil ? demanda Corben en montrant le portable posé sur le bureau.

Ramez acquiesça.

— Les policiers m'ont dit qu'ils venaient ici, qu'ils m'expliqueraient ce que je dois dire.

— Je préfère que vous nous accompagniez à l'ambassade, répondit Corben. Vous y serez plus en sécurité. Uniquement jusqu'à ce que nous ayons mis la main sur Farouk.

Ramez recula instinctivement.

— Plus en sécurité ?

— Simple précaution, assura Corben. Nous ignorons jusqu'à quel point ces types sont bien renseignés, mais ils semblent savoir ce qu'ils font. Eux aussi cherchent Farouk. Je ne peux pas garantir votre sécurité en dehors de l'ambassade.

L'agent marqua une pause pour laisser sa mise en garde pénétrer l'esprit de Ramez. À en juger par son expression lugubre, l'assistant avait compris.

— Il faut y aller, dit Corben en tendant le portable à Ramez.

L'enseignant le prit, le regarda un instant avant de le glisser dans la poche de son jean.

— J'informerai les inspecteurs que vous êtes avec nous, promit Corben.

Décelant un reste d'angoisse dans les yeux de l'assistant, il ajouta :

— Tout ira bien. Allons-y.

Ramez se tourna vers Mia, qui lui adressa un demi-sourire d'encouragement, puis il acquiesça à contrecœur.

Corben sortit le premier du bâtiment et se dirigea vers la voiture. Son regard survola les environs – le campus était une oasis de tranquillité même dans les périodes les plus agitées – tandis qu'il faisait monter Ramez à l'arrière. Quelques instants plus tard, les hautes grilles s'écartèrent de nouveau pour permettre à la Cherokee grise de regagner les rues bruyantes de Beyrouth.

Corben laissa passer deux ou trois voitures avant de retraverser la rue Bliss et de se diriger vers le grand carrefour situé devant l'entrée de l'université. Il observa Ramez dans son rétroviseur tout en ouvrant son portable pour appeler les flics du Fouhoud. L'assistant regardait nerveusement devant lui, les traits tendus. Tout à coup, une forme sombre, accompagnée par un rugissement de moteur poussé à fond et un crissement de pneus déchirant, surgit dans le rétroviseur. Une fraction de seconde plus tard, elle percutait de plein fouet l'arrière de la Cherokee.

34

Les mains de Corben se crispèrent sur le volant tandis que la Jeep faisait un bond en avant, le choc plaquant Mia et Ramez contre leur ceinture de sécurité.

L'agent vit la voiture – la grosse Mercedes noire qu'il avait repérée devant l'immeuble d'Evelyn – reculer dans le rétroviseur, mais avant qu'il ait pu écraser l'accélérateur pour lui échapper, elle heurta à nouveau l'arrière de la Cherokee, cette fois légèrement de côté. Les véhicules garés à droite défilèrent comme dans un brouillard, jusqu'à ce que la Jeep en accroche un et fasse un demi-tour sur elle-même avant de se glisser dans l'espace exigu entre deux voitures. Tandis que les airbags de Corben et Mia se gonflaient, le 4x4 poussa la file de voitures dans une orgie de tôle écrasée et de caoutchouc explosé, avant de s'immobiliser.

Moins de cinq secondes s'étaient écoulées depuis la collision initiale.

Étourdi, les oreilles sifflantes, Corben entendit la Mercedes s'arrêter dans un hurlement de freins quelque part sur sa gauche. Il savait qu'il ne leur restait que quelques instants à vivre s'ils ne réagissaient pas immédiatement. Il ne pouvait rien distinguer à travers le pare-brise étoilé mais, par sa vitre baissée, il vit les portières de la Mercedes s'ouvrir et des hommes armés en descendre. L'un d'eux, le type au visage grêlé qui les avait poursuivis devant l'immeuble d'Evelyn, aboya un ordre en arabe. Corben se tourna vers Mia, qui semblait sous le choc mais indemne, plaquée contre son siège par l'airbag. Il empoigna son arme et, sans hésiter, logea une balle dans le coussin gonflable qui l'immobilisait puis dans celui de la jeune femme. Les coussins s'aplatirent dans un brusque sifflement d'air. Se baissant, Corben fit pivoter son bras vers sa vitre et tira sur leurs agresseurs, qui se dispersèrent pour se mettre à couvert.

— Sortez par là ! cria-t-il en indiquant à Mia la portière côté passager.

La jeune femme défit sa ceinture, tira désespérément sur la poignée de la portière qui refusait de s'ouvrir.

— Elle est bloquée ! cria-t-elle en poussant de tout son poids. Je n'y arrive pas !

— Si vous n'y arrivez pas, on est morts, prédit Corben.

Il recommença à arroser la rue de balles pour leur faire gagner quelques secondes.

— Ramez, descendez et filez! ordonna-t-il.

Il se redressa pour risquer un œil par-dessus le repose-tête de son siège, vers l'arrière de la Jeep, et vit apparaître une main tremblante.

— Ramez ! cria-t-il de nouveau.

Au lieu de lui répondre, l'assistant marmonnait en arabe des mots que l'Américain ne parvint pas à saisir.

Mia donna un coup d'épaule à sa portière, qui s'ouvrit de quelques centimètres en grinçant. Elle continua à la frapper avec ses pieds jusqu'à ce que l'ouverture soit assez large pour les laisser sortir.

— C'est bon ! s'exclama-t-elle.

Corben la poussa dehors, tira encore quelques coups de feu avant de se glisser hors de la voiture et d'atterrir sur le trottoir.

— Ramez ! brailla-t-il en martelant du poing la portière arrière.

Il leva la tête pour regarder à l'intérieur de la Jeep mais dut la baisser quand une volée de balles s'enfonça dans l'autre flanc du Cherokee et dans le mur derrière eux.

Le chef des tueurs cria en arabe « Il nous le faut vivant, ne flinguez pas le professeur », et Ramez répondit aussitôt dans la même langue :

— Je sors, ne tirez pas !

— Non ! vociféra Corben lorsqu'il entendit la portière s'ouvrir de l'autre côté.

Il se tourna vers Mia et lui enjoignit :

— Restez baissée.

Tenant son arme à deux mains, il prit une profonde inspiration avant de s'élancer, le doigt sur la détente, pour constater que Ramez, les bras levés, se dirigeait en titubant vers deux de leurs agresseurs qui venaient de s'avancer à découvert. Le viseur surmontant l'extrémité du canon du pistolet de Corben trouva l'un des malfrats et l'agent tira deux fois. L'homme bascula en arrière et gémit de douleur, le sang jaillissant de son épaule. Corben pivota pour abattre l'autre mais retint un instant son doigt parce que Ramez se trouvait dans la ligne de tir. Le grêlé sortit alors de sa cachette et fit feu. Corben se baissa, les balles s'enfoncèrent dans la tôle tordue de la Cherokee ou éraflèrent son toit avant de cribler le mur.

Mia et Corben s'accroupirent, le dos collé à la Jeep. La gorge serrée, la jeune femme regarda l'agent inspecter la rue en réfléchissant.

Corben entendit le chef donner d'autres ordres en arabe – « Finissez-en avec eux, faut se tirer » – et se raidit quand, par-dessus l'encadrement de la vitre, il vit deux des tueurs converger vers la Jeep, un de chaque côté, tandis que le grêlé faisait monter Ramez dans la Mercedes. Corben fit signe à Mia de ne pas bouger, puis il attendit un instant, écoutant le bruit des pas qui approchaient rapidement. Soudain, il roula sur le côté vers l'arrière du 4x4 et, à plat ventre, leva son arme pour viser, par-dessous, les pieds d'un des agresseurs qui se trouvait maintenant à moins de trois mètres. Affermissant sa prise, il décocha trois balles dans les chevilles de l'Arabe, qui s'écroula avec un cri de douleur.

La manœuvre surprit l'autre homme de main qui perdit les pédales et mitrailla le 4x4 en jurant comme un dément tandis que les projectiles perforaient le métal et les sièges, fracassant ce qui restait des vitres, jusqu'à ce que le chef le rappelle. Fou de rage, l'homme continua à hurler et à tirer en reculant vers la voiture.

Corben attendait pour l'abattre qu'il se retourne et monte dans la Mercedes. Effectivement, la fusillade s'arrêta quelques secondes plus tard. Corben se représenta les mouvements du tueur, et au moment où il l'imagina en position vulnérable, à demi dans la voiture, il surgit de derrière la Cherokee et fit feu. Mais la portière de la Mercedes se refermait déjà et, plus inquiétant, le type qu'il avait blessé aux chevilles braquait son arme sur lui. Corben se jeta vivement sur le côté et logea quatre balles dans la poitrine et le crâne de l'homme avant que la Mercedes démarre en trombe et disparaisse au coin de la rue.

L'agent américain se releva, le cœur battant à se rompre. Il s'avança sur la chaussée et se pencha vers l'homme abattu. Aucun doute, il était mort. Dans le silence qui succéda au vacarme, il demanda à Mia :

— Ça va ?

La jeune femme sortit de sous la Jeep couverte de poussière, le regard éteint, mais apparemment indemne.

— Oui, répondit-elle en contournant la voiture pour le rejoindre.

L'épisode, bref et intense, l'avait plongée dans une sorte d'hébétude. La collision, les tirs... Elle se sentait étrangère à tout ça, comme si c'était arrivé à quelqu'un d'autre. Une confusion totale, une tempête à laquelle elle avait survécu sans savoir comment.

Découvrant le cadavre au milieu de la rue, elle voulut détourner les yeux mais n'y parvint pas immédiatement. S'étant approchée, elle considéra longuement et froidement le corps dont un pied, coupé à la cheville, gisait ensanglanté sur l'asphalte, puis le visage dur et sans vie, avant de lever les yeux vers Corben.

Celui-ci la regarda comme s'il essayait de deviner ses sentiments. Étrangement, elle n'était pas anéantie ni effrayée. Elle n'avait pas envie de pleurer. Elle éprouvait autre chose.

De la colère.

Plantée sur la chaussée poussiéreuse où une flaque de sang s'élargissait sous le tueur mort, tandis que des gens abasourdis sortaient des maisons et se dirigeaient vers eux dans un silence stupéfait, elle songeait que ce qu'elle désirait le plus au monde, en cet instant, c'était que les salauds qui avaient kidnappé sa mère, tué les soldats libanais et enlevé Ramez, que les psychopathes qui détruisaient des vies et saccageaient cette ville comme s'ils étaient dans leur fief, causant de terribles souffrances avec une indifférence révoltante, soient mis hors d'état de nuire.

35

Corben finissait de fouiller le mort dans l'espoir de trouver sur lui un téléphone portable ou quelque chose qui pourrait le mener au hakim – espoir vain, dans les deux cas – lorsque les inspecteurs du Fouhoud débarquèrent.

Maintenant qu'ils étaient là pour évacuer le cadavre et la Cherokee réduite à l'état d'épave, il pouvait partir. Il ne tenait pas à rester plus longtemps que nécessaire. Il faisait une faveur aux flics en les mettant au courant mais il n'avait pas de temps à perdre. Farouk appellerait Ramez dans moins de quatre heures.

L'agent récupéra sa serviette et, sans trop y croire, inspecta l'arrière de la Jeep au cas où le téléphone de Ramez aurait glissé de sa poche. Non, il n'y était pas. Il s'agenouilla, regarda aussi sous la voiture. Il n'y était pas non plus. Après s'être assuré que la cache d'armes du coffre était bien fermée, il informa brièvement les policiers, leur demanda de déblayer le terrain le plus rapidement possible et de ne faire aucune déclaration à la presse pour le moment. Déclinant leur offre de le raccompagner, il héla un taxi pour retourner à l'ambassade avec Mia.

Mia se retourna pour regarder le lieu de la fusillade par la lunette arrière du taxi qui prit la direction de Beyrouth-Est et des collines au-delà.

Elle était encore hébétée par ce qu'elle venait de vivre et un flot d'images tremblantes défilait dans sa tête. S'abandonnant à la normalité et au confort de la voiture – le chauffeur écoutait la radio qui déversait une musique arabe syncopée tandis que Corben s'entretenait au téléphone avec quelqu'un de l'ambassade –, elle laissa son esprit se calmer jusqu'à être en mesure d'analyser ce qui venait de se passer. Tandis que le taxi passait devant des immeubles à façades de stuc miteuses, elle se demanda où leurs agresseurs avaient emmené Ramez. Elle l'imagina dans une pièce sordide sans fenêtre – peut-être là où Evelyn était détenue – puis songea au coup de téléphone de Farouk et à ses implications angoissantes.

Corben avait raccroché. Comme ils avaient pris ce taxi au hasard dans la rue et que la vaine tentative du chauffeur pour engager la conversation avait clairement établi qu'il ne comprenait quasiment pas un mot d'anglais, elle se tourna vers l'agent de la CIA, se sentant libre de parler.

— Il faut trouver un moyen de prévenir Farouk, dit-elle. S'il appelle Ramez, il tombera dans un piège.

— Vous supposez qu'ils savent qu'il attend un coup de fil.

Elle n'avait pas réfléchi à ce détail, mais il lui semblait logique.

— Sinon, pourquoi l'auraient-ils enlevé ? lança-t-elle. Ça ne peut pas être une coïncidence, vous ne croyez pas ? Ramez appelle pour dire qu'il est en contact avec Farouk, et aussitôt, ils débarquent et le kidnappent ?

Baissant la voix, elle ajouta :

— Hier soir, vous disiez que vous ne vouliez pas attirer l'attention des flics locaux sur Ramez. Vous devez penser que les ravisseurs ont un indicateur au poste de police, je me trompe ?

Corben jeta un coup d'œil au chauffeur, mais l'homme semblait se désintéresser totalement d'eux.

— Je serais étonné du contraire, répondit Corben d'un ton détaché.

— Ce qui signifie qu'ils savent que Farouk doit appeler Ramez. Il faut faire quelque chose pour l'avertir. Informer la presse, peut-être. Amener les stations de radio locales à annoncer l'enlèvement de Ramez, inciter Farouk à se manifester, à téléphoner à la police… Non, à appeler directement l'ambassade, corrigea-t-elle aussitôt.

— Si Farouk apprend que Ramez a été enlevé, il détalera aussitôt, répliqua Corben. Il aura tellement peur qu'il ne fera plus confiance à personne. Il disparaîtra. Et nous aurons perdu notre seul lien avec votre mère.

— Mais il va se faire piéger !

L'expression de Corben suggérait qu'il avait déjà réfléchi à cet aspect de la question.

— Ça pourrait nous être utile, répondit-il.

— Qu'est-ce que vous voulez dire ? demanda Mia, sidérée.

Après une hésitation, Corben reprit :

— Je pense que cela nous donnerait la possibilité de parvenir à Farouk tout en débusquant ces types. Mais ne parlons pas de ça pour le moment.

Mia saisit l'allusion. Bien que convaincue qu'ils ne risquaient rien à discuter dans le taxi, elle céda et regarda par la vitre, mal à l'aise devant la perspective d'utiliser Farouk comme appât.

Le taxi longea lentement le front de mer, la nouvelle marina où des yachts étincelants de trente mètres côtoyaient de frêles bateaux de pêche en bois, et prit la route nationale pour Beyrouth-Est. La ville continuait à bouillonner d'énergie, considérant d'un œil blasé les fréquents actes de violence qui auraient provoqué une vague d'indignation dans d'autres pays. Tandis que les marchands de fruits et légumes poussaient leurs charrettes, une question hantait Mia, une question qui refusait de disparaître et qui, en plus de la nécessité de retrouver Evelyn à tout prix, constituait le fond du problème. Elle se tourna de nouveau vers Corben.

— Qu'est-ce qu'il veut ? demanda-t-elle. Qu'est-ce qu'il cherche dans un vieux livre poussiéreux ?

— Je ne sais pas.

— Mais vous y avez réfléchi. Vous devez bien avoir une idée.

Corben jeta un nouveau coup d'œil au chauffeur avant de répondre :

— Je vous l'ai dit, il n'y a pas forcément de rapport.

— Pas de rapport ?

— Vous tentez d'appliquer votre logique, votre façon de penser, à des cinglés. Mais ça ne marche pas comme ça. Ces types sont des malades. Saddam Hussein, ses fils, ses cousins... Ils vivaient dans le monde de leurs fantasmes. La vie des autres n'avait aucune valeur pour eux. Vous connaissez ces gosses qui prennent plaisir à arracher les ailes des papillons ou à faire exploser des grenouilles avec des pétards ? Ces types sont pareils, sauf que pour eux, c'est bien plus drôle de jouer avec des êtres humains.

— D'accord, mais ça n'explique pas son intérêt pour les antiquités.

— Vous vous souvenez des expériences de Mengele ? De l'obsession de Hitler pour les sciences occultes ? Peut-être se sent-il lié à quelque culte ancien. Dans cette affaire, le mot clef est « dément ». À partir de là, tout devient possible. Il y a quelques années, un scientifique travaillait sur un programme d'armes bactériologiques dans l'Afrique du Sud de l'apartheid. Vous savez ce qu'il cherchait ? Une arme ethniquement spécifique. Un virus qui ne tuerait que des Noirs. Avant ça, on avait commencé à mettre des substances dans l'eau pour rendre ces populations stériles. Est-ce que notre homme recherche une vieille recette, un poison ancien qui exercerait un attrait poétique sur lui ? Ou s'agit-il d'un déséquilibré dont les obsessions finiront par provoquer la chute ? Je penche pour la seconde hypothèse.

Mia réfléchit un moment. Peut-être Corben avait-il raison. L'essentiel, c'était de libérer Evelyn et ensuite, le cas échéant, de pincer le hakim.

— L'Irak, la Perse, toute la région a une histoire très riche sur le plan médical, mais c'était il y a mille ans, fit-elle observer.

À présent qu'elle avait repris ses esprits, penser à l'histoire de la médecine la ramenait sur un terrain familier qui l'aidait à se dégager de la dure réalité dans laquelle elle avait été aspirée. Elle puisait aussi un certain réconfort dans la conviction que c'était là un domaine où elle pourrait être utile.

— Vous savez si ce livre est très ancien ? demanda-t-elle.

— Non.

Elle plissa le front, perdue dans ses réflexions. Une idée émergea :

— Pour mes recherches, j'ai travaillé avec un historien. Il s'appelle Mike Boustany, c'est une encyclopédie vivante sur la région. Peut-être que si je lui montre les polaroïds, il pourra nous dire de quelle époque sont ces livres.

Corben fit la moue :

— Je ne suis pas sûr que nous puissions les montrer. Pas tant que certaines choses ne sont pas réglées.

— Je pense qu'il saura être discret si on le lui demande, insista Mia. Il faut explorer toutes les pistes, non ? C'est ce qu'Evelyn nous conseillerait.

Il soutint un instant son regard puis concéda :

— Pourquoi pas ? Mais je voudrais que vous reconsidériez ma suggestion de quitter le pays.

Elle ouvrit la bouche pour protester, mais il la fit taire en levant une main.

— Je sais que vous voulez rester. C'est normal. Moi aussi, j'ai cru un moment qu'il valait mieux que vous restiez. Parce que vous pourriez vous souvenir tout à coup d'un détail important. Mais la situation est en train de nous échapper. Vous désirez tout faire pour qu'on retrouve votre mère, je le sais, mais franchement, je ne crois pas que vous puissiez faire plus. Aujourd'hui, ces hommes étaient prêts à vous tuer. Vous devez songer à votre sécurité. Nous sommes là pour vous protéger, mais je ne peux rien garantir. Vous n'auriez pas besoin d'aller loin : même Chypre, ce serait mieux qu'ici. Je veux simplement que vous y réfléchissiez, d'accord ?

Mia sentit son cœur se serrer. Ces deux derniers jours, elle avait déjà abusé de sa bonne étoile, elle le savait. Rester, c'était tenter le sort et, à la réflexion, la proposition de Corben, aussi peu exaltante fût-elle, semblait parfaitement raisonnable. Mais il ne s'agissait pas d'être raisonnable. Elle ne pouvait simplement pas partir. Elle savait qu'elle n'était pas en sécurité à Beyrouth ; elle n'était même pas sûre de pouvoir contribuer à ce qu'on retrouve sa mère. Mais elle était impliquée. Elle se sentait une obligation non seulement envers Evelyn, mais aussi envers Ramez, Farouk et leurs efforts désespérés pour survivre. Elle se sentait liée à cette ville et à ses habitants, sans parler du plaisir viscéral, pervers et dangereux qui l'avait parcourue – cela, elle ne pouvait le nier – quand les balles sifflaient autour d'elle et qu'elle fuyait pour sauver sa vie.

Elle regarda Corben, assaillie par un mélange troublant de désarroi et de soulagement, doutant de la voie qu'elle devait suivre. Ne voulant pas en discuter tout de suite, elle finit par marmonner :

— Faites de votre mieux. Je ne peux pas demander plus.

— Entendu, répondit-il. Nous la retrouverons, je vous le promets.

Elle savait que ce n'était pas une certitude. Loin de là.

Les circonstances jouaient contre eux.

Soudain accablée par un profond sentiment de perte, elle se tourna vers la vitre et regarda la ville défiler, image floue d'un alignement de béton noyé de soleil.

36

Corben trouva à Mia un ordinateur dans une petite pièce inoccupée jouxtant le service de presse, d'où elle pourrait téléphoner et se connecter à Internet.

Il lui expliqua qu'étant donné la situation, il chargerait quelqu'un de l'installer dans un hôtel ou dans une planque de l'ambassade et la placerait sous surveillance. Il lui rapporterait également ses affaires dès qu'il aurait l'occasion de se rendre à son appartement. En attendant, elle n'avait qu'à lui faire savoir ce dont elle avait besoin.

La laissant dans l'annexe, il traversa la cour conduisant au bâtiment principal et au bureau de l'ambassadeur.

L'idée que Mia allait discuter des polaroïds avec son collègue historien le préoccupait un peu, mais il jugeait la chose inévitable. Il aurait préféré qu'elle accepte de quitter le pays. Le hakim et ses hommes ne ménageaient pas l'adversaire. Et à part identifier formellement Farouk, il ne pensait pas qu'elle puisse leur être d'une quelconque aide. Il savait cependant qu'elle allait rester et cela suscitait en lui des sentiments mêlés.

Malgré le contexte, il avait apprécié sa compagnie. Elle était jolie et intelligente, américaine de surcroît. Cela le changeait des rencontres occasionnelles qu'il avait faites depuis qu'il était en poste dans ce coin du monde. Beyrouth ne manquait pas de femmes, loin de là, en raison du nombre élevé d'hommes qui quittaient le Liban en quête d'un salaire décent et pour ne plus risquer de mourir d'un éclat d'obus. Corben était séduisant, disponible. Avec le climat de tension sexuelle qui imprégnait la ville du fait d'une menace de guerre constante – concrétisée l'été précédent –, son carnet d'adresses était bien rempli. Mais son travail imposait des restrictions à sa vie personnelle. Les rencontres gardaient un caractère passager et il savait que rien de durable ne serait sorti de ses relations avec Mia, quelles qu'aient été les circonstances. Ce qui lui convenait parfaitement.

Il n'était pas du genre casanier.

Il gravit l'escalier menant au bureau de l'ambassadeur. Bien qu'il eût préféré ne pas perdre de temps avec cette réunion, il devait rendre compte à son patron des événements de la matinée. La fusillade avait été trop visible pour qu'on la passe sous silence. Il fut donc contrarié de découvrir qu'en plus du chef de station, l'ambassadeur et Kirkwood assisteraient à l'entretien. Il savait que les prochaines heures seraient décisives et la dernière chose qu'il souhaitait, c'était une ingérence intempestive.

Introduit immédiatement, il salua les trois hommes et s'assit en face du bureau du diplomate. Puis il entama son rapport en pesant soigneusement ses mots, ce qui était chez lui une seconde nature.

Il relata l'enlèvement de Ramez, peignit Farouk en antiquaire devenu trafiquant qui connaissait Evelyn Bishop et avait sollicité son aide pour écouler des objets anciens. Il ne parla ni du livre ni du hakim et avança l'hypothèse que des trafiquants rivaux détenaient Evelyn et cherchaient à s'emparer aussi de Farouk. Il les informa du coup de téléphone de midi, de ce qu'il comptait faire pour mettre la main sur Farouk avant les autres et avoir ainsi un moyen de pression pour obtenir la libération d'Evelyn.

Rien de tout cela n'était idéal. Il ne voulait pas qu'on s'immisce dans son plan et il n'était pas sûr de Kirkwood. Son arrivée soudaine et son intérêt pour cette affaire faisaient retentir dans la tête de Corben des signaux d'alarme auxquels il avait appris à se fier. Il sentait que cet homme leur cachait quelque chose.

Malheureusement, il n'avait pas le temps d'approfondir la question.

Par une fenêtre du rez-de-chaussée, Kirkwood regarda Corben retourner à l'annexe.

Il se trouvait déjà à l'ambassade quand la nouvelle de la fusillade devant l'université y était parvenue.

Encore une tentative patente, en plein jour, et dans une partie de la ville très fréquentée, cette fois.

La situation dégénérait.

Il devait agir avec précaution.

La veille, lorsque Corben était ressorti avec lui du bureau de l'ambassadeur, il avait compris qu'il ne faudrait pas compter sur la pleine coopération de l'agent, mais il fallait s'y attendre, avec la profession qu'il exerçait. Tromperie et dissimulation de rigueur. Ces gars-là ne partageaient même pas leurs informations avec d'autres services de renseignement. Corben avait cependant accepté de lui montrer les photos, et celle du livre avait confirmé ses soupçons. Les deux événements – l'appel de leur éclaireur en Irak, une semaine plus tôt, et celui d'Evelyn au standard d'Haldane, cinq jours plus tard – étaient liés.

Il n'y avait plus aucun doute dans son esprit : celui qui avait kidnappé Evelyn Bishop recherchait la même chose que lui. Quelqu'un, quelque part, en avait appris l'existence et était manifestement prêt à tout pour s'en emparer.

Ce qui compliquait les choses pour Kirkwood.

Il avait quelques atouts majeurs dans son jeu mais ils impliquaient des compromis et, d'ailleurs, il n'était pas sûr d'avoir l'occasion d'abattre ces cartes.

Il prit son portable et, après s'être assuré que personne ne se trouvait à proximité, il appuya sur la touche correspondant à un numéro mémorisé. Il fallut quelques secondes au signal pour être relayé par deux satellites et pour que la tonalité, légèrement grésillante, se fasse entendre. Après deux sonneries, un homme à la voix forte et rauque répondit.

— Comment ça se passe ? s'enquit Kirkwood.

— Très bien. Franchir la frontière a pris un peu plus longtemps que prévu. Il y a tellement de gens qui essaient de partir ! Mais tout va bien, maintenant. J'arrive.

— Nous sommes toujours dans les temps ?

— Bien sûr. Je serai là dans quelques heures. On se voit demain soir, comme convenu ?

Kirkwood se demanda si un changement de plan n'était pas indiqué, mais décida finalement de s'en tenir à ce qu'ils avaient prévu. Le programme paraissait bon et, en outre, il ne voyait pas de raccourcis dépourvus de dangers ou de complications.

— Oui, on se retrouve là-bas. En cas de problème, appelez-moi immédiatement.

— Il n'y aura pas de problème, affirma l'homme avec suffisance.

Kirkwood mit fin à la communication en se demandant s'il avait pris la bonne décision. Regardant par la fenêtre, il songea à Mia Bishop, qu'il avait observée un peu plus tôt quand elle avait pénétré dans l'annexe à la suite de Corben. La fermeté de son pas était étonnante après ce qu'elle venait de subir. Il se demanda ce qu'elle pouvait penser de l'histoire dans laquelle elle était entraînée. Il savait qu'elle avait été la dernière personne à voir sa mère avant son enlèvement. Étaient-elles proches ? Evelyn se confiait-elle à elle ? La jeune généticienne disait-elle à Corben tout ce qu'elle savait ?

Il fallait qu'il lui parle.

De préférence en l'absence de Corben.

37

Corben monta rapidement au deuxième étage, se dirigea vers la salle des communications. Il était neuf heures et demie ; Farouk téléphonerait dans moins de trois heures.

Corben avait déjà appelé Olshansky de la voiture pour lui demander de commencer à installer l'écoute.

La réunion ne s'était pas trop mal passée. On lui laissait les mains libres, exactement ce dont il avait besoin en ce moment. Kirkwood n'avait posé aucune question gênante.

Il trouva Olshansky dans son antre, assis devant trois écrans plats. Les haut-parleurs de l'ordinateur émettaient des bruits étouffés, parfois couverts par une voix déformée. Sur l'écran du milieu, plusieurs fenêtres étaient ouvertes, dont une montrant la courbe du son. Dessous, celle d'un synthétiseur qu'Olshansky manipulait avec le clavier.

— Ça marche ? demanda Corben.

Sans quitter les écrans des yeux, Olshansky répondit :

— J'ai réussi à charger le mouchard dans son téléphone mais, jusqu'ici, je pense qu'il est toujours dans la poche de quelqu'un. Je ne capte qu'un charabia inaudible.

Le prédécesseur d'Olshansky s'était introduit sans trop de difficulté dans le système informatique des deux opérateurs de téléphonie mobile du Liban. Le fait d'arrondir la paie de plusieurs de leurs employés avait probablement facilité les choses. Corben espérait utiliser cette voie d'accès pour entendre ce qui se passait au voisinage du téléphone de Ramez grâce à un « mouchard nomade », une écoute déclenchée à distance. Un procédé d'une simplicité alarmante.

La plupart des utilisateurs de portables ignorent que leur appareil, même éteint, n'est pas nécessairement hors service. Il n'y a qu'à utiliser la fonction réveil pour en faire l'expérience. En collaboration avec l'Agence nationale de sécurité, le FBI avait mis au point une technique de surveillance – dont il niait cependant l'existence – permettant le téléchargement d'un logiciel d'écoute sur la plupart des téléphones portables. Grâce à ce logiciel, il devenait possible de mettre en marche et d'arrêter discrètement le micro de l'appareil, allumé ou non, transformant celui-ci en mouchard : application intelligente d'une vieille technique mise au point par le KGB, consistant à augmenter le voltage d'une ligne terrestre de manière à activer le micro d'un téléphone même quand il était raccroché.

Corben écouta le bruit du portable de Ramez. On aurait dit que le micro frottait contre du tissu, comme si l'appareil était dans une poche. À l'arrière-plan, des voix à peine audibles.

— Tu peux monter les voix ?

— J'ai essayé. La distorsion est trop importante, pas moyen de les isoler, répondit le technicien. On ne peut pas faire mieux pour le moment.

Ramez n'arrivait pas à contrôler ses tremblements. Ses poignets palpitaient sous les bandes de plastique qui, avec le mouvement, frottaient douloureusement contre sa peau. C'était du moins ce qu'il supposait : il ne voyait rien sous le sac en toile qui lui couvrait la tête.

Ses ravisseurs le lui avaient enfilé quelques secondes après l'avoir poussé dans la voiture, puis, bien qu'il ne manifestât aucune résistance, ils l'avaient frappé violemment au visage avant de le plaquer contre le plancher et de l'y maintenir avec leurs pieds.

Le trajet n'avait pas été long, et malgré l'inconfort de sa position – le sac puant sur sa tête, les coups occasionnels dans les côtes – il regrettait à présent qu'il n'ait pas duré plus longtemps.

Après l'avoir sorti de la voiture, on l'avait fait entrer dans un bâtiment, descendre quelques marches, puis asseoir sur une chaise à laquelle on l'avait attaché. Le sadique aux poings en béton ne résista pas au plaisir de lui porter un nouveau coup, d'autant plus traumatisant que, comme les précédents, il arrivait sans avertissement, meurtrissant son visage dans l'obscurité étouffante du sac.

De temps à autre, il entendait quelqu'un bouger, des pas autour de lui, et un peu plus loin, des voix d'hommes. Leur accent était incontestablement syrien, ce qui n'annonçait rien de bon. Il sentit de la sueur couler sur sa figure tuméfiée et se mêler au sang de sa lèvre éclatée. Le sac, qui sentait un mélange écœurant de fruits pourris et de graisse de moteur, n'était pas entièrement opaque. Quelques petits points de lumière parvenaient à le traverser, un infime aperçu du monde extérieur qui ne lui permettait cependant pas de voir venir les coups que ses ravisseurs semblaient prendre plaisir à lui infliger sans raison précise.

Son corps se raidit lorsqu'il entendit des pas venir droit vers lui. Puis il sentit une présence toute proche, comme si quelqu'un l'examinait. Son ombre bloquait la lumière, obscurcissant encore le monde de Ramez.

Pendant quelques secondes, l'homme ne dit rien. L'assistant ferma les yeux, se préparant à un nouveau coup. Ses tremblements s'aggravèrent, comme la brûlure à ses poignets.

Mais le coup ne vint pas.

Et l'homme finit par parler :

— Quelqu'un va t'appeler sur ton téléphone dans deux heures. Un Irakien qui est venu te voir hier. Exact ?

La peur submergea Ramez. *Comment peuvent-ils savoir ça ? Je n'en ai parlé à personne, j'ai seulement prévenu la police.*

La vérité s'abattit sur lui comme une enclume : *Ils ont des contacts au poste de police. Ce qui signifie que personne ne me cherchera.* C'était un faux espoir, d'ailleurs. De toute la sinistre histoire de cette ville, aucune victime d'enlèvement n'avait jamais été libérée par une intervention extérieure. Les ravisseurs libéraient leur otage ou, le plus souvent, ils le gardaient indéfiniment.

Il n'eut pas le temps de ruminer cette sombre perspective car il sentit l'homme lui saisir la main droite et la tenir fermement.

— Je veux que tu lui répètes mot pour mot ce que je vais te dire, reprit l'homme d'une voix chargée de menace malgré son ton posé. Tu dois le convaincre que tout va bien. Il faut qu'il te croie. Si tu fais ça pour nous, tu pourras rentrer chez toi. Nous ne te voulons aucun mal. Mais c'est très important pour nous et je veux que tu le comprennes. Sache que si tu ne réussis pas à le convaincre, il faut t'attendre à ça…

Soudain, l'homme tira brutalement le majeur de Ramez en arrière, arrachant l'os à l'articulation, jusqu'à ce que le doigt touche le dos de la main. Des larmes jaillirent des yeux de l'assistant qui hurla de douleur et perdit presque connaissance. Mais l'homme ne se laissa pas émouvoir.

— À ça et à bien pire, reprit-il, avant qu'on t'autorise à mourir.

Olshansky fit un bond au plafond quand le cri éclata dans les haut-parleurs.

Il se prolongea quelques secondes avant de se transformer en gémissement puis de cesser. Corben lui-même avait sursauté, bien qu'il s'y attendît. Pour s'assurer la collaboration de Ramez, ses ravisseurs avaient tout intérêt à lui faire peur.

— Nom de Dieu, murmura le technicien. Qu'est-ce qu'ils lui ont fait ?

— Il vaut mieux que tu ne le saches pas, répondit Corben.

Il poussa un soupir, imaginant la scène de torture dans quelque trou à rats. Au cri et au gémissement avait succédé le même bruit de frottement. Visiblement éprouvé, Olshansky se passa une main sur le visage. Corben lui laissa le temps de se remettre, puis il tendit la main vers l'écran de droite. Celui-ci affichait un plan de Beyrouth, quadrillé par les limites des différentes zones de réception de la ville.

— Tu as pu les localiser ? demanda-t-il.

Olshansky se ressaisit.

— Ils sont dans ce carré, dit-il en indiquant le plan.

L'usage du téléphone portable étant extrêmement répandu à Beyrouth, chaque zone de réception ne couvrait qu'un kilomètre carré. Mais même avec le système de triangulation dont disposait Olshansky, cette zone constituait une énorme meule de foin dans laquelle chercher l'assistant.

Corben remarqua que Ramez se trouvait dans la banlieue sud de Beyrouth. Territoire du Hezbollah. Un endroit où beaucoup de Libanais ne pouvaient mettre les pieds. Quasiment une autre planète pour un Américain, particulièrement s'il était affublé du titre douteux de « conseiller économique » de l'ambassade. C'était la seule partie de la ville où il n'avait aucun contact.

— Au moins, on saura d'où ils arriveront quand Farouk aura appelé, dit l'agent en consultant sa montre. Il faut que j'y aille. Tu me tiens au courant si tu captes quelque chose d'audible ?

— Tu peux compter sur moi, répondit Olshansky sans quitter l'écran des yeux. Le coup de fil est prévu à quelle heure ?

— Midi. J'ai demandé à Leila de venir dès qu'il y aura du nouveau, ajouta Corben.

Leila était une des traductrices de l'ambassade.

— D'accord.

Corben se dirigeait vers la porte quand le technicien le rappela :

— À propos, le correspondant trop timide pour se présenter, il est suisse.

— Quoi ?

— Le type qui a appelé Evelyn Bishop sans que son nom apparaisse. Tu te rappelles ?

Corben avait totalement oublié le coup de téléphone dont il avait demandé à Olshansky de retrouver l'origine, celui que Baumhoff avait pris sur le portable d'Evelyn, au poste de police.

— Il appelait de Genève, précisa le technicien.

Corben fut étonné.

— On peut dire qu'il tient à son anonymat, poursuivit Olshansky. L'appel a été acheminé par neuf serveurs internationaux, chacun protégé par une barrière de sécurité.

— Mais rien ne te résiste, pas vrai ?

Flatter l'ego d'un superpirate informatique était toujours une bonne idée.

— Pas cette fois, avoua le technicien d'un ton lugubre. J'ai réussi à remonter jusqu'au serveur de Genève, mais c'est tout. Le code est trop costaud. Du coup, je ne peux pas t'en dire plus.

— Genève, hein ?

— Oui.

— Préviens-moi si tu arrives à affiner un peu. Ce serait délicat de mettre toute la ville sous surveillance.

Là-dessus, il sortit, le hurlement de Ramez résonnant encore dans ses oreilles.

38

Le directeur de projets de la fondation parut mortifié quand Mia lui rapporta ce qui s'était passé. Il se répandit en excuses, comme si sa propre famille était responsable des agressions, et lui assura qu'il comprenait parfaitement sa position et approuverait sa décision, quelle qu'elle soit.

Elle raccrocha et ses yeux se posèrent sur l'écran qui lui faisait face. Depuis l'enlèvement de sa mère, elle n'avait pas consulté une seule fois sa messagerie. Corben avait demandé à une secrétaire de la brancher sur le système du bureau de presse, mais en tendant les mains vers le clavier de l'appareil, Mia décida de prolonger son isolement.

Par la fenêtre, elle contempla les collines boisées qui s'étendaient derrière l'ambassade et tenta de s'imprégner de leur tranquillité pour chasser de son esprit le souvenir des scènes violentes qu'elle venait de vivre. L'image de l'Ouroboros surgit alors de sa mémoire, et elle se surprit bientôt à le griffonner sur le bloc-notes posé devant elle.

Renonçant à gagner du temps, elle prit son portable et composa un numéro. Mike Boustany, l'historien avec qui elle avait travaillé pour son projet, répondit à la quatrième sonnerie. Son ton d'ordinaire posé exprimait une inquiétude sincère. Il n'était pas encore au courant de l'enlèvement de Ramez et la nouvelle le surprit. Il fut plus étonné encore d'apprendre que Mia avait assisté aux deux rapts.

Lorsqu'il lui demanda ce qui se passait, elle résolut de ne rien lui cacher. Manifestement abasourdi, il l'écouta sans l'interrompre.

— Vous pouvez peut-être m'aider, conclut-elle. Que savez-vous de l'Ouroboros ?

— Le serpent qui se mord la queue ? Nous en avons des gravures dans quelques temples phéniciens.

— Celui qui m'intéresse est beaucoup plus récent. Du Xe siècle, environ.

Elle lui parla de la présence du serpent dans les salles souterraines et dans le livre.

Boustany savait beaucoup de choses sur les Frères de la Pureté, mais il ne voyait pas le rapport avec l'Ouroboros. S'abstenant de faire référence au hakim et à sa galerie des horreurs, Mia avoua à l'historien qu'elle saisissait mal la signification du symbole et lui rapporta ce qu'elle avait lu à propos des savants arabes et perses de cette époque.

— Ce que je ne comprends pas, dit-elle en conclusion, c'est que quelqu'un soit prêt à verser le sang pour mettre la main sur ce livre, alors que les travaux de ces savants n'avaient rien de sinistre. Qu'est-ce qu'il y a dedans ?

Boustany eut un petit rire.

— Ça doit être l'*ikseer*.

— Le quoi ?

— Le plus vieux désir de l'homme. Votre point de vue sur ces savants est trop rationnel.

— On me l'a dit, confirma-t-elle.

— Vous avez étudié la partie de leurs travaux qui est facilement démontrable, mais comme vous le savez, ils ne se limitaient pas à une discipline. Ils s'intéressaient à tous les domaines du savoir, cherchaient à maîtriser les forces mystérieuses de la nature et à devenir des phares dans toutes les sciences. Ils étudiaient donc la médecine, la physique, l'astronomie... Leur esprit était affamé de connaissances et il y avait beaucoup à découvrir. Ils disséquaient des cadavres, émettaient des hypothèses sur le fonctionnement du système solaire. Tôt ou tard, l'alchimie finissait par monopoliser leur attention.

— L'alchimie ? Ces hommes n'étaient pas des charlatans !

— L'alchimie était une science, répondit Boustany. Sans elle, nous en serions encore à frotter des bâtons pour faire du feu.

Il entreprit de la ramener aux premiers temps des relations difficiles entre science et religion, aux origines de l'alchimie.

Boustany expliqua que les Grecs anciens avaient cherché, avec succès, à séparer la science – qui se réduisait alors pour l'essentiel à l'astronomie et à l'exploration de la *khemeia*, le « mélange » de substances – de la religion.

La science s'était développée comme vocation rationnelle des professeurs et des penseurs. Tout avait changé quand Ptolémée, l'un des généraux d'Alexandre le Grand, avait établi son royaume en Égypte. Alexandrie – la ville que l'illustre conquérant avait fondée et à laquelle il avait donné son nom – devint un foyer de hautes connaissances, comme le prouvait sa légendaire bibliothèque. Les envahisseurs furent impressionnés par la maîtrise égyptienne de la *khemeia*, bien qu'elle fût mêlée à la religion des Égyptiens et à leur obsession de l'au-delà. Les Grecs assimilèrent donc à la fois la science et la religion. La *khemeia* s'imprégna de mysticisme, et ceux qui la pratiquaient furent bientôt considérés comme les adeptes d'un culte aux arcanes ténébreux. Les maîtres de la *khemeia* et les astrologues furent bientôt craints à l'instar des prêtres. Ils se complurent dans ce nouveau statut de sorciers et de magiciens, resserrèrent leurs rangs et s'abritèrent derrière le voile du secret. Pour entretenir le mythe, ils enveloppèrent leurs écrits d'un symbolisme que seuls les initiés pouvaient comprendre.

Il devint dès lors impossible de distinguer entre science et magie.

En conséquence, la science sérieuse végéta. Cette disposition d'esprit conduisit les savants à mener leurs travaux en solitaire, à ne pas partager leurs découvertes ni leurs échecs. Pire, elle attira les escrocs et les charlatans, qui contribuèrent à discréditer plus encore la science. L'attrait du défi ultime de la *khemeia* – changer de vils métaux en or – devint le plus fort. Il se répandit comme une traînée de poudre jusqu'à ce que deux facteurs éradiquent quasiment la science en Europe : la peur de l'empereur romain Dioclétien qu'un or bon marché ne sape son pouvoir – ce qui le conduisit à donner l'ordre de brûler tous les écrits connus sur la *khemeia* – et la montée du christianisme, qui s'en prit impitoyablement à toute forme de connaissance païenne ou hérétique. L'Empire romain christianisé fut ainsi débarrassé du savoir grec. L'Orient devait cependant reprendre le flambeau.

Au VIIe siècle, des tribus arabes s'unirent et, sous l'impulsion d'une foi nouvelle, quittèrent la péninsule Arabique pour se répandre en Asie, en Europe et en Afrique. Après avoir conquis la Perse, ils découvrirent les vestiges de la science grecque. Ces écrits les intriguèrent. La *khemeia* devint l'*al-khemeia*, *al* correspondant en arabe à l'article défini. Le destin remit l'alchimie gréco-égyptienne dans les mains de savants arabes. Elle y resterait pendant cinq siècles.

Et ces savants la serviraient bien, embrassant toutes les connaissances qui leur étaient transmises et les faisant considérablement progresser.

Cet âge d'or déclinerait avec les invasions des Mongols et des Turcs. Finalement, les croisés rapporteraient en Europe les restes du savoir arabe. Les chrétiens de la péninsule Ibérique, en particulier, se feraient les instruments de la renaissance du savoir grec en reprenant aux Maures les terres d'Espagne et du Portugal qu'ils avaient conquises. Grâce aux efforts de traducteurs travaillant à Tolède et dans d'autres centres de savoir, les progrès scientifiques de l'Orient trouveraient une nouvelle vie en Occident.

Al-khemeia deviendrait l'alchimie et, des siècles plus tard, prendrait le nom plus respectable de chimie.

— Ces savants-philosophes accomplirent de grandes choses dans le domaine que nous appelons ainsi aujourd'hui, poursuivit Boustany. Ils découvrirent des acides, inventèrent de nouveaux alliages de métaux et synthétisèrent de nouvelles substances. Mais ce qu'ils cherchèrent avant tout à fabriquer pendant des siècles…

— … c'est l'or, dit Mia, le devançant.

— Bien sûr. La possibilité de produire de l'or ne cessa de fasciner même les plus pondérés de ces savants. À un moment ou un autre de leur carrière, chacun d'eux devint obsédé par l'unique objectif auquel leurs protecteurs – califes et imams – s'intéressaient : transformer de vils métaux en or.

Mia médita les propos de l'historien. Dans l'appartement de Corben, elle avait parcouru une brève biographie de Jabir Ibn Hayyan, que les Européens appelleraient plus tard Geber. Ses écrits, délibérément noyés dans un jargon obscur, auraient été à l'origine du mot anglais *gibberish*, « charabia ». Il était parvenu à fabriquer plusieurs acides forts mais avait aussi beaucoup travaillé – avec succès – sur la transmutation des métaux. Mia n'y avait pas accordé beaucoup d'attention, n'y voyant aucun rapport avec les découvertes faites dans le laboratoire du hakim.

— Je ne pense pas qu'il s'agisse de cela, dit-elle.

— Pourquoi ?

— Je ne vous ai pas tout dit, avoua-t-elle d'un ton hésitant. On soupçonne un Irakien de se trouver derrière tout ça. Il… il se livrait à d'étranges expériences médicales.

Après un silence, Boustany demanda :

— Sur des êtres humains ?

— Oui.

L'historien réfléchit avant de reprendre :

— Ce que ce type cherche vraiment, c'est peut-être l'*iskeer*.

— Encore l'*iskeer* ! Qu'est-ce que c'est ?

— Une obsession aussi vieille que le temps. C'est le sujet de l'épopée de Gilgamesh, l'un des textes les plus anciens de l'histoire.

Depuis qu'ils se connaissaient, l'historien avait pris le pli de la taquiner. C'était souvent amusant, mais, cette fois, elle avait besoin de réponses précises.

Boustany lui expliqua qu'Avicenne et les autres savants-philosophes recherchaient la pièce manquante du puzzle, le catalyseur qui déclencherait la transmutation des métaux. Une tradition ancienne les avait conduits à penser que cette substance était une poudre sèche appelée *xerion* par les Grecs. Traduit en arabe, le mot était devenu *al-ikseer*. Des centaines d'années plus tard, les Européens nommeraient « élixir » cette substance inconnue. Comme les savants de cette époque portaient le titre de philosophes et qu'on attribuait une origine minérale à cette substance, on l'appela également pierre philosophale.

— Cette pierre mythique était si merveilleuse que les alchimistes ne tardèrent pas à lui attribuer d'autres pouvoirs, continua Boustany. En plus d'être le catalyseur qui les aiderait à créer des richesses fabuleuses, elle aurait le pouvoir de guérir toutes les maladies. Et, finalement, de conférer l'immortalité. Ainsi naquit la notion d'un *al-ikseer* de vie – un élixir de vie –, et l'*al-khemeia* se mua en une double quête, associant deux buts intimement liés : l'or et la vie éternelle.

Pour les alchimistes, l'or avait ceci de particulier qu'il était incorruptible : il ne vieillissait pas. Certains trouvèrent même des moyens de l'ingérer comme élixir – généralement sous forme de poudre – et l'or devint plus recherché pour ses pouvoirs anti-vieillissants supposés que pour sa beauté intemporelle ou sa valeur monétaire.

Le concept d'élixir de vie reposait sur une théorie archaïque, attribuant le vieillissement à la perte d'une sorte de substance vitale. C'était la raison pour laquelle nos corps se ratatinaient avant de cesser de fonctionner, expliqua Boustany. Les taoïstes appelèrent cette substance le *ching*, et la décrivirent comme le souffle de vie. Aristote, Avicenne et de nombreux autres après eux pensèrent aussi que le corps, en vieillissant, perdait son « humidité naturelle ». Le médecin viennois Eugen Steinach prôna le *coitus reservatus* afin de rajeunir ses patients, méthode qui préservait le fluide vital en retenant l'éjaculation. Un autre médecin, Serge Voronoff, estimait que si les cellules reproductrices vieillissaient moins que les autres cellules du corps, c'est parce qu'elles contenaient une hormone anti-vieillissement. Dans une tentative malavisée pour assurer au corps une plus grande quantité de cet élixir magique, il greffa des testicules de singe à ses patients, avec des résultats désastreux. Même la foi ardente en une vie merveilleuse après la mort ne décourage apparemment pas la poursuite désespérée de la longévité : dans les années 1950, le pape Pie XII vieillissant était suivi par six médecins personnels disponibles à tout moment. Un chirurgien suisse nommé Paul Niehans lui injectait un produit à base de glandes de fœtus d'agneau. La liste impressionnante des clients que ce Niehans traitait dans sa clinique de Montreux, en Suisse, comprenait des rois et des stars d'Hollywood.

— Ainsi, acheva l'historien, au fil des ans, des alchimistes et des charlatans concoctèrent toutes sortes de potions et d'élixirs, de fontaines de jouvence susceptibles de renouveler ou remplacer cette « essence vitale » perdue. Les chariots des colporteurs ont depuis été remplacés par les rayons de « compléments alimentaires » des supermarchés, les marchands d'huile de serpent ont fait place à de pseudo-scientifiques qui proposent des hormones, des sels minéraux et des cures miracles, promettant de rendre à nos corps leur vigueur juvénile sans avancer de preuves scientifiques solides pour soutenir leurs allégations – ou en se fondant sur une interprétation hautement sélective de données scientifiques. Mais la quête est la même. C'est la dernière frontière, la seule qu'il nous reste à conquérir.

Mia soupira.

— Alors, je présume que nous avons affaire à un fou.

— On dirait bien, approuva Boustany.

Elle raccrocha le téléphone, accablée. L'étiquette de « savant fou » qu'elle s'était jusqu'ici efforcée de rejeter lorsqu'elle songeait à l'homme qui détenait sa mère n'était sans doute pas très éloignée de la vérité.

39

Le hakim se renversa contre le dossier de son fauteuil, se sentant merveilleusement revigoré.

Le traitement matinal qu'il suivait religieusement depuis des années lui avait donné le coup de fouet habituel. Il savourait l'air frais qu'il aspirait à longues goulées gourmandes tandis que le cocktail d'hormones et de stéroïdes parcourait ses veines. Une sorte de flash électrique aiguisait ses sens et son esprit, ralentissant tout autour de lui. Le meilleur trip qu'on puisse imaginer, d'autant qu'il n'impliquait pas la perte de la maîtrise de soi, qui pour lui était inconcevable.

Si seulement les autres savaient ce qu'ils rataient.

En outre, les nouvelles de Beyrouth étaient encourageantes. Omar et ses hommes avaient réussi à s'emparer de l'assistant. L'un d'eux s'était fait tuer, un autre était gravement blessé. Il faudrait s'occuper de lui – il était hors de question de l'emmener dans un hôpital, même dans un quartier ami, et son état paraissait trop grave pour qu'on puisse lui faire passer la frontière – mais, au total, l'opération était un succès.

Dommage que l'Américain ne se soit pas fait descendre. Sa curiosité commençait à poser problème. Il s'intéressait trop à la situation, il était trop… impliqué. D'après Omar, il s'était rendu à l'appartement d'Evelyn Bishop et y avait pris l'ordinateur portable ainsi qu'un dossier. Un seul dossier. Procédure standard dans ce type d'enquête ? D'accord, une Américaine s'était fait kidnapper et les Américains prenaient ce genre de chose plus au sérieux que la plupart, mais la détermination de ce type laissait supposer un mobile plus personnel.

Savait-il ce qui était réellement en jeu ?

Le hakim avait ordonné à Omar de prendre dorénavant des précautions supplémentaires. Dans quelques heures, le marchand irakien téléphonerait. Le livre serait bientôt à lui.

Les choses s'annonçaient bien.

Mieux que bien.

Avec la lucidité que lui donnait la dose de substances qui tournoyaient en lui, il sentait qu'il touchait enfin au but.

Il ferma les yeux et inspira profondément, savourant par avance son succès. Des images anciennes envahirent son esprit.

Des réminiscences.

La première fois qu'il avait remarqué les offrandes insolites dans la chapelle.

La première fois qu'il avait pris conscience de son héritage exceptionnel.

Il s'était déjà rendu dans cette chapelle, bien sûr. Il avait grandi à Naples, une ville où, encore maintenant, on baissait la voix en prononçant le nom de son ancêtre. Mais c'était cette visite, à l'âge de neuf ans, qui l'avait éveillé aux mystères de son passé.

Ce jour-là, son grand-père l'avait emmené à la chapelle.

Il aimait la compagnie du vieil homme, qui avait en lui quelque chose de solide, de rassurant. Même à cet âge tendre, le jeune garçon qu'il était – il s'appelait alors Ludovico – sentait le respect que son grand-père inspirait autour de lui. Il aurait voulu posséder lui aussi cette force intérieure, surtout dans la cour de l'école où des élèves plus grands et plus forts se moquaient de ses origines.

À Naples, le nom de di Sangro était une croix lourde à porter.

Son grand-père lui avait appris à être fier de son héritage. Ils étaient des princes, pour l'amour de Dieu. Souvent, les génies et les visionnaires subissaient railleries et persécutions en leur temps. Au lieu de chercher à élucider le passé de leur famille, le père de Ludovico avait choisi d'adopter une attitude gênée, s'excusant presque de son lignage. Ludovico était différent. Son grand-père avait senti cette différence chez l'enfant et il l'avait entretenue. Il lui avait appris que leur ancêtre avait accompli des choses étonnantes. Certes, on l'avait traité de sorcier et d'alchimiste diabolique. Les rumeurs abondaient selon lesquelles il se serait livré à des expériences abjectes sur des sujets non consentants. Certains croyaient qu'il avait cherché à améliorer l'art de créer des *castrati*, ces chanteurs châtrés en toute illégalité qui ravirent le public et firent la gloire de l'opéra italien aux XVIIe et XVIIIe siècles. D'autres allaient plus loin en affirmant que le prince avait ordonné le meurtre de sept cardinaux qui voyaient ses recherches d'un mauvais œil, et qu'il avait fait faire des fauteuils avec leurs os et leur peau.

Pour le grand-père, de tels propos dénotaient un esprit et une imagination limités ainsi, naturellement, que de la jalousie chez les détracteurs de Raimondo di Sangro. Après tout, leur ancêtre avait appartenu à la prestigieuse Accademia della Crusca, institution hautement renommée regroupant l'élite littéraire italienne. Il avait inventé de nouvelles armes, comme le fusil de chasse à chargement par la culasse, et des feux d'artifice révolutionnaires. Il avait fabriqué des vêtements imperméables et mis au point de nouvelles techniques pour colorer le marbre et le verre. Mais surtout, il avait créé un monument immortel, la Cappella San Severo, sa chapelle personnelle au cœur de Naples.

Le hakim se rappelait cette visite décisive avec son grand-père. Au bas des murs extérieurs, près de l'entrée, des barreaux protégeaient les fenêtres de la cave qui avait servi de laboratoire au prince. À l'intérieur, la petite église baroque abritait de splendides tableaux et des œuvres d'art uniques. Des statues de marbre, dont la plus célèbre était le *Christ voilé* de Sammartino, fascinaient par la finesse de leurs détails, les traits du visage visibles sous un mince voile de pierre. Aujourd'hui encore, les experts se demandaient comment l'artiste était parvenu à un tel effet.

Le grand-père de Ludovico l'avait conduit à la statue de Queirolo, *La Désillusion*, autre merveille voilée montrant le père du prince tentant de se dégager des mailles d'un filet avec l'aide d'une jeune créature ailée. Le vieil homme avait expliqué au jeune garçon que l'œuvre représentait l'homme se libérant des pièges des fausses croyances avec l'aide de son esprit.

Le sous-sol recelait d'autres merveilles. Un étroit escalier en colimaçon conduisait au laboratoire du prince où deux vitrines en verre abritaient les infâmes « machines anatomiques » : d'un côté, le squelette d'un homme, de l'autre, une femme enceinte, dont les veines, les artères et les organes avaient été préservés par une technique d'embaumement inconnue qui intriguait encore.

Au fil des ans, le grand-père avait révélé d'autres détails sur la vie mystérieuse de son ancêtre. Le *principe* avait une obsession : atteindre la perfection humaine. Les castrats étaient des chanteurs parfaits ; les machines anatomiques faisaient partie de sa quête pour créer un corps parfait. Sur sa pierre tombale était gravée cette épitaphe : « Un homme admirable, né pour tout oser. » Mais cette pierre recouvrait un tombeau vide : le corps avait été volé.

À un certain moment de sa vie, l'obsession de l'ancêtre avait pris un tour dramatique, et lorsque Ludovico atteignit l'âge de dix-huit ans, son grand-père lui dévoila enfin quel était l'objet qui l'attisait sans fin.

Il lui confia aussi les journaux intimes de Raimondo di Sangro, ainsi qu'un bijou auquel il était très attaché : un talisman, un médaillon frappé du symbole du serpent se mordant la queue, et que Ludovico n'avait jamais cessé de porter depuis.

Cette révélation inspira le jeune homme au-delà des rêves les plus fous de son grand-père… ou de ses pires cauchemars.

Tout avait pourtant bien commencé. Excellent élève, Ludovico avait poursuivi ses études à l'université de Padoue où il avait obtenu un doctorat en médecine gériatrique et en biologie cellulaire. Devenu un brillant biogénéticien jouissant d'une solide réputation, il avait été nommé à la tête d'un laboratoire de recherches sur les cellules souches, les voies hormonales et la détérioration cellulaire. Mais avec le temps, il avait commencé à souffrir des contraintes de la science officielle et s'était mis à contester les limites généralement acceptées de la bioéthique. Ses expériences avaient pris une tournure plus aventureuse. Plus extrême.

Par une amère ironie du destin, son grand-père mourut à cette époque. Les parents de Ludovico s'étaient efforcés de l'élever en bon catholique et il avait appris, chez lui et à l'église, que la mort était la volonté de Dieu et que Lui seul dispensait l'immortalité. Son grand-père s'était efforcé d'atténuer les effets des enseignements parentaux et, par sa mort, il y était parvenu. Grâce à elle, Ludovico avait pris conscience qu'il n'était pas dans sa nature d'accepter la mort, ni de se laisser vaincre par elle. Il ne succomberait pas avant d'avoir combattu. La tombe – la sienne comme celle de ceux qu'il aimait – pouvait attendre.

L'amour n'avait pas réussi à triompher de la mort. La science y parviendrait.

Dans cette disposition d'esprit, ses expériences devinrent de moins en moins acceptables, et bientôt carrément illégales.

Il fut expulsé de l'université, chassé par la menace de poursuites judiciaires imminentes.

Aucun laboratoire occidental ne voulait plus entendre parler de lui.

En revanche, l'université de Bagdad lui avait offert une porte de sortie qui finirait par le mener – du moins l'espérait-il à présent – à la découverte insaisissable qui s'était jouée de son ancêtre.

Aiguillonné par les produits chimiques qu'il avait ingérés, il passa en revue les événements des derniers jours, les retourna en tous sens pour les examiner sous de nouveaux angles. Malgré l'exaltation quasi délirante que lui inspirait la perspective de mettre la main sur le marchand irakien et le livre, il ne put s'empêcher de repenser à l'amant disparu de l'archéologue américaine. Ce détail revenait sans cesse troubler sa sérénité, tel un voyant d'alerte.

Et dans son état de lucidité exacerbée, une autre pièce du puzzle jaillit des profondeurs de sa conscience.

Comment ai-je pu ne pas le voir plus tôt ?

Il se livra à un rapide calcul. D'après ce qu'Omar lui avait dit de l'âge de la fille, c'était possible.

Plus que possible. Cela collait parfaitement.

Cette garce avait gardé ça pour elle, la cachottière.

Il se leva d'un bond et traversa son bureau d'un pas rapide, ordonnant qu'on l'accompagne à la cave.

Evelyn se raidit quand la clé tourna dans la serrure de sa cellule.

Elle ne savait pas depuis combien de temps elle se trouvait là, ni même si c'était le jour ou la nuit. Les notions de temps et de lieu avaient perdu toute signification dans l'isolement de son cachot. Seule certitude, elle était enfermée depuis peu de temps, et si elle se référait aux enlèvements survenus précédemment à Beyrouth, il lui restait encore très longtemps à attendre.

La porte s'ouvrit sur son tortionnaire. Cette fois il ne portait pas de blouse de laboratoire, ce qui rassura un peu Evelyn. Après avoir rapidement inspecté la cellule, comme un directeur d'hôtel examine ses chambres d'un œil sévère, il s'assit au bord du lit.

Ses yeux brillaient d'une énergie troublante.

— J'ai l'impression que vous avez omis un détail pendant notre dernière conversation, lui dit-il d'un ton enjoué.

Evelyn ignorait à quoi il faisait allusion, mais il semblait trop ravi de l'avoir découvert pour qu'il s'agisse d'une vétille.

— Votre Casanova, reprit-il avec condescendance, Tom Webster. Je m'étonne que vous ayez toujours autant à cœur de le protéger, vu l'état dans lequel il vous a abandonnée…

Il se pencha vers Evelyn, se régalant de l'inquiétude que son petit jeu lui inspirait. À travers les plis de la chemise boutonnée, elle distingua un médaillon.

Un bref coup d'œil lui suffit pour reconnaître l'Ouroboros et elle eut alors la certitude que son ravisseur – ainsi que Tom en son temps – lui avait caché beaucoup de choses sur les occupants de la salle souterraine d'Hilla.

— Enceinte, laissa tomber le hakim d'une voix rauque. Je ne me trompe pas ? Mia est bien la fille de Webster ?

40

Une voix d'homme s'insinua dans les pensées de Mia.

— Vous devez être Mia Bishop.

Elle se retourna. L'homme qui se tenait devant elle lui tendit la main.

— Bill Kirkwood. J'étais venu voir Jim.

Mia examina ses traits en lui serrant la main. Malgré un physique agréable, il y avait en lui quelque chose de distant, une réserve qui la mit mal à l'aise.

— Je ne sais pas où il est, dit-elle. Il m'a quittée il y a une heure.

— Ah.

L'homme parut hésiter avant d'ajouter :

— Je suis désolé de ce qui est arrivé à votre mère.

Ne sachant quoi répondre, Mia reprit :

— Cela fait partie des coutumes locales, je suppose.

— Plus depuis quelque temps. Nous avons tous été étonnés. Mais je suis sûr qu'elle s'en tirera.

Elle hocha la tête, laissa un silence gêné s'installer entre eux.

— Il paraît que vous venez de vivre un autre épisode mouvementé, hasarda-t-il.

Elle haussa les épaules.

— Apparemment, j'ai le chic pour être au mauvais endroit au mauvais moment.

— On peut voir les choses comme ça. D'un autre côté, votre présence ce soir-là lui a peut-être sauvé la vie.

Le visage de la généticienne s'éclaira.

— Je l'espère, dit-elle. Vous la connaissiez ?

— Un peu. Par l'Unesco. Nous avons financé plusieurs de ses fouilles dans la région. C'est une grande dame, nous avons pour elle le plus profond respect. Cette histoire est vraiment... épouvantable. Dites-moi, Mia... Je peux vous appeler Mia ?

— Bien sûr.

— Elle vous a paru comment ?

— Que voulez-vous dire ?

— Vous êtes la dernière personne à l'avoir vue avant son enlèvement, rappela Kirkwood. Elle semblait nerveuse ? Inquiète, peut-être ?

— Pas particulièrement. Elle était un peu perturbée par sa rencontre inopinée avec Farouk, vous savez, le marchand irakien. Sa réapparition subite l'avait surprise. Mais sinon...

Laissant sa phrase en suspens, elle remarqua que le regard de Kirkwood avait dérivé vers le bureau et s'était posé sur le bloc-notes où elle avait dessiné l'Ouroboros. Intrigué, il pencha la tête de côté.

— Le symbole qui figure sur un des livres retrouvés en Irak, dit-il d'un ton mi-affirmatif, mi-interrogatif.

— Oui, répondit-elle un peu étonnée. Vous savez ce que c'est ?

— On appelle ça un Ouroboros, non ?

— Je n'en sais pas beaucoup plus, prétendit-elle.

Elle eut un sourire crispé et se demanda s'il avait remarqué son trouble.

— Vous pensez que les ravisseurs s'intéressent en réalité à ce livre ?

Mia se sentit partagée. Kirkwood dut s'en apercevoir, car il tenta de la rassurer :

— Ne vous inquiétez pas. Je collabore avec Jim pour retrouver votre mère. Il m'a rapporté votre conversation et m'a dit que vous l'avez conduit à l'appartement d'Evelyn.

Après une pause, il reprit :

— Nous sommes tous dans le même camp.

Elle se détendit.

— L'Ouroboros est la seule chose qui lie ma mère, les salles où se réunissait la secte, et le hakim. Cela a forcément un sens.

Le visage de Kirkwood prit une expression perplexe.

— Le hakim ?

Mia n'avait pas plus tôt lâché le mot qu'elle le regretta. Elle chercha vainement à se rattraper :

— Il est... Vous savez, à Bagdad. Vous devriez plutôt demander à Jim.

Par bonheur, l'agent américain finit par arriver, accompagné d'un homme plus jeune, qu'elle n'avait jamais vu. Il avait des cheveux châtains coupés court, un cou épais, un costume bleu marine sans cravate. Corben parut surpris de trouver là Kirkwood, auquel il adressa un simple signe de tête. Mia lut un peu de contrariété dans son regard quand il se posa sur le bloc-notes et les dessins qu'elle y avait griffonnés.

— Voici Greg, lui dit-il en indiquant l'homme qui l'escortait. Il vous conduira à l'hôtel quand vous serez prête et il restera avec vous. Nous vous avons réservé une chambre à l'Albergo, un petit hôtel d'Ashrafieh, le quartier chrétien de la ville. Vous y serez bien.

— D'accord.

— C'est là que je loge, dit Kirkwood avant de se tourner vers Corben. Les écoutes ont donné quelque chose ?

— Rien jusqu'ici.

— Qu'est-ce que vous comptez faire ?

— Je retourne dans le centre afin d'être prêt à intervenir en cas de besoin. Mia, je vous appelle plus tard pour savoir si vous êtes bien installée.

— Pas de problème, répondit-elle.

Corben se tourna vers l'autre agent et lui adressa un signe de tête qui semblait vouloir dire « À toi de jouer ». Au moment où il se dirigeait vers la porte, Kirkwood lui lança :

— Bonne chance. Et tenez-nous au courant.

— Je vous préviendrai dès que j'aurai du nouveau, assura Corben avant de quitter la pièce.

Mia eut la nette impression qu'il s'empresserait d'oublier sa promesse. Il semblait se méfier de Kirkwood.

Ce qui signifiait qu'elle devait probablement en faire autant.

Kirkwood souleva le volet de plastique et retira un gobelet de café de la machine installée dans le couloir de l'annexe. Il se risqua à en boire une gorgée et fut agréablement surpris : pas si mauvais que ça.

Puis il repensa à sa conversation avec Mia. Manifestement, la jeune femme et Corben en savaient beaucoup plus qu'ils ne voulaient l'admettre. Dans ses rapports oraux, Corben n'avait pas dit un mot de l'éventuel intérêt des ravisseurs pour un des objets, ni même du livre ou de la salle souterraine découverte par Evelyn.

Il n'avait pas non plus mentionné devant lui l'existence de ce hakim, alors que l'homme faisait visiblement partie de l'équation.

Plus intéressant encore, Mia avait laissé échapper que le hakim se trouvait à Bagdad. Kirkwood savait que ce mot signifiait « docteur », et cela le préoccupait. Manifestement, il ignorait beaucoup de choses. Et le trafiquant irakien n'était toujours pas en sécurité, loin de là.

Pour en savoir plus, il allait devoir commencer à fouiller du côté de Corben. Ce ne serait pas facile. Kirkwood avait de solides contacts avec les Nations unies ; ceux qu'il entretenait avec le monde du renseignement l'étaient beaucoup moins. L'ONU jouait cependant – parfois sciemment, parfois à son insu – un rôle important dans la guerre en Irak, notamment sur la question des armes de destruction massive. Kirkwood pouvait utiliser ses relations pour explorer cette voie tout en cherchant d'autres moyens de pénétrer dans les rouages internes de la CIA.

Il lui fallait aussi obtenir davantage d'informations sur Mia, mais grâce à d'autres méthodes. Cela ne devrait pas présenter de difficultés.

Après avoir avalé une autre gorgée de café, il tira son téléphone de sa poche et composa un numéro.

41

Corben regarda sa montre : midi moins le quart.

Quinze minutes avant le décollage.

Cela faisait une demi-heure qu'il attendait dans le Nissan Pathfinder. Cela ne le dérangeait pas. Il aimait ces moments de répit pendant lesquels il pouvait réfléchir calmement, méthodiquement, et évaluer les diverses options qui s'offraient à lui. Il avait besoin de solutions de rechange. Dans son boulot, les choses se passaient rarement tout à fait comme prévu.

Il s'étira pour chasser la raideur qui gagnait ses muscles, but une dernière gorgée de son double expresso, jeta le gobelet à l'arrière. La caféine commençait à faire son effet. À moins que ce ne soit simplement la perspective de passer à l'action.

Se tournant vers le siège de droite, il tira le Ruger MP9 de sa mallette. Un vilain petit engin, mais très efficace. Il vérifia le chargeur : il était plein. Trente-deux balles. Il appuya sur la dernière, sentit le jeu du ressort et fit tourner légèrement le projectile pour s'assurer qu'il était bien en place, avant de remettre le chargeur. Puis il vérifia que l'arme était sur la position « automatique », qui lui permettrait de vider tout le chargeur en un peu moins de trois secondes. Corben avait assez d'expérience pour faire mouche à chaque coup.

Il y avait dans la mallette trois chargeurs supplémentaires. Corben portait en outre un Glock 31 dans un étui de ceinture. Dix-sept balles seulement, mais de calibre 357 capables de percer la tôle d'une voiture comme du papier.

Il avait besoin de cette puissance de feu.

Après réflexion, il avait conclu que, malgré les risques, il devait agir seul.

Il avait réussi à convaincre son chef de station que Farouk risquait de prendre peur et qu'il fallait l'approcher avec d'infinies précautions. L'irruption d'une armée d'agents étrangers le ferait détaler.

Il avait brièvement envisagé – très brièvement – d'emmener Mia. Farouk, qui devait s'attendre à voir débarquer un plein fourgon de flics libanais, ne le connaissait pas. L'Irakien n'avait aucune raison de lui faire confiance. Mais les regards de Mia et de Farouk s'étaient croisés le soir de l'enlèvement d'Evelyn. La présence de la jeune femme aurait à coup sûr rassuré le marchand, mais ce n'était pas vraiment une solution : trop risqué pour Mia, surtout après ce qu'elle avait déjà enduré le matin. En définitive, sa présence aurait handicapé Corben à un moment où il devait réfléchir vite et réagir plus vite encore.

Il n'avait pas non plus l'intention de faire intervenir le Fouhoud, puisqu'il ignorait totalement à qui il pouvait se fier parmi ses membres. Les autres enverraient probablement une armée de tireurs, mais il espérait atteindre Farouk avant eux et éviter de transformer en champ de tir le quartier de Beyrouth où se terrait l'Irakien.

C'était la question essentielle, à vrai dire. D'où Farouk appellerait-il ? D'après les signaux émis par le portable de Ramez, les kidnappeurs se trouvaient dans le Malaab, la pointe sud de la ville. Corben devait se poster de manière à les prendre de vitesse. Il avait étudié un plan de Beyrouth, éliminé les quartiers peu susceptibles d'offrir une cachette à un immigré clandestin affligé d'un fort accent irakien et disposant probablement de peu d'argent. Beyrouth-Est en faisait partie. Le centre aussi. La partie sud de la ville était un fief en soi, interdit aux intrus.

Restait Beyrouth-Ouest.

Corben avait choisi d'attendre devant le multiplex Concord, situé sur une grande artère qui partageait Beyrouth-Ouest en diagonale et croisait d'autres rues tout aussi larges qui le conduiraient à l'autre bout de la ville en cas de besoin. Si l'appel venait d'un endroit proche de l'université, où Farouk avait été repéré pour la dernière fois, Corben se trouverait plus près de lui que les hommes de main et aurait donc de bonnes chances d'arriver avant eux. À supposer qu'ils ne disposent pas d'une avant-garde sur place.

En faisant sa razzia à l'armurerie, il avait aussi emporté un gilet pare-balles qui, à en juger par la raideur de son dos, n'était pas conçu pour le confort. Il avait également opté pour une voiture sans plaques d'immatriculation diplomatiques. En cas de problème, son véhicule ne serait pas facilement identifiable.

La voix de Leila grésilla dans l'écouteur de son portable.

— On capte quelque chose, annonça-t-elle.

Olshansky ajouta sa voix à celle de l'interprète :

— Apparemment, ils ont fini par tirer le téléphone de Ramez du trou où ils l'avaient laissé.

Corben entendit à l'arrière-plan des mots en arabe sortant des haut-parleurs de la caverne du technicien. Quand ces mots devinrent plus nets, il se représenta l'homme qui les prononçait, peut-être le chef du commando des ravisseurs, celui qu'il avait vu devant l'immeuble d'Evelyn. Leila traduisait vite, profitant du moindre silence.

— Il dit à Ramez que c'est bientôt l'heure. Il lui demande s'il a bien compris ce qu'il doit amener Farouk à faire... Ramez répond qu'il a compris. Je ne l'entends pas bien mais il a l'air terrifié. Il rappelle qu'ils ont promis de le libérer s'il réussit. Il dit qu'il sait se taire, que personne ne sera au courant.

Après une interruption, la traductrice reprit :

— Le type lui répond de ne pas s'inquiéter, que tout ira bien. Il doit seulement faire attention. Ne pas commettre d'erreur. Sa vie est entre leurs mains. Tout dépend de son attitude.

L'homme se tut puis recommença à parler.

— Maintenant, il dit à ses hommes de préparer la voiture.

Pour la quatrième fois en une demi-heure, Farouk demanda l'heure au Beyrouthin assis à côté de lui.

Il se trouvait dans un petit café de Basta, une partie de la ville délabrée et surpeuplée, loin des tours en marbre et du MacDonald's avec voiturier, un dédale de ruelles obstruées par des véhicules garés n'importe comment, des charrettes branlantes chargées de nourriture, de vêtements bon marché et de DVD piratés. L'endroit grouillait aussi de brocanteurs dont la marchandise envahissait les trottoirs étroits, forçant les piétons à descendre sur la chaussée. C'était un quartier que Farouk connaissait depuis des années pour y avoir vendu des objets mésopotamiens à deux ou trois marchands locaux qu'il n'avait pas revus depuis et qu'il ne se risquerait pas à contacter.

L'endroit rêvé pour se fondre dans le décor et se faire tout petit.

Ses vêtements empestaient et lui collaient à la peau. Il ne se rappelait pas la dernière fois qu'il avait pris un bain. Il n'était pas retourné au jardin Sanayeh après avoir vu Ramez, sa paranoïa l'empêchant d'utiliser la même cachette deux soirs de suite. Il était donc resté dans Basta, traînant dans les vieux cafés et les marchés aux puces, se nourrissant de ka'ik et de jus de fruit achetés aux marchands ambulants. Il avait passé la nuit blotti contre le mur d'un caveau dans un cimetière proche, songeant avec frayeur à son rendez-vous de midi. Rendez-vous imminent, d'après son voisin, légèrement agacé, qui tirait sur le tuyau d'un narghilé parfumé au miel.

Farouk le remercia, puis il se leva, passa devant quelques joueurs de trictrac et s'approcha du comptoir, la gorge nouée. Il demanda au patron du café, un homme rondelet arborant d'énormes moustaches, s'il pouvait utiliser le téléphone – requête qu'il lui avait déjà adressée auparavant –, précisant à nouveau que c'était pour un appel local. L'homme le gratifia d'un regard méfiant avant de lui tendre le téléphone sans fil.

Farouk se tourna sur le côté, sortit de sa poche le morceau de papier froissé sur lequel Ramez avait noté son numéro. Il le posa sur le comptoir, tira une bouffée de sa cigarette pour se donner du courage et appuya sur les touches.

Ramez eut l'impression étrange que le temps avait ralenti tandis que son esprit comptait les secondes.

Il était toujours attaché à sa chaise, le sac puant le moisi sur sa tête. Il étouffait, là-dessous, ce qui aggravait encore son mal de crâne. Il ne supportait plus d'attendre en priant pour que Farouk appelle comme il l'avait promis.

Pour ajouter à cette torture, une douleur au bas-ventre lui fit prendre conscience du besoin urgent de vider sa vessie. Mais ce n'était pas le moment d'aborder la question.

Il savait que ses ravisseurs devraient lui ôter cette saleté de sac quand Farouk téléphonerait, s'il téléphonait. Non, pas de « si ». Surtout pas de « si ». Il devait se concentrer uniquement sur « quand ». Ils voudraient peut-être lui adresser des instructions par signes pendant le coup de fil. Ramez se dit qu'il garderait les yeux fermés, au cas où ils craindraient qu'il ne soit capable plus tard de les identifier, ou tout au moins baissés, pour éviter tout contact visuel. Il songea à leur en parler puis décida de se taire : inutile de leur signaler un problème qui leur avait peut-être échappé. Il s'efforça de ne pas penser aux conséquences s'ils l'avaient bien envisagé, comme il le supposait.

La sonnerie du téléphone le fit tressaillir. Quelqu'un lui ôta le sac de la tête, provoquant un nouveau sursaut.

Ses yeux mirent quelques secondes à s'habituer à la lumière froide des tubes fluorescents d'un sous-sol sans fenêtre. Il crut reconnaître l'homme qui se penchait vers lui et qu'il avait aperçu quand on l'avait poussé dans la voiture. L'homme regardait le téléphone portable, qui sonnait de nouveau. Ramez supposa que son ravisseur s'assurait que le numéro affiché ne figurait pas dans la mémoire de l'appareil : le numéro de Farouk ne devait pas être mémorisé.

Ramez croisa le regard de l'homme. Le fixant avec une férocité muette, celui-ci leva un doigt menaçant qui, sans la moindre ambiguïté, signifiait « Attention » et appuya sur la touche de l'appareil avant de le tenir contre l'oreille du prisonnier.

— *Ustaz* Ramez ?

L'assistant lâcha sa respiration. C'était Farouk : il n'avait cessé de lui donner ce titre – professeur – pendant leur conversation. Ramez adressa un signe de tête à son ravisseur, qui l'encouragea du geste avant de se pencher et d'incliner le téléphone de manière à suivre la conversation.

— Oui, Farouk.

Jugeant sa voix trop aiguë, il s'efforça de prendre un ton plus grave pour cacher sa nervosité.

— Je suis content que vous ayez appelé. Tout va bien ?

Se sentant la langue pâteuse, il s'humecta les lèvres.

— Vous leur avez parlé ? demanda Farouk d'une voix chargée de désespoir.

— Oui. J'ai parlé aux inspecteurs du poste de Hobeich chargés de l'affaire. Je leur ai répété ce que vous m'aviez demandé de leur dire.

— Alors ?

Ramez jeta un coup d'œil à son ravisseur, qui l'invita à poursuivre d'un signe de tête.

— Ils sont prêts à accepter votre proposition. Ils ne s'intéressent pas aux objets, ils n'ont pas l'intention de vous renvoyer en Irak. Ils veulent seulement que vous les aidiez à retrouver Evelyn.

— Vous êtes sûr ? Vous avez parlé à quelqu'un qui peut prendre une décision ?

— J'ai parlé à leur chef. Il m'a donné sa garantie personnelle. Aucune poursuite et protection totale jusqu'à ce que l'affaire soit réglée. Ensuite, vous ferez ce que vous voudrez. Si tout se passe bien, ils vous aideront même à obtenir un permis de séjour.

Il y eut un silence, et Ramez se demanda s'il n'en avait pas fait trop. Son cœur s'emballa.

— Ils tiennent absolument à la retrouver, Farouk, et vous êtes leur seul espoir. Ils ont besoin de vous.

— Merci, murmura finalement l'Irakien. Merci, *ustaz* Ramez. Vous me sauvez la vie. J'aurai toujours une dette envers vous.

— Ne vous tracassez pas pour ça, répondit Ramez, partagé entre le remords et le soulagement.

— Que dois-je faire ?

L'assistant regarda de nouveau son ravisseur, qui hocha la tête : c'était le moment de vérité.

— Restez où vous êtes. Ne bougez pas, ils attendent que je les rappelle, répondit Ramez en tentant de maîtriser le tremblement de sa voix. Pour leur dire où ils doivent se rendre.

La gorge nouée par une boule d'épines, il marqua une pause avant de reprendre :

— Vous êtes où, Farouk ?

Les quatre secondes de silence qui suivirent furent sans conteste les plus longues, les plus angoissantes que l'assistant avait connues de sa vie.

Enfin, Farouk répondit.

42

Corben avait fait démarrer le Nissan sans attendre la réponse de Farouk. La voix de Leila résonna pardessus le grondement du moteur :

— Il est dans un café de Basta. Vous devez prendre le périphérique et sortir avant la partie aérienne.

Corben regarda derrière lui, estima à une cinquantaine de mètres la distance le séparant de la voiture qui approchait, décida qu'il fallait que ça passe. Il tourna le volant, appuya à fond sur l'accélérateur. Le Pathfinder s'élança sur la chaussée et fit demi-tour dans un hurlement de pneus.

Fonçant à toute allure en direction de la vieille maison de la radio, Corben se représenta un plan de la ville et jura à mi-voix. Sauf erreur, la bande des ravisseurs et lui se trouvaient à peu près à égale distance de l'endroit où Farouk se cachait.

Chaque seconde comptait.

— Leila, tu as le lieu exact à Basta ?

Il savait qu'il n'était pas facile de circuler dans les rues étroites du quartier du marché.

— Oui, il attendra devant une grande mosquée. Prévenez-moi quand vous prendrez la bretelle de sortie, ensuite, je vous guiderai.

— Comment ça se passe avec Ramez ?

— Il a demandé à Farouk de ne pas bouger, il a dit que les inspecteurs arrivaient.

Une brève pause, puis :

— Ils viennent de raccrocher.

Ramez vit son ravisseur mettre fin à la communication, l'entendit donner des ordres à ses hommes. Ils étaient deux, l'un plus âgé, l'autre plus jeune que leur chef. Tous deux avaient la même expression dure et sans émotion, le regard dénué de toute trace d'humanité. Ils sortirent, le laissant seul avec leur patron.

— C'était bien, non ? J'ai fait exactement ce que vous aviez demandé, dit Ramez, le souffle court.

— *Azeem*, répondit l'homme, laconique. Parfait.

L'assistant sentit des larmes lui monter aux yeux tandis que son ravisseur laissait négligemment tomber le téléphone sur ses genoux. Il baissa la tête, puis la releva avec un sourire nerveux, se persuadant, contre toute logique et en dépit du bon sens le plus élémentaire, qu'on allait le libérer.

Fragile illusion qui fut impitoyablement fracassée quand le ravisseur tira un pistolet de sous sa ceinture, le braqua sur le front de Ramez et tira.

Le Pathfinder doublait un taxi qui roulait à l'allure d'un escargot devant le jardin Sanayeh quand Corben entendit deux coups de feu dans son écouteur, suivis d'un troisième quelques secondes plus tard.

Le coup de grâce.

Ses muscles se raidirent.

Les salauds.

Il savait que c'était inévitable. Il avait déjà imaginé la scène et ne se faisait aucune illusion sur la manière dont ces types opéraient. Ils n'avaient plus besoin de Ramez maintenant qu'il leur avait livré Farouk. L'assistant n'avait pas eu le choix. Une fois kidnappé, il était mort, de toute façon. Il pouvait juste décider de souffrir ou pas avant de répondre au coup de téléphone.

Il entendit un gémissement : Leila. La voix d'Olshansky couvrit la plainte de la traductrice.

— Jim, tu as entendu ?

— J'ai entendu, répondit Corben d'une voix neutre.

Il n'avait pas le temps de réconforter Leila. Il fallait qu'elle reste concentrée.

— Leila, j'ai besoin de toi.

Il y eut un reniflement, puis la voix de l'interprète revint, étranglée et tremblante :

— Vous êtes où, maintenant ?

— J'arrive au périphérique.

Le boulevard aérien qui reliait les parties Est et Ouest de Beyrouth se dressait devant lui.

— Prenez la première sortie après le tunnel, l'informa Leila d'une voix plus ferme et, nota Corben, plus dure.

Il serait sur place dans deux minutes.

Omar regardait droit devant lui tandis que la voiture remontait à vive allure la nouvelle avenue qui traversait la ville.

Il n'avait plus droit à l'échec.

Il lui fallait Farouk.

Les deux derniers jours ne lui avaient pas apporté beaucoup de satisfactions. Il se targuait de sa froide efficacité : un stylet dans un monde de haches émoussées. Il gagnait sa vie avec des boulots comme ceux qu'on lui avait confiés depuis le début de cette affaire. Mais il avait déjà perdu deux hommes – trois si on comptait celui qui avait l'épaule en morceaux – et la cible était toujours dans la nature.

L'Américain aussi l'agaçait. Il avait contrarié ses plans, ce qui était impardonnable. Omar s'occuperait de lui tôt ou tard, quelles que soient les conséquences. Il suffisait de choisir le bon moment. Il attendrait que le pays connaisse une de ses crises politiques récurrentes. Noyée sous des préoccupations plus pressantes, sa liquidation passerait inaperçue.

Avisant le tournant qui débouchait sur le marché aux antiquités, il ordonna aux trois hommes qui l'accompagnaient de vérifier leurs armes.

Il ne repartirait pas sans sa proie.

Corben freina en sortant du tunnel : un mur de voitures lui barrait la route.

La quatre-voies aérienne reliait les deux parties de la ville. Tout incident – un accrochage entre deux conducteurs, un camion antédiluvien en panne, une voiture criblée de balles par des snipers – entraînait le report de la circulation sur une seule voie. Les embouteillages inattendus étaient le lot des automobilistes de Beyrouth, qui ne manquaient pas d'imagination pour contourner le problème. Empiéter sur la voie des véhicules qui arrivaient en face était un moyen parmi d'autres d'assouplir le code de la route. Malheureusement, le périphérique était divisé par une barrière centrale infranchissable. Et Corben se trouvait encore à une centaine de mètres de la sortie que Leila lui avait indiquée.

Il n'arrivait pas à voir ce qui bloquait. Il se retourna. Deux voitures s'étaient portées à sa hauteur mais il n'y avait personne derrière. Il passa la marche arrière, accéléra et s'engouffra dans le tunnel. Celui-ci était trop court pour que quiconque prenne la peine d'allumer ses feux, et le contraste entre la lumière aveuglante de l'extérieur et l'obscurité l'empêchait de voir si un véhicule approchait. Quand ses yeux se furent habitués, Corben repéra une voiture qui fonçait vers lui.

Il leva le pied de l'accélérateur et se rapprocha le plus possible du mur de droite. L'autre voiture fit un écart sur la gauche, obligeant celle qui la suivait à freiner brutalement, et le doubla en faisait mugir son klaxon. Corben repartit en marche arrière, évitant une autre voiture, et finit par ressortir du tunnel.

Il continua à reculer jusqu'à une bretelle qui conduisait à un croisement chevauchant le tunnel, freina, repassa la première et s'engagea sur la rampe.

— J'ai dû faire demi-tour, cria-t-il dans son téléphone. Je me dirige vers le carrefour au-dessus du tunnel.

La voix de Leila lui répondit aussitôt :

— D'accord. Prenez la première à droite et ensuite à gauche. Puis descendez cette rue jusqu'à la caserne des pompiers, à droite.

Il suivit les instructions de la traductrice, mais il allait trop lentement. Dans les rues étroites, la circulation était dense ; les voitures mal garées et les charrettes des marchands ambulants faisaient du trajet un véritable parcours d'obstacles. De précieuses secondes se transformèrent en minutes tandis qu'il se faufilait dans le chaos, criant, klaxonnant, faisant signe aux chauffeurs de s'écarter. Enfin, il atteignit la caserne de pompiers.

— J'y suis ! s'exclama-t-il.

— Tournez à droite puis remontez la rue. Le mur du cimetière est sur votre gauche. Prenez à droite tout au bout et vous verrez une mosquée à une cinquantaine de mètres. C'est là que vous trouverez l'Irakien.

Corben sauta quasiment par-dessus les voitures qui le précédaient et découvrit la mosquée, coincée entre deux bazars d'antiquités. Il ralentit, fit surgir dans son esprit la photo de Farouk trouvée chez Evelyn tout en balayant la rue du regard.

Le marchand irakien se tenait devant la mosquée et attendait, l'air inquiet, comme on lui en avait donné l'instruction.

43

Farouk était facile à reconnaître, même dans un cadre où il ne se faisait pas particulièrement remarquer. Son attitude – sur ses gardes, il balayait la rue de regards furtifs, tâchant de se fondre dans le paysage – en donna confirmation à Corben.

L'agent de la CIA regarda les voitures qui arrivaient à sa rencontre et jeta un nouveau coup d'œil dans son rétroviseur en se garant devant la mosquée. Il baissa sa vitre.

Farouk se tourna vers lui. Corben sut que l'Irakien l'avait remarqué car une expression anxieuse apparut sur son visage avant qu'il regarde dans une autre direction, comme pour y chercher le salut, et recule de quelques pas.

Corben descendit de la voiture, s'approcha aussi vite qu'il put sans alarmer le marchand et écarta les bras dans un geste rassurant.

— Farouk, je suis un ami d'Evelyn. Venez avec moi.

L'Irakien inspecta de nouveau la rue avant de reporter son regard sur Corben, puis il continua à reculer, son inquiétude tournant à la panique totale.

— Farouk, écoutez-moi. Ramez s'est fait enlever ce matin par les ravisseurs d'Evelyn. Ils vous ont tendu un piège. Ce n'est pas la police qui va venir, mais eux. Ils sont en route.

— Non, murmura Farouk.

Il se retourna et déguerpit.

Corben s'élança derrière lui, coupant à travers les groupes de passants qui lui barraient le passage. Farouk n'avançait pas très vite et Corben se rapprochait rapidement. L'Irakien jeta un coup d'œil par-dessus son épaule avant de disparaître dans un des bazars. Corben le suivit.

Le petit centre commercial était composé d'étroites allées bordées de boutiques, uniquement accessibles de l'intérieur du bazar. Elles étaient encombrées de meubles et de bibelots, certains anciens, la plupart de fabrication récente et locale. Corben vit Farouk reculer dans la pénombre sur sa gauche. Il se rua vers lui, contourna des dessertes turques en marqueterie et des fauteuils Louis XVI, passa devant des commerçants ahuris qui l'invectivaient. Parvenu à un croisement, il aperçut le fuyard à droite, dans un passage qui menait à une autre entrée donnant sur une rue latérale. Corben accéléra et, puisant dans ses réserves d'énergie, réduisit la distance qui le séparait de l'Irakien. Il le rattrapa juste avant l'entrée et le poussa sur le côté, contre la vitrine d'un marchand de tapis.

— Qu'est-ce que tu fous ? gronda-t-il en le secouant par le col. On n'a pas de temps à perdre, ils peuvent arriver d'une seconde à l'autre. J'essaie de te sauver la vie.

Farouk leva sur lui un regard terrifié. Ses lèvres tremblaient, il cherchait ses mots.

— Mais, Ramez…

— Ramez est mort. Tu veux être le prochain ?

Farouk baissa les yeux, secoua la tête d'un air abattu.

— Allez, viens, lui ordonna Corben en le dirigeant vers l'entrée principale.

Au moment où ils s'engageaient dans l'allée menant à la rue, Corben repéra le grêlé. Planté sur le trottoir devant le bazar, il inspectait les environs, guettant sa proie.

L'agent poussa Farouk derrière une imposante armoire qui bloquait en partie l'allée et dégaina son arme. Faisant signe à l'Irakien de ne pas bouger, il jeta un coup d'œil vers l'entrée. L'homme lançait des regards mécontents autour de lui.

Il se trouvait sur le chemin menant au Pathfinder.

S'étant assuré que la voie était libre, Corben fit demi-tour en entraînant Farouk. Repassant devant les stands de meubles, ils remontèrent l'allée qu'ils venaient d'emprunter en direction de l'entrée latérale.

Arrivé au bout de l'allée, l'Américain s'avança avec précaution sur le trottoir défoncé, le pistolet plaqué contre la cuisse afin de ne pas provoquer un mouvement de panique, puis il se retourna pour vérifier que Farouk le suivait.

Parvenu au coin de la rue, il lança un regard vers la mosquée. Le Pathfinder était tout proche. Quinze mètres plus loin, le chef des ravisseurs demeurait posté devant l'entrée principale du bazar. Corben remarqua une Mercedes garée en double file presque en face de lui. Le grêlé interrogea du regard le chauffeur de la voiture, qui répondit en secouant la tête. Il devait y avoir au moins un tueur de plus quelque part, mais il était invisible.

Corben attendit un instant puis s'avança à découvert.

— Allons-y, dit-il à Farouk.

Il marchait rapidement, essayant de se fondre parmi les passants, les doigts pressant la crosse de son arme.

Il n'était plus qu'à un mètre de sa voiture quand un jeune homme au regard nerveux sortit d'un café sur la droite. Reconnaissance mutuelle immédiate. L'homme dégaina un pistolet et s'abrita derrière un vieux Beyrouthin entrant dans le café. Le vieil homme effrayé poussa un cri et tenta de se dégager. Le doigt sur la détente, Corben ne pouvait pas tirer. Il opta pour une autre solution : saisissant Farouk par-derrière, il lui enfonça le canon de son arme dans le cou.

— Tu veux que je le descende ? lança-t-il au troisième tueur.

Il poussa Farouk vers la voiture. Du coin de l'œil, il vit le grêlé se retourner vers eux, cherchant la cause du raffut. Corben savait qu'il ne garderait pas longtemps l'avantage de la surprise. Il se rapprocha encore du Nissan tandis que l'homme du café écartait les passants pour se diriger vers lui. Corben pivota, lui tira dans la poitrine. Les balles de 357 le projetèrent parmi les tables et les chaises.

— Monte dans la voiture ! Allez ! ordonna Corben à Farouk en le poussant vers la portière côté passager.

Autour d'eux, les gens détalaient en tous sens pour se mettre à l'abri. Voyant le grêlé accourir, Corben tira plusieurs fois dans sa direction avant d'ouvrir sa portière et de sauter dans le 4x4.

Il démarra, appuya sur la tête de Farouk en criant « Reste baissé ! » tandis que le Pathfinder fonçait vers la Mercedes. Corben réfléchit rapidement, conclut qu'il ne s'en tirerait pas en fuyant. Il se trouvait dans un labyrinthe de ruelles où, à tout moment, la circulation pouvait ralentir, voire s'arrêter totalement, et les autres ne tarderaient pas à le rattraper. Il lui fallait mettre toutes les chances de son côté.

Lorsque le Nissan passa devant la Mercedes, Corben freina et passa le canon du Glock par la fenêtre. Le chauffeur, surpris, se baissa et Corben logea trois balles dans la roue avant de la berline. Ça leur donnerait un peu de temps. Puis il appuya de nouveau sur l'accélérateur, mais juste comme le Pathfinder reprenait de la vitesse, un quatrième tueur sortit d'une rue latérale du côté de Farouk, visa le 4x4 et fit feu. Les balles percèrent le flanc droit du véhicule au moment même où le grêlé courait vers le tireur en braillant. Corben, qui l'aperçut dans son rétroviseur, comprit qu'il lui criait de ne pas mettre en danger la vie de Farouk. Le hakim le voulait vivant.

Corben essayait de se rappeler comment sortir au plus vite de ce labyrinthe quand il entendit un gémissement.

Il se tourna vers Farouk qui grimaçait de douleur. Une tache écarlate s'élargissait sur son flanc avec une rapidité affolante.

44

Corben roula un kilomètre ou deux en se coulant dans la circulation du début d'après-midi. À ses côtés, Farouk geignait et s'agitait. L'Irakien fixait sa blessure d'un œil incrédule, la pressant de ses mains ensanglantées comme Corben le lui avait recommandé.

L'agent de la CIA ne décelait dans son rétroviseur aucun signe des hommes du hakim. Il savait que Farouk souffrait, mais il fallait qu'il tienne jusqu'à ce qu'ils soient en sécurité. Il quitta la rue principale aux abords de la rivière Jaamany, à présent à sec, s'engagea dans un chemin poussiéreux et s'arrêta devant une enfilade de garages aux rideaux de fer baissés.

— Laisse-moi voir, dit-il à Farouk.

Il examina plus longuement la blessure. La balle avait traversé le flanc droit, pénétrant par le bas du dos et ressortant juste au-dessus de la hanche. Farouk ne souffrait pas trop, ce qui signifiait probablement que le foie n'était pas touché. Par ailleurs, le fait qu'il soit encore en vie indiquait que l'aorte n'avait pas été sectionnée. Néanmoins, la balle avait causé des dégâts internes. Même si l'hémorragie n'était pas très importante, Farouk perdait toujours son sang.

Il fallait prendre une décision.

L'Irakien avait une respiration sifflante et saccadée. Ses yeux écarquillés de frayeur quémandaient des paroles réconfortantes.

— C'est grave ?

— La balle n'a pas atteint d'organe vital, tu vas t'en tirer.

Corben regarda dans la voiture, sans rien trouver qui puisse servir à comprimer la plaie.

— Continue à appuyer avec tes mains, dit-il à Farouk.

Le visage ruisselant de sueur, l'Irakien demanda d'une voix chevrotante :

— Vous savez où se trouve l'hôpital le plus proche ?

— On ne peut pas courir le risque de t'emmener à l'hôpital. Ces types ont des contacts partout. Tu ne serais pas en sécurité. Je te conduis à l'ambassade. Ce n'est qu'à vingt minutes d'ici.

Le marchand parut d'abord perplexe, puis soulagé. L'ambassade ferait sûrement appel aux meilleurs médecins. Il se laissa aller en arrière et ferma les yeux, comme pour se couper du monde.

Corben passa la première et repartit.

— J'ai besoin que tu m'expliques qui en a après toi.

— Je ne sais pas, répondit Farouk en grimaçant comme la voiture franchissait une ornière.

— Tu dois bien avoir une petite idée. Comment ces gars-là ont-ils appris l'existence des objets ? Comment t'ont-ils trouvé ?

Se tassant encore plus sur son siège, Farouk lui raconta son histoire : Abou Barzan lui avait demandé de fourguer sa marchandise et Hadj Ali Salloum avait trouvé un acheteur. Farouk avait précisé que le livre avec le serpent se mordant la queue ne faisait pas partie du lot, mais le client d'Ali voulait tous les objets. Puis des tueurs étaient venus chez Ali, avec une perceuse.

— Pourquoi tu ne voulais pas que le livre fasse partie de la vente ?

Une expression de remords et de regrets assombrit le visage de Farouk.

— Je savais que *Sitt* Evelyn le voudrait et qu'en échange elle m'aiderait.

Corben hocha la tête.

— Tu étais avec elle en Irak quand elle a découvert la salle souterraine.

C'était plus une affirmation qu'une question.

Farouk parut d'abord dérouté que l'agent américain en sût aussi long, puis il se détendit.

— Oui. Elle a passé beaucoup de temps à essayer de comprendre la signification du symbole. Quand ils ont tué Hadj Ali, je me suis enfui. Je savais qu'ils étaient après moi mais j'ignorais pourquoi.

Corben réfléchit. Le récit de l'Irakien confirmait une partie de ses propres théories, mais une question cruciale restait sans réponse.

— Où est-il ?

— Quoi ? dit Farouk, l'air perdu.

— Le livre. Où est-il ?

— En Irak, répondit le trafiquant, visiblement étonné par la question.

— Quoi ?

— Tout est encore chez Abou Barzan. Qu'est-ce que vous croyez ? Il n'allait pas me confier la marchandise avant que j'aie l'argent pour la payer. Il n'a même pas apporté les objets à Bagdad, c'était trop dangereux. Il les a gardés à Mossoul.

— Pourtant, tu as dit à Ramez que tu les avais, objecta Corben.

— Je lui ai dit que je les *vendais*. Il a dû penser que je les avais apportés ici, à Beyrouth. Ils ne m'appartiennent pas.

Corben avait bien envisagé cette possibilité, mais il avait estimé plus probable que Farouk avait apporté le livre pour le mettre en lieu sûr quelque part au Liban avant d'entrer en contact avec Evelyn.

— Cet Abou Barzan, il est en Irak ?

— Je crois, répondit Farouk d'une voix faible. Il est sans doute retourné à Mossoul.

Corben enrageait intérieurement. Une partie du plan qu'il avait échafaudé avant de récupérer Farouk venait de s'écrouler.

— Tu as son numéro de téléphone ?

— Bien sûr.

Corben prit son portable.

— Donne-le-moi.

Farouk lui jeta un regard craintif.

— Qu'est-ce que vous voulez lui dire ?

— Moi, rien. C'est toi qui vas lui dire que tu as un acheteur. Il t'a demandé de lui en trouver un, non ?

Tandis que Corben composait le numéro, Farouk considéra avec suspicion l'homme qui l'avait sauvé, du moins le prétendait-il. Un homme qui, quelques minutes plus tôt, avait braqué un pistolet sur lui, menaçant de tirer.

Il avait la tête qui tournait, les paupières lourdes, et sa blessure le brûlait de plus en plus. Il maudit sa malchance, il maudit le sort et Dieu Lui-même. Ah, s'il pouvait retourner en arrière… Si seulement il n'avait pas repensé à Evelyn et à son intérêt pour le serpent qui se mord la queue, s'il était resté tranquille, s'il avait remis les objets aux acheteurs d'Ali, s'il lui avait embrassé le front avec gratitude et empoché l'argent…

Même Bagdad aurait été préférable à tout ceci.

Corben écouta un moment puis tendit l'appareil à Farouk, qui le prit d'une main tremblante. Le bourdonnement lointain résonna à son oreille. Abou Barzan finit par répondre de sa voix rauque de gros fumeur.

— Oui, c'est qui ?

Farouk remarqua qu'Abou parlait plus fort que d'habitude, sans doute pour couvrir la radio qu'on entendait en fond sonore. Il était peut-être dans une voiture.

— C'est moi, Farouk.

— Farouk ? s'exclama Abou, jovial comme à son ordinaire. Où t'étais passé, espèce de…

Il débita une salve d'obscénités enjouées, puis enchaîna :

— J'ai essayé de t'appeler, ta ligne est morte.

— Je suis avec un acheteur. Il est intéressé par la marchandise.

Corben regarda Farouk, qui parvint à esquisser un sourire.

— T'arrives trop tard, annonça Abou Barzan avec un gloussement dédaigneux suivi d'une autre insulte haute en couleur. Je l'ai déjà fourguée.

Assommé par la nouvelle, Farouk s'emporta :

— Comment ça, tu l'as fourguée ?

— Je suis en route pour la livrer. En ce moment même.

— Tu l'as toujours, alors ?

— Elle est avec moi.

— Je te dis que j'ai un acheteur !

Voyant Corben froncer les sourcils, il s'efforça de se calmer et lui adressa un signe de tête rassurant.

— Ben, vends-lui autre chose, disait Abou. T'as tout un stock de saloperies inestimables dans la cave de ta boutique, non ?

— Écoute, reprit Farouk la voix sifflante, y a des types qui veulent absolument un de tes bouquins. De sales types. Ils ont tué Hadj Ali, et quelques autres. Ils ont enlevé une amie à moi et je viens de me faire tirer dessus, tu comprends ?

— T'es blessé ?

Nouvelle fournée d'injures, qui cette fois ne visaient pas Farouk.

— Oui.

— Ça va ?

— Je m'en tirerai.

— Ils ont enlevé qui ?

— Une Américaine. Une archéologue qui travaille ici à Beyrouth.

— Parce que t'es à Beyrouth ?

— Oui, répondit Farouk, exaspéré. Ces types ne rigolent pas, tu vas les avoir sur le dos.

— Désolé pour ce qui t'arrive, mais c'est pas mon problème, dit Abou d'un ton détaché. Je rencontre mon acheteur demain soir, je lui file la marchandise, et à lui de se débrouiller ! Merci de l'avertissement, je vais garder mon troisième œil ouvert.

Farouk poussa un soupir. Il avait l'impression de se noyer. Mais il n'était pas étonné. Abou Barzan était un sale porc cupide, une ordure qui aurait vendu ses propres enfants s'il avait trouvé un acheteur qui n'aurait pas été rebuté par leur hérédité après avoir jeté un coup d'œil au père.

— Ne quitte pas, dit-il avant de se tourner vers Corben, la bouche tordue de douleur et de frustration.

Il a vendu les objets, il est en route pour les livrer. Demain soir.

Corben réfléchit puis demanda :

— Il a toujours le livre ?

Farouk transmit la question en décrivant l'ouvrage. Barzan répondit que l'accord portait sur tout le lot.

— Combien il touche pour le tout ? voulut savoir Corben.

Comprenant que c'était là la bonne tactique, Farouk approuva de la tête avant de transmettre à nouveau la question.

— Ton acheteur a les moyens ? dit Abou Barzan en riant.

— Oui, répondit Farouk, excédé.

La réponse fusa :

— Trois cent mille dollars. Cash.

Farouk fit part de la proposition, visiblement estomaqué.

— Je lui en offre quatre cent mille, déclara Corben.

Farouk écarquilla les yeux mais informa le marchand.

— Ça a été rapide, fit remarquer Abou Barzan. Il est sérieux, ton gars ?

— Bien sûr.

— Qu'est-ce qu'il a de spécial, ce livre ?

— Je ne sais pas et je m'en fiche, répliqua Farouk. J'essaie seulement de sauver la vie de cette femme.

— Épargne-moi la guimauve, s'il te plaît. Bon, ça m'intéresse. Mais il faut que j'appelle mon acheteur. Le moins que je puisse faire, c'est lui donner une chance de surenchérir sur ton bonhomme.

Informé, Corben demanda combien de temps cela prendrait.

— Je l'appelle tout de suite, puis je te rappelle aussitôt après. C'est quoi ton numéro ? demanda Abou Barzan.

Corben dit à Farouk de répondre que c'était lui qui rappellerait dans cinq minutes. Farouk s'exécuta et raccrocha tandis que le Pathfinder quittait la route qui longeait la côte. Au loin se dressaient les contreforts où se nichait l'ambassade.

Recroquevillé sur son siège, l'Irakien prit une longue inspiration pour soulager sa douleur et tenta de puiser un peu de réconfort dans le fait qu'il respirait encore et dans l'espoir que, contre toute attente, les choses se termineraient mieux pour lui que pour son ami Ali.

45

Appuyé contre un banc de la cour située derrière l'annexe, Kirkwood attendait. Il se sentait frustré de devoir garder pour lui les questions qu'il aurait voulu poser tandis que de précieuses minutes s'écoulaient. Au moment où il regardait sa montre une fois de plus, son téléphone sonna.

Le nom qui apparut sur l'écran de l'appareil lui fit plisser le front. Il se redressa, regarda autour de lui pour s'assurer que personne ne pouvait l'entendre et pressa la touche.

— Je viens d'avoir une proposition d'un autre acheteur, annonça Abou Barzan. Il offre plus que vous pour le tout.

— Nous étions d'accord, rappela Kirkwood avec irritation.

— Ouais, mais c'est une offre intéressante et je suis un commerçant, vous savez.

Il a vraiment un autre acheteur ou il bluffe ? se demanda Kirkwood. Dans un cas comme dans l'autre, il fallait jouer le jeu :

— Il vous propose combien ?

— Quatre cent mille.

Kirkwood réfléchit. Un autre acheteur qui se manifestait tout à coup. Et qui offrait bien plus que la valeur réelle des objets. Si c'étaient les ravisseurs d'Evelyn, ils pourraient être tentés de la liquider une fois en possession du livre. Sans compter qu'il n'avait pas l'intention de laisser qui que ce soit s'en emparer. Pas aussi facilement.

— Je vous en donne cinq cent mille, mais à une condition. Ne me refaites pas ce coup-là. Et vous devriez être prudent. Vous savez que vous n'aurez pas de problèmes avec moi, mais il y a des gens dangereux qui s'intéressent à ces objets.

— Il paraît. Écoutez, on dit six cents et le lot est à vous. Y compris le bouquin.

L'estomac de Kirkwood se noua. Abou Barzan n'était pas censé être au courant pour le livre. Pour ne pas donner l'impression de céder facilement, il le laissa mariner un moment avant de répondre :

— D'accord, six cents. Mais c'est une somme.

— Oh, je sais. À demain soir, alors.

— Dites-moi, ce nouvel acheteur, vous pouvez m'en parler ?

Abou Barzan eut un rire rauque.

— Désolé, mon ami. Juste un cinglé d'Américain comme vous qui veut ce bouquin à tout prix. Je devrais peut-être le garder, qu'est-ce que vous en pensez ?

Kirkwood eut peine à contenir son agacement.

— Je ne vous le conseille pas.

Le marchand s'esclaffa de nouveau.

— Du calme. D'après ce qu'on m'a dit, j'ai plutôt intérêt à m'en débarrasser. À demain. Et n'oubliez pas la rallonge.

Là-dessus, il raccrocha.

Kirkwood fixa un moment son téléphone avant de le glisser dans sa poche. Quelque chose le tracassait. Le nouvel acheteur s'intéressait spécialement au livre. Et à sa connaissance, les seuls à avoir pu entrer en contact avec Abou Barzan étaient les kidnappeurs d'Evelyn et le marchand irakien que Corben essayait de récupérer. L'agent avait-il échoué ? Les ravisseurs s'étaient-ils emparés de Farouk ?

Kirkwood pénétra dans le bâtiment principal et monta au bureau de l'ambassadeur. La secrétaire du diplomate l'informa que son patron serait en réunion pendant une heure encore. Il la remercia, ressortit, retourna à l'annexe et se rendit au bureau de presse.

Mia y lisait un texte dense qu'elle avait trouvé sur Internet et qui semblait la captiver. On ne voyait pas le titre et les caractères étaient trop petits pour que Kirkwood pût les déchiffrer.

— Vous avez des nouvelles de Corben ? demanda-t-il.

— Non, répondit-elle d'une voix inquiète avant de regarder sa montre.

Kirkwood savait qu'il était plus de midi. Quand la jeune femme leva les yeux vers lui, il y décela une angoisse qui reflétait la sienne.

Le coup de téléphone avait sans doute été donné.

Ils ne tarderaient pas à le savoir.

Le Pathfinder quitta la bande côtière embouteillée et commença l'ascension vers Awkar.

Le moteur du 4x4 grondait tandis que la large route se réduisait peu à peu à une série de virages gravissant les contreforts du mont Liban. Des bâtiments construits sans autorisation la bordaient mais leur nombre diminuait à mesure qu'on montait, la distance entre leurs façades de pierre augmentant pour révéler de larges pans de forêt.

Corben appela Olshansky et lui donna le numéro du portable d'Abou Barzan. Il lui demanda de localiser sa position, probablement dans le nord de l'Irak. Il précisa qu'on utilisait sans doute l'appareil en ce moment et qu'il s'intéressait aussi à la personne appelée.

Corben fit comprendre au technicien qu'il s'agissait d'une priorité absolue.

Farouk et lui étaient maintenant à dix minutes de l'ambassade et il n'avait pas beaucoup de temps pour considérer les choix possibles. Il fallait rappeler Abou Barzan, bien qu'il se doutât de la réponse du marchand. Il n'était cependant pas prêt à subir les ingérences qui ne manqueraient pas de se produire dès qu'il aurait pénétré dans l'ambassade.

Repérant une route secondaire qu'il avait déjà empruntée, il ralentit et tourna. C'était une voie étroite à l'asphalte crevassé. Il passa devant des bâtiments bas et des maisons éparpillées qui firent bientôt place à la forêt de pins. La route s'aplanit avant de redescendre dans une succession de lacets. Corben était à quinze cents mètres de la route principale quand il s'arrêta dans une petite clairière et coupa le moteur.

C'était un coin tranquille et frais, ombragé par l'épais couvert des arbres percé çà et là par des rayons de soleil éthérés. Il y régnait un silence uniquement brisé par le chant d'innombrables cigales.

Farouk regarda autour de lui, puis tourna vers Corben un visage où on lisait la stupeur.

— Pourquoi on s'arrête ici ?

— Je ne veux pas appeler de l'ambassade.

L'Irakien parut encore plus perplexe.

— Pourquoi ?

— Je préfère régler l'affaire avant, répondit calmement Corben. Ne t'inquiète pas, nous y serons dans deux minutes.

Il regarda sa montre : les cinq minutes étaient écoulées. Il prit son portable, fit apparaître sur l'écran l'avant-dernier numéro appelé, pressa la touche verte. Au bout de quelques secondes, la sonnerie retentit. Il tendit l'appareil à Farouk dès qu'Abou Barzan répondit.

Farouk écouta un moment puis se tourna vers Corben, l'air consterné.

— Son acheteur propose six cents.

L'agent s'attendait à une telle somme.

Inutile de surenchérir. Les objets valaient beaucoup moins que ça, ce qui signifiait que l'autre acheteur voulait la même chose que lui et qu'il était prêt à payer ce qu'il faudrait pour l'obtenir. Il envisageait quand même de faire une offre supérieure quand il remarqua que l'expression de Farouk s'était assombrie.

— Il dit que ce n'est pas la peine que vous proposiez plus, transmit l'Irakien, la respiration haletante. Il dit que ce n'est pas son client qui tue pour obtenir les objets, puisqu'il sait qu'il peut les avoir autrement.

Il dit qu'il est plus que satisfait du prix et que l'affaire est conclue.

Corben fronça les sourcils. La situation lui échappait. Il lui fallait prendre l'avantage, et la seule carte qu'il avait à jouer n'était pas maîtresse ; elle pouvait aussi bien s'avérer gagnante que se retourner contre lui. Tout dépendait des convictions politiques d'Abou Barzan, qu'il n'avait pas eu le temps de sonder, et de la propension de l'Irakien à se laisser intimider. Il décida de tenter le coup.

— Il parle anglais ?

Farouk acquiesça.

— Donne-moi le téléphone.

Après avoir convaincu Abou Barzan de rester en ligne, le marchand tendit à Corben le portable gluant de sang.

— Je ne peux pas vous offrir plus que votre client mais vous devriez quand même reconsidérer ma proposition.

— Désolé, mon ami, répondit Abou Barzan avec un gloussement. Mon acheteur, je sais qu'il est réel, je sais que j'aurai mon fric demain et que je retournerai à Mossoul dans la peau d'un homme riche. Vous, je ne vous connais pas. Et vous avez un dicton en Amérique, non ? Quelque chose comme : « Les belles paroles, ça coûte rien ».

— Je vous demande simplement de réfléchir à certains aspects de la question, dit Corben. Il n'y a pas que l'argent. Je travaille pour le gouvernement des États-Unis et je crois que notre reconnaissance pourrait se révéler bénéfique pour vous. Étant donné la façon dont la situation évolue en Irak, nous sommes encore là-bas pour un moment. Avoir un ami dans le système pourrait vous être utile un de ces jours, vous voyez ce que je veux dire ?

Abou Barzan garda un instant le silence. Quand il reprit la parole, son ton moqueur et détendu avait fait place à un mépris glacial :

— Vous croyez que ça me donne envie de vous aider ? Vous vous imaginez que vous pouvez faire quelque chose pour moi en Irak ?

Ses opinions politiques étaient claires, à présent.

— Il vaut mieux que nous ayons une dette envers vous plutôt qu'un compte à régler, énonça froidement Corben tout en sachant que c'était peine perdue.

— Tu me menaces, maintenant ? explosa le marchand.

Il lâcha un torrent d'épithètes inspirées et venait de répéter « Je t'emmerde » quand Corben mit fin à la communication.

Farouk l'observait avec des yeux ronds.

— Qu'est-ce qu'il a dit ?

— Ça ne l'intéresse pas.

— Alors, vous n'avez rien à échanger contre *Sitt* Evelyn, soupira l'Irakien.

Exact, pensa Corben. Mais je sais qui a le livre. Et je connais maintenant son numéro de téléphone.

Abou Barzan avait dit à Farouk qu'il était en route pour livrer la marchandise et qu'il aurait son argent « demain soir ». Cela laissait un peu plus de vingt-quatre heures pour le retrouver. Si le marchand avait besoin de rester en contact avec son acheteur pendant le voyage, il n'aurait probablement pas le temps et ne prendrait pas le risque de changer de téléphone. Corben était à peu près sûr qu'Olshansky parviendrait à le localiser.

À la réflexion, ça ne se passait pas si mal. Bien sûr, l'irruption d'un acheteur compliquait les choses. En même temps, elle faisait sortir de l'ombre quelqu'un que Corben cherchait aussi à localiser, et qui se cachait avant même qu'il n'ait eu vent de l'affaire. Ce qui était en soi un événement bienvenu.

Restait Farouk.

Assis là, geignant, grognant et saignant sur les coussins du véhicule emprunté à l'ambassade.

Corben connaissait ce type de blessure. À la télé, on disait toujours aux gens qui s'étaient fait tirer dessus qu'ils avaient de la chance, que ce n'était qu'une blessure « musculaire » et qu'ils gambaderaient dans quelques jours en n'ayant rien d'autre qu'un gros bandage. La réalité était très différente. La plupart des blessures par balle nécessitaient une hospitalisation et des intraveineuses. Elles s'infectaient facilement. Celle de Farouk exigerait dans le meilleur des cas un mois d'hospitalisation lourde et il était hautement probable qu'il en garderait des séquelles.

Ce qui posait problème.

Comme Corben l'avait dit à l'Irakien, à l'hôpital il ne serait pas à l'abri du hakim, qui avait des contacts dans la police libanaise. En outre, Corben ne tenait pas du tout à ce que le hakim apprenne que Farouk avait été blessé. Et même si le « docteur » ne s'emparait pas immédiatement de Farouk, il apprendrait ce que Corben venait de découvrir et l'Américain perdrait tout moyen de pression sur lui.

Les inspecteurs du Fouhoud seraient au courant. Le chef de station également. Ainsi que la presse, probablement. Le moindre mouvement, la moindre décision de Corben seraient examinés au microscope. L'ambassadeur et le gouvernement libanais se verraient eux aussi impliqués. S'ils apprenaient l'existence des objets et parvenaient à mettre la main dessus, ils pourraient passer un accord avec le hakim et les échanger contre Evelyn. Ayant obtenu ce qu'il désirait, le médecin disparaîtrait de nouveau dans l'ombre et il ne resterait à Corben que sa frustration et des tonnes de paperasse.

Donc, pas d'hôpital.

On ne pouvait pas non plus garder Farouk à l'ambassade, dépourvue des installations médicales nécessaires à son état. Ce serait déjà moche si l'Irakien mourait à l'hôpital, mais à l'ambassade… L'ambassadeur était un homme à principes qui ne cacherait la présence de Farouk ni au Département d'État ni aux autorités locales. La mort de l'Irakien en territoire américain provoquerait un déluge d'emmerdements.

Et Corben n'obtiendrait pas ce qu'il cherchait.

S'il considérait les choses froidement, Farouk n'avait plus pour lui aucun intérêt. Le marchand s'était retrouvé dans cette histoire par hasard, et maintenant que Corben en savait autant que lui sur Abou Barzan, il était devenu inutile.

Plus qu'inutile.

Il était devenu un boulet.

Quel que soit l'angle sous lequel Corben considérait la chose, amener l'Irakien à l'ambassade ne lui vaudrait que des questions, des complications et des obstacles.

Ce qui ne lui laissait pas vraiment le choix.

Il se tourna vers Farouk, qui avait l'air apeuré d'un animal battu. Son visage luisant de sueur paraissait encore plus blême dans la lumière diffuse de la forêt. Tout son corps frissonnait et ses mains tremblantes, couvertes de sang séché, continuaient à presser faiblement sa blessure. Il avait peine à garder ouverts des yeux à demi morts.

Il écarta ses lèvres craquelées pour dire quelque chose mais Corben lui fit signe de se taire, se pencha vers lui et murmura :

— Je suis désolé.

Farouk le regarda, un peu étonné.

Corben glissa une main derrière la tête du blessé afin de l'immobiliser tandis que son autre main se collait sur son visage, lui fermant le nez et la bouche.

Les yeux agrandis par la peur, Farouk battit des bras, mais il n'avait plus de forces. Corben le frappa violemment juste sous sa blessure. L'Irakien se plia en deux avec un cri de douleur étouffé, mais Corben le plaqua à nouveau contre le dossier de son siège, l'empêchant de reprendre son souffle. Farouk se mit à tousser et à suffoquer ; ses yeux exorbités fixaient l'Américain avec horreur. Corben raffermit sa prise. Les dernières étincelles de vie abandonnèrent le corps meurtri, qui cessa bientôt de résister.

46

Par la fenêtre du bureau de presse, Mia vit le Pathfinder passer devant l'annexe et se diriger vers l'arrière de la résidence. Elle observa Corben tandis qu'il se garait sur un emplacement du parking couvert construit à l'écart du bâtiment principal, précaution supplémentaire contre les voitures piégées.

Elle se leva d'un bond. De là où elle était, elle ne pouvait voir s'il y avait quelqu'un sur le siège du passager. D'interminables secondes s'écoulèrent avant que Corben apparaisse devant le garage aux allures de bunker.

Le cœur de Mia faillit s'arrêter. L'agent était seul.

Seul et couvert de ce qui ne pouvait être que du sang. Son expression lugubre était assez éloquente.

Les jambes flageolantes, Mia se rassit.

Pas de Farouk.

Pas de possibilité de récupérer le livre.

Rien à échanger contre sa mère.

Corben ferma les yeux et laissa le flot d'eau chaude emporter la fatigue de son corps endolori. La cabine de douche de la salle de gymnastique de l'ambassade – un local isolé et sans fenêtre, niché dans le sous-sol de l'annexe – lui offrait un moment de répit après la violence et le sang. Cette journée était la plus intense qu'il avait connue depuis son arrivée dans cette ville si agitée.

Sur la route, il avait soigneusement réfléchi à ce qu'il dirait à ses supérieurs. Farouk avait été blessé. Mortellement. Il avait succombé avant qu'il puisse le conduire à l'hôpital.

À ce stade, il devait impérativement s'assurer que les ravisseurs d'Evelyn n'apprennent pas la mort de Farouk. Dans le cas contraire, ils penseraient que la possibilité de retrouver les objets avait disparu avec lui et qu'il n'y avait donc rien à échanger contre l'archéologue.

Il ne pouvait pas ramener le corps à l'ambassade, territoire américain. Il ne pouvait pas non plus le remettre aux flics. La police était tellement infiltrée que les kidnappeurs auraient été au courant de la mort de Farouk avant même que son cadavre ait refroidi. Il fallait donc le faire disparaître, au moins provisoirement. Gagner du temps en attendant de trouver un autre moyen de libérer Evelyn.

Corben s'était donc enfoncé dans la forêt de pins s'étendant à l'est de la ville et y avait jeté le corps à l'écart d'un chemin peu fréquenté. L'endroit était désert. Lorsqu'on retrouverait le cadavre – si on le retrouvait –, Corben et l'ambassade pourraient tout nier. Oui, Corben avait emmené Farouk dans sa voiture mais l'Irakien, blessé dans la fusillade, avait sauté du 4x4 bloqué dans un embouteillage et s'était enfui. Il se pouvait très bien que les hommes qui le pourchassaient – et qui avaient déjà abattu Ramez, le professeur assistant – l'aient rattrapé et achevé. L'affaire en resterait probablement là, personne ne se souciant du sort d'un étranger – surtout un Irakien – entré clandestinement dans le pays.

Corben n'avait pas eu le choix. Il avait dû prendre une décision difficile dans l'urgence. C'était ça ou compromettre toute l'entreprise. Ce dont il ne pouvait être question. L'enjeu était trop important.

Il chassa ses doutes, et ses pensées prirent rapidement un tour plus positif. Olshansky avait réussi à localiser le portable d'Abou Barzan, au moins de manière approximative. Le marchand ne se trouvait pas dans le nord de l'Irak, comme il l'avait supposé, mais quelque part dans l'est de la Turquie, près de la frontière syrienne. Il faudrait un peu de temps pour préciser sa position. S'il était sûr de parvenir à localiser le bonhomme, Olshansky craignait d'avoir plus de mal à retrouver la personne à qui il avait téléphoné. Le technicien avait ajouté dans son jargon quelques mots sur des systèmes de réseau incompatibles.

L'information n'avait pas étonné l'agent. Un acheteur étranger n'aurait pas couru le risque de s'aventurer en Irak pour prendre livraison des objets, et Mossoul – d'où venait Abou Barzan – n'était pas loin de la frontière turque. Corben connaissait assez bien la région, majoritairement peuplée de Kurdes de part et d'autre de la frontière. L'acheteur avait dû choisir Batman, Mardin ou Diyarbakir comme lieu de la transaction. Les trois villes disposaient d'aéroports accueillant des vols régionaux et des charters privés, et elles étaient toutes situées à quelques heures de route de la frontière entre la Turquie et l'Irak.

Cette transaction, Corben ne voulait pas la manquer.

L'irruption d'un acheteur payant la marchandise d'Abou Barzan bien plus que sa valeur remettait en cause tous les plans de Corben. Jusque-là, sa cible principale avait été le hakim, le seul à sa connaissance à poursuivre le même rêve que lui. Le mystérieux acheteur était à présent aussi intéressant pour Corben que le hakim. D'une manière ou d'une autre, il avait appris avant le « docteur » que le livre était disponible et l'avait devancé. Il se pouvait même qu'il en sût davantage que lui sur le sens et l'importance de l'ouvrage. La question était maintenant la suivante : l'inconnu en savait-il assez pour que le hakim devienne inutile aux plans de Corben ? Avait-il déjà mis au point le traitement ou aurait-il besoin des ressources et des installations du hakim pour transformer le rêve en réalité ?

Corben avait à présent deux cibles dans son viseur. L'une prendrait forcément contact avec lui : présumant que Corben détenait Farouk – et le livre –, elle serait prête à négocier. L'autre se rendrait à un rendez-vous discret quelque part dans l'est de la Turquie. Corben voulait y assister lui aussi mais il devait trouver le moyen de le faire en toute liberté, sans en informer ses collègues de l'ambassade. Pour le moment, outre l'acheteur mystérieux et Abou Barzan lui-même, personne n'était au courant de la transaction. Corben voulait que cela continue, au moins jusqu'à ce qu'il puisse se rendre en Turquie. Il devrait choisir ses mots avec soin en faisant son rapport pour ne pas éveiller de soupçons.

D'une façon ou d'une autre, la fin de la partie approchait.

Kirkwood scrutait le visage de Corben en écoutant avec un malaise croissant le rapport que leur faisait l'agent.

Les choses ne s'étaient pas déroulées comme prévu et Corben avait dû improviser. Ils n'étaient pas certains au départ de parvenir à intercepter le coup de téléphone, encore moins de récupérer Farouk avant les ravisseurs. Corben avait déjà réalisé un exploit en les devançant, et il aurait réussi sans cette malheureuse balle qui s'était logée dans le flanc de l'Irakien.

Kirkwood promena son regard sur les personnes présentes. L'ambassadeur et Hayflick, le chef de station, écoutaient avec attention Corben exposer son raisonnement avec une clarté impressionnante.

— Où en sommes-nous ? demanda le diplomate. Savons-nous où il a caché les antiquités que les ravisseurs de Bishop convoitent ?

— Je n'ai pas eu le temps d'obtenir de lui cette information, répondit Corben. Il était en état de choc, il tenait des propos incohérents en arabe…

L'ambassadeur hocha la tête d'un air sombre.

Kirkwood gardait les yeux rivés sur Corben, se demandant s'il savait également qu'il n'y avait pas de cachette à trouver. Le coup de téléphone d'Abou Barzan avait fait surgir dans son esprit quelques questions troublantes, et puisque les ravisseurs n'avaient pas réussi à mettre la main sur Farouk, l'autre acheteur ne pouvait être l'un d'eux. Kirkwood ne pouvait éliminer la possibilité que cet acheteur soit lié à Corben, si ce n'était Corben lui-même.

Ce qui conduisait à deux conclusions fort dérangeantes.

Primo, il se pouvait que l'agent soit au courant de la transaction qui allait se dérouler en Turquie. Secundo, étant donné l'objectif final qu'il semblait poursuivre, récupérer Evelyn saine et sauve ne pouvait être une priorité pour lui.

— Vous pensez que les kidnappeurs nous contacteront ? lui demanda Kirkwood pour le sonder.

— Ils le feront forcément, avança Corben. En ce moment, ils pensent que nous tenons Farouk, donc la marchandise. Et c'est ce qu'ils veulent. Je suis bien obligé de conclure qu'ils nous contacteront et proposeront d'échanger Evelyn contre les objets. De toute façon, c'est notre seule chance de la récupérer.

Le silence se fit dans la pièce.

Ça ne suffit pas, pensa Kirkwood. Il ne se satisfaisait pas d'une stratégie consistant à attendre et à prier, pas avec le danger potentiel d'un bluff à l'échange si les kidnappeurs appelaient. Il fallait prendre des initiatives.

— Nous devons leur envoyer un signal, proposa-t-il. Un message. Leur faire savoir que nous sommes prêts à négocier.

Il se tourna vers l'ambassadeur et suggéra :

— Vous pourriez faire une déclaration à la presse. Quelque chose comme « Nous attendons que les ravisseurs nous contactent pour discuter et assurer à cette affaire une conclusion heureuse ».

Le diplomate eut une moue sceptique.

— Vous connaissez notre position de principe sur des négociations publiques avec des terroristes. Vous voudriez que je passe à la télévision pour les inviter à conclure un marché ?

— Ce ne sont pas des terroristes, rappela Kirkwood. Ce sont des trafiquants d'antiquités.

— Allons, Bill, personne ne fera la différence. La plupart des gens les mettent dans le même sac.

— Et Mia Bishop ? insista Kirkwood. Un appel émouvant de la fille pour la libération de sa mère ?

— Cela ne poserait pas de problème, convint l'ambassadeur. D'accord, je m'en occupe. Mais ce ne sera pas facile de récupérer Evelyn Bishop en bluffant.

— S'ils appellent et s'ils veulent négocier, on la récupérera même si on n'a pas la marchandise, assura Hayflick. Nous pouvons organiser l'échange de manière à bénéficier d'un avantage.

Kirkwood crut voir une ombre de contrariété passer sur le visage de Corben, mais l'agent ne révélait pas grand-chose de ses sentiments. Il se contenta d'approuver d'un bref mouvement de tête.

Pour l'heure, Kirkwood avait une autre préoccupation. Ses associés et lui étaient tombés d'accord sur ce point : *Faites tout votre possible pour obtenir la libération d'Evelyn sans dévoiler le projet. Mais, si vous y êtes contraints, utilisez le livre.* Ne l'ayant pas encore vu, il ignorait si l'ouvrage contenait vraiment une révélation, mais il pouvait compromettre leurs travaux et mettre en danger un héritage de plusieurs siècles.

Il n'avait cependant pas à prendre de décision maintenant, pas tant que les ravisseurs ne se seraient pas manifestés.

Sentant une vibration dans sa poche, il y pêcha son téléphone et lut le nom du correspondant sur l'écran. C'était son principal contact à l'ONU.

— Désolé, s'excusa-t-il en se levant.

Il s'éloigna de la table tandis qu'au bout du fil, la voix sèche de son interlocuteur allait droit au but :

— Au sujet de cet homme dont vous m'avez parlé, le hakim... Je crois que j'ai quelque chose pour vous.

Les mots d'excuse qui sortaient de la bouche d'Omar exaspéraient le hakim.

— Il nous a échappé, *mu'allimna*. C'est l'Américain qui le détient.

Comment Omar avait-il pu échouer encore une fois ? Il disposait de tout le nécessaire : les ressources, les contacts, la puissance de feu.

Le grêlé continua à se répandre en explications, mais le hakim l'interrompit brutalement : il ne voulait pas connaître les détails ; pour lui, seuls les résultats comptaient. Et il avait besoin d'hommes capables de les lui apporter. Lorsque cette affaire serait terminée, il remplacerait Omar. Il demanderait à ce qu'on lui envoie quelqu'un de plus sûr. De plus compétent. Quelqu'un qui ferait son boulot.

Lorsqu'il fut un peu calmé, il se concentra sur le prochain coup. Il lui restait encore un atout. Il obtiendrait ce qu'il voulait contre la femme, il n'en doutait pas. Mais l'échange comporterait des risques, et compte tenu des performances lamentables d'Omar ces derniers temps, il n'était pas certain de ne pas laisser de traces. Le hakim avait horreur de courir des risques inutiles, et l'incompétence d'Omar le rendait terriblement vulnérable. Les libérations d'otages n'étaient jamais sans danger, pour un camp comme pour l'autre.

Il y avait autre chose qui faisait bouillir son sang, un poison plus puissant encore : l'Américain avait à nouveau humilié ses hommes, et lui aussi du même coup. C'était un affront personnel, une insulte intolérable et impardonnable. Il fallait punir la transgression. Restaurer l'ordre.

— Appelle tes contacts, ordonna-t-il. Tout de suite. Je veux tout savoir sur cet Américain. Tout.

47

Dans le cocon de sa chambre d'hôtel, Mia regardait avec détachement son visage qui avait surgi sur l'écran de la télévision. Elle récitait la supplique soigneusement rédigée que Corben lui avait remise avant de la confier à l'attaché de presse de l'ambassade. Mia avait l'impression de contempler une autre réalité, un univers parallèle qu'elle observait par une déchirure dans un continuum à la *Matrix*. Sauf que tout cela était bel et bien réel.

Le cœur lourd, elle avait téléphoné à sa tante de Nahant juste avant la conférence de presse. Quand Adelaide avait décroché, son ton enjoué avait appris à Mia qu'elle n'était pas encore au courant de l'enlèvement. La jeune femme avait rassemblé son courage le temps d'échanger quelques propos anodins puis, avec ménagement, elle lui avait annoncé la nouvelle. Cela lui avait demandé un effort colossal mais sa tante, une forte femme, avait réagi avec stoïcisme. Mia lui avait assuré qu'aucun effort n'était épargné pour retrouver Evelyn saine et sauve, puis elle avait promis de redoubler de prudence avant de raccrocher, le cœur serré.

Baissant le volume du téléviseur, elle repensa au compte rendu que lui avait fait Corben. Maintenant que Farouk était mort sans les avoir mis sur la piste des objets, ils n'avaient rien à échanger contre Evelyn. Elle avait songé à retourner à l'appartement de sa mère, à fouiller dans ses affaires pour voir s'il ne s'y trouvait pas un autre livre, un objet portant le symbole de l'Ouroboros qu'ils auraient pu utiliser pour inciter les kidnappeurs à négocier, mais Corben avait aussitôt torpillé son idée. Il avait déjà fouillé les affaires d'Evelyn sans rien trouver qui pût remplacer le livre.

En plus, cela ne servirait à rien de s'agiter tant que ces salauds n'auraient pas repris contact.

Mia priait pour qu'ils le fassent sans tarder. Pourquoi avoir enlevé sa mère si ce n'était pour l'échanger contre quelque chose ?

Le bulletin d'informations passa à un sujet plus réjouissant. Mia éteignit le poste et parcourut la pièce des yeux. Elle détestait la solitude de cette chambre. Elle repensa à la nuit qu'elle avait passée dans l'appartement de Corben. Même si elle le connaissait à peine, sa présence la réconfortait. En si peu de temps, elle avait partagé avec lui plus qu'avec la plupart des hommes avec qui elle était sortie. Elle songea à l'appeler pour voir s'il y avait du nouveau puis changea d'avis, se disant que ce n'était pas une bonne idée.

Elle jeta un coup d'œil au lit. Chercher le sommeil aurait exigé d'elle des trésors de volonté et de ruse.

Prenant son passe magnétique et son téléphone portable, elle se dirigea vers la porte.

Dans son salon obscur, Corben éteignit le téléviseur et passa dans la salle de bains. La journée avait été terrible, probablement l'une des plus éprouvantes qu'il eût connues. L'adrénaline lui avait permis de tenir le coup, mais ses réserves étaient à sec. Son corps harassé de fatigue réclamait un répit.

Il s'étendit sur le lit, éteignit la lumière. À l'abri du monde extérieur derrière ses stores, il laissa son esprit dériver, résistant un moment au sommeil pour passer en revue les tâches qui l'attendaient.

Il repensa au coup de téléphone d'Evelyn Bishop à Tom Webster. Corben avait demandé à un analyste de Langley de chercher ce nom dans son système informatique. Il avait obtenu une montagne de réponses, car c'était un nom courant. Corben avait fourni un âge approximatif et quelques détails pour rétrécir le champ des recherches, mais il faudrait du temps pour mettre un profil sur le nom.

L'agent de la CIA passa à une question plus urgente. Le dernier rapport d'Olshansky indiquait que le marchand irakien s'était arrêté pour la nuit à Diyarbakir, une petite ville du sud-est de la Turquie, à quatre-vingts kilomètres environ de la frontière syrienne. Corben s'attendait à ce qu'il choisisse Mardin, plus proche de la frontière irakienne. Les deux localités avaient un aéroport, mais celui de Diyarbakir était plus important. La ville était plus grande, les gens de passage y attiraient moins l'attention. Par triangulation, Olshansky avait localisé leur cible dans un rayon de cinquante mètres : pas moyen d'être plus précis pour un endroit aussi éloigné que Diyarbakir.

Corben devait trouver le moyen de s'y rendre sans que ses collègues se doutent de ce qu'il pourrait y trouver. La CIA avait des contacts dans la région mais il préférait éviter d'y recourir. Il voulait pouvoir aller là-bas sans que Hayflick ou quiconque sache pourquoi. Il invoquerait les renseignements fournis par Olshansky pour justifier son expédition : il dirait que Farouk avait téléphoné à Diyarbakir depuis le café. La ville n'était qu'à cinq cents kilomètres de Beyrouth, il ne fallait que trois heures pour y aller avec un petit avion. Il devait prendre ses dispositions dès la première heure s'il voulait être sur place quand le mystérieux acheteur se montrerait.

La perspective de cette rencontre le réjouit au point de le faire sombrer dans le sommeil dont il avait désespérément besoin.

Deux étages au-dessus de la chambre de Mia, Kirkwood leva les yeux de son ordinateur portable et regarda distraitement l'intervention de la jeune femme à la télévision. Il l'avait déjà vue sur l'une des autres chaînes locales. Le service de presse de l'ambassade avait fait du bon travail, Mia aussi. Les ravisseurs de sa mère ne pourraient manquer de capter le message.

Il reporta les yeux sur l'écran de son ordinateur et le dossier inquiétant que son contact à l'ONU lui avait envoyé par e-mail. Il entreprit de le relire.

C'était le dossier du hakim.

Il jetait une certaine lumière sur Corben, puisque c'était lui que la CIA avait chargé de le traquer. L'homme était solide. Il avait effectué les missions habituelles de l'Agence au Moyen-Orient, rien de trop brutal ni de trop compromettant. Non, c'étaient les informations concernant le « docteur » qui avaient secoué Kirkwood.

Ses contacts en Irak lui avaient signalé que quelqu'un avait posé des questions sur l'Ouroboros à plusieurs reprises ces dernières années, mais il n'avait jamais pu découvrir qui était derrière ces enquêtes. Les gens avaient peur de parler, sous Saddam Hussein.

Encore plus dans cette affaire.

Il parcourut de nouveau le dossier avec répugnance. Ce qu'on avait découvert en Irak allait au-delà de l'abominable. Les autopsies pratiquées sur quelques-uns des corps retrouvés après la descente dans les locaux du hakim avaient confirmé, par des détails atterrants, la nature de ses travaux. Il n'y avait aucun doute sur ce qu'il cherchait.

Un grand nombre des techniques qu'il utilisait, déjà expérimentées sur des animaux de laboratoire, le plus souvent des souris, avaient permis, avec un succès plus ou moins grand, de rajeunir ces animaux ou de prolonger leur vie. Mais le hakim, lui, ne se servait pas de souris. Il pratiquait les mêmes expériences sur des êtres humains.

L'une d'elles, menée par des spécialistes en neurosciences italiens et américains dans les années 1990, consistait à greffer des tissus prélevés sur la glande pinéale de souris jeunes sur des souris plus âgées et vice versa. Les souris âgées paraissaient en meilleure santé, elles couraient dans leur cage, faisaient tourner leur roue avec une vigueur étonnante et vivaient plus longtemps que les animaux du groupe témoin du même âge ; les plus jeunes avaient le poil moins luisant, elles perdaient leur énergie au point de ne plus accomplir les tâches élémentaires qu'elles effectuaient avec facilité avant la greffe et ne tardaient pas à mourir. Les autopsies montraient en outre que les organes internes des souris âgées auxquelles on avait greffé des tissus de souris plus jeunes présentaient des signes frappants de rajeunissement. Et comme la glande pinéale produit la mélatonine, on attribua ce rajeunissement à une augmentation du taux de cette hormone chez les sujets greffés.

Après vérification, les résultats se révélèrent cependant moins encourageants. Les chercheurs qui les examinèrent de plus près découvrirent que les souris utilisées pour les expériences présentaient une déficience génétique les empêchant de produire de la mélatonine. Attribuer l'amélioration de leur état physique à cette hormone était donc absurde. Cela n'enlevait rien au fait qu'elles paraissaient effectivement plus jeunes et vivaient plus longtemps. Le phénomène avait donc une autre cause.

Les autopsies indiquèrent que certaines des expériences du hakim visaient à découvrir si les greffes et les transplantations de glande pinéale produisaient le même effet chez l'homme. Réaliser ces expériences sur des êtres humains n'était pas facile. La glande pinéale, grosse comme un petit pois, se situe au centre du cerveau. Très active jusqu'à la puberté, elle se calcifie à l'âge adulte. Les glandes méritant d'être prélevées devaient par conséquent provenir d'enfants, et la microchirurgie endoscopique utilisée pour parvenir à cette glande était complexe, délicate, et présentait des risques élevés pour le «donneur».

Ce qui ne posait pas de problème si vous disposiez d'une réserve inépuisable d'enfants.

Par ailleurs, les expériences sur la longévité étaient le plus souvent pratiquées sur des espèces ayant des durées de vie courtes afin de pouvoir observer les changements dans une période de temps limitée. Les éphémères constituaient des sujets idéaux puisqu'ils ne vivent qu'une journée. Les nématodes, qui vivent deux semaines environ, étaient aussi fréquemment utilisés, de même que les souris de laboratoire, même si leur durée de vie – deux ans – les rendait moins pratiques. Pour des êtres humains, il fallait des périodes d'observation beaucoup plus longues. Cela impliquait qu'après avoir subi les horribles traitements du hakim, les sujets devaient rester enfermés des mois ou des années avant que les résultats de ses expériences n'apparaissent.

Les autopsies montrèrent également que le hakim ne se contentait pas de jouer avec la glande pinéale. D'autres, comme l'hypophyse ou le thymus, faisaient aussi partie de son répertoire, ainsi que les testicules et les ovaires. Chez certaines victimes, il s'était borné à étudier les effets de diverses enzymes et hormones. Ses travaux, remarquablement avancés, portaient notamment sur la télomérase, une enzyme impliquée dans le vieillissement des cellules, et la protéine PARP-1. Il disposait en outre d'un équipement ultramoderne et avait manifestement de hautes compétences en chirurgie et en biologie moléculaire.

Invariablement, les sujets mouraient dans d'atroces souffrances. Une partie des hommes, des femmes et des enfants qu'on amenait sur un chariot dans sa salle d'opération ne servaient qu'à lui fournir les organes utiles à ses expériences et il s'en débarrassait aussitôt après. D'autres, les greffés, subissaient sur de longues périodes les effets de traitements déments et lorsque leur organisme finissait par y succomber, le hakim n'avait aucun scrupule à les ouvrir pour voir ce qui n'avait pas fonctionné, avant de jeter leurs restes dans une fosse commune.

Pris de nausée, Kirkwood sentait la colère monter en lui. Il connaissait des hommes de science qui avaient émigré dans des pays pas trop scrupuleux pour y poursuivre leurs expériences loin des ONG et des comités d'éthique. Mais là, c'était différent. Cela dépassait tout ce qu'il avait cru humainement possible.

C'était le mal à l'état pur.

Le plus choquant, dans ce dossier, c'était que Corben avait reçu pour mission de trouver le hakim non pour l'éliminer, mais pour exploiter son talent.

Ce n'était pas nouveau. Les gouvernements pardonnent volontiers les offenses passées, aussi horribles soient-elles, et sont prêts à pactiser avec le diable pour mettre la main sur des techniques innovantes. Le gouvernement des États-Unis avait été l'un des premiers à adopter cette pratique. Il l'avait fait avec les savants nazis concepteurs des fusées ; il l'avait fait avec des experts russes en guerre nucléaire, chimique et bactériologique. Apparemment, il aurait été ravi de recommencer avec le hakim.

Corben avait pour instructions de retrouver celui-ci et de l'amener aux États-Unis. L'enlèvement d'Evelyn lui avait fourni l'occasion d'entrer en contact avec lui, ce qui impliquait que la CIA n'hésiterait pas à sacrifier l'archéologue. Elle n'était qu'un moyen pour atteindre une fin. Rien de plus.

Kirkwood repensa au coup de téléphone inattendu d'Abou Barzan, à l'acheteur surprise qui s'était manifesté alors que Farouk était sur le point de mourir.

Sous la protection de Corben.

Jusqu'où étaient-ils prêts à aller ?

Il devait modifier ses plans.

Qui d'autre était dans le coup ? Hayflick, le chef de station ? Probablement. L'ambassadeur ? Peut-être pas. Kirkwood n'avait rien perçu de suspect chez lui mais, après tout, le métier de ces types était de mentir.

Il devait appeler les autres, les informer de ce qu'il avait découvert. Il savait qu'il aurait leur accord pour court-circuiter la mission de Corben, même au risque de compromettre le projet. La vie d'Evelyn en dépendait, ainsi que celle d'innombrables innocents qui pouvaient se retrouver un jour sur la table d'opération du monstre.

Kirkwood ne pouvait chasser de son esprit les images des victimes du hakim. Il n'était pas près de s'endormir.

Une succession de coups sourds réveilla Corben en sursaut.

Il se leva d'un bond, déchiffra dans un demi-sommeil l'heure indiquée par le réveil posé sur la table de chevet

– 2:54 –, s'efforçant d'analyser des bruits à la limite de son seuil d'audition : des pas rapides glissant sur le sol dallé de son appartement, se dirigeant droit sur lui.

Par réflexe, sa main plongea dans le tiroir de la table de nuit pour y prendre son pistolet, mais au moment où ses doigts effleuraient l'arme, la porte de la chambre s'ouvrit brusquement et trois hommes dont il ne put distinguer les traits dans l'obscurité firent irruption. D'un coup de pied, le premier referma le tiroir sur le poignet de Corben. Étourdi de douleur, l'agent se retourna pour entrevoir un bras qui s'abattait sur lui.

Il crut apercevoir la crosse d'un revolver juste avant qu'un coup sur le crâne ne le plonge dans une obscurité aussi soudaine qu'absolue.

48

Le toit en terrasse de l'Albergo offrait un cadre apaisant qui contrastait agréablement avec l'animation chaotique du bar du premier hôtel où Mia était descendue.

Perdus parmi le jasmin et les figuiers nains, une poignée de clients profitaient de cette oasis suspendue d'où l'on découvrait les toits de la ville et la mer au-delà. Mia s'assit dans un coin sombre et savoura bientôt l'étreinte réconfortante d'un martini. E.B. White avait surnommé cette boisson son « élixir de quiétude » et c'était exactement ce qu'il fallait à la jeune femme en ce moment.

Absorbée dans ses pensées, elle ne remarqua pas que tous les autres clients étaient en couple ou en groupe. Il s'était passé beaucoup de choses au cours des dernières quarante-huit heures et la matière à réflexion ne manquait pas.

Elle cherchait le serveur du regard pour commander un autre verre lorsque Kirkwood apparut et la rejoignit. En buvant, ils échangèrent quelques remarques sur les charmes de l'hôtel et les contradictions de la ville, mais Mia sentait qu'il avait l'esprit ailleurs. Manifestement, quelque chose le préoccupait.

Ce fut lui qui prit l'initiative de les replonger dans le gouffre de noirceur que Mia tentait de fuir.

— J'ai vu l'émission, à la télé. Vous avez été très bien. Le hakim saisira le message. Les ravisseurs appelleront.

— Oui, mais après ? Nous n'avons rien à leur donner, et il serait trop risqué de bluffer.

— Les hommes de l'ambassade connaissent leur affaire, assura Kirkwood. Ils trouveront un moyen. Ils ont bien réussi à arracher Farouk aux hommes du hakim.

Mia remarqua qu'il ne semblait pas lui-même convaincu par son argument mais elle lui fut reconnaissante de son effort.

— Oui, mais regardez comment ça s'est terminé, rappela-t-elle.

Il esquissa un sourire.

— J'ai mis mes contacts en Irak au travail. Je suis sûr qu'ils vont dénicher quelque chose.

— Mais quoi ? Qu'est-ce qui pourrait bien changer la situation ?

Il n'avait pas de réponse à cette question. Un serveur s'approcha en silence, regarnit discrètement les coupelles de bâtonnets de carotte et de pistaches.

— Je ne savais pas qu'Evelyn avait une fille, dit Kirkwood, changeant de sujet.

— Je ne vivais pas avec elle. J'ai été élevée par ma tante, à Boston. Enfin, près de Boston.

— Et votre père ?

— Il est mort avant ma naissance.

— Je suis désolé.

Mia haussa les épaules.

— Ils étaient ensemble en Irak. Dans cette salle souterraine. Un mois plus tard, il s'est tué dans un accident de voiture.

Elle ajouta d'une voix éteinte :

— Un vrai porte-bonheur, cet Ouroboros.

Il hocha la tête sans rien dire.

— Qu'est-ce qu'il cherche, ce dingue ? explosa-t-elle tout à coup. À ressusciter une des sept plaies d'Égypte, ou à mettre au point une potion magique qui le rendra immortel ? Comment peut-on avoir ne serait-ce que l'ébauche d'une discussion avec un cinglé pareil ?

— Vous pensez qu'il est à la recherche d'une fontaine de jouvence ? D'où tenez-vous ça ? J'ai lu son dossier, on n'y mentionne rien de ce genre.

Sur un ton qui frisait l'ironie, Mia relata sa conversation avec Boustany.

Kirkwood but une gorgée d'un air pensif, comme s'il pesait ce qu'il allait dire, puis il reposa son verre.

— Vous êtes généticienne, c'est à vous de m'éclairer. Cette idée est-elle réellement insensée ?

— Vous voulez rire, je pense !

Au contraire, Kirkwood paraissait on ne peut plus sérieux.

— Il y a quelques années, on croyait les greffes du visage impossibles. Quand on songe aux progrès médicaux réalisés au cours des dernières décennies, il y a de quoi être stupéfait. Nous avons dressé la carte du génome humain. Nous avons cloné une brebis. Créé du tissu cardiaque à partir de cellules souches. Alors…

— C'est parfaitement impossible, répliqua Mia d'un ton sans appel.

— J'ai vu un documentaire sur un chercheur russe, Demikhov, je crois. Dans les années cinquante, il travaillait sur les greffes de tête. Il a greffé la tête et la partie supérieure du corps d'un chiot sur un mastiff, créant un chien bicéphale. La créature a survécu six jours en courant joyeusement. Peut-être y a-t-il eu d'autres expériences que nous ignorons.

Mia se pencha en avant, pleine d'assurance.

— Une greffe consiste à raccorder des nerfs, des veines, et oui, peut-être un jour des colonnes vertébrales. Mais là, c'est autre chose. Il s'agit d'enrayer les dommages causés à nos cellules, à notre ADN, à nos tissus et à nos organes à chaque bouffée d'air que nous respirons. Il s'agit d'erreurs dans la reproduction de l'ADN, de molécules de notre corps bombardées par des radicaux libres, qui subissent des mutations anormales et se dégradent avec le temps. Il s'agit d'usure.

— C'est précisément ce que je veux dire. Ce n'est pas une question d'années mais de kilométrage, répondit Kirkwood. Vous dites que nos cellules subissent des attaques et cessent de fonctionner, ce qui ne signifie pas qu'elles soient programmées pour mourir au bout d'un certain temps. Vous achetez une paire de chaussures de sport. Vous les portez, vous courez avec. Les semelles s'usent, elles sont foutues. Mais si vous ne les portez pas, elles ne se désintègrent pas dans leur boîte au bout de quelques années. C'est d'usure que nous mourons. Il n'y a pas d'horloge pour nous dire que notre temps est écoulé. Nous ne sommes pas programmés pour mourir, non ?

— C'est une façon de voir les choses.

— C'est celle qui prévaut actuellement, n'est-ce pas ?

Mia ne pouvait le nier. Un temps, elle avait été tentée par cette spécialité pour finir par prendre une autre voie. La recherche contre le vieillissement faisait figure de mouton noir dans les milieux scientifiques, et la biogérontologie avait toujours eu mauvaise réputation.

Dans les milieux officiels, on la considérait presque à l'égal du charlatanisme des anciens vendeurs d'huile de serpent. Les scientifiques sérieux, accrochés à la conviction traditionnelle que le vieillissement est inévitable, croyaient ces tentatives vouées à l'échec, voire au ridicule. Les organismes gouvernementaux rechignaient à financer des projets chimériques que leurs électeurs, se fondant sur ce qu'ils avaient entendu et appris, jugeaient irréalistes. Même lorsqu'on leur soumettait des arguments et des résultats probants, ceux qui tenaient les cordons de la bourse s'abritaient pour les rejeter derrière des convictions religieuses solidement enracinées : les hommes vieillissent et meurent. Ainsi va le monde. C'est la volonté de Dieu. Il est inutile et immoral de vouloir y changer quelque chose. La mort est une bénédiction, que nous le comprenions ou pas. Certes, les bons deviendront immortels, mais seulement au ciel. Et ne songez même pas à en discuter avec le président du Comité de bioéthique. Encore plus qu'Al-Qaida, la lutte contre le vieillissement représente une menace pour l'avenir de l'humanité.

Affaire classée.

Pourtant, les scientifiques avaient connu des réussites dans ce domaine. Pendant la majeure partie de l'histoire de l'humanité, l'espérance de vie avait oscillé entre vingt et trente ans. Cette moyenne s'expliquait principalement par la mortalité infantile. Trois ou quatre enfants mouraient pour chaque individu qui réchappait des maladies et des coups d'épée pour atteindre l'âge de quatre-vingts ans. Au cours des cent dernières années, les progrès de la médecine et de l'hygiène – eau potable, antibiotiques, vaccins – avaient permis aux bébés d'atteindre l'âge adulte et fait grimper la moyenne de manière spectaculaire. Quarante ans au XIXe siècle, cinquante en 1900, et autour de quatre-vingts aujourd'hui dans les pays industrialisés. Alors que les premiers hommes avaient une chance sur vingt millions de devenir centenaires, ils en avaient maintenant une sur cinquante ! Depuis 1840, l'espérance de vie avait augmenté de trois mois chaque année, démentant constamment les démographes qui lui fixaient une limite.

Mais cette augmentation de l'espérance de vie avait été obtenue grâce à des vaccins et des antibiotiques, conçus non pour prolonger la vie mais pour combattre les maladies. La nuance était importante. Ce n'était que récemment que la communauté scientifique avait cessé de considérer le vieillissement comme un phénomène inévitable pour le ramener au rang de la maladie.

Ainsi, pendant longtemps, on avait réservé le terme de maladie d'Alzheimer aux personnes atteintes de cette forme de démence avant soixante-cinq ans. Au-delà, on parlait de sénilité. Puis, dans les années 1970, on cessa de distinguer un vieillard « dément » d'un quadragénaire atteint d'Alzheimer, et les chercheurs redoublèrent d'efforts pour comprendre ces deux formes du même mal.

De même, le grand âge était de plus en plus souvent traité comme une maladie. Une maladie hautement complexe et déroutante, à multiples facettes, mais une maladie.

Et les maladies peuvent être guéries.

À l'origine de cette nouvelle approche, il y avait eu la prise de conscience d'une vérité fondamentale. Pourquoi l'homme vieillit-il, quand rien ou presque ne vieillit dans la nature ?

Pendant des milliers d'années – quasiment pendant toute l'évolution de l'humanité –, les hommes et les animaux succombaient aux prédateurs, aux maladies, à la faim, aux intempéries, avant d'avoir pu vieillir.

La nature se souciait uniquement de perpétuer l'espèce. Tout ce qu'elle demandait à nos organismes, du point de vue de l'évolution, c'était d'atteindre l'âge de la reproduction, d'engendrer des descendants et de les nourrir jusqu'à ce qu'ils soient assez forts pour se débrouiller seuls.

Cela accompli, les hommes comme les bêtes perdaient toute raison de vivre. La seule visée de la sélection naturelle était donc d'amener les individus à la maturité sexuelle. Malheureusement pour ceux qui auraient souhaité prolonger leur existence, dans un souci d'efficacité, la nature nous avait imposé de nous reproduire dans un espace de temps relativement bref, afin de raccourcir l'intervalle entre les générations et de favoriser le brassage des gènes, augmentant d'autant notre faculté à nous adapter à des environnements hostiles.

Tant qu'elle avait continué à évoluer, l'humanité avait ignoré le vieillissement.

Donc, si nous n'étions pas programmés pour mourir, si nous succombions à l'usure, peut-être y avait-il moyen de nous réparer.

49

Corben fut tiré de son évanouissement par une violente odeur d'ammoniaque.

Il éprouva aussitôt une vive douleur à l'arrière du crâne, accompagnée d'une sensation d'inconfort. Il constata alors qu'il avait les mains et les pieds attachés dans le dos. Il était toujours en caleçon.

Sa bouche et sa joue gauche reposaient sur une surface râpeuse, semblable à du papier de verre. Quand il voulut s'humecter les lèvres, sa langue rencontra le sol et il recracha quelques gravillons dans une quinte de toux.

Il découvrit qu'il gisait sur le flanc, dans une sorte de champ. Un endroit tranquille. Les phares d'une voiture garée à quelques mètres étaient braqués sur lui. Il faisait encore nuit, même si on devinait les premières lueurs du jour derrière une chaîne montagneuse.

Une chaîne montagneuse, à l'est. Ce détail lui fit supposer qu'il se trouvait dans la plaine de la Bekaa. Et si l'aube pointait, cela signifiait qu'il était resté inconscient au moins deux heures. Juste le temps nécessaire pour venir de Beyrouth à cette heure de la nuit par des routes désertes.

La douleur était revenue avec la conscience. Il essaya de trouver une position moins inconfortable, mais ses efforts furent récompensés par un coup de botte dans les côtes.

En tirant sur les liens en nylon qui emprisonnaient ses membres, il parvint à décoller la tête du sol et vit le grêlé qui le toisait.

— *Khalas*, fit une voix tranchante. Assez.

Corben perçut un mouvement du coin de l'œil. L'homme qui venait de parler approchait dans la lumière des phares. Allongé par terre, Corben ne voyait de lui que ses chaussures – des mocassins en cuir, probablement chers – et un pantalon de toile sombre.

L'homme s'arrêta à quelques centimètres de Corben, qui tenta en vain de rouler sur le dos. L'homme demeura immobile, fixant son prisonnier comme s'il s'agissait d'un insecte. Corben ne distinguait pas bien ses traits, mais il était mince avec des cheveux argentés assez longs.

Jamais Corben ne s'était senti aussi vulnérable et impuissant. Comme pour lui donner raison, l'homme leva un pied, le posa sur son visage et appuya d'abord doucement, puis de plus en plus fort, lui écrasant le nez et la joue, enfonçant sa tête dans la terre et lui causant une douleur insupportable.

Corben tenta de se dégager, mais le pied le clouait au sol. Il lâcha un cri étouffé, le suppliant d'arrêter.

L'homme prolongea la torture de quelques secondes avant d'ôter son pied.

— Vous détenez quelque chose qui m'intéresse, déclara-t-il avec une nuance de moquerie.

Corben recracha du sable avant de répliquer :

— Et vous, vous détenez quelqu'un qui nous intéresse.

L'homme leva de nouveau son pied juste au-dessus du visage de Corben, qui ne broncha pas. Il garda un moment la position, comme s'il s'apprêtait à écraser une punaise, puis il se ravisa.

— Je crois que vous êtes mal placé pour formuler des exigences, dit-il d'un ton calme. Je veux le livre. Où est-il ?

Son accent n'avait pas échappé à Corben. À coup sûr, il était originaire d'Europe du Sud. Italien, peut-être.

— Je ne l'ai pas.

L'homme adressa un signe de tête à un complice placé derrière Corben. Celui-ci encaissa un nouveau coup de pied, sans voir d'où il venait.

— Je vous dis que je ne l'ai pas !

L'homme eut l'air étonné.

— Vous avez l'Irakien, non ? Donc vous avez le livre.

— Je ne l'aurai que demain, répondit Corben d'une voix rageuse. L'Irakien ne l'avait pas sur lui.

— Assez joué. Donnez-moi le livre, ou je vous ferai regretter d'être encore en vie.

— Vous aurez votre livre, répondit Corben avec une détermination farouche. Mais je veux quelque chose en échange.

— Ah oui ? fit l'homme, perplexe.

Corben sentit le sang cogner à ses tempes.

— Je connais la nature de vos travaux.

L'homme eut une moue dubitative.

— J'ai vu votre labo, à Saddamiya, poursuivit l'agent. Les fosses communes. Les réserves d'organes. Les échantillons de sang.

Ses yeux finirent par s'habituer à la lumière des phares et il commença à distinguer les traits de l'inconnu.

— J'étais là-bas, hakim, hasarda-t-il.

L'homme tressaillit et Corben eut la confirmation qu'il avait trouvé celui qu'il cherchait.

Jusqu'ici, il soupçonnait seulement le médecin de Bagdad d'avoir commandité l'enlèvement d'Evelyn. Il n'avait jamais vu de photo du hakim, ni entendu sa voix. Même s'il eût préféré rencontrer le monstre dans d'autres circonstances, il se sentait partagé entre l'horreur et l'excitation.

— Nous avons demandé à des médecins légistes d'examiner les cadavres, les traces d'opérations chirurgicales, le matériel que vous avez laissé sur place. Les organes dans des bocaux. Leurs conclusions ont été... étonnantes.

Corben s'interrompit pour juger de la réaction du hakim. Celui-ci le regardait, impassible. Corben lui laissa le temps d'assimiler ce qu'il venait de dire, puis il demanda :

— Vous avez saisi ?

— Vous voulez mes travaux, c'est ça ? fit-il d'un ton dédaigneux. Vous m'offrez la bénédiction et le soutien du gouvernement américain en échange de mes compétences ?

Le regard de Corben se durcit.

— Pas le soutien du gouvernement américain. Le mien seulement.

50

— D'après ce que j'ai lu, disait Kirkwood à Mia, les vrais jumeaux ont exactement les mêmes gènes. Pourtant, ils n'ont pas la même durée de vie et ne meurent pas pour les mêmes raisons. Et je ne parle pas de ceux qui se font écraser par un bus. Des études ont démontré que l'ADN de chaque jumeau développe ses propres mutations nocives. Si nous étions génétiquement programmés pour vieillir, ils vieilliraient de façon identique. Or, ce n'est pas le cas. La détérioration de leurs cellules se fait au hasard, comme pour tout un chacun.

Mia but une autre gorgée de son verre en réfléchissant.

— Vous rendez-vous compte de ce que nous « réparer », comme vous dites, impliquerait ? Nous sommes face à une série de problèmes très difficiles à régler : les cellules du cœur et du cerveau qui meurent sans être remplacées, les mutations de chromosomes conduisant à un cancer, l'accumulation de protéines à l'intérieur et à l'extérieur des cellules… Notre corps se dégrade de diverses façons, avec le temps.

— Avec l'usure naturelle, vous voulez dire.

— Oui. Tout s'use, dans la vie. Je ne suis pas prête à me retirer dans un monastère tibétain et à passer mes journées à méditer pour vivre vingt ans de plus.

— Après Beyrouth, ce serait un tantinet ennuyeux, reconnut Kirkwood.

— À la réflexion, je donnerais cher pour pouvoir m'ennuyer.

Kirkwood sourit, puis il redevint sérieux :

– Je prétends seulement qu'on peut agir sur le vieillissement, même si on ne sait pas encore comment. On admet à présent qu'il est possible de guérir le cancer. On ne trouvera peut-être pas le traitement avant cent ans, mais on finira par y arriver. Il n'y a pas si longtemps, des maladies infectieuses aujourd'hui bénignes causaient des ravages. On considérait la peste comme un fléau divin. À présent que nous avons vaincu ces maux, nous vivons assez longtemps pour développer des cancers. Il y a un siècle, on pensait que ceux-ci étaient incurables, à la différence des maladies infectieuses, et que c'était l'organisme lui-même qui les créait. On sait maintenant qu'il n'en est rien.

Mia le regarda avec curiosité.

— Vous en savez, des choses.

— Disons que j'ai des raisons personnelles de m'intéresser à tout cela, répondit Kirkwood en souriant.

Mia se demanda comment elle devait l'interpréter. Il marqua une pause, comme pour entretenir l'incertitude de la jeune femme, puis il reprit :

— C'est notre cas à tous, non ? Personne ne tient à mourir avant l'heure, je pense.

— Alors, vous aussi, vous vous privez de manger et avalez cent pilules par jour ?

Un grand nombre de biogérontologues éminents faisaient régulièrement de l'exercice (le seul moyen avéré de vivre plus longtemps et en meilleure santé), se prescrivaient des vitamines et des antioxydants, surveillaient étroitement leur alimentation. Certains s'infligeaient des régimes sévères, le déficit de calories passant pour prolonger l'existence, au moins chez les animaux, même si la plupart admettaient que leur qualité de vie en souffrait.

— Je prends soin de moi, admit Kirkwood. Et vous ?

Mia leva son martini avec un sourire sarcastique.

— Ça, et des balles de revolver. Pas très indiqué si on espère franchir le cap des cent ans.

Elle reposa son verre, scruta le visage de son interlocuteur. Elle percevait chez lui une réserve qu'elle ne parvenait pas à s'expliquer.

— Sérieusement, vous en savez plus long qu'un simple quidam soucieux de sa santé.

— L'ONU possède une division appelée l'Organisation mondiale de la santé. J'ai siégé dans plusieurs commissions. Elles ont été à l'initiative de différentes actions concernant le vieillissement, mais il s'agissait surtout d'améliorer le quotidien des personnes âgées. À côté de ça, nous finançons des études plus approfondies que je prends le temps de lire, par intérêt personnel.

« Vous connaissez mieux que moi les progrès réalisés en biologie moléculaire. Grâce à ces avancées, des objectifs qui semblaient hors de portée avant plusieurs siècles pourraient être atteints en quelques décennies. Obtenir des organes de remplacement à partir de cellules souches, injecter ces cellules souches dans l'organisme afin de le réparer… Les possibilités sont infinies. Si on parvenait à interrompre ou compenser l'usure des cellules, rien n'empêcherait de répéter l'opération. Ce serait comme faire réviser sa voiture tous les quinze mille kilomètres. Nous vivrions beaucoup plus longtemps et, en poussant l'idée à sa conclusion logique, nous serions au seuil de l'immortalité, comme nombre de chercheurs semblent le croire. À supposer que ce soit là l'objet de la quête de ce hakim, cela expliquerait bien des choses, non ?

Mia fronça les sourcils.

— Vous pensez vraiment que des alchimistes auraient pu découvrir il y a mille ans ce que nous commençons seulement à entrevoir ?

Kirkwood haussa les épaules.

— Les Grecs anciens utilisaient la moisissure comme antibiotique. Il y a moins de cent ans, des savants ont amélioré le remède et lui ont donné le nom de pénicilline, mais on le connaissait depuis des milliers d'années. Même chose pour l'aspirine. Vous savez, j'en suis sûr, que les Phéniciens en faisaient usage, comme les Assyriens, les Indiens d'Amérique et de nombreux autres peuples. Après tout, ce n'est pas sorcier. À la base, il s'agit d'une poudre obtenue à partir d'écorce de saule. On pense aujourd'hui que tout le monde devrait en prendre un peu chaque jour pour prévenir les maladies de cœur. Hier encore, je lisais un article sur les Chiliens qui redécouvrent les anciens remèdes des tribus indigènes mapuches. Il y a là une mine à explorer. Il suffirait de trouver un composé capable de réparer les dommages causés à nos cellules par l'oxydation. Un seul composé. Ça n'a rien d'impossible.

— Malgré toutes nos connaissances, nous n'y sommes pas parvenus jusqu'ici, objecta Mia.

— Ce serait un argument légitime si nous consacrions toutes nos forces à lutter contre le vieillissement, ce qui n'est pas le cas. Très peu de gens œuvrent en ce sens. Les gourous des gouvernements, les dignitaires ecclésiastiques et les scientifiques « mortistes » affirment que ce n'est pas possible, voire pas souhaitable. En faisant leurs choux gras de la moindre découverte prometteuse, les médias entretiennent la confusion entre les fumistes et les chercheurs sérieux. Ces derniers craignent – à juste titre – d'être assimilés à des vendeurs de rêve. Ils savent qu'ils n'obtiendront aucune subvention s'ils mentionnent l'objet de leurs travaux. Ils préfèrent d'ailleurs parler de médecine de longévité plutôt que de lutte contre le vieillissement. Ils savent aussi que les résultats de leurs recherches n'apparaîtront pas avant plusieurs dizaines d'années. De quoi vous décourager quand vous avez toutes les chances d'échouer ou d'être tourné en ridicule. Vous qui êtes généticienne, vous vous engageriez dans cette voie ?

Mia secoua la tête d'un air sombre. Son propre domaine de recherche ressemblait de plus en plus à un champ de mines.

— Vous connaissez l'opinion de nos dirigeants, poursuivit Kirkwood. Ils ne sont pas disposés à soutenir les recherches sur les cellules souches. L'Église a la même position. Donc pas de subventions, pas d'encouragements. Mais les temps changent. Les nouveaux multimilliardaires vieillissent, et ils n'ont pas envie de mourir. Les grandes découvertes exigent soit un coup de chance, soit beaucoup d'argent et de travail. Combien a-t-on dépensé pour le projet Manhattan ? Pour envoyer un homme sur la Lune ? Pour la guerre en Irak ? Supprimer les ravages du temps mériterait bien qu'on y consacre un dixième, ou ne serait-ce qu'un centième, de ces sommes. Or, nous en sommes loin. Savez-vous combien de personnes meurent chaque jour d'une maladie liée au vieillissement ? Cent mille. Cent mille morts par jour. Ça vaut la peine d'y réfléchir, vous ne croyez pas ?

Il posa son verre et reprit après un silence :

— Comprenez-moi bien. Je ne cherche pas à justifier les méthodes du hakim. Ce monstre mériterait mille fois d'être écartelé. Mais il se pourrait que sa quête ne soit pas aussi absurde qu'il y paraît. Dans cette hypothèse, imaginez ce qui se passerait s'il réussissait.

En l'écoutant, Mia s'était sentie gagnée par une ivresse qui ne devait rien au martini.

— Je crois que je commence à comprendre sa détermination. S'il pense que c'est réalisable...

Son visage s'éclaira.

— Il doit vouloir ce livre à tout prix, et cela peut nous aider à faire libérer ma mère.

— Absolument, approuva Kirkwood. Vous... vous en avez discuté avec Jim ?

— Non. Il y a une demi-heure, je ne pensais pas qu'il y avait matière à discussion. Pourquoi ?

— Je me demandais simplement quelle est sa position. Nous avons uniquement abordé les détails opérationnels de l'affaire.

— Il pense que le ravisseur travaille sur une arme bactériologique. Il faudrait le mettre au courant, je l'appellerai demain matin.

Kirkwood parut embarrassé.

— À votre place, je n'en ferais rien. Cela n'affecte pas vraiment ses plans.

— Oui, mais si c'est bien l'objectif du hakim, cela change pas mal de choses.

Il se rembrunit.

— Pas dans le bon sens, en ce qui concerne Evelyn.

— Que voulez-vous dire ? dit Mia, soudain inquiète.

Kirkwood détourna la tête un instant pour peser ses mots. Son expression n'avait rien perdu de sa gravité quand il la regarda de nouveau.

— Réfléchissez. Jim travaille pour le gouvernement. Si notre hypothèse est la bonne et si ses supérieurs connaissent l'objectif réel du hakim, que croyez-vous qu'ils feront ? Ils laisseront un dément s'emparer de cette découverte ou ils la garderont secrète ?

51

La remarque de Corben surprit le hakim et le réduisit au silence, quoique brièvement.

— Et votre aide devrait m'intéresser plus que celle de votre gouvernement ?

— On m'a chargé de vous retrouver, dit Corben d'une voix calme et ferme. De vous traquer. Mais c'était il y a quatre ans. Il s'est passé beaucoup de choses depuis.

Il modifia légèrement sa position pour la rendre moins inconfortable.

— Le lamentable cafouillage autour des armes de destruction massive nous a paralysés, continua-t-il. Les mots « rapport d'un service de renseignement » sont devenus synonyme de « pure invention de la Maison-Blanche ». Ils ont fait de nous des parias. Le mouvement antiguerre et la presse nous ont violemment attaqués. Des responsables ont été virés ou mutés, y compris mon patron. Les priorités ont changé. Tout le monde s'est mis à rendre les coups, à accuser les autres, à courir en tous sens pour tenter de sauver sa peau et, dans ce chaos, des dossiers se sont perdus. Le vôtre, notamment. La CIA s'est désintéressée de l'affaire.

— Mais pas vous, fit observer le hakim d'un ton sec.

— Je m'interrogeais. Il y avait de fortes chances pour que vous soyez une perte de temps. Vous procédiez à des expériences, vous disposiez de tous les cobayes humains nécessaires, mais j'ignorais si vous aviez obtenu des résultats. Et vous aviez parfaitement réussi votre numéro de disparition. J'aurais laissé tomber, je serais passé à autre chose sans ce symbole gravé sur le mur d'une de vos cellules. Le serpent qui se mord la queue. Notre système informatique n'a rien donné mais quand j'ai fait une recherche à l'ancienne dans nos archives de Langley, j'ai trouvé quelque chose. Un vieux dossier, oublié depuis longtemps. Un rapport d'un de nos agents au Vatican, sur une affaire remontant au XVIIIe siècle : un faux marquis, un prince convaincu que cet homme n'avait pas vieilli d'un jour en plus de cinquante ans, et le symbole du serpent.

La mâchoire du hakim parut se crisper.

— Je me suis demandé si vous étiez un escroc ou si vous aviez vraiment découvert quelque chose. Alors j'ai gardé l'esprit ouvert. Vous avez entendu parler de ces flics qui ne peuvent se résoudre à classer une affaire non résolue qui les a marqués ? C'est ce que vous étiez pour moi. S'il y avait quelque vérité dans cette histoire, vous étiez mon billet pour échapper au monde pourri du renseignement, un bras d'honneur aux ingrats et aux hypocrites de Washington qui se servent de nous et nous laissent tomber, un moyen de m'éloigner dans le couchant à l'arrière d'une limousine avec chauffeur.

C'était la vérité, du moins jusqu'au coup de téléphone à Abou Barzan. À présent, Corben n'était plus sûr que le chemin le plus court menant à la fontaine de jouvence, à supposer qu'elle existe, passait par le hakim. Mais il ne fallait pas que celui-ci apprenne l'existence du mystérieux acheteur. Pas encore. Pas s'il voulait rentrer à Beyrouth en un seul morceau.

— Après Bagdad, j'ai été nommé ici. J'ai gardé les oreilles et les yeux ouverts, au cas où un élément nouveau aurait surgi. Et vous voici, conclut Corben. Personne d'autre n'est au courant de votre implication. Les autres pensent avoir affaire à des trafiquants d'antiquités qui se disputent les dépouilles de la guerre. C'est ce que je leur ai fait croire. Et je peux continuer.

Le hakim détourna les yeux, réfléchissant aux propos de son prisonnier.

— Que pensez-vous pouvoir m'offrir que je n'aie pas déjà ? demanda-t-il enfin.

— Oh, pas mal de choses. Un accès à nos dossiers, à nos ressources. À nos recherches. Je peux également vous fournir un filet de sécurité. Je ne sais pas où vous vous êtes terré depuis l'implosion de Bagdad mais cette partie du monde n'est pas des plus stables et si elle explose de nouveau, vous pourriez souhaiter vous réinstaller dans un endroit plus paisible. Je peux arranger ça. De nouveaux papiers, une nouvelle identité. Si vous détenez quelque chose que beaucoup de gens seraient prêts à payer très cher, je peux vous servir de prête-nom, de façade légale. Et inutile de vous dire qu'il y a beaucoup d'argent à gagner.

Le « docteur » demeura impassible, les yeux fixés sur le captif. Au bout d'un moment, du même ton dédaigneux, il lâcha « Je ne crois pas », et fit signe à quelqu'un derrière lui.

Un frisson d'alarme parcourut Corben.

— Comment ça, vous ne « croyez pas » ? Qu'est-ce que vous voulez dire ?

Un homme apparut, une mallette à la main. Il l'ouvrit de telle sorte que le couvercle empêchait Corben de voir ce qu'il y avait dedans. Le hakim y plongea les mains. Lorsqu'elles réapparurent, elles tenaient une seringue et une fiole. Il fit un signe de tête à l'homme qui se trouvait derrière Corben. Le grêlé se pencha, saisit le prisonnier par les épaules et le plaqua au sol tandis que le hakim piquait l'aiguille de la seringue dans la fiole.

— Je veux dire que vous allez me révéler où se trouve le livre, que mes hommes me l'apporteront et que je déciderai ensuite si je vous laisse vivre ou non.

— Ce n'est pas nécessaire, je vous…

Le grêlé frappa Corben à la poitrine, lui coupant la respiration. L'agent sentit qu'on nouait rapidement un élastique autour de son biceps tandis que le hakim se penchait et faisait jaillir une bulle de la seringue.

— Où est le livre ?

Les yeux rivés à l'aiguille, Corben répondit :

— Je vous l'ai dit : je ne l'ai pas.

Le hakim piqua l'aiguille dans son bras. Quelques secondes après, une sensation de brûlure parcourut les veines de Corben, transformant son sang en lave.

Il hurla de douleur. Au-dessus de lui, le hakim l'observait avec une curiosité détachée.

— Où est le livre ?

— Je ne l'ai pas !

Il injecta un peu plus de liquide.

— Où est le livre ?

Corben eut l'impression que sa peau grillait de l'intérieur. Des larmes brouillaient sa vision.

— En... en Turquie, bredouilla-t-il. Le livre est en Turquie.

Le hakim retira l'aiguille.

La sensation de brûlure diminua, comme si elle s'évacuait par les doigts et les orteils.

— Continuez.

Tremblant encore sous l'effet de la drogue, Corben prit une longue inspiration.

— Farouk, le marchand irakien qui est venu voir Evelyn... Il n'avait pas le livre avec lui. Il n'était qu'un intermédiaire. Et le marchand qui le détenait était en route pour livrer tout le lot à un autre acheteur.

Ce dernier détail éveilla visiblement l'intérêt du hakim.

— Un autre acheteur ? Qui ?

— Je ne sais pas.

Il agita la seringue de manière menaçante.

— Je ne sais pas ! Il n'a pas voulu me le dire. J'ai essayé de surenchérir mais l'autre a fait une offre plus élevée encore.

— Où la livraison doit-elle avoir lieu ?

— Je ne sais pas encore. Nous suivons sa piste grâce à son portable. Apparemment, il passe la nuit à Diyarbakir. La transaction aura lieu demain.

Corben lança un regard noir à son ravisseur.

— Si vous voulez ce livre, vous allez devoir faire équipe avec moi. Je suis le seul à pouvoir le localiser et si je ne me montre pas demain matin à mon bureau…

Un léger sourire étira les lèvres du hakim.

— Oh, je suis sûr que vous pouvez obtenir cette information par téléphone. Je ne peux croire que les agents de la CIA soient obligés de pointer tous les matins. Tant que vous n'oubliez pas de donner le coup de fil convenu…

Le hakim était bien renseigné : il savait que les agents de terrain devaient appeler chaque matin à une heure précise pour confirmer qu'ils allaient bien.

— Comment comptiez-vous justifier votre petite excursion à Diyarbakir ?

— Je pensais dire que j'allais enquêter sur quelqu'un à qui Farouk avait téléphoné. Je n'aurais pas parlé du livre.

— Je le veux, ce livre, répéta le hakim. Et plus encore, je veux savoir qui est l'autre acheteur. Je vous emmènerai à Diyarbakir sans que vos collègues soient au courant. Si vous avez besoin plus tard de vous couvrir, vous raconterez que nous vous avons kidnappé dans votre appartement et contraint à nous conduire là-bas.

Fixant Corben avec intensité, il ajouta :

— Amenez mes hommes au lieu de rendez-vous. Rapportez-moi le livre et l'acheteur, nous pourrons ensuite parler de l'avenir. Marché conclu ?

Corben acquiesça. Il n'avait pas le choix. Toutefois, il restait un point à discuter.

— Et la femme ? Evelyn Bishop ? Vous avez entendu la déclaration de l'ambassadeur. J'aurai plus de poids si je la ramène à un moment ou à un autre.

Le hakim haussa les épaules.

— Je vous le répète : rapportez-moi le livre et l'acheteur. Après quoi, vous pourrez mettre en scène votre évasion miraculeuse et la libération de cette femme du même coup.

Il se tourna vers le grêlé, lui dit quelques mots en arabe. Le tueur tira de sa poche le téléphone portable de Corben, tenant la batterie dans son autre main. Le hakim remit la seringue dans la mallette et ordonna à ses hommes d'emporter celle-ci, puis il s'éloigna.

— C'est vrai, cette histoire ? lança l'agent au dos du « docteur ».

Le hakim continuait à marcher.

— On est d'accord ? insista Corben.

L'homme s'arrêta, se retourna, et esquissa un sourire.

— J'espère que vous n'essaierez pas de jouer au plus malin. Je peux toujours vous trouver une chambre dans ma clinique. Nous nous comprenons ?

Corben soutint le regard du « docteur ». Cet homme était incontrôlable et il lui faudrait modifier ses plans en conséquence. Si l'autre acheteur savait quelque chose, Corben lâcherait le hakim. La perspective de faire emprisonner ce malade ou, mieux encore, de lui loger une balle dans la tête le remplissait à l'avance de satisfaction.

Le hakim monta dans une voiture qui l'emporta tandis que ses hommes convergeaient vers Corben, le bâillonnaient avec du ruban adhésif, le soulevaient de terre et le jetaient comme un paquet dans le coffre d'un autre véhicule, qu'ils refermèrent dans un claquement.

52

La lumière poussiéreuse du matin conspira avec les klaxons des voitures et les marchands ambulants pour réveiller Mia. À vrai dire, elle avait mal dormi malgré le confort douillet de son lit. Sa conversation avec Kirkwood avait plongé la jeune femme dans une sorte de vertige. Les trois martinis qu'elle avait bus n'avaient probablement rien arrangé.

Kirkwood avait raison, il fallait garder cette histoire secrète, du moins jusqu'à ce qu'Evelyn soit en sécurité.

Ce qui impliquait de ne pas en parler à Corben.

Mia se rappela avoir perçu de la méfiance chez l'agent quand elle l'avait vu pour la première fois en compagnie de Kirkwood. Pourquoi ? Corben en savait-il plus qu'il ne le prétendait ? Elle repensa à ce qu'il lui avait dit du laboratoire de Bagdad. Il avait suggéré qu'on y faisait des recherches sur les armes bactériologiques, sans lui fournir d'explication satisfaisante sur la raison pour laquelle le hakim voulait le livre. Il s'était contenté d'affirmer – ce qui l'avait contrariée – que celui-ci ne leur serait d'aucune utilité pour faire libérer Evelyn. Si les expériences du hakim portaient sur la longévité, les experts de la CIA l'avaient sans doute déjà découvert.

Ce qui voulait dire qu'ils gardaient le secret.

Ou elle faisait fausse route – ce qu'elle croyait fort possible – ou Corben lui dissimulait des choses. En soi, ça n'aurait rien eu d'étonnant. Il appartenait à la

CIA. Il avait un boulot à faire. Ne pas dire toute la vérité ne devait pas l'empêcher de dormir.

D'un autre côté, elle ne savait pas grand-chose de Kirkwood. Elle avait décelé chez lui une certaine réserve, de la timidité presque. En même temps, son calme et sa confiance dénotaient de vastes connaissances. Que savait-elle de lui ? Qu'il était apparu à Beyrouth en assurant vouloir les aider à faire libérer Evelyn, qu'il travaillait à l'ONU, et c'était à peu près tout. Les raisons qui la poussaient à se méfier de Corben s'appliquaient tout autant à lui.

Elle avait soif et son estomac criait famine. Estimant que le buffet de l'Albergo remédierait plus rapidement au problème que le service en chambre, elle enfila un pantalon, un tee-shirt et prit la direction du restaurant de l'hôtel.

Perdue dans ses pensées, elle attendait l'ascenseur quand les portes de celui-ci s'ouvrirent avec un tintement. Kirkwood était à l'intérieur.

Une mallette métallisée et un sac à dos à ses pieds.

Mia entra dans la cabine et demanda d'une voix étranglée :

— Vous partez ?

Kirkwood se raidit, comme s'il avait été pris sur le fait.

— Non, je… je serai de retour ce soir.

Sentant son embarras, Mia décida de le sonder :

— J'ai réfléchi à ce dont nous avons parlé hier et je pense que je dois en informer Jim.

Elle scruta son visage et ajouta :

— Ça nous aidera peut-être.

Kirkwood non plus n'avait pas bien dormi. Sa conversation avec Mia l'avait profondément perturbé.

Il avait effleuré la vérité puis fait marche arrière, laissant la jeune femme avec une kyrielle d'interrogations. Des interrogations qui pouvaient attirer des ennuis à la généticienne.

Corben et ses supérieurs avaient manifestement leurs propres plans. La vie d'Evelyn ne comptait pas à leurs yeux, Kirkwood en avait la certitude. Jusqu'ici, Mia ne représentait pas une menace pour eux mais si elle commençait à poser des questions, à devenir gênante, ils se sentiraient en danger. Et il savait comment ces types réagissaient dans ce genre de situation.

Il avait lui-même commis cette erreur. Garder le secret sur la véritable signification du serpent avait mis des vies en danger. Il ne voulait pas recommencer.

Surtout pas avec Mia.

— Discutons-en d'abord, suggéra-t-il quand ils sortirent de l'ascenseur.

Balayant du regard le hall de l'hôtel, il repéra l'agent chargé de protéger Mia assis près de l'entrée, le nez dans un journal. L'homme adressa à la fille d'Evelyn un signe de tête auquel elle répondit avant de se retourner vers Kirkwood.

— Je sais que vous nourrissez des doutes sur les intentions de Jim, dit-elle, mais il a fait preuve de franchise avec moi et…

— Je vous en prie, Mia, coupa-t-il. Vous devez me faire confiance.

La veille, il avait eu envie de tout lui révéler. Il avait failli lui téléphoner le matin même, mais il s'était ravisé.

Il regarda sa montre, grimaça et entraîna Mia vers le bar, hors de vue de l'agent. L'endroit était désert.

— Nous avons reçu un tuyau ce matin en provenance d'Irak, mentit-il. Nous sommes très impliqués dans la protection du patrimoine historique du pays depuis le fiasco du Musée national, il y a quatre ans. Nous avons offert des récompenses, des amnisties, et cette politique a porté ses fruits. Elle nous a aussi permis d'établir un important réseau dans le monde des antiquités. Bref, nous pensons savoir qui détient les objets que Farouk essayait de vendre. Un commerçant de Bagdad qui le connaît – qui le connaissait, plutôt – a informé l'un de nos contacts que Farouk lui avait parlé de la marchandise. Farouk servait en fait d'intermédiaire à un autre marchand, un homme de Mossoul.

Après ces petits arrangements avec la vérité, Kirkwood reprit :

— Farouk n'avait pas les objets avec lui, c'est pour cette raison qu'il n'a montré que les polaroïds.

— Alors, le livre est toujours à Mossoul ? demanda Mia, les yeux brillants.

— Non, il est en Turquie.

Kirkwood marqua une pause, guettant sa réaction, avant de se jeter à l'eau :

– Je pars le récupérer. Accompagnez-moi, je vous expliquerai tout dans l'avion.

Les questions se bousculaient dans l'esprit de Mia, y semant le trouble.

Elle avait des doutes sur Kirkwood mais elle en avait aussi sur Corben. La seule personne à qui elle pouvait entièrement se fier pour veiller sur les intérêts d'Evelyn, c'était elle-même. Si le livre qui pouvait faire libérer sa mère était vraiment en Turquie, elle devait tout faire pour s'assurer qu'il ne tombe pas entre de mauvaises mains. Mais l'incertitude la rongeait encore.

— Je ne peux pas partir avec vous comme ça, objecta-t-elle.

— Mia, il y a des choses que vous ignorez.

— Quoi, par exemple ?

Kirkwood soupira.

— Hier soir, je n'ai pas été tout à fait franc avec vous. Après que vous m'avez parlé de ce hakim à l'ambassade, j'ai réussi à me procurer son dossier.

Elle perçut une note d'inquiétude dans sa voix.

— Ce dont nous avons parlé hier soir, poursuivit-il, c'est exactement l'objet de ses recherches. Corben et ses chefs le savent.

— Les expériences ? fit-elle, stupéfaite.

Kirkwood acquiesça d'un air sombre.

— C'est ce qui les intéresse vraiment.

Elle ne savait plus vers qui se tourner, mais une certitude s'était fait jour en elle : elle ne pouvait faire confiance à Corben. Plus maintenant. Elle réservait son jugement sur Kirkwood, mais elle n'avait pas le choix. Il fallait qu'elle coure le risque.

— Qu'est-ce que je dis à l'agent posté dans l'entrée ? demanda-t-elle.

— Ne lui dites rien.

— Il est là pour me surveiller. Il ne me laissera pas sortir sans en avertir Jim.

Le prénom lui laissa un goût de poison sur la langue.

Kirkwood réfléchit, le front plissé.

— Le restaurant d'à côté fait partie de l'hôtel mais il a une entrée séparée un peu plus loin dans la rue. Ils partagent sûrement la même cuisine. Une voiture m'attend dehors. Remontez dans votre chambre prendre votre passeport et vos affaires, descendez au restaurant en prenant l'escalier et sortez par là. Je serai garé au coin de la rue.

Elle allait s'éloigner quand il la retint par le bras.

— Faites-moi confiance, Mia. N'affrontez pas Jim. Pas avant que nous ayons le livre. Il ne faudrait pas qu'il nous empêche de l'utiliser pour obtenir la libération de votre mère.

Elle le dévisagea. Son regard respirait la sincérité. Ou il disait la vérité, ou c'était un menteur particulièrement habile.

Dans un cas comme dans l'autre, elle le saurait bientôt.

L'estomac noué, Kirkwood la regarda se diriger vers l'ascenseur. Il ne pouvait plus faire demi-tour.

Après un coup d'œil à sa montre, il décida de prendre une précaution à laquelle il avait songé. Il sortit son téléphone, composa le numéro de l'« éclaireur » irakien qui, le premier, avait attiré leur attention sur la trouvaille d'Abou Barzan.

Il pouvait lui faire confiance. Des années de collaboration, deux ou trois épreuves passées avec succès et de généreuses rétributions s'en portaient garantes.

Kirkwood ne pouvait courir le risque d'appeler Abou Barzan lui-même. Si Corben était bien l'auteur de la surenchère pour le livre, ses collègues et lui connaissaient l'existence de l'Irakien et avaient son numéro de portable. Il se pouvait même qu'ils l'aient mis sur écoute. Et Kirkwood préférait avancer masqué pour le moment.

L'éclaireur décrocha. Kirkwood lui expliqua ce qu'il avait à faire. Il devait agir vite, sans effrayer Abou Barzan. Kirkwood lui demanda aussi de le rappeler sur une autre ligne pour lui faire savoir où la rencontre aurait lieu.

Il coupa la communication, prit ses bagages et se dirigea vers la porte.

53

À quatre-vingts kilomètres à l'est de Beyrouth, Corben, étendu sur un lit étroit, parcourait des yeux sa cellule blanche et nue. La pièce étant dépourvue de fenêtre, il n'avait aucune idée du moment de la journée, mais il n'avait pas vraiment dormi et ne pensait pas qu'il s'était écoulé plus de quelques heures depuis qu'on l'avait fourré dans le coffre de la voiture.

Il s'efforça d'imaginer ce que les autres prisonniers du hakim subissaient. Il se représenta Evelyn Bishop et se demanda si elle était à proximité, si elle sentirait de nouveau un jour la caresse du soleil sur sa peau.

Il devait être dans une ville du nord du Liban ou en Syrie. La seconde hypothèse semblait plus probable. L'accent du grêlé et de ses tueurs trahissait leur nationalité. Corben connaissait assez d'arabe pour identifier les différents accents de la région : Liban, Irak, pays du Golfe, Syrie. En outre, le trajet en voiture semblait confirmer sa supposition. La seconde partie, du moins, celle pendant laquelle il avait été conscient. Une route sinueuse grimpant une montagne puis redescendant, un arrêt et quelques mots échangés – le passage de la frontière, sans doute – puis une nouvelle série de virages pour aboutir à une ville résonnant d'appels à la prière presque assourdissants et beaucoup plus nombreux qu'à Beyrouth.

Ce devait être Damas.

Il songea avec colère qu'il avait étudié cette éventualité dès 2003, quand il avait essayé de deviner où le hakim avait fui. Beaucoup des complices de Saddam Hussein s'y étaient réfugiés. Malgré la longue animosité entre les deux pays, leur communauté d'intérêts donnait parfois à ces farouches ennemis des raisons de s'entraider.

Dans le cas du hakim, toutefois, Corben savait que l'arrangement n'avait rien de politique. L'homme trouverait en Syrie des protecteurs qui lui assureraient le même soutien qu'à Bagdad. Sa petite « pension de famille » ne désemplirait pas. Et en cas de complications ou d'occasions semblables à celles qui s'étaient présentées ces derniers jours, il disposerait d'une main-d'œuvre qualifiée et impitoyable.

La porte de la cellule s'ouvrit. Le hakim apparut sur le seuil, escorté du grêlé, Omar, et de deux autres hommes armés.

— C'est le moment d'appeler, annonça le « docteur ».

Il fit signe à Omar, qui tira de sa poche le téléphone de Corben et remit la batterie en place.

— Obtenez les coordonnées GPS précises du marchand irakien. Trente secondes, pas plus, rappela le hakim en agitant un doigt.

Corben se leva, toujours en caleçon, et fit ce qu'on lui demandait. Personne à l'ambassade n'avait rien remarqué. Tant qu'il téléphonerait régulièrement, l'alarme ne serait pas donnée.

— Ton bonhomme n'a pas bougé depuis hier soir, l'informa Olshansky. Il est toujours au même endroit, à Diyarbakir, mais il s'est passé quelque chose. Quelqu'un l'a appelé d'Irak.

— Qui ?

— Je ne sais pas. L'appel a été trop bref pour que je puisse le localiser. Le type a dit à ton gars de raccrocher, de retirer la batterie de son téléphone et de le rappeler sur une autre ligne.

Sans rien laisser transparaître de sa contrariété, Corben demanda ensuite au technicien les dernières coordonnées GPS du portable de l'Irakien.

— Tu es sûr de les vouloir ? s'étonna Olshansky. Il doit savoir qu'il était sur écoute, après ce coup de fil. Il a sûrement décampé.

— Donne-moi les coordonnées, répéta Corben.

Perplexe, Olshansky s'exécuta néanmoins.

— Une dernière chose, continua-t-il. Le portable de Genève que tu m'avais demandé de localiser. Il n'est plus en Suisse. Son signal est passé par une série de satellites et de serveurs avant de disparaître dans le néant numérique, mais la piste indique clairement un changement de région. Je suis en liaison avec un contact à l'Agence nationale de sécurité. Il pense obtenir sa position avant la fin de la journée.

— Il me la faut plus tôt, répondit sèchement Corben, qui avait une idée de la région dans laquelle le « Suisse » se trouvait à présent.

Le hakim, qui l'observait d'un air soupçonneux, lui fit signe de mettre fin à la communication. Corben obtempéra après avoir demandé à Olshansky de le tenir au courant si le signal irakien bougeait. Omar récupéra aussitôt le portable et ôta la batterie. Ces types s'y entendaient pour brouiller les pistes. Ils avaient laissé le téléphone de Ramez allumé pour ne pas manquer l'appel de Farouk, mais ils ne commettraient pas la même erreur avec celui de Corben. On n'arriverait pas à localiser plus précisément la « clinique » du hakim.

Corben communiqua à son ravisseur des coordonnées probablement inexactes, mais il n'avait pas le choix. Désormais, il devrait improviser. Omar entra les coordonnées dans un appareil – manifestement, il comprenait l'anglais – dont l'écran zooma sur une carte de la frontière syro-turque puis sur la ville de Diyarbakir. Omar eut un hochement de tête satisfait tandis qu'un sourire éclairait les traits du hakim.

— Allez-y, ordonna ce dernier en désignant Corben à Omar.

L'un des tueurs tendit à son chef des vêtements et une paire de bottes que le grêlé lança aux pieds du prisonnier. Corben enfila un pantalon kaki, un pull gris et des bottes de l'armée. Puis Omar décrocha de sa ceinture des menottes en plastique et fit signe à Corben de joindre les mains. L'agent obéit à contrecœur. Le grêlé referma les menottes, prit un sac en toile noire, saisit l'Américain par les épaules et s'apprêta à lui glisser le sac sur la tête.

— *Yalla imshi*, grogna-t-il. Remue-toi.

Corben s'était fait suffisamment maltraiter pour la journée.

— Lâche-moi, connard, répliqua-t-il.

Il se libéra et repoussa Omar.

— Je le ferai moi-même.

Omar le plaqua contre la porte en braillant :

— *Imshi, wlaa*.

Corben résista et le hakim intervint en ordonnant à son homme de main de ne pas insister. Omar lança à Corben un regard meurtrier puis lui mit le sac dans la main et recula.

Une oreille collée à la porte, Evelyn écoutait attentivement ce qui se passait hors de sa cellule. Ayant perçu un bruit de serrure, elle avait pensé qu'on amenait une nouvelle victime ou, pire, une victime qu'on emmenait pour une séance de torture.

Au lieu de quoi, elle entendit un homme parlant anglais. Un Américain. Elle ne saisissait pas ses paroles mais il ne semblait pas mal en point.

Il y eut un bruit de bousculade et elle comprit qu'on le conduisait quelque part et qu'il résistait.

Prise de panique, elle ne savait comment réagir. Une partie d'elle-même avait envie de crier pour signaler sa présence à l'autre prisonnier. S'il parvenait à s'échapper, ou s'il était libéré, il informerait le monde qu'elle était encore en vie. Mais une autre partie d'elle-même avait terriblement peur. Peur d'attirer des ennuis à cet homme, peur d'être punie pour son audace.

Mais elle ne pouvait laisser passer l'occasion.

Tant pis pour les conséquences.

— À l'aide ! cria-t-elle de toutes ses forces. Je m'appelle Evelyn Bishop, je suis américaine. J'ai été kidnappée à Beyrouth. Prévenez l'ambassade !

Elle frappa plusieurs fois du poing contre la lourde porte.

— Aidez-moi ! Il faut que je sorte d'ici ! Je vous en prie. Prévenez quelqu'un, n'importe qui.

Elle se tut, épuisée, à bout de nerfs, et guetta une réaction.

Rien ne vint.

Elle se laissa glisser sur le sol, un tressaillement au coin des lèvres, et s'enveloppa de ses bras.

Corben se figea en entendant les cris d'Evelyn. Il se retourna et balaya du regard les portes alignées le long du couloir, se demandant où elle était. Sa voix semblait proche mais ses appels étouffés pouvaient provenir de n'importe quelle cellule.

C'était sans importance, d'ailleurs.

Il n'était pas en mesure de faire quoi que ce soit pour elle.

Il se tourna vers le hakim, qui était demeuré impassible.

— À vous de voir, dit-il, sardonique. Vous voulez devenir un héros ? Ou vivre éternellement ?

Corben ne supportait pas que ce monstre joue avec lui en le tentant. Il le haïssait pour ça, il se haïssait lui-même pour avoir succombé. Un pacte avec le diable. Il aurait pourtant dû savoir que c'était un marché de dupes. S'il avait pu, là, maintenant, prendre le dessus sur ses geôliers, leur fracasser le crâne, libérer Evelyn et les autres, l'aurait-il fait ?

Pas sûr.

L'enjeu était trop élevé.

Lançant au hakim un regard noir, il enfila le sac sur sa tête, et dans l'obscurité, il se prit à espérer que les cris d'Evelyn ne resteraient pas gravés trop longtemps dans sa mémoire.

L'éternité, c'était beaucoup trop long pour les remords.

54

Le Beechcraft King Air longeait la côte méditerranéenne, poussé vers la Turquie par ses turbopropulseurs jumeaux.

Mia n'avait eu aucune difficulté à se glisser discrètement hors de l'hôtel. La voiture de Kirkwood était garée au coin de la rue. À l'aéroport, il n'y avait pas eu de formalités à accomplir. Kirkwood et elle avaient été conduits directement au petit avion qui les attendait, moteurs en marche. L'appareil décolla presque aussitôt qu'ils furent à bord. Manifestement, l'ONU jouissait d'une certaine influence à Beyrouth, plus encore depuis qu'un millier de ses soldats assuraient le maintien de la paix dans le sud du pays.

Diyarbakir se trouvant au nord-est de Beyrouth, l'itinéraire le plus court aurait survolé la Syrie en diagonale, mais l'espace aérien syrien était étroitement surveillé. Kirkwood avait opté pour un vol plus discret, quoique un peu plus long. Ils se dirigeaient vers le nord. Parvenus à la côte turque, ils vireraient vers l'intérieur des terres, en direction de Diyarbakir.

Mia détourna les yeux de la côte qui miroitait dans le lointain lorsque Kirkwood revint après s'être entretenu avec les pilotes. Il s'assit en face d'elle et déplia la carte qu'il tenait à la main.

— L'ami de Farouk s'appelle Abou Barzan, l'informa-t-il. Il a traversé la frontière ici, à Zakho, et a pénétré en Turquie hier.

Il désigna un point proche de l'endroit où la Turquie, la Syrie et l'Irak se touchaient.

— Il est maintenant à Diyarbakir.

Il indiqua une ville à quatre-vingts kilomètres environ de la frontière syrienne.

— C'est là qu'il doit rencontrer son acheteur ? demanda Mia.

Kirkwood acquiesça.

— Deux mercenaires nous y attendent. Ils nous conduiront à lui.

Tout allait trop vite. Mia ne savait que penser du tour soudain que prenaient les événements.

— Comment avez-vous réussi à le trouver ?

Il hésita.

— Ça n'a pas été tellement difficile, répondit-il en repliant la carte. Mossoul est une ville beaucoup plus petite que Bagdad et il s'était vanté partout d'avoir fait un gros coup.

— Comment le convaincrez-vous de vous donner le livre ?

Les questions de Mia semblaient embarrasser Kirkwood.

— Il nous remettra le livre et les autres objets en échange de la promesse de ne pas le renvoyer en Irak.

— Et l'acheteur ? Il est peut-être impliqué, lui aussi.

— Non. C'est probablement un antiquaire de Londres ou de Francfort, avança-t-il. Il ne nous intéresse pas. Nous devons seulement obtenir le livre pour l'échanger contre Evelyn.

Mia plissa le front. Elle n'avait eu aucune nouvelle depuis sa supplique télévisée et supportait mal de n'avoir reçu aucune information de l'ambassade, ni même de Corben.

— Nous ne savons pas si les ravisseurs ont pris contact, fit-elle observer.

— Ils le feront. Nous pouvons organiser une autre conférence de presse, déclarer que nous avons arrêté des trafiquants, laisser entendre que nous avons le livre. Ne vous en faites pas, ils appelleront. J'y veillerai.

Mia se tourna vers le hublot et se perdit dans ses pensées. Au bout d'un moment, la voix de Kirkwood la tira de ses réflexions :

— Qu'est-ce qu'il y a ?

— J'ai du mal à me convaincre que cette histoire est bien réelle, dit-elle d'un ton las.

Elle secoua la tête et éclata d'un rire sans joie.

— C'est comme l'anneau de Frodon, poursuivit-elle. Il corrompt le cœur humain en lui faisant croire qu'il dominera la nature et vivra éternellement.

Kirkwood eut une moue dubitative.

— Je ne parlerais pas de corruption, en l'occurrence. La mort est un immense gâchis de talent. Et de sagesse.

Tandis que le King Air frôlait les minces volutes de nuages, ils discutèrent des bouleversements que provoquerait une « formule magique » de longévité. La surpopulation poserait un problème évident. Depuis l'apparition des hominidés sur la planète, il avait fallu quatre millions d'années aux hommes pour atteindre une population d'un milliard d'habitants, au début du XIXe siècle. Plus de cent ans s'étaient écoulés avant que la barre des deux milliards soit franchie, en 1930, mais depuis, la population avait crû d'un milliard tous les quinze ans. Cette augmentation provenait essentiellement des pays en voie de développement, les pays industrialisés faisant à peine assez d'enfants pour maintenir leur équilibre démographique. La coexistence de cinq ou dix générations d'une même famille constituerait une véritable révolution. Il faudrait davantage de ressources naturelles, de nourriture et de logements. Les systèmes de retraite et d'assistance sociale, entre autres, devraient être totalement remaniés, et les relations entre individus changeraient radicalement.

Le mariage : cette institution aurait-elle encore un sens alors que personne ne pourrait vraiment envisager de passer deux cents ans avec son conjoint ? Les enfants : comment vieilliraient-ils et se comporteraient-ils envers leurs parents ? Ces transformations affecteraient aussi le travail. Les carrières. La retraite. Les gens devraient-ils travailler plus longtemps ? Probablement. Mais comment l'accepteraient-ils ? Qu'adviendrait-il de l'idée que les vieux doivent faire place aux jeunes ? Y aurait-il assez de postes pour permettre des promotions ? Et les peines de prison ? Une condamnation à trente ans de réclusion serait-elle aussi dissuasive pour quelqu'un ayant une espérance de vie de deux cents ans ?

Plus ils en parlaient, plus Mia se rendait compte qu'il faudrait redéfinir tous les aspects de la vie humaine. Elle avait toujours considéré la question sous un angle purement théorique, mais l'idée qu'elle puisse se réaliser lui ouvrait des perspectives plus vertigineuses, voire plus effrayantes que tout ce qu'elle avait pu imaginer.

— Nous vivrions un âge « post-humain », dit Kirkwood. C'est bien ce qui terrifie l'establishment conservateur et religieux. Mais cette peur est irrationnelle. Le changement ne se produirait pas du jour au lendemain, il serait progressif. Les gens cesseraient simplement de vieillir. Ou alors, ils vieilliraient très, très lentement. Et le monde s'adapterait. Nous sommes déjà extrêmement différents des hommes qui ont vécu cent ans avant nous. Comparés à eux, nous sommes déjà « post-humains ». Et apparemment, nous nous débrouillons très bien avec notre longévité accrue, les progrès de la médecine et les innovations technologiques.

Mia savait cependant que le sens de l'intérêt général ne prévalait pas toujours. La peur du changement, conjuguée à une représentation du monde pleine de condescendance, empêchait déjà une telle découverte. Au-delà de sa vision conservatrice et dogmatique, le gouvernement américain craignait les coûts potentiels – malgré les immenses économies réalisables dans le domaine des maladies chroniques liées au vieillissement – et les bouleversements culturels qu'entraînerait un allongement significatif de l'espérance de vie. Les grandes firmes pharmaceutiques étaient trop heureuses de vendre des médicaments censés lutter contre les maux et la déchéance découlant du passage du temps. Les crèmes anti-vieillissement, les compléments alimentaires et les hormones, peu efficaces, rapportaient dans les six milliards de dollars par an.

— Le gros des opposants se recrute parmi les croyants ou les philosophes qui vivent en dehors des réalités, conclut Kirkwood. Ils comparent l'homme à une fleur ou recourent à d'autres images tout aussi absurdes pour célébrer l'importance de la mort ; ils citent les penseurs grecs ou latins et, inévitablement, la Bible. Pour eux, la vie est définie par la mort, alors que c'est tout le contraire : la vie est définie par le besoin, le désir d'éviter la mort. C'est ce qui nous rend humains. C'est pour cette raison que nous avons des médecins et des hôpitaux. Nous sommes la seule espèce à se savoir mortelle, la seule qui ait véritablement la capacité, l'intelligence, le niveau de conscience nécessaires pour aspirer à vaincre la mort. C'est là l'ambition de l'homme depuis qu'il vit sur cette planète. Cela fait partie de notre processus d'évolution.

Mia regarda Kirkwood et hocha la tête. Elle était d'accord avec lui mais une pensée oppressante lui broyait le cœur.

— Et pour faire libérer ma mère, nous mettrions ce savoir dans les mains d'un fou ?

Kirkwood lut le doute sur le visage de la jeune femme.

Il s'était posé la même question.

Il détestait être obligé de lui mentir et retarder des explications inévitables. Il brûlait de lui révéler la vérité, mais chaque fois qu'il était sur le point de le faire, quelque chose le retenait. Il savait qu'il finirait par tout lui expliquer mais il lui était difficile de lui dire en face ce qu'elle ignorait.

Il avait beaucoup à se faire pardonner.

Le profil du hakim aggravait encore son trouble. Kirkwood était venu à Beyrouth dans un but précis : contribuer à obtenir la libération d'Evelyn tout en gardant le secret. La lecture du dossier avait changé l'ordre de ses priorités. De nombreuses personnes avaient connu une mort horrible, d'autres couraient le même danger.

Il fallait arrêter cet homme.

Kirkwood et ses associés étaient d'accord sur ce point. Cet objectif primait sur toute autre considération.

Y compris Evelyn. Y compris le secret lui-même.

Ils ne pouvaient pas laisser le hakim poursuivre sa quête meurtrière.

Qu'adviendrait-il alors d'Evelyn, de Mia et de lui-même ? Ça, c'était une autre histoire.

55

Sous le sac qui lui couvrait la tête, Corben se concentrait sur le vrombissement de la turbine de l'hélicoptère. Le bruit était plus rauque, plus grave que celui des Huey, des Blackhawk et des Chinook dont il avait l'habitude. Le siège sur lequel on l'avait jeté confirmait ses doutes. Il était fixé perpendiculairement à la paroi, revêtu d'un tissu rêche sur un mince rembourrage, et son cadre métallique lui meurtrissait les cuisses.

C'était un appareil militaire.

De fabrication russe. Un Mil, sans doute.

Je le saurai bientôt, pensa-t-il comme l'hélico ralentissait et changeait de direction, annonçant un atterrissage imminent.

Effectivement, l'appareil amorça sa descente.

Corben ne connaissait pas la durée exacte du vol, mais il l'estimait à deux heures, ce qui correspondait à la destination qu'il supposait être la leur.

Aussitôt après l'atterrissage, on le poussa hors de l'appareil et il entendit crier des ordres avant que les grosses turbines recommencent à tourner à pleine puissance et que le souffle du rotor le gifle. Au moment où l'hélicoptère redécollait, Corben profita d'un instant de distraction de ses ravisseurs pour soulever légèrement le sac. L'ayant remarqué, Omar l'injuria avec colère. Mais il était trop tard : l'Américain avait aperçu le Mi-25 qui repartait vers le sud. Il ne parvint à distinguer aucun insigne sur son flanc kaki, mais c'était bien un appareil militaire et un seul pays situé à quelques heures de vol de Beyrouth en possédait de semblables.

Il adressa à Omar un petit sourire accompagné d'un doigt d'honneur et regarda autour de lui. Le grêlé avait emmené trois hommes munis d'un arsenal impressionnant : deux carabines de précision, plusieurs mitraillettes et quelques caisses de matériel supplémentaire. Le protecteur du hakim, quel qu'il soit, disposait d'une nombreuse main-d'œuvre musclée. L'homme semblait jouir d'un soutien et d'une force de frappe importants, ainsi que d'une réserve apparemment inépuisable d'hélicoptères. Corben et les hommes d'Omar avaient pu se rendre en Turquie sans préparation, sans doute grâce à l'accord tacite qui liait ce pays et la Syrie, tous deux menant une lutte féroce contre les aspirations nationalistes des Kurdes.

Corben s'était illusionné en croyant pouvoir collaborer avec le hakim. En plus d'être un coriace, l'homme avait des « parrains » de poids à qui il devait rendre des comptes. Ces hommes, quels qu'ils soient, avaient fondé de grands espoirs sur lui. Ils rechigneraient certainement à voir un agent de renseignement américain s'asseoir à leur table.

Ce retournement ne déplaisait pas à Corben. Il s'était pris d'une profonde antipathie pour le « docteur » et notamment pour la semelle de son mocassin cousu main. Il aurait beaucoup de plaisir à le lui faire avaler une fois que le mystérieux acheteur l'aurait avantageusement remplacé.

Corben remarqua qu'Omar tirait de sa poche le portable qu'il lui avait pris et remettait la batterie en place avant de consulter l'écran de son GPS. Corben inspecta les environs. L'hélicoptère les avait déposés sur une éminence, à la lisière d'une vaste plaine aride. Des plaques de végétation ponctuaient la rive du Tigre, le fleuve qui coupait cette plaine vers le sud avant de traverser l'Irak. À moins de deux kilomètres de là, la ville de Diyarbakir se dressait au sommet d'une autre colline.

Omar tendit son téléphone à Corben.

— Pas de message pour toi, dit-il avec un accent prononcé. Donc la position d'Abou Barzan est toujours la même.

— En effet. Mais il vaudrait mieux laisser l'appareil allumé à partir de maintenant, au cas où on appellerait pour signaler un changement.

Si Olshansky ne faisait pas rapidement ce qu'il attendait de lui, la situation risquait de devenir intenable. Corben devait trouver une ouverture et s'en saisir.

— Je le garde, répondit Omar. Pour le moment.

Corben eut un sourire crispé.

— *Intal rayyis*. C'est toi le boss, Omar.

Il aperçut du coin de l'œil deux SUV poussiéreux qui se portèrent à leur hauteur. Omar leur fit signe d'arrêter et ordonna à ses hommes de monter.

Quelques minutes plus tard, ils étaient en route.

Le King Air était attendu sur le tarmac par l'un des « conseillers » de Kirkwood en matière de sécurité. Anciens agents des SAS ou des Forces Spéciales, ces hommes étaient très demandés depuis que le chaos avait submergé l'Irak. À la requête de Kirkwood, Mia et lui débarquèrent à l'abri des regards indiscrets, puis ils s'installèrent à l'arrière d'un Land Cruiser Toyota aux vitres fortement teintées tandis que le mercenaire, un Australien disant s'appeler Bryan, allait faire tamponner leurs passeports au terminal. Quelques minutes plus tard, ils quittaient tranquillement l'enceinte du petit aéroport et roulaient vers le point de rendez-vous.

— Vous avez réussi à joindre Abou Barzan ? demanda l'Australien.

— Oui, répondit Kirkwood. Il était un peu décontenancé par le changement de lieu mais j'ai prétendu que c'était une simple mesure de précaution. Un de mes gars se trouve là-bas avec lui.

Mia suivait le dialogue avec un léger étonnement.

— Quel changement de lieu ? Il sait que vous venez ?

— Je l'ai fait déménager ce matin. Au cas où Corben et les autres seraient sur sa piste.

— Il est sous surveillance ? Vous avez peur qu'il vous file entre les doigts ?

Kirkwood parut deviner les soupçons de la jeune femme.

— Je vous expliquerai tout quand nous serons avec lui, je vous le promets.

Les deux SUV franchirent un étroit pont en béton et entamèrent la montée vers Diyarbakir.

La ville s'était développée au point de devenir la capitale kurde de l'est de la Turquie. Sa partie ancienne, juchée sur un tertre, était entourée de remparts byzantins à peine moins impressionnants que la Grande Muraille de Chine. Faits de gros blocs de basalte noir, ils étaient percés de quatre portes imposantes et renforcés par seize tourelles disposées à intervalles réguliers. Des bâtiments plus récents s'étageaient sous sa partie extérieure, jusqu'à la plaine environnante.

Assis à l'arrière du véhicule de tête, Corben observait ses ravisseurs. À côté de lui, Omar étudiait les coordonnées de son GPS, et l'un de ses hommes avait pris place devant avec un chauffeur local. Le deuxième SUV suivait avec le reste de l'équipe et un autre chauffeur.

Il se demandait quand son coup de bluff serait éventé lorsque son téléphone vrombit. Omar lui tendit l'appareil en pointant le canon de son arme vers son cou.

— Fais gaffe à ce que tu dis.

Ignorant l'avertissement, Corben prit l'appel. C'était Olshansky.

— T'es où, bon Dieu ? demanda le technicien. Ton portable sonne bizarrement.

— T'en fais pas pour ça. T'as quelque chose pour moi ?

— La NSA a repéré ton mystérieux correspondant suisse, répondit Olshansky tout excité. Tu le croiras jamais.

Considérant Omar d'un œil froid, Corben lâcha :

— Il est en Turquie.

— Pas juste en Turquie. Il est à Diyarbakir !

— Où à Diyarbakir ?

— La dernière fois que je l'ai localisé, il se trouvait à l'aéroport... Non, attends, il vient de changer de case, il est en route pour la ville.

Olshansky reprit d'un ton préoccupé :

— Hé, ça va, toi ?

— Pas de problème. Préviens-moi quand il arrêtera de bouger.

Corben mit brusquement fin à la conversation, puis il se tourna vers la vitre.

— C'est la route de l'aéroport ? demanda-t-il à Omar.

Le grêlé traduisit la question au chauffeur, qui acquiesça d'un signe de tête.

Corben inspecta la route derrière eux. Elle était déserte.

— Dis-lui de se garer dans un endroit discret. Notre acheteur arrive.

56

Entre l'aéroport et la ville, le paysage noyé de soleil respirait la désolation. Le chauffeur de Mia et de Kirkwood dut s'arrêter plusieurs fois parce que des paysans en vêtements rapiécés poussaient devant eux sur la route des troupeaux de moutons et de chèvres, en un lent cortège escorté d'escadrons de mouches qui laissait une âcre puanteur dans son sillage.

Le Land Cruiser finit par atteindre le pont en béton et prit la direction de la ville. Les bâtiments qui bordaient la route mélangeaient allégrement l'ancien et le nouveau, les constructions bon marché, dont beaucoup défigurées par des affiches électorales à demi arrachées, et les boutiques aux enseignes criardes. La chaussée était encombrée par des camionnettes et des berlines surchargées transportant toutes sortes de marchandises, de la pastèque au réfrigérateur.

Le chauffeur avançait difficilement dans ce parcours d'obstacles. Ni lui ni ses passagers ne prêtèrent attention aux deux SUV poussiéreux garés le long du trottoir, derrière un gros camion-citerne livrant de l'eau.

Corben remarqua immédiatement le Land Cruiser quand celui-ci dépassa leur 4x4. Le véhicule était propre, en bon état, et si on ne voyait pas grand-chose à travers ses vitres teintées, il avait aperçu le passager assis à l'avant à côté du chauffeur. Un homme à la peau claire et aux cheveux blond-roux portant des lunettes de soleil.

Ce devait être leur cible. Il n'était passé presque aucune voiture venant de l'aéroport, et ce type n'était pas du coin.

— Là, dit-il en tendant le bras. C'est l'acheteur. Suivez-le.

Omar donna un ordre au chauffeur. Les SUV démarrèrent et se glissèrent dans la circulation, laissant deux ou trois voitures entre eux et le Land Cruiser.

Corben avait la sensation d'avoir vu juste. De toute façon, Olshansky lui donnerait bientôt la destination finale de leur cible.

Le Land Cruiser pénétra bientôt dans la vieille ville. Les maisons, plus basses et beaucoup plus anciennes, étaient faites de bandes alternées de pierre blanche et de basalte rouge noirâtre. De nombreux minarets se dressaient au-dessus du dédale des rues. Les trottoirs crevassés étaient envahis d'hommes vêtus pour la plupart du large pantalon noir traditionnel et de femmes coiffées d'un foulard blanc. Des enfants jouaient dans la pénombre des ruelles partant de l'artère principale.

Les deux SUV suivirent le Land Cruiser à distance et firent halte au coin d'un vaste bazar quand la cible s'arrêta devant une maison qui jouxtait celui-ci.

Deux hommes attendaient dehors. L'un était arabe, l'autre occidental ; tous deux avaient l'air armés. Omar demanda au chauffeur où ils se trouvaient. Celui-ci expliqua que c'était là le Hassan Basha Han, un ancien caravansérail à présent occupé par des marchands de souvenirs et de tapis.

Corben n'écoutait pas. Les portières du Land Cruiser venaient de s'ouvrir.

L'homme aux cheveux blonds descendit le premier et inspecta les environs d'un œil expérimenté. Les lunettes noires, la bosse du holster sous la saharienne kaki trahissaient le mercenaire. Il échangea quelques mots avec l'Occidental posté devant la maison tandis que les portières arrière s'ouvraient.

Mia descendit à son tour du Land Cruiser, aussitôt suivie de Kirkwood.

Corben analysa immédiatement cet élément nouveau. Il s'attendait à voir Webster. Manifestement, celui-ci et Kirkwood travaillaient ensemble. Ce qui expliquait la venue de Kirkwood à Beyrouth et son intérêt pour cette affaire.

Corben se tourna vers Omar. Lui aussi avait vu la jeune femme, mais il ne connaissait pas Kirkwood. L'Américain prit soin de dissimuler sa satisfaction.

Parfait.

57

En sortant du Land Cruiser, Mia vit l'Australien tendre la mallette métallisée à Kirkwood, qui se tourna vers elle.

— Accordez-moi une minute, d'accord ? Je m'assure que le vendeur ne nous posera pas de problèmes.

Il entra alors dans la maison avec l'Australien, laissant la jeune femme avec l'autre mercenaire, un Sud-Africain appelé Hector, et l'homme d'Abou Barzan. Tous deux lui adressèrent un bref salut – l'Arabe la regardant avec un peu plus d'insistance que son compagnon – avant de reprendre leur surveillance.

La ville semblait plongée dans une torpeur typique du Moyen-Orient. Peu de gens entraient ou sortaient du bazar. Au bout d'une ruelle pavée, quelques enfants qui n'avaient pas succombé à la léthargie générale jouaient au football pieds nus sous les cordes à linge. L'un d'eux faisait rebondir le ballon sur ses pieds, ses genoux et ses cuisses, sous les acclamations et les plaisanteries de ses copains.

La voix de Kirkwood tira Mia de sa rêverie en l'invitant à entrer dans la maison. La porte donnait directement sur un vaste séjour, simple et chichement meublé, qui empestait le tabac. Mia découvrit leur garde du corps australien ainsi que trois Arabes en train de fumer.

— Voici Abou Barzan, dit Kirkwood en lui présentant un des Arabes.

Corpulent, l'homme avait un triple menton, des cheveux teints du même noir de jais que son épaisse moustache et un grain de beauté proéminent sur la joue gauche.

— Enchanté, assura-t-il.

La cigarette pendant au coin des lèvres, il prit la main de la jeune femme entre ses grosses pattes moites et la pressa avec ardeur.

— *Kaak* Mohsen, dit-il, utilisant le terme kurde signifiant « frère » pour désigner un homme âgé, plus réservé, qui inclina légèrement le buste en signe de bienvenue. Un ami cher qui a aimablement accepté de nous recevoir dans sa maison, à l'improviste.

Il insista sur ce dernier mot en regardant Kirkwood, qui répondit par un signe de tête reconnaissant.

— Et mon neveu Bachar, acheva l'Irakien en montrant un homme jeune, pansu, au crâne prématurément dégarni.

Mohsen offrit à Mia l'inévitable verre de thé très sucré. Tandis qu'elle buvait à petites gorgées, elle remarqua deux carabines sur un buffet bas. Le neveu d'Abou Barzan était armé d'une kalachnikov et d'un automatique glissé sous sa ceinture.

Elle vit aussi la mallette métallisée de Kirkwood sur la table. Bryan, l'Australien, semblait la garder. Plusieurs caisses en bois posées au sol contenaient des objets emballés dans de petits sacs en tissu. La jeune femme leva un regard interrogateur vers Kirkwood.

— Il a le livre ? demanda-t-elle.

— Ah, le fameux livre ! dit Abou Barzan.

Il eut un rire de gorge qui fit trembler sa bedaine au rythme de sa respiration hachée.

— Bien sûr, je l'ai apporté pour vous.

Il se dirigea vers la table d'un pas pesant, prit un sac et le leur montra.

— C'est ce que vous voulez, hein ?

Il tira l'ouvrage de sa toile cirée protectrice et le tint fièrement devant eux. Même de loin, Mia distingua le serpent se mordant la queue. L'émotion était palpable autour d'elle. On aurait dit que chacun retenait son souffle.

Abou Barzan posa le volume sur la table et les invita à le rejoindre. Kirkwood s'approcha lentement, suivi de Mia. Il se pencha pour prendre le livre, mais l'Irakien appuya calmement sa main grassouillette sur la couverture avec un sourire. Sur un signe de Kirkwood, Bryan tendit la mallette à Abou Barzan, qui s'écarta aussitôt, l'air ravi.

Kirkwood prit le livre afin de l'examiner.

Sur la couverture, remarquablement bien conservée, chaque écaille de l'Ouroboros avait été soigneusement gravée dans le cuir. Kirkwood leva vers Mia un regard rempli de nervosité et d'impatience, puis il ouvrit le livre.

Celui-ci se lisait de droite à gauche, comme tous les textes arabes. L'intérieur de la couverture présentait un rabat blanc, comme souvent à l'époque. Au centre de la première page, des caractères naskhîs.

La déception se peignit sur le visage de Kirkwood.

— Qu'est-ce qu'il y a ? s'enquit Mia.

— Ce n'est pas le bon, répondit-il, consterné. Celui-ci s'intitule… le *Kitab al Kayafa*. « Le Livre des principes ».

Étonnée de découvrir qu'il lisait l'arabe, la jeune femme le regarda tourner les pages et parcourir rapidement chacune d'elles.

Ce qu'il cherchait ne s'y trouvait manifestement pas.

Comme il revenait à la première page, elle remarqua, dans le coin supérieur gauche, une inscription en alphabet latin qui semblait bien postérieure au titre.

— Que veut dire cette phrase ? demanda-t-elle. C'est du français, non ?

— Oui, confirma-t-il.

Kirkwood déchiffra l'inscription en silence. Visiblement bouleversé, il semblait perdu dans ses pensées, comme si le reste du monde avait cessé d'exister pour lui.

Mia patienta quelques minutes, craignant de le déranger, mais la curiosité finit par l'emporter.

— Vous pouvez traduire ?

— C'est un message, dit-il d'un ton solennel. Le message d'un mourant à son épouse depuis longtemps perdue.

Kirkwood marqua une pause avant de lire :

— « Thérésia, mon aimée, j'ai tellement envie de te voir, de te dire combien tu me manques, de m'abandonner encore à l'ardeur de ton étreinte et de te faire partager ce que je tiens à présent pour vrai. Car tout est vrai, ma chérie, comme je l'espérais. Je l'ai vu de mes yeux, mais cette découverte même perd tout son éclat quand je songe à ce qu'elle m'a coûté : ne plus être auprès de toi et de notre cher fils Miguel. Adieu. » Et c'est signé Sebastian.

Kirkwood pencha la tête de côté, comme s'il soupesait une idée, puis il tourna la page et commença à lire. Apparemment intrigué, il sauta à la page suivante, se replongea dans le texte et tourna une nouvelle page tandis qu'un large sourire éclairait son visage.

— Quoi ? l'interrogea Mia. Qu'est-ce que vous avez trouvé ?

— C'est… c'est merveilleux, dit-il, radieux. Tout est vrai, Mia. Tout est vrai.

58

— Regardez ici, dit Kirkwood, enthousiaste. Il est écrit que « la mémoire des hommes et des femmes de la société nouvelle sera soumise à une épreuve sans précédent». Le livre indique ensuite comment relever ce défi. Et là…

Il revint à la page précédente.

— … il est question de la manière dont les hommes et les femmes de cette société nouvelle devront traiter leurs nombreux descendants. Pas seulement les hommes. Les hommes et les femmes.

— Je ne comprends pas, avoua Mia.

— Ce livre est un manuel d'éthique. Il établit des règles de conduite dans une société où les gens ont vu leur existence bouleversée.

— Par l'allongement de leur espérance de vie ?

— Exactement. Et le livre parle d'hommes et de femmes, comprenez-vous ? D'hommes *et* de femmes. Après toutes ces années, il a fini par découvrir ce qu'il cherchait.

Mia ne comprenait pas un traître mot de ce que disait Kirkwood.

— De qui parlez-vous ?

— De Sebastian Guerreiro. Il a consacré sa vie à la recherche de la formule. Il a tout perdu – sa femme, son fils – mais il a finalement réussi. Sans doute a-t-il trouvé un autre livre, ou d'autres livres, dans une salle souterraine semblable à celle qu'a exhumée votre mère. Mais cette fois, le livre contenait la formule intégrale. Tout est vrai.

— Qu'en savez-vous ? répliqua Mia. Qui vous dit que ce livre n'est pas purement théorique, qu'il ne s'agit pas d'une simple extrapolation philosophique ?

— Parce que Sebastian connaissait déjà une partie de la formule. Il avait trouvé, ou plutôt on lui avait confié un ouvrage pareil à celui-ci. Même couverture, même style… Il décrivait des expériences impliquant une substance qui semblait arrêter le processus de vieillissement. Seulement, le livre était incomplet. Il manquait la dernière partie. Sebastian ignorait ce qu'elle contenait. Il ne savait pas si les expériences avaient réussi, s'il existait une formule réellement efficace, ou si le livre ne faisait que recenser les erreurs à ne pas commettre. Mais cette quête était suffisamment importante à ses yeux pour qu'il lui consacre sa vie.

— Ce livre ne contient pas la formule ?

— Non, mais il confirme qu'elle existe. L'écriture sur la page de garde est la même que dans le livre de Sebastian.

— Vous l'avez vu ?

— Oui, avoua Kirkwood après un temps d'hésitation. C'est la même société secrète, le même groupe, j'en suis sûr.

— Comment le savez-vous ? reprit Mia, prise de vertige. Qui était ce Sebastian ?

— Un inquisiteur portugais, répondit Kirkwood avec une note de fierté dans la voix. C'était aussi mon ancêtre.

Sur le toit d'une maison située presque en face de celle de Mohsen, Corben écoutait Kirkwood au moyen d'un casque relié au micro directionnel que tenait Omar. L'Arabe avait également suivi la conversation.

— Votre ancêtre ? disait Mia d'un ton excédé. Mais qu'est-ce qui se passe ? Qui êtes-vous ?

— Mia, je vous en prie. Je... je vous en prie.

Kirkwood se tut puis ils l'entendirent demander :

— Où avez-vous trouvé ce livre ?

La question s'adressait manifestement à Abou Barzan.

— Je ne sais pas... Je ne me souviens plus, répondit une voix à l'accent irakien, celle du marchand.

— Pas de ça, d'accord ? Pas après tout ce qu'on a fait pour venir ici. Je vous ai payé une petite fortune. Où avez-vous trouvé ce livre ? insista Kirkwood.

Il sembla à Corben que l'Irakien tirait sur sa cigarette avant de répondre :

— Dans un village. Un tout petit village de montagne, au nord d'Al Amadiyya, près de la frontière. Il s'appelle Nerva Zhori.

— Il y avait d'autres livres avec ce symbole ?

— Je ne sais pas. Le *mokhtar* du village, le maire, m'a proposé de fouiller dans un tas de vieilleries pour voir si quelque chose m'intéressait. J'ai acheté quelques trucs : de vieux bouquins, des amulettes. Les villageois s'en fichaient, ils avaient besoin d'argent. Depuis le début de la guerre, les gens sont désespérés, ils vendent tout ce qu'ils peuvent pour subsister.

Après un silence, Kirkwood reprit, probablement à l'adresse de Mia :

— Une fois votre mère en sécurité, nous irons là-bas. Il faut parler à ce *mokhtar* et découvrir comment le livre est arrivé dans ce village.

— Pourquoi ?

— Parce que Sebastian a disparu quelque part au Moyen-Orient en cherchant la formule, expliqua Kirkwood avec une note de passion perceptible malgré le grésillement du micro. C'est la première fois que nous trouvons un indice sur ce qui a pu lui arriver.

Omar porta une main à son écouteur et se tourna vers Corben, l'air de dire : c'est tout ce qu'on a besoin de savoir.

L'agent secoua la tête – Non, pas encore – mais le grêlé tendit la main vers son talkie-walkie et, dans un murmure, donna l'ordre d'attaquer.

59

— Vous n'avez pas répondu à ma question, insista Mia. Si ce type est votre ancêtre, alors qui êtes-vous ? Et que faites-vous ici ?

— C'est une longue histoire, répondit Kirkwood.

Il regarda autour de lui, visiblement gêné de parler devant un auditoire.

— Je vous expliquerai dans l'avion, promit-il.

Deux coups sourds se firent entendre à l'extérieur de la maison. Personne ne les remarqua sauf Bryan, le plus proche de la fenêtre.

— Non, maintenant, exigea Mia. J'en ai assez que Corben et vous m'informiez au compte-gouttes de ce que…

— Silence, l'interrompit Bryan, qui avait pris position à droite de la fenêtre.

Le dos plaqué contre le mur, il avança la tête avec précaution et jeta un coup d'œil à travers le rideau.

Son collègue et l'homme d'Abou Barzan gisaient sur le trottoir. Une flaque de sang se formait sous la tête de l'Australien, l'Arabe avait un trou dans la poitrine. Ni l'un ni l'autre ne bougeaient.

— À terre, ordonna Bryan en dégainant son pistolet. On a de la visite.

Il regarda de nouveau dehors, inspectant les toits de l'autre côté de la rue, et aperçut la silhouette d'un tireur embusqué. Il se baissa juste avant que deux balles tirées avec un silencieux ne fracassent la vitre, répandant une pluie d'éclats de verre dans le salon.

Bryan se redressa et fit feu en direction du toit tandis que, derrière lui, tout le monde se mettait à l'abri. Prenant le livre, Kirkwood poussa Mia derrière la table. Abou Barzan empoigna la mallette d'une main, un pistolet de l'autre. Son neveu et leur hôte, qui avaient également saisi leurs armes, battirent en retraite vers une porte située dans le fond de la pièce.

— Il y a une autre issue ? cria Kirkwood à Abou Barzan.

Les genoux pliés, le gros Irakien inspectait nerveusement les fenêtres en reculant.

— Oui, derrière. Par ici.

Bryan vida son chargeur avant de rejoindre Mia et Kirkwood.

— Vous en avez repéré combien ? lui demanda ce dernier.

— J'ai juste vu le sniper, répondit Bryan en glissant un nouveau chargeur dans son arme. C'est qui, ces mecs ?

— Je l'ignore.

Des balles fracassèrent la serrure de la porte d'entrée, qui s'ouvrit sous la poussée d'une botte.

— Planquez-vous ! s'écria Bryan.

Il renversa la table et plongea derrière

Une salve de détonations assourdies secoua la pièce avant qu'un des assaillants se rue à l'intérieur en faisant feu. Bryan le suivit des yeux et tira quelques balles qui l'atteignirent à la cuisse. Avec un cri de douleur, l'homme bascula derrière un sofa. Bryan se penchait pour l'achever quand un autre tireur passa un bras dans l'embrasure de la porte et tira à deux reprises, touchant l'Australien à l'épaule.

Grimaçant de douleur, Bryan se laissa tomber derrière la table, une main plaquée sur sa blessure.

— Sortez par-derrière, marmonna-t-il à Kirkwood et à Mia, des gouttes de sueur coulant sur son front.

— Pas question de vous abandonner, protesta Kirkwood.

— Tirez-vous avant qu'il soit trop tard, ordonna le mercenaire.

Aussitôt il se redressa et vida son arme sur tout ce qui bougeait, abattant l'homme qu'il avait blessé et repoussant celui qui tentait d'entrer.

— Venez, cria Kirkwood à Mia.

Il jaillit de derrière la table, tenant toujours le livre. À sa suite, Mia courut vers le fond de la maison.

Ils dépassèrent un escalier avant d'atteindre la cuisine. À peine avaient-ils pénétré dans la petite pièce en désordre qu'ils entendirent d'autres détonations étouffées et virent Abou Barzan rentrer seul dans la maison. Il n'était pas encore à l'intérieur qu'une balle le projeta au sol, tandis qu'une tache écarlate s'élargissait sur sa cuisse gauche.

Kirkwood repoussa Mia.

— Demi-tour, vite !

Arrachant son regard de l'Irakien à terre, Mia repartit en courant vers le séjour.

Debout près d'Omar, les poignets toujours menottés, Corben vit le premier tueur pénétrer dans la maison.

Les deux gardes postés à l'extérieur étaient tombés sous les balles du sniper qui venait de les rejoindre. Omar avait déjà envoyé trois hommes derrière la maison pour couper toute retraite aux assiégés. Pour le moment, Corben était impuissant. Plaqué contre le mur de la maison, il attendait une occasion d'agir en observant Omar et ses sbires.

Sachant qu'ils avaient pour instruction d'épargner l'acheteur américain – Omar avait bien insisté sur ce point –, il ressentit une bouffée de colère en songeant à Mia, prise au piège.

Omar n'avait rien dit à son sujet.

Des coups de feu retentirent derrière la maison, puis un déluge de balles s'abattit sur la porte. L'air mauvais, Omar fit signe au sniper d'entrer.

L'homme risqua un œil, passa un bras à l'intérieur de la maison et pressa la détente de son arme. Un grognement sourd apprit à Corben que le second garde du corps de Kirkwood avait été touché. Le grêlé avait également entendu. Avec une lueur meurtrière dans le regard, il envoya ses hommes finir le travail.

Dans le salon, Bryan glissa son dernier chargeur dans son arme et jeta un coup d'œil vers l'entrée de la maison. Les deux tueurs s'étaient mis à couvert. Il ne pouvait rester beaucoup plus longtemps derrière cette table renversée : tôt ou tard, ils l'en délogeraient. Il avait très mal à l'épaule et l'hémorragie commençait à l'affaiblir.

Il devait tenter le tout pour le tout.

S'étant exposé, il perçut un mouvement et fit feu avant de foncer, plié en deux, vers le couloir par lequel les autres avaient disparu. Le tueur passa la tête dans la maison et tira deux fois dans sa direction avant qu'il n'atteigne le couloir.

Au pied de l'escalier, il retrouva Kirkwood et Mia, de retour de la cuisine. Mauvais signe : il avait l'intention de sortir comme eux par-derrière. Voyant la jeune femme lever les yeux, il lui cria :

— Vite, montez !

Des ordres en arabe retentirent dans le séjour, et le tireur qu'il n'avait pas touché fonça sur lui. Embusqué dans l'escalier, Bryan compta mentalement quelques secondes avant de jaillir de sa cachette, puis il tira dans la poitrine de l'homme, qui s'affaissa comme une masse.

C'est alors que la première de trois balles le frappa dans le dos.

Mia avait à peine gravi quelques marches, Kirkwood la suivant de près, qu'une volée de projectiles s'enfonça dans les murs du couloir, à la hauteur de Bryan. L'Australien se mit à couvert et riposta, puis un tireur surgi de la cuisine le toucha dans le dos quelques secondes plus tard.

Pétrifiée d'horreur, elle vit l'homme s'écrouler, criblé de balles. Se ressaisissant, elle ordonna à ses jambes de la porter jusqu'au palier. L'escalier se poursuivait au-delà du premier étage.

— Continuez ! lui cria Kirkwood.

Déjà, elle montait les marches deux à deux, poussée par l'instinct de survie. Encore quelques pas et elle atteignit une trappe en bois munie d'un vieux loquet qui, par chance, n'était pas fermé. Mia poussa le volet et s'élança vers le toit de la maison. Kirkwood la suivit, rabattit la trappe derrière lui, mais ils n'avaient rien sous la main pour la fermer ou la bloquer.

En balayant le toit du regard, il repéra une barre de fer rouillée qu'il glissa dans les arceaux de la trappe. Cela retarderait leurs poursuivants, mais pas longtemps.

Mia inspecta la terrasse blanchie à la chaux, espérant un miracle. Un pigeonnier en occupait le centre. Elle s'en approcha, à bout de nerfs, cherchant désespérément une solution. La maison était indépendante, entourée de tous côtés de rues et de ruelles.

Ils n'avaient aucun moyen de fuir.

60

Revolver au poing, Omar inspecta le séjour avant d'entrer en tirant Corben derrière lui comme un chien au bout d'une laisse.

Ayant repéré le tireur blessé, le grêlé approcha en quelques pas rapides. Affalé contre le mur, l'homme semblait mal en point. Le corps du deuxième tireur gisait à ses pieds. S'abritant derrière le mur, Omar lança une question en direction du couloir. Une voix lui répondit qu'un nommé Roudwan était mort mais que l'autre mercenaire avait été abattu. En revanche, l'Américain et la fille s'étaient enfuis par l'escalier.

Furieux, Omar tira Corben par le cou et rejoignit le tireur survivant. Le garde du corps de Kirkwood était recroquevillé au pied de l'escalier, couvert de sang.

Omar réfléchit un instant, puis il se tourna vers Corben, enfonça le canon de son revolver sous le menton de l'Américain et planta son regard dans le sien. La colère suintait de chaque pore de son visage marqué par la variole.

Corben ne broncha pas. Le tueur ordonna au survivant de surveiller Corben puis il se précipita dans l'escalier.

Kirkwood et Mia faisaient le tour du toit dans une sorte d'hébétude, jetant des regards angoissés tour à tour à la trappe et au parapet qui les entourait.

Les tueurs seraient bientôt là.

Ils devaient à tout prix réagir.

Kirkwood s'approcha du parapet et tenta de mesurer l'espace entre la maison et le bâtiment voisin. La distance d'une ruelle les séparait du toit du bazar, entouré d'un muret derrière lequel ils pourraient s'abriter.

Mais pour ça, il leur fallait d'abord franchir un vide d'un mètre quatre-vingts sous lequel courait un étroit passage pavé.

— Vous pouvez sauter ? demanda-t-il à Mia, en surveillant du coin de l'œil la trappe qui pouvait s'ouvrir d'une seconde à l'autre.

— Vous êtes cinglé ?

— Mais si, vous pouvez.

— Pas question.

Des coups contre la trappe achevèrent de les affoler.

Les yeux de Kirkwood plongèrent dans ceux de Mia.

— Vous pouvez, cria-t-il. Vous devez y arriver.

La trappe craqua, ses gonds grincèrent. Elle ne résisterait plus longtemps.

Mia dirigea son regard vers le toit du bazar.

— Sautez et je vous lancerai le livre, lui dit Kirkwood. Ne m'attendez pas. Fuyez. Allez à l'ambassade, insistez pour parler à l'ambassadeur, uniquement à l'ambassadeur, vous comprenez ?

Mia le dévisagea, l'esprit envahi d'un flot de questions et d'émotions contradictoires.

Un nouveau coup sourd ébranla la trappe.

— Pourquoi faites-vous ça ? Qui êtes-vous ? Pourquoi devrais-je vous faire confiance ?

Une vague de chagrin et de colère submergea Kirkwood.

— Parce que j'étais avec ta mère dans cette salle souterraine d'Hilla.

Mia parut totalement médusée.

— Parce que je suis presque sûr d'être ton père, ajouta-t-il d'un ton désespéré, comme si son âme venait d'être aspirée hors de son corps.

Il y eut un autre coup, et cette fois, la trappe céda.

Kirkwood et Mia se retournèrent pour voir le tueur au visage grêlé prendre pied sur le toit.

— Saute ! ordonna Kirkwood à Mia.

Elle baissa les yeux vers la ruelle sombre, les leva vers l'homme qui prétendait être son père et, trop abasourdie pour parler, hocha la tête. Puis elle recula de quelques pas et s'élança par-dessus la rambarde.

L'épreuve dura moins que le temps d'une inspiration. Elle retomba lourdement sur le toit du bazar et roula sur sa surface couverte de poussière. Elle se releva, claquant des dents, étourdie par le choc, et courut vers le parapet.

Kirkwood sourit, soulagé de la voir indemne.

Une ombre avançait derrière lui. L'homme au visage grêlé avait un pistolet à la main.

— Derrière vous !

Kirkwood se retourna, regarda de nouveau Mia, baissa les yeux vers le livre qu'il serrait dans ses mains et le lui lança.

Le livre tournoya dans les airs et termina sa course dans les mains de Mia au moment où le tueur atteignait le parapet. Elle le vit braquer son arme sur elle,

elle vit la mort s'apprêtant à jaillir du canon, mais l'homme qu'elle connaissait sous le nom de Bill Kirkwood se jeta sur le grêlé, détournant la balle vers le ciel.

— Cours ! cria Kirkwood en luttant avec le tueur.

Malgré les émotions qui bouillonnaient en elle, malgré l'instinct qui lui ordonnait de rester, la clouant au sol, Mia s'exécuta.

Au pied de l'escalier, Corben observait son gardien tandis que tous deux écoutaient le vacarme au-dessus d'eux. Apparemment, Kirkwood et Mia s'étaient enfermés dans une pièce. Omar ne tarderait pas à les en déloger, l'agent n'en doutait pas.

S'il devait tenter quelque chose, c'était maintenant.

Un seul homme le surveillait.

Un type nerveux, en plus.

C'était le moment.

Le cadavre du mercenaire bloquait l'escalier. L'un des hommes d'Omar gisait dans le couloir un peu plus loin. Près de son bras, Corben repéra quelque chose d'intéressant.

Ayant réussi à attirer l'attention de son gardien, il lui désigna le mort de la tête, feignant la surprise.

— Le livre. Il est là, regarde, dit-il en tendant le bras vers le sol ensanglanté.

Il fit un pas vers le cadavre, guettant la réaction du garde. L'homme lui cria d'arrêter mais Corben continua à avancer.

— C'est le livre, connard, tu comprends ? *Al kitab.*

Il fit un pas de plus, leva ses mains menottées en un geste d'impuissance, et montra à nouveau le sol.

— *Al kitab*, répéta-t-il. C'est ce que veut ton *mu'allim*, abruti.

L'homme continuait à brailler et à agiter son arme en lançant des regards indécis vers l'escalier. Corben ne pouvait plus reculer. Il se pencha en criant :

— Le livre, O.K. ? *Al kitab*, compris ?

Tournant le dos au tueur, il saisit le pistolet du mort, muni d'un silencieux, fit volte-face vers l'Arabe qui écarquillait les yeux et pressa la détente, en priant un Dieu auquel il ne croyait pas que le chargeur ne soit pas vide. Il connut une conversion passagère quand des balles transpercèrent la poitrine de l'homme.

Omar repoussa Kirkwood d'un coup de tête et se releva. Tenant l'Américain en respect avec son arme, il inspecta le toit du bazar.

Aucune trace de Mia ni du livre.

Il saisit Kirkwood par le cou, lui hurla d'avancer vers la trappe et le poussa dans l'escalier en lui collant le canon de son revolver dans le creux des reins.

Omar était livide.

Le livre lui avait échappé alors qu'il était là, à portée de main. Mais il détenait l'acheteur, indemne et prêt à être interrogé. Toutefois, l'opération se soldait par un échec. Outre le livre, il avait perdu plusieurs hommes.

Il devait filer d'urgence. La police turque était sûrement en route, alertée par la fusillade.

Précédé de Kirkwood, il descendit l'escalier, aperçut le dos de Corben et appela d'une voix furieuse l'homme qu'il avait chargé de surveiller l'agent.

Corben se retourna avec une lenteur qui n'avait rien de menaçant.

Dans la pénombre du couloir, Omar ne vit pas le pistolet dans la main de Corben, pas même lorsqu'il cracha la balle de 9 mm qui vint se loger dans son front.

61

Kirkwood vit Omar s'effondrer et dévaler les dernières marches, la tête la première, avant de s'immobiliser aux pieds de Corben.

— Où est Mia ? demanda l'agent d'un ton pressant.

Kirkwood scruta le visage de Corben, repensant à l'explosion de violence qui venait d'avoir lieu. Les tueurs étaient arabes, ils devaient appartenir à la bande du hakim… Sauf que Corben les accompagnait.

— Qu'est-ce que vous faites ici ?

— Ils m'ont enlevé hier soir.

— Comment étaient-ils au courant de ce rendez-vous ? insista Kirkwood. Par vous ? Vous aviez mis le téléphone d'Abou Barzan sur écoute ?

Son ton accusateur laissa Corben de marbre.

— Pas le temps de discuter de ça, répliqua-t-il. Où est le livre ?

— Avec Mia. Et croyez-moi, elle est déjà loin.

Guettant la réaction de Corben, Kirkwood ajouta :

— Je ne lui donne pas tort, après tous les mensonges que vous lui avez racontés en lui faisant croire que la libération de sa mère était votre priorité.

Corben chercha la jeune femme des yeux dans l'escalier, puis il affronta à nouveau le regard de Kirkwood.

— Et vous, quelle est la vôtre ? répliqua-t-il avec cynisme. Vous voudriez me faire croire que votre venue n'a rien à voir avec la formule que cherchait votre ancêtre ?

Kirkwood accusa le coup. Si Corben connaissait son secret, cela signifiait qu'il avait écouté sa conversation avec Mia. Par conséquent, il n'était pas le prisonnier du hakim, mais son allié. Pourtant, il semblait avoir modifié ses plans puisqu'il venait d'abattre le tueur en chef du « docteur ».

Après un rapide coup d'œil vers l'entrée de la maison, Corben se pencha sur le cadavre d'Omar, tira une clé d'une de ses poches et se débarrassa de ses menottes. Après s'être frotté les poignets, il récupéra également son téléphone portable et vérifia que la batterie était encore chargée avant de l'enlever. Puis il ramassa la mitraillette de Bryan et la passa à son épaule. Dans les poches du mercenaire, il trouva plusieurs chargeurs qu'il vida dans les siennes, ainsi que les clés du Land Cruiser.

Il lança ensuite un regard pensif vers le fond de la maison.

— En route, annonça-t-il en enjambant le corps d'Omar.

— Où va-t-on ?

Corben ne répondit pas et Kirkwood le suivit dans la cuisine.

Corben inspecta la ruelle depuis le seuil puis il recula. Abou Barzan était étendu sur le ventre dans un coin de la pièce, au milieu d'une flaque de sang sombre. À ses pieds, la mallette.

Corben la prit, puis il se retourna vers Kirkwood qui tendit la main vers lui. L'agent secoua la tête.

— Je la garde. Je veux être sûr qu'elle reviendra à l'ONU. Ce serait dommage qu'elle s'égare, n'est-ce pas ?

Un sourire moqueur éclaira brièvement son visage.

Kirkwood soutint un moment son regard, puis il s'avoua vaincu. Apparemment, les masques étaient tombés. Il ne servait plus à rien de jouer la comédie. En baissant les yeux, il remarqua un pistolet sur le sol, à côté du corps de l'Irakien. À portée de main.

Corben l'avait vu lui aussi.

Kirkwood se raidit et planta à nouveau son regard dans celui de l'agent. C'était comme si chacun pouvait lire les pensées de l'autre.

— Mauvaise idée, prévint Corben.

— Il reste peut-être d'autres tueurs, bluffa Kirkwood. Vous pourriez avoir besoin de mon aide.

— Non, aucun ne manque à l'appel.

Du canon de son arme, il désigna la rue à Kirkwood.

— Allons-y.

Mia serrait le livre contre elle, accroupie derrière le parapet du toit du bazar.

Elle jetait des regards nerveux vers la maison d'où elle s'était échappée, mais personne d'autre n'avait surgi par la trappe pour la poursuivre. Pour autant, elle n'était pas rassurée. Le cœur battant à se rompre, elle s'efforça d'analyser la situation et, plus encore, la déclaration que venait de lui faire Kirkwood.

Je suis presque sûr d'être ton père.

Invraisemblable.

Cet homme ne pouvait pas se trouver avec Evelyn à Hilla. La découverte avait eu lieu trente ans plus tôt, et il ne semblait pas avoir dépassé la quarantaine.

Il n'y avait qu'une explication plausible, mais Mia n'était pas encore prête à l'envisager.

En outre, il avait dit que son ancêtre recherchait la formule intégrale de l'élixir. Si elle était incomplète, il n'avait pu l'expérimenter sur lui-même.

Donc, Kirkwood lui avait menti. Pour rassurante qu'apparût cette conclusion, Mia ne parvenait pas à s'y raccrocher. Elle l'avait bien regardé tandis qu'il parlait de son ancêtre Sebastian et du livre. Tout en lui proclamait sa sincérité. Elle avait eu le même sentiment lorsqu'ils avaient discuté dans l'avion et, auparavant, sur la terrasse de l'hôtel. Il ne faisait aucun doute que Kirkwood avait dit la vérité, même si elle n'arrivait pas à expliquer sa certitude.

Dans ce cas, les révélations de Kirkwood mettaient à mal tout son système de croyances, y compris quant à sa filiation supposée.

Entendant du bruit, elle risqua un œil par-dessus le parapet et se figea en apercevant Kirkwood dans la ruelle qui longeait la maison. Un autre homme le suivait. Elle tendit le cou pour mieux voir celui-ci, et son cœur fit un bond quand elle reconnut Corben.

Qu'est-ce qu'il faisait là ?

Peu importe, pensa-t-elle, sentant son moral remonter en flèche. Il avait réussi à arracher Kirkwood aux mains des hommes du hakim, ils étaient tous deux sains et saufs.

Les deux Américains dépassèrent les cadavres de l'homme d'Abou Barzan et du second garde du corps de Kirkwood. Corben marchait derrière, une mitraillette à l'épaule, et il portait la mallette. Il tenait aussi un pistolet dans son autre main.

Mia s'apprêtait à leur signaler sa présence quand elle perçut une tension entre les deux hommes. Kirkwood marchait lentement devant Corben, comme s'il était son prisonnier.

La mallette dans une main, son pistolet dans l'autre, Corben dirigea Kirkwood vers le Land Cruiser.

Tout en marchant, l'agent inspectait calmement les maisons proches. Un jeune garçon qui les observait par une fenêtre ouverte fut tiré en arrière par sa mère apeurée. Corben détecta un mouvement derrière une autre fenêtre. Il fallait faire vite. La police turque n'allait pas tarder – elle était en alerte permanente dans toute la région à cause de la menace des militants séparatistes kurdes du PKK – et il n'avait aucune envie de s'expliquer avec elle, ni avec quiconque pour le moment.

Par les vitres baissées, Corben constata que les portières du Land Cruiser n'étaient pas verrouillées.

— Montez, ordonna-t-il à Kirkwood, et ne faites pas de connerie.

Kirkwood prit place sur le siège avant droit tandis que Corben jetait la mallette et la mitraillette à l'arrière. L'agent leva les yeux, scrutant les toits. Si Mia était invisible, il savait qu'elle devait les observer.

— Mia ! cria-t-il. Venez, il n'y a plus de danger. Il faut filer d'ici.

Mia resta accroupie tandis que la voix de Corben résonnait dans la rue.

Se retrouver abandonnée, seule dans ce coin perdu, au milieu de cadavres était la dernière chose qu'elle souhaitait. Elle ne put s'empêcher de comparer sa situation à celle du héros de *Midnight Express*. Elle voulait croire que Corben était de leur côté, qu'il allait les sauver et tout mettre en œuvre pour faire libérer sa mère. Il avait manifestement tué les hommes du hakim. C'était plutôt bon signe, non ? Quelle importance s'il était au courant des expériences ? Il lui avait menti ? Et alors ? Elle n'avait pas besoin de savoir. Et ça ne signifiait pas qu'il n'essayait pas de sauver Evelyn.

— Mia, appela-t-il de nouveau. Il faut y aller. Venez.

Elle ferma les yeux, imagina les deux hommes partant sans elle, et cette idée l'emplit de terreur.

Refoulant ses doutes et la peur de commettre une énorme erreur, elle se releva.

Kirkwood avait écouté avec angoisse les appels de Corben.

Il craignait que Corben ne cherche à se débarrasser de Mia une fois qu'il aurait le livre. Elle en savait trop.

Il devait la prévenir.

Il ouvrit la portière, se rua hors de la voiture.

— Mia, ne te montre pas, cria-t-il en levant les yeux vers les toits. Reste où tu es.

Corben se précipita vers lui et le jeta à terre avant de lui coller son arme sous le nez.

— Qu'est-ce que vous allez me faire ? dit Kirkwood d'un ton de défi. Me tuer ?

Corben resta un moment sans bouger, bouillant de colère.

— Levez-vous, ordonna-t-il.

Quand Kirkwood fut debout, il le poussa vers le Land Cruiser et regarda une dernière fois les toits avant de s'asseoir derrière le volant.

Mia retint son souffle quand Kirkwood jaillit du Land Cruiser et se mit à courir dans la rue. Tout son corps se raidit lorsque Corben le rattrapa et le ramena de force à la voiture.

Le cœur serré, elle entendit la voiture démarrer dans un crissement de pneus.

Elle se releva, étourdie, et regarda la rue silencieuse. Le Land Cruiser avait disparu, laissant derrière lui un nuage de poussière et deux cadavres. Des gens curieux sortirent prudemment des maisons voisines et du bazar.

Mia baissa les yeux vers le livre et remarqua que ses ongles s'étaient enfoncés dans le cuir de la couverture. Elle eut envie de le déchirer en hurlant de rage, mais elle se domina. Remarquant ce qui avait tout l'air d'un escalier, elle fit un pas dans cette direction.

62

Mia sortit du bazar et se retrouva dans la ruelle que Corben et Kirkwood avaient empruntée. Un groupe se formait déjà devant la maison : jugeant qu'il n'y avait plus de danger, les badauds s'attroupaient.

Comme la jeune femme s'apprêtait à faire demi-tour, une silhouette massive sortit de la maison. C'était Abou Barzan. L'Irakien avançait lentement, une main pressée sur la cuisse, le pantalon imbibé de sang. S'arrêtant près d'un des cadavres, il se pencha et passa une main sur le visage du mort. Mia comprit qu'il venait de trouver le corps de son neveu.

Elle courut vers lui. Il se retourna, la respiration saccadée, les yeux mi-clos, emplis de souffrance, les bajoues luisant de sueur.

— Je suis désolée, murmura-t-elle en évitant de regarder l'homme étendu à ses pieds.

Abou Barzan hocha la tête, stoïque et méfiant.

— Laissez-moi voir, dit-elle en montrant sa blessure.

Comme il ne réagissait pas, elle tendit une main hésitante, déchira le tissu du pantalon pour découvrir la plaie. La balle avait traversé la cuisse charnue du marchand. L'artère semblait intacte. L'Irakien ne risquait pas de se vider de son sang, mais il fallait le soigner rapidement pour arrêter l'hémorragie et empêcher l'infection.

— Je ne crois pas que l'os ait été touché, dit-elle. Mais il faut nettoyer la plaie.

Une sirène gémit faiblement au loin. Abou Barzan posa sur la jeune femme un regard inquiet.

— Il faut que je parte, grogna-t-il.

— Attendez ! le rappela Mia comme il s'éloignait en boitant.

Elle le rejoignit, enjambant les cadavres des tueurs.

— Vous devez aller à l'hôpital.

Il eut un geste pour la repousser.

— À l'hôpital ? Vous êtes folle ? Je suis à moitié kurde. Comment voulez-vous que j'explique ce qui s'est passé ?

Mia hocha la tête d'un air sombre.

— Je ne sais pas comment je l'expliquerai moi-même.

Abou Barzan la considéra un moment, puis se décida :

— Venez.

Mia glissa un bras sous son aisselle pour le soutenir et ils s'enfoncèrent dans le dédale des ruelles de la vieille ville.

Corben gardait un œil sur le rétroviseur tandis que le Land Cruiser roulait en direction de Mardin.

Plus il réfléchissait, moins sa marge de manœuvre lui semblait étroite. Il détenait Kirkwood, qui était capable de résoudre le mystère si on le motivait, et Corben savait se montrer très persuasif. La porte fracturée de son appartement attesterait qu'il avait été enlevé dans son sommeil. Une fois aux mains du hakim, il avait agi sous la contrainte.

Restait le problème de Kirkwood.

Corben ne pouvait le laisser repartir, pas avec ce qu'il savait. Il trouverait une solution pour Mia. Le cas de Kirkwood était plus compliqué.

— Vous travaillez vraiment pour l'ONU ? demanda-t-il, le pistolet posé sur ses genoux.

— Oui, aux dernières nouvelles, répondit Kirkwood, impassible.

— Six cent mille dollars, reprit l'agent, impressionné. C'est pas de l'argent de poche.

L'autre ne réagissant pas, il ajouta :

— Vous êtes combien ?

Kirkwood parut décontenancé.

— De quoi vous parlez ?

— Vous êtes combien sur ce coup ? Il y a vous et Tom Webster, n'est-ce pas ? hasarda Corben. Pour vous pointer comme ça avec une mallette bourrée de fric, il faut que vous disposiez d'un sacré trésor de guerre.

— Où allons-nous ? s'enquit Kirkwood sans relever l'allusion.

— Puisqu'on recherche tous les deux la même chose, je propose qu'on poursuive la route ensemble. En plus, la montagne me manque. L'air est pur, là-haut. C'est bon pour les poumons.

La frontière irakienne se trouvait à deux heures de voiture. Corben se demanda s'il devait appeler son chef de station pour l'informer de son enlèvement et lui dire qu'il avait réussi à s'enfuir. C'était l'assurance de passer la frontière sans encombre. Il décida pourtant de n'en rien faire, préférant garder son jeu secret un peu plus longtemps. S'il n'avait sur lui ni passeport ni document d'identité, il possédait un sésame bien plus efficace : une mallette bourrée de dollars. Dans une région aussi déshéritée, une poignée de billets verts pouvait ouvrir bien des portes. Al Amadiyya n'était plus très éloigné. Si tout se passait bien, ils atteindraient le village dont avait parlé Abou Barzan à la tombée de la nuit.

— Que ferez-vous si ce que nous recherchons se trouve effectivement là-bas ? demanda tout à coup Kirkwood. Je ne crois pas que notre gouvernement soit préparé à un tel bouleversement. Il préférerait maintenir le statu quo.

Il se retourna vers Corben.

— C'est bien ça, le plan ? Enterrer l'affaire et tous ceux qui sont au courant ?

— Probablement, acquiesça Corben avec un sourire suffisant. Mais ce n'est pas le mien.

Kirkwood haussa un sourcil.

— Ah bon ?

— Disons que je crois à l'esprit d'entreprise. Reste à savoir ce que vous voulez, vous et les autres.

— Un monde meilleur pour tous, répondit Kirkwood, décontenancé par l'attitude cavalière de l'agent. Et je dis bien, pour tous.

— Dans ce cas, on est sur la même longueur d'onde.

— À un détail près. Je ne suis pas prêt à tuer pour ça.

— Sans doute n'avez-vous pas encore été confronté à ce choix.

— Qu'en savez-vous ?

Corben ne laissa rien paraître de son étonnement.

— Alors, mettons que j'aie plus à cœur que vous de rendre le monde meilleur, répondit-il nonchalamment.

— Que devient Evelyn Bishop dans tout ça ? Un dommage collatéral ?

— Pas nécessairement, dit Corben, qui venait de trouver un argument pour convaincre Kirkwood. Aidez-moi et rien ne me fera plus plaisir que de liquider le hakim pour la libérer.

Il attendit la réaction de Kirkwood. Tant mieux s'il gambergeait ; au moins, pendant ce temps, il ne chercherait pas à fuir. Il tenta de pousser un peu plus loin son avantage :

— À propos, Webster et vous, quand comptiez-vous révéler à Mia que son père est encore en vie ?

Kirkwood fut piqué au vif par le ton enjoué de Corben. Au moins, il ne savait pas toute la vérité.

Il ignore que je suis Tom Webster.

Il repassa dans son esprit la conversation que Corben avait entendue à Diyarbakir. L'agent présumait que la formule ne fonctionnait pas, ce qui expliquait qu'il n'ait pas fait le rapprochement.

Que ça continue comme ça, décida-t-il.

Ses pensées se portèrent vers Evelyn. Un sentiment de culpabilité le rongeait. S'il lui avait dit la vérité à Hilla, peut-être se serait-elle montrée plus prudente, sachant que des individus dangereux poursuivaient le même but que lui. Il en allait ainsi depuis des siècles. Chaque fois qu'ils reniflaient l'odeur de l'immortalité, les loups sortaient de leur tanière.

S'il avait parlé, Evelyn n'aurait pas été enlevée.

Et il aurait su qu'il avait une fille. Une fille qui aurait grandi avec un père, il y aurait veillé. Il aurait trouvé un moyen.

Il se rappela l'expression du regard de Mia quand il lui avait révélé la vérité. Ce souvenir le transperça à nouveau, laissant en lui un trou béant.

Au moins, Mia était en sécurité à présent. Cette pensée lui apporta un semblant de réconfort.

Assise sur une chaise branlante dans une pièce enfumée, Mia buvait lentement un verre d'eau tandis qu'un vieil homme sec aux mains tachées de sang finissait de panser la blessure d'Abou Barzan.

Le marchand l'avait guidée à travers les venelles de la ville ancienne, jusqu'à la maison d'un autre de ses contacts. Malgré leurs luttes fratricides occasionnelles, les Kurdes, unis par la haine d'un ennemi commun, s'entraidaient lorsqu'il s'agissait d'échapper aux griffes du MIT, le service de renseignement turc.

Il y avait trois autres hommes dans la pièce, tous de la ville. Ils discutaient de façon véhémente entre eux et avec Abou Barzan. Mia ne comprenait pas un mot de kurde mais ils étaient manifestement furieux. L'un des leurs avait été tué en même temps que le neveu de l'Irakien et la discussion semblait porter sur les répercussions et les représailles potentielles.

Son travail fini, le médecin quitta la pièce, emmenant les autres et laissant Mia seule avec Abou Barzan. Un silence de plomb s'installa entre eux tandis que les volutes de fumée s'effilochaient et se dissipaient. L'Irakien se tourna vers la jeune femme.

— Vous avez encore le livre, fit-il observer, indiquant la table où le traité était posé.

Mia hocha la tête, perdue dans ses pensées.

— Qu'est-ce que vous allez faire ? demanda-t-il.

— Je ne sais pas.

Elle avait réfléchi pendant que le médecin soignait la blessure d'Abou Barzan et n'était parvenue à aucune conclusion.

— Je ne peux pas aller à l'ambassade. Je ne sais plus à qui me fier.

Elle parla au marchand de ce qui était arrivé à Beyrouth et de l'enlèvement de sa mère. Il s'empourpra de colère lorsqu'elle lui dit ce qu'elle savait du hakim. Saddam Hussein avait fait usage de gaz toxique contre les Kurdes, qu'il ne portait pas dans son cœur. Il était tout à fait possible qu'il ait volontiers fourni des cobayes au « docteur » en puisant dans leurs rangs.

Elle lui parla aussi de Corben mais évita de mentionner ce que Kirkwood lui avait révélé sur le toit, se contentant de décrire l'Américain comme un haut fonctionnaire de l'ONU qui essayait de l'aider.

Une expression sceptique apparut sur le visage empâté d'Abou Barzan.

— Ce type de l'ONU, mon client, vous lui faites confiance ?

Le mot « client » surprit Mia, puis elle se souvint d'avoir vu Kirkwood remettre la mallette au marchand. Les éléments du puzzle s'emboîtaient.

— Alors, c'était lui l'acheteur ?

— Six cent mille dollars. Envolés, soupira-t-il.

Les pensées de Mia se portèrent vers Corben. Elle revit celui-ci emportant la mallette. Quelque chose ne collait pas. Il était venu seul, sans le moindre soutien : pas de commando de la marine américaine, pas de Turcs, qui étaient pourtant les alliés des États-Unis.

Corben opérait pour son propre compte.

Un frisson d'inquiétude la parcourut. Kirkwood était aux mains de Corben, et il représentait son dernier espoir de revoir sa mère libre.

Elle s'efforça de deviner le prochain coup de Corben. Evelyn ne comptait pas pour lui, c'était évident. Il avait supprimé les hommes du hakim, ce qui n'était pas le meilleur signal à lui adresser s'il avait l'intention de prendre contact avec lui.

Si Corben suivait son propre plan, il n'était pas difficile de deviner où il comptait se rendre.

— Vous voulez récupérer l'argent ? demanda Mia.

Abou Barzan tourna vers elle un regard où elle lut de l'amertume et du désarroi.

— Vous pouvez nous faire franchir la frontière ?

63

Le soleil avait bien entamé sa course dans le ciel brumeux lorsque le Land Cruiser passa en Irak, en milieu d'après-midi.

Corben s'était arrêté à une baraque de marchand de fruits après Idil, près de la frontière, où il avait acheté deux bouteilles d'eau et des bananes pour son prisonnier et lui. Il avait coupé les liens de Kirkwood – après lui avoir attaché le poignet droit à la portière de la voiture pour s'assurer qu'il ne s'enfuirait pas – et ils s'étaient tous les deux soulagés sur le bas-côté. Il avait ensuite remonté une longue file de camions-citernes vides et d'autocars, et fait halte au poste frontière. Le soldat mal dégrossi et plein de zèle qui le gardait fut rapidement remplacé par un officier plus accommodant qui, à la vue de la liasse de billets représentant pour lui plusieurs mois de salaire, leur avait généreusement donné une carte de la région avant de leur permettre de quitter son pays.

Corben et Kirkwood avaient ensuite traversé le no man's land couvert de barbelés qui s'étendait entre les deux frontières, morne bande de terre plus désolée encore que les plaines qu'elle séparait. Deux cents mètres plus loin, au poste frontière irakien, un garde en treillis léger avait également empoché une petite poignée de billets pour les laisser passer.

Corben s'arrêta à une station-service à la sortie de Zakho après s'être assuré que ses pots-de-vin ne s'étaient pas retournés contre lui et qu'on ne le suivait pas. Il fit le plein et chercha Nerva Zhori sur la carte. Après quelques minutes d'inquiétude, il finit par repérer le village, indiqué en caractères minuscules, perdu dans la montagne presque à cheval sur la frontière turque.

Il devrait rouler vers le sud jusqu'à Dahuk, puis vers le nord-est, et pénétrer dans la montagne une fois passé Al Amadiyya. Après un coup d'œil à l'horloge du tableau de bord, il estima le niveau du soleil et se livra à un rapide calcul. S'il ne rencontrait pas de gros problème, il arriverait juste avant la tombée de la nuit.

Il replia la carte et appuya sur l'accélérateur.

Depuis la banquette arrière défoncée de la vieille Peugeot, Mia regardait le paysage rocailleux, plat et monotone défiler derrière la vitre. Pas un arbre en vue. Une série de poteaux bordaient la route étroite, reliés par des fils électriques qui pendaient mollement.

Assis à côté d'elle, Abou Barzan prenait des inspirations sifflantes entre deux bouffées de Marlboro. Deux des hommes qu'elle avait rencontrés lorsque Abou Barzan avait été soigné avaient pris place à l'avant. Mia avait perdu le compte des cigarettes qu'Abou Barzan et ses amis avaient fumées pendant le voyage. Une tache sombre marquait le pantalon de l'Irakien, le sang ayant traversé le pansement, mais elle ne grandissait pas. Le médecin de Diyarbakir avait, semblait-il, fait du bon travail : étant donné les troubles qui agitaient la région, il ne devait pas manquer d'expérience.

Malgré la blessure d'Abou Barzan, ils avaient décidé de quitter immédiatement Diyarbakir. Leur itinéraire serait moins direct que celui qu'emprunterait certainement Corben. Ils ne pouvaient pas courir le risque de traverser la frontière au poste de Zakho, pas avec un Irakien blessé par balle. En outre, Mia avait laissé le sac contenant son passeport dans le Land Cruiser. Corben pouvait aussi avoir demandé aux contacts qu'il devait posséder dans les services de renseignement turcs de surveiller la frontière après son passage. Les Kurdes avaient préféré rouler quatre-vingts kilomètres vers l'est, jusqu'à une base située dans les montagnes de Chiya-e Linik, d'où ils passeraient clandestinement en Irak.

Ils traversèrent deux ou trois petites villes en parpaings avant que la plaine fasse place aux contreforts ondulants de l'imposante chaîne montagneuse qu'on apercevait au loin. Bientôt la route se mit à serpenter et à monter, la voiture fatiguée peinant sous l'effort.

Le soleil avait disparu derrière les pics rocheux lorsqu'ils quittèrent la route principale pour s'engager dans une étroite vallée où courait une rivière. La Peugeot cahota pendant deux ou trois kilomètres sur le chemin de gravier qui bordait cette dernière, puis elle parvint à une clairière où les attendaient quatre hommes au visage dur.

Armés de carabines et de kalachnikovs, ils avaient amené des mules – certaines chargées de matériel, d'autres sellées, constata Mia avec soulagement.

Le chauffeur arrêta le moteur. Mia sortit de la voiture tandis que les hommes aidaient Abou Barzan à en descendre. Ils échangèrent de grandes tapes dans le dos et des embrassades chaleureuses, se lamentèrent sur la blessure d'Abou Barzan. Une fois ce rituel accompli, le marchand se tourna vers Mia.

— Allons-y, dit-il simplement en lui indiquant une des mules harcelées par les mouches.

La jeune femme leva les yeux vers les montagnes qui les dominaient et acquiesça.

Corben quitta la route principale une quinzaine de kilomètres après Al Amadiyya pour emprunter une piste en terre battue qui filait vers le nord. Le Land Cruiser peinait à gravir la pente de ce qui n'était guère plus qu'un sentier de mules.

— Abou Barzan a parlé d'un village de « Yezidi », rappela Corben en manœuvrant pour éviter un rocher. Vous savez quelque chose sur ces types ?

— Seulement qu'ils adorent le diable, répondit Kirkwood avec un sourire narquois.

— Bon à savoir, répondit Corben.

Il s'agissait là d'une idée fausse extrêmement répandue, mais dont Kirkwood se réjouit pour une fois en remarquant l'expression préoccupée de Corben.

Les Yezidi étaient en fait une paisible petite secte qui avait résisté à l'islam pendant des siècles. Leur religion, un mélange de notions zoroastriennes, manichéennes, juives et chrétiennes, se targuait d'être la plus ancienne au monde. Ils rejetaient la notion de péché, de diable et d'enfer, croyaient à la purification et à la rédemption par la métempsycose – transmigration de l'âme – et, oui, ils adoraient Satan, mais uniquement en tant qu'ange déchu repenti et rétabli par Dieu à la tête de tous les anges. Saddam Hussein, qui nourrissait une haine féroce à leur égard, avait joué de leur étiquette d'adorateurs du diable pour creuser un fossé entre eux et les Kurdes. Après la première guerre du Golfe, au plus fort des représailles contre les Kurdes, les villages yezidi avaient été attaqués et mis à sac. Les soldats de Saddam avaient fusillé les hommes et réclamé aux familles le prix des balles ayant servi à leur exécution.

Peu à peu, le paysage verdit, évoquant les montagnes boisées situées plus au nord. Plus ils s'élevaient et plus la température baissait. Le jour déclinait rapidement quand ils repérèrent de minces colonnes de fumée dans le ciel. Peu après, le village leur apparut.

Corben gara le véhicule sur le bas-côté du chemin rocailleux. Glissant dans sa poche une liasse de billets de cent dollars, il passa son pistolet sous sa ceinture et se tourna vers Kirkwood.

— Aidez-moi et je vous aiderai en retour à faire libérer Evelyn, promit-il. Vous avez ma parole.

Kirkwood ne parut pas amadoué.

— Je n'ai pas vraiment le choix, n'est-ce pas ? répliqua-t-il.

— Vous cherchez la même chose que moi, réitéra Corben. Trouvons-la ensemble. On reparlera du reste plus tard.

Kirkwood haussa les épaules. En effet, il n'avait pas le choix. Et comment résister à l'attrait des trésors que le village recelait peut-être ?

Corben détacha Kirkwood et ils pénétrèrent dans Nerva Zhori.

C'était un hameau oublié, niché dans une faille à flanc de montagne. Des murets de pierre, où s'intercalait çà et là une grille en fer rouillé, bordaient les deux côtés de la rue poussiéreuse. Au fond de petites cours encombrées de brouettes et de matériaux de construction, des maisons en pisé entourées de peupliers s'adossaient à la montagne et donnaient de l'autre côté sur la pente boisée. Le pisé était le matériau de prédilection à cette altitude. Même les toits de roseaux étaient recouverts d'une couche de terre séchée. Quelques vieilles camionnettes déglinguées jalonnaient la route. Une procession de canards traversait en se dandinant tandis que, derrière les maisons, des vaches et des chevaux broutaient des plaques d'herbe haute sur un sol par ailleurs dénudé. Le temps des moissons était passé depuis longtemps, le rude hiver montagnard approchait.

Les deux hommes s'avancèrent sous le regard curieux de quelques habitants. Deux enfants et une vieille femme interrompirent leurs activités pour les regarder passer. Les Yezidi ne recevaient pas beaucoup de visiteurs mais ils étaient connus pour leur hospitalité et leur tolérance. Les deux hommes les saluèrent par des signes de tête auxquels les villageois répondirent avec prudence. Corben scruta leurs visages un peu inquiets et porta son choix sur un jeune garçon.

— Tu parles anglais ?

L'enfant secoua la tête.

— *Aawiz itkallam maa il mokhtar*, je voudrais parler au chef, dit Corben, espérant que le garçon comprenait l'arabe.

Les Yezidi parlaient le kurmandji, un dialecte kurde du Nord. Corben assortit sa traduction d'un billet de cent dollars qu'il fourra dans la main du gamin en répétant :

— *Mokhtar*.

Après avoir hésité, l'enfant glissa l'argent dans la poche arrière de son pantalon et leur fit signe de le suivre.

Corben adressa à Kirkwood un sourire triomphant et emboîta le pas à leur guide.

Une sensation de brûlure enflammait le dos et les jambes de Mia tandis que le convoi silencieux progressait le long de la piste sinueuse. Cela faisait des heures qu'elle était juchée sur sa mule et bien qu'ils n'aient fait aucune halte, elle n'avait pas l'impression d'avoir beaucoup avancé.

Ils avaient croisé des bergers armés de carabines qui protégeaient leurs troupeaux de moutons et de chèvres des meutes de loups et de hyènes, des contrebandiers faisant gravir la montagne à des ânes chargés de cigarettes. On se saluait d'un signe de tête, silencieux, le regard en alerte.

La montagne était sillonnée de pistes si nombreuses que les autorités des deux pays avaient renoncé à les contrôler. La frontière était poreuse mais la traverser exigeait une détermination et une forme physique que Mia commençait seulement à mesurer.

Autour d'eux, le paysage contrastait avec les plaines arides qu'ils avaient quittées. Des vallées encaissées où coulaient des torrents séparaient les hauteurs spectaculaires qui se dressaient au-dessus d'eux. Des bois de pistachiers, des bosquets de hauts peupliers poussaient çà et là sur un sol par ailleurs aride, le tout quadrillé par un dédale de sentiers cachés.

— C'est encore loin ? s'enquit Mia.

Abou Barzan transmit la question à l'un de ses hommes puis répondit :

— Une heure. Peut-être plus.

Elle soupira, l'air abattu, puis elle se ressaisit, soutenue par la colère d'avoir été trompée, la nécessité de découvrir la vérité sur son père et le besoin désespéré de sauver sa mère.

Marchant derrière le garçon, les Américains dépassèrent un pick-up Toyota cabossé et pénétrèrent dans une cour de terre battue. La bicoque basse blottie contre la montagne ne différait en rien de ses voisines. Pas vraiment un palace, songea Corben en suivant son guide.

L'enfant poussa la porte et annonça leur présence. Une voix bourrue répondit depuis le fond de la maison.

Le jeune Kurde ôta ses chaussures et les plaça à côté d'autres souliers éculés. Corben et Kirkwood l'imitèrent.

Après avoir traversé une petite cuisine, ils empruntèrent un couloir au plafond bas qui menait à une autre pièce. Juste comme il franchissait le seuil, Corben remarqua des traces de bottes presque effacées sur les dalles. Il se raidit instinctivement, mais trop tard. Le canon d'une arme à feu s'enfonça dans son dos.

L'agent reconnut aussitôt la mince silhouette dans la pénombre, les cheveux argentés coiffés en arrière, le regard froid et détaché. Le hakim était assis en tailleur par terre – la pièce ne comportait aucun meuble, juste des coussins éparpillés –, sa mallette posée près de lui. Il avait encore une seringue à la main. À ses côtés, un costaud emprisonnait dans ses bras puissants les épaules d'un villageois terrifié qui devait être le *mokhtar*.

Des images défilaient en silence sur l'écran d'un téléviseur silencieux. Un feu crépitait dans la cheminée. Dans un coin, trois hommes tenaient une femme et quatre enfants – un garçon d'une quinzaine d'années et trois filles – sous la menace de leurs armes.

— Ravi que vous puissiez vous joindre à nous, dit le hakim. Nous venons d'avoir une conversation fort éclairante.

64

Corben fit volte-face et tenta de saisir l'arme qui lui rentrait dans le dos, mais il ne fut pas assez vif.

Son adversaire le frappa au visage avec la crosse de sa kalachnikov. L'Américain s'écroula, le crâne palpitant de douleur.

Luttant pour ne pas perdre conscience, il se retourna et vit le hakim se lever, faire quelques pas dans sa direction. Mais ce n'était pas lui qui intéressait le « docteur ». L'ayant dépassé, celui-ci s'approcha de Kirkwood.

— Voici donc notre mystérieux acheteur, s'exclama-t-il, scrutant le visage de Kirkwood avec une fascination non dissimulée. Et vous êtes... ?

Kirkwood soutint son regard sans répondre.

Le hakim eut un petit rire. Sans tourner la tête, il leva la seringue et lança à Corben :

— Auriez-vous l'amabilité d'informer notre hôte de mes capacités de persuasion ?

Corben se releva avec un grognement.

— Dites-lui ce qu'il veut savoir, marmonna-t-il. Croyez-moi, cela vous épargnera d'atroces souffrances.

Kirkwood considéra l'homme sur lequel le hakim venait d'exercer ses talents. Le *mokhtar*, vêtu du costume traditionnel, semblait submergé par la douleur et la honte.

— Kirkwood. Bill Kirkwood, lâcha l'émissaire de l'ONU.

— Pas d'autres identités ? insista le hakim. Non ? Très bien. Laissons cela pour le moment. Je ne vois pas le livre. Où est-il ?

— Je ne l'ai pas, répondit sèchement Kirkwood.

Le hakim leva un sourcil.

— Il ne l'a pas, intervint Corben. Il l'a donné à la fille d'Evelyn Bishop. La police turque est probablement en train de la conduire à notre ambassade.

Le hakim médita l'information puis haussa les épaules.

— C'est sans importance. Il ne contenait pas la formule, de toute façon. Vous l'avez dit vous-même et vous n'aviez aucune raison de mentir. Vous n'auriez pas menti à Mlle Bishop, n'est-ce pas ? ajouta-t-il en dévisageant Kirkwood.

Celui-ci comprit avec horreur que le hakim avait espionné leur conversation. Il tenta de se rappeler ses mots exacts.

— Pourtant, vous vous êtes précipité ici, reprit le hakim. Pour parler à cet homme.

D'un geste élégant, il désigna le *mokhtar*.

— Qu'est-ce que vous espériez apprendre de lui ?

Kirkwood demeura silencieux.

— Peut-être ce qui est arrivé à votre ancêtre ? Et, avec un peu de chance, ce qu'il avait découvert ?

Le « docteur » s'approcha de la fenêtre.

— Un homme fascinant, votre ancêtre. Aux multiples talents. Et aux multiples noms. Sebastian Guerreiro. Marquis de Montferrat. Comte de Saint-Germain. Sebastian Botelho. Et ce ne sont là que ceux que nous connaissons. Mais je suppose qu'il a eu une existence bien remplie.

Les paroles du hakim tombèrent sur l'estomac de Kirkwood comme des briques. Inutile de feindre, l'homme était visiblement bien informé.

— Comment savez-vous tout cela ?

— Si vous connaissez un peu votre ancêtre, vous devez avoir entendu parler d'un des miens, répondit le hakim avec morgue. Son nom vous évoquera peut-être quelque chose. Raimondo di Sangro ?

Cette fois, Kirkwood eut l'impression d'avoir avalé une enclume.

Le hakim revint à son prisonnier, les yeux brillants.

— Comme on dit familièrement, « la boucle est bouclée », plaisanta-t-il.

Redevenant sérieux, il reprit :

— Je vais nous faire gagner du temps. Comme je vous l'ai dit, notre hôte et moi avons eu une conversation très intéressante. Dans ces régions reculées, le savoir ancestral se transmet encore de génération en génération.

Du doigt, il désignait le mur principal de la pièce. Accrochés en bonne place, les portraits des ancêtres du *mokhtar* semblaient toiser l'assistance derrière le verre terni.

— Ici, les gens n'ont ni jeux vidéo ni chaînes câblées pour se distraire. Ils se rassemblent autour du feu et se racontent des histoires. Les Yezidi, en particulier, ont une tradition orale très vivace, peut-être inspirée par la nécessité de pallier la perte de leurs textes sacrés.

Le livre saint des Yezidi, le *Mashaf Rash* – Livre Noir –, était perdu depuis longtemps. Ils pensaient que les Britanniques s'en étaient emparés et le gardaient secrètement dans un de leurs musées, en Angleterre. Ils l'avaient remplacé par des conteurs capables de réciter de mémoire tout le contenu du livre.

— Il semblerait que le grand-père de notre hôte lui ait un jour parlé d'un homme descendu de la montagne, un cheikh, s'il vous plaît ! La fièvre le faisait délirer – sans doute avait-il la typhoïde ou le choléra. Durant son agonie, il a tenu de longs discours dans des langues que personne ici ne connaissait. On peut comprendre qu'il ait produit une forte impression sur les villageois.

— Il est mort ici ? demanda Kirkwood.

— Apparemment, confirma le hakim avec un rictus sardonique. Nous nous apprêtions à nous rendre sur sa tombe. Vous souhaitez nous accompagner ?

65

Lisbonne - Mars 1765

Sebastian éprouvait un profond sentiment de satisfaction tandis qu'il longeait les quais à cheval. Dans la lumière dorée du crépuscule, Lisbonne était vraiment une ville magnifique et il se félicitait de l'avoir retrouvée.

Cela faisait si longtemps...

S'il avait hésité à rentrer au pays, son choix s'avérait judicieux. De même que sa ville natale, il connaissait une seconde naissance, une réincarnation qui, dans un cas comme dans l'autre, traduisait un progrès certain.

Lisbonne avait été dévastée par un terrible tremblement de terre le 1er novembre 1755, le jour de la Toussaint. Les églises étaient remplies de fidèles honorant leurs morts quand la première secousse s'était produite. Une seconde avait suivi quarante minutes plus tard. Les eaux du Tage avaient connu une brusque crue, détruisant les trois quarts de la ville. Le feu s'était chargé du reste. À la fin de la journée, Lisbonne n'était plus que ruines fumantes. Plus de trente mille de ses habitants étaient morts et la plupart des survivants n'avaient plus de toit.

Le marquis de Pombal, véritable maître du pays, fit face à la catastrophe avec une sollicitude et une efficacité exemplaires. On construisit à la hâte des abris et des hôpitaux, on fit venir des troupes pour distribuer des vivres aux nécessiteux. Pombal engagea aussi des architectes visionnaires qui remodelèrent la vieille cité médiévale en une superbe capitale.

La renaissance de la ville ne fut pas uniquement physique. Fort du prestige que lui avait acquis sa gestion de la catastrophe, Pombal débarrassa le pays des influences qu'il avait longtemps combattues. Sebastian lui était particulièrement reconnaissant d'avoir dissous l'ordre des Jésuites, exilé ses membres et transformé son siège en hôpital. Le palais de l'Inquisition, détruit par le tremblement de terre, ne fut jamais rebâti.

Sebastian était arrivé à Lisbonne en pleine reconstruction, accompagné de Thérésia. L'absence d'archives et l'optimisme contagieux de la population lui avaient parfaitement convenu. Tous ceux qui l'avaient connu alors qu'il était inquisiteur étaient morts depuis longtemps. Avec l'expulsion des Jésuites, les fantômes de ses années les plus sombres s'étaient enfin évanouis.

Le comte de Saint-Germain avait donc repris le prénom que ses parents lui avaient donné, Sebastian. Par précaution, il avait renoncé à son nom de famille et l'avait remplacé par celui de sa mère, Botelho. Il avait investi dans une petite raffinerie du quartier de l'Alfama, transformant la canne des colonies du Brésil en sucre qu'il exportait dans toute l'Europe. Ses affaires étaient florissantes, comme son foyer. Il avait épousé

Thérésia en toute simplicité, dans une église de Tomar, et leur fils Miguel était né deux ans plus tard.

Il avait aussi banni un autre fantôme du passé le jour où Thérésia et lui avaient quitté Paris.

Le visage radieux de sa femme lui apparut en pensée tandis qu'il longeait les arcades de la place du Commerce pour rentrer chez lui. La journée avait été fructueuse, marquée par la signature d'un important contrat. Il mit sa monture au galop, savourant l'air vif et salé de la « mer de paille » – l'estuaire du Tage –, et prit la direction des collines ondoyantes qui entouraient la ville.

Un sentiment de frayeur le saisit dès l'instant où on l'informa que Miguel était encore en promenade avec sa mère. Il avait récemment offert au jeune garçon son premier poney. Thérésia aimait l'asseoir sur la petite selle et lui faire faire au pas le tour du lac de la propriété. Sebastian savait qu'ils ne restaient jamais dehors aussi tard, pas à cette période de l'année, pas quand le soleil disparaissait déjà derrière les collines et rendait les armes à la fraîcheur de la nuit.

Laissant son cheval, il descendit le pré en pente à grandes enjambées jusqu'aux plantations d'oliviers et de citronniers. Son cœur s'arrêta quand, au sortir des arbres, il découvrit le poney broutant paisiblement, seul. Affolé, il courut vers l'animal, parcourant du regard la berge du lac, et vit Thérésia étendue sur le sol, à une centaine de mètres. Miguel était assis un peu plus loin sur un rocher, près d'un homme dont Sebastian, malgré la distance, reconnut les manières menaçantes.

L'homme se leva, serrant fermement la petite main de l'enfant, tandis que Sebastian courait vers sa femme.

Par bonheur, elle respirait encore. Il ne vit ni sang, ni plaie, ni blessure. Elle n'était qu'évanouie. Di Sangro l'avait probablement assommée avant de s'emparer de leur fils.

— Miguel, gémit-elle en s'agitant au contact de la main de son mari.

Celui-ci défit son manteau, le roula en boule et le glissa sous la tête de Thérésia avant de se relever pour faire face à son persécuteur.

Di Sangro lui apparut profondément marqué par le chagrin et les déceptions qu'il avait subies depuis leur dernière rencontre, dix ans plus tôt, à Paris. Ses épaules s'étaient voûtées, ses cheveux avaient blanchi et des rides creusaient son visage livide. Le prince de Naples, ce grand rapace agile, était devenu une coquille délabrée, rongée par le temps et par sa propre obsession. Seule l'avidité du regard n'était pas émoussée.

— Lâche ce garçon, lui lança Sebastian avec rage.

— Tu as une dette envers moi, *marquese. Occhio per occhio, dente per dente.*

Œil pour œil, dent pour dent. Il tira une dague de sa ceinture et la tint près de la joue de l'enfant.

Sebastian comprit. Le fils de di Sangro n'avait pas survécu à la blessure qu'il lui avait infligée dans l'île de la Cité.

— C'est toi qui m'as traqué, rétorqua-t-il en pointant un doigt vers le prince. C'est toi qui l'as mis en danger.

— Tout comme tu as mis ton fils en danger en m'opposant un refus, riposta di Sangro.

Sebastian fit un pas en avant. Di Sangro resserra sa prise et approcha la lame du cou du garçon.

— *Tranquillo, marchese*. Pas plus loin, le prévint-il.

Sebastian s'immobilisa, écarta les mains dans un geste d'apaisement.

— Je suis sincèrement désolé pour ton fils, dit-il sans quitter le Napolitain des yeux. Laisse mon garçon. C'est moi que tu veux.

— Je n'ai que faire de toi. Je veux seulement ce que tu sais. Dis-moi la vérité maintenant et j'estimerai peut-être que tu as payé le *soldo di sangue*, le prix du sang. Ainsi, mon fils ne sera pas mort en vain.

— Tu crois toujours que j'ai ce que tu cherches, constata Sebastian en approchant à pas prudents, les mains tendues devant lui.

— Je le sais, dit di Sangro. Je le...

Sa voix s'altéra. Sebastian se trouvait maintenant à cinq mètres de lui et, à chaque pas qu'il faisait, le visage du prince se décomposait un peu plus. Il scruta le visage de son ennemi d'un œil hagard.

— Tu as... tu as vieilli ? bredouilla-t-il, relâchant son étreinte sur l'enfant.

Les yeux du prince ne le trompaient pas.

Le jour où il avait discrètement quitté Paris avec Thérésia, Sebastian avait cessé de prendre l'élixir. Il n'y aurait pas de retour en arrière.

Sebastian Botelho vieillirait et mourrait comme un homme ordinaire.

Il n'avait jamais regretté sa décision. Dans ses rares moments de doute et de remords, il lui suffisait de contempler le sourire espiègle de son fils de six ans pour être rassuré. Plus de secrets, plus besoin de se dissimuler derrière de nouvelles identités et, surtout, plus de solitude. Il passerait le reste de son existence auprès d'une femme aimée, bénissant chaque nouveau jour vécu à ses côtés.

Di Sangro fixait toujours l'homme qui avait fait de sa vie un enfer. Il avait considérablement changé depuis Naples et Paris. Un visage ridé, des cheveux grisonnants qui s'éclaircissaient autour des tempes…

Sebastian remarqua que les doigts du prince relâchaient peu à peu l'épaule de Miguel tandis que, presque en transe, il balbutiait :

— Mais… je croyais…

Sebastian se jeta sur lui, écartant la dague d'une main, et expédia di Sangro au sol d'un coup porté à la poitrine.

— Rejoins ta mère ! cria Sebastian à Miguel, qui courut vers Thérésia.

Immobilisant le prince, Sebastian ramassa la dague et l'approcha du cou de son ennemi.

— Pourquoi ne peux-tu me laisser en paix ? dit-il d'une voix sifflante.

Le regard du prince s'éteignit tout à coup.

— Qu'aurais-tu fait à ma place ? murmura-t-il.

Sebastian éloigna la lame.

— Moi aussi, j'ai gâché ma vie en cherchant une chose qui n'existait pas, affirma-t-il. J'ai tenté de te le dire, mais tu refusais d'écouter.

— Tu n'as vraiment pas la formule ? demanda di Sangro avec tristesse.

— Non.

Une profonde consternation se peignit sur le visage du prince quand le caractère irrévocable de la réponse lui apparut. Il glissa une main sous sa chemise, en tira la chaîne qu'il portait autour du cou. Ses doigts tremblants se refermèrent sur le médaillon.

— Alors, ceci ?

— Rien qu'un mirage, répondit Sebastian d'une voix morne. Une sirène attirant les hommes afin qu'ils se fracassent sur les écueils d'une fausse promesse.

Il lâcha di Sangro et lui tendit la main. Le Napolitain la saisit, se releva et contempla la surface scintillante du lac, brusquement gagné par la lassitude et le découragement.

— Quel dommage, soupira-t-il. Pour nous tous. Imagine, si cela avait été vrai. Imagine comme le monde aurait changé. Quel bienfait pour les hommes ! Plus de temps à passer avec ceux que nous chérissons. Plus de temps pour apprendre, voyager, découvrir... Vivre vraiment.

Sebastian hocha la tête d'un air sombre.

— Rentre chez toi. Retourne auprès de ta famille. Profite du temps qu'il te reste. Et laisse-moi jouir en paix du mien.

Les voix braillardes et les rires résonnaient autour de lui mais di Sangro n'entendait rien. Homme brisé assis dans un coin de la petite taverne, il buvait un pichet de plus en fixant la flamme de la chandelle posée devant lui, perdu dans l'abîme de ses réflexions.

Tout ça pour rien, se lamentait-il intérieurement. Des années gâchées. Du temps, de l'argent. La vie de son fils. Et pour quoi ? Pour finir vieux et ridé, noyé dans la bière, à des centaines de lieues de chez lui.

Malgré le brouillard de l'ivresse, il rechercha dans ses souvenirs toutes les informations qu'il avait recueillies, les paroles qu'il avait entendues, les détails qu'il avait perçus durant sa traque obstinée de l'homme qui se faisait maintenant appeler Sebastian Botelho.

Des pensées éparses émergeaient des profondeurs de son esprit, mais chaque fois qu'elles semblaient établir la certitude qu'il appelait de ses vœux, le doute s'insinuait et les rejetait dans l'ombre. Des images et des voix se disputaient son attention – la comtesse de Cergy et ses souvenirs de Venise, Mme de Fontenay à Paris, entre autres – mais chaque fois, le visage de Sebastian Botelho surgissait, tel celui d'un dieu, et les éclipsait.

Heure après heure, il revécut chacune de ses rencontres avec cet homme, les paroles qu'ils avaient échangées, les secrets qu'il avait lus – ou cru lire – dans ses yeux. Et au milieu de ce fouillis d'impressions, des mots revenaient sans cesse le harceler. *Mieux vaut ne pas le connaître,* principe. *Croyez-moi. Ce n'est un cadeau pour personne. Une véritable malédiction. Qui ne vous laisserait aucun répit.*

Il se rappela le regard de Botelho – ou plutôt, du marquis de Montferrat – lorsqu'il avait prononcé ce mot, des années plus tôt.

Et si Botelho avait fini par trouver le répit auquel il aspirait ? Et s'il avait eu l'élixir en sa possession et décidé de cesser de l'utiliser, pour une raison que di Sangro ne parvenait pas à imaginer ?

Il jeta sa chope par terre et se frotta les yeux pour tenter de dissiper la brume de son esprit. Le sang battait furieusement à ses tempes quand la vérité lui apparut.

Il avait été joué.

Le *marchese* l'avait une fois de plus dupé. Oui, Botelho avait vieilli, mais cela ne signifiait pas qu'il n'avait jamais eu l'élixir. Cela signifiait qu'il n'en prenait plus. Et comme le vieil imbécile qu'il était devenu, di Sangro s'était laissé abuser par ses simagrées au point de vouloir renoncer à sa quête.

— *Bastardo*, beugla-t-il en se levant.

Il sortit en titubant de l'auberge bondée, soutenu par le feu qui courait dans ses veines.

Sebastian regardait les ombres du clair de lune avancer lentement sur les murs de la chambre.

Il n'arrivait pas à dormir. L'idée qu'il aurait pu perdre Thérésia ou Miguel à cause de di Sangro le hantait. Il se demandait s'il n'aurait pas dû le tuer, là, près du lac. Mais il était trop tard à présent. En outre, il ignorait qui le *principe* avait amené au Portugal avec lui, à qui il avait confié ses soupçons. Le supprimer n'aurait pas garanti sa tranquillité.

Son sanctuaire était menacé. Moins par l'homme qui y avait fait intrusion que par les mots qu'il avait prononcés.

Imagine, si cela avait été vrai. Imagine comme le monde aurait changé. Quel bienfait pour les hommes ! Plus de temps à passer avec ceux que nous chérissons. Plus de temps pour apprendre, voyager, découvrir... Vivre vraiment.

Il avait souvent imaginé un tel monde, comme Isaac Montalto, comme son propre père avant lui. Mais le cadeau qu'ils rêvaient de faire à l'humanité s'était révélé un fardeau qui reposait sur ses seules épaules.

Di Sangro avait raison. C'était une tragédie.

Il ne pouvait l'ignorer plus longtemps.

Thérésia remua à côté de lui, sa peau soyeuse se détachant sur les draps blancs. À son regard inquiet, il devina que, comme tant d'autres fois, elle avait lu ses pensées sur son visage tourmenté.

— Nous devons partir, n'est-ce pas ? dit-elle.

Sebastian acquiesça en silence et la prit dans ses bras.

Aux premières lueurs du jour, di Sangro fit irruption dans la majestueuse demeure tel un démon, brandissant une épée d'une main et un pistolet de l'autre. Il hurla à Sebastian de se montrer, mais ses cris restèrent sans réponse. Il roua de coups les domestiques qui tentaient de le raisonner et monta le grand escalier menant à l'étage où se trouvaient les chambres. D'un coup de pied, il ouvrit les doubles portes gravées de celle de Sebastian et Thérésia… pour découvrir qu'elle était vide.

Ils étaient partis depuis longtemps et, au fond de lui, il savait qu'il ne les reverrait jamais.

Tombant à genoux, il lâcha ses armes, qui heurtèrent bruyamment le sol dallé, et se mit à pleurer.

Sebastian suivait des yeux les matelots qui portaient à bord le coffre et la malle de Thérésia. Le port grouillait de bateaux de toutes tailles, des petites *fragatas* en forme de croissant assurant le cabotage local aux trois-mâts qui reliaient la vieille ville au Nouveau Monde.

Son cœur se serra à la pensée de la traversée que sa femme et son fils entreprendraient bientôt. La décision qu'il avait prise le taraudait à chaque instant depuis qu'ils avaient abandonné leur maison, quelques jours plus tôt.

Ils ne trouveraient jamais la paix. Ni di Sangro, ni d'autres, qui entendraient fatalement parler du secret, ne les laisseraient tranquilles. Pas tant qu'ils resteraient ensemble.

Et il avait une tâche à remplir.

Une promesse à tenir.

Une destinée à accomplir.

— Pourquoi ne nous laisses-tu pas venir avec toi ? lui demanda Thérésia.

À côté d'elle, Miguel lui tenait la main et regardait avec étonnement les dernières caisses qu'on chargeait sur l'imposant vaisseau.

— À cause du danger, répondit Sebastian.

Il savait de quoi il parlait. Il était allé là-bas, il s'apprêtait à y retourner. Gagner Constantinople. Se faire passer pour un cheikh, comme un demi-siècle plus tôt. Voyager dans le Levant, jusqu'aux villes de Beyrouth, Jérusalem, Damas et Bagdad, traverser les montagnes et les déserts avec l'espoir que, cette fois, sa quête serait plus fructueuse.

Le second du navire ordonna de retirer la passerelle et de larguer les amarres.

La main de Thérésia pressa celle de Sebastian.

— Reviens-moi, lui murmura-t-elle à l'oreille.

Il la prit dans ses bras et l'étreignit, puis il s'agenouilla pour embrasser son fils.

— Je ferai mon possible.

C'était tout ce qu'il pouvait promettre.

Le cœur serré, il regarda les voiles du bateau se gonfler et emporter le seul bonheur qu'il eût jamais connu.

66

Les hommes du hakim firent sortir Kirkwood, Corben, le *mokhtar* et sa famille sous le patchwork gris et violet du ciel. Des nuages vaporeux filaient à l'horizon, éclairés par le soleil couchant.

Le cimetière se trouvait à la sortie du village. Des tombes toutes simples entouraient le *mazar*, monument funéraire local de forme conique. Le *mokhtar* les guida jusqu'à une petite pierre tombale.

Kirkwood s'agenouilla afin de l'examiner. L'austère plaque de roche calcaire dépassait à peine du sol et ne portait qu'une gravure circulaire en son centre. Il la débarrassa de la mousse et de la poussière qui la recouvraient, et la tête du serpent apparut, ses détails estompés par le passage des ans, ainsi qu'une inscription. Une date, en chiffres arabes.

— 1802, lut-il, saisi par la mélancolie.

C'était donc là que le voyage de son ancêtre s'était achevé.

La voix du hakim dispersa le tourbillon de ses souvenirs.

— 1802, répéta le « docteur », réfléchissant à voix haute. Mon ancêtre est mort en 1771. La différence est mince, me direz-vous. Mis à part un détail. Nos aïeux se sont rencontrés au milieu du XVIIIe siècle, vers 1750. D'après le journal de di Sangro, à l'époque, les deux hommes paraissaient à peu près du même âge, soit la quarantaine. Ce qui signifie qu'à sa mort, votre ancêtre devait être presque centenaire. Mais voilà : si Raimondo est mort vieux, selon l'histoire que les Yezidi se sont transmise, l'homme venu mourir dans leur village n'avait rien d'un vieillard. Il était descendu seul de la montagne et c'est la fièvre qui l'a tué, non le grand âge. Le *mokhtar* s'est montré très clair sur ce point. Donc, soit votre ancêtre avait trouvé sur ces hauteurs une source de jouvence, soit – et c'est l'explication vers laquelle j'incline – comme le *principe* le soupçonnait, il se servait de la formule depuis des années. Pourtant, à vous en croire, cette formule n'était pas complète. Comprenez mon trouble. Votre ancêtre aurait abandonné femme et enfant pour chercher dans cette partie du monde lointaine et dangereuse quelque chose qu'il possédait déjà ?

Kirkwood se raidit.

— Il n'avait pas la formule complète.

Le hakim s'avança, menaçant.

— Vous savez quoi ? Je crois que vous mentez. Je pense qu'il l'avait. Je pense que mon illustre ancêtre avait raison. Je pense que Sebastian Guerreiro a utilisé la formule pour allonger considérablement son existence... Et je crois que vous faites la même chose.

Kirkwood s'efforça d'endiguer sa colère et sa peur.

— Vous ne savez pas de quoi vous parlez, répliqua-t-il d'un ton ferme.

— Vraiment ? dit le hakim. Nous allons voir.

Il lança un ordre à ses hommes. Deux d'entre eux s'éloignèrent et disparurent derrière l'une des maisons tandis que les autres braquaient leurs mitraillettes sur Corben et Kirkwood.

Quelques instants plus tard, les deux hommes revinrent en poussant devant eux un prisonnier en treillis, aux mains menottées. Sa tête était dissimulée sous un sac en toile noire pareil à celui qu'ils avaient utilisé pour Corben.

Kirkwood reconnut immédiatement le captif malgré le sac et les vêtements amples. Stupéfait, il lança un coup d'oeil vers Corben sans parvenir à déchiffrer son expression.

— Vous disiez ? fit le hakim avant d'ôter brusquement le sac en toile.

Evelyn cligna plusieurs fois des yeux, éblouie par la lumière, puis elle resta bouche bée de surprise en découvrant Kirkwood.

— Mon Dieu ! s'exclama-t-elle. C'est toi, Tom ?

67

L'expression abasourdie d'Evelyn glaça le cœur de Kirkwood.

— Dieu merci, tu es... Je suis désolé, acheva-t-il en secouant la tête.

Le hakim scruta le visage de sa prisonnière, puis il se tourna vers Kirkwood d'un air satisfait que l'Américain trouva profondément irritant et s'approcha de lui presque jusqu'à le toucher.

— Je sais que la chirurgie plastique fait des miracles, mais là... Qu'en pensez-vous ? demanda-t-il à Evelyn, lui désignant Kirkwood.

— Comment est-ce possible ? murmura l'archéologue.

Sur un signe de leur chef, un de ses hommes saisit Evelyn par les épaules et la tira en arrière. Le hakim se retourna vers Kirkwood et l'interrogea d'un ton lourd de menace.

— Vous avez la formule. Que cherchez-vous vraiment ?

Kirkwood rassembla ce qu'il lui restait de force pour répliquer :

— La même chose que vous.

— Mais vous l'avez déjà !

Comme Kirkwood ne répondait pas, le hakim prit le revolver d'un de ses hommes et en appuya le canon contre la tempe d'Evelyn.

— Vous l'avez déjà, n'est-ce pas ?

Malgré la colère qui bouillonnait dans ses veines, Kirkwood demeura impassible.

Le doigt du hakim se crispa sur la détente.

— Vous l'avez, oui ou non ? insista-t-il.

Kirkwood garda le silence.

— Comme vous voudrez, dit le hakim d'une voix tranchante.

Il leva légèrement le poignet, prêt à tirer.

— Attendez ! s'écria Kirkwood.

Le « docteur » se tourna vers lui, l'arme toujours braquée sur la tête d'Evelyn.

Kirkwood regarda l'archéologue, puis il baissa les yeux.

— J'ai la formule, avoua-t-il à voix basse.

Tous les regards étaient à présent fixés sur lui.

— Je ne comprends pas, lâcha Corben. Qu'est-ce qu'on fait ici, alors ?

Kirkwood poussa un long soupir.

— Les expériences décrites dans le livre ne sont pas complètes. La formule ne fonctionne pas pour tout le monde.

— Comment ça, « pas pour tout le monde » ? dit le hakim, baissant enfin son arme.

— Elle n'est efficace que sur les hommes.

Une joie démente se peignit sur le visage du hakim.

— Vous l'avez donc utilisée ?

Kirkwood acquiesça.

— Le livre trouvé par Sebastian avait été en partie brûlé – il manquait les dernières pages – et les expériences qu'il décrivait n'avaient pas été entièrement concluantes. Longtemps, il a semblé inutile de chercher la raison de cette lacune et de tenter d'y remédier. La science n'était pas encore assez avancée. En outre, les esprits les plus brillants étaient occupés par des problèmes autrement graves, tels que soigner de terribles maladies. Ce n'est que ces cinquante dernières années que nous avons jugé opportun de consacrer d'importantes ressources scientifiques à la résolution de cette énigme.

— « Nous » ? répéta le hakim, agitant le revolver.

— Nous formons un petit groupe. Nous sommes quatre. Choisis avec soin par les descendants de Sebastian, à qui ce dernier avait légué ce… ce fardeau. Mon père a été le premier…

— Et il vous a passé le flambeau, acheva le hakim.

— Oui. Voilà pourquoi je ne pouvais rester avec toi, reprit Kirkwood, se tournant vers Evelyn. J'avais prêté serment, et ce n'était pas une vie que je pouvais partager avec qui que ce soit. Pas tant que je prenais l'élixir. Nous devions poursuivre nos expériences, modifier la formule pour qu'elle fonctionne sur tout le monde, et nos cellules, notre sang étaient nécessaires à nos recherches. Mais tout devait rester secret. Si la formule était venue à l'existence du public – elle n'est pas compliquée à préparer, sous sa forme actuelle, en tout cas –, la société en aurait été bouleversée. Des hommes vivant trois fois plus longtemps que les femmes… Il aurait fallu revoir toutes les règles de notre civilisation.

— Pas si sûr, intervint le hakim d'un ton songeur. Les musulmans et les mormons ont bien plusieurs femmes… On aurait pu envisager une forme de polygamie étalée dans le temps.

— Une durée de vie d'environ deux cents ans ? fit Evelyn, toujours abasourdie. C'est là l'effet de la formule ?

Kirkwood acquiesça.

— Elle multiplie plus ou moins par trois l'espérance de vie actuelle, si on commence à prendre l'élixir une fois le corps totalement formé. Elle ne nous rend pas immortels. Nous vieillissons lentement, très lentement. Elle ralentit la dégradation du corps et la sénescence, jusqu'à ce que les cellules n'en puissent plus.

En bon scientifique, le hakim ne put retenir une question :

— Comment est-ce que ça fonctionne ?

— On ne le sait pas exactement. Il semble que l'élixir élimine les radicaux libres. Nous avons découvert qu'il modifie l'enroulement de l'ADN autour des protéines chromosomiques. En conséquence, certains gènes sont stimulés et d'autres réprimés. Parmi les premiers, on a isolé un gène antioxydant. Mais, Dieu sait pourquoi, d'infimes différences au niveau du génome mitochondrial empêchent la formule d'agir sur les femmes.

— C'est comme le phénylbutyrate 4, mais pour les êtres humains ! s'exclama le hakim.

De récentes expériences avaient démontré que cette substance prolongeait de manière spectaculaire la vie des drosophiles.

— Exactement, approuva Kirkwood non sans réticence.

Le visage d'Evelyn exprimait un mélange de colère, de déception, de surprise et d'horreur.

— Quel âge as-tu ? lui demanda-t-elle d'une voix tremblante.

Il en avait déjà trop dit, mais il ne pouvait lui mentir.

— Je suis né en 1913, répondit-il. Sebastian était mon grand-père.

Détachant son regard de celui d'Evelyn, il se tourna vers les autres. Si Corben ne s'était pas départi de son flegme, le *mokhtar*, visiblement ébranlé, se frottait nerveusement les avant-bras.

— Ainsi, pendant des siècles, votre petit groupe s'est accaparé la formule, accusa le hakim. Vous l'avez gardée secrète au lieu de la partager, d'inviter nos plus grands savants à l'améliorer ?

— De grands savants travaillent déjà dessus, protesta Kirkwood. Quelques-uns des hommes de science les plus talentueux au monde.

C'était pour lui un sujet douloureux, une source de culpabilité.

— Vous auriez dû en mettre davantage, rétorqua le hakim en agitant son arme, le doigt toujours sur la détente. À l'heure qu'il est, ils auraient peut-être trouvé la solution. Au lieu de quoi vous avez égoïstement gardé la formule pour vous.

— Vous croyez que c'est une vie ? riposta Kirkwood. Ne jamais pouvoir être proche de quelqu'un...

Il regarda Evelyn et son ton se radoucit.

— Voir tous ceux que vous aimez, tous ceux qui comptent pour vous vieillir et mourir ?

Revenant au hakim, il poursuivit :

— Peut-être n'y a-t-il aucun moyen d'améliorer la formule. Et si l'on n'avait jamais réussi à la rendre efficace pour tout le monde ?

— Manifestement, votre grand-père n'était pas de cet avis, observa le hakim avec mépris. Je veux cette formule. Et vous finirez par me la donner, nous le savons tous les deux. Mais ne vous inquiétez pas. Notre... conversation ne durera que le temps de me distraire pendant que mes hommes exploreront cette montagne.

Il se tourna vers le *mokhtar*.

— Qu'en dis-tu ? Tu penses pouvoir me mettre dans la bonne direction ?

Livide, le chef du village recula d'un pas et se heurta à l'un des tueurs du hakim. Les yeux écarquillés, il secouait la tête et des gouttes de sueur se formaient sous le bord de son keffieh.

L'expression du hakim se teinta de menace tandis qu'il s'approchait de lui.

— Un homme énigmatique descend de la montagne, il tient des propos incompréhensibles dans toutes sortes de langues, il a avec lui un livre mystérieux dans lequel il écrit un dernier message avant de mourir ici, dans ce village. Tu voudrais me faire croire que tes ancêtres n'ont pas cherché à savoir d'où il venait ?

Le *mokhtar* continua à secouer la tête, fuyant obstinément le regard de l'étranger qui lui soufflait son haleine au visage.

— Alors ? reprit le hakim. *Jaawih, ya kalb.* Réponds, chien.

Le *mokhtar* marmonna qu'il ne savait rien.

Le hakim se tourna alors vers l'Arabe qui était le plus près de la famille du *mokhtar,* lui désignant les enfants. L'homme poussa brutalement ceux-ci vers son chef.

Kirkwood fit instinctivement un pas en avant, mais le tueur qui se tenait près de lui le retint.

Le hakim braqua son arme sur les enfants terrorisés.

— Qui y passe le premier ? demanda-t-il au père. Le garçon ? Ou peut-être…

Il fit pivoter le canon vers l'une des fillettes.

— Elle ? Choisis, ordonna-t-il.

Une larme coula sur la joue du *mokhtar*, qui tomba à genoux en gémissant :

— Pitié…

— Alors ? Lequel ? cria le hakim avec une flamme de folie dans le regard.

— Dites-lui, intervint Kirkwood.

Le *mokhtar* secoua la tête.

— Dites-lui ! Cela ne vaut pas la peine de les sacrifier.

Le chef du village essuya d'une main son visage ruisselant ; les yeux fixés au sol, il signifia sa capitulation d'un hochement de tête et murmura :

— Je vous conduirai où vous voulez.

À cet instant, l'un des hommes du hakim fut projeté en arrière, la poitrine percée d'un trou rouge. Il tomba lourdement sur le sol tandis que l'écho d'un coup de feu résonnait à travers la montagne.

68

Plusieurs autres détonations retentirent, dispersant les hommes de main et leurs prisonniers pris de panique.

Kirkwood se rua vers Evelyn mais le hakim, plus proche, s'empara d'elle au moment où trois balles frappaient une pierre tombale. Kirkwood se mit à l'abri, ce qui l'empêcha de voir le « docteur » entraîner sa captive, sous la menace de son arme, vers le mur du cimetière. Les balles semblaient provenir de l'arrière d'une maison à la lisière du village. L'un des tueurs, qui avait suivi son chef, sortit brièvement à découvert pour tirer plusieurs balles dans cette direction.

Kirkwood voulut s'élancer derrière Evelyn, mais un autre des hommes du hakim, embusqué derrière le *mazar*, s'était mis à riposter. Tout au bout du cimetière, il vit Corben pousser le *mokhtar* et ses enfants vers un muret à demi écroulé. Le hakim, qui les avait également repérés, cria à l'homme accroupi près de lui de les arrêter. Le tueur leva son arme. Corben fit passer le *mokhtar* de l'autre côté du mur et sauta après lui à l'instant où deux balles s'enfonçaient dans les briques.

Des balles destinées à l'homme qui s'abritait derrière le monument funéraire ricochèrent autour de Kirkwood. À sa gauche, le hakim, un bras passé autour du cou d'Evelyn, entraînait lentement sa prisonnière vers la sortie du cimetière. Au-delà du mur s'étendait une forêt de peupliers. Kirkwood déglutit. Ils se trouvaient au bout du village et leurs assaillants venaient de la direction opposée. Ce qui signifiait que le hakim avait la possibilité de s'enfuir.

Kirkwood ne pouvait pas le laisser enlever à nouveau Evelyn. Mais pour l'heure, il était réduit à l'impuissance. Le troisième rescapé de la bande du «docteur», planqué près de l'entrée du cimetière, se redressa et vida un chargeur sur les assaillants. Après avoir rechargé son arme, il tira quelques balles supplémentaires puis bascula en arrière, le crâne fracassé. L'homme qui l'avait abattu commit l'erreur de s'exposer pour vérifier qu'il avait fait mouche. Le tueur qui escortait le hakim en profita pour lui loger une balle dans la poitrine.

Entre-temps, le hakim et Evelyn avaient atteint l'extrémité du cimetière. L'archéologue tenta de fuir mais le hakim l'empoigna et la plaqua brutalement au sol. Kirkwood sentit son sang bouillir. Il ne pouvait plus rester sans rien faire. L'Arabe proche du hakim tomba à son tour sous les balles. Le hakim se pencha vers l'homme qui se tordait de douleur, jetant des regards affolés par-delà le mur. Kirkwood décida alors de passer à l'action.

La tête baissée, les poings serrés, il traversa le cimetière en courant. Aucun des assaillants ne lui tira dessus. Il n'était plus qu'à trois mètres de son objectif quand le «docteur» l'aperçut.

Le hakim fit volte-face juste comme Kirkwood s'élançait et tentait de le désarmer. Une balle partit, lui causant une commotion ainsi qu'une vive douleur à l'épaule gauche. Evelyn poussa un cri. Dans le feu de l'action, Kirkwood expédia un genou dans la poitrine du hakim qui eut le souffle coupé. Cramponné des deux mains au pistolet, l'Américain faisait des efforts désespérés pour l'arracher quand un second coup de feu claqua. Cette fois, l'arme était dirigée vers le bas et la balle souleva un peu de poussière en s'enfonçant dans le sol.

— Sauve-toi ! lança Kirkwood à Evelyn sans quitter son adversaire des yeux.

Le coude du hakim heurta violemment la mâchoire de Kirkwood. Le crâne vrillé par la douleur, l'Américain relâcha son étreinte. Le hakim en profita pour braquer son arme sur lui. Sans hésiter, Kirkwood se jeta en avant avec une détermination totale, le projetant contre le mur. Le pistolet échappa au hakim et tomba par terre.

Les regards des deux hommes se nouèrent alors, exprimant une haine absolue, avant de se porter sur l'arme à terre. Puis Kirkwood perçut un mouvement sur sa droite. Il fit volte-face et vit le tireur survivant – celui qui s'était posté derrière le *mazar* – braquer sa mitraillette sur lui. Son cœur fit un bond juste avant que des balles ne frappent la pierre du monument, forçant le tireur à se mettre à l'abri. Kirkwood plongea vers Evelyn, l'obligeant à se coucher, et se retourna vers le hakim, qui lui adressa un dernier regard noir avant de disparaître derrière le mur.

— Viens, cria Kirkwood à Evelyn tandis que l'homme du *mazar* ripostait.

Tentant de protéger l'archéologue, Kirkwood rampa en direction des pierres tombales les plus proches. La douleur lui transperçait l'épaule à chaque mouvement. Il avait progressé de deux mètres lorsque l'homme reporta son attention sur eux et se pencha pour tirer.

Avant qu'il ait pu presser la détente, trois coups de carabine le projetèrent violemment en arrière. Sa mitraillette cracha une dernière salve dont l'écho s'éteignit en même temps que lui.

Un silence sinistre s'abattit sur le cimetière. L'épaule en feu, Kirkwood jeta un coup d'œil à Evelyn et se demanda s'ils étaient sauvés.

— Ho-ho, cria-t-il à la cantonade, espérant que les assaillants ne leur voulaient aucun mal.

Aussitôt, une vague de joie le submergea.

— Kirkwood ? Maman ? appelait Mia. Ça va ?

Kirkwood regarda Evelyn, soulagé.

— Tout va bien !

Son regard glissa sur les hommes à terre, à l'affût du moindre geste menaçant, puis il se leva prudemment, grimaçant de douleur.

Evelyn l'imita. Mia et plusieurs hommes armés accouraient depuis le village.

Evelyn tendit le bras vers l'épaule blessée de Kirkwood. Il recula quand elle le toucha et assura « Ce n'est rien », avant de se tourner vers la pente boisée qui descendait du cimetière.

Le hakim était toujours libre.

— Tom, non, fit Evelyn qui avait suivi la direction de son regard.

Il se dirigeait déjà vers le cadavre le plus proche.

— Tom, je t'en supplie.

S'étant penché, il ramassa la mitraillette, vérifia le chargeur et en empocha deux autres trouvés sous le ceinturon du mort juste comme Mia et Abou Barzan les rejoignaient.

— Reste avec ta mère, dit-il à la jeune femme avant de courir vers le mur.

Gêné par sa blessure, il l'escalada maladroitement et jeta un bref regard aux deux femmes avant de dévaler la colline.

— Qu'est-ce que vous attendez? cria Evelyn aux hommes qui accompagnaient sa fille. Allez avec lui. *Sa'idou*. Aidez-le.

Les hommes firent signe qu'ils avaient compris et s'élancèrent à la suite de l'Américain.

69

Kirkwood courait dans la forêt silencieuse qui s'assombrissait. Sa respiration saccadée sifflait à ses oreilles, assourdissante ; la douleur de son épaule le transperçait à chaque foulée tandis qu'il cherchait parmi les arbres la trace du hakim. Derrière lui résonnaient les pas déterminés des hommes d'Abou Barzan.

Son esprit s'embrumait, ses paupières s'alourdissaient à mesure que la perte de sang minait les fonctions essentielles de son corps. Les mâchoires serrées, poussé par la rage et la haine, il puisait plus profondément dans ses dernières réserves d'énergie.

À l'extrême limite de sa conscience, il perçut un faible vrombissement, un moteur qui démarrait. À chaque pas, le bruit s'intensifiait, pales de rotor hachant l'air avec une férocité accrue.

Le flot d'adrénaline dû à cette découverte lui donna des jambes. Il se représenta l'hélicoptère avant de le voir, imagina le hakim lui adressant un salut ironique tandis que l'appareil décollait et l'emportait vers une retraite sûre. Cette pensée l'aiguillonna.

Il ne pouvait pas laisser ce fou s'échapper.

Il ne pouvait pas même le laisser vivre.

À travers les jeux d'ombre et de lumière des peupliers, il aperçut le hakim montant dans le gros engin. Kirkwood surgit d'entre les arbres et le vent du rotor lui gifla le visage quand l'hélicoptère quitta le sol.

L'appareil, un Mi-25, lui faisait face. Il ressemblait à une horrible abeille mutante, le fuselage déformé par une éruption de bulles en verre et de tourelles, par les deux petites ailes équipées de lance-roquettes. Deux pilotes, assis l'un derrière l'autre, le regardaient à travers le cockpit.

Kirkwood leva son arme et tira, vidant un magasin, puis l'autre.

Chaque balle éveillait un écho douloureux dans son épaule mais il tenait fermement la mitraillette, criblant de balles le lourd vautour qui s'élevait devant lui. Voyant les projectiles ricocher sur le métal telles des fléchettes sur un tank, il ajusta son tir et quelques-unes atteignirent la bulle du premier pilote, fêlant le verre. Les suivantes atteignirent manifestement la chair et l'os puisqu'une macabre gerbe rouge aspergea le verre craquelé.

Le gros hélicoptère bascula sur le côté et son moteur s'emballa. Au moment où les hommes d'Abou Barzan rejoignaient Kirkwood, ses pales touchèrent la cime des peupliers, les décapitant. Un instant, l'hélicoptère évoqua un insecte prisonnier d'une toile d'araignée géante. Kirkwood recula instinctivement, imaginant l'explosion qui allait ravager le flanc de la colline et le tuer. Il pensa à Evelyn et à Mia tandis que le Mil tanguait dangereusement. Juste comme sa chute semblait imminente, le copilote en reprit le contrôle. L'appareil recula brutalement et extirpa ses pales du piège avant de s'élever de nouveau.

Il fit un demi-tour sur lui-même avant de s'écarter de la colline. Écumant de colère et de frustration, Kirkwood le regardait s'éloigner quand il entendit du bruit derrière lui, venant du village. Un claquement sonore, suivi aussitôt d'un long *wouf* qui déchira l'air au-dessus de lui. Levant la tête, il vit la mince traînée de condensation d'un étroit tube blanc qui fendait le ciel, filant vers l'hélicoptère, le rattrapant. L'explosion fit jaillir une énorme boule de feu ; les pales du rotor volèrent dans toutes les directions, le fuselage fit un tonneau avant de tomber et de s'écraser au sol dans un nuage de flammes.

Evelyn et Mia dévalèrent la pente et trouvèrent Kirkwood adossé à un arbre. Le visage couvert de sueur, la peau jaunâtre, il avait peine à garder les yeux ouverts mais il reprit un peu de vigueur en les voyant. Elles étaient accompagnées de deux hommes dont l'un tenait encore son lance-missile SA-14. C'étaient, expliqua Mia, des amis kurdes d'Abou Barzan, et ils échangèrent de joyeuses tapes dans le dos avec leurs compagnons qui avaient suivi Kirkwood. Au loin, une fumée noire continuait à monter en tourbillonnant dans le crépuscule.

Evelyn regardait Kirkwood tandis que Mia s'affairait pour arrêter le sang coulant de sa blessure.

Il ne savait par où commencer ses explications.

— Evelyn, murmura-t-il, ses dernières forces l'abandonnant. Je n'ai jamais…

Il se tut, submergé par le poids de ses regrets.

— Plus tard, dit-elle.

Il hocha la tête avec gratitude mais il y avait une question qu'il ne pouvait différer. Il indiqua Mia.

— Est-ce qu'elle est… ?

— Oui, répondit Evelyn. C'est ta fille.

— Comment doit-on t'appeler ? demanda Mia. Bill ? Tom ? Ou encore autrement ?

— Tom, avoua-t-il, avec un demi-sourire contrit à l'adresse d'Evelyn. Tom Webster.

Des sentiments contradictoires l'envahirent, un cocktail enivrant de culpabilité et d'euphorie. Il ne put retenir un sourire béat en voyant sa fille, là, près de lui, avec sa mère. Sa fille qui avait réussi à les retrouver et à les sauver, et qui pansait à présent sa blessure. Il se sentit brusquement très vieux et, pour la première fois de sa vie, il s'en réjouit.

Ses pensées furent interrompues par l'apparition d'une silhouette descendant du village. C'était le fils adolescent du *mokhtar*, le visage déformé par la peur.

Des mots jaillirent de sa bouche, incohérents, mais Kirkwood comprit rapidement ce qu'il disait.

Corben s'était enfui.

Et il avait emmené le *mokhtar*.

70

Les deux chevaux montaient vers le sommet au galop, frappant de leurs sabots les pierres du sentier qui courait entre les arbres. Le jour déclinait de seconde en seconde ; bientôt il ferait complètement nuit.

Corben n'avait pas eu le choix. Ils avaient dû quitter le village en hâte, pendant que les autres étaient encore occupés ailleurs. Avant qu'ils ne reportent leur attention sur lui.

Le *mokhtar* ouvrait la marche sans trop oser s'éloigner de son ravisseur, qui le tenait littéralement en laisse. À la sortie du village, Corben avait noué l'extrémité d'une corde autour de la taille du chef et attaché l'autre au pommeau de sa selle. L'agent avait aussi soulagé le cadavre d'un des hommes du hakim de sa kalachnikov. Il aurait voulu emporter d'autres choses restées dans le Land Cruiser – la mallette contenant l'argent, par exemple – mais celui-ci était garé à l'entrée du village et Abou Barzan et sa bande l'avaient certainement pillé à leur arrivée.

Leur soudaine irruption – avec Mia, qu'il avait repérée à côté d'un des tireurs – l'avait autant agacé qu'impressionné. Il était curieux de savoir comment ils avaient réussi à trouver le village, même s'il avait son idée là-dessus. Il se reprocha de ne pas avoir pris la peine de fouiller le marchand inconscient dans la cuisine de la maison de Diyarbakir. Peut-être cela valait-il mieux, après tout. Le gros Irakien et ses hommes lui avaient probablement sauvé la vie.

Tout bien considéré, il ne s'inquiétait pas trop de sa situation présente. Selon la version officielle, on l'avait conduit ici sous la menace d'une arme et le hakim était vraisemblablement mort. Corben et le *mokhtar* avaient vu le missile abattre l'hélicoptère. Evelyn était en sécurité, Mia aussi.

Mission accomplie.

Il ne pensait pas que les deux femmes, ni même Kirkwood – ou plutôt, l'homme qui prétendait être

Kirkwood – lui poseraient un problème. Personne ne voudrait ébruiter les événements de la journée. Kirkwood aurait couru le risque de se démasquer, et Corben savait qu'aucune des deux femmes ne souhaitait cela. Plus probablement, elles confirmeraient sa version des faits.

L'essentiel, c'était que son objectif se trouvait désormais à sa portée. Une fois qu'il aurait mis la main dessus, il détiendrait la clé du royaume, et si les choses tournaient mal, pour une raison quelconque, il serait en position de force pour négocier.

En tout cas, il espérait devenir insolemment riche dans un avenir proche. En prime, il pourrait jouir très, très longtemps de sa fortune.

Mia jurait intérieurement en suivant la piste poussiéreuse des cavaliers. Son dos aspirait à un autre traitement après les quatre heures qu'elle avait passées sur une mule, plus tôt dans l'après-midi.

Cette fois, elle avait trois compagnons. Le fils aîné du *mokhtar* avançait le premier. Il avait fini par vaincre sa peur et ses hésitations pour leur révéler où son père avait emmené Corben. Le *mokhtar* avait partagé son secret avec lui au début de la guerre, pour le cas où il lui serait arrivé malheur. Deux autres villageois chevauchaient derrière lui, Mia fermant la marche. Les deux hommes étaient armés. Ils avaient récupéré les kalachnikovs des tueurs du hakim tandis que le fils du *mokhtar*, qui s'appelait Salem et n'avait que seize ans, portait un vieux fusil de chasse.

La décision de se lancer à la poursuite de l'Américain sans attendre le matin avait été difficile à arracher. Bientôt, une obscurité menaçante s'étendrait sur la montagne. Ils peineraient à se diriger sur les sentiers escarpés et pleins d'embûches. D'autres dangers survenaient avec la nuit : des loups, des hyènes et des chacals rôdaient dans ces étendues désolées, en quête d'une nourriture rare.

Mais le fils du *mokhtar* s'était montré inflexible, et sa mère l'avait soutenu. Corben et son prisonnier n'avaient que peu d'avance sur eux et s'ils ne faisaient pas halte pour la nuit, ils auraient d'autant plus de mal à les rattraper le lendemain matin. La présence de Mia souleva un autre débat. Elle avait insisté pour les accompagner, arguant qu'elle leur serait utile s'il devaient négocier avec Corben.

Le groupe constitué à la hâte avait emporté tout l'équipement possible – des lampes, des torches, des couvertures, la température chutant brutalement après le coucher du soleil à cette altitude – et de l'eau. Comme elle jetait un dernier coup d'œil au village avant qu'il disparaisse derrière une crête, Mia repensa aux paroles de son père – son père : elle soupçonnait qu'il lui faudrait un moment pour s'habituer à cette idée. Il leur avait confirmé que l'élixir existait bien, à la restriction près qu'il n'opérait que sur les hommes, que la formule complète se trouvait quelque part dans les collines, et que Corben voulait s'en emparer non pour aider son gouvernement à la supprimer, mais pour son propre profit.

Ce qu'ils ne pouvaient permettre.

Kirkwood – non, Tom, se corrigea-t-elle – et ses associés souhaitaient eux aussi révéler au monde l'existence de la formule, mais avec d'extrêmes précautions. Un tel secret, susceptible d'entraîner des bouleversements sans précédent, entraînait des responsabilités écrasantes pour ses dépositaires.

Ce n'était pas là une mission pour un meurtrier animé de mobiles méprisables.

Ils poussaient leurs chevaux au maximum le long de la piste qui serpentait à travers des crevasses et des défilés au flanc des pics déchiquetés. Mia se retourna et lança un regard anxieux au soleil qui touchait l'horizon. La pente devenait plus escarpée, le sol plus glissant. De vieux arbres noueux, battus par les intempéries pendant des décennies, s'accrochaient aux parois presque verticales qui se resserraient sur elle et ses compagnons à chaque lacet. Ils continuaient cependant, les chevaux trébuchant dans les passages difficiles, les pierres se détachant sous leurs sabots tandis que les dernières lueurs du jour cédaient aux assauts de la nuit.

L'air fraîchissait à mesure qu'ils montaient et le froid traversait impitoyablement les minces vêtements de Mia. Elle tenta de l'ignorer, mais il finit par la pénétrer jusqu'aux os. Dépliant la couverture attachée à sa selle, elle s'enveloppa dedans. Les chevaux renâclaient sous l'effort en gravissant un couloir interminable et sinueux que la nature avait creusé dans la montagne.

Lorsqu'ils arrivèrent enfin de l'autre côté, l'obscurité était fermement établie. La lune aux trois quarts pleine baignait d'une pâle lueur argentée un ravin très encaissé, semblable à une grosse tache d'encre noire dont les contours se fondaient dans la nuit, et protégé par un bastion de pics vertigineux au-delà desquels vallées et sommets se succédaient à perte de vue. Mia tenta d'apercevoir leur destination. Leur guide lui-même semblait avoir du mal à se repérer. Bientôt, il alluma une des torches qu'ils avaient emportées.

Le petit groupe ralentit, progressant avec d'infinies précautions le long de la pente, et pénétra dans un bosquet. Les ombres des branches nues dansaient tout autour d'eux. Au-delà de la lumière vacillante de la torche, le silence était oppressant. Il n'y avait ni vent, ni cris d'oiseaux, ni tintement de sonnailles. Rien que la respiration pénible des chevaux, le claquement étouffé de leurs sabots… C'est alors que le coup de feu précipita à terre un des villageois.

Les chevaux sursautèrent quand une deuxième balle frappa un rocher près d'un autre Kurde, lequel sauta de sa monture et s'abrita derrière un éboulis. L'animal partit au galop avec un hennissement furieux et disparut le long du sentier. Mia se laissa glisser de sa selle et tira son cheval vers la sécurité relative que leur offraient les arbres. Le fils du *mokhtar* fit de même et jeta sa torche, qui continua à brûler.

Mia scruta l'obscurité devant elle. Elle n'aurait su dire où Corben avait pris position. Deux autres détonations retentirent et des balles s'enfoncèrent dans des troncs dangereusement proches. L'agent de la CIA était bon tireur, elle le savait. La voix de Corben brisa le silence :

— Faites demi-tour. Ne m'obligez pas à blesser encore l'un de vous.

Mia entendit Salem cracher sa colère avant qu'un autre coup de feu le fasse taire.

— Jim ! appela Mia. Relâchez le *mokhtar*, ils ne repartiront pas sans lui.

— Je ne lui ferai aucun mal, cria Corben en retour. Dès que j'aurai ce que je suis venu chercher, je le relâcherai.

Des murmures s'élevèrent sur sa gauche : Salem et ses compagnons discutaient. Après un bref échange, ils sortirent de leur abri et se déployèrent en arc de cercle. Comme il passait devant elle, le fils du *mokhtar* lui adressa un regard où elle lut la frayeur, même à la lumière agonisante de la torche.

Mia eut le cœur serré, songeant aux dangers qu'encourait l'adolescent.

— Jim ! Je vous en prie, ne faites pas ça.

Corben s'abstint de répondre.

Il surveillait les arbres, guettant le moindre mouvement dans la forêt d'ombres qui l'entourait. La présence de Mia le perturbait. Que faisait-elle là ? N'avait-elle pas déjà couru assez de risques ?

Serrant les dents, il chassa la jeune femme de ses pensées. Il devait rester concentré. Le *mokhtar* avait révélé leur position en criant et, bien que s'étant écarté de quelques mètres, Corben demeurait vulnérable.

Ils venaient de faire halte pour la nuit – l'obscurité devenait trop épaisse pour qu'ils puissent continuer à avancer – quand il avait entendu les autres. Il ne s'attendait pas à ce qu'ils se lancent à sa poursuite le soir même. Il en avait abattu un. Il était à peu près sûr qu'ils étaient quatre, Mia comprise. Ce qui signifiait qu'il restait deux hommes.

Leur supériorité numérique ne l'inquiétait pas. En outre, il avait l'avantage de se situer au-dessus de ses adversaires. Pour le déloger, ils devraient se risquer à découvert. Il lui suffisait de se tenir prêt.

Mon royaume pour une paire de jumelles à vision nocturne, se dit-il. Et des sous-vêtements polaires. Frissonnant à cause du froid, il détecta un mouvement sur sa gauche.

Des pas prudents, s'approchant lentement.

Des pas de chasseur.

Il ferma les yeux quelques secondes avant de scruter les arbres. C'est alors qu'il entendit une semelle crisser sur le sol caillouteux, mais le bruit venait cette fois de la droite.

71

Le cœur battant, Mia tentait de percer l'obscurité du regard. Quelqu'un allait mourir, et elle n'y pouvait rien.

Soudain des langues de feu éclairèrent la nuit, des détonations claquèrent parmi les arbres. Elle en compta au moins une dizaine, à intervalles irréguliers. Les chevaux hennirent furieusement avant de détaler. Le bruit de leurs sabots s'estompa dans le lointain, puis ce fut le silence.

Pas tout à fait le silence.

Des plaintes, des gémissements accompagnés de cris de rage et de douleur, le tout en kurde.

Mia jaillit de sa cachette, courut dans la direction des cris, évitant les troncs d'arbre et les pierres.

Elle trouva d'abord le second villageois, étendu par terre, blessé mais vivant. Touché au flanc, il souffrait beaucoup et semblait terrifié. Il implora son aide en luttant pour garder les yeux ouverts. Comme elle s'agenouillait pour examiner la blessure, le *mokhtar* poussa une exclamation. Une ombre se glissa entre les arbres au-dessus d'elle, d'autres coups de feu éclatèrent, suivis d'un claquement trahissant un chargeur vide.

Salem appela son père et toussa, manifestement blessé. Mia rampa vers le lieu de la fusillade et découvrit l'adolescent sur le sol. Il était touché juste en dessous de l'épaule, dangereusement près du poumon. Il cracha du sang, confirmant la gravité de sa blessure. Agenouillé à côté de lui, le *mokhtar*, le visage tordu d'inquiétude et de rage, serrait une carabine de ses doigts tremblants. Il la braquait sur deux gros arbres à une dizaine de mètres.

— Là, murmura-t-il. Venez.

Il s'avança avec précaution, son arme pointée devant lui. Mia le suivit. Ils progressèrent lentement, pas à pas, jusqu'aux arbres.

Corben était allongé par terre, adossé au plus gros des troncs. Il était blessé au ventre. Sa chemise était trempée de sang et ses mains tenaient encore une kalachnikov vide.

Il leva un regard las vers le *mokhtar* qui épaula sa carabine avec un juron.

Mia s'interposa :

— Non !

Livide, le *mokhtar* montra son fils blessé et se mit à injurier l'Américain. « Non », répéta plusieurs fois Mia en haussant le ton. Pour finir, elle saisit le canon de l'arme et l'écarta.

— Ça suffit ! Il est blessé. Votre fils aussi. Et un autre de vos hommes. Ils ont besoin d'aide.

Le *mokhtar* abaissa sa carabine à contrecœur et s'éloigna après avoir lancé un regard noir à Corben.

Mia s'accroupit près de l'Américain et prit la kalachnikov.

— Vous n'aurez plus besoin de ça, d'accord ?

Il acquiesça, les yeux dans le vague.

La jeune femme l'examina. Il était blessé à l'abdomen. Difficile d'estimer les dégâts causés par la balle. Cette zone du corps comportait de nombreux organes vitaux.

— C'est très douloureux ? demanda-t-elle.

Il grimaça.

— Plutôt... désagréable.

Quel que soit l'organe touché – foie, rein, intestins –, il fallait intervenir rapidement. L'aorte ne semblait pas avoir été sectionnée, mais si tel était le cas, il ne survivrait pas plus de quelques minutes sans recevoir des soins.

— Il faut retourner au village, déclara-t-elle.

Il hocha faiblement la tête mais, à son air résigné, Mia comprit qu'il se savait perdu.

Le *mokhtar* revint, tenant par la bride un des chevaux que Corben et lui avaient montés.

— Pas de trace des vôtres, dit-il à Mia. C'est le seul qui nous reste.

Elle eut un soupir abattu.

— Votre fils a besoin de soins. Et son compagnon...

— Shaker, mon cousin. Il est mort, l'informa le *mokhtar*, la mine sombre.

Mia prit une décision.

— Prenez le cheval et emmenez votre fils. Je reste ici avec Corben.

— Je ne peux pas vous laisser là ! On mettra mon fils sur le cheval et nous marcherons ensemble jusqu'au village.

— Pas le temps. Il faut le soigner vite.

Le *mokhtar* secoua la tête.

— Vous êtes venue à mon secours.

— Raison de plus pour que vous alliez chercher de l'aide, persista-t-elle. Allez.

Il la dévisagea comme s'il cherchait à graver ses traits dans sa mémoire.

— Je vous aide à allumer un feu.

— Non, je me débrouillerai. Partez.

Le *mokhtar* finit par capituler. Après un dernier regard dans la direction de Corben, il retourna vers son fils blessé.

Ils se partagèrent les briquets et les torches – le *mokhtar* en aurait besoin pour redescendre – ainsi que les couvertures qu'ils purent retrouver. Puis l'homme aida son fils à se hisser en selle, monta derrière lui et, agitant tristement sa torche, se mit en route. Tenant elle aussi une torche, Mia le suivit des yeux jusqu'à ce que l'obscurité l'ait englouti.

72

Elle examina à nouveau Corben, mais elle ne pouvait pas grand-chose pour lui, à part lui tenir chaud. Elle se mit à la recherche des deux villageois qu'elle trouva étendus sur le sol, privés de vie. Par acquit de conscience, elle tâta leur pouls et sentit la colère monter en elle en songeant aux actes inconsidérés de Corben. Les mains tremblantes, elle défit la veste d'un des morts et l'emporta pour en couvrir l'agent.

Elle entreprit ensuite de faire du feu. Les pluies hivernales n'étant pas encore tombées, les brindilles et les branches qu'elle ramassa étaient sèches et cassantes. Elle réussit à allumer un bon feu devant l'arbre auquel Corben était adossé et entassa du bois à côté pour l'alimenter.

Elle se demanda combien de temps il faudrait aux secours pour les retrouver. Au moins quatre heures, sans doute plus puisqu'ils feraient tout le chemin de nuit, en supposant qu'ils n'attendent pas le lendemain matin pour se mettre en route. Puis son humeur s'éclaircit quand elle songea à Evelyn et Tom. Elle savait qu'ils n'attendraient pas le matin et, en même temps, elle ne voulait pas qu'ils s'exposent de nouveau au danger.

Cédant à l'épuisement à la fois physique et moral, elle se laissa glisser sur le sol à côté de Corben. Ils demeurèrent un moment silencieux, écoutant ronfler et crépiter le feu, regardant les flammes lécher les brindilles et les envelopper avant de les consumer.

— La dernière chose dont je me souvienne, c'est d'avoir pris un verre avec ma mère, finit-elle par dire. Comment en sommes-nous arrivés là ?

Corben laissa passer quelques secondes avant de répondre :

— À cause de salauds comme le hakim. Et comme moi.

Sa voix était chargée de regret.

— Vous la vouliez tellement, cette formule ? demanda Mia.

Il haussa les épaules.

— Ça dépasse tout ce qu'on peut imaginer, non ? Excepté une balle dans le ventre, ajouta-t-il avec une grimace.

— Vous avez tué Farouk ?

— Il était grièvement blessé mais… oui, je l'ai tué.

— Pourquoi ?

— Cupidité. Instinct de conservation. Cupidité, surtout.

Il tourna son visage vers elle.

— Je ne suis pas quelqu'un de bien, Mia. Je n'ai pas été formé pour ça. On m'a appris l'efficacité. Et j'ai fait des choses douteuses, parfois horribles, qui ont été applaudies par mes supérieurs.

Il secoua la tête et poursuivit :

— À un moment, je me suis dit que je pourrais aussi bien les faire pour mon propre compte.

— Alors, ma mère, moi... Nous n'étions que des instruments pour vous ?

— Non. Je n'avais pas de plan précis. Les événements m'ont pris par surprise, comme nous tous. Une occasion se présente, vous la saisissez. Mais jamais je n'ai voulu qu'il vous arrive quoi que ce soit. C'est la vérité. Indépendamment de mes mobiles, j'ai toujours pensé que je libérerais votre mère dès que ce serait possible. Dans mon métier, la première des choses qu'on apprend, c'est que les choses tournent rarement comme on l'avait prévu.

Il cracha un peu de sang, s'essuya les lèvres.

— Pour ce que ça vaut, je...

Il s'interrompit, comme s'il se ravisait, puis reprit :

— Je suis désolé. Pour tout.

Un bruit sinistre brisa alors le silence de la nuit : le hurlement d'un loup. Un autre lui fit écho.

Les loups ne chassaient jamais seuls.

Une peur soudaine tordit les entrailles de Mia.

— C'est le sang, expliqua Corben. Son odeur les a attirés.

Un nouveau hurlement, plus proche, perça la nuit. À quelle vitesse avançaient-ils ?

Mia se redressa, tous ses sens en alerte.

— Les armes, murmura-t-il. Allez chercher les armes.

La jeune femme se leva d'un bond, tira du feu une branche enflammée et courut sur des jambes flageolantes vers l'endroit où le fils du *mokhtar* était tombé. Elle se rappelait avoir vu le *mokhtar* poser la carabine à côté de l'adolescent. Il y avait aussi les mitraillettes des deux villageois, mais elle n'était pas sûre d'avoir le courage de se risquer aussi loin.

Elle progressait à pas prudents, balançant son brandon à droite et à gauche, cherchant les loups dans l'obscurité. Elle repéra la vieille carabine de chasse contre l'arbre devant lequel le fils du *mokhtar* était tombé. Au moment où elle se penchait pour prendre l'arme, elle discerna des silhouettes grises tapies dans l'ombre. Le cœur battant, elle brandit la branche enflammée dans la direction des loups. Ceux-ci reculèrent, puis ils reprirent leur approche, nullement effrayés, découvrant leurs crocs, les muscles bandés.

Mia fit un pas vers la carabine et l'empoigna de sa main libre. Surprise par son poids, elle battit en retraite en agitant frénétiquement la branche. Avec des jappements et des grondements rageurs, les trois loups qui la suivaient disparurent dans l'obscurité. Elle les entendit s'affairer et comprit qu'ils avaient trouvé les cadavres.

Mia se dépêcha de rejoindre Corben avant qu'ils reviennent. L'Américain avait réussi à se lever et tenait également un brandon à la main, le dos au feu.

— Et les mitraillettes ? demanda-t-il.

— Je n'ai pas pu, répondit-elle d'une voix apeurée.

Il examina l'arme, une carabine russe du modèle qui équipait l'armée irakienne. Capacité du chargeur :

dix balles. Corben en avait entendu deux siffler près de son oreille, une troisième lui avait percé le ventre. Il en restait donc sept, à supposer que le chargeur ait été plein. Il tâta l'extrémité du canon. La baïonnette qui s'y trouvait normalement avait été enlevée. Mia l'observait du coin de l'œil.

— On a quoi ? demanda-t-elle.

— Sept balles, maximum.

Les silhouettes sombres réapparurent bientôt. Les reflets dorés des flammes dansaient dans leurs yeux. Les loups tournaient autour de Mia et Corben telle une légion de l'enfer, se croisant calmement, comme s'ils préparaient l'assaut ensemble. Ils claquaient des mâchoires, montraient les dents, avançaient et reculaient tour à tour, jouant avec leurs proies, éprouvant leur défense.

— Nous ne les tiendrons pas éternellement à distance, prédit Mia, le dos à quelques centimètres du feu, les yeux larmoyants dans la fumée de sa torche. Et ils sont plus de sept.

Corben pensait la même chose.

D'après ce qu'il avait observé, il y avait dix loups, peut-être douze, du moins en première ligne.

Il vacilla. Il était à bout de forces, ses jambes ne le soutiendraient plus longtemps. Deux des bêtes se firent plus pressantes et s'approchèrent de lui, la bave aux lèvres, leurs dents pointues étincelant à la lumière du feu. Il les fit reculer avec sa branche, luttant pour rester debout. Les loups évitèrent facilement les flammes. Comme s'il avait perçu sa faiblesse, l'un d'eux bondit vers lui, visant la gorge. Corben tira une balle qui cueillit l'animal en vol. Le loup tomba à ses pieds comme un sac de sable. Un autre crut pouvoir se jeter sur lui. Il l'abattit d'une autre balle. Le reste de la meute, apparemment effrayée par les coups de feu et la mort soudaine de deux de ses membres, battit en retraite dans la nuit.

— Ça va ? demanda Mia, les yeux fixés sur les formes qui les cernaient.

Corben devait lutter pour garder les yeux ouverts. Il avait l'impression de glisser dans un abîme étouffant.

— Il nous faut les mitraillettes, gémit-il, les dents serrées.

Une brûlure plus forte que la chaleur du feu lui consumait les entrailles.

— Où se trouve la plus proche ?

Mia tendit le bras en direction des corps des villageois.

— Par là. Mais elles étaient trop loin, je vous l'ai dit.

— On n'a pas le choix. Je n'arriverai pas à abattre les autres avec les quelques balles qu'il reste dans cette pétoire. Et le feu finira par s'éteindre. Ils nous auront à l'usure, c'est leur tactique. Je ne sais pas ce que vous en pensez, mais moi, je n'ai pas envie de finir en pâtée pour loups.

— Qu'est-ce que vous suggérez ?

— Prenez deux branches dans le feu, les plus grosses que vous pourrez porter. On va marcher jusqu'aux mitraillettes, dos contre dos. Vous tiendrez les loups à distance. Au besoin, j'utiliserai les balles qu'il nous reste. Si on parvient à l'une des mitraillettes, on pourra s'en tirer. Qu'est-ce que vous en dites ?

— Vous arriverez à marcher jusque-là ?

Il essuya la sueur qui coulait sur son visage.

— Je me sens en pleine forme. On y va ?

Mia le regarda dans les yeux. Quels qu'aient été ses actes et ses intentions, il lui avait sauvé la vie plus d'une fois et il allait peut-être le faire de nouveau.

— Allez ! Pendant qu'on est encore jeunes, fit-il avec un rire grinçant.

Elle se pencha, tira deux grosses branches du feu, adressa un signe de tête à Corben.

— Ouvrez la marche, dit-il, mais restez collée à moi.

Dos à dos, ils s'éloignèrent du feu, marchant en crabe, et s'enfoncèrent dans la nuit en agitant leurs torches pour s'entourer d'un cercle de feu protecteur. Pas à pas, ils approchèrent de l'endroit où l'un des villageois était tombé, hantés par l'image d'un cadavre déchiré par les loups. Autour d'eux, les bêtes grondaient et claquaient des mâchoires, bondissaient en avant puis reculaient, leurs yeux rougeoyants fixés sur leurs proies.

Corben repéra la carcasse sanglante du mort et, à côté, le canon luisant de la kalachnikov.

— Par là, grogna-t-il.

Il sentit ses jambes mollir mais au prix d'un effort herculéen, il parvint à la mitraillette.

— Faites-les reculer, murmura-t-il.

Il ramassa l'arme, qui lui sembla peser une tonne. Avec un grognement, il éjecta le chargeur et introduisit la première balle.

— Alors ? demanda Mia d'une voix pleine de détresse.

— On est parés, répondit-il, épuisé.

Ayant réglé l'arme sur la fonction semi-automatique, il se tourna vers Mia.

— Prenez ça, ordonna-t-il en lui tendant la carabine. J'en descendrai le plus que je pourrai mais, s'ils finissent par m'avoir, vous devrez terminer le boulot. Le cran de sûreté est enlevé. Il suffit de viser et de presser la détente, d'accord ?

Elle parvint à ébaucher un sourire, ouvrit la bouche comme si elle voulait parler, mais ils savaient tous deux que ce n'était pas le moment.

Pressentant l'affrontement, les bêtes semblaient prises de folie. L'une d'elles se dressa sur ses pattes arrière et bondit vers Corben, qui tira. Le loup retomba mort au moment où les autres se ruaient pour la curée.

Corben tira en tous sens, crachant la mort sur la meute. Chaque coup de feu le plaquait un peu plus contre Mia. L'un après l'autre, les loups tombaient, comme arrêtés par un mur de verre, formant sur le sol un tas de fourrure sanglante.

Deux des fauves tentaient encore de lui mordre les jambes quand le percuteur claqua sur le chargeur vide. L'un des loups sauta à la gorge de Corben, qui le frappa de la crosse de la kalachnikov. L'animal se releva presque aussitôt. Sans lui laisser le temps d'attaquer à nouveau, Corben saisit la mitraillette par le canon et l'abattit sur la bête, une fois, deux fois.

— Jim ! cria Mia.

Corben n'eut pas le temps de se retourner. Des crocs se plantèrent dans son cou tandis que des griffes lui lacéraient le dos. Le premier loup se redressa et joignit ses efforts à ceux de son congénère. Corben lâcha la mitraillette et le sol vint à sa rencontre. Des dents déchiquetèrent sa chair, mais ses neurones ne transmettaient plus à son cerveau affaibli que des sensations vagues. Il crut entendre un coup de feu, puis un autre, et un autre encore. Les loups s'immobilisèrent au-dessus de lui.

Il roula sur le dos et sentit la vie le quitter. Dans un brouillard, il vit Mia pousser sur le côté les bêtes qui l'instant d'avant le mordaient, puis elle se pencha vers lui, entourée d'un halo scintillant d'étoiles, et le regarda avec un mélange d'horreur et de tristesse. Des larmes coulèrent des yeux de la jeune femme sur son propre visage ; il sentit ses doigts effleurer son front, la vit remuer les lèvres pour prononcer des mots qu'il ne saisit pas. Il se dit que c'était une bonne façon de mourir, meilleure que toutes celles qu'il avait pu imaginer ou cru mériter. Il esquissa peut-être un sourire, il n'en était pas sûr, en savourant la dernière gorgée du merveilleux élixir qu'il avait devant lui, puis sa vision s'obscurcit et son corps lacéré cessa de ressentir.

73

Mia resta un long moment assise près de Corben, parcourue de frissons incessants, le regard dans le vague pour ne pas voir les cadavres, hommes et bêtes, qui jonchaient le sol autour d'elle.

Enfin, constatant que la branche qu'elle serrait encore était presque consumée, elle se leva et retourna à pas lents vers le feu. Elle était trop épuisée pour se demander s'il restait d'autres loups.

Rien ni personne ne lui sauta dessus.

Les doigts engourdis par le froid, elle alimenta le feu puis s'assit, le dos contre l'arbre auquel Corben s'était appuyé, et enfouit son visage dans ses mains.

L'aube était encore loin. Si elle avait perdu toute notion du temps, elle savait qu'une longue nuit de veille l'attendait. C'était sans importance. Elle n'irait nulle part. Elle resterait rivée à cet endroit jusqu'à ce que quelqu'un – ou quelque chose – l'en détache.

Un hurlement lointain et solitaire s'éleva.

Seul le silence lui répondit.

Le loup semblait pleurer la perte de ses semblables, se lamenter sur cette mousson mortelle qui avait imbibé de sang le sol desséché de la montagne.

C'est alors que Mia aperçut un serpent de lumières qui clignotait au loin entre les arbres. Un lent convoi se dirigeait vers elle.

Les lumières disparurent derrière une crête pour réapparaître quelques minutes plus tard, un peu plus proches. Elles se frayaient un chemin vers elle en une procession silencieuse. Lorsque le convoi fut enfin visible, elle distingua plusieurs cavaliers – une demi-douzaine, voire plus – qui tenaient des flambeaux ou des lanternes à huile.

Elle ne reconnut aucun d'eux. Sans doute ne venaient-ils pas de Nerva Zhori. Puis elle remarqua le visage familier du *mokhtar* quand il descendit de sa monture et se dirigea vers elle avec un sourire las. L'ayant enveloppée dans une couverture, il la conduisit à un cheval tandis que ses compagnons observaient la jeune femme dans un silence respectueux.

74

Philadelphie – Décembre 1783

Le feu crépitait dans la cheminée de la pièce, petite mais confortable, où Thérésia regardait par la fenêtre. Une fine couche de neige recouvrait les arbres, les flocons tourbillonnaient dans la lumière diffuse de la lune avant de se poser doucement.

Elle savait que Sebastian ne reviendrait pas.

Elle l'avait compris sur ce quai de Lisbonne, près de vingt ans plus tôt.

C'était vraiment si loin ?

Un sourire doux-amer éclaira son visage tandis que les souvenirs défilaient dans son esprit.

Thérésia n'avait pas voulu le départ de Sebastian. Les deux années qu'ils avaient vécues à Lisbonne avaient été les plus heureuses, les plus épanouissantes de sa longue existence : partager le quotidien de l'homme qu'elle aimait, voyager en sa compagnie, apprendre avec lui et, bien sûr, élever leur jeune fils ensemble. Elle aurait voulu que cela ne s'arrête jamais, qu'il demeure auprès d'elle ou les emmène avec lui. Mais elle savait que ce n'était pas possible. Il devait accomplir sa destinée, et elle assurer la sécurité de leur enfant.

Il était parti, elle avait traversé l'océan et avait vécu en paix depuis lors, comme il l'avait prédit. Personne ne leur avait causé d'ennuis, ni à Miguel – à présent, Michael – ni à elle, depuis qu'ils s'étaient installés à

Philadelphie. La « Cité de l'Amour fraternel » s'était montrée digne de son nom. Ces dernières années avaient été agitées – les révolutions le sont toujours – mais, par bonheur, Michael et elle avaient survécu aux bouleversements et, depuis le traité de Paris, le pire semblait derrière eux.

Combien de temps jouirait-elle de cette paix ? La question la taraudait. Les petites grosseurs qui étaient apparues sous ses bras et dans son sein gauche l'inquiétaient. Elle s'était targuée de son indépendance et de sa bonne santé pendant les troubles. À coup sûr, elle paraissait aussi en forme qu'une « veuve » – ce petit mensonge avait été accepté sans problème à son arrivée en Amérique – de soixante ans pouvait l'être. Mais depuis qu'elle avait découvert ces grosseurs, elle ressentait chaque matin à son réveil une fatigue, une lourdeur de la tête et de tout le corps qui la préoccupait. Elle savait que le sang qui, depuis la semaine dernière, montait dans sa bouche quand elle toussait était mauvais signe.

Il ne lui restait plus beaucoup de temps.

Thérésia se demanda comment Sebastian « vieillissait ». Sans doute buvait-il à nouveau l'élixir. Elle sourit intérieurement, songeant qu'il devait présenter à peu près le même visage que dans ses souvenirs. Elle observa son propre reflet ridé dans la vitre et souhaita qu'il ait réussi. Assurément, l'objet de sa quête méritait qu'elle ait renoncé à l'amour de sa vie et Michael à son père.

Elle vit son fils franchir la grille et se diriger vers la maison. Il était devenu un superbe jeune homme et s'était admirablement comporté pendant les troubles, assurant avec sa mère la liaison avec les émissaires français qui aidaient les révolutionnaires contre les Britanniques. Ses talents de diplomate et d'organisateur étaient évidents, et pendant tout le conflit, elle lui avait imaginé un grand avenir dans son pays d'adoption. Mais avec chaque jour qui passait, il lui rappelait davantage Sebastian. La ressemblance transparaissait dans son regard, dans sa posture, dans de menus détails comme sa façon de tenir une plume. Et lorsque le garçon était devenu un homme, elle avait su qu'elle ne pouvait plus ignorer ses origines.

Ni l'héritage de son père.

Elle avait promis à Sebastian de ne jamais révéler à Michael la raison de son départ précipité. Il avait voulu que son fils mène une existence normale, sans être prisonnier d'un serment. C'était à lui, pas à son fils, de porter ce fardeau.

Mais Thérésia ne pouvait plus respecter cette promesse.

Elle le devait à Sebastian. À sa mémoire. S'il mourait loin d'elle, seul dans un pays étranger, elle devait s'assurer qu'il ne soit pas mort en vain.

Elle savait au fond d'elle-même que c'était ce qu'il aurait voulu.

— Mère ?

Elle entendit Michael ôter ses bottes avant de la rejoindre au salon. Elle se tourna vers lui et ses douleurs s'atténuèrent devant son visage rayonnant. Son expression se teinta de curiosité quand il remarqua le vieux livre à la couverture ornée d'un étrange symbole circulaire qu'elle tenait contre sa poitrine.

— J'ai quelque chose à te dire, déclara-t-elle.

75

Mia remua dans le lit étroit. Des rayons de soleil où dansaient des grains de poussière pénétraient dans la chambre. L'esprit encore embrumé par la fatigue, elle se redressa sur les coudes et regarda autour d'elle. Des murs chaulés, quelques meubles simples et des rideaux en dentelle l'accueillirent en silence.

Des images d'abord confuses émergèrent de sa mémoire, se précisant peu à peu. Elle se souvint d'avoir chevauché dans la nuit, laissant derrière elle les corps mutilés. Elle revit les regards furtifs des hommes et des femmes qui l'accompagnaient, et le *mokhtar* qui avançait devant elle tandis qu'ils cheminaient à travers la montagne, jusqu'à un village qu'elle ne connaissait pas. On l'avait conduite à l'une des maisons et fait asseoir à une table branlante, devant un feu ronflant, puis on lui avait offert une infusion au goût curieux, qu'elle avait bue sous le regard chaleureux du *mokhtar* et d'un vieux couple.

Une légère migraine lui donna à penser qu'on lui avait administré un sédatif – exactement ce qu'il lui fallait. Dans sa tête, le brouillard commençait à se dissiper. Sur une chaise, près de la petite fenêtre, quelqu'un avait laissé à son intention des sous-vêtements en coton et une robe beige délicatement brodée aux manches et au col. Des mocassins en peau de mouton étaient posés à côté. Elle enfila le tout, ouvrit la fenêtre et poussa le volet en bois, savourant la caresse du soleil sur sa peau.

Elle regarda dehors. Une grappe de constructions basses nichait au fond d'une vallée. Moitié pierre, moitié briques de terre, elles avaient le même toit de chaume que celles du village yezidi. Au-delà, des champs et des prés s'étendaient jusqu'aux contreforts des hauteurs dentelées qui entouraient la vallée.

Mia sortit de la chambre et parcourut la maison sans rencontrer personne. Elle traversa la cuisine, sortit. L'air était étonnamment chaud, rien à voir avec le froid de la nuit dans la montagne. Elle n'entendit qu'une faible brise agitant les branches des pistachiers, le gazouillis et les trilles de petits oiseaux. Ce calme total contrastait avec le chaos de la journée et de la nuit précédentes.

Serrant ses bras autour d'elle, elle s'engagea dans un étroit chemin, passa devant deux petites maisons et une grange. L'endroit respirait une tranquillité qui, pour le moment, lui convenait tout à fait. Il lui rappelait une communauté amish par sa simplicité revendiquée et son splendide isolement. Elle vit une famille – un couple et deux garçons d'une dizaine d'années – en train de décharger du bois d'une charrette tirée par un cheval. Ils lui sourirent poliment sans interrompre leur tâche. Plus loin, elle croisa deux femmes conduisant une mule chargée de paniers. Elles la saluèrent de la tête sans s'arrêter.

Mia poursuivit sa promenade, s'imprégnant de la sérénité du lieu et se sentant renaître. Elle entendit des voix sur sa droite, aperçut des silhouettes conversant au pied d'une butte. Elle se dirigea vers elles, vit le *mokhtar* et un couple âgé dans lequel elle reconnut ses hôtes de la veille et, à leur côté, Evelyn et Webster.

— Maman ? appela-t-elle. Tom ?

Elle ne parvenait pas encore à le considérer comme son père mais elle savait que cela viendrait.

Ils se retournèrent, la découvrirent et lui firent signe. Mia traversa le pré en courant pour les rejoindre au bord d'un petit étang. Elle embrassa sa mère puis, après avoir hésité, serra Webster dans ses bras, doucement à cause de sa blessure.

— Depuis quand êtes-vous ici ? demanda-t-elle, au comble de la joie.

— Nous sommes arrivés à cheval ce matin, répondit Evelyn. *Kaak* Suleyman…

Elle désigna le *mokhtar*.

— … a eu la gentillesse d'envoyer quelqu'un nous chercher au village.

Mia se souvint de l'avoir vu partir avec son fils blessé.

— Comment va Salem ? s'enquit-elle.

— Il vivra, affirma le *mokhtar*. Il vivra, répéta-t-il comme un mantra qui contribuerait à sceller un pacte avec le destin.

Mia hocha la tête, assaillie par les terribles souvenirs de la veille. Comme s'il le sentait, Webster détourna l'attention de sa fille sur le couple âgé.

— Je te présente Mounir et Arîya, dit-il. Nos hôtes.

Il avait des mouvements lents et hésitants et grimaça en baissant le bras. Evelyn lui prit la main et la pressa.

Le couple sourit à Mia.

— Merci d'être venus me chercher hier, dit-elle.

Ils haussèrent les épaules d'un air modeste. Mia perçut chez eux ainsi que chez Webster et sa mère une sorte de gêne et de tension. Se rappelant la raison de leur venue, elle se tourna vers son père et lui demanda, tout excitée :

— Alors ? Ils ont le secret ? Vous leur avez posé la question ?

Une vague d'espoir parut se propager à travers la vallée quand Webster lança un regard complice au couple avant de tourner les yeux vers l'étang.

— C'est ça ? s'exclama Mia en montrant l'étang.

Webster sourit et acquiesça.

— C'est ça.

L'étang n'avait rien de particulier : une étendue d'eau peu profonde où une plante basse à petites feuilles poussait en abondance. Mia se pencha pour en examiner une touffe.

— Qu'est-ce que c'est ?

— On l'appelle *bacopa*, répondit Webster. *Bacopa monnieri*. Ou herbe de grâce, ce qui laisse songeur…

— Nous lui donnons de nom de *djalnime,* ajouta Mounir dans un anglais d'une correction étonnante.

Il détacha une branche et la tendit à Mia, qui toucha les feuilles épaisses et luisantes, étudia les petites fleurs blanches. Un sentiment d'allégresse l'envahit.

— Sebastian avait raison ? demanda-t-elle après un temps d'hésitation. Elle opère sur tout le monde ?

Webster acquiesça calmement.

Assis autour de la petite table de la cuisine, ils mangeaient avec appétit un repas de porridge de maïs, de fromage, de pain et d'olives qu'Arîya avait rapidement préparé. Mia s'efforçait de chasser les questions qui tournoyaient dans son esprit pour se concentrer sur la nourriture dont son corps avait grand besoin, mais ce n'était pas facile.

Elle se trouvait au seuil d'un nouveau monde.

Le *mokhtar* avait rapporté à Mounir ce que Webster avait dit au hakim devant la tombe de Sebastian. Comment Webster, le petit-fils de Sebastian, avait protégé le secret avec l'aide de ses associés. Cela rassura Mounir, suffisamment du moins pour qu'il complète lui-même le récit de Webster.

— Cette société secrète qui se réunissait dans les salles souterraines d'Hilla, que savez-vous d'elle ? demanda Evelyn.

— Ses membres étaient nos ancêtres, répondit-il. C'est là-bas que tout a commencé, dans le sud de l'Irak, vers le milieu du XIe siècle.

« Un savant-philosophe peu connu du nom d'Abou Fares Al-Masboudi, qui avait eu pour maître Ibn Sina – Avicenne – avant de s'établir à Kufa, fut l'auteur de cette découverte. Les marais du sud de l'Irak étaient riches en *bacopa* et des voyageurs venus de l'Inde avaient relaté que les habitants de la région en faisaient usage depuis des siècles, mais pas sous cette forme. Cela avait suscité sa curiosité.

Webster lut une question dans les yeux de Mia.

— Rappelle-toi l'exemple de l'aspirine, lui dit-il. Si tu mâches un morceau d'écorce de bouleau, cela n'aura pas le même effet qu'un cachet. Pourtant, au départ, il s'agit de la même plante.

— Al-Masboudi commença par en prendre lui-même, poursuivit Mounir, et, pensant que ce n'était qu'un tonique, il en donna aussi à sa femme, à deux de ses collègues et à leurs épouses. Au bout de plusieurs années, ils en constatèrent les effets et en tirèrent des conclusions qui les amenèrent à former la société secrète que vous évoquiez, pour discuter de ce qu'il convenait de faire de cet élixir : fallait-il ou non révéler son existence ? Rappelez-vous que le monde était alors très différent. Chacun prétendait vouloir faire des découvertes merveilleuses mais vos expériences pouvaient vous valoir un procès en sorcellerie, d'être banni de la cité, ou pire.

— Nous avons étudié les textes de cette confrérie, dit Evelyn avec un coup d'œil à Webster. Était-elle liée aux Frères de la Pureté ?

— L'un des collègues d'Al-Masboudi était membre de la confrérie, confirma Mounir. Ils débattirent entre eux de l'opportunité d'informer les Frères de leur découverte, puis décidèrent de la garder secrète tant qu'ils n'auraient pas la certitude qu'aucun tyran ne pourrait en faire mauvais usage. Sous le règne du calife Al-Qa'im, l'Irak connaissait alors une période presque aussi troublée qu'aujourd'hui. Les Seldjoukides constituaient une menace pour la dynastie abbasside au pouvoir. Mes ancêtres craignaient, une fois leur secret livré, d'être exécutés par le calife, qui pourrait alors accorder à sa guise une longue vie à tel ou tel de ses sujets et deviendrait une sorte de dieu vivant. Ils se turent donc et attendirent, se réunissant en secret à l'exemple des Frères pour discuter de l'organisation d'un monde nouveau, où les êtres humains vivraient plus longtemps.

« Au fil des ans, inévitablement, les gens se mirent à parler. Mes ancêtres durent gagner de nouvelles terres et commencer une nouvelle vie. Ils émigrèrent vers le nord et s'installèrent en territoire yezidi…

Mounir adressa un signe de tête au *mokhtar*.

— … pour finir ici, dans cette vallée perdue, conclut-il.

— Plus ils attendaient, plus il devenait difficile de révéler le secret, fit observer Webster.

Mounir acquiesça.

— Jusqu'à ces derniers temps, nous estimions impossible d'en parler aux autres. Nous avons toujours pensé que tous devraient avoir accès à la formule ou qu'elle devrait rester cachée. Mais pendant des siècles, la planète a été dirigée par des aristocrates égoïstes ou des dictateurs sans pitié. Il n'y avait ni fraternité entre les hommes, ni véritable démocratie. Le monde connaissait l'esclavage. Il faisait la guerre par vanité ou par cupidité. Une poignée d'hommes gouvernait une multitude, qui ne valait d'ailleurs pas beaucoup mieux qu'eux. L'homme semblait se complaire à causer des souffrances, à tout faire pour s'élever au-dessus des autres sans se soucier de la peine et du malheur qu'il causait. Et nous savions que la formule ne ferait que fausser l'équation et renforcer les instincts les plus vils. La question était la suivante : l'homme méritait-il de vivre plus longtemps, ou cela lui permettrait-il uniquement d'infliger plus de souffrances à son prochain ?

— Il ne faut pas mettre tout le monde dans le même sac, objecta Webster. Il y a beaucoup de gens bien.

— Peut-être, concéda Mounir. Vous le savez mieux que nous. Mais comprenez nos réticences. La cupidité et l'égoïsme semblent être le moteur premier de l'humanité.

— Comment, dans votre vallée isolée, connaissez-vous autant de choses sur le monde extérieur ?

— Ce lieu n'est pas une utopie. Nous avons toujours vécu cachés. Et nous n'étions pas nombreux. Nous savions que, pour survivre, nous devions nous mêler aux gens de l'extérieur. Nous quittions la vallée chacun à notre tour pour voyager. Nous n'emportions jamais l'élixir. Il restait ici. Nous allions de pays en pays, nous observions l'évolution du monde. Nous rapportions des livres pour éduquer les autres. Et nous attendions. Parfois, nous rencontrions un être exceptionnel dont nous pensions qu'il pourrait faire un allié puissant, capable de nous aider à surmonter les obstacles nous empêchant de partager notre secret avec le reste de la planète. Un chevalier, notamment, impressionna beaucoup mes ancêtres au temps des croisades.

Mounir se tourna vers Webster.

— Votre grand-père en est un autre exemple.

Le père de Mia le regarda d'un air songeur.

— Non, dit Mounir, lisant dans ses pensées. Je ne l'ai pas connu. Je n'étais pas né. Mais mon père l'a connu. Nous nous souvenons de lui avec affection.

— Comment vous a-t-il trouvés ?

— C'est nous qui l'avons trouvé, répondit Mounir, un sourire dans les yeux. Il était à Damas, il posait des questions sur l'Ouroboros, il cherchait des livres portant ce symbole. Mon père a entendu parler de lui et s'est mis à sa recherche. Il l'a ramené ici. Sebastian devait nous aider à propager la découverte, il était plein d'optimisme et d'énergie, il ne craignait pas les forces qui s'y opposeraient, mais, cet hiver-là, il a contracté la typhoïde. Il ne voulait pas mourir ici, il insistait pour retourner auprès de sa femme… même si elle était séparée de lui par des continents.

— Et pendant toutes ces années, vous avez réussi à garder le secret ? demanda Mia, pleine d'étonnement. Personne n'a quitté la vallée pour le révéler aux autres ?

— Cet endroit est tout petit. Ses habitants – les jeunes en particulier – ressentent le besoin d'explorer le monde. Alors, nous n'en parlons pas à tous.

Quelques-uns partent et nous ne les revoyons jamais. D'autres reviennent, parfois avec des êtres chers. Aussi nous attendons. Et nous observons. La modération ne convient pas forcément à tous mais quand nous sentons qu'une personne est prête à se contenter de ce que la vallée a à offrir, quand elle se satisfait de travailler la terre et de mener une existence simple, qu'elle accepte les contraintes liées à l'isolement, alors – et alors seulement – nous la convions à rejoindre le cercle des gardiens, à partager notre secret, à profiter de ses avantages et à le protéger.

Mia se renversa en arrière, étourdie, puis elle regarda Webster et Evelyn. Tous deux déchiffrèrent l'expression de la jeune femme et exprimèrent tour à tour leur accord d'un signe de tête.

Mia leva les yeux vers ses hôtes et, le cœur battant, leur demanda :

— Pouvons-nous vous aider à offrir cette découverte au monde ?

Mounir se tourna vers sa femme puis vers le *mokhtar*.

— Vous pensez que le monde est prêt ? s'enquit-il à son tour.

— Je ne suis pas sûre qu'il le sera un jour. Mais si nous le faisons avec précaution… Pourquoi ne pas essayer ?

Mounir réfléchit avant de répondre :

— Pourquoi pas, en effet ? Retournez dans votre monde. Mettez vos affaires en ordre puis revenez ici et restez un moment avec nous. Nous prendrons le temps, nous discuterons. Et puis, si nous tombons tous d'accord, nous pourrons peut-être œuvrer ensemble.

Mia consulta ses parents :

— Qu'est-ce que vous en dites ?

Le visage d'Evelyn devint grave.

— Nous devons d'abord nous assurer que la clinique du hakim soit fermée et que ses derniers captifs retrouvent la liberté.

— Absolument, approuva Webster. Mais ensuite, dit-il, posant sur sa fille un regard plein d'espoir et de fierté, nous aurons beaucoup à rattraper.

Mia sourit, convaincue qu'ils auraient amplement le temps de le faire.

Note de l'auteur

« Pour accomplir notre véritable destinée, nous devons être guidés non par un mythe de notre passé mais par une vision de notre avenir. »

Mark B. Adams, à propos de la biologie visionnaire de J.B.S. Haldane.

Au moment où j'écris ces lignes, il n'existe aucun moyen avéré de ralentir ou d'arrêter le processus de vieillissement chez l'être humain. Telle est la dure réalité. Mais les scientifiques comprennent de mieux en mieux pourquoi nous vieillissons... et pourquoi nous mourons. Ce progrès tient essentiellement à l'approche nouvelle décrite dans ce livre. Au lieu d'étudier les symptômes du grand âge et de concevoir des moyens d'y faire face, de les atténuer, de raccommoder nos corps lorsqu'ils basculent dans ce que les « mortistes » considèrent comme un déclin inexorable, programmé et même noble, ces « prolongementistes » s'efforcent de comprendre *pourquoi* le vieillissement se produit et cherchent comment y mettre fin. Leur conviction est que ce processus, comme le cancer et les maladies cardiovasculaires, peut être vaincu, et qu'une vie plus longue, en meilleure santé, ne serait pas une mauvaise chose.

Les hommes de science travaillant dans ce domaine sont confrontés à une tâche herculéenne : non seulement ils doivent s'attaquer au problème scientifique le plus intriguant qui se soit posé à l'humanité mais aussi affronter les préjugés associés à la médecine de longévité, ainsi qu'un débat éthique féroce. Les pionniers de ce champ de recherche des plus difficiles et des plus controversés – Aubrey de Grey, Tom Kirkwood, Michael Rose, Cynthia Kenyon, Leonard Guarente, Bruce Ames et Barbara Hansen, pour n'en citer que quelques-uns – méritent d'être applaudis et encouragés. L'un d'eux fera probablement un jour une découverte qui redéfinira l'humanité, pas moins. Ce livre leur est dédié.

À ceux d'entre vous qui souhaitent en savoir plus sur le sujet, je recommande la lecture du dernier ouvrage de Bryan Appleyard, facile d'accès et très complet, *How to Live Forever or Die Trying*. Je recommande aussi chaudement *The Fontain of Youth*, série d'essais éclairants rassemblés par Stephen Post et Robert Binstock. *The Quest for Immortality,* de Jay Olshansky et Bruce Carnes, est aussi une lecture indispensable.

Je conseille également l'article que Sherwin Nuland a consacré aux théories d'Aubrey de Grey, « Voulez-vous vivre éternellement ? », sur le site Web de la *Technology Review* du MIT, www.technologyreview.com. www.futurepundit.com dispose aussi d'une vaste documentation régulièrement mise à jour sur le vieillissement.

Le voyage de Mia à Beyrouth doit beaucoup à Rick Gore et à son captivant article sur les travaux de Spencer Wells et Pierre Zalloua pour retrouver les origines des Phéniciens. Ceux qui s'intéressent à la question peuvent se rendre sur https://www3.nationalgeographic.com/genographic et s'informer sur le projet génographique du *National Geographic*. On peut même y participer et retrouver ses origines.

Quant aux parties historiques de ce livre, on a beaucoup écrit – et fantasmé – sur le comte de Saint-Germain. Le XVIIIe siècle fut riche en énigmes et, des centaines d'années plus tard, ce nom garde son mystère et sa fascination. Il ne fait aucun doute que l'homme a existé, comme l'attestent de nombreuses lettres et journaux intimes de l'époque, écrits par des diplomates et des aristocrates. On y mentionne par exemple qu'il « avait une connaissance approfondie des herbes et des plantes, qu'il avait inventé des remèdes dont il faisait constamment usage, qui prolongeaient sa vie et préservaient sa santé ». Une grande partie de sa légende repose néanmoins sur ce que l'on considère comme l'une des plus grandes supercheries littéraires, les *Souvenirs sur Marie-Antoinette*, qui auraient été écrits au XIXe siècle par la comtesse d'Adhémar, et qui furent un best-seller en leur temps. Saint-Germain était-il un mystique, le détenteur d'un grand secret, un esprit éclairé, « le plus énigmatique de tous les êtres incompréhensibles », pour reprendre les termes d'un de ses contemporains ? Ou fut-il simplement un brillant charlatan, un escroc assez adroit pour charmer et berner les aristocrates crédules qu'il fréquentait ?

On sait plus de choses sur Raimondo di Sangro. J'ai pris quelques libertés avec sa biographie mais, si vous passez par Naples, je vous invite à visiter la magnifique chapelle qu'il a laissée, la *Cappella San Severo*, avec ses mystérieuses statues voilées, son iconographie bizarre, et les effrayantes « machines anatomiques » qui montent la garde devant son laboratoire souterrain.

De Gilgamesh au comte de Saint-Germain, à Aubrey de Grey et aux infatigables pionniers œuvrant pour résoudre cette cruelle énigme, le désir de prolonger la vie est aussi vieux que l'humanité. Non seulement nous vivons avec la conscience de notre mort inévitable, mais nous sommes la seule espèce à porter le fardeau de cette connaissance. Il est donc normal que nous voulions y échapper, et malgré les obstacles et les limites imposés par le camp « mortiste », cette détermination finira par triompher. À un moment de notre avenir, fragilité et sénilité seront considérablement, voire indéfiniment retardées.

Je ne sais pas ce que vous en pensez mais je trouverais personnellement très agréable de connaître les petits-enfants de mes filles et d'être assez en forme pour leur apprendre un jour à faire du vélo…

Remerciements

Je dois commencer par remercier ma femme Suellen qui m'a généreusement partagé avec Mia, Evelyn, Corben et le reste de la troupe d'invités bigarrée qui a envahi nos vies l'année dernière. J'ai une bonne nouvelle à lui annoncer : avec la publication de ce livre, ils sont maintenant partis. Mauvaise nouvelle : l'équipe suivante vient d'appeler de l'aéroport, elle débarque.

Un certain nombre d'amis m'ont généreusement fait don de leurs idées et de leur temps pendant que j'écrivais ce roman. Pour leurs contributions, qui ont modelé ce livre, dans ses grandes lignes et dans ses détails, j'exprime ma reconnaissance (sans ordre particulier) à Mahfouz Zacharia, Nic Ransome, Raya et Carlos Heneine, Joe et Amanda McManus, Richard Burston, Bruce Crowther, Bashar Chalabi, Tamara Chalabi, Alain Schibl, le Dr Amin Milki et Lauren Klee, ainsi qu'à ma famille : mes parents, mon frère Richard, ma sœur Doris et ma tante Lillian.

Un grand merci également à mes éditeurs sagaces et patients, Ben Sevier et Jon Wood, sans oublier Mitch Hoffman, qui a guidé les premiers pas de ce livre. Sans eux et le reste des formidables équipes avec lesquelles j'ai eu la chance de travailler (pour la seconde fois) chez Dutton et chez Orion, rien de tout cela n'aurait été possible. Toute ma gratitude également au talent et au soutien constant de tous ceux qui ont travaillé afin de mettre ce livre sur les rayonnages et dans les mains des lecteurs.

Enfin, je ne veux pas oublier ma super équipe à l'agence William Morris, Eugenie Furniss, Jay Mandel, Tracy Fisher, Raffaella De Angelis et Charlotte Wasserstein. Mes remerciements à tous.

Achevé d'imprimer par GGP Media GmbH, Pößneck
en Mai 2008
pour le compte de France Loisirs,
Paris

N° d'éditeur: 51872
Dépôt légal: Février 2008

Imprimé en Allemagne